檸檬樹

大家學標準
日本語

每日一句
全集

全新修訂版

網路數千萬人次點閱・人氣名師
出口仁 著

【本書＋5 APP】學習套組推薦

本書除了發行「單書」商品，
另有發行【本書＋5 APP】學習套組

書名為：

大家學標準日本語【每日一句全集】5 APP
＋全新修訂版〔表現文型・語彙解說〕全集

● 套組所包含的 5 APP 為：
1. 大家學標準日本語【每日一句】生活實用篇 APP
2. 大家學標準日本語【每日一句】商務會話篇 APP
3. 大家學標準日本語【每日一句】旅行會話篇 APP
4. 大家學標準日本語【每日一句】談情說愛篇 APP
5. 大家學標準日本語【每日一句】生氣吐槽篇 APP

● 5 APP 內容介紹：
請參考本書 P10-11 ──「特別推薦：行動學習 APP」

敬請讀者根據需求選購「單書」或「書＋5APP 學習套組」
謝謝！

作者序

各位同學,大家總是開心地學著日語嗎?

我想有的人是在學校學日語,有的人是在語言補習班學日語,也有人是單獨自學。各式各樣的學習者都有。

而近幾年,學日語的方法也越來越多樣化。使用教科書學習,有助於從基礎開始紮實學好日語。不過,以我多年日語教師的經驗,我覺得想要「盡快開口說實用日語表達」的學習者,是很多的。

現今的環境,已經是台灣人去日本、日本人來台灣都很容易的時代。能與日本人實際見面交流的機會,也比過去明顯增多。因此,我出版了「配合情境的實用日語會話」──《大家學標準日本語【每日一句】》,分成五個篇章:

1. 大家學標準日本語【每日一句】生活實用篇
2. 大家學標準日本語【每日一句】商務會話篇
3. 大家學標準日本語【每日一句】旅行會話篇
4. 大家學標準日本語【每日一句】談情說愛篇
5. 大家學標準日本語【每日一句】生氣吐槽篇

並且，將這五個篇章集結為本書 ——
《大家學標準日本語【每日一句】全集》出版。

本書總共收錄「生活」「商務」「旅行」「交友」「聊天」等，722 個具體場面的實用日語表達。

除了紙本書籍，也製作了智慧型手機、平板電腦都適用的 APP（共五支）。除了可以在家學習，在電車、公車上，也能隨時隨地學習日語。希望大家能夠善用 APP 的便利性 —— 隨時閱讀內容、聆聽音檔，掌握各種日語的實用表現。

活用這本書，除了能夠提升實際日語會話能力，也有助於強化日本語能力試驗（JLPT）的「聽解力」和「讀解力」。特別是透過「自然掌握日常會話表達＆文型」，也能更輕鬆應對日檢考題。

相信這本書，一定有助於你的日語學習、日檢考試。

作者 出口仁 敬上

出版前言

> **1** 掌握「722 個具體場面」常用表達
> 更快開口說實用日語！

　　出口仁老師編寫「各種場面生活會話」，希望幫助大家掌握「實用的日語表達」。同時，並充分解說每一個會話句的「語句結構、文法要素、字尾變化、使用語彙」等。

- 本書透過【圖框式：文句拆解】及【條列式：逐字說明】，詳細解說「構句元素、文法變化」等。

- 體現「文法原則」落實於「真實會話」的具體運用

- 著重「從根本紮實地掌握日語表達」

- 期望「活用學過的文法舉一反三，完成更多日語表達」

＊ 詳細版面說明，請參考 P8-9「本書特色」

2 行有餘力再多學,能力足夠再精進!

搭配使用 出口仁老師〈YouTube 出口日語〉
【每日一句系列】免費學習資源:
❶【應用會話】 ❷【跟讀練習】
全面提升「表達力」及「聽解力」!

● 大家學標準日本語【每日一句】應用會話 影片

運用「722 種常用表達」的應用會話,每單元 3〜4 句:

〔每日一句〕 〔每日一句〕 〔每日一句〕 〔每日一句〕 〔每日一句〕
生活實用篇　商務會話篇　旅行會話篇　談情說愛篇　生氣吐槽篇

● 大家學標準日本語【每日一句】跟讀練習 影片

首先介紹「跟讀」的功效,並提供影音練習。「跟讀」能夠有效改善「看得懂的字卻聽不懂」的「會話力困境」。

〔每日一句〕 〔每日一句〕
生活實用篇　旅行會話篇

本書特色

版面說明

舉例 P489（單元 3-069）：

- 主題句

> 不好意思，能不能請你再快一點？
>
> すみませんが、急(いそ)いでもらえますか。

- 【圖框式：文句拆解】

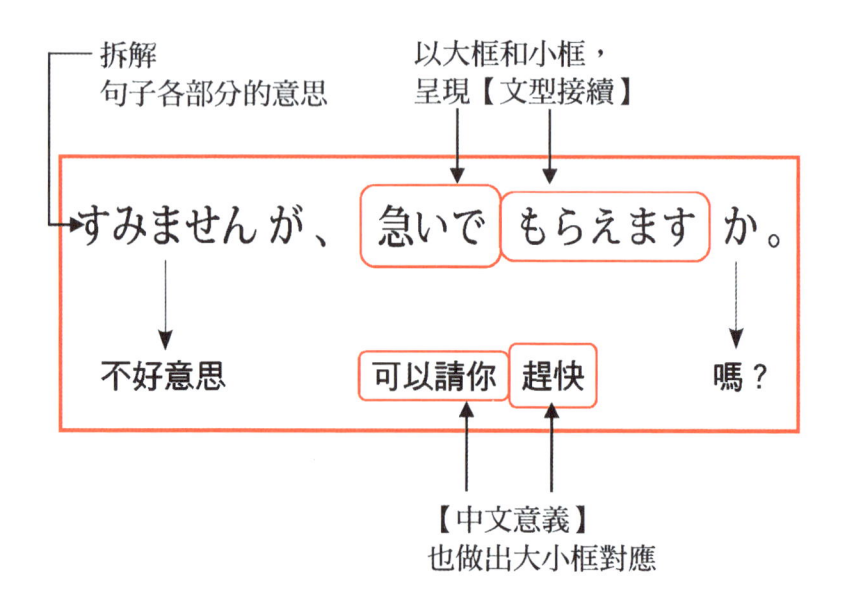

拆解句子各部分的意思

以大框和小框，呈現【文型接續】

すみませんが、 急いで もらえます か。

不好意思　　　可以請你 趕快　　　　嗎？

【中文意義】也做出大小框對應

● 【條列式：逐字說明】

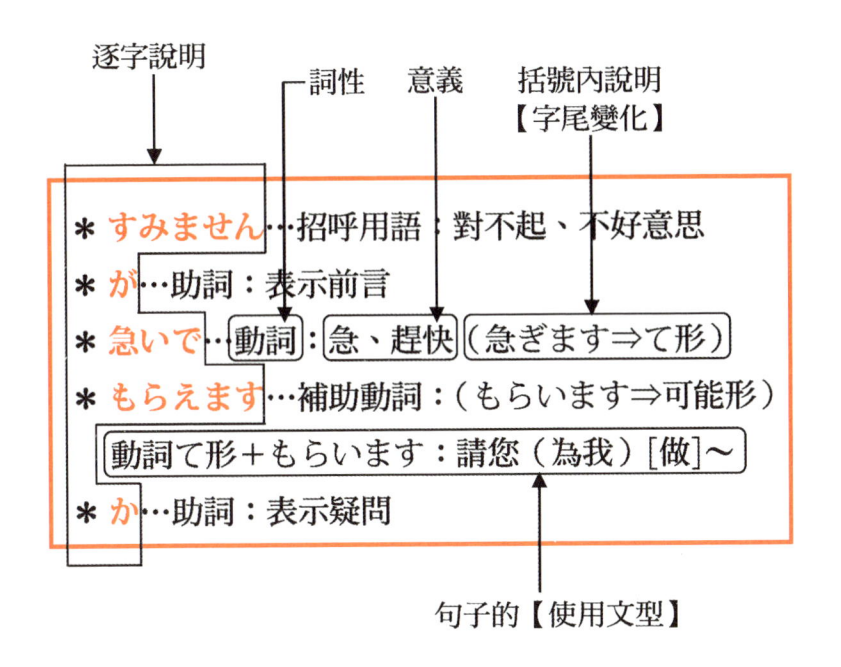

```
                          ┌─詞性    意義    括號內說明
                                            【字尾變化】

 * すみません …招呼用語：對不起、不好意思
 * が …助詞：表示前言
 * 急いで …動詞：急、趕快（急ぎます⇒て形）
 * もらえます …補助動詞：（もらいます⇒可能形）
   動詞て形＋もらいます：請您（為我）[做]～
 * か …助詞：表示疑問
```
          逐字說明   句子的【使用文型】

音檔說明

出口仁老師親錄
【722 個實用表達】日文音檔

為方便學習，提供 全日文 中＋日 兩種型態：
● 【全日文】音檔：出口仁老師錄音日文會話句
● 【中＋日】音檔：一句中文，一句日文。由中文播音員＋出口仁老師錄音。

特別推薦：行動學習 APP

● APP 名稱

1. 大家學標準日本語【每日一句】生活實用篇 APP
2. 大家學標準日本語【每日一句】商務會話篇 APP
3. 大家學標準日本語【每日一句】旅行會話篇 APP
4. 大家學標準日本語【每日一句】談情說愛篇 APP
5. 大家學標準日本語【每日一句】生氣吐槽篇 APP

● APP 安裝・使用・版本

【雙系統使用】：iOS / Android 適用。可離線使用。
【音檔播放】：可「全單元播放」或「單句播放」。
【音檔語速】：可調整「稍慢、正常、稍快…」等 5 種語速。
【提供手機 / 平板閱讀模式】：不同載具的最佳閱讀體驗。
【適用的系統版本】：
　iOS：支援最新的 iOS 版本以及前兩代
　Android OS：支援最新的 Android 版本以及前四代

● APP 購買

需要 APP 的讀者，請選購【本書＋5APP】套組，或至手機商店單獨購買 APP。「App Store / Google Play」請搜尋：大家學標準日本語【每日一句】。

● APP 功能・內容

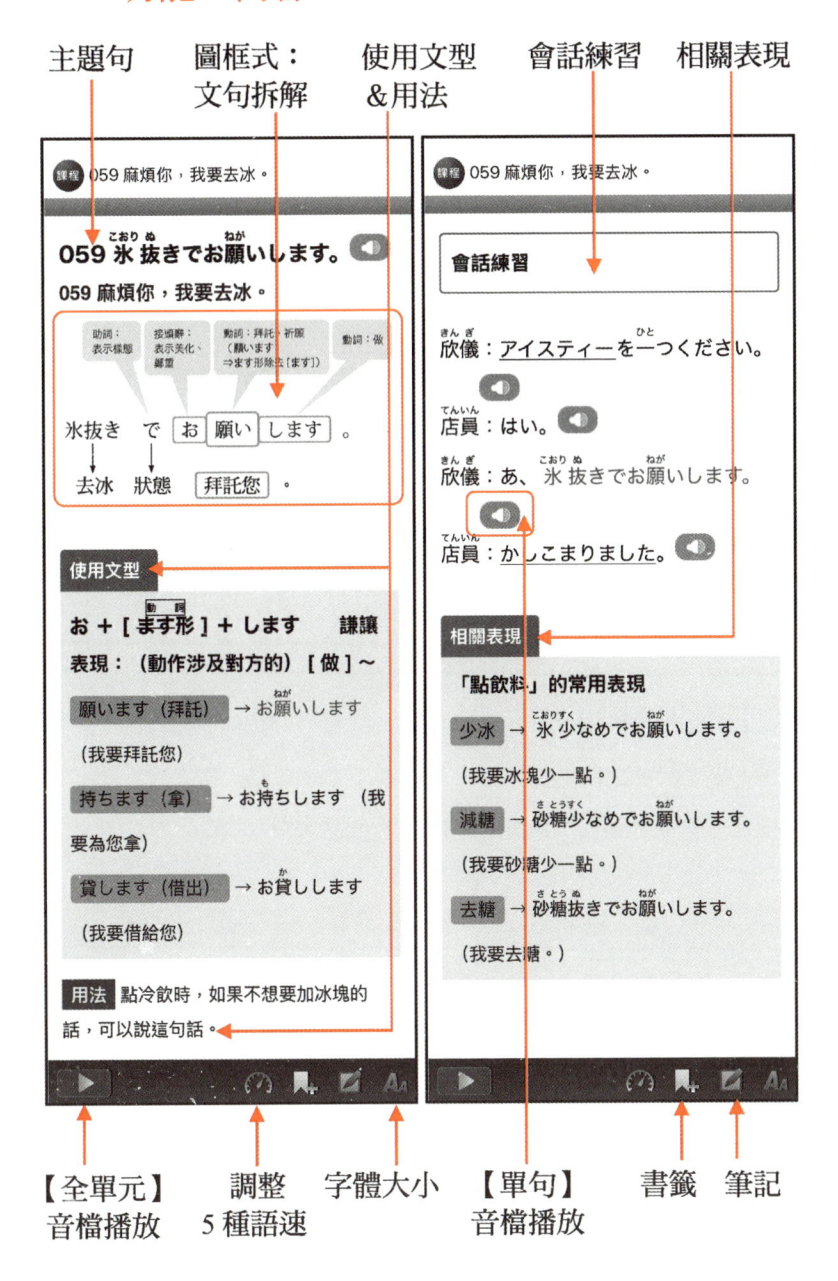

主題句　　圖框式：　　使用文型　　會話練習　　相關表現
　　　　　文句拆解　　&用法

059 氷抜きでお願いします。
059 麻煩你，我要去冰。

| 助詞：
表示樣態 | 接頭辭
表示美化、
鄭重 | 動詞：拜託・祈願
（願います形除去［ます］） | 動詞：做 |

氷抜き　で　お　願い　します　。
去冰　　狀態　　拜託您　　。

使用文型

お ＋ [**動詞 ます形**] ＋ します　　謙讓
表現：（動作涉及對方的）[做] ～

願います（拜託）→ お願いします
（我要拜託您）

持ちます（拿）→ お持ちします（我要為您拿）

貸します（借出）→ お貸しします
（我要借給您）

用法 點冷飲時，如果不想要加冰塊的話，可以說這句話。

會話練習

欣儀：アイスティーを一つください。
店員：はい。
欣儀：あ、氷抜きでお願いします。
店員：かしこまりました。

相關表現

「點飲料」的常用表現

少冰 → 氷少なめでお願いします。
（我要冰塊少一點。）

減糖 → 砂糖少なめでお願いします。
（我要砂糖少一點。）

去糖 → 砂糖抜きでお願いします。
（我要去糖。）

【全單元】音檔播放　　調整5種語速　　字體大小　　【單句】音檔播放　　書籤　　筆記

全書總目錄

作者序	P004
出版前言	P006
本書特色	P008
特別推薦：行動學習 APP	P010
全書總目錄・各篇目錄	P012
1 生活實用篇	P046
2 商務會話篇	P215
3 旅行會話篇	P411
4 談情說愛篇	P576
5 生氣吐槽篇	P712

1 生活實用篇 目錄

心情

1-001　閒得要命。
1-002　今天好倒楣喔…。
1-003　啊～，心都碎了…。
1-004　啊，沒事沒事。
1-005　啊～，開始緊張起來了。
1-006　完了完了…。
1-007　怎麼辦才好…。
1-008　我羞愧到無地自容了。
1-009　呀，好噁喔！
1-010　呀～！我起雞皮疙瘩了。
1-011　（面臨困難的狀況時）糟了！
1-012　該減肥了…。
1-013　還好啦，我不會在意。
1-014　連續高溫讓人變得無精打采。
1-015　今天沒有想做任何事的心情耶。
1-016　他的過世真令人遺憾。

安慰 & 安撫

1-017　隨著時間過去會沒事的。
1-018　你不用把它想得那麼嚴重。
1-019　安啦，安啦，沒什麼啦。
1-020　你想太多了啦。
1-021　不要在意啦。

希望 & 要求

1-022　等一下。

1-023　你來一下。
1-024　你在這裡等著。
1-025　有點事想跟你說。
1-026　別賣關子,快點說!
1-027　能那樣的話就太好了。
1-028　可以坐過去一點嗎?
1-029　這個可以給我嗎?
1-030　要常常在 Facebook 上面 po 文喔。
1-031　我會再跟你聯絡,請告訴我你的 e-mail 地址。

請求協助

1-032　幫我抓一下背。
1-033　幫我按摩一下肩膀好嗎?
1-034　幫我拿一下那個糖。
1-035　你有什麼可以寫的筆嗎?
1-036　可以給我一杯水嗎?
1-037　幫我拿著一下。

邀約

1-038　你來台灣,我會帶你去玩。
1-039　喂喂,要不要去哪裡玩呢?
1-040　周末你有要做什麼嗎?
1-041　下次我們一起去喝吧。
1-042　下次有空的話,要不要一起吃飯?
1-043　再來玩喔。

抱怨

1-044　你快點說嘛。
1-045　那時候跟我說,不就好了嗎?
1-046　你可不可以等我一下啊…奇怪耶你!

歉意 & 婉拒

1-047 不好意思,讓你久等了。
1-048 不好意思,我睡過頭了…。
1-049 不好意思,因為收訊不好聽不清楚。
1-050 還是不要好了。
1-051 不好意思,我突然不能去了。
1-052 對不起,我人不太舒服,下次再說好了。

提醒&建議

1-053 要不要帶傘出門?
1-054 值得一試喔。
1-055 姑且一試吧。
1-056 不做看看怎麼會曉得呢?
1-057 別那麼早放棄嘛。
1-058 總會有辦法的吧。
1-059 要不要休息一下?
1-060 要不要找個地方躲雨啊?
1-061 你要不要喝個咖啡什麼的?
1-062 現在不是做那個的時候。
1-063 你的石門水庫(拉鍊)沒拉喔。
1-064 現在半價耶。
1-065 那麼,大家均攤吧。
1-066 抽太多菸對身體不好喔。
1-067 你看你看,那個。
1-068 你好像有掉東西喔。
1-069 你不要太勉強囉。
1-070 小心車子喔。
1-071 不需要那麼急吧。
1-072 不要再刺激他了啦。
1-073 我覺得這個比較適合你耶。

疑問＆疑惑

1-074 欸？我有這樣說嗎？
1-075 欸？那個是放在哪裡？
1-076 欸？明天放假不是嗎？
1-077 欸？你是不是瘦了？
1-078 欸，你已經結婚了？看不出來耶。
1-079 你的時間還OK嗎？
1-080 那個，在哪裡有賣？
1-081 那個是可以吃的嗎？
1-082 什麼？我沒聽清楚。
1-083 那，現在是怎樣？
1-084 這個用日文要怎麼說？
1-085 好像有什麼怪味道。
1-086 那件事，好像在哪裡聽說過！
1-087 你剛剛有打電話給我嗎？
1-088 像這樣可以嗎？
1-089 我有說錯話嗎？
1-090 真的沒辦法嗎？
1-091 喂，你知道嗎？
1-092 怎麼可能會有這種事！
1-093 沒想到竟然會變成這樣⋯。

感謝

1-094 哎～，你幫了一個大忙，真是謝謝。
1-095 嗯～，獲益良多。
1-096 那這樣就麻煩你了。

關心＆讚美

1-097 你有什麼需要幫忙的，請隨時告訴我。
1-098 要不要去接你？

1-099　是出了什麼事嗎？
1-100　欸？你換髮型了哦？
1-101　好久不見～，你好嗎？
1-102　讓你久等了，你等很久了嗎？
1-103　你還沒睡哦？
1-104　為了避免感冒，多加件衣服喔。
1-105　今天你要不要早點休息？
1-106　那副眼鏡很適合你。

否定陳述

1-107　呀～，我不曉得耶。
1-108　我總覺得無法理解。
1-109　早知道我就不做了…。
1-110　並沒有那樣的打算。
1-111　我的意思不是那樣啦。

肯定陳述

1-112　啊！那個我知道！
1-113　唬你的啦。
1-114　嗯～，老樣子。
1-115　我現在在忙，等一下回電給你。
1-116　e-mail 亂碼沒辦法看。
1-117　那，猜拳決定吧。
1-118　把過去的都付諸流水，…
1-119　啊～，我就是在找這個。
1-120　是錯覺吧。
1-121　終於做到了！
1-122　我就是在等這一刻！

感想

1-123　就是啊。

1-124 希望是如此。
1-125 果然不出我所料。
1-126 啊～，快樂的時光總是一下子就過了。
1-127 你這麼一說，我也這麼覺得。
1-128 嗯～，我覺得還好耶。（比原本期待的不好）

說話

1-129 呀～，真的很難說耶。
1-130 說來話長。
1-131 我有在想什麼時候要跟你說…。
1-132 這件事，我死也不能說…。
1-133 我剛剛講的話，你就當作沒聽到好了。
1-134 那個和這個是不同件事。
1-135 所以我不是說了嗎？

決心＆承諾

1-136 看我的。
1-137 只有拼了吧！
1-138 來，一決勝負吧！
1-139 明天起，我一定要開始認真了！
1-140 包在我身上。

移動＆行動

1-141 我等一下會過去，你先去好了。
1-142 已經這麼晚了喔，不回去不行了…。
1-143 那，我先走了。
1-144 可以的話我會去。（有點敷衍）

飲食

1-145 肚子好餓，有沒有什麼可以吃的？
1-146 不要客氣，儘量吃。
1-147 今天我們要吃什麼呢？

1-148 今天我請客,儘量點。
1-149 今天我們盡情地喝吧。
1-150 想吃點什麼熱的東西。
1-151 想不到會那麼好吃耶。
1-152 哇～,看起來好好吃。
1-153 我可以把這個吃掉嗎?
1-154 這個沒有壞掉嗎?有怪味道耶。
1-155 呀!這個已經過期了耶。

身體狀況

1-156 啊～,肩膀好酸喔。
1-157 我頭暈暈的。
1-158 好像感冒了。
1-159 啊～,沒力。啊～,好酸。
1-160 笑到肚子好痛。
1-161 啊～,鞋子會磨腳,好痛。

突發狀況

1-162 啊!地震!
1-163 腳抽筋了!
1-164 完了,我想大便。
1-165 我去尿個尿。
1-166 啊,我忘了帶。
1-167 啊,快沒電了。
1-168 我現在沒帶錢。
1-169 完了,我快吐了…。

2 商務會話篇 目錄

自我介紹＆交換名片

2-001　我是今天剛進入公司的山田太郎。
2-002　今後可能會給各位帶來麻煩，也請各位盡量指導我。
2-003　我會為了武藏貿易公司而努力。
2-004　我會拼命工作，力求對公司有所貢獻。
2-005　能給我一張您的名片嗎？
2-006　真不好意思，名片剛好用完了…。
2-007　抱歉，不曉得您的名字應該怎麼唸？
2-008　您的大名我從近藤先生那裡聽說過，非常久仰您的大名。

寒暄＆打招呼

2-009　我回來了。
2-010　我先告辭了。
2-011　好久不見。
2-012　今天在您這麼忙碌的時候打擾您了，真不好意思。
2-013　承蒙您的照顧。
2-014　承蒙您的關照，我是島津產業的李某某。
2-015　祝您新年快樂。
2-016　（客人來店時）歡迎光臨。（客人離店時）謝謝惠顧。

和主管互動

2-017　課長，企劃書做好了，請您過目。
2-018　能不能請您有空時，幫我過目一下？
2-019　其實，是有事要和您商量…。
2-020　我想您還是稍微休息一下比較好。
2-021　為了滿足課長的期待，我會努力工作。
2-022　我會盡全力完成的。

2-023　這次的工作請務必讓我來負責，好嗎？
2-024　那麼重要的工作，我能勝任嗎？

電話應對

2-025　不好意思，請問人事部的田中先生在嗎？
2-026　能不能請您稍等一下，不要掛斷電話。
2-027　陳小姐現在電話中，請您不要掛斷稍等一下。
2-028　請稍等，我現在幫您轉接。
2-029　（接起轉接過來的電話時）電話換人接聽了，我是半澤⋯。
2-030　鈴木今天請假。
2-031　等東田回來之後，我會立刻請他回電給您。
2-032　好的，我一定如實轉達。
2-033　如果您願意的話，我願意先聽您的問題。
2-034　如果是我可以理解的事，我願意洗耳恭聽。
2-035　如果他回來的話，能不能請他立刻回電話給我？
2-036　能不能請您幫我轉達留言？
2-037　請幫我向東田先生轉達「想要在明天下午四點舉行會議」。
2-038　為了保險起見，我還是留下我的電話好了。
2-039　剛才東田先生打電話來，他說「會比預定的會議時間晚30分鐘到」。

約定見面

2-040　為了到台灣出差的事，想跟您馬上見個面。
2-041　那麼，我近期再來拜訪。
2-042　下午三點之後的話，我會在公司。
2-043　日期請您決定。

商務拜訪

2-044　百忙之中打擾您。我是島津產業的李某某。
2-045　如果中西先生在的話，我想要拜見一下⋯。
2-046　您不用特別張羅了。

2-047 今天有勞您特別撥出時間,非常感謝。
2-048 讓您跑這一趟,非常不好意思。

接待訪客

2-049 您是哪一位?
2-050 請問您有預約嗎?
2-051 是半澤先生吧?我恭候大駕已久。
2-052 請用茶。
2-053 那麼,我帶您到總經理室。
2-054 波野正在開會,大概下午四點左右就會結束⋯。
2-055 半澤現在不在座位上,請您稍等一下。
2-056 謝謝您今天特地過來。

會議

2-057 讓各位久等了。那麼緊接著就開始我們的會議吧。
2-058 我對淺野分店長的意見沒有異議。

請求

2-059 能不能請您稍等一下呢?
2-060 我馬上調查看看,請您稍等一下好嗎?
2-061 (處理上)需要花一點時間,您可以等嗎?
2-062 請您坐在那邊稍候。
2-063 能不能請您再說一次?
2-064 能否請您再重新考慮一下?
2-065 不好意思,有點事想請教您。
2-066 不好意思,能不能請您過來一趟?
2-067 不好意思,能不能請您幫我影印?
2-068 那麼,就拜託您了。
2-069 方便的話,能不能告訴我呢?
2-070 能不能再寬限一點時間?
2-071 不好意思,您現在時間方便嗎?

2-072　麻煩您，可以請您填寫聯絡方式嗎？
2-073　可以請您填寫在這張表格上嗎？
2-074　請在閱讀這份契約後簽名。

表示意見

2-075　我覺得那樣有點問題。
2-076　有關這個部分，可以請您（內部）再商討一下嗎？
2-077　（對上司或客人反駁、抱持不同意見時）恕我冒昧，…
2-078　我明白您的意思，但是…。
2-079　這個條件的話，我們公司在成本上根本划不來。
2-080　就是您說的那樣。
2-081　關於這件事，我改天再跟您談。
2-082　我看一下。
2-083　我馬上過去拿。
2-084　承辦人員非常了解，所以請您放心。

提出疑問

2-085　不好意思，請問您是高橋先生嗎？
2-086　對不起，請問是您本人嗎？
2-087　您有什麼事嗎？
2-088　您所說的意思是…？
2-089　這樣子可以嗎？

需要考慮

2-090　我和上司商量之後，再給您答覆。
2-091　關於這件事，請讓我跟上司討論一下。
2-092　關於融資的事情，因為不是我單方面就可以決定的…。

期待後續發展

2-093　前幾天拜託您的產品設計的事，後來怎麼樣了？
2-094　我等待您的好消息。
2-095　如果這星期之內可以得到您的回覆，那就太好了。

接受提議

2-096 我很樂意奉陪。
2-097 我很樂意去做。
2-098 那可是求之不得的好事。
2-099 那樣的話很好。
2-100 如果真是這樣的話,我們也只好接受了。

婉拒

2-101 對不起,我們無法滿足您的要求。
2-102 對我來說責任太重。
2-103 關於這次的事,請容許我謝絕。
2-104 今天的話,還是請您先回去吧。

銷售行為

2-105 您有中意嗎?
2-106 因為這個是限量商品,所以是很難買到的。
2-107 要不要包裝成禮物的樣子呢?
2-108 這是免費贈送給您的。
2-109 這是免費招待的。

付款

2-110 不好意思,請先付款。
2-111 您要怎麼付款呢?
2-112 匯款手續費由客戶負擔。

出貨

2-113 今天已將您訂購的物品寄出了。
2-114 您所訂購的商品,我已經送達了。
2-115 交貨日期能否順延一周?

客服&客訴

2-116 這件事我不清楚,要麻煩您詢問相關的業務人員。
2-117 關於這件事,我們會在一兩天內查明,並給您答覆。

2-118　真是對不起，我馬上就為您更換。
2-119　我想是有些誤會，所以請讓我解釋一下。

接送

2-120　我會到機場接您。
2-121　我來迎接您了。
2-122　我現在就幫您安排計程車。
2-123　請稍等一下，我馬上幫您叫計程車。

表達謝意

2-124　我代表全體同仁，向您表示誠摯的謝意。
2-125　這次得到您許多幫忙，非常感謝。
2-126　前些日子您那麼忙（還幫我這麼多），謝謝您。
2-127　實在是不好意思，那我收下了。
2-128　我很高興，但是我不能收下。
2-129　非常謝謝您的關心。
2-130　非常感謝大家今天百忙之中來到這裡。
2-131　我沒想到那麼多。又學了一招。

表達歉意

2-132　這次給您添這麼多麻煩，實在不好意思。
2-133　我會嚴厲地訓誡他，還請您多多包涵。
2-134　我已經盡力了，不過⋯。
2-135　我下次不會再犯同樣的錯誤。
2-136　不好意思，我有個不情之請。
2-137　很抱歉，讓您久等了。
2-138　您特意來一趟，真是對不起。
2-139　真不好意思，我馬上幫您拿來。

提醒

2-140　如果有不清楚的地方，不必客氣，請您提出來。
2-141　請留意不要遺忘東西。

3 旅行會話篇 目錄

交通

3-001 請出示您的護照和機票。
3-002 請給我靠走道的座位。
3-003 我可以排候補嗎？
3-004 這個可以隨身登機嗎？
3-005 我可以把椅子稍微往後倒嗎？
3-006 這班公車有到新宿嗎？
3-007 往東京鐵塔的公車，間隔多久一班？
3-008 這班公車到了東京鐵塔時，可以告訴我一聲嗎？
3-009 車資是多少錢？
3-010 只販售當日券。
3-011 我想要買來回票。
3-012 這班電車會停『秋津站』嗎？
3-013 這個車廂是對號入座的嗎？
3-014 這個可以使用JR周遊券搭乘嗎？
3-015 計程車招呼站在哪裡？
3-016 坐計程車去的話，大概要多少錢？
3-017 （上計程車前）我只有一萬日圓紙鈔，找零沒有問題嗎？
3-018 因為依規定，後座的人也必須繫安全帶，所以請您繫上。
3-019 請問有租車服務嗎？
3-020 我需要提出什麼證明身分的東西嗎？
3-021 從這裡到東京鐵塔需要多久的時間？
3-022 走路可以到嗎？
3-023 98高級汽油，請加滿。

住宿

3-024　今天晚上還有空房嗎？
3-025　我想要住可以看到海的房間。
3-026　從那個房間能看到東京鐵塔嗎？
3-027　可以換到別的房間嗎？
3-028　我想要多住一晚。
3-029　我要再住一天，可以嗎？
3-030　我可以延長居住天數到後天嗎？

客房服務

3-031　我想借熨斗和燙衣板。
3-032　我想要使用保險箱。
3-033　有送洗的服務嗎？
3-034　麻煩明天早上八點叫我起床好嗎？
3-035　可以請你幫我保管行李到七點嗎？
3-036　我把鑰匙忘在房間了⋯⋯。
3-037　空調沒有運轉⋯⋯。
3-038　蓮蓬頭的熱水都不熱⋯⋯。

預約

3-039　我要預約明天晚上六點半兩位。
3-040　我想要相連的位子。
3-041　我是已經有預約的王某某。
3-042　我可以取消預約嗎？

飲食

3-043　哪一帶的餐廳比較多呢？
3-044　這附近有沒有平價一點的餐廳？
3-045　這附近有中式餐廳嗎？
3-046　在哪裡可以吃到平價的日本料理呢？
3-047　請問您要內用還是外帶？

3-048 要等多久呢?
3-049 我要非吸菸區的座位。
3-050 人數是兩大一小。
3-051 今天的推薦菜單是什麼?
3-052 有沒有什麼本地菜呢?
3-053 有沒有比較推薦的輕食類的東西?
3-054 有兒童菜單嗎?
3-055 這道菜裡面,有什麼東西呢?
3-056 這道菜有使用牛肉嗎?
3-057 總共點餐以上這些東西。
3-058 那,就先給我啤酒好了。
3-059 麻煩你,我要去冰。
3-060 份量可以少一點嗎?
3-061 這不是我點的東西。
3-062 我點的菜還沒有來耶。
3-063 這道菜好像有點不熟的樣子⋯。
3-064 可以稍微再煮熟一點嗎?
3-065 不好意思,可以幫我換盤子嗎?
3-066 能不能幫我把盤子收走?
3-067 咖啡可以續杯嗎?
3-068 可以給我一個外帶的袋子嗎?
3-069 不好意思,能不能請你再快一點?

購物

3-070 我只是看看而已,謝謝。
3-071 我的預算是兩萬日圓。
3-072 我想要買暈車藥。
3-073 我正在找要送給朋友的紀念品(名產)。
3-074 有沒有當地才有的名產呢?

3-075　這是哪一國製的？
3-076　有沒有別的顏色？
3-077　這個可以試穿嗎？
3-078　尺寸有點不合，太大了。
3-079　褲腳可以幫我弄短一點嗎？
3-080　這兩個價格為什麼差這麼多？
3-081　我要買這個。
3-082　觀光客購買可以免稅嗎？
3-083　能不能再便宜一點？
3-084　我想要辦一張集點卡。
3-085　可以寄送到海外嗎？
3-086　可以用貨到付款寄送嗎？
3-087　可以幫我包裝成送禮用的嗎？
3-088　再給我一個袋子好嗎？
3-089　這個東西我想退貨，可以嗎？
3-090　因為尺寸不合，可以換貨嗎？
3-091　退換貨時，請在一周內攜帶發票和商品過來。

結帳

3-092　請幫我分開結帳。
3-093　可以使用這個折價券嗎？
3-094　請問您要付現還是刷卡？
3-095　可以用信用卡付款嗎？
3-096　能不能給我收據？
3-097　請幫我找開，我需要紙鈔和零錢。
3-098　欸？是不是找錯錢了？
3-099　這是什麼的費用？

觀光 & 拍照

3-100　有沒有旅遊服務中心？

3-101　有這個城市的觀光導覽手冊嗎？
3-102　這附近有什麼知名景點嗎？
3-103　這裡可以拍照嗎？
3-104　這裡可以使用閃光燈嗎？
3-105　不好意思，可以麻煩你幫我拍照嗎？
3-106　只要按一下這個快門鍵就好。
3-107　可以把東京鐵塔也一起拍進去嗎？
3-108　我想要體驗一下茶道。
3-109　如果你要來台灣玩，請務必和我聯絡。

活動＆購票

3-110　開演時間是幾點？
3-111　可以買今天晚上的票嗎？
3-112　可以的話，我想要最前排的座位。
3-113　這個座位是在哪裡呢？
3-114　可以整個承租包下來嗎？
3-115　跨年晚會的會場在哪裡？

詢問

3-116　這個位子沒人坐嗎？
3-117　這附近有吸菸區嗎？
3-118　附近有網咖嗎？
3-119　有可以上網的電腦嗎？
3-120　什麼時候可以取件？
3-121　現在還在營業嗎？
3-122　營業時間是幾點到幾點呢？
3-123　公休日是哪一天？
3-124　這附近晚上的治安沒問題嗎？
3-125　方便的話，能不能告訴我你的 e-mail 呢？

換錢

3-126 （拿出一千日圓鈔票）可以請你幫我換成 500 日圓銅板一個、100 日圓的銅板五個嗎？

3-127 這附近有沒有可以換外幣的地方？

3-128 今天台幣對日幣的匯率是多少？

3-129 我想把台幣換成日幣。

意外&求助

3-130 我把東西遺忘在電車裡了。

3-131 我掉了東西，請問有被送到這裡來嗎？

3-132 請幫我叫救護車。

3-133 不好意思，能不能拜託你帶我到附近的醫院。

3-134 可以開立診斷書嗎？

3-135 我現在在地圖上的什麼位置，可以請你告訴我嗎？

3-136 我跟朋友走散了。

3-137 要怎麼撥打國際電話呢？

3-138 可以借個廁所嗎？

3-139 我有麻煩，你能幫我嗎？

3-140 不好意思，請再稍等一下。

3-141 這個人就是嫌犯。

4 談情說愛篇 目錄

好想談戀愛

4-001　我 2 年沒有交女朋友了。
4-002　好想有人陪我一起過聖誕節啊。
4-003　有沒有好對象可以介紹給我呢？

告白

4-004　其實我很在乎你。
4-005　請你以結婚為前提跟我交往。
4-006　我對你是一見鍾情。
4-007　是我很喜歡的類型。
4-008　非妳不可了。
4-009　沒辦法，我就是喜歡上了嘛。
4-010　感覺我們是比朋友還要好了…。

表達愛意

4-011　能夠遇見你真是太好了。
4-012　能夠遇見你真的很幸福。
4-013　能夠和你交往真的很好，謝謝你。
4-014　與其說是喜歡，應該說是愛吧。
4-015　超愛你的！
4-016　我眼裡只有你。
4-017　如果沒有你，我會寂寞死。
4-018　死而無憾。
4-019　謝謝你總是陪著我。
4-020　我不想離開（你）…。
4-021　你問我喜歡你什麼？當然是你的全部囉。
4-022　短時間不能見面，我們就每天講電話吧。

約會

4-023　下次什麼時候可以見面？
4-024　下次我們一起去賞櫻吧。
4-025　下次可以去你家玩嗎？
4-026　有煙火大會，要不要一起去看？
4-027　欸，你帶人家去吃好吃的東西嘛。
4-028　欸，帶人家去什麼好玩的地方嘛。
4-029　帶我去兜風嘛。
4-030　今天晚上有空嗎？
4-031　突然好想見你喔，現在可以見面嗎？
4-032　我很想見到你，所以來了⋯⋯。
4-033　今天可以跟你見面，真的很高興。
4-034　和你在一起的時間，總覺得過得特別快。
4-035　跟你在一起真的感覺很輕鬆。

要求

4-036　我希望你一直在我身邊。
4-037　你要一直陪在我旁邊喔。
4-038　看著我的眼睛對我說。
4-039　不要對我有所隱瞞喔。
4-040　你老實說，我不會生氣。
4-041　你直接叫我的名字就好了。
4-042　親我一下。
4-043　你背我好嗎？
4-044　嘴巴張開「啊～」。
4-045　你要握緊我的手喔。
4-046　走路的時候你要牽我啊。
4-047　你要負責任喔。
4-048　下次能不能只有我們兩個談一談呢？

4-049　待會我有件事想要跟你說⋯。
4-050　我今天有很重要的事情要說。
4-051　你還年輕，多談點戀愛嘛。

期盼

4-052　我想早點見到你⋯。
4-053　我好希望明年的聖誕節還能和你一起度過。
4-054　希望時間永遠停留在這一刻。
4-055　好想跟你一直這樣下去。
4-056　多麼希望一輩子都能牽著妳的手。
4-057　下輩子還想跟你在一起。
4-058　只要你在我身邊，我什麼都不需要。
4-059　結婚後我最少想要三個小孩耶。

體貼

4-060　如果妳會冷的話，要不要穿上我的外套？
4-061　我送你回家好了。
4-062　你等我，工作結束後我會去接你。
4-063　我煮好飯等你喔。
4-064　（送禮物時）因為我覺得這個很適合妳⋯。

關心

4-065　有我在，妳不用擔心。
4-066　妳不要哭，不然我也會跟著妳難過。
4-067　怎麼了？有什麼不高興的事嗎？
4-068　昨天晚上你的手機打不通，怎麼了？
4-069　到家的話，要打電話給我喔。
4-070　下班之後，早點回家喔。
4-071　今天很晚了，要不要留在我這裡過夜？
4-072　你要先吃飯？還是先洗澡？

讚美

4-073　你的笑容真的是很棒。
4-074　看到你的笑容，我就覺得很療癒。
4-075　你穿什麼都很好看。

承諾

4-076　我會保護妳的。
4-077　我一定會讓妳幸福。
4-078　我一有時間，就馬上去看你。
4-079　（對花子說）我願意為你做任何事。
4-080　我願意為你付出一切。
4-081　我是相信你的。
4-082　這是我們兩個人的祕密喔。
4-083　我不可能還有其他喜歡的人吧。

認識家人

4-084　下次要不要和我父母親一起吃個飯？
4-085　下次能不能和我的父母見個面呢？
4-086　我希望你差不多該要跟我爸爸見面了。

求婚

4-087　從現在起，請妳跟我在一起好嗎？
4-088　（對女友的父母）請您把女兒嫁給我好嗎？
4-089　愛你一生一世。
4-090　我要當你的老婆！

疑惑 & 懷疑

4-091　你喜歡哪一種類型的呢？
4-092　現在有交往的對象嗎？
4-093　你是不是有其他喜歡的人？
4-094　你喜歡我對不對？
4-095　你喜歡我什麼？
4-096　你記不記得今天是什麼日子？

4-097　我真的可以把自己託付給你嗎？

4-098　我只是你的備胎嗎？

4-099　如果我跟你媽媽一起掉到水裡，你先救哪一個？

4-100　啊～，為什麼我會喜歡上你

寂寞＆煩惱

4-101　就因為人家很寂寞啊。

4-102　因為寂寞所以我打了這個電話⋯。

4-103　我只是想聽聽你的聲音而已。

4-104　不要放我一個人好嗎？

4-105　那個還沒有來⋯。

吵架＆抱怨

4-106　你最近對我比較冷淡哦？

4-107　感覺你最近都不打電話給我⋯。

4-108　你為什麼都不接我的電話？

4-109　你為什麼都不老實說？

4-110　為什麼你都不了解我啊？

4-111　你不要找藉口了。

4-112　你不要那麼任性嘛。

4-113　工作跟我，哪一個重要？

4-114　真不想看到你的臉。

4-115　我是不是哪裡讓你不高興了？

道歉

4-116　很抱歉，讓你感到寂寞了。

4-117　是我的錯，不要再生氣了嘛。

4-118　我再也不敢外遇了。求求你原諒我。

劈腿

4-119　你如果有小三的話，我會殺了你。

4-120　我怎麼可能會有小三。

4-121　那，就是說你腳踏兩條船？

分手&挽回

4-122　（我們）還是回到朋友的關係好了…。

4-123　我們還是分手比較好吧。

4-124　突然說要分手，你要不要再重新考慮一下？

4-125　能不能跟我復合呢…？

4-126　下次還能見面吧…。

4-127　我永遠都不會把你忘記。

拒絕&傷心

4-128　對不起，我已經有對象了。

4-129　我那麼的喜歡你（妳／他／她），卻…。

表明立場

4-130　因為如果不早點回家，會被爸媽罵。

4-131　請給我一點時間冷靜想一想。

4-132　如果你對我沒有感覺的話，就不要對我那麼好。

4-133　我啊～，現在還不想談戀愛啦。

4-134　結婚？還早吧～。

4-135　你不要口是心非了啦。

5 生氣吐槽篇 目錄

不耐煩

5-001 真是的！要說幾次你才懂啊！？
5-002 不要再提那件事了。
5-003 啊～，你很煩耶！
5-004 你又來了。
5-005 你到底想怎麼樣呢！？
5-006 別慢吞吞的！

不爽

5-007 關我屁事！
5-008 不要把我當成跟那種人一樣。
5-009 你可不可以給我安靜一點？
5-010 拜託，現在幾點了。
5-011 你以為你是誰啊。
5-012 超火大的。
5-013 幹嘛啦！

無法認同

5-014 沒這種事。
5-015 無所謂啦，又沒什麼。
5-016 真不像話。
5-017 真是太誇張（離譜）了吧！
5-018 太扯了吧！
5-019 這個太離譜了…。
5-020 你剛剛講的話，我沒辦法聽聽就算了。
5-021 跟你無關吧。
5-022 怎麼可以這樣？

5-023 有什麼屁用。
5-024 無法信任。

厭惡

5-025 我已經不想再看到你（他）的臉了。
5-026 我再也不去了。
5-027 我真的受夠了。

瞧不起

5-028 你真的很丟人現眼！
5-029 哼，好無聊。
5-030 膽小鬼！
5-031 你很菜耶。

拒絕

5-032 我才不要。
5-033 我死也不想。
5-034 我現在沒空理你。（現在很忙或心情不好）
5-035 不要那麼煩！（死纏爛打）

無奈

5-036 那種人，不要理他就好了。
5-037 對對對，都是我的錯。
5-038 所以我要你聽我說嘛。
5-039 你聽我講完好嗎？

抱怨

5-040 欸？之前都沒聽說耶。
5-041 你怎麼可以這樣說！？
5-042 你很雞婆耶。
5-043 我已經受不了了。
5-044 真不值得。（做得很悶。）
5-045 你也站在我的立場想一想嘛！

5-046 為什麼不懂我！？
5-047 你都不懂人家的感受…。
5-048 到底是怎麼一回事啊！
5-049 偶爾我也想要一個人。
5-050 沒血沒淚！

反擊&頂嘴

5-051 你不用管我！
5-052 這是人家的自由吧。
5-053 有什麼關係。讓我照我自己的想法嘛。
5-054 那又怎樣？
5-055 我要把你講的話通通還給你！
5-056 你根本沒有資格講我。
5-057 你有什麼資格說我。
5-058 你憑什麼這樣講？
5-059 你不是也一樣嗎？
5-060 那應該是我要跟你講的話吧。
5-061 你才是啦！
5-062 我才想問耶。
5-063 你要講成那樣嗎？
5-064 還敢說情人節哦！
5-065 你自己捫心自問吧。
5-066 不要以自我為中心。
5-067 既然這樣，我也忍了很多話要說，…
5-068 道歉就沒事了，那還需要警察幹嘛。
5-069 拜託你不要這樣隨便破壞我的名聲。
5-070 你要怎麼負責！？
5-071 不要把我看扁！
5-072 我才不稀罕咧！

5-073 饒了我啦。

斥責

5-074 趕快睡覺!
5-075 不要耍賴了!
5-076 不要那麼白目!
5-077 不要偷懶,認真一點!
5-078 廢話少說!
5-079 搞什麼啊～。
5-080 欸欸欸!(制止)
5-081 走開走開!
5-082 吵死了!給我閉嘴!
5-083 你真的是講不聽!
5-084 我看錯人了!
5-085 騙子!
5-086 你這個傢伙!
5-087 你這個忘恩負義的人!
5-088 你這個孽障!
5-089 呸呸呸!烏鴉嘴。
5-090 不管怎麼樣,你都說的太超過了。
5-091 都是你的錯!
5-092 你要殺我啊!?

吐槽

5-093 我早就跟你說了啊。
5-094 那你說要怎麼辦呢!?
5-095 事到如今你才這麼說,都太遲了。
5-096 你很敢說耶。
5-097 不要一直吹牛(說些無中生有、無聊的話、夢話)!

5-098　痴人說夢話！
5-099　你在痴人說夢話。
5-100　不要廢話一堆，做你該做的！
5-101　又在說些有的沒的了。
5-102　不要牽拖啦！
5-103　你不要裝傻！
5-104　你的表情好像在說謊。
5-105　我才不會上你的當。
5-106　你很優柔寡斷耶！
5-107　你很會差遣人耶。
5-108　幫倒忙。（倒添麻煩）
5-109　只顧自己享受，好自私哦。

諷刺

5-110　有嘴說別人，沒嘴說自己，你很敢講喔。
5-111　想看一看你的爸媽。（＝真不知道你爸媽怎麼教的。）

咒罵

5-112　色狼！
5-113　叛徒！
5-114　可惡！
5-115　滾出去！
5-116　活該。
5-117　現世報了，活該。
5-118　你真的是泯滅人性！
5-119　你會不得好死。
5-120　你活著不覺得可恥嗎？

挑釁＆警告

5-121　你給我差不多一點！

S-122　你給我記住！
S-123　你剛剛講的話，再給我說一次試試看！
S-124　有種你試試看啊！
S-125　你要跟我打架嗎？
S-126　這世上可沒那麼容易。
S-127　到時候你可不要哭。
S-128　你一定會後悔！
S-129　我要告你！

撂狠話

S-130　隨你便！
S-131　絕交好了！
S-132　好！出去打架啊！
S-133　會變成怎樣，我可不知道喔。
S-134　你前天再來。（＝你不要再來了。）
S-135　你乾脆去死算了。
S-136　去死算了⋯。

1 生活實用篇　001～169

2 商務會話篇　001～141

3 旅行會話篇　001～141

4 談情說愛篇　001～135

5 生氣吐槽篇　001～136

心情　**1-001 生活實用篇**

閒得要命。

暇(ひま)すぎて死(し)にそう。

| 暇 | すぎて | 死に | そう | 。 |

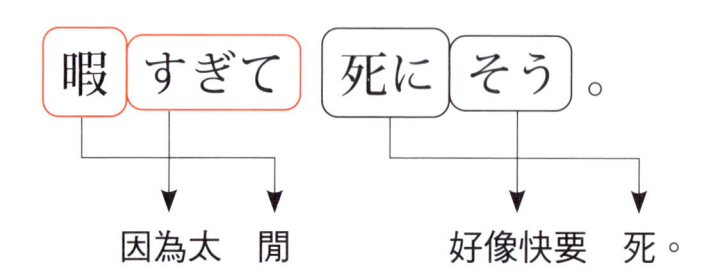

因為太　閒　　　好像快要　死。

* **暇すぎて**…複合型態（＝暇＋すぎて）

  暇…な形容詞：空閒

  すぎて…後項動詞：過於、太～

  （すぎます⇒て形，表示原因）

* **死に**…動詞：死（死にます⇒ます形除去[ます]）
* **そう**…助動詞：好像～、眼看就要～

用法

沒事做而覺得無聊時所說的話。身旁的人聽到了，或許就會邀你出去玩了！

1-002 生活實用篇　　心情

今天好倒楣喔…。

今日(きょう)はついてないなあ。

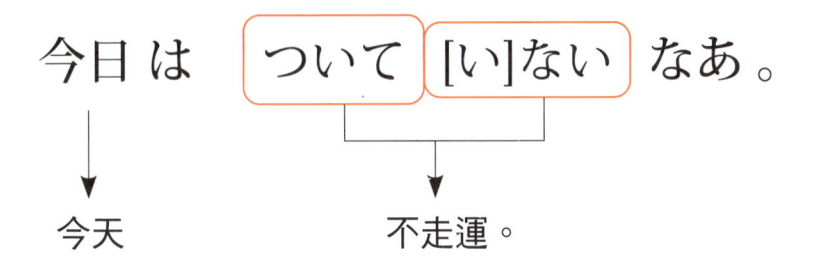

今日　は　ついて　[い]ない　なあ。
↓　　　　　　　↓
今天　　　　不走運。

* 今日…名詞：今天
* は…助詞：表示主題
* ついて…動詞：走運（つきます⇒て形）
* [い]ない…補助動詞：（います⇒ない形）
　（口語時可省略い）
　動詞て形＋います：目前狀態
* なあ…助詞：表示感嘆

用法
遇上哪一天接連發生不好的事情時，就這麼說吧！

心情　　1-003 生活實用篇

啊～，心都碎了…。

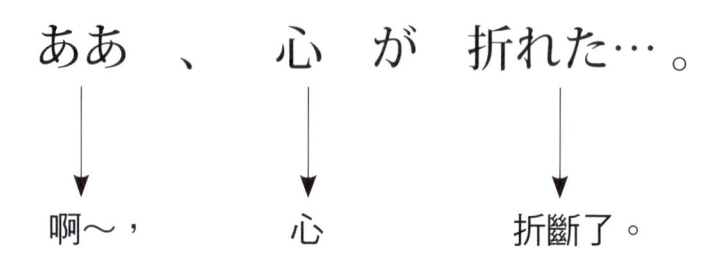

ああ、心(こころ)が折(お)れた…。

ああ　、　心　が　折れた…。
　↓　　　　↓　　　　　↓
　啊～，　　心　　　折斷了。

* ああ…感嘆詞：啊～
* 心…名詞：心
* が…助詞：表示焦點
* 折れた…動詞：折斷（折れます⇒た形）

用法
一路努力至今，卻無法成功時，可以說這句話。

1-004 生活實用篇　　心情

啊，沒事沒事。

あ、何(なん)でもない何(なん)でもない。

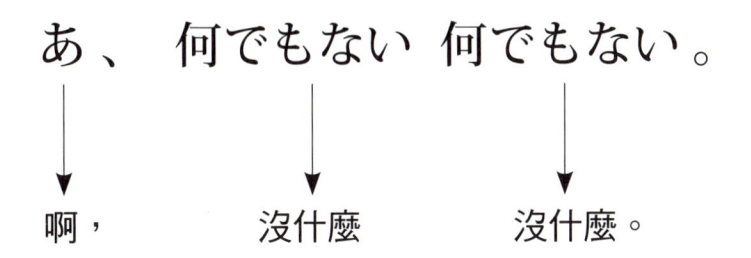

あ、　　何でもない　　何でもない。
↓　　　　　↓　　　　　　↓
啊，　　沒什麼　　　　沒什麼。

＊ あ…感嘆詞：啊
＊ 何でもない…連語：沒什麼、算不了什麼

用法

面對對方的詢問，覺得事情沒有重要到必須告訴對方時，可以這樣回應。不過既然對方想了解，除非不能說，否則還是據實以告比較好。

心情　　1-005 生活實用篇

啊～，開始緊張起來了。

ああ、緊張(きんちょう)してきた。

| ああ | 緊張して | きた |

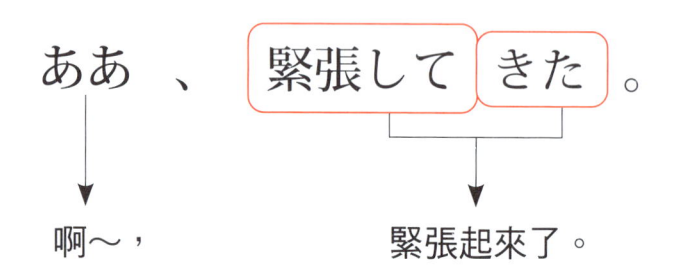

ああ → 啊～，

緊張して きた → 緊張起來了。

* ああ…感嘆詞：啊～
* 緊張して…動詞：緊張（緊張します⇒て形）
* きた…補助動詞：（きます⇒た形）
  動詞て形＋きました（きた）：變化和時間
  （過去⇒現在的逐次變化）

用法
面試或考試等容易讓人緊張的場合所說的話。說出來，反而能夠稍微放鬆喔。

1-006 生活實用篇　　心情

完了完了…。

やっべー…。

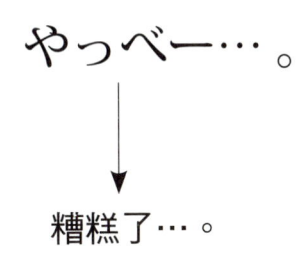

やっべー…。
↓
糟糕了…。

* やっべー…い形容詞：糟糕、不妙
　　　　　（やばい⇒口語變化）
* 此說法多為年輕人使用。

用法
遇上嚴重的情況或犯下大錯時的自言自語。

心情　　**1-007 生活實用篇**

怎麼辦才好…。

どうしようかなあ。

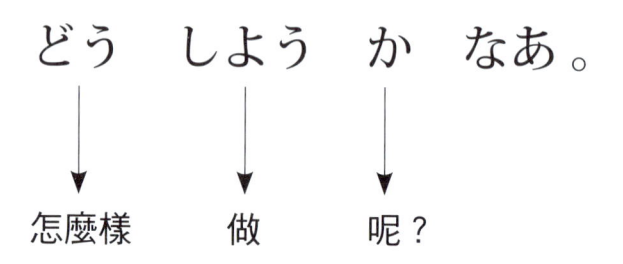

```
どう　　しよう　　か　　なあ。
 ↓　　　 ↓　　　 ↓
怎麼樣　　做　　　呢？
```

* どう…副詞（疑問詞）：怎麼樣、如何
* しよう…動詞：做（します⇒意向形）
* か…助詞：表示疑問
* なあ…助詞：表示感嘆

用法
無法決定、感到猶豫迷惘時所說的話。可以在說的同時，一邊思考一下。

1-008 生活實用篇　　心情

我羞愧到無地自容了。
穴(あな)があったら入(はい)りたい。

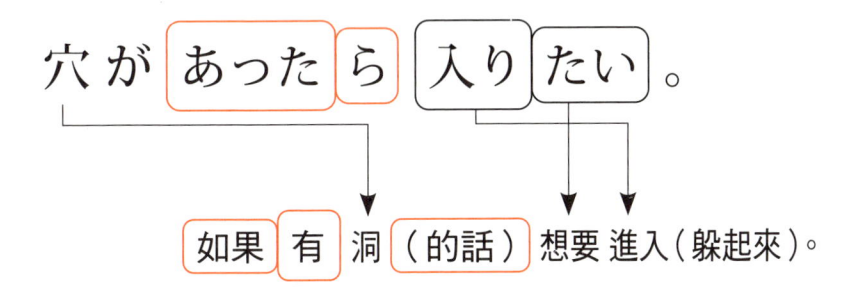

穴 が あったら 入り たい 。
　　　　如果 有 洞（的話）想要 進入（躲起來）。

* 穴…名詞：洞穴
* が…助詞：表示焦點
* あったら…動詞：有、在（あります⇒た形＋ら）
* 入り…動詞：進入（入ります⇒ます形除去[ます]）
* たい…助動詞：表示希望

用法
感到非常羞恥時的慣用表達。

心情　**1-009 生活實用篇**

呀，好噁喔！

うわっ、きもっ！

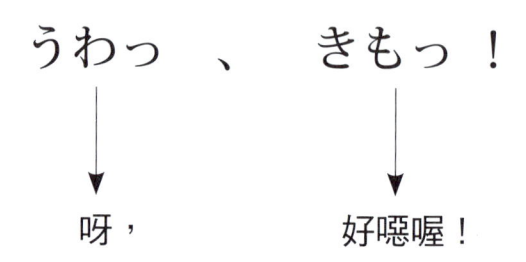

うわっ　、　きもっ！
　↓　　　　　↓
　呀，　　好噁喔！

* うわっ…感嘆詞：呀
* きもっ…略語：（＝気持ちが悪い）（＝きもい）

用法

看到讓人感覺不舒服的「事物」時所說的話。因為很失禮，所以不可以用於形容「人」。

1-010 生活實用篇　　心情

呀～！我起雞皮疙瘩了。

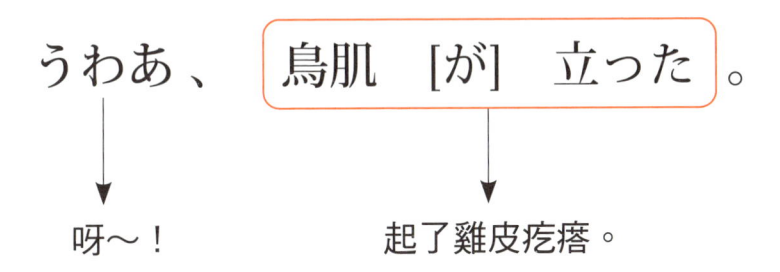

うわあ、鳥肌(とりはだ)立(た)った。

うわあ、 鳥肌 [が] 立った 。
　↓　　　　　　↓
呀～！　　　　起了雞皮疙瘩。

* うわあ…感嘆詞：呀～
* 鳥肌[が]立った…慣用語：起了雞皮疙瘩
　鳥肌…名詞：雞皮疙瘩
　が…助詞：表示主格（口語時可省略）
　立った…動詞：冒出（立ちます⇒た形）

用法
看到可怕、或讓人感覺不舒服的事物時所說的話。最近在日本年輕人之間，覺得感動時，也會這樣說。

心情　**1-011 生活實用篇**

（面臨困難的狀況時）糟了！

まいったなあ。

まいった　なあ。
　　↓
　　糟了。

＊ まいった…動詞：糟糕、受不了
　　　　　　（まいります⇒た形）
＊ なあ…助詞：表示感嘆

用法
遭遇麻煩時所說的話。覺得欣喜萬分，卻又想掩飾難為情時，也可以使用。

1-012 生活實用篇　　心情

該減肥了…。

ダイエットしなきゃ…。

ダイエットしなければ [ならない]…。
　　　　↓　　　　　　　　↓
　　不減肥的話　　　　　[不行]。

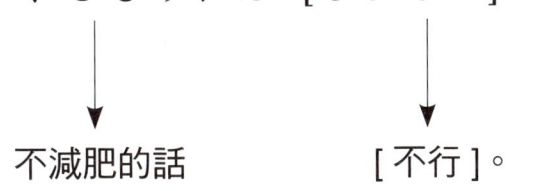

* ダイエットしなければ…動詞：減肥
  （ダイエットします⇒否定形[ダイエットしない]的條件形）
  ダイエットしなきゃ…縮約表現：不減肥的話
  （ダイエットしなければ⇒縮約表現）
  （口語時常使用「縮約表現」）
* [ならない]…動詞：不行（なります⇒ない形）
  （口語時可省略）

用法
覺得是必須減肥的地步了，所說的話。

心情　　　**1-013 生活實用篇**

還好啦，我不會在意。

いいよ、いいよ、気(き)にしてないから。

いい　よ、いい　よ、気にして　[い]ない　から。

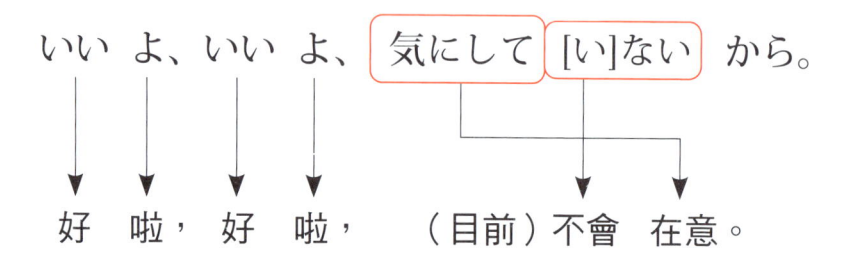

好　啦，好　啦，　（目前）不會　在意。

* **いい**…い形容詞：好、良好
* **よ**…助詞：表示感嘆
* **気にして**…連語：在乎、在意（気にします⇒て形）
* **[い]ない**…補助動詞：（います⇒ない形）
  （口語時可省略い）
  動詞て形＋います：目前狀態
* **から**…助詞：表示宣言

用法
對方來向自己道歉時，如果怒氣已消，可以這樣回應。

1-014 生活實用篇　心情

連續高溫讓人變得無精打采。

夏(なつ)バテになっちゃった。

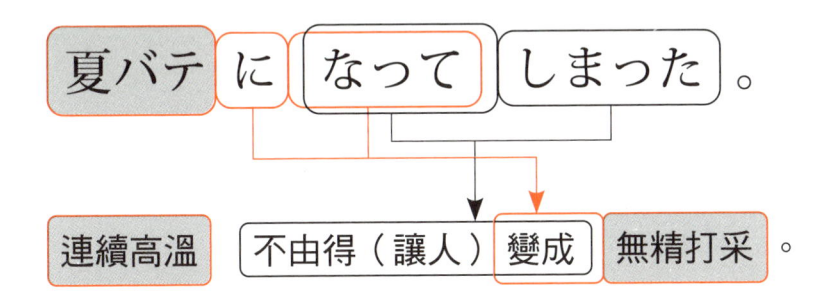

夏バテ に なって しまった 。

連續高溫　不由得（讓人）　變成　無精打采

* 夏バテ…名詞：連續高溫讓人無精打采
* に…助詞：表示變化結果
* なって…動詞：變成（なります⇒て形）
* しまった…補助動詞：（しまいます⇒た形）
  動詞て形＋しまいます：無法抵抗、無法控制
  なっちゃった…縮約表現：不由得變成
  （なってしまった⇒縮約表現）
  （口語時常使用「縮約表現」）

用法
因為夏季高溫，導致整個人無精打采或沒有食欲時，所說的話。

心情　**1-015 生活實用篇**

今天沒有想做任何事的心情耶。
今日(きょう)は何(なに)もする気(き)が起(お)きないなあ。

今日は │何│ │も│ する 気 が │起きない│ なあ。
　↓　　 ↓　 ↓　　　　↓　↓　　　↓
今天 沒發生　　做 任何（事） 心情。

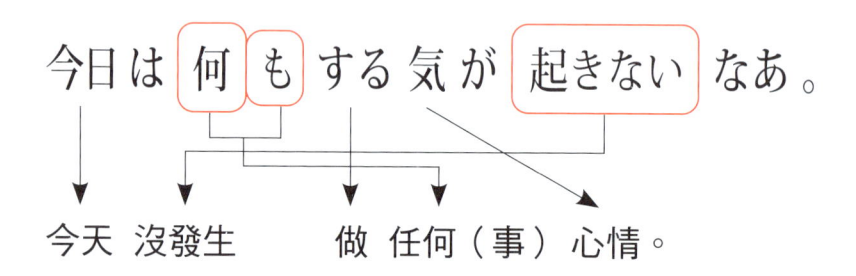

* 今日…名詞：今天
* は…助詞：表示對比（區別）
* 何…名詞（疑問詞）：什麼、任何
* も…助詞：表示全否定
* する…動詞：做（します⇒辭書形）
* 気…名詞：心情、精神、念頭
* が…助詞：表示主格
* 起きない…動詞：起來、發生（起きます⇒ない形）
* なあ…助詞：表示感嘆

用法
有時候，會一整天都沒幹勁。這時候，就這樣說吧。

1-016 生活實用篇　心情

他的過世真令人遺憾。

惜（お）しい人（ひと）を亡（な）くしたね。

惜しい　人　を　亡くした　ね。

失去了　捨不得的　人。

* 惜しい…い形容詞：可惜、捨不得
* 人…名詞：人
* を…助詞：表示動作作用對象
* 亡くした…動詞：失去（人）（亡くします⇒た形）
* ね…助詞：要求同意

用法

重要人物或名人過世時所說的話。自己的親人過世時，並不適用。

安慰 & 安撫　1-017 生活實用篇

隨著時間過去會沒事的。

時間(じかん)が解決(かいけつ)してくれるよ。

時間　が　解決して　くれる　よ。

時間　　　　　　　　　　（會）為你　解決。

* **時間**…名詞：時間
* **が**…助詞：表示主格
* **解決して**…動詞：解決（解決します⇒て形）
* **くれる**…補助動詞：（くれます⇒辭書形）
  動詞て形＋くれます：別人為我[做]～
  給建議的人是站在對方的立場說這句話，
  所以使用「動詞て形＋くれます」文型。
* **よ**…助詞：表示提醒

用法
失戀或其他原因深陷悲傷的人，可以用這句話安慰他。

1-018 生活實用篇　安慰＆安撫

你不用把它想得那麼嚴重。

そんなに思い詰めないで。

そんなに [思い] [詰めない] で [ください]。

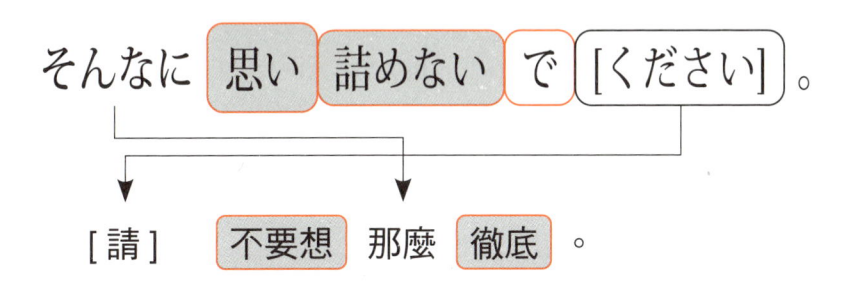

[請] [不要想] 那麼 [徹底] 。

* そんなに…副詞：那麼
* 思い詰めない…複合型態（＝思い＋詰めない）
  思い…動詞：思索、思量
  （思います⇒ます形除去[ます]）
  詰めない…後項動詞：不斷地、徹底
  （詰めます⇒ない形）
* で…助詞：表示樣態
* [ください]…補助動詞：請
  （くださいます⇒命令形[くださいませ]除去[ませ]）
  （口語時可省略）
  動詞ない形＋で＋ください：請不要[做]～

用法
面對深陷苦惱的人，可以用這句話安慰他。

安慰&安撫 **1-019 生活實用篇**

安啦，安啦，沒什麼啦。

平気平気、どうってことないよ。

平気 平気、どうって[いう]こと[は]ないよ。
↓　　↓　　　↓　　↓　　　↓　　↓　　　↓
沒事 沒事，所謂　怎麼樣　[的]（事）　　沒有。

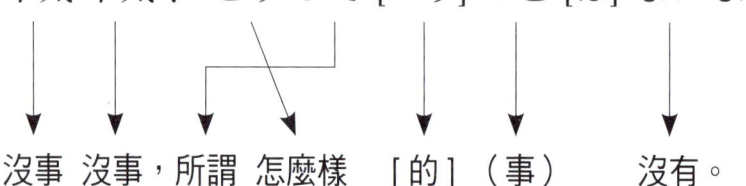

* 平気…な形容詞：沒事、平靜
* どう…副詞（疑問詞）：怎麼樣、如何
* って…助詞：提示內容
* [いう]…動詞：為了接名詞放的
  （いいます⇒辭書形）（口語時可省略）
* こと…形式名詞：文法需要而存在的名詞
* [は]…助詞：表示對比（區別）（口語時可省略）
* ない…い形容詞：沒有（ない⇒普通形-現在肯定形）
  　　　動詞：有（あります⇒ない形）
  （「ない」是「い形容詞」，也是動詞「あります」
  的「ない形」）
* よ…助詞：表示提醒

用法
感受到對方替自己擔心，想告訴對方自己一切沒問題時，可以說這句話。

1-020 生活實用篇　　安慰＆安撫

你想太多了啦。

いやいや、考(かんが)えすぎだって。

いや	いや、	考え	すぎだ	って。
↓	↓	↓	↓	↓
不	不	（你）想	太多了	啦。

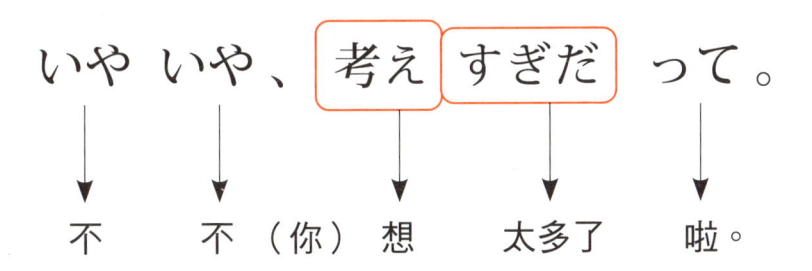

* いや…感嘆詞：不、不對
* 考えすぎだ…複合型態（＝考え＋すぎだ）
  考え…動詞：想（考えます⇒ます形除去[ます]）
  すぎだ…後項動詞：過於、太～
  （すぎます⇒名詞化：すぎ）
  （すぎです⇒普通形-現在肯定形：すぎだ）
* って…助詞：表示不耐煩
  ＝と言っているでしょう（我有說吧）

用法
讓對方知道「我覺得你想太多了」所使用的一句話。

安慰＆安撫　**1-021 生活實用篇**

不要在意啦。
気(き)にすんなって。

気　に　する　な　って。
↓　　↓　　　　　↓
不要　在意　　　　啦。

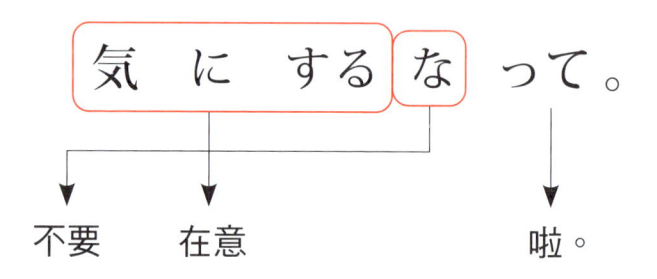

* 気にする…連語：在乎、在意（気にします⇒辭書形）
* な…辭書形＋な⇒禁止形
  気にすんな…縮約表現：不要在意
  （気にするな⇒縮約表現）
  （口語時常使用「縮約表現」）
* って…助詞：表示不耐煩
  ＝と言っているでしょう（我有說吧）

用法
發覺對方心情低落、或因為某件事心裡過意不去時，可以用這句話安慰他。

1-022 生活實用篇　希望&要求

等一下。

ちょっとたんま。

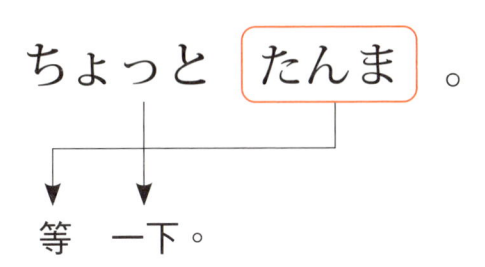

```
ちょっと　[たんま]　。
   ↓        ↓
   等       一下。
```

* **ちょっと**…副詞：一下、有點、稍微
* **たんま**…「たんま」的由來，有4種說法：

①待った（等待）的發音從後面念過來：
「まった」⇒「たっま」⇒「たんま」

②來自「タイムアウト（time out）」（暫停）：
「タイムアウト」⇒「タイマウ」⇒「たんま」

③來自中文「等嗎？(ダンマ)」：
「ダンマ」⇒「たんま」

④來自「炭酸マグネシウム」（碳酸鎂）：
運動中運動員要使用碳酸鎂止滑時會說：
ちょっと炭酸マグネシウム（を使うから、待って）。
（我要擦碳酸鎂，請等一下）。

ちょっとたんさんマグネシウム（を使うから、待って）。
精簡說出某些音⇒ちょっとたんマ（ま）

用法

運動或遊戲進行中，希望暫停時，所說的一句話。

希望&要求　1-023 生活實用篇

你來一下。

ちょっとこっち来(き)て。

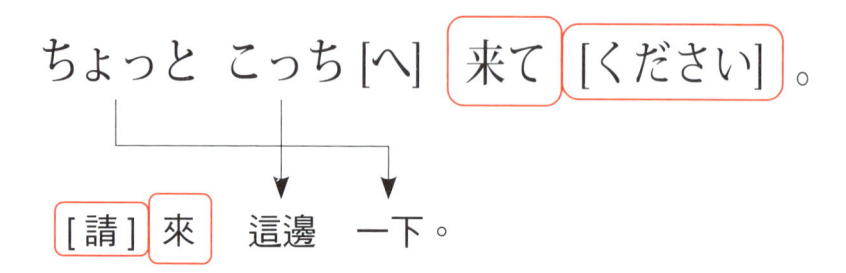

ちょっと　こっち[へ]　[来て]　[ください]。

[請] 來　這邊　一下。

* **ちょっと**…副詞：一下、有點、稍微
* **こっち**…名詞：這邊、這個
* **[へ]**…助詞：表示方向（口語時可省略）
* **来って**…動詞：來（来ます⇒て形）
* **[ください]**…補助動詞：請
  （くださいます⇒命令形[くださいませ]除去[ませ]）
  （口語時可省略）
  「動詞て形＋ください」…文型：請[做]～
  是對某人所說的話，翻譯成中文時可以加上「你」。

用法
希望對方過來這邊時，所說的一句話。

1-024 生活實用篇　　希望&要求

你在這裡等著。

ちょっとここで待ってて。

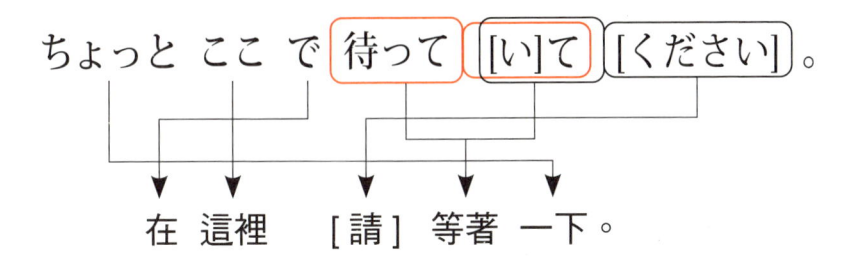

ちょっと　ここ　で　待って　[い]て　[ください]。
　↓　　　　↓　　↓　　↓　　　↓　　　↓
　在　　這裡　　[請]　等著　一下。

* **ちょっと**…副詞：一下、有點、稍微
* **ここ**…名詞：這裡
* **で**…助詞：表示動作進行地點
* **待って**…動詞：等待（待ちます⇒て形）
* **[い]て**…補助動詞：（います⇒て形）
  （口語時可省略い）
  動詞て形＋います：目前狀態
* **[ください]**…補助動詞：請
  （くださいます⇒命令形[くださいませ] 除去[ませ]）
  （口語時可省略）
  動詞て形＋ください：請[做]～

|用法|
自己要暫時離開目前的地方，但希望對方留在原地等候時，所說的一句話。

| 希望&要求 | **1-025 生活實用篇** |

有點事想跟你說。

ちょっと話(はな)したいことがあるんだけど。

ちょっと 話し たい こと が ある んだ けど。

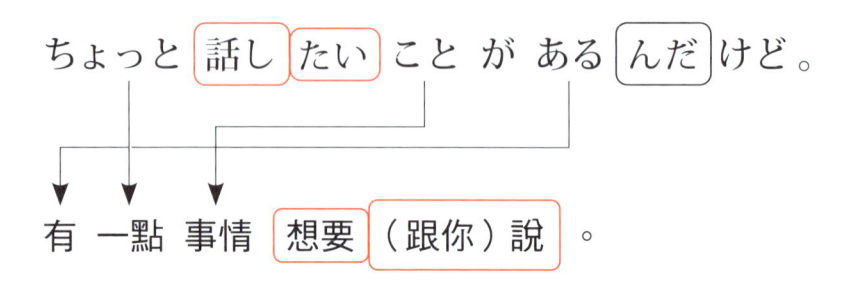

有 一點 事情 想要 （跟你）說 。

* ちょっと…副詞：一下、有點、稍微
* 話し…動詞：說話（話します⇒ます形除去[ます]）
* たい…助動詞：表示希望
* こと…名詞：事、事情
* が…助詞：表示焦點
* ある…動詞：有、在（あります⇒辭書形）
* んだ…連語：ん＋だ＝んです的普通體：表示強調
  ん…形式名詞（の⇒縮約表現）
  だ…助動詞：表示斷定（です⇒普通形-現在肯定形）
* けど…助詞：表示前言

用法
有重要的事，或是希望兩人單獨交談時，所說的一句話。

1-026 生活實用篇　希望&要求

別賣關子，快點說！

もったいぶらずに教(おし)えてよ。

```
[もったいぶら] [ず] [に]　[教えて] [[ください]]　よ。
```

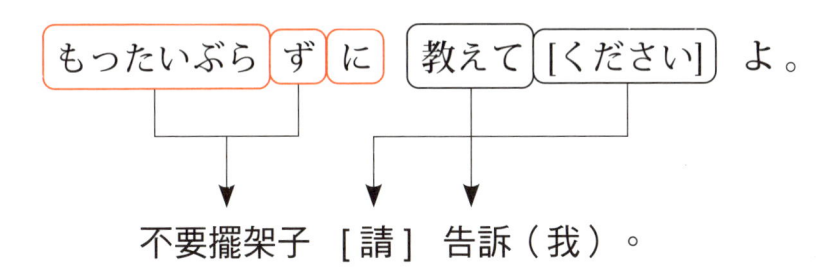

不要擺架子　[請]　告訴（我）。

* もったいぶら…動詞：擺架子
  （もったいぶります⇒ない形除去[ない]）
* ず…助詞：文語否定形
* に…助詞：表示動作方式
* 教えて…動詞：告訴（教えます⇒て形）
* [ください]…補助動詞：請
  （くださいます⇒命令形[くださいませ]除去[ませ]）
  （口語時可省略）
  動詞て形＋ください：請[做]〜
* よ…助詞：表示勸誘

用法
對方遲遲不切入話題核心，或遲遲不做回應，希望他趕快有話直說的說法。

希望&要求　**1-027 生活實用篇**

能那樣的話就太好了。

そうしてくれると助(たす)かるよ。

```
そう │ して │ くれる │ と │ 助かる　よ。
 ↓        ↓     ↓      ↓      ↓
那樣     為我  做 的話   有幫助。
```

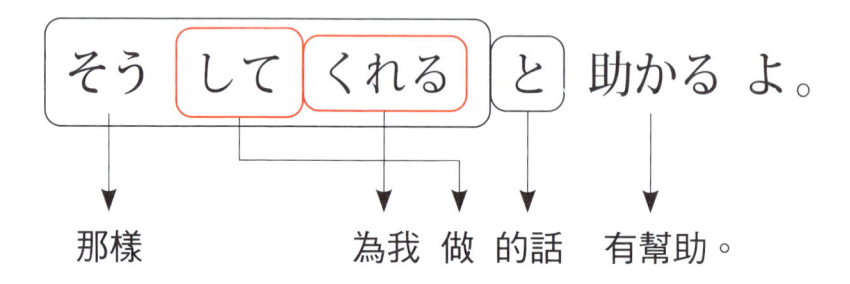

* そう…副詞：那樣、這樣
* して…動詞：做（します⇒て形）
* くれる…補助動詞：（くれます⇒辭書形）
  動詞て形＋くれます：別人為我[做]～
* と…助詞：表示條件
* 助かる…動詞：得救、有幫助（助かります⇒辭書形）
* よ…助詞：表示感嘆

用法
身陷麻煩時，如果有人幫忙解圍或伸出援手，可以用這句話表達感謝。

1-028 生活實用篇　希望&要求

可以坐過去一點嗎？

ちょっと席詰（せきつ）めてくれる？

ちょっと　席　[を]　詰めて　くれる？
　↓　　　↓　　　　↓　　　↓　　↓
　座位　稍微　　　為我　擠緊　好嗎？

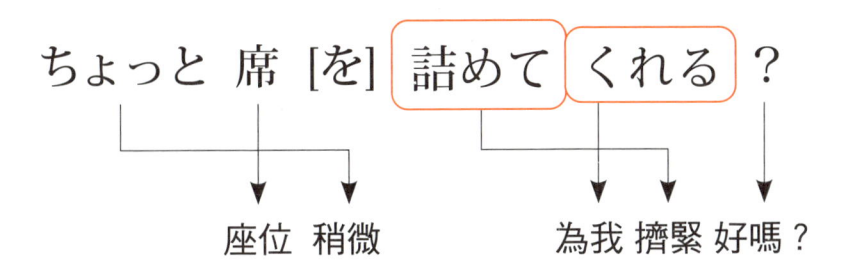

* **ちょっと**…副詞：一下、有點、稍微
* **席**…名詞：位子、座位
* **[を]**…助詞：表示動作作用對象（口語時可省略）
* **詰めて**…動詞：靠近、擠緊（詰めます⇒て形）
* **くれる**…補助動詞：（くれます⇒辭書形）
　動詞て形＋くれます：別人為我[做]～

用法

在電車或巴士上看到空位想坐下來，但發現座位空間太小，可以對旁邊的人這樣說。如果對方是陌生人，建議使用更客氣的說法：すみませんが、ちょっと席（せき）を詰（つ）めてもらえますか。（不好意思，可以請你坐過去一點嗎？）

希望&要求　1-029 生活實用篇

這個可以給我嗎？

これもらってもいい？

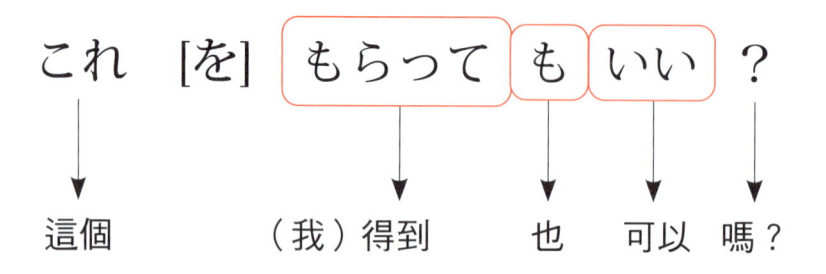

これ　[を]　もらって　も　いい　？
　↓　　　↓　　　↓　　↓　↓　　↓
　這個　（我）得到　也　可以　嗎？

* これ…名詞：這、這個
* [を]…助詞：表示動作作用對象（口語時可省略）
* もらって…動詞：得到、收到（もらいます⇒て形）
* も…助詞：表示逆接
* いい…い形容詞：好、良好

用法
想要某樣東西，詢問對方是否可以拿走的說法。

1-030 生活實用篇　希望&要求

要常常在 Facebook 上面 po 文喔。

フェイスブックでもっといろいろ発表(はっぴょう)してよ。

フェイスブック で もっと いろいろ [発表して] [ください] よ。

[請] 在 Facebook（要）更～ 各式各樣 [po 文章] 。

* フェイスブック…名詞：Facebook
* で…助詞：表示動作進行地點
* もっと…副詞：更加、再～一點
* いろいろ…副詞：種種、各式各樣
* 発表して…動詞：發表、網路 po 文
　　　　　（発表します⇒て形）
* [ください]…補助動詞：請
　（くださいます⇒命令形[くださいませ] 除去[ませ]）
　（口語時可省略）
　動詞て形＋ください：請[做]～
* よ…助詞：表示勸誘

用法
希望可以在 Facebook 經常看到對方 po 文的說法。

希望&要求　**1-031 生活實用篇**

我會再跟你聯絡，請告訴我你的 e-mail 地址。

あとで連絡(れんらく)するから、メアド教(おし)えて。

あと で 連絡する から、メアド [を] 教えて [ください] 。

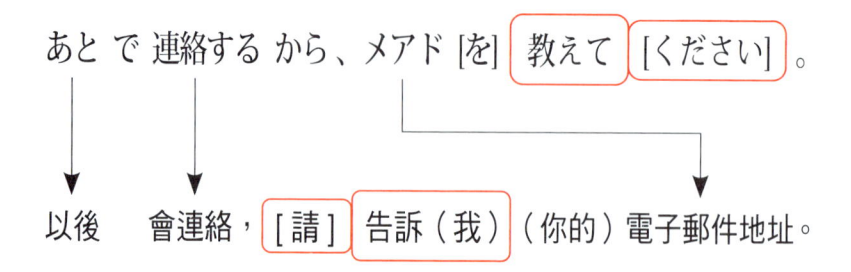

以後　會連絡，[請] 告訴（我）（你的）電子郵件地址。

* **あと**…名詞：以後
* **で**…助詞：表示言及範圍
* **連絡する**…動詞：連絡（連絡します⇒辭書形）
* **から**…助詞：表示宣言
* **メアド**…略語：（＝メールアドレス）
* **[を]**…助詞：表示動作作用對象（口語時可省略）
* **教えて**…動詞：告訴（教えます⇒て形）
* **[ください]**…補助動詞：請
  （くださいます⇒命令形[くださいませ]除去[ませ]）
  （口語時可省略）
  動詞て形＋ください：請[做]～

用法
希望跟新朋友日後也能保持聯繫的說法。

1-032 生活實用篇　請求協助

幫我抓一下背。

ちょっと背中(せなか)掻(か)いて。

ちょっと 背中 [を] 掻いて [ください]。

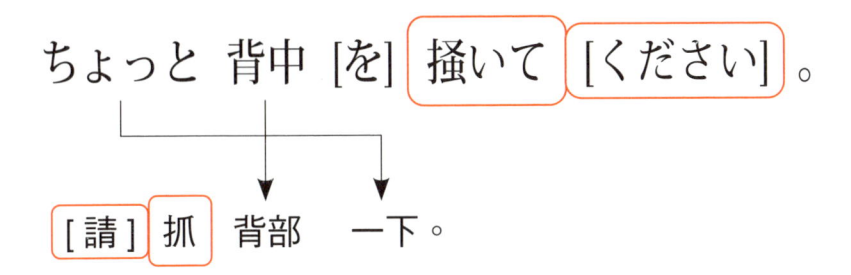

[請] 抓 背部 一下。

* **ちょっと**…副詞：一下、有點、稍微
* **背中**…名詞：背部
* **[を]**…助詞：表示動作作用對象（口語時可省略）
* **掻いて**…動詞：抓、搔（掻きます⇒て形）
* **[ください]**…補助動詞：請
  （くださいます⇒命令形[くださいませ] 除去[ませ]）
  （口語時可省略）
  動詞て形＋ください：請[做]～

用法
背部癢，拜託別人幫忙抓癢時所說的話。

請求協助　**1-033 生活實用篇**

幫我按摩一下肩膀好嗎？

ちょっと肩(かた)揉(も)んでくれる？

ちょっと　肩　[を]　揉んで　くれる　？
　↓　　　　　　　　　　　　　↓　　　↓
稍微　　　　　　　　　為我　揉　肩膀　好嗎？

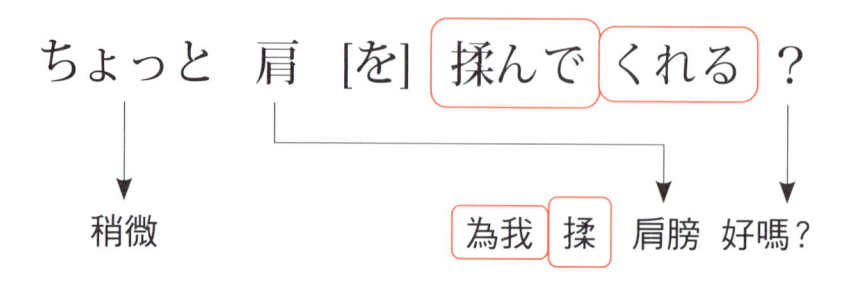

* ちょっと…副詞：一下、有點、稍微
* 肩…名詞：肩膀
* [を]…助詞：表示動作作用對象（口語時可省略）
* 揉んで…動詞：揉（揉みます⇒て形）
* くれる…補助動詞：（くれます⇒辭書形）
　動詞て形＋くれます：別人為我[做]～

用法
希望別人替自己按摩肩膀時所說的話。適用於關係親密的人。

1-034 生活實用篇　　請求協助

幫我拿一下那個糖。

ちょっとそこの砂糖(さとうと)取って。

ちょっと [そこの砂糖] [を] [取って] [ください]。

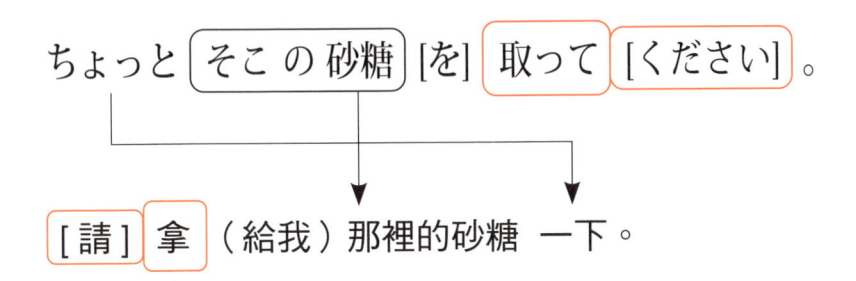

[請] 拿（給我）那裡的砂糖 一下。

* ちょっと…副詞：一下、有點、稍微
* そこ…名詞：那裡
* の…助詞：表示所在
* 砂糖…名詞：砂糖
* [を]…助詞：表示動作作用對象（口語時可省略）
* 取って…動詞：拿（取ります⇒て形）
* [ください]…補助動詞：請
  （くださいます⇒命令形[くださいませ] 除去[ませ]）
  （口語時可省略）
  動詞て形＋くれます：別人為我[做]～

用法
請對方幫忙拿某個東西給自己時，所使用的一句話。
如果是自己能夠拿得到，就自己拿吧。

請求協助　　**1-035 生活實用篇**

你有什麼可以寫的筆嗎？

何か書くもの持ってる？
（なん）（か）　（も）

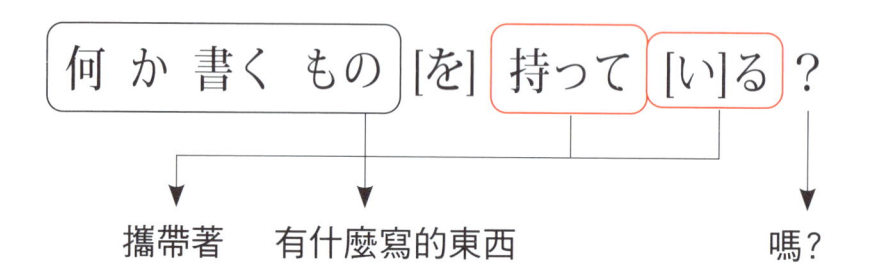

```
[何 か 書く もの] [を] [持って] [い]る ？
      ↓              ↓                    ↓
  有什麼寫的東西   攜帶著              嗎？
```

* **何**…名詞（疑問詞）：什麼、任何
* **か**…助詞：表示不特定
* **書く**…動詞：寫（書きます⇒辭書形）
* **もの**…名詞：東西
* **[を]**…助詞：表示動作作用對象（口語時可省略）
* **持って**…動詞：拿、帶（持ちます⇒て形）
* **[い]る**…補助動詞：（います⇒辭書形）
  （口語時可省略い）
  動詞て形＋います：目前狀態

用法

想做筆記，詢問身旁的友人是否有帶筆時，所使用的一句話。

1-036 生活實用篇　請求協助

可以給我一杯水嗎？

<ruby>水<rt>みず</rt></ruby><ruby>一杯<rt>いっぱい</rt></ruby>もらえる？

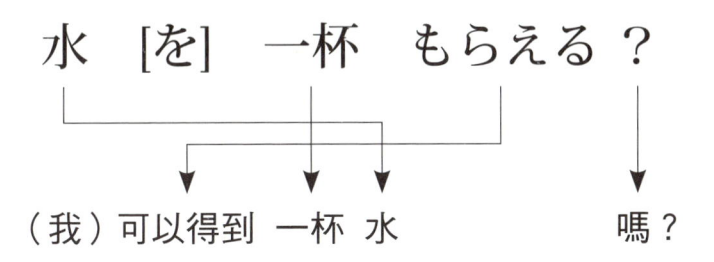

水　[を]　一杯　もらえる？
↓　　↓　↓　　　　　↓
（我）可以得到　一杯　水　　　　嗎？

* 水…名詞：水
* [を]…助詞：表示動作作用對象（口語時可省略）
* 一杯…數量詞：一杯
* もらえる…動詞：得到、收到
　（もらいます⇒可能形[もらえます]的辭書形）

用法
想喝水時，就這麼說。

| 請求協助 | **1-037 生活實用篇** |

幫我拿著一下。

ちょっとこれ持ってて。

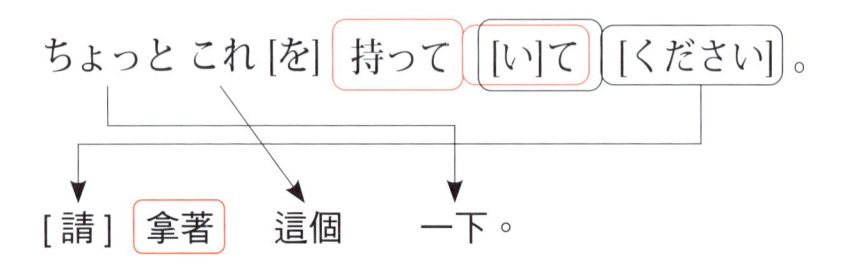

ちょっと これ [を] 持って [い]て [ください]。

[請] 拿著 這個 一下。

* ちょっと…副詞：一下、有點、稍微
* これ…名詞：這、這個
* [を]…助詞：表示動作作用對象（口語時可省略）
* 持って…動詞：拿、帶（持ちます⇒て形）
* [い]て…補助動詞：(います⇒て形)
  （口語時可省略い）
  動詞て形＋います：目前狀態
* [ください]…補助動詞：請
  （くださいます⇒命令形[くださいませ]除去[ませ]）
  （口語時可省略）
  動詞て形＋ください：請[做]〜

用法
希望別人暫時幫自己拿著東西時，所使用的一句話。

1-038 生活實用篇　　邀約

你來台灣，我會帶你去玩。

一度台湾に遊びに来て。案内するから。

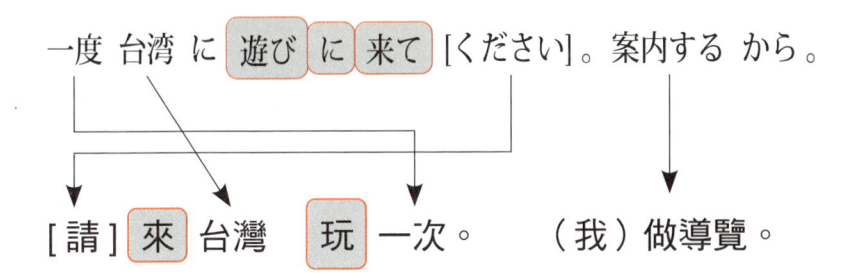

一度 台湾 に 遊び に 来て [ください]。案内する から。

[請] 來 台灣 玩 一次。　　（我）做導覽。

* 一度…數量詞：一次
* 台湾…名詞：台灣
* に…助詞：表示目的地
* 遊び…動詞：玩（遊びます⇒ます形除去[ます]）
* に…助詞：表示目的
* 来て…動詞：來（来ます⇒て形）
* [ください]…補助動詞：請
  （くださいます⇒命令形[くださいませ]除去[ませ]）
  （口語時可省略）
  動詞て形＋ください：請[做]～
* 案内する…動詞：導覽（案内します⇒辭書形）
* から…助詞：表示決意

用法
邀請對方來台灣，並承諾自己會充當導遊的說法。

邀約　　**1-039 生活實用篇**

喂喂，要不要去哪裡玩呢？

ねえねえ、どっか遊(あそ)びに行(い)かない？

ねえ　ねえ　、　どっか　[へ]　遊び　に　行かない　？
↓　　↓　　　　　　↓　　↓　　　　　↓
喂　　喂，　　　不去　哪裡　玩　　　　嗎？

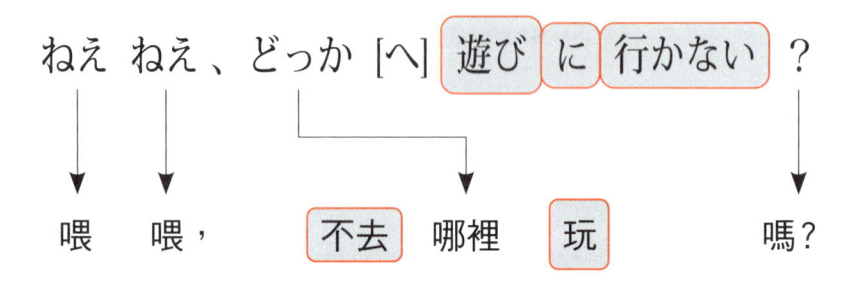

* ねえ…感嘆詞：喂
* どっか…名詞（疑問詞）：哪裡
* [へ]…助詞：表示方向（口語時可省略）
* 遊び…動詞：玩（遊びます⇒ます形除去[ます]）
* に…助詞：表示目的
* 行かない…動詞：去（行きます⇒ない形）

用法

提議出遊時所使用的一句話。「ねえ」（喂）適用於關係親密的人。

1-040 生活實用篇　　邀約

周末你有要做什麼嗎？

しゅうまつなに　　よてい
週末何か予定ある？

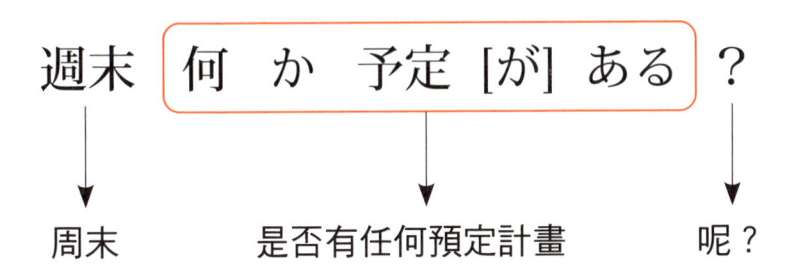

週末 │ 何 か 予定 [が] ある │ ？

- 週末 → 周末
- 何か予定 → 是否有任何預定計畫
- ある → 呢？

* **週末**…名詞：周末
* **何**…名詞（疑問詞）：什麼、任何
* **か**…助詞：表示不特定
* **予定**…名詞：預定
* **[が]**…助詞：表示焦點（口語時可省略）
* **ある**…動詞：有、在（あります⇒辭書形）

用法

詢問對方周末是否有任何安排的說法。如果對方沒有任何計畫，就邀約一起出遊吧。

邀約　　**1-041 生活實用篇**

下次我們一起去喝吧。

今度（こんど）飲（の）みに行（い）こうよ。

今度　飲み　に　行こう　よ。

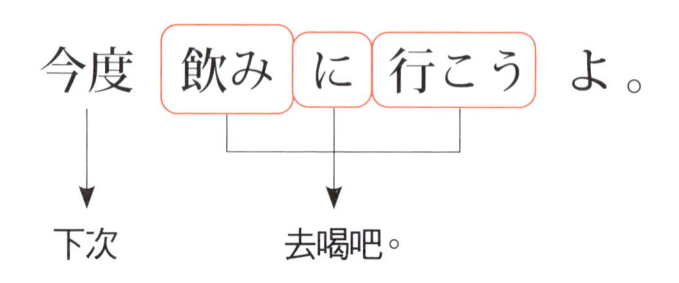

↓　　　　　↓
下次　　　去喝吧。

* 今度…名詞：下次、這次
* 飲み…動詞：喝（飲みます⇒ます形除去[ます]）
* に…助詞：表示目的
* 行こう…動詞：去（行きます⇒意向形）
* よ…助詞：表示勸誘

用法
邀約對方喝酒的說法。日本人是經常喝酒的。

1-042 生活實用篇　　邀約

下次有空的話，要不要一起吃飯？

今度、時間があれば食事でも一緒にどう？

今度、時間が あれば 食事 でも 一緒に どう？
↓　　↓　　↓　　↓　　↓　　↓　　↓
下次 如果有 時間，一起 用餐（之類的） 如何？

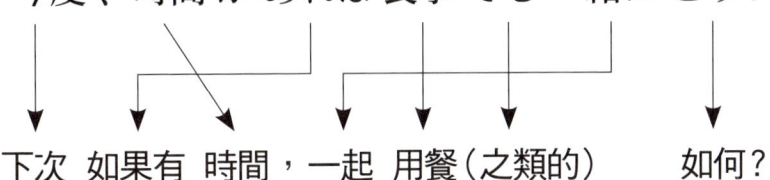

* **今度**…名詞：下次、這次
* **時間**…名詞：時間
* **が**…助詞：表示焦點
* **あれば**…動詞：有（あります⇒條件形）
* **食事**…名詞：餐、飯、食物
* **でも**…助詞：表示舉例
* **一緒に**…副詞：一起～
* **どう**…副詞（疑問詞）：怎麼樣、如何

用法

邀約對方吃飯的說法。如果對異性提出，等於是詢問對方「願不願意跟自己約會」的意思。

邀約　　1-043 生活實用篇

再來玩喔。

また遊びに来てね。
　　あそ　　き

また [遊び] [に] [来て] [ください] ね。

[請] 再 [來] 玩　　　　　　　喔。

* **また**…副詞：再、另外
* **遊び**…動詞：玩（遊びます⇒ます形除去[ます]）
* **に**…助詞：表示目的
* **来て**…動詞：來（来ます⇒て形）
* **[ください]**…補助動詞：請
　（くださいます⇒命令形[くださいませ]除去[ませ]）
　（口語時可省略）
　動詞て形＋ください：請[做]〜
* **ね**…助詞：要求同意

用法
邀請對方再來玩的說法。也可以作為一種社交辭令。

1-044 生活實用篇　　抱怨

你快點說嘛。

早^{はや}く言^いってよ。

　　　早く [言って] [ください] よ。
　　　 ↓   ↓   ↓   ↓
　　 [請]   快點   說   喔。

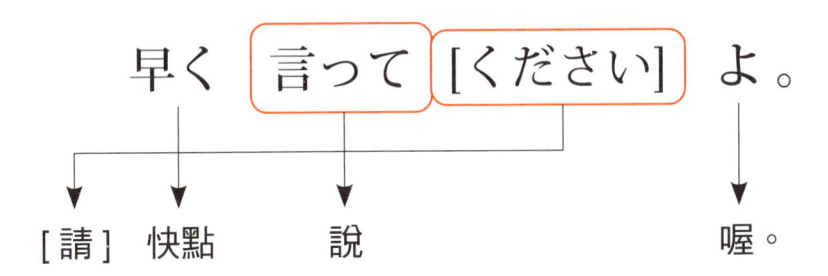

* **早く**…い形容詞：早、迅速（早い⇒副詞用法）
* **言って**…動詞：說、講（言います⇒て形）
* **[ください]**…補助動詞：請
   （くださいます⇒命令形[くださいませ]除去[ませ]）
   （口語時可省略）
   動詞て形＋ください：請[做]〜
* **よ**…助詞：表示感嘆

用法

當對方一直吞吞吐吐，不肯直說時，適合使用的一句話。

抱怨

1-045 生活實用篇

那時候跟我說，不就好了嗎？

言ってくれればよかったのに。

| 言って | くれれば | よかった | のに |

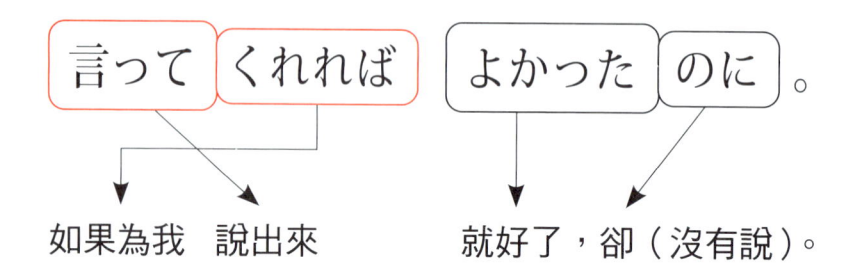

言って / くれれば → 如果為我 說出來

よかった / のに → 就好了，卻（沒有說）。

* 言って…動詞：說、講（言います⇒て形）
* くれれば…補助動詞：（くれます⇒條件形）
  動詞て形＋くれます：別人為我[做]～
* よかった…い形容詞：好、良好（よい⇒た形）
* のに…助詞：表示逆接

用法

「如果早一點跟我說，不就一切都沒問題了，可是你卻…」。表達這樣的情緒時所使用的話。

1-046 生活實用篇　　抱怨

你可不可以等我一下啊…奇怪耶你！

ちょっと待ってってば…。何なのよ。

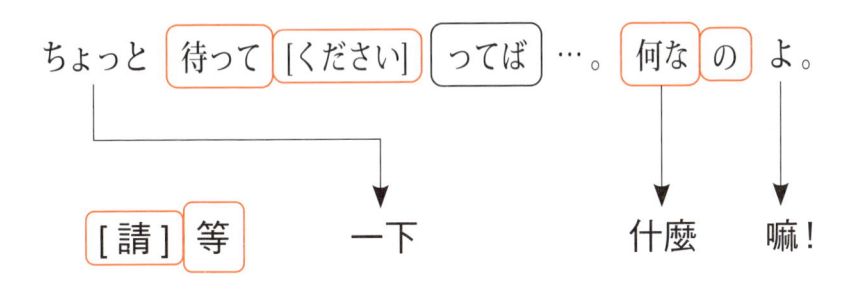

ちょっと [待って] [ください] [ってば] …。[何な] [の] よ。

[請] 等　　一下　　　　　　什麼　嘛！

* ちょっと…副詞：一下、有點、稍微
* 待って…動詞：等待（待ちます⇒て形）
* [ください]…補助動詞：請
  （くださいます⇒命令形[くださいませ] 除去[ませ]）
  （口語時可省略）
  動詞て形＋ください：請[做]〜
* ってば…助詞：表示著急
* 何な…名詞（疑問詞）：什麼、任何
  （何⇒形式名詞接續用法）
* の…形式名詞：んですか⇒普通形現在疑問表現
* よ…助詞：表示感嘆

|用法|
對方什麼都沒說，只是往前走，希望他停下來好好說清楚的說法。

歉意&婉拒　**1-047 生活實用篇**

不好意思，讓你久等了。
待(ま)たせちゃって、ごめんね。

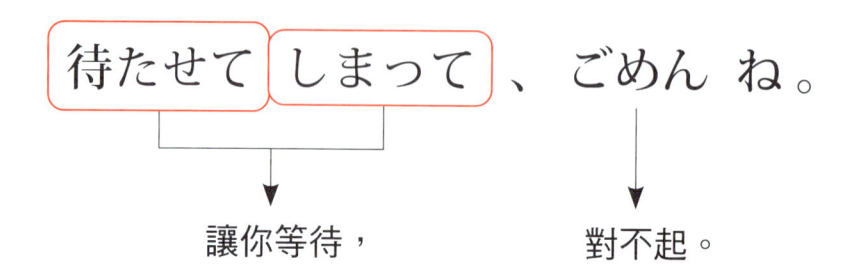

待たせて しまって、ごめん ね。

待たせて しまって → 讓你等待，
ね → 對不起。

* **待たせて**…副詞：等待
  （待ちます⇒使役形[待たせます]的て形）
* **しまって**…補助動詞：（しまいます⇒て形）
  （て形表示原因）
  動詞て形＋しまいます：（無法挽回的）遺憾
  待たせちゃって…縮約表現：不小心讓別人等待了
  （待たせてしまって⇒縮約表現）
  （口語時常使用「縮約表現」）
* **ごめん**…招呼用語：對不起
* **ね**…助詞：表示留住注意

用法
相約見面卻讓對方久等時，用這句話來表達歉意。

1-048 生活實用篇　　歉意&婉拒

不好意思，我睡過頭了⋯。

ごめん、寝坊（ねぼう）しちゃって⋯。

ごめん、 寝坊して しまって ⋯。
　↓　　　　　　↓
對不起　　　睡過頭了⋯。

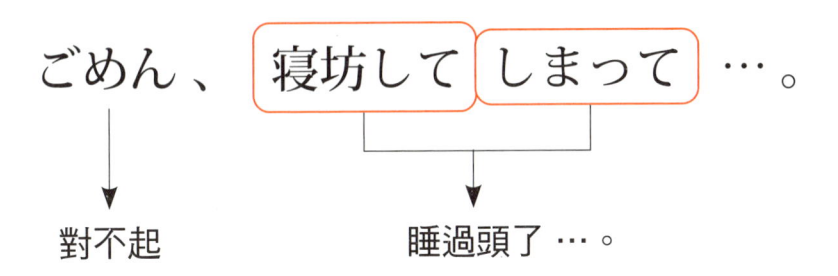

* ごめん⋯招呼用語：對不起
* 寝坊して⋯動詞：睡過頭（寝坊します⇒て形）
* しまって⋯補助動詞：（しまいます⇒て形）
  （て形表示原因）
  動詞て形＋しまいます：（無法挽回的）遺憾
  寝坊しちゃって⋯縮約表現：不小心睡過頭了
  （寝坊してしまって⇒縮約表現）
  （口語時常使用「縮約表現」）

用法
如果因為睡過頭而遲到，可以用這句話表示歉意。

歉意&婉拒　**1-049 生活實用篇**

不好意思，因為收訊不好聽不清楚。

ごめん、電波(でんぱ)が悪(わる)くてよく聞(き)こえないんだけど。

ごめん、電波 が 悪くて よく 聞こえない んだ けど。

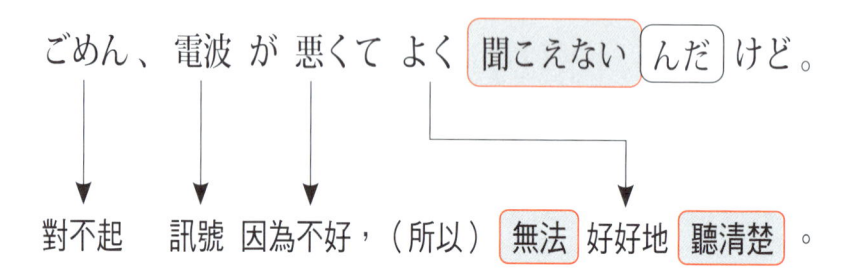

對不起　訊號 因為不好，（所以）無法 好好地 聽清楚 。

* ごめん…招呼用語：對不起
* 電波…名詞：信號、訊號
* が…助詞：表示焦點
* 悪くて…い形容詞：不好、壞
 （悪い⇒て形）（て形表示原因）
* よく…い形容詞：好、好好地（いい⇒副詞用法）
* 聞こえない…動詞：聽見、聽到
 （聞こえます⇒ない形）
* んだ…連語：ん＋だ＝んです的普通體：表示強調
 ん…形式名詞（の⇒縮約表現）
 だ…助動詞：表示斷定（です⇒普通形-現在肯定形）
* けど…助詞：表示輕微主張

用法
用手機交談時如果聽不清楚對方的聲音，可以這樣說。

1-050 生活實用篇　歉意&婉拒

還是不要好了。

やっぱやめとくわ。

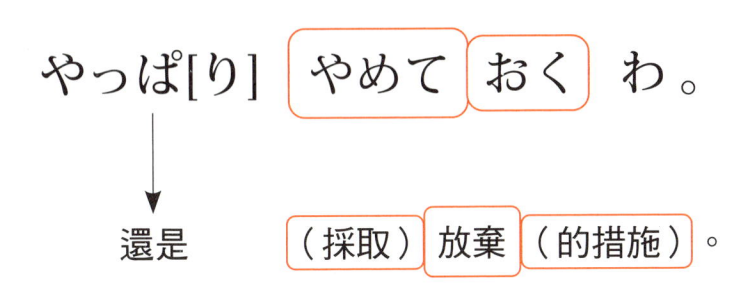

やっぱ[り]　やめて　おく　わ。

↓

還是　（採取）放棄（的措施）。

* やっぱ[り]…副詞：還是（口語時可省略り）
* やめて…動詞：放棄、取消（やめます⇒て形）
* おく…補助動詞：（おきます⇒辭書形）
  動詞て形＋おきます：善後措施（為了以後方便）
  やめとく…縮約表現：採取放棄的措施
  （やめておいて⇒縮約表現）
  （口語時常使用「縮約表現」）
* わ…助詞：表示主張

用法

改變原本的想法，決定要放棄或取消時的說法。要注意，輕易改變已經約定的事，容易失去別人的信賴。

歓意&婉拒　**1-051 生活實用篇**

不好意思，我突然不能去了。

ごめん、急(きゅう)に行(い)けなくなっちゃった。

ごめん、急に 行けなく なって しまった 。
　↓　　　　↓　　　　　　　　　↓
對不起　突然　　　　　　很遺憾 變成　不能去 。

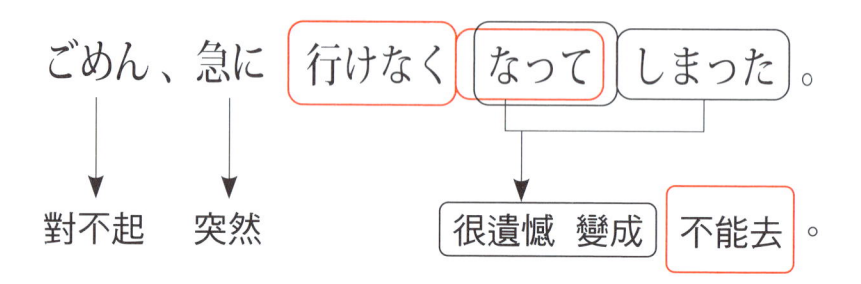

* **ごめん**…招呼用語：對不起
* **急に**…副詞：忽然、突然
* **行けなく**…動詞：去
　（行きます⇒可能形[行けます]的ない形除去[い]加く）
* **なって**…動詞：變成（なります⇒て形）
* **しまった**…補助動詞：（しまいます⇒た形）
　動詞て形＋しまいます：（無法挽回的）遺憾
　行けなくなっちゃった…縮約表現：很遺憾變成不能去
　（行けなくなってしまった⇒縮約表現）
　（口語時常使用「縮約表現」）

用法
已經約定好，卻突然無法成行時，用這句話表達歉意。

1-052 生活實用篇　　歉意&婉拒

對不起，我人不太舒服，下次再說好了。

ごめん、調子（ちょうしわる）悪くて、また今度（こんど）にして。

ごめん、調子 [が] 悪くて、また 今度 に して [ください] 。

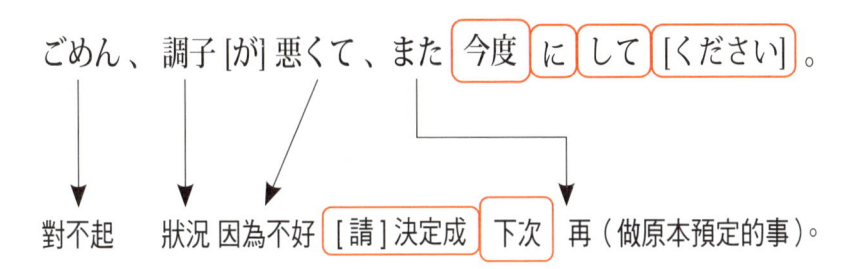

對不起　狀況　因為不好　[請] 決定成　下次　再（做原本預定的事）。

* **ごめん**…招呼用語：對不起
* **調子**…名詞：情況、狀況
* **[が]**…助詞：表示焦點（口語時可省略）
* **悪くて**…い形容詞：不好、壞
  （悪い⇒て形）（て形表示原因）
* **また**…副詞：再、另外
* **今度**…名詞：下次、這次
* **に**…助詞：表示決定結果
* **して**…動詞：做、決定（します⇒て形）
* **[ください]**…補助動詞：請
  （くださいます⇒命令形[くださいませ] 除去[ませ]）
  （口語時可省略）
  動詞て形＋ください：請[做]～

用法

因為身體不舒服而想要婉拒邀約或要求時的說法。

提醒&建議 　　**1-053 生活實用篇**

要不要帶傘出門？

傘(かさ)持(も)ってったほうがいいんじゃないの？

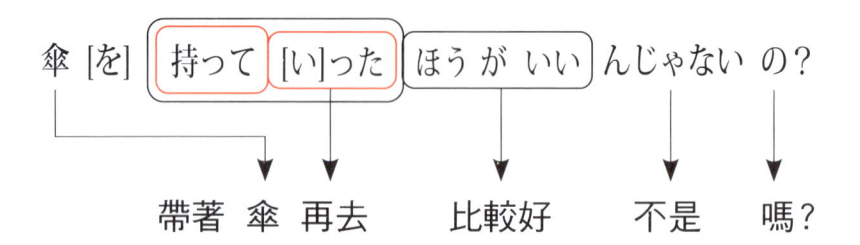

傘 [を] 持って [い]った ほう が いい んじゃない の？
　　　　帶著　傘　再去　　　比較好　　不是　嗎？

* 傘…名詞：傘
* [を]…助詞：表示動作作用對象（口語時可省略）
* 持って…動詞：帶（持ちます⇒て形）
* [い]った…補助動詞：（いきます⇒た形）
  （口語時可省略い）
  動詞て形＋いきます：動作和移動（做～，再去）
* ほう…名詞：方向、（選擇的）那一方
* が…助詞：表示焦點
* いい…い形容詞：好、良好
* んじゃない…連語：ん＋じゃない
  ん…形式名詞：（の⇒縮約表現）
  じゃない…です⇒普通形-現在否定形
* の…形式名詞：んですか⇒普通形現在疑問表現
  ～んですか：關心好奇、期待回答

用法
發現對方沒有打算帶傘出門，建議他最好帶著的說法。

1-054 生活實用篇　提醒&建議

值得一試喔。

やってみて。損(そん)はないから。

| やって | みて | [ください] |。損　は　ない　から。

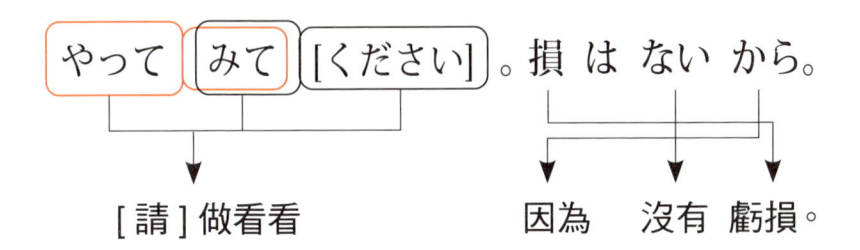

[請] 做看看　　　　　因為　沒有　虧損。

* やって…動詞：做、弄（やります⇒て形）
* みて…補助動詞：（みます⇒て形）
  動詞て形＋みます：[做]〜看看
* [ください]…補助動詞：請（口語時可省略）
  （くださいます⇒命令形[くださいませ] 除去[ませ]）
  動詞て形＋ください：請[做]〜
* 損…名詞：虧損、虧本
* は…助詞：表示對比（區別）
* ない…い形容詞：沒有（ない⇒普通形-現在肯定形）
  　　　動詞：有（あります⇒ない形）
  （「ない」是「い形容詞」，也是動詞「あります」的「ない形」）
* から…助詞：表示原因

用法
建議對方採取行動，對方卻猶豫不決時，可以用這句話強力勸說。

提醒&建議　**1-055 生活實用篇**

姑且一試吧。

だめもとでやってみようよ。

```
だめもと　で　やって　みよう　よ。
   ↓              ↓
不行是當然的      做看看吧。
```

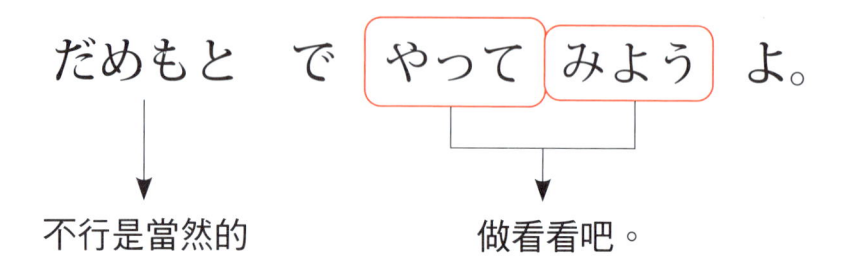

* だめもと…略語：（＝だめで、もともと）
* で…助詞：表示樣態
* やって…動詞：做、弄（やります⇒て形）
* みよう…補助動詞：（みます⇒意向形）
  動詞て形＋みます：[做]～看看
* よ…助詞：表示勸誘

用法
雖然成功的可能性很低，但還是建議對方「無論如何試試看吧」的說法。

1-056 生活實用篇　提醒&建議

不做看看怎麼會曉得呢？

やってみないとわかんないでしょ。

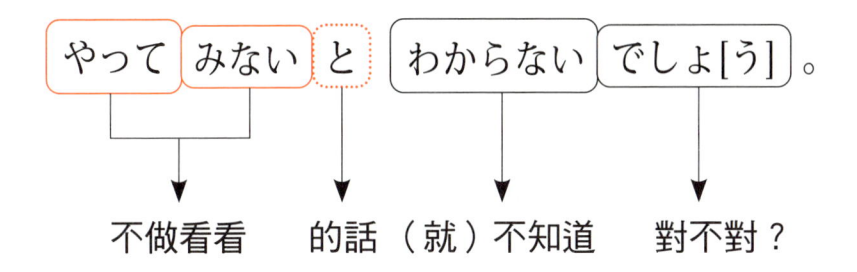

| やって | みない | と | わからない | でしょ[う] |。
| ↓ | ↓ | ↓ | ↓ |
| 不做看看 | 的話 | （就）不知道 | 對不對？ |

* やって…動詞：做、弄（やります⇒て形）
* みない…補助動詞：（みます⇒ない形）
　動詞て形＋みます：[做]〜看看
* と…助詞：表示條件
* わからない…動詞：知道（わかります⇒ない形）
　わかんない…縮約表現：不知道
　（わからない⇒縮約表現）
　（口語時常使用「縮約表現」）
* でしょ[う]…助動詞：表示斷定（です⇒意向形）
　（口語時可省略う）

用法
雖然周遭的人都抱持消極的態度，但自己仍想要試試看時，可以這樣說。

提醒&建議　1-057 生活實用篇

別那麼早放棄嘛。

諦(あきら)めるのはまだ早(はや)いよ。

| 諦める | の | は | まだ | 早い | よ。 |

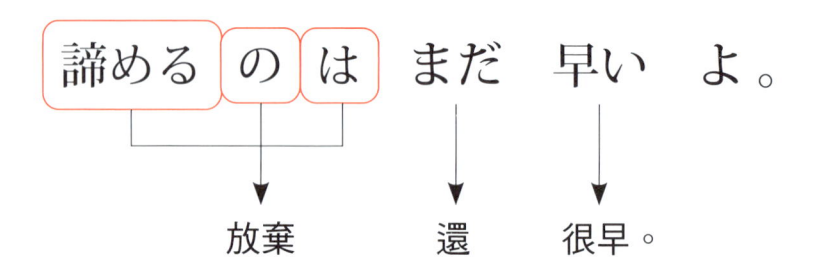

- 諦める → 放棄
- まだ → 還
- 早い → 很早。

* 諦める…動詞：放棄（諦めます⇒辭書形）
* の…形式名詞：文法需要而存在的名詞
* は…助詞：表示主題
* まだ…副詞：還、未
* 早い…い形容詞：早
* よ…助詞：表示提醒

用法

鼓勵對方再堅持、再努力一下，別這麼快放棄的說法。

1-058 生活實用篇　提醒&建議

總會有辦法的吧。

まあ、何(なん)とかなるでしょ。

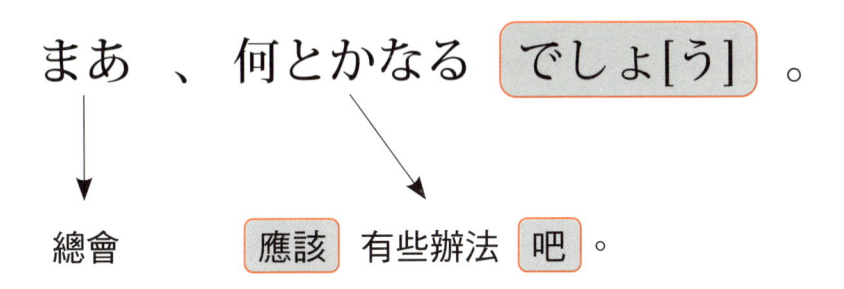

まあ　、　何とかなる　でしょ[う]　。
　↓　　　　　　↘
　總會　　　應該　有些辦法　吧　。

* まあ…副詞：還算、總會
* 何とかなる…連語：會有些辦法
* でしょ[う]…助動詞：表示斷定（です⇒意向形）
　　　　　　（口語時可省略う）

用法
樂觀地認為應該沒有問題，也適用來激勵對方。

提醒&建議　**1-059 生活實用篇**

要不要休息一下？

一息(ひといき)入(い)れようか。

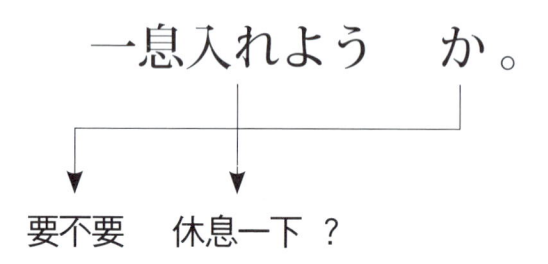

一息入れよう　か。
　　↓　　　　↓
要不要　休息一下？

＊ 一息入れよう…連語：休息一下、喘口氣
　　　　　　　（一息入れます⇒意向形）
＊ か…助詞：表示疑問

用法
提議暫時停止作業、稍作休息的說法。

1-060 生活實用篇　提醒&建議

要不要找個地方躲雨啊？

どこかで雨宿(あまやど)りしようよ。

どこか	で	雨宿りしよう	よ。
在　哪裡	避個雨		吧。

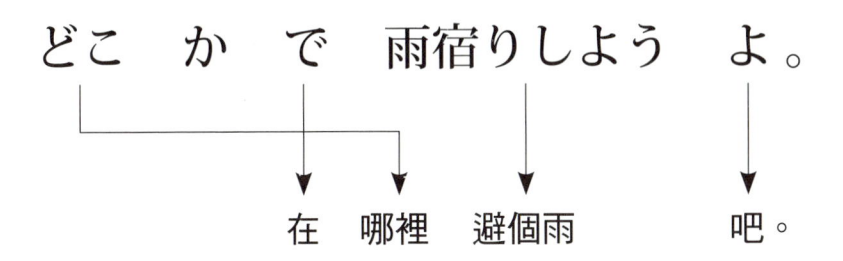

* どこ…名詞（疑問詞）：哪裡
* か…助詞：表示不特定
* で…助詞：表示動作進行地點
* 雨宿りしよう…動詞：避雨（雨宿りします⇒意向形）
* よ…助詞：表示提醒

用法
突然下起雨來，建議找個地方躲雨等雨停的說法。

提醒&建議　**1-061 生活實用篇**

你要不要喝個咖啡什麼的？

コーヒーか何（なん）か飲（の）む？

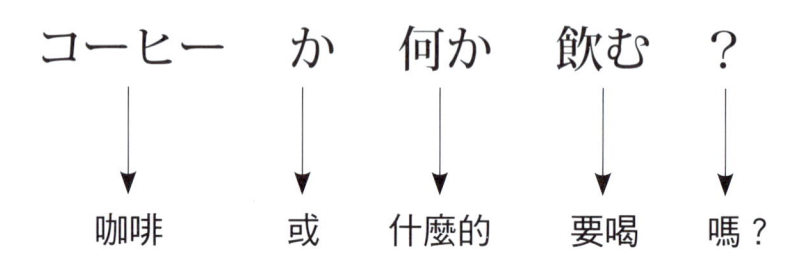

コーヒー	か	何か	飲む	？
↓	↓	↓	↓	↓
咖啡	或	什麼的	要喝	嗎？

* コーヒー…名詞：咖啡
* か…助詞：表示Ａ或Ｂ
* 何か…連語：什麼的
* 飲む…動詞：喝（飲みます⇒辭書形）

用法

建議某人要不要喝些飲料時，所使用的一句話。

1-062 生活實用篇　提醒&建議

現在不是做那個的時候。

今(いま)それどころじゃないんだ。

今 | それ | どころじゃない | んだ 。

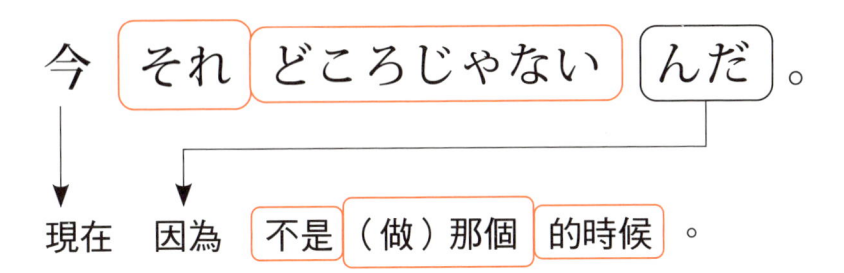

現在　因為　不是　(做)那個　的時候。

* 今…名詞：現在
* それ…名詞：那、那個
* どころじゃない…連語：不是～的時候
  （どころ⇒普通形-現在否定形[どころではない]
  ⇒口語說法）
* んだ…連語：ん＋だ＝んです的普通體：表示理由
  ん…形式名詞（の⇒縮約表現）
  だ…助動詞：表示斷定（です⇒普通形-現在肯定形）

用法
受到邀請，但是因為時間、金錢、或精神上無法配合時，表示拒絕的一句話。

提醒&建議   **1-063 生活實用篇**

你的石門水庫（拉鍊）沒拉喔。
社会(しゃかい)の窓(まど)があいてるよ。

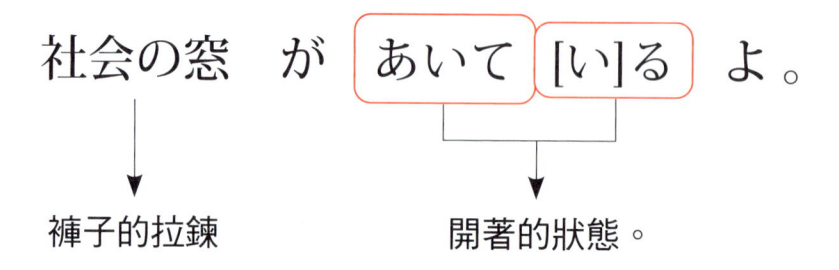

社会の窓　が　あいて　[い]る　よ。

↓　　　　　　　　　　↓
褲子的拉鍊　　　　　　開著的狀態。

* 社会の窓…連語：褲子的拉鍊
* が…助詞：表示主格
* あいて…動詞：開（あきます⇒て形）
* [い]る…補助動詞：（います⇒辭書形）
  （口語時可省略い）
  動詞て形＋います：目前狀態
* よ…助詞：表示提醒

用法
提醒對方「褲子的拉鍊沒拉上」的有趣說法。「社会の窓」也可以替換成「チャック」（拉鍊）。

1-064 生活實用篇　提醒&建議

現在半價耶。

今なら半額だって。

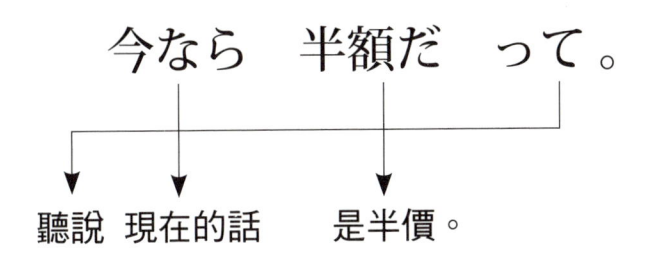

今なら　半額だ　って。

聽說　現在的話　是半價。

* 今なら…名詞：現在（今⇒條件形）
* 半額だ…名詞：半價（半額⇒普通形-現在肯定形）
* って…助詞：提示傳聞內容

用法
將商品因為限時特賣活動所以半價優待的好消息通知別人的說法。

提醒&建議　　**1-065 生活實用篇**

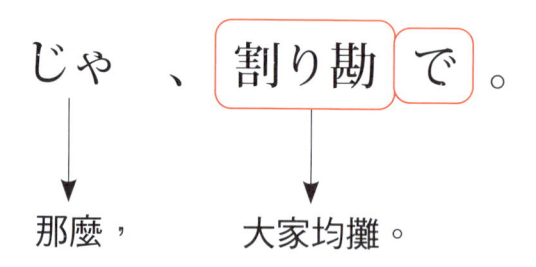

那麼，大家均攤吧。
じゃ、割（わ）り勘（かん）で。

じゃ　、　割り勘　で　。
　↓　　　　↓
那麼，　　大家均攤。

* じゃ…接續詞：那麼
* 割り勘…名詞：大家均攤
* で…助詞：表示手段、方法

用法

結帳時，以總金額除以人數、大家均攤金額的作法。如果各自負擔則說「じゃ、別々（べつべつ）で。」（各付各的）。

1-066 生活實用篇　提醒&建議

抽太多菸對身體不好喔。

吸（す）いすぎは体（からだ）に良（よ）くないよ。

吸い　すぎ　は　体　に　良くない　よ。

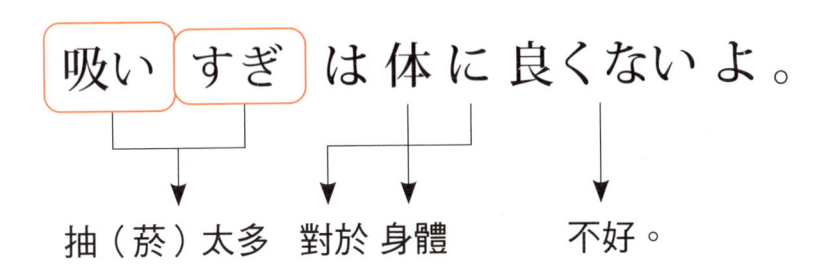

抽（菸）太多　對於　身體　　不好。

* **吸いすぎ**…複合型態（＝吸い＋すぎ）
  吸い…動詞：吸、抽（吸います⇒ます形除去[ます]）
  すぎ…動詞：過於、太～
  （すぎます⇒名詞化：すぎ）
* **は**…助詞：表示主題
* **体**…名詞：身體
* **に**…助詞：表示方面
* **良くない**…い形容詞：好、良好（いい⇒ない形）
* **よ**…助詞：表示提醒

用法
委婉提醒有抽菸習慣的人不要抽菸過量的說法。

提醒&建議 **1-067 生活實用篇**

你看你看,那個。

ほらほら、あれ見(み)て。

ほら ほら、あれ [を] 見て [ください]。
　↓　　↓　　　　　　　　↓
　喂　　喂　　　　　　[請] 看　那個。

* ほら…感嘆詞：喂、瞧
* あれ…名詞：那、那個
* [を]…助詞：表示動作作用對象（口語時可省略）
* 見て…動詞：看（見ます⇒て形）
* [ください]…補助動詞：請
　（くださいます⇒命令形[くださいませ] 除去[ませ]）
　（口語時可省略）
　動詞て形＋ください：請[做]～

用法
自己看見的東西,希望對方也能看見時,可以這樣說。

1-068 生活實用篇　　提醒&建議

你好像有掉東西喔。

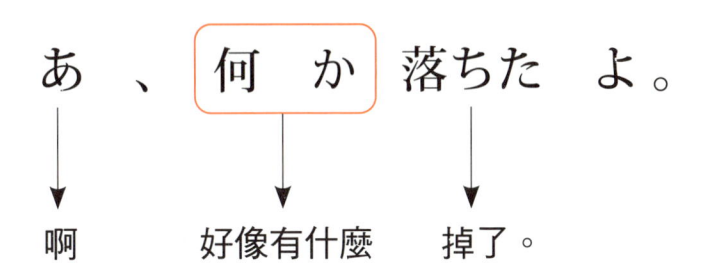

あ、何か落ちたよ。
　　なに　お

あ　、　|何　か|　落ちた　よ。
↓　　　　↓　　　　　↓
啊　　好像有什麼　　掉了。

* あ…感嘆詞：啊
* 何…名詞（疑問詞）：什麼、任何
* か…助詞：表示不特定
* 落ちた…動詞：掉下、掉落（落ちます⇒た形）
* よ…助詞：表示提醒

用法
提醒對方「好像有東西掉了」的說法。

提醒&建議

1-069 生活實用篇

你不要太勉強囉。

あまり無理(むり)しないでね。

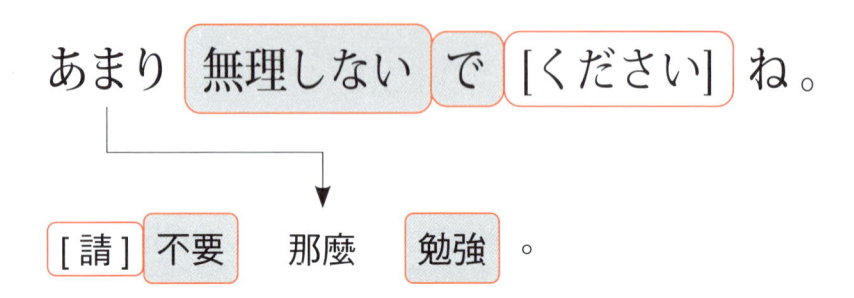

あまり 無理しない で [ください] ね。

[請] 不要　那麼　勉強 。

* あまり…副詞：（接否定）不要那麼～、沒有那麼～
* 無理しない…動詞：勉強（無理します⇒ない形）
* で…助詞：表示樣態
* [ください]…補助動詞：請
  （くださいます⇒命令形[くださいませ]除去[ませ]）
  （口語時可省略）
  動詞ない形＋で＋ください：請不要[做]～
* ね…助詞：要求同意

用法

提醒過於努力的人「要注意健康、不要傷了身體」。

1-070 生活實用篇　提醒&建議

小心車子喔。

車(くるま)に気(き)をつけてね。

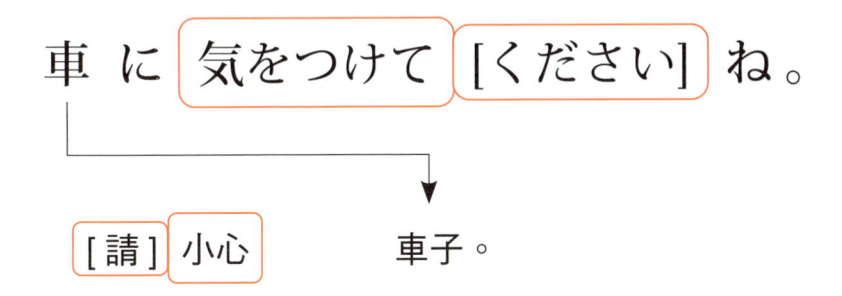

車 に [気をつけて] [ください] ね。

[請] 小心　　車子。

* 車…名詞：車子
* に…助詞：表示方面
* 気をつけて…連語：小心、注意
　（気をつけます⇒て形）
* [ください]…補助動詞：請
　（くださいます⇒命令形[くださいませ] 除去[ませ]）
　（口語時可省略）
　動詞て形＋ください：請[做]～
* ね…助詞：要求同意

用法

朋友或家人要外出時，提醒對方一切小心，以免發生意外的說法

提醒&建議　1-071 生活實用篇

不需要那麼急吧。

そんな焦(あせ)らなくたってだいじょうぶだよ。

そんな 焦らなく たって だいじょうぶだ よ。

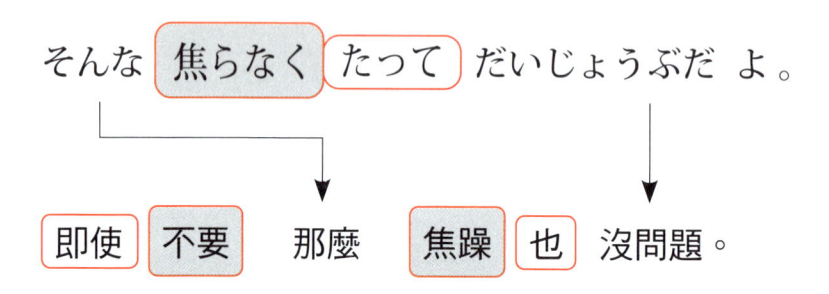

即使 不要 那麼 焦躁 也 沒問題。

* そんな…連體詞：那麼、那樣的
* 焦らなく…動詞：焦躁、急躁
  （焦ります⇒ない形除去[い]加く）
* たって…表示逆接假定條件
* だいじょうぶだ…な形容詞：沒問題
  （だいじょうぶ⇒普通形-現在肯定形）
* よ…助詞：表示提醒

用法
面對焦躁不安的人，安撫、提醒他冷靜一點。

1-072 生活實用篇　　提醒&建議

不要再刺激他了啦。

そっとしといてあげようよ。

そっとして［おいて］［あげよう］よ。

［為別人］［採取］不刺激（他）的［善後措施］。

* そっとして…動詞：不要刺激
  （そっとします⇒て形）
* おいて…補助動詞：（おきます⇒て形）
  動詞て形＋おきます：善後措施（為了以後方便）
  そっとしといて…縮約表現：採取不要刺激的措施
  （そっとしておいて⇒縮約表現）
  （口語時常使用「縮約表現」）
* あげよう…補助動詞：（あげます⇒意向形）
  動詞て形＋あげます：為別人[做]〜
* よ…助詞：表示提醒

用法
面對身陷悲傷的人，建議旁人不要再刺激他的說法。

提醒&建議　**1-073 生活實用篇**

我覺得這個比較適合你耶。

こっちのほうが似合(にあ)うと思(おも)うけど。

こっち の ほう が 似合う と 思う けど。

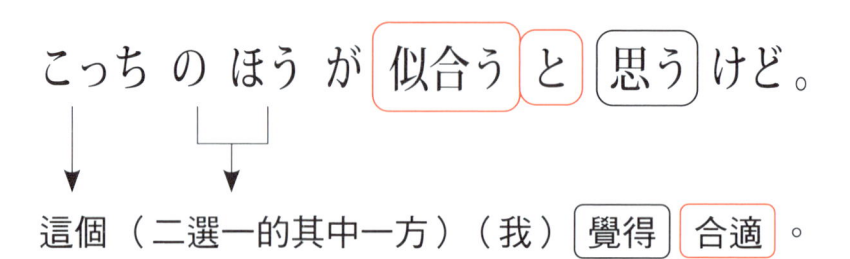

這個（二選一的其中一方）（我）覺得 合適。

* こっち…名詞：這個、這裡
* の…助詞：表示所屬
* ほう…名詞：方向、(選擇的)那一方
* が…助語：表示焦點
* 似合う…動詞：合適（似合います⇒辭書形）
* と…助詞：提示內容
* 思う…動詞：覺得、認為（思います⇒辭書形）
* けど…助詞：表示輕微主張

用法
朋友正要做選擇，建議他哪一個比較適合時所說的話。

1-074 生活實用篇 — 疑問&疑惑

欸？我有這樣說嗎？

え？　そんなこと言(い)ったっけ？

え？　そんなこと [を] 言った　っけ？

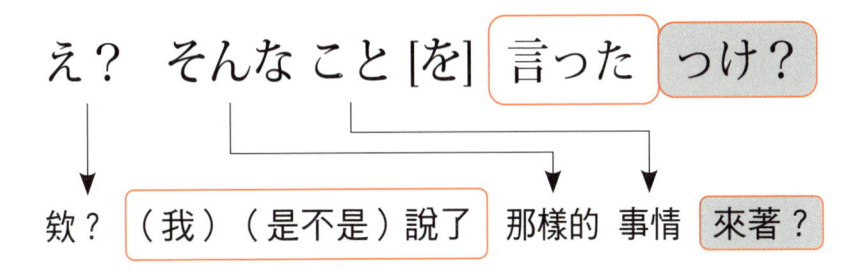

欸？（我）（是不是）說了　那樣的 事情　來著？

* え…感嘆詞：啊、欸
* そんな…連體詞：那麼、那樣的
* こと…名詞：事、事情
* [を]…助詞：表示動作作用對象（口語時可省略）
* 言った…動詞：說、講（言います⇒た形）
* っけ…助詞：表示再確認

用法

對於自己過去的發言已經沒有印象時所說的話。此外，明明說過，卻想裝傻時也適用。

| 疑問&疑惑 | **1-075 生活實用篇** |

欸？那個是放在哪裡？

あれ？ どこ置いたっけ？

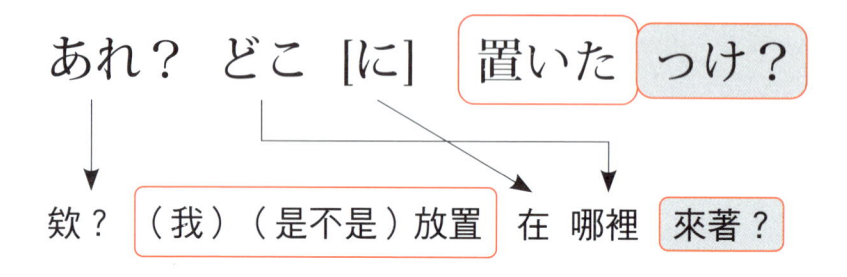

あれ？ どこ [に] 置いた っけ？

欸？ （我）（是不是）放置 在 哪裡 來著？

* あれ…感嘆詞：呀、哎呀
* どこ…名詞（疑問詞）：哪裡
* [に]…助詞：表示動作進行位置（口語時可省略）
* 置いた…動詞：放置（置きます⇒た形）
* っけ…助詞：表示再確認

用法
忘記某個東西放在哪裡時的說法。旁邊聽到的人如果知道，就會告訴你了。

1-076 生活實用篇　疑問&疑惑

欸？明天放假不是嗎？

え？　明日(あしたやす)休みじゃないの？

え？　明日 [は] 休みじゃない の？
　↓　　　↓　　　　　↓　　　　↓
　欸？　明天　　　不是放假日　　嗎？

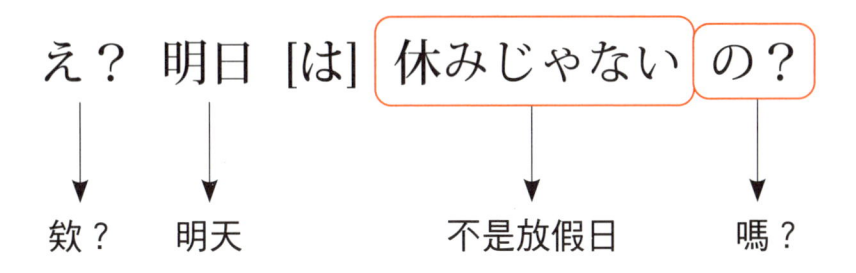

* え…感嘆詞：啊、欸
* 明日…名詞：明天
* [は]…助詞：表示主題（口語時可省略）
* 休みじゃない…名詞：放假天、休息天
  （休み⇒普通形-現在否定形）
* の…形式名詞：んですか⇒普通形現在疑問表現
  ～んですか：關心好奇、期待回答

用法
確認自己所想的（明天放假）是否有誤，或是發覺自己誤解（誤以為明天放假）的時候，都可以說這句話。

疑問&疑惑　1-077 生活實用篇

欸？你是不是瘦了？

あれ？ちょっと痩（や）せた？

あれ？	ちょっと	痩せた	？
↓	↓	↓	↓
欸？	有點	瘦了	嗎？

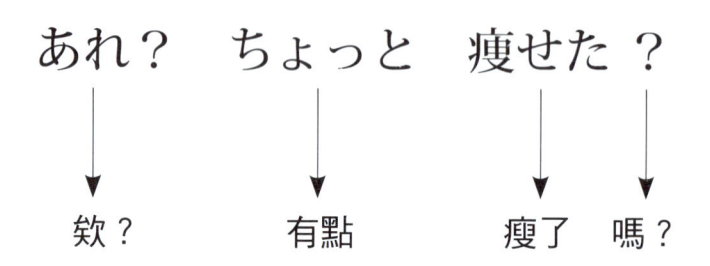

* **あれ**…感嘆詞：呀、哎呀
* **ちょっと**…副詞：一下、有點、稍微
* **痩せた**…動詞：瘦（痩せます⇒た形）

用法

面對好久不見的朋友或熟人，可以使用這句話。也可以當成好聽的應酬話使用。

1-078 生活實用篇　疑問&疑惑

欸，你已經結婚了？看不出來耶。

え、もう結婚(けっこん)してるの？　見(み)えないねえ。

え、もう [結婚して] [[い]る] [の?] 見えない ねえ。

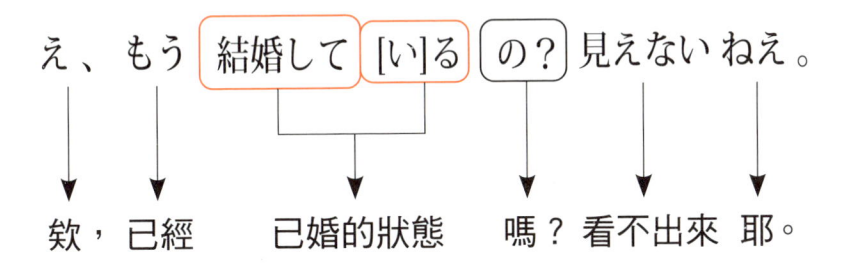

↓　↓　　↓　　　　↓　　↓　　　↓
欸，已經　已婚的狀態　嗎？　看不出來　耶。

* え…感嘆詞：啊、欸
* もう…副詞：已經
* 結婚して…動詞：結婚（結婚します⇒て形）
* [い]る…補助動詞：(います⇒辭書形)
  （口語時可省略い）
  動詞て形＋います：目前狀態
* の…形式名詞：んですか⇒普通形現在疑問表現
* 見えない…動詞：看來、看得出（見えます⇒ない形）
* ねえ…助詞：表示感嘆

用法

覺得對方看起來很年輕，不像已婚的人的說法。不過要小心，可能讓對方誤以為你覺得他不夠穩重。

疑問&疑惑　　**1-079 生活實用篇**

你的時間還OK嗎？

まだ<ruby>時間<rt>じかん</rt></ruby>だいじょうぶ？

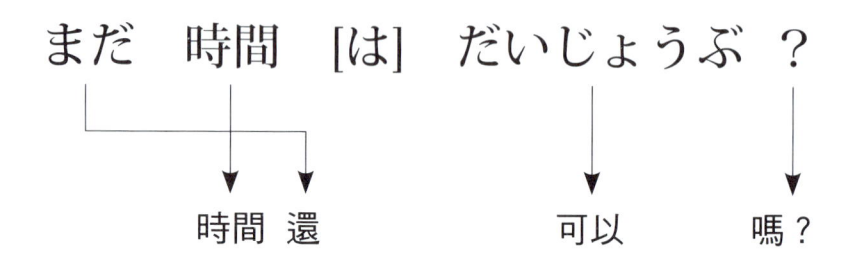

まだ　時間　[は]　だいじょうぶ　？
　↓　　↓　　　　　　↓　　　　↓
　時間　還　　　　　可以　　　嗎？

* まだ…副詞：還、未
* 時間…名詞：時間
* [は]…助詞：表示對比（區別）（口語時可省略）
* だいじょうぶ…な形容詞：沒問題、沒事

用法
詢問對方「時間上有沒有問題」的說法。

1-080 生活實用篇　　疑問&疑惑

那個，在哪裡有賣？

それどこで売ってるの？

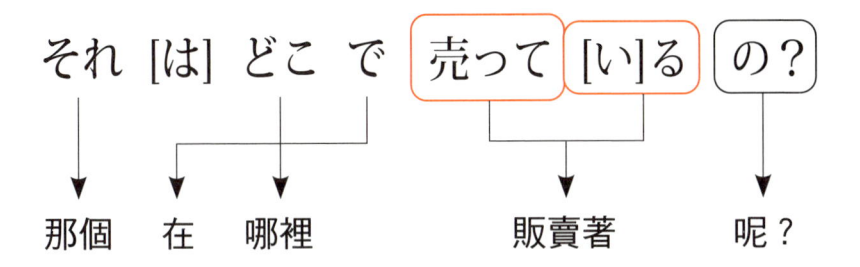

それ [は] どこ で 売って [い]る の？

那個　在　哪裡　　　販賣著　　呢？

* それ…名詞：那、那個
* [は]…助詞：表示主題（口語時可省略）
* どこ…名詞（疑問詞）：哪裡
* で…助詞：表示動作進行地點
* 売って…動詞：賣（売ります⇒て形）
* [い]る…補助動詞：（います⇒辭書形）
  （口語時可省略い）
  動詞て形＋います：目前狀態
* の…形式名詞：んですか⇒普通形現在疑問表現
  〜んですか：關心好奇、期待回答

用法

對於對方擁有的東西感興趣，想知道哪裡有販售時，可以使用這句話詢問。

疑問&疑惑　　**1-081 生活實用篇**

那個是可以吃的嗎？

それって食えるの？

それ　って　食える　の？
　↓　　　　　↓　　　↓
　那個　　　可以吃　嗎？

* それ…名詞：那、那個
* って…助詞：表示主題（＝は）
* 食える…動詞：吃
　（食います⇒可能形[食えます]的辭書形）
* の…形式名詞：んですか⇒普通形現在疑問表現
　～んですか：關心好奇、期待回答

用法
不確定那個東西是不是可以吃的，先這樣詢問一下。

1-082 生活實用篇　疑問&疑惑

什麼？我沒聽清楚。

え？今(いまなん)何つった？

え？　今　何 と　言った？
↓　　↓
欸？　現在　說了　什麼？

* え…感嘆詞：啊、欸
* 今…名詞：現在
* 何…名詞（疑問詞）：什麼、任何
* と…助詞：提示內容
* 言った…動詞：說、講（言います⇒た形）
  何つった…縮約表現：說了什麼
  （語氣有點粗魯，要小心使用）
  （何と言った⇒縮約表現）
  （口語時常使用「縮約表現」）

用法
沒聽清楚對方說什麼，或是聽到令人不悅的話時，都可以這樣回應。

疑問&疑惑　　**1-083 生活實用篇**

那，現在是怎樣？

で、今（いま）は？

[それ]で　、　今　は　？
　↓
然後　　　　　現在 的話 ？

* [それ]で…接續詞：後來、然後
　（口語時可省略それ）
* 今…名詞：現在
* は…助詞：表示對比（區別）

用法
詢問目前的狀況如何時，所使用的一句話。

1-084 生活實用篇　疑問&疑惑

這個用日文要怎麼說？
これ日本語で何て言うの？

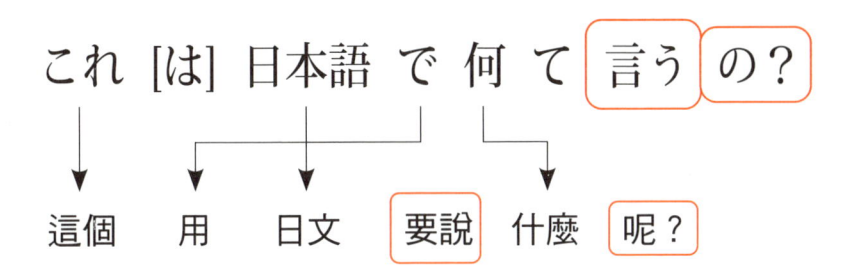

これ [は] 日本語 で 何 て 言う の？
這個　　　用　日文　　什麼　　要說　　呢？

* これ…名詞：這、這個
* [は]…助詞：表示主題（口語時可省略）
* 日本語…名詞：日文
* で…助詞：表示手段
* 何…名詞（疑問詞）：什麼、任何
* て…助詞：提示內容（＝と）
* 言う…動詞：說、講（言います⇒辭書形）
* の…形式名詞：んですか⇒普通形現在疑問表現
　　〜んですか：關心好奇、期待回答

用法
想知道「用日文該怎麼說」的問法，很方便的一句話。

疑問&疑惑　**1-085 生活實用篇**

好像有什麼怪味道。
何か変な匂いしない？

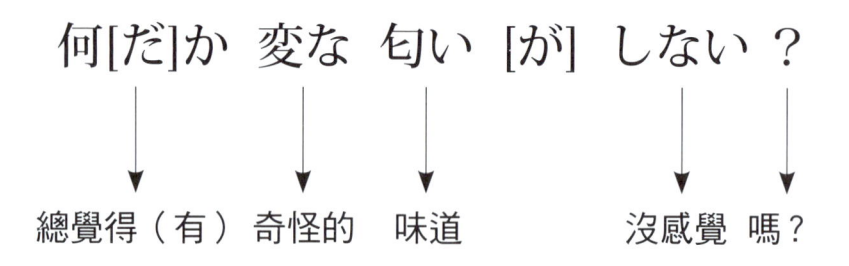

何[だ]か　変な　匂い　[が]　しない？
↓　　　　↓　　　↓　　　　↓
總覺得（有）奇怪的　味道　　　沒感覺　嗎？

* 何[だ]か…副詞：總覺得、不知道為什麼
  （口語時可省略だ）
* 変な…な形容詞：奇怪（名詞接續用法）
* 匂い…名詞：味道
* [が]…助詞：表示主格（口語時可省略）
* しない…動詞：有（感覺）（します⇒ない形）

用法
似乎聞到怪味道，可以這樣子問問其他人，做個確認。

1-086 生活實用篇　疑問&疑惑

那件事，好像在哪裡聽說過！

その話(はなし)、どっかで聞(き)いたことがある！

その　話、どっか　で　聞いた　こと　が　ある！
↓　　↓　　　　　↓　　　↓
那個　話題，　　　在　哪裡　曾經有聽過　！

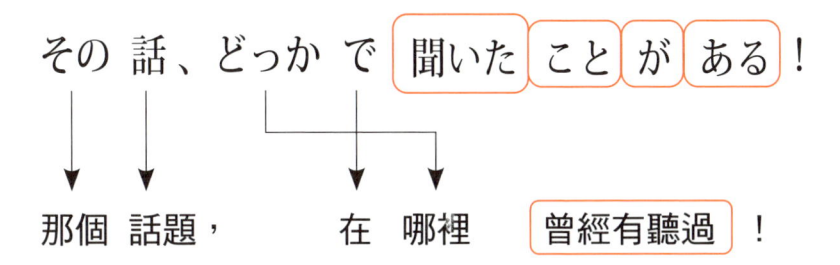

* その…連體詞：那個
* 話…名詞：話題
* どっか…名詞（疑問詞）：哪裡
* で…助詞：表示動作進行地點
* 聞いた…動詞：聽、問（聞きます⇒た形）
* こと…形式名詞：文法需要而存在的名詞
* が…助詞：表示焦點
* ある…動詞：有、在（あります⇒辭書形）

用法

表示「對方所說的，之前已經聽過了」。如果當下對方正說得眉飛色舞，或許別說出這句話比較好。

疑問&疑惑　　1-087 生活實用篇

你剛剛有打電話給我嗎？

さっき電話してくれた？

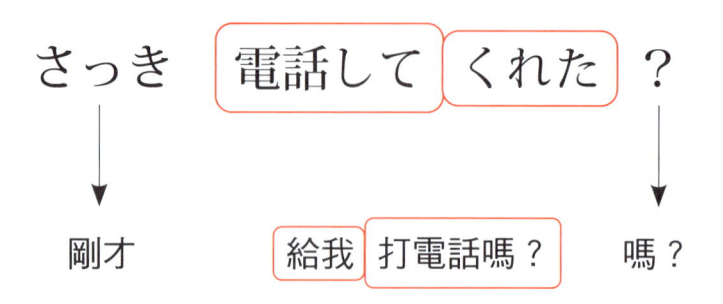

さっき　電話して　くれた　？
↓　　　　↓　　　　　↓
剛才　　給我 打電話嗎？　嗎？

* さっき…副詞：剛才
* 電話して…動詞：打電話（電話します⇒て形）
* くれた…補助動詞：（くれます⇒た形）
  動詞て形＋くれます：別人為我[做]～

用法
手機發現未接來電，詢問來電者有什麼事的說法。

1-088 生活實用篇　疑問&疑惑

像這樣可以嗎？

こんな感[かん]じでいい？

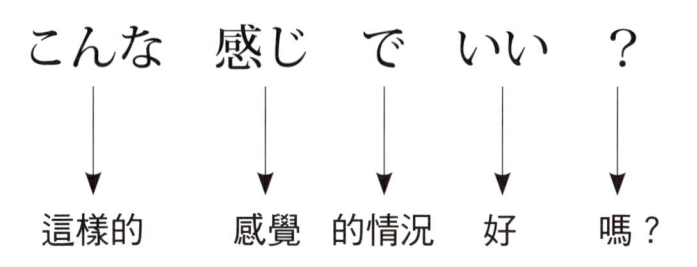

こんな	感じ	で	いい	？
這樣的	感覺	的情況	好	嗎？

* こんな…連體詞：這樣的
* 感じ…名詞：感覺
* で…助詞：表示樣態
* いい…い形容詞：好、良好

用法
呈現進行中的成果，並詢問覺得「好」或「壞」的說法。

疑問&疑惑　1-089 生活實用篇

我有說錯話嗎？
何か間違ったこと言った？

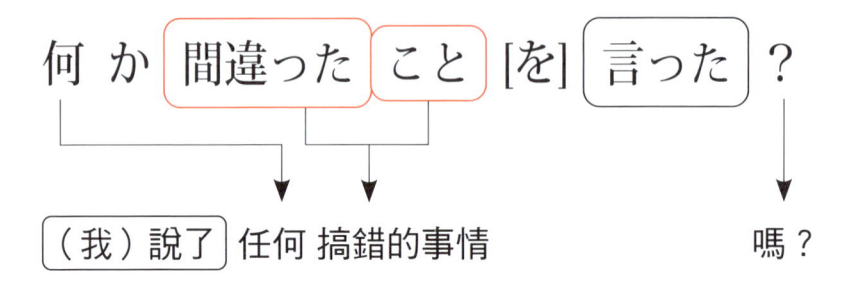

何　か　間違った　こと　[を]　言った　？

（我）說了　任何　搞錯的事情　　　嗎？

* 何…名詞（疑問詞）：什麼、任何
* か…助詞：表示不特定
* 間違った…動詞：弄錯、搞錯（間違います⇒た形）
* こと…名詞：事、事情
* [を]…助詞：表示動作作用對象（口語時可省略）
* 言った…動詞：說、講（言います⇒た形）

用法
發言惹怒對方，自己卻不明緣由時所說的話。

1-090 生活實用篇　疑問&疑惑

真的沒辦法嗎？

何(なん)とかならない？

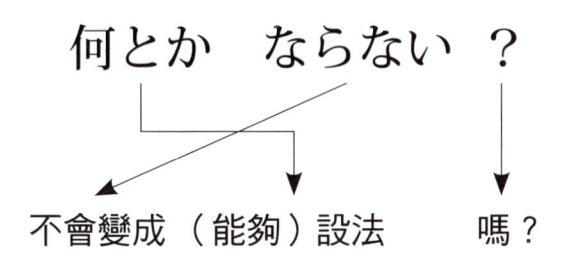

　　　何とか　　ならない　　？
　　　　↓　　　　↓　　　　↓
　　不會變成（能夠）設法　　嗎？

* 何とか…副詞：設法～、想辦法～
* ならない…動詞：變成（なります⇒ない形）

用法
對方曾拒絕，或是拜託對方處理棘手難題的說法。

疑問&疑惑　1-091 生活實用篇

喂，你知道嗎？

ねえ、知ってた？

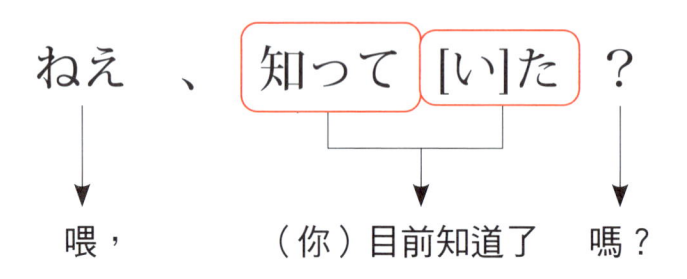

ねえ　、　知って　[い]た　？
↓　　　　　　↓　　　　↓
喂，　　（你）目前知道了　嗎？

* ねえ…感嘆詞：喂
* 知って…動詞：知道、認識（知ります⇒て形）
* [い]た…補助動詞：(います⇒た形)
  （口語時可省略い）
  動詞て形＋います：目前狀態

用法
告訴對方有趣的情報時，通常以這句話作為開場白。

1-092 生活實用篇　疑問&疑惑

怎麼可能會有這種事！

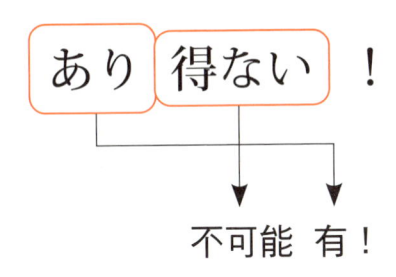

あり得(え)ない！

```
  あり  得ない  ！
   ↓    ↓
  不可能 有！
```

＊**あり得ない**…複合型態（＝あり＋得ない）
　あり…動詞：有（あります⇒ます形除去[ます]）
　得ない…後項動詞：可能、能夠（得ます⇒ない形）

用法
不想接受或不相信眼前事實。相關說法還有：
まさかそんなこと。（怎麼可能？）
そんな馬鹿（ばか）な…。（怎麼可能會有那種事…。）

疑問&疑惑　1-093 生活實用篇

沒想到竟然會變成這樣…。

まさかこんなことになるとは…。

まさか こんな こと に なる とは…。

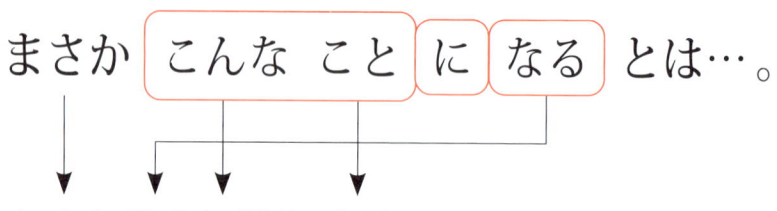

怎麼會 變成 這樣的 事情…。

* **まさか**…副詞：難道、怎麼會
* **こんな**…連體詞：這麼、這樣的
* **こと**…名詞：事、事情
* **に**…助詞：表示變化結果
* **なる**…動詞：變成（なります⇒辭書形）
* **とは**…助詞：表示驚訝

用法
事情發展成完全沒有預料到的惡劣結果時，所說的話。

1-094 生活實用篇　　感謝

哎～，你幫了一個大忙，真是謝謝。

いやあ、助(たす)かったよ。ありがとう。

いやあ、　助かった　よ。ありがとう。
　↓　　　　　↓　　　　　　↓
　哎～，　　得救了，　　　　謝謝。

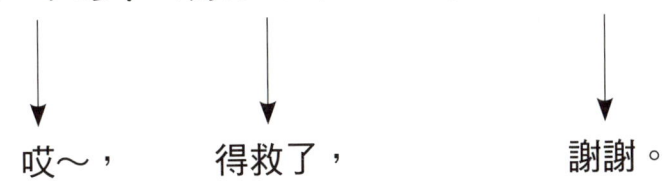

* いやあ…感嘆詞：哎～
* 助かった…動詞：得救、有幫助
　（助かります⇒た形）
* よ…助詞：表示感嘆
* ありがとう…招呼用語：謝謝

|用法|
危急或身陷麻煩時獲得幫助，可以用這句話表達感謝。

感謝　**1-095 生活實用篇**

嗯～，獲益良多。

いやあ、いい勉強(べんきょう)になったよ。

いやあ、いい 勉強 に なった よ。
嗯～，　　　變成了　好的　經驗。

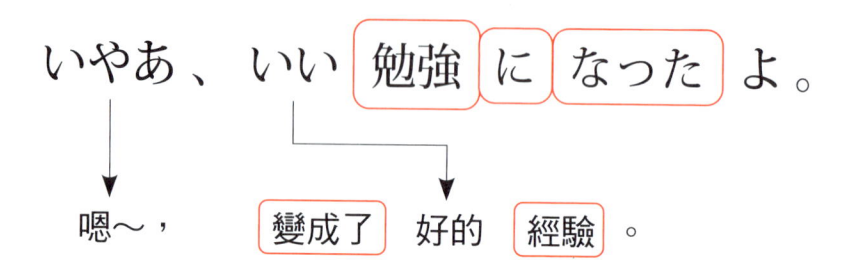

* いやあ…感嘆詞：嗯～
* いい…い形容詞：好、良好
* 勉強になった…連語：見識、經驗
  （勉強になります⇒た形）
* よ…助詞：表示感嘆

|用法|
從朋友那裡學到很棒的知識，或是獲得寶貴的經驗時，可以這樣說。

1-096 生活實用篇　　　感謝

那這樣就麻煩你了。

じゃ、それでお願(ねが)い。

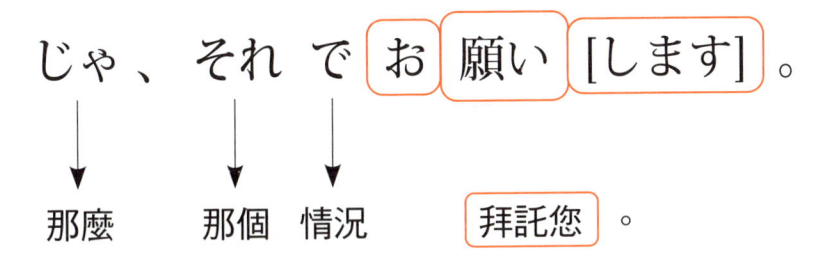

じゃ、それで お 願い [します]。
↓　　↓　　↓　　　　拜託您
那麼　那個　情況

* じゃ…接續詞：那麼
* それ…名詞：那個
* で…助詞：表示樣態
* お…接頭辭：表示美化、鄭重
* 願い…動詞：拜託、祈願
　（願います⇒ます形除去[ます]）
* [します]…動詞：做（口語時可省略）
　お願いします…謙讓表現：拜託您
　（願います⇒謙讓表現）

用法
同意對方所提的內容，並請求對方幫忙的說法。

關心&讚美　1-097 生活實用篇

你有什麼需要幫忙的，請隨時告訴我。
困(こま)ったことがあったら、いつでも言(い)ってね。

困ったことが あった ら 、いつでも 言って [ください] ね。

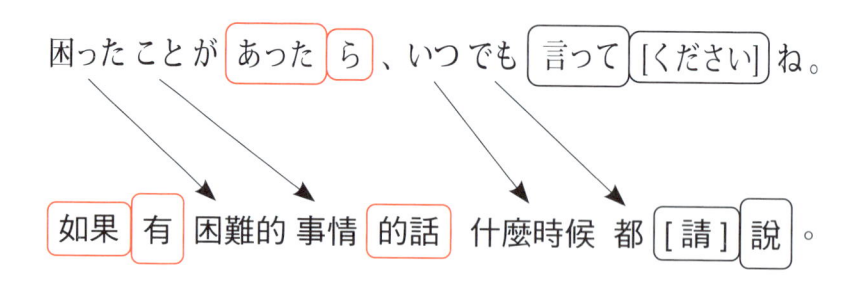

如果 有 困難的 事情 的話　什麼時候 都 [請] 說 。

* 困った…動詞：困難（困ります⇒た形）
* こと…名詞：事、事情
* が…助詞：表示焦點
* あったら…動詞：有、在（あります⇒た形＋ら）
* いつ…名詞（疑問詞）：什麼時候、隨時
* でも…助詞：表示全肯定
* 言って…動詞：說、講（言います⇒て形）
* [ください]…補助動詞：請
  （くださいます⇒命令形[くださいませ]除去[ませ]）
  （口語時可省略）
  動詞て形＋ください：請[做]～
* ね…助詞：要求同意

用法
表示「有任何需要我隨時願意助你一臂之力」的說法。

1-098 生活實用篇　關心&讚美

要不要去接你？
迎(むか)えに行(い)こうか？

迎え | に | 行こう | か？
↓
要不要　去 迎接 ？

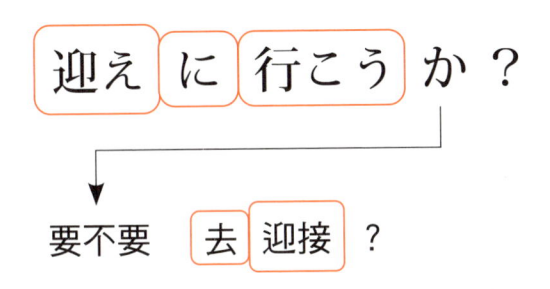

* 迎え…動詞：迎接（迎えます⇒ます形除去[ます]）
* に…助詞：表示目的
* 行こう…動詞：去（行きます⇒意向形）
* か…助詞：表示疑問

用法
朋友或認識的人要來訪，詢問對方需不需要去接他的說法。

關心&讚美　1-099 生活實用篇

是出了什麼事嗎？

え？どうかしたの？

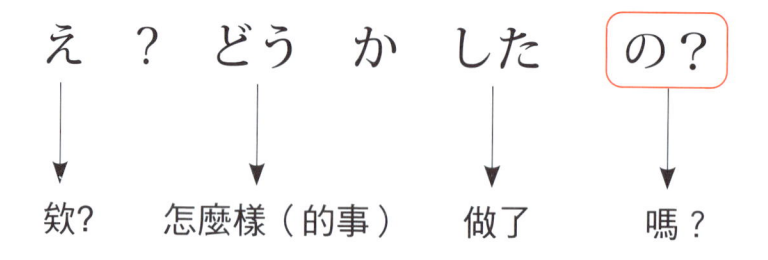

え	？	どう	か	した	の？
欸?		怎麼樣（的事）		做了	嗎？

* え…感嘆詞：啊、欸
* どう…副詞（疑問詞）：怎麼樣、如何
* か…助詞：表示不特定
* した…動詞：做（します⇒た形）
* の…形式名詞：んですか⇒普通形現在疑問表現
　〜んですか：關心好奇、期待回答

用法
對方似乎因為某事而煩惱，或是有任何異狀時，可以用這句話表示關心。

1-100 生活實用篇　　關心&讚美

欸？你換髮型了哦？

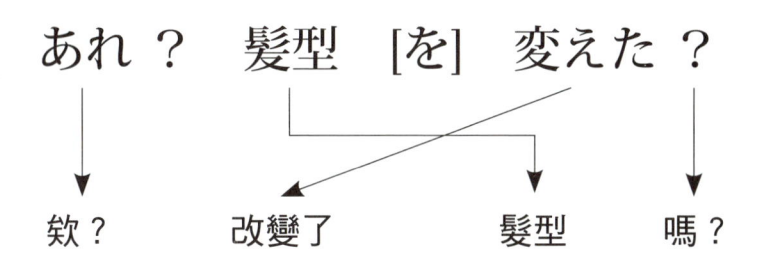

あれ？ 髪型(かみがた)変(か)えた？

あれ？　髪型　[を]　変えた？
　↓　　　　↓　　　　　↓　　　↓
　欸？　　改變了　　髮型　　嗎？

* あれ…感嘆詞：呀、哎呀
* 髪型…名詞：髮型
* [を]…助詞：表示動作作用對象（口語時可省略）
* 変えた…動詞：改變（変えます⇒た形）

用法

遇見朋友時如果發現對方換了髮型，可以這樣說。對方一定會很開心你注意到了他的改變。

關心&讚美　　1-101 **生活實用篇**

好久不見～，你好嗎？

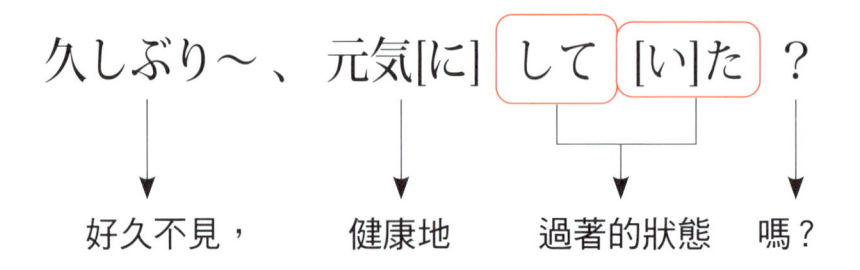

久(ひさ)しぶり～、元気(げんき)してた？

久しぶり～、　元気[に]　して　[い]た　？
　↓　　　　　　↓　　　　↓　　　↓
好久不見，　　健康地　　過著的狀態　嗎？

* 久しぶり…名詞：（隔了）好久、好久不見
* 元気[に]…な形容詞：有精神、健康（副詞用法）
　（口語時可省略に）
* して…動詞：做、過、弄（します⇒て形）
* [い]た…補助動詞：（います⇒た形）
　（口語時可省略い）
　動詞て形＋います：目前狀態

用法
面對好久不見的熟人或朋友，打招呼的一句話。

1-102 生活實用篇 關心&讚美

讓你久等了，你等很久了嗎？
お待たせ。待った？

お 待たせ [しました] 。待った ？

讓您久等了，　　　　　　等了　嗎？

* お…接頭辭：表示美化、鄭重
* 待たせ…動詞：等待
  （待ちます⇒使役形[待たせます]除去[ます]）
* [しました]…動詞：做（します⇒過去肯定形）
  （口語時可省略）
  お＋動詞ます形除去[ます]＋します：謙讓表現
* 待った…動詞：等待（待ちます⇒た形）

用法
相約碰面卻讓對方等候時，所說的一句話。

關心&讚美　　**1-103 生活實用篇**

你還沒睡哦？

まだ起きてるの？

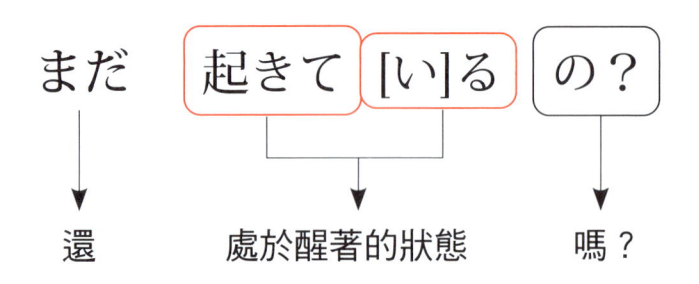

まだ	起きて	[い]る	の？
↓	↓		↓
還	處於醒著的狀態		嗎？

* まだ…副詞：還、未
* 起きて…動詞：醒著、起床（起きます⇒て形）
* [い]る…補助動詞：（います⇒辭書形）
  （口語時可省略い）
  動詞て形＋います：目前狀態
* の…形式名詞：んですか⇒普通形現在疑問表現
  ～んですか：關心好奇、期待回答

用法

時間已經很晚，發現對方卻還沒睡，可以用這句話表示關心。網路聊天時經常使用。

1-104 生活實用篇　　關心&讚美

為了避免感冒，多加件衣服喔。

風邪引かないように厚着してね。
（かぜひ）　　　　　（あつぎ）

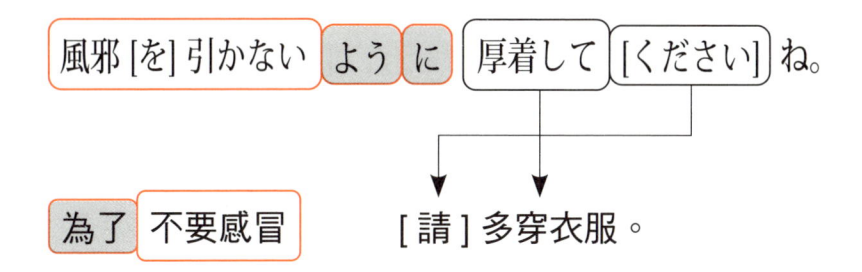

風邪[を]引かない　ように　厚着して　[ください]　ね。

為了　不要感冒　　　　[請]多穿衣服。

* 風邪[を]引かない…連語：感冒
　（風邪を引きます⇒ない形）（口語時可省略を）
* よう…形式名詞：文法需要而存在的名詞
* に…助詞：表示目的
* 厚着して…動詞：多穿（厚着します⇒て形）
* [ください]…補助動詞：請
　（くださいます⇒命令形[くださいませ]除去[ませ]）
　（口語時可省略）
　動詞て形＋ください：請[做]～
* ね…助詞：要求同意

用法
因為天氣寒冷，提醒對方多穿衣服，以免感冒。

| 關心&讚美 | **1-105 生活實用篇** |

今天你要不要早點休息？

今日（きょう）は早（はや）めに休（やす）んだら？

今日 は 早めに 休んだ ら [どうです] [か]？
↓　　　　↓　　　↓　　　　　　↓　　　↓
今天 如果 提早 休息 的話　　怎麼樣　呢？

* 今日…名詞：今天
* は…助詞：表示對比（區別）
* 早めに…副詞：提前、提早
* 休んだら…動詞：休息（休みます⇒た形＋ら）
* [どうです]…副詞：どう＋です
　どう…副詞（疑問詞）：如何、怎麼樣
　です…助動詞：表示斷定（現在肯定形）
　（口語時可省略どうです）
* [か]…助詞：表示疑問（口語時可省略）

用法
表示關心，建議對方今天早點睡覺的說法。

1-106 生活實用篇　　關心&讚美

那副眼鏡很適合你。

その眼鏡(めがねにあ)似合ってるね。

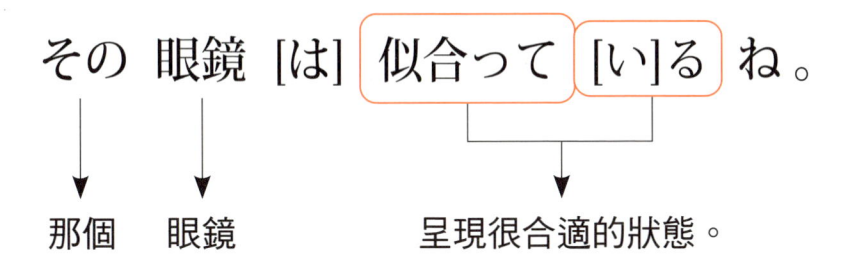

その　眼鏡　[は]　似合って　[い]る　ね。

↓　　↓　　　　　　　↓
那個　眼鏡　　　呈現很合適的狀態。

* その…連體詞：那個
* 眼鏡…名詞：眼鏡
* [は]…助詞：表示主題（口語時可省略）
* 似合って…動詞：合適（似合います⇒て形）
* [い]る…補助動詞：（います⇒辭書形）
  （口語時可省略い）
  動詞て形＋います：目前狀態
* ね…助詞：表示同意

用法
覺得對方所戴的眼鏡很適合他，使用這句話讚美。

否定陳述　**1-107 生活實用篇**

呀～，我不曉得耶。
さあ、僕(ぼく)にはわかんないなあ。

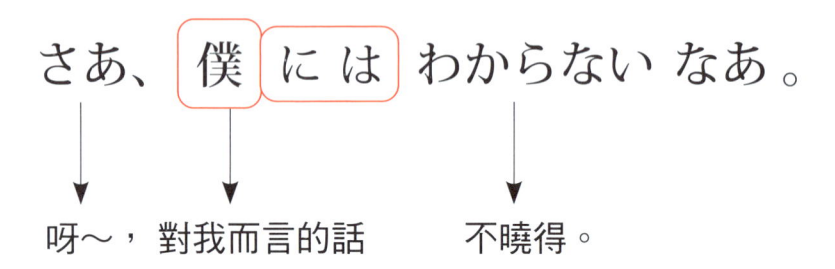

さあ、｜僕｜に｜は｜わからない　なあ。

呀～，　對我而言的話　　不曉得。

* さあ…感嘆詞：呀
* 僕…名詞：我（適用於男性）
* に…助詞：表示方面
* は…助詞：表示對比（區別）
* わからない…動詞：懂（わかります⇒ない形）
  わかんない…縮約表現：不曉得、不知道
  （わからない⇒縮約表現）
  （口語時常使用「縮約表現」）
* なあ…助詞：表示感嘆

用法
對方提問，如果是自己不懂的問題，可以這樣回應。

1-108 生活實用篇　　否定陳述

我總覺得無法理解。

どうも納得(なっとく)できないなあ。

　　　どうも　　納得できない　　なあ。
　　　　↓　　　　　↓
　　　怎麼也　　　無法理解。

* どうも…副詞：怎麼也
* 納得できない…動詞：理解、信服
　（納得します⇒可能形[納得できます]的ない形）
* なあ…助詞：表示感嘆

用法
聽了對方的說明，仍然無法理解時，可以這樣回應。

否定陳述　**1-109 生活實用篇**

早知道我就不做了…。

やめときゃよかった…。

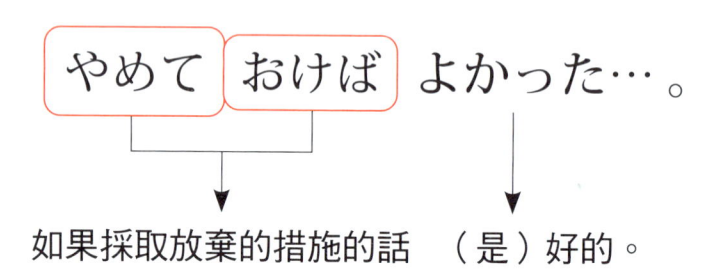

　　　　やめて　おけば　よかった…。
　　　　　↓　　　　　　　↓
　如果採取放棄的措施的話　（是）好的。

* やめて…動詞：放棄、取消（やめます⇒て形）
* おけば…補助動詞：（おきます⇒條件形）
　動詞て形＋おきます：善後措施（為了以後方便）
　やめときゃ…縮約表現：如果採取放棄的措施的話
　（やめておけば⇒縮約表現）
　（口語時常使用「縮約表現」）
* よかった…い形容詞：好
　（いい⇒普通形-過去肯定形）

用法
做了之後覺得後悔時，所說的一句話。

1-110 生活實用篇　否定陳述

並沒有那樣的打算。

そういうつもりじゃないんだけどね。

そう　いう　つもりじゃない　んだ　けど　ね。

不是　那樣的　打算　。

* そう…副詞：那樣、這樣
* いう…動詞：為了接名詞放的（いいます⇒辭書形）
* つもりじゃない…名詞：打算
  （つもり⇒普通形-現在否定形）
* んだ…連語：ん＋だ＝んです的普通體：表示強調
  ん…形式名詞（の⇒縮約表現）
  だ…助動詞：表示斷定（です⇒普通形-現在肯定形）
* けど…助詞：表示輕微主張
* ね…助詞：表示感嘆

用法
說明「自己並沒有像對方所想的那種打算」。

否定陳述　**1-111 生活實用篇**

我的意思不是那樣啦。

そんなつもりで言（い）ったんじゃないよ。

そんな　つもり　で　言った　んじゃない　よ。

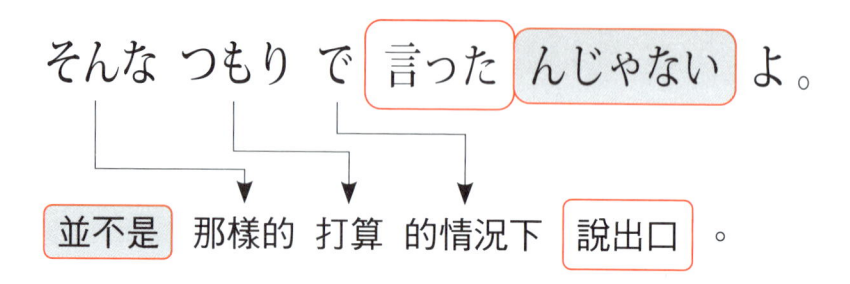

並不是　那樣的　打算　的情況下　說出口　。

* そんな…連體詞：那麼、那樣的
* つもり…名詞：打算
* で…助詞：表示樣態
* 言った…動詞：說、講（言います⇒た形）
* んじゃない…連語：ん＋じゃない
　ん…形式名詞（の⇒縮約表現）
　じゃない…（です⇒普通形-現在否定形）
* よ…助詞：表示提醒

用法
自己說的話遭到別人誤解時，使用這句話辯解。

156

1-112 生活實用篇　　肯定陳述

啊！那個我知道！

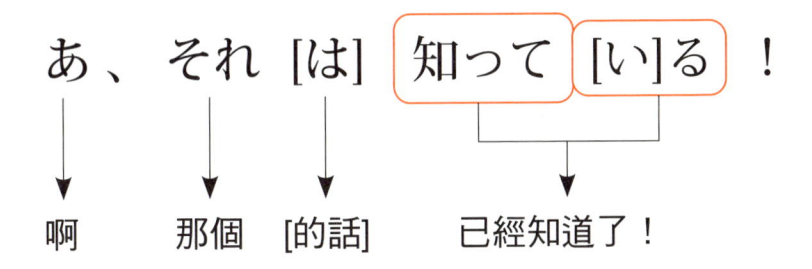

あ、それ知(し)ってる！

あ、	それ	[は]	知って	[い]る	！
↓	↓	↓	↓		
啊	那個	[的話]	已經知道了！		

* あ…感嘆詞：啊
* それ…名詞：那、那個
* [は]…助詞：表示（區別）（口語時可省略）
* 知って…動詞：知道、認識（知ります⇒て形）
* [い]る…補助動詞：（います⇒辭書形）
  （口語時可省略い）
  動詞て形＋います：目前狀態

用法
如果對方所說的是自己已經知道的事，可以這樣回應。

肯定陳述　**1-113 生活實用篇**

嘘你的啦。

なんちゃって。

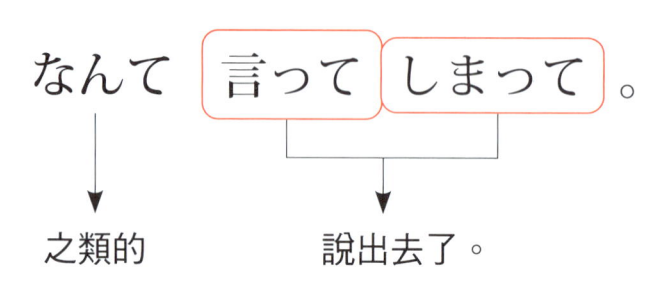

なんて　言って　しまって。

↓　　　　　↓
之類的　　說出去了。

* なんて…助詞：表示舉例
* 言って…動詞：說、講（言います⇒て形）
* しまって…補助動詞：（しまいます⇒て形）
  （て形：表示後面還會繼續講話的語感）
  動詞て形＋しまいます：動作乾脆進行
  なんちゃって…縮約表現：嘘你的啦
  （なんて言ってしまって⇒縮約表現）
  （口語時常使用「縮約表現」）
  （口語時「なんちゃって」也常說成
  「な〜んちゃって」）

用法
開玩笑之後說這句話，讓對方知道剛才說的只是玩笑。

1-114 生活實用篇 肯定陳述

嗯～，老樣子。

ん～、相変(あいか)わらずだね。

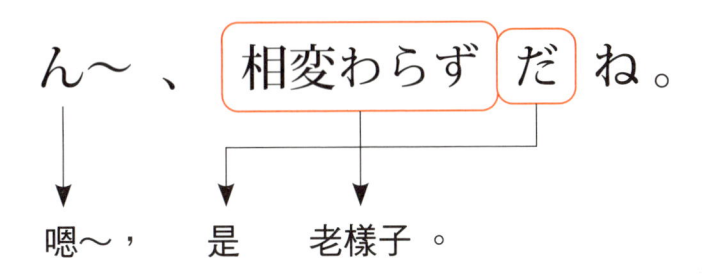

　　ん～ 、 相変わらず だ ね。
　　 ↓   ↓   ↓
　　嗯～，   是   老樣子 。

* ん…感嘆詞：嗯～
* 相変わらず…副詞：照舊、往常一樣
* だ…助動詞：表示斷定（です⇒普通形-現在肯定形）
* ね…助詞：表示主張

用法
被問到近況時，表示「一如從前」的說法。

肯定陳述　1-115 生活實用篇

我現在在忙，等一下回電給你。

ちょっと取り込み中だから、こっちからかけ直すね。

ちょっと 取り込み 中だ から、こっち から かけ直す ね。

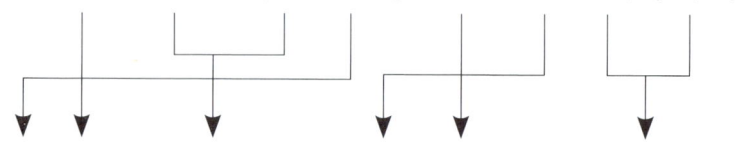

因為 稍微　正在忙碌中　　從 我這邊 會重新打（電話）給你。

* ちょっと…副詞：一下、有點、稍微
* 取り込み…名詞：忙碌
* 中だ…中＋だ：正在～中
  中…接尾辭
  だ…助動詞：表示斷定（です⇒普通形-現在肯定形）
* から…助詞：表示原因
* こっち…名詞：這邊、我方
* から…助詞：表示起點
* かけ直す…複合型態（＝かけ＋直す）
  かけ…動詞：打（電話）（かけます⇒ます形除去[ます]）
  直す…後項動詞：重新（直します⇒辭書形）
* ね…助詞：表示主張

用法
現在正在忙，無法和對方好好講電話時，可以這樣回應。

1-116 生活實用篇　　肯定陳述

e-mail 亂碼沒辦法看。

メール文字化けしてて読めないんだけど。
　　　もじば　　　　　よ

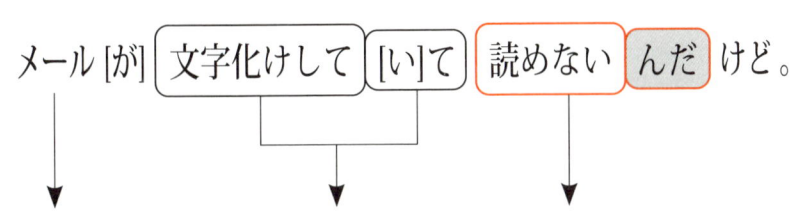

メール [が] | 文字化けして | [い]て | 読めない | んだ | けど。

電子郵件　因為處於亂碼的狀態　沒辦法閱讀。

* メール…名詞：電子郵件
* [が]…助詞：表示焦點（口語時可省略）
* 文字化けして…動詞：變亂碼
  （文字化けします⇒て形）
* [い]て…補助動詞：（います⇒て形）
  （て形表示原因）（口語時可省略い）
  動詞て形＋います：目前狀態
* 読めない…動詞：閱讀
  （読みます⇒可能形[読めます]的ない形）
* んだ…連語：ん＋だ＝んです的普通體：表示強調
  ん…形式名詞（の⇒縮約表現）
  だ…助動詞：表示斷定（です⇒普通形-現在肯定形）
* けど…助詞：表示輕微主張

|用法|
所收到的電子郵件是亂碼無法閱讀時，可以這樣說。

肯定陳述 **1-117 生活實用篇**

那，猜拳決定吧。

じゃあ、じゃんけんで決めよう。

じゃあ、じゃんけん で 決めよう。
↓　　　　↓　　　↓　　↓
那麼，　　猜拳　　的方式　決定吧。

* じゃあ…接續詞：那麼
* じゃんけん…名詞：猜拳
* で…助詞：手段、方法
* 決めよう…動詞：決定（決めます⇒意向形）

用法
彼此互不相讓時，建議用猜拳決定的說法。

1-118 生活實用篇　肯定陳述

把過去的都付諸流水，…

これまでのことは水(みず)に流(なが)して、…

これ	まで	の	こと	は	水に	流して、…
這個	為止	的	事情	的話	在 水裡	沖走，…

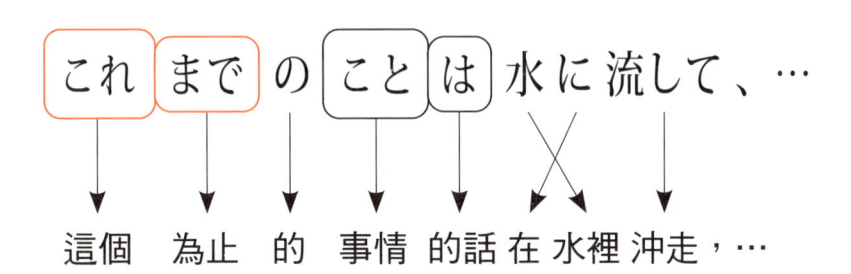

* これ…名詞：這、這個
* まで…助詞：表示界限
* の…助詞：表示所屬
* こと…名詞：事、事情
* は…助詞：表示對比（區別）
* 水…名詞：水
* に…助詞：表示動作歸著點
* 流して…動詞：沖走（流します⇒て形）
　（て形：表示後面還會繼續講話的語感）

用法
表示「要忘掉過去種種不愉快，轉換心情樂觀向前」。

肯定陳述   **1-119 生活實用篇**

啊～，我就是在找這個。

ああ、これこれ、探(さが)してたんだよ。

ああ、これ これ、 探して [い]た んだ よ。

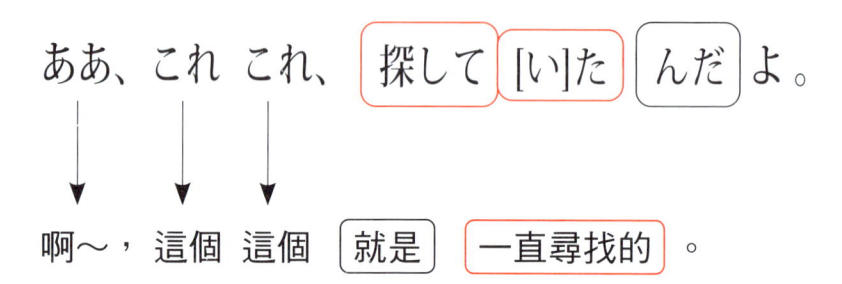

↓　　↓　　↓

啊～， 這個 這個 就是 一直尋找的 。

* **ああ**…感嘆詞：啊～
* **これ**…名詞：這個
* **探して**…動詞：尋找（探します⇒て形）
* **[い]た**…補助動詞：（います⇒た形）
  （口語時可省略い）
  動詞て形＋います：目前狀態
* **んだ**…連語：ん＋だ＝んです的普通體：表示強調
  ん…形式名詞（の⇒縮約表現）
  だ…助動詞：表示斷定（です⇒普通形-現在肯定形）
* **よ**…助詞：表示感嘆

用法

終於找到找了許久的東西時，所說的話。

1-120 生活實用篇　　肯定陳述

是錯覺吧。

気のせい気のせい。

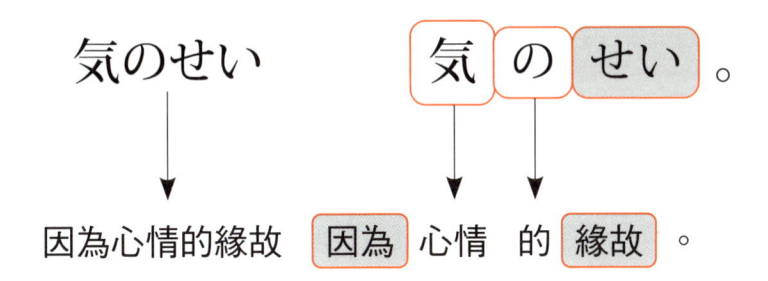

気のせい　→　因為心情的緣故

気　の　せい　。
↓　↓　↓
因為　心情　的　緣故　。

* 気のせい…連語：因為心情的緣故
　気…名詞：心情、精神、念頭
　の…助詞：表示所屬
　せい…名詞：原因

用法
表示「那是錯覺，是對方想太多」的說法。

肯定陳述　　**1-121 生活實用篇**

終於做到了！

ついにやったぞ！

ついに　やった　ぞ！
　↓　　　　↓
終於　　出色的完成！

* ついに…副詞：終於
* やった…動詞：出色的完成（やります⇒た形）
* ぞ…助詞：表示強調

用法

達成目標時，表達喜悅之情的一句話。

1-122 生活實用篇　　肯定陳述

我就是在等這一刻！

待ってました！

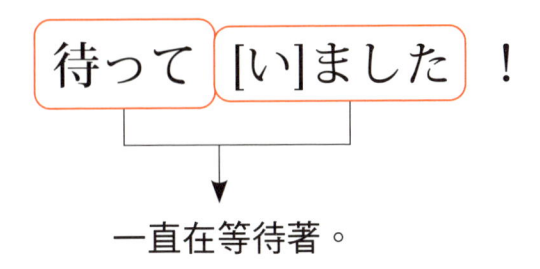

待って [い]ました ！
　　↓
一直在等待著。

* 待って…動詞：等待（待ちます⇒て形）
* [い]ました…補助動詞：（います⇒過去肯定形）
　（口語時可省略い）
　動詞て形＋います：目前狀態

用法
一直期盼著的事情終於實現時所說的話。

感想　**1-123 生活實用篇**

就是啊。

ですよねえ。

[そう]です　よ　ねえ。
　　↓
　　是那樣。

* [そう]です…そう＋です：是那樣、是這樣
　　そう…副詞：那樣、這樣（口語時可省略そう）
　　です…助動詞：表示斷定（現在肯定形）
* よ…助詞：表示感嘆
* ね…助詞：表示同意

用法
表示「一如對方所言，深表贊同」的回應方式。

1-124 生活實用篇　　感想

希望是如此。

そうだといいんだけどね～。

| そうだ | と | いい | んだ | けど | ね～。 |

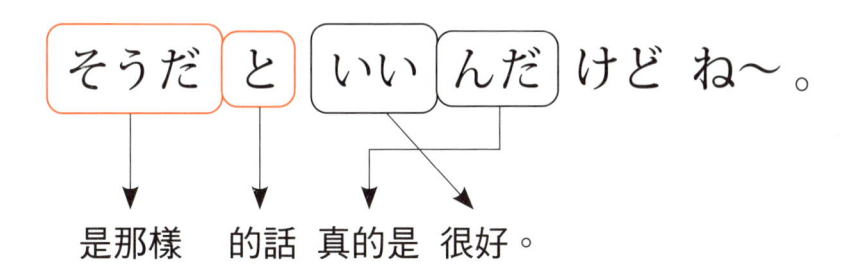

是那樣　的話　真的是　很好。

* そうだ…そう＋だ：是那樣、是這樣
  そう…副詞：那樣、這樣
  だ…助動詞：表示斷定
  （です⇒普通形-現在肯定形）
* と…助詞：表示條件
* いい…い形容詞：好、良好
* んだ…連語：ん＋だ＝んです的普通體：表示強調
  ん…形式名詞（の⇒縮約表現）
  だ…助動詞：表示斷定（です⇒普通形-現在肯定形）
* けど…助詞：表示輕微主張
* ね…助詞：表示感嘆

用法
自己也覺得「是那樣的話就好了」時，可以這樣說。

1-125 生活實用篇

感想

果然不出我所料。

だろうと思（おも）ったよ。

[そんな] [こと] だろう と 思った よ。

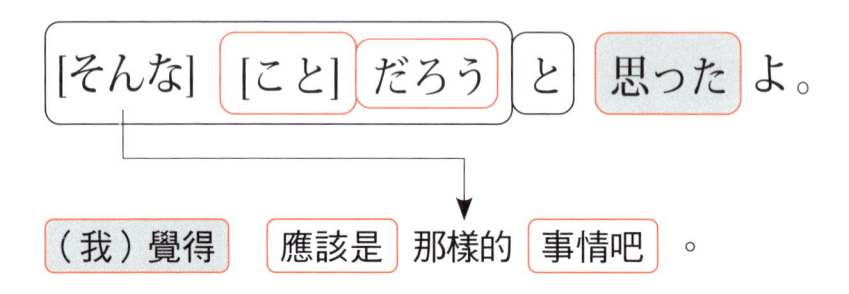

（我）覺得　應該是　那樣的　事情吧　。

* [そんな]…連體詞：那麼、那樣的（口語時可省略）
* [こと] だろう…こと＋だろう：應該是〜事情吧
    こと…名詞：事情
    だろう…助動詞：表示斷定（です⇒普通形意向形）
    （口語時可省略こと）
* と…助詞：表示提示內容
* 思った…動詞：覺得、認為（思います⇒た形）
* よ…助詞：表示感嘆

用法
事情的結果，和自己所想的一樣時，可以這樣說。

1-126 生活實用篇　　感想

啊～，快樂的時光總是一下子就過了。
ああ、楽しい時間はあっという間だね。

ああ、楽しい　時間　は　あっという間　だ　ね。
↓　　　↓　　↓　　↓　　　　　↓　　↓
啊～，快樂的　時間　　是　　一下子。

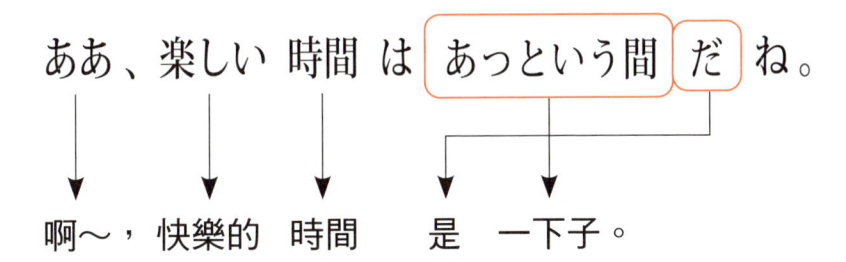

* **ああ**…感嘆詞：啊～
* **楽しい**…い形容詞：快樂
* **時間**…名詞：時間
* **は**…助詞：表示主題
* **あっという間だ**…あっという間＋だ
  あっという間…名詞：一下子
  だ…助動詞：表示斷定（です⇒普通形現在肯定形）
* **ね**…助詞：要求同意

用法
歡樂的時光流逝，覺得時間過得很快的說法。

感想

1-127 生活實用篇

你這麼一說,我也這麼覺得。

そう言(い)われると、そんな気(き)もする。

そう 言われる と 、 そんな 気もする。
↓　　↓　　　↓　　　　↓　　　↓
那樣　被你一說　的話，　（我）也覺得 那樣。

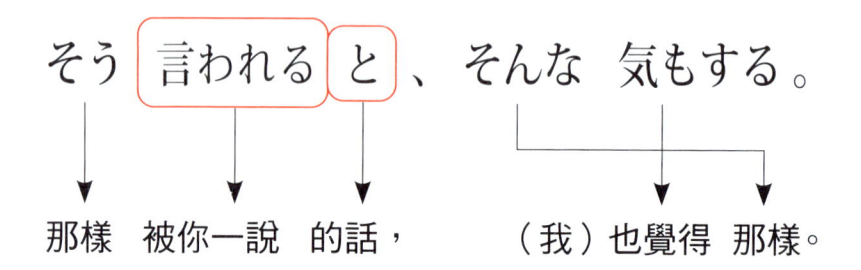

* そう…副詞:那樣、這樣
* 言われる…動詞:說、講(言います⇒受身形)
* と…助詞:表示條件
* そんな…連體詞:那麼、那樣的
* 気もする…連語:也感覺、也覺得
  (気もします⇒辭書形)

用法

對方指出某種現象,自己也覺得或許確實如此時,可以這樣說。

1-128 生活實用篇 　感想

嗯～，我覺得還好耶。（比原本期待的不好）

うーん、いまいち…。

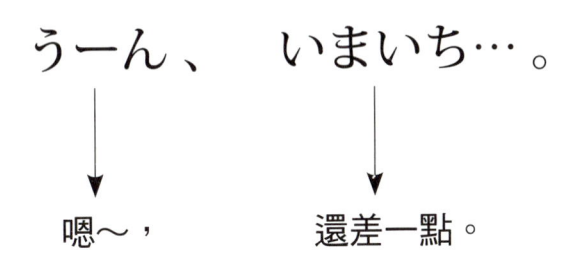

　　　うーん、　　いまいち…。
　　　　↓　　　　　↓
　　　嗯～，　　　還差一點。

* うーん…感嘆詞：嗯～
* いまいち…副詞：還差一點

用法
被詢問感想時，覺得和原本的期待有落差，不是給予很高的評價時，可以這樣說。

說話

1-129 生活實用篇

呀〜，真的很難說耶。

さあ、何(なん)とも言(い)えないね。

さあ、|何| |と| |も| |言えない| ね。

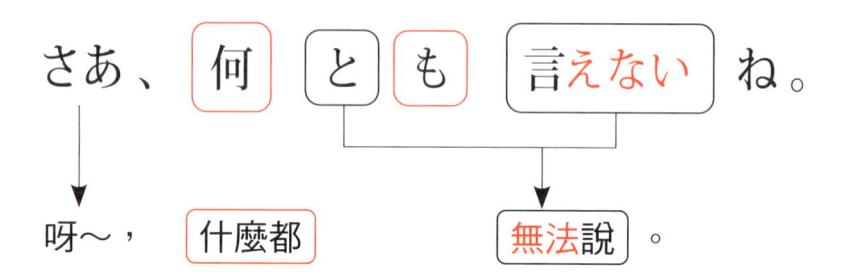

↓　　　　　　　　　　　↓
呀〜，　|什麼都|　　|無法|說　。

* さあ…感嘆詞：呀〜
* 何…名詞（疑問詞）：什麼、任何
* と…助詞：提示內容
* も…助詞：表示全否定
* 言えない…動詞：說、講
　（言います⇒可能形[言えます]的ない形）
* ね…助詞：表示主張

用法
被問到自己無法回答，或是不方便回答的問題時，可以這樣回應。

1-130 生活實用篇　　說話

說來話長。

話せば長くなるんだけど…。
　はな　　なが

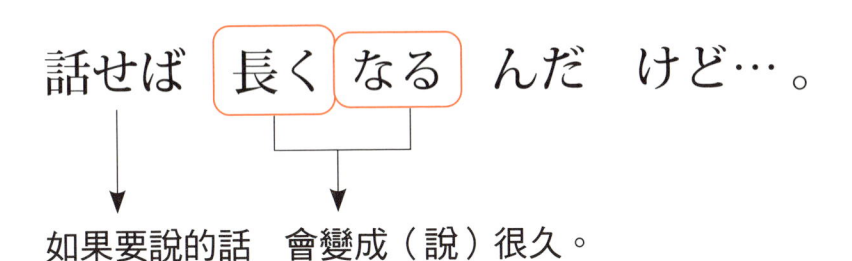

話せば ［長く］［なる］ んだ　けど…。
　↓　　　↓　　↓
如果要說的話　會變成（說）很久。

* 話せば…動詞：說話（話します⇒條件形）
* 長く…い形容詞：長（長い⇒副詞用法）
* なる…動詞：變成（なります⇒辭書形）
* んだ…連語：ん＋だ＝んです的普通體：表示強調
　 ん…形式名詞（の⇒縮約表現）
　 だ…助動詞：表示斷定（です⇒普通形-現在肯定形）
* けど…助詞：表示輕微主張

用法
被問到某件事，想告訴對方「因為太過複雜，得花很長的時間才能說明全貌」的說法。

說話

1-131 生活實用篇

我有在想什麼時候要跟你說…。

いつか言(い)おうと思(おも)ってたんだけどさ…。

いつか 言おう と 思って [い]た んだけど さ…。

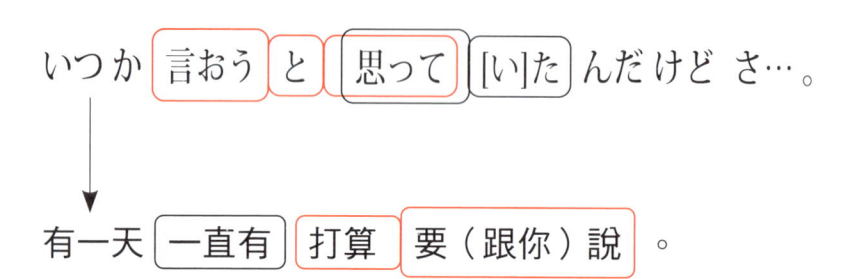

↓

有一天 一直有 打算 要（跟你）說 。

* いつか…副詞：有一天
* 言おう…動詞：說、講（言います⇒意向形）
* と…助詞：表示提示內容
* 思って…動詞：覺得、認為（思います⇒て形）
* [い]た…補助動詞：（います⇒た形）
  （口語時可省略い）
  動詞て形＋います：目前狀態
* んだ…連語：ん＋だ＝んです的普通體：表示強調
  ん…形式名詞（の⇒縮約表現）
  だ…助動詞：表示斷定（です⇒普通形-現在肯定形）
* けど…助詞：表示輕微主張
* さ…助詞：表示留住注意

用法

目前為止都忍著不說，但再也無法忍耐打算說出來時，可以這樣說。

1-132 生活實用篇　　說話

這件事，我死也不能說…。

このことは、口が裂けても言えない…。

この　こと　は、口　が　裂けて　も　言えない…。
　↓　　↓　　　　↓　　　　↓　　　　↓
這個　事情　　　嘴巴　　即使裂開也　不能說…。

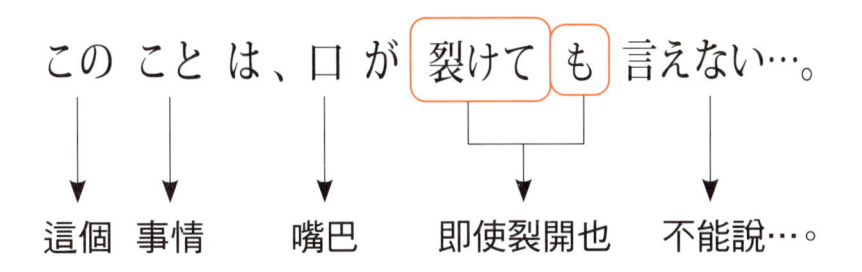

* この…連體詞：這個
* こと…名詞：事、事情
* は…助詞：表示主題
* 口…名詞：嘴巴
* が…助詞：表示主格
* 裂けて…動詞：裂開（裂けます⇒て形）
* も…助詞：表示逆接
* 言えない…動詞：說、講
　（言います⇒可能形[言えます]的ない形）

用法
表示「因為事情重大，絕不能向他人透露」。

說話 **1-133 生活實用篇**

我剛剛講的話，你就當作沒聽到好了。

今の話　聞かなかったことにして。

今 の 話 [は] 聞かなかったこと に して [ください]。

剛才 的 說話（的話） [請] 當成 沒有聽到（的事）。

* 今…名詞：剛才
* の…助詞：表示所屬
* 話…名詞：說話、話題
* [は]…助詞：表示對比（區別）（口語時可省略）
* 聞かなかった…動詞：聽、問
  （聞きます⇒なかった形）
* こと…形式名詞：文法需要而存在的名詞
* に…助詞：表示決定結果
* して…動詞：做（します⇒て形）
* [ください]…補助動詞：請
  （くださいます⇒命令形[くださいませ]除去[ませ]）
  （口語時可省略）
  動詞て形＋ください：請[做]～

用法
話說完了，卻希望自己宛如沒說過一樣時，可以這樣說。

1-134 生活實用篇　　　說話

那個和這個是不同件事。

それとこれとはまた別（べつ）の話（はなし）だから。

それ	と	これ	と	は	また	別	の	話だ	から。
那個	和	這個		的話	另外	別的	的	事情	。

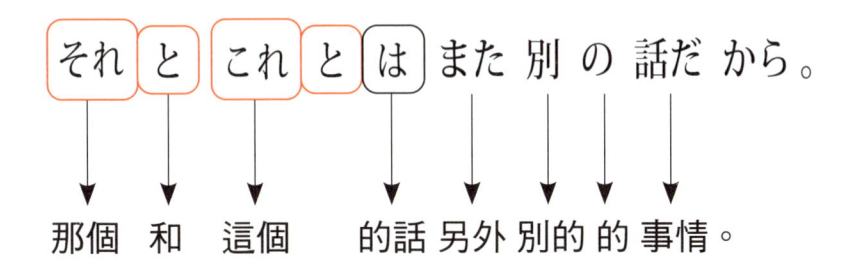

* それ…名詞：那、那個
* と…助詞：表示並列
* これ…名詞：這、這個
* と…助詞：表示並列
* は…助詞：表示對比（區別）
* また…副詞：另外、又
* 別…名詞：別的
* の…助詞：表示所屬
* 話だ…名詞：事情（話⇒普通形-現在肯定）
* から…助詞：表示決意

用法

不希望其他事和現在所談的混為一談時，可以這樣說。

說話　　1-135 **生活實用篇**

所以我不是說了嗎？

だから言(い)ったじゃん。

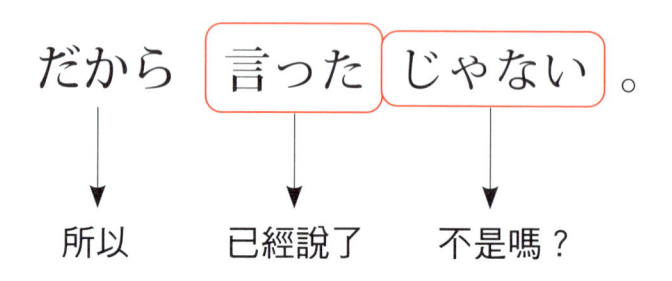

だから　　言った　　じゃない　。
　↓　　　　　↓　　　　　↓
　所以　　已經說了　　不是嗎？

* だから…接續詞：所以
* 言った…動詞：說、講（言います⇒た形）
* じゃない…助動詞：表示斷定
   （です⇒普通形-現在否定形）
   じゃん…縮約表現：不是嗎
   （じゃない⇒縮約表現）
   （口語時常使用「縮約表現」）

用法
對之前已經給予提醒，最後卻仍引發問題的人所說的話。

1-136 生活實用篇　決心&承諾

看我的。

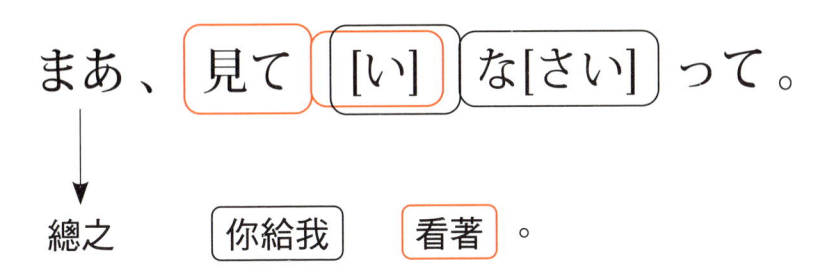

まあ、見(み)てなって。

まあ、[見て] [[い]] [な[さい]] って。
　↓
總之　　你給我　　看著。

* まあ…副詞：先、總之
* 見て…動詞：看（見ます⇒て形）
* [い]…補助動詞：
　（います⇒ます形除去[ます]）（口語時可省略い）
　動詞て形＋います：目前狀態
* な[さい] …補助動詞「なさい」（表示命令）
　省略[さい]
* って…助詞：表示不耐煩
　＝と言っているでしょう（我說了吧）

用法
希望對方不要擔心，一切包在自己身上時，說這句話讓對方放心。

決心＆承諾　1-137 生活實用篇

只有拼了吧！

やるっきゃないっしょ！

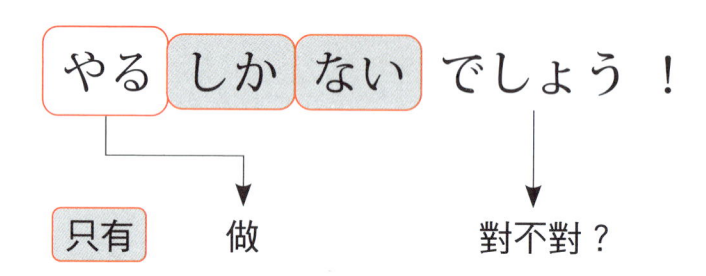

やる　しか　ない　でしょう！

只有　→　做　　　　　　→　對不對？

* やる…動詞：做（やります⇒辭書形）
* しか…助詞：表示限定
  やるっきゃ…縮約表現：只有做
  （やるしか⇒縮約表現）
  （口語時常使用「縮約表現」）
* ない…い形容詞：沒有（ない⇒普通形-現在肯定形）
  　　　　動詞：有（あります⇒ない形）
* でしょう…助動詞：表示斷定（です⇒意向形）
  っしょ…縮約表現：〜對不對？
  （でしょう⇒縮約表現）
  （口語時常使用「縮約表現」）

用法

因為「做」或「不做」而迷惘，最後終於決定要放手一搏的說法。

1-138 生活實用篇　決心&承諾

來，一決勝負吧！
よし、勝負(しょうぶ)だ！

よし 、 勝負だ！
↓　　　↓
好！　一決勝負吧！

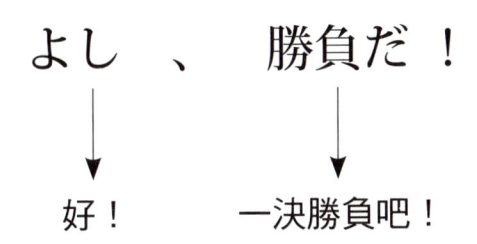

* よし…感嘆詞：好！（よし⇒強調）
* 勝負だ…名詞：（爭）勝負（勝負⇒普通形-現在肯定形）

用法
進行有勝負之分的遊戲或比賽時的開場白。

決心&承諾　1-139 生活實用篇

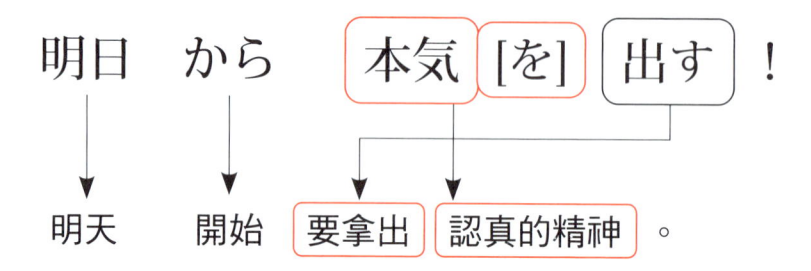

明天起，我一定要開始認真了！
明日（あした）から本気（ほんき）出（だ）す！

明日　から　本気　[を]　出す！
　↓　　↓　　↓　　　↓
明天　開始　要拿出　認真的精神　。

* 明日…名詞：明天
* から…助詞：表示起點
* 本気…名詞：認真
* [を]…助詞：表示動作作用對象（口語時可省略）
* 出す…動詞：拿出、取出（出します⇒辭書形）

用法
之前漫不經心，轉念決心要開始努力的說法。

1-140 生活實用篇　　決心&承諾

包在我身上。

任(まか)せといて。

[任せて] [おいて] [[ください]] 。

[[請]] [採取] [託付（我）] [的措施] 。

* **任せて**…動詞：託付、交給（任せます⇒て形）
* **おいて**…補助動詞：（おきます⇒て形）
  動詞て形＋おきます：善後措施（為了以後方便）
  任せといて…縮約表現：採取託付措施
  （任せておいて⇒縮約表現）
  （口語時常使用「縮約表現」）
* **[ください]**…補助動詞：請
  （くださいます⇒命令形[くださいませ]除去[ませ]）
  （口語時可省略）
  動詞て形＋ください：請[做]～

用法
受他人之託、或者代替別人做事時，為了讓對方放心，可以這樣說。

移動&行動　**1-141 生活實用篇**

我等一下會過去，你先去好了。
後(あと)から行(い)くから先(さき)に行(い)ってて。

後 から 行く から 先に 行って [い]て [ください]。

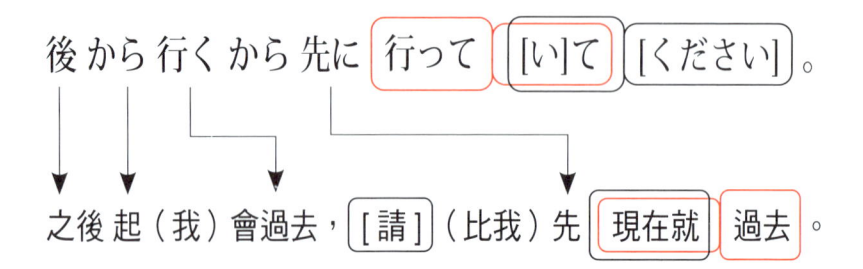

之後 起(我)會過去，[請](比我)先 現在就 過去。

* 後…名詞：以後
* から…助詞：表示起點
* 行く…動詞：去（行きます⇒辭書形）
* から…助詞：表示宣言
* 先に…副詞：先
* 行って…動詞：去（行きます⇒て形）
* [い]って…補助動詞：（いきます⇒て形）
  （口語時可省略い）
  動詞て形＋います：目前狀態
* [ください]…補助動詞：請
  （くださいます⇒命令形[くださいませ]除去[ませ]）
  （口語時可省略）
  動詞て形＋ください：請[做]～

用法
自己還要做準備，無法和對方一起去，希望對方先過去的說法。

1-142 生活實用篇　　移動&行動

已經這麼晚了喔，不回去不行了…。

もうこんな時間か、帰んなきゃ…。

もうこんな時間か、帰らなければ[ならない]…。

已經　這樣的　時間，　　不回去的話　　不行。

* もう…副詞：已經
* こんな…連體詞：這麼、這樣的
* 時間…名詞：時間
* か…助詞：表示感嘆
* 帰らなければ…動詞：回去
  （帰ります⇒否定形[帰らない]的條件形）
  帰んなきゃ…縮約表現：不回去的話
  （帰らなければ⇒縮約表現）
  （口語時常使用「縮約表現」）
  〜んなきゃ…「ら行」的「第Ⅰ類動詞」，例如「売ります、しゃべります」等，將「ら」縮約成「ん」的表現方式。帰らなきゃ⇒帰んなきゃ。
* [ならない]…動詞：不行（なります⇒ない形）
  （口語時可省略）

用法
告訴對方時間已晚，自己差不多該回家了的說法。

移動&行動　1-143 生活實用篇

那，我先走了。

じゃ、お先に～。

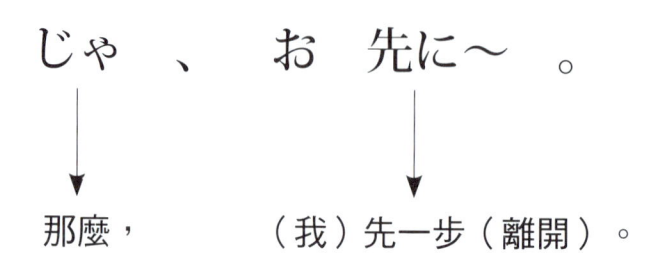

じゃ　、　お　先に～　。
　↓　　　　　　↓
　那麼，　　（我）先一步（離開）。

* じゃ…接續詞：那麼
* お…接頭辭：表示美化、鄭重
* 先に…副詞：先

用法

工作或打工結束，跟同事打聲招呼再離開的說法。

1-144 生活實用篇　　移動＆行動

可以的話我會去。（有點敷衍）

行(い)けたら行(い)くよ。

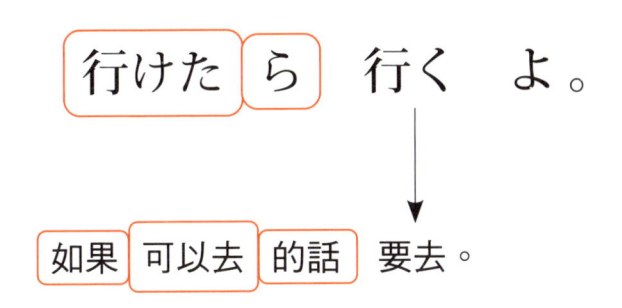

行けたら　行く　よ。
如果　可以去　的話　要去。

* **行けたら**…動詞：去（行きます⇒可能形：行けます）
　　　　　（行けます⇒た形＋ら）
* **行く**…動詞：去（行きます⇒辭書形）
* **よ**…助詞：表示通知

用法
受邀參加聚餐或派對，不明確回答「去」或「不去」的曖昧說法。

| 飲食 | **1-145 生活實用篇** |

肚子好餓，有沒有什麼可以吃的？

お腹(なか)すいたあ、何(なん)か食(た)べるもんない？

お腹 [が] すいたあ、何 か 食べる もの [は] ない？
↓　　　　↓　　　↓　　↓　　↓　　↓　　↓　　↓
肚子　　　餓了，　任何　吃（的）東西 的話 沒有嗎？

* **お腹**…名詞：肚子
* **[が]**…助詞：表示焦點（口語時可省略）
* **すいた**…動詞：空、餓（すきます⇒た形）
* **あ**…是會話中拉長音的表現方式
* **何**…名詞（疑問詞）：什麼、任何
* **か**…助詞：表示不特定
* **食べる**…動詞：吃（食べます⇒辭書形）
* **もの**…名詞：東西
　　もん…「もの」的「縮約表現」
　　（口語時常使用「縮約表現」）
* **[は]**…助詞：表示主題
* **ない**…い形容詞：沒有（ない⇒普通形-現在肯定形）
　　　　　動詞：有（あります⇒ない形）

用法
肚子餓想吃東西時，可以這樣說。

1-146 生活實用篇　　飲食

不要客氣，儘量吃。

遠慮（えんりょ）しないでどんどん食（た）べてね。

| 遠慮しない | で | どんどん | 食べて | [ください] | ね。 |

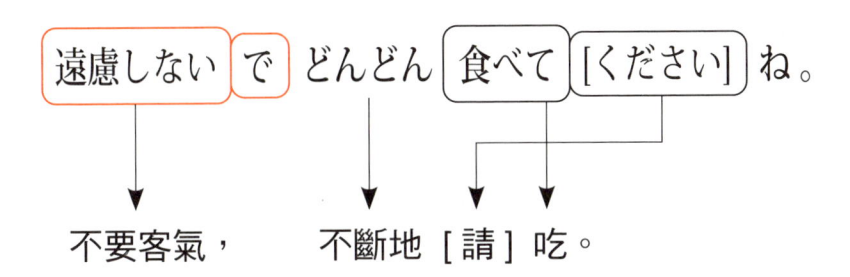

遠慮しない → 不要客氣，
どんどん → 不斷地
食べて [ください] → [請] 吃。

* **遠慮しない**…動詞：客氣、謝絕
　（遠慮します⇒ない形）
* **で**…助詞：表示樣態
* **どんどん**…副詞：連續不斷、旺盛
* **食べて**…動詞：吃（食べます⇒て形）
* **[ください]**…補助動詞：請
　（くださいます⇒命令形[くださいませ] 除去[ませ]）
　（口語時可省略）
　動詞て形＋ください：請[做]〜
* **ね**…助詞：要求同意

用法
請客時，希望對方不要客氣，儘量多吃一點的說法。

飲食　　　**1-147 生活實用篇**

今天我們要吃什麼呢？
今日(きょう)は何(なに)食(た)べよっか？

今日　は　何　[を]　食べよう　か？
　↓　　↓　　↓　　　　　　　↓
今天　的話　要吃什麼　　　　呢？

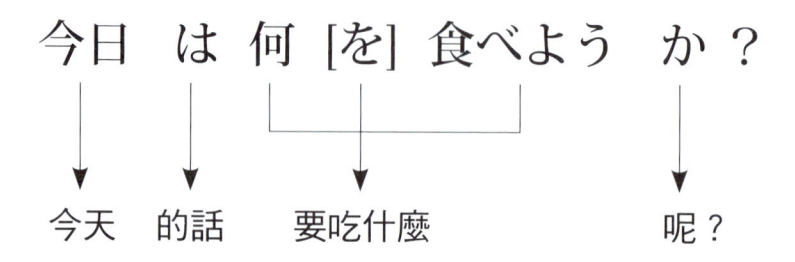

* 今日…名詞：今天
* は…助詞：表示對比（區別）
* 何…名詞（疑問詞）：什麼、任何
* [を]…助詞：表示動作作用對象（口語時可省略）
* 食べよう…動詞：吃（食べます⇒意向形）
* か…助詞：表示疑問
　食べよっか…「食べようか」的「縮約表現」。
　（口語時常使用「縮約表現」）

用法
想和家人或朋友討論要吃什麼東西時，可以這樣說。

1-148 生活實用篇　　飲食

今天我請客,儘量點。

今日は僕のおごりだから、遠慮なく注文して。
（きょう　ぼく　　　　　　　えんりょ　ちゅうもん）

今日は [僕] [の] おごりだから、遠慮なく [注文して] [ください]。

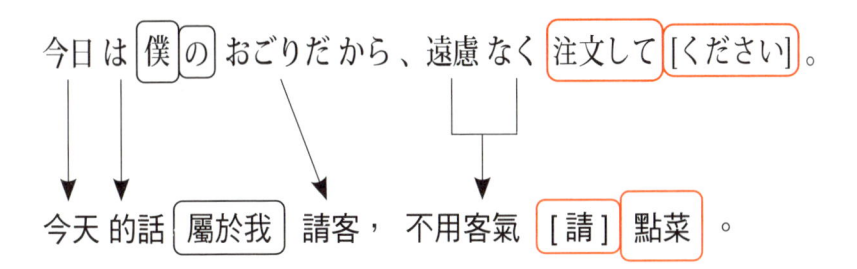

今天 的話 [屬於我] 請客, 不用客氣 [請] [點菜]。

* 今日…名詞：今天
* は…助詞：表示對比（區別）
* 僕…名詞：我
* の…助詞：表示所有
* おこりだ…名詞：請客（おごり⇒普通形-現在肯定形）
* から…助詞：表示宣言
* 遠慮…名詞：客氣、謝絕
* なく…い形容詞：沒有（ない⇒副詞用法）
* 注文して…動詞：訂（注文します⇒て形）
* [ください]…補助動詞：請
  （くださいます⇒命令形[くださいませ] 除去[ませ]）
  （口語時可省略）
  動詞て形＋ください：請[做]〜

用法
在餐廳請客,希望對方不要客氣,儘量點菜的說法。

飲食　1-149 **生活實用篇**

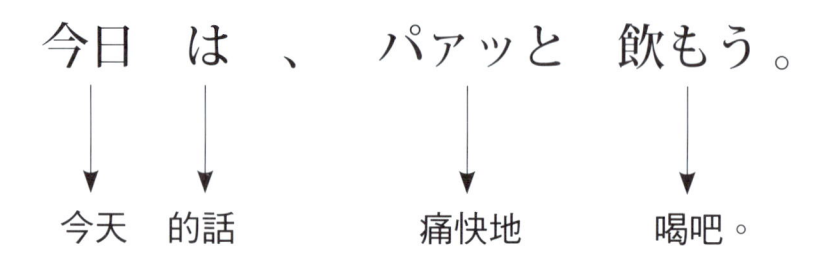

今天我們盡情地喝吧。
今日（きょう）は、パァッと飲（の）もう。

今日　　は　、　　パァッと　　飲もう。
↓　　　↓　　　　　↓　　　　　↓
今天　的話　　　　痛快地　　　喝吧。

* 今日…名詞：今天
* は…助詞：表示對比（區別）
* パァッと…副詞：～得痛快
* 飲もう…動詞：喝（飲みます⇒意向形）

用法
想要開心盡興地喝酒時，所說的一句話。

1-150 生活實用篇　　飲食

想吃點什麼熱的東西。

何か 温かいものが食べたい。
（なん）（あたた）（た）

何 か 温かい もの が 食べ たい。
↓　　　↓　　　　↓　　↓　　↓
（我）想要　吃　什麼　熱的　東西。

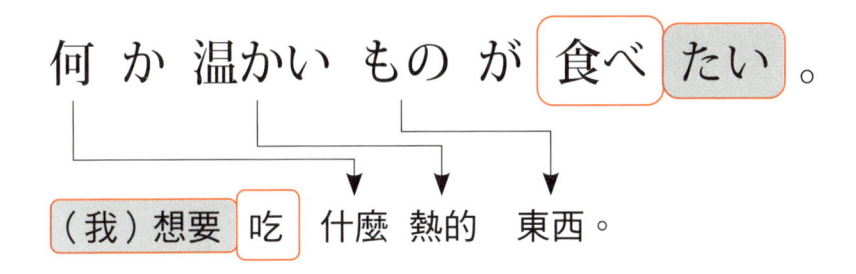

* 何…名詞（疑問詞）：什麼、任何
* か…助詞：表示不特定
* 温かい…い形容詞：熱的
* もの…名詞：東西
* が…助詞：表示焦點
* 食べ…動詞：吃（食べます⇒ます形除去[ます]）
* たい…助動詞：表示希望
　動詞ます形除去[ます]＋たい：想要[做]～

用法
被問到想吃什麼時，如果想吃點熱的食物，可以這樣說。

飲食　　　　**1-151 生活實用篇**

想不到會那麼好吃耶。

<ruby>案外<rt>あんがい</rt></ruby>おいしいね、これ。

案外 おいしい ね 、これ [は] 。

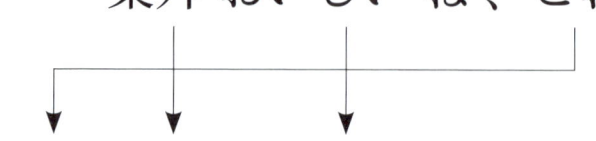

這個東西　意想不到的　好吃。

* **案外**…副詞：意外、意想不到
* **おいしい**…い形容詞：好吃
* **ね**…助詞：表示同意
* **これ**…名詞：這、這個
* **[は]**…助詞：表示主題（口語時可省略）

用法
在無預期下嚐了一口，沒想到這麼好吃的說法。

1-152 生活實用篇　飲食

哇～，看起來好好吃。

わあ、うまそう。

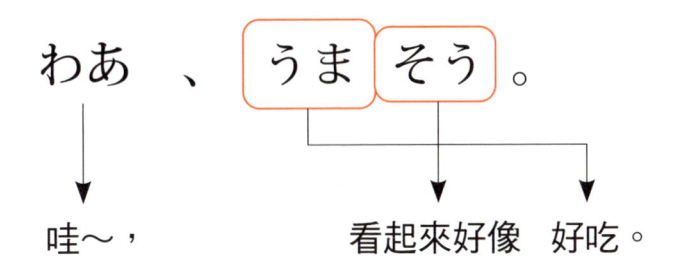

　　わあ　、　うま　そう　。
　　　↓　　　　↓　　　↓
　　哇～，　　看起來好像　好吃。

* わあ…感嘆詞：哇～
* うま…い形容詞：好吃、巧妙（うまい⇒除去[い]）
* そう…助動詞：好像～、眼看就要～

用法
看到好像很美味的食物時所說的話，屬於男性用語。女性要使用「おいしい」（好吃）這個字，說法為「わあ、おいしそう。」（哇～，看起來好好吃）。

飲食　　**1-153 生活實用篇**

我可以把這個吃掉嗎？

これ食(た)べちゃってもいい？

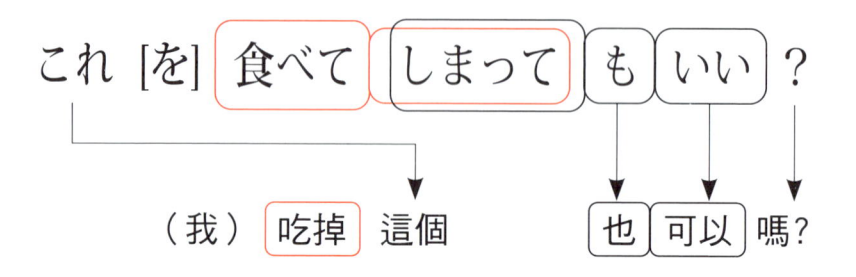

これ [を] 食べて しまって も いい ？

（我） 吃掉 這個　　也 可以 嗎？

* これ…名詞：這、這個
* [を]…助詞：表示動作作用對象（口語時可省略）
* 食べて…動詞：吃（食べます⇒て形）
* しまって…補助動詞：（しまいます⇒て形）
  動詞て形＋しまいます：動作乾脆進行
  食べちゃって…「食べてしまって」的「縮約表現」
  （口語時常使用「縮約表現」）
* も…助詞：表示逆接
* いい…い形容詞：好、良好

用法
想吃掉剩下的最後一個食物時，可以這樣說。

1-154 生活實用篇　　飲食

這個沒有壞掉嗎？有怪味道耶。

これ腐ってない？　変な味がするよ。

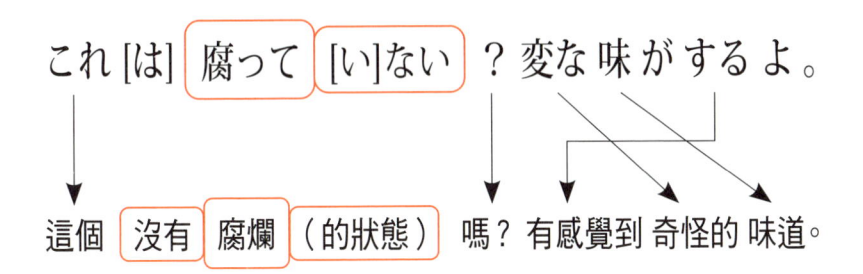

これ [は] 腐って [い]ない？変な味がするよ。

這個　沒有　腐爛（的狀態）嗎？有感覺到 奇怪的 味道。

* これ…名詞：這、這個
* [は]…助詞：表示主題（口語時可省略）
* 腐って…動詞：腐爛、腐敗（腐ります⇒て形）
* [い]ない…補助動詞：（います⇒ない形）
  （口語時可省略い）
  動詞て形＋います：目前狀態
* 変な…な形容詞：奇怪（名詞接續用法）
* 味…名詞：味道
* が…助詞：表示焦點
* する…動詞：有（感覺）（します⇒辭書形）
* よ…助詞：表示提醒

用法
食物或飲料有怪味道，想向他人確認時，可以這樣說。

飲食

1-155 生活實用篇

呀！這個已經過期了耶。

うわっ、これ賞味期限過ぎてるよ。
　　　　　　　しょうみ きげんす

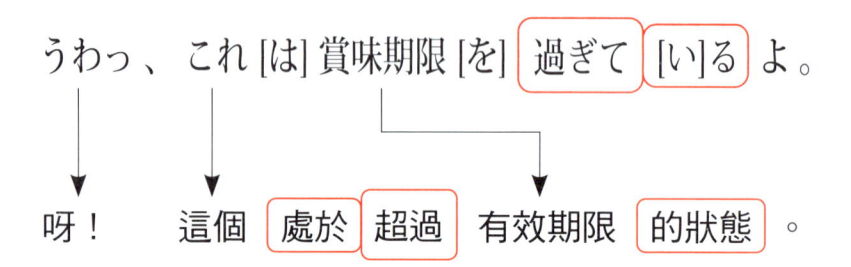

うわっ、これ [は] 賞味期限 [を] 過ぎて [い]る よ。

↓　　　↓　　　　　　　　　　↓
呀！　這個 處於 超過 有效期限 的狀態 。

* うわっ…感嘆詞：呀
* これ…名詞：這、這個
* [は]…助詞：表示主題（口語時可省略）
* 賞味期限…名詞：有效日期
* [を]…助詞：表示經過點
* 過ぎて…動詞：過、經過（過ぎます⇒て形）
* [い]る…補助動詞：（います⇒辭書形）
  （口語時可省略い）
  動詞て形＋います：目前狀態
* よ…助詞：表示提醒

用法

一看保存期限，發現已經過期時，可以這樣說。

1-156 生活實用篇　身體狀況

啊～，肩膀好酸喔。

ああ、肩(かた)が凝(こ)るなあ。

ああ	、	肩	が	凝る	なあ。
↓		↓		↓	
啊～，		肩膀		酸痛。	

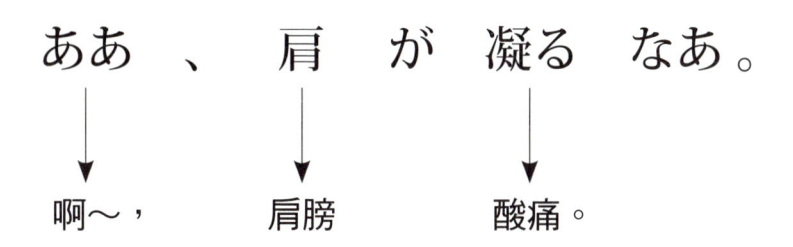

* **ああ**…感嘆詞：啊～
* **肩**…名詞：肩膀
* **が**…助詞：表示焦點
* **凝る**…動詞：凝固、酸痛（凝ります⇒辭書形）
* **なあ**…助詞：表示感嘆

用法
肩膀痠痛時說的話。朋友聽到或許會幫你按摩喔。

身體狀況　**1-157 生活實用篇**

我頭暈暈的。

<ruby>頭<rt>あたま</rt></ruby> がくらくらする。

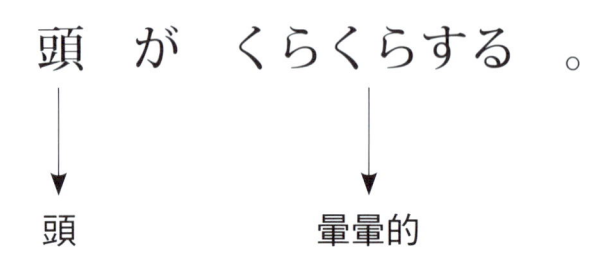

　　頭　が　くらくらする　。
　　↓　　　　↓
　　頭　　　　暈暈的

* 頭…名詞：頭
* が…助詞：表示焦點
* くらくらする…動詞（擬態語）：頭暈
　（くらくらします⇒辭書形）

用法
因為感冒或喝酒而喪失平衡感時，可以這樣說。

1-158 生活實用篇　身體狀況

好像感冒了。

風邪ひいちゃったみたい。

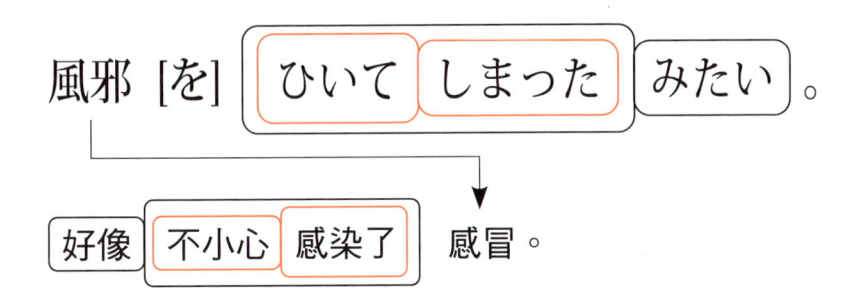

風邪 [を] ひいて しまった みたい 。

好像 不小心 感染了 感冒。

* 風邪…名詞：感冒
* [を]…助詞：表示動作作用對象（口語時可省略）
* ひいて…動詞：得（感冒）（ひきます⇒て形）
* しまった…補助動詞：（しまいます⇒た形）
  動詞て形＋しまいます：（無法挽回的）遺憾
  ひいちゃった…「ひいてしまった」的「縮約表現」
  （口語時常使用「縮約表現」）
* みたい…助動詞：好像～

用法

身體不舒服，開始出現輕微發燒、流鼻水等感冒初期症狀時所說的話。

身體狀況　**1-159 生活實用篇**

啊～，沒力。啊～，好酸。

ああ、だるい。

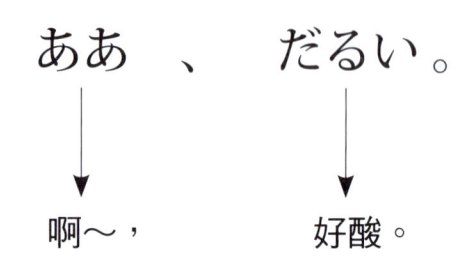

　　　ああ　、　だるい。
　　　　↓　　　　　↓
　　　啊～，　　　好酸。

* ああ…感嘆詞：啊～
* だるい…い形容詞：發倦、酸痛

用法
感冒或激烈運動隔天覺得身體沉重、肌肉酸痛所說的話。

1-160 生活實用篇 — 身體狀況

笑到肚子好痛。

笑(わら)いすぎてお腹(なか)痛(いた)い。

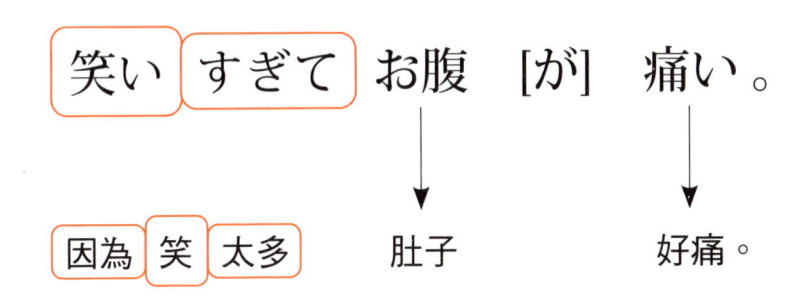

笑い すぎて お腹 [が] 痛い。
　↓　　　　　　　↓
因為 笑 太多　　肚子　　　　好痛。

* **笑いすぎて**…複合型態（＝笑い＋すぎて）
　笑い…動詞：笑（笑います⇒ます形除去[ます]）
　すぎて…後項動詞：過於、太〜
　（すぎます⇒て形）（て形表示原因）
* **お腹**…名詞：肚子
* **[が]**…助詞：表示焦點（口語時可省略）
* **痛い**…い形容詞：痛

用法
因為有趣的事笑到肚子痛時，可以這樣說。

身體狀況　**1-161 生活實用篇**

啊～，鞋子會磨腳，好痛。
ああ、靴擦れして痛い。

ああ、　　靴擦れして　　痛い　。
　↓　　　　　↓　　　　　↓
　啊～，　　鞋子磨破腳　　好痛

* ああ…感嘆詞：啊～
* 靴擦れして…動詞：鞋子磨破腳（靴擦れします⇒て形）
* 痛い…い形容詞：痛

用法
穿新鞋、或走很多路造成鞋子磨腳疼痛時說的話。

1-162 生活實用篇　　突發狀況

啊！地震！

あ、地震だ！

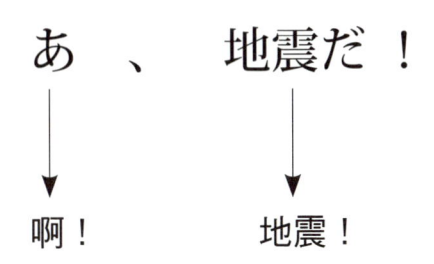

あ　、　地震だ！
　↓　　　　↓
　啊！　　地震！

* **あ**…感嘆詞：啊
* **地震だ**…名詞：地震（地震⇒普通形-現在肯定形）

用法

一感覺地震，通常就會脫口說出這句話。萬一發生火災，則說「あ、火事（かじ）だ！」（啊！火災！）。

突發狀況　　**1-163 生活實用篇**

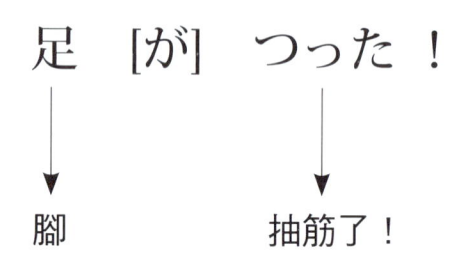

腳抽筋了！
足(あし)つった！

足　[が]　つった！
　↓　　　　　↓
　腳　　　抽筋了！

* 足…名詞：腳
* [が]…助詞：表示主格（口語時可省略）
* つった…動詞：抽筋（つります⇒た形）

用法
腳突然感到劇痛，出現抽筋現象時的說法。

1-164 生活實用篇　　突發狀況

完了，我想大便。

やばい、うんこしたい…。

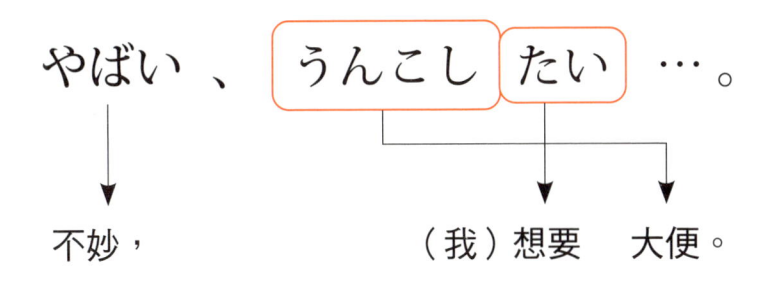

やばい 、 うんこし たい …。

不妙，　　　　　　（我）想要　大便。

* やばい…い形容詞：不妙
* うんこし…動詞：大便
　（うんこします⇒ます形除去[ます]）
* たい…助動詞：表示希望

用法
有便意，卻驚覺附近沒有洗手間時的反應。

突發狀況　**1-165 生活實用篇**

我去尿個尿。

ちょっと、おしっこしてくる。

ちょっと、 おしっこして くる 。
　　　↓　　　↓　　　　↓
（我）小便　一下　　再回來。

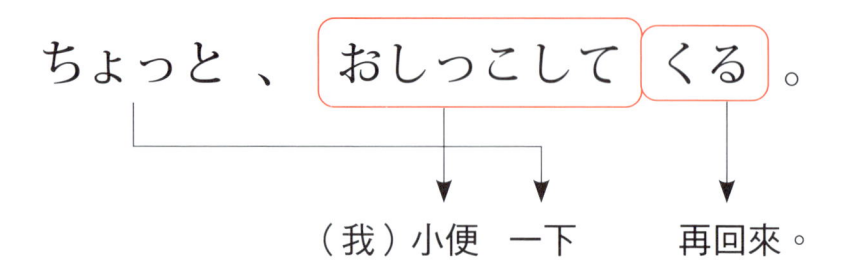

* ちょっと…副詞：一下、有點、稍微
* おしっこして…動詞：小便
  （おしっこします⇒て形）
* くる…補助動詞：（きます⇒辭書形）
  動詞て形＋きます：動作和移動（做～再回來）

|用法|
要去小便必須暫時離開時說的話。僅適合對關係親近的人使用，即使丁寧體「おしっこしてきます」也是如此。

1-166 生活實用篇　突發狀況

啊，我忘了帶。

あ、持ってくんの忘れた。

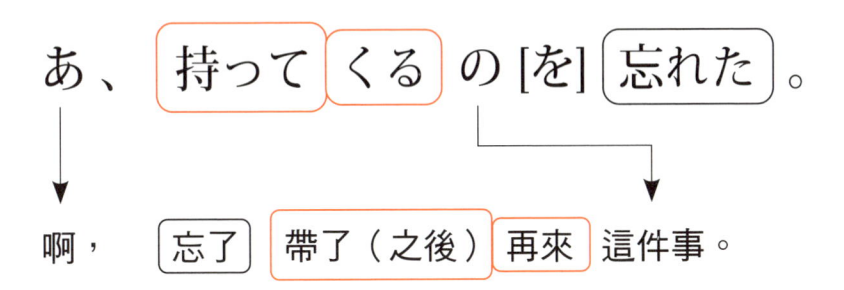

あ、[持って][くる]の[を][忘れた]。

啊，[忘了][帶了（之後）][再來]這件事。

* あ…感嘆詞：啊
* 持って…動詞：拿、帶（持ちます⇒て形）
* くる…補助動詞：（きます⇒辭書形）
  動詞て形＋きます：動作和移動（做～再回來）
  持ってくん…縮約表現：帶了（之後）再來
  （持ってくる⇒縮約表現）
  （口語時常使用「縮約表現」）
* の…形式名詞：文法需要而存在的名詞
* [を]…助詞：表示動作作用對象（口語時可省略）
* 忘れた…動詞：忘記（忘れます⇒た形）

用法
忘記帶必須帶的東西時所說的話。

| 突發狀況 | **1-167 生活實用篇** |

啊，快沒電了。

あ、もう電池(でんち)なくなっちゃう。

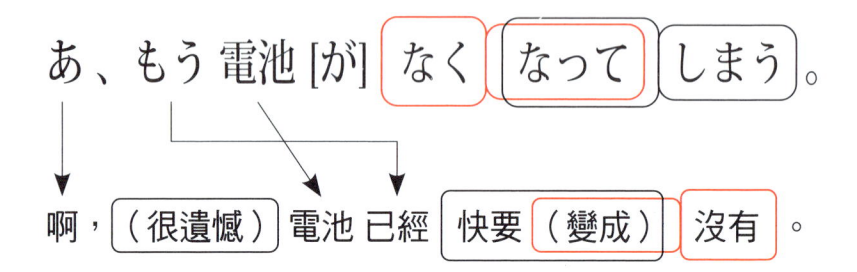

あ、もう電池 [が] なく なって しまう 。

啊，(很遺憾) 電池 已經 快要 (變成) 沒有 。

* **あ**…感嘆詞：啊
* **もう**…副詞：已經
* **電池**…名詞：電池
* **[が]**…助詞：表示焦點（口語時可省略）
* **なく**…い形容詞：無、沒有（ない⇒副詞形）
* **なって**…動詞：變成（なります⇒て形）
* **しまう**…補助動詞：（しまいます⇒辭書形）
  動詞て形＋しまいます：（無法挽回的）遺憾
  なっちゃう…縮約表現：很遺憾要變成～了
  （なってしまう⇒縮約表現）
  （口語時常使用「縮約表現」）

用法
事前充飽電的手機或筆記型電腦等，電力快要耗盡時的說法。

1-168 生活實用篇　　突發狀況

我現在沒帶錢。

今(いまも)持(も)ち合(あ)わせがないんだ。

今　持ち合わせ　が　ない　んだ。

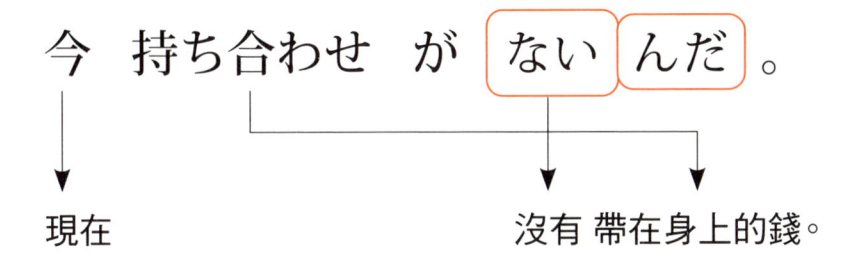

現在　　　　　　　　　　沒有 帶在身上的錢。

* 今…名詞：現在
* 持ち合わせ…帶在身上的錢
* が…助詞：表示焦點
* ない…い形容詞：沒有（ない⇒普通形-現在肯定形）
　　　　動詞：有（あります⇒ない形）
* んだ…連語：ん＋だ＝んです的普通體：表示強調
　　ん…形式名詞（の⇒縮約表現）
　　だ…助動詞：表示斷定（です⇒普通形-現在肯定形）

用法
想買東西，但是身上卻沒帶錢的說法。如果金額不大，朋友聽到了，也許願意借給你。

突發狀況　　**1-169 生活實用篇**

完了，我快吐了…。

やばい、吐(は)きそう…。

やばい 、 吐き そう …。
　↓　　　　　　↓　　↓
　不妙，　　　好像快要 吐…。

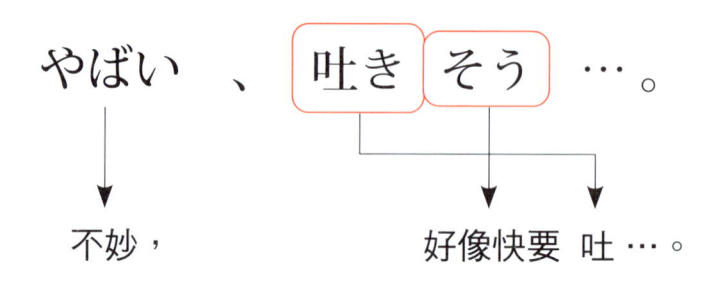

* やばい…い形容詞：不妙
* 吐き…動詞：嘔吐（吐きます⇒ます形除去[ます]）
* そう…助動詞：好像～、眼看就要～

|用法|
暈車或是喝酒過多，覺得好像快要嘔吐時的反應。

2-001 商務會話篇　自我介紹&交換名片

我是今天剛進入公司的山田太郎。

本日（ほんじつ）入社（にゅうしゃ）いたしました 山田太郎（やまだ たろう）と 申（もう）します。

本日 入社いたしました 山田太郎 と 申します。
　↓　　　↓　　　　　　　　↓　　　　↓
今天　（我）進入公司，　（我）叫做　山田太郎。

* **本日**…名詞：今天
* **入社いたしました**…動詞：進入公司
　（入社いたします⇒過去肯定形）
　（入社します的謙讓語）
* **山田太郎**…人名：山田太郎
　（使用時可替換為其他姓名）
* **と**…助詞：表示提示內容
* **申します**…動詞：說、叫做（言います的謙讓語）

用法
第一天上班報到時，向公司同事寒暄、自我介紹的開頭用語。

自我介紹&交換名片　2-002 商務會話篇

今後可能會給各位帶來麻煩，也請各位盡量指導我。

今後、何かとご迷惑をおかけすると思いますが、ご指導のほどよろしくお願い申し上げます。

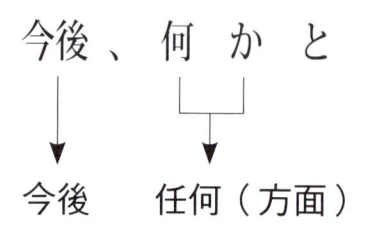

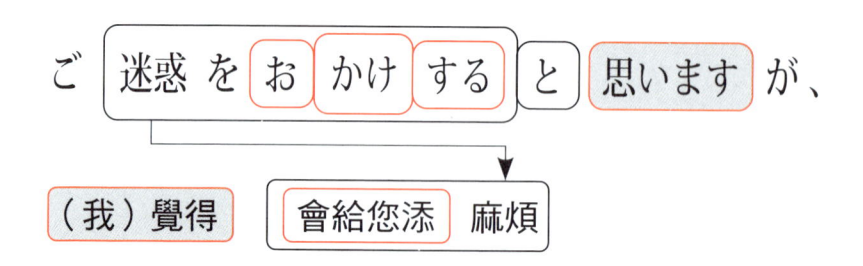

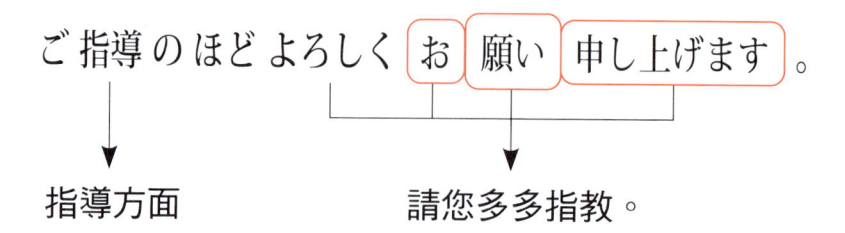

今後、何 か と
↓　　　↓
今後　　任何（方面）

ご | 迷惑 を | お | かけ | する | と | 思います | が、
↓　　　　　　　　　↓
（我）覺得　　　會給您添　麻煩

ご指導のほどよろしく | お | 願い | 申し上げます | 。
↓　　　　　　　　　　　　　　↓
指導方面　　　　　　　　請您多多指教。

* **今後**…名詞：今後
* **何**…名詞（疑問詞）：什麼、任何
* **か**…助詞：表示不特定
* **と**…助詞：表示提示內容
* **ご**…接頭辭：表示美化、鄭重
* **迷惑**…名詞：麻煩
* **を**…助詞：動作作用對象
* **お**…接頭辭：表示美化、鄭重
* **かけ**…動詞：添（麻煩）
  （かけます⇒ます形除去[ます]）
* **する**…動詞：做（します⇒辭書形）
* **と**…助詞：表示提示內容
* **思います**…動詞：覺得
* **が**…助詞：表示前言
* **ご**…接頭辭：表示美化、鄭重
* **指導**…名詞：指導
* **の**…助詞：表示單純接續
* **ほど**…形式名詞：表示緩折
* **よろしく**…い形容詞：好（よろしい⇒副詞用法）
* **お**…接頭辭：表示美化、鄭重
* **願い**…動詞：拜託、祈願
  （願います⇒ます形除去[ます]）
* **申し上げます**…動詞：做（します的謙讓語）

用法
新進人員向前輩請求指導的說法。

自我介紹&交換名片 **2-003 商務會話篇**

我會為了武藏貿易公司而努力。

武蔵（むさししょうしゃ）商社のため、努力（どりょく）して参（まい）ります。

武蔵商社 の ため、 努力して 参ります。
↓　　　　　↓　　　　　　　↓
為了　　　武藏商社，　　（我會）努力下去。

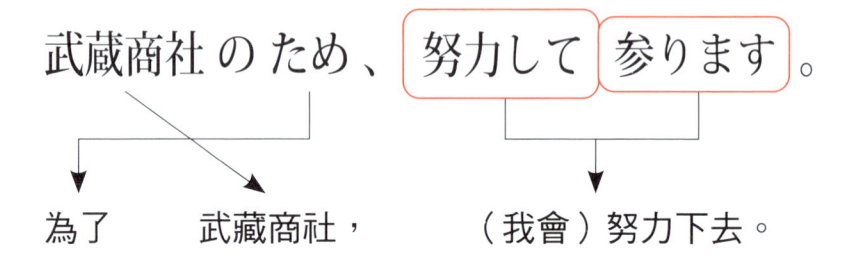

* **武蔵商社**…名詞：武藏商社
  （使用時可替換為其他公司）
* **の**…助詞：表示所屬（屬於文型上的用法）
* **ため**…形式名詞：為了～
* **努力して**…動詞：努力（努力します⇒て形）
* **参ります**…補助動詞：（いきます的謙讓語）
  動詞て形＋いきます：動作和時間
  （現在⇒未來的動作繼續）

|用法|
第一天上班報到時，對公司同事的寒暄、招呼用語。

筆記頁

空白一頁,讓你記錄學習心得,
也讓下一個單元能以跨頁呈現,方便於對照閱讀。

自我介紹&交換名片　2-004 商務會話篇

我會拼命工作，力求對公司有所貢獻。

一生懸命仕事に取り組んで、会社に貢献できるよう頑張ります。

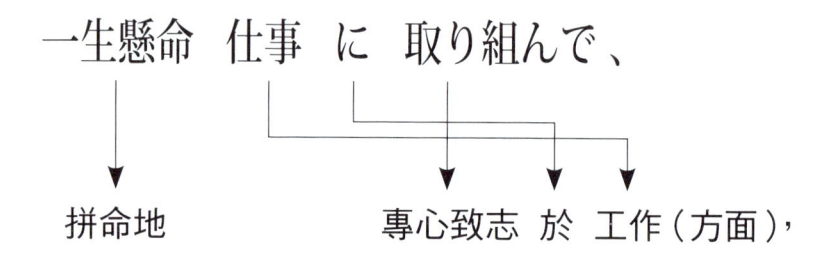

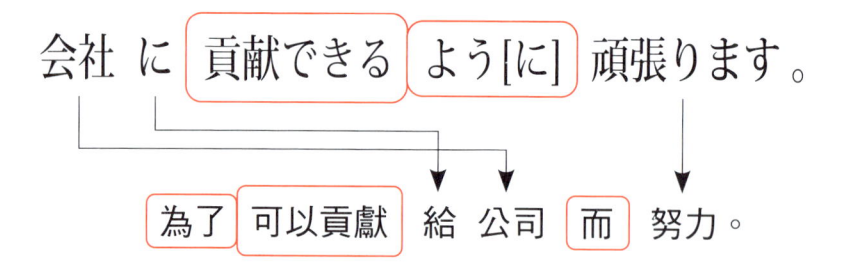

一生懸命　仕事　に　取り組んで、
↓　　　　　　　↓　　↓　　↓
拼命地　　　　專心致志　於　工作（方面），

会社　に　貢献できる　よう[に]　頑張ります。
　　　　↓　　↓　　　↓　　　　↓
　　　為了　可以貢獻　給　公司　而　努力。

* **一生懸命**…副詞：拼命地
* **仕事**…名詞：工作
* **に**…助詞：表示方面
* **取り組んで**…動詞：專心致志
   （取り組みます⇒て形）（て形表示附帶狀況）
* **会社**…名詞：公司
* **に**…助詞：表示方面
* **貢献できる**…動詞：貢獻
   （貢献します⇒可能形[貢献できます]的辭書形）
* **よう[に]**…連語：為了～、希望～而～（可省略に）
* **頑張ります**…動詞：加油

【用法】
第一天上班報到向公司同事寒暄、自我介紹時，可以使用這句話作為總結。

自我介紹&交換名片　2-005 商務會話篇

能給我一張您的名片嗎？

名刺を頂戴できますか。
（めいし）（ちょうだい）

名刺　を　頂戴できます　か。
　↓　　　　↓　　　　　↓
我可以得到　名片　嗎？

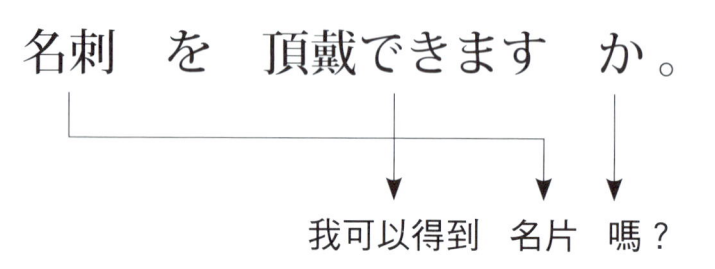

* **名刺**…名詞：名片
* **を**…助詞：動作作用對象
* **頂戴できます**…動詞：領受、得到
　（頂戴します⇒可能形）
* **か**…助詞：表示疑問

用法
想跟對方索取名片時，可以這樣說。

2-006 商務會話篇 自我介紹&交換名片

真不好意思，名片剛好用完了…。

申(もう)し訳(わけ)ございません。
ただ今(いま)、名刺(めいし)を切(き)らしておりまして…。

申し訳ございません。ただ今、名刺 を 切らして おりまして …。

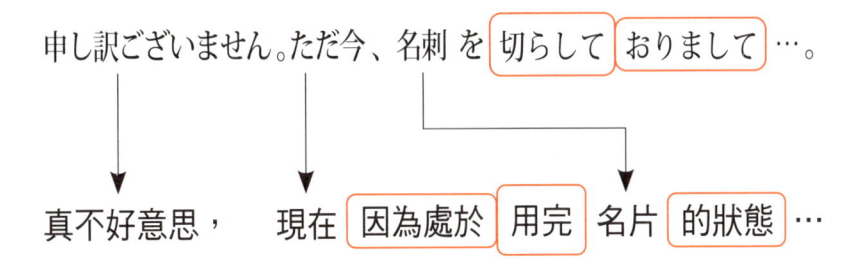

真不好意思，　　現在 因為處於 用完 名片 的狀態 …

* **申し訳ございません**…招呼用語：對不起、不好意思
* **ただ今**…名詞：現在
* **名刺**…名詞：名片
* **を**…助詞：動作作用對象
* **切らして**…動詞：用盡、用光（切らします⇒て形）
* **おりまして**…補助動詞：(います的謙讓語)
  （おります⇒ます形的て形）（て形表示原因）
  （〜まして屬於鄭重的表現方式）
  動詞て形＋おります：目前狀態（謙讓表現）

用法

忘記帶名片時，可以用這句話當作藉口。但是最好避免發生。

2-007 商務會話篇

自我介紹&交換名片

抱歉，不曉得您的名字應該怎麼唸？

失礼(しつれい)ですが、何(なん)とお読(よ)みするのでしょうか。

失礼 です が、
↓
抱歉，

何 と お 読み する のでしょう か 。

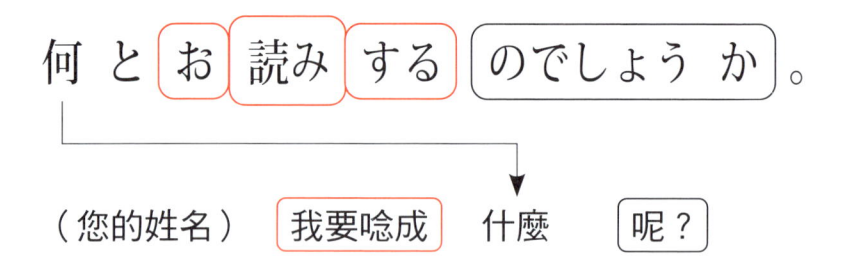

（您的姓名） 我要唸成 什麼 呢？

* **失礼**…な形容詞：失禮
* **です**…助動詞：表示斷定（現在肯定形）
* **が**…助詞：表示前言
* **何**…名詞（疑問詞）：什麼、任何
* **と**…助詞：表示提示內容
* **お**…接頭辭：表示美化、鄭重
* **読み**…動詞：讀（読みます⇒ます形除去[ます]）
* **する**…動詞：做（します⇒辭書形）
  お＋動詞ます形除去[ます]＋します…
  謙讓表現：（動作涉及對方的）[做]～
* **のでしょうか**…んですか
  （關心好奇、期待回答）的鄭重問法

用法
不知道對方的姓名該怎麼唸時，可以這樣詢問。

自我介紹＆交換名片 — 2-008 商務會話篇

您的大名我從近藤先生那裡聽說過，非常久仰您的大名。

お名前は、近藤さんから聞いておりましたので、よく存じ上げております。

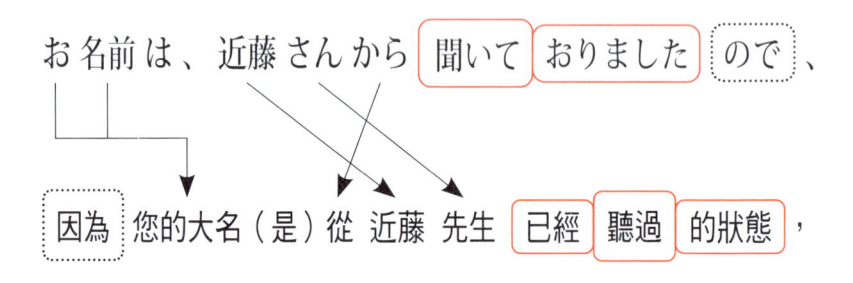

お名前は、近藤さんから 聞いて おりました ので、

因為 您的大名（是）從 近藤 先生 已經 聽過 的狀態，

よく 存じ上げて おります。

非常 處於 知道 的狀態。

* お…接頭辭：表示美化、鄭重
* 名前…名詞：姓名
* は…助詞：表示對比（區別）
* 近藤…日本人的姓氏（使用時可替換為其他姓氏）
* さん…接尾辭：～先生、～小姐
* から…助詞：表示動作的對方（授方）
* 聞いて…動詞：聽、問（聞きます⇒て形）
* おりました…補助動詞：（います的謙讓語）
  （おります⇒過去肯定形）
  動詞て形＋おります：目前狀態（謙讓表現）
* ので…助詞：表示原因理由
* よく…副詞：好好地
* 存じ上げて…動詞：知道（存じ上げます⇒て形）
* おります…補助動詞：（います的謙讓語）
  （おります⇒過去肯定形）
  動詞て形＋おります：目前狀態（謙讓表現）

用法
初次見面時，如果想要刻意抬舉對方，可以這樣說。

| 寒暄&打招呼 | **2-009 商務會話篇** |

我回來了。

ただ今、戻りました。

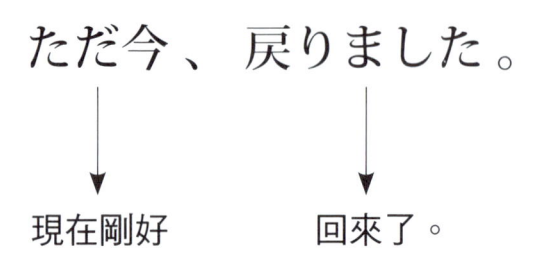

ただ今 、 戻りました 。
　↓　　　　　↓
現在剛好　　回來了。

＊ ただ今…名詞：現在
＊ 戻りました…動詞：返回（戻ります⇒過去肯定形）

用法
讓其他人知道自己已經外出回來了的說法。

2-010 商務會話篇　寒暄&打招呼

我先告辭了。
お先に失礼させていただきます。

お先に 失礼させて いただきます 。

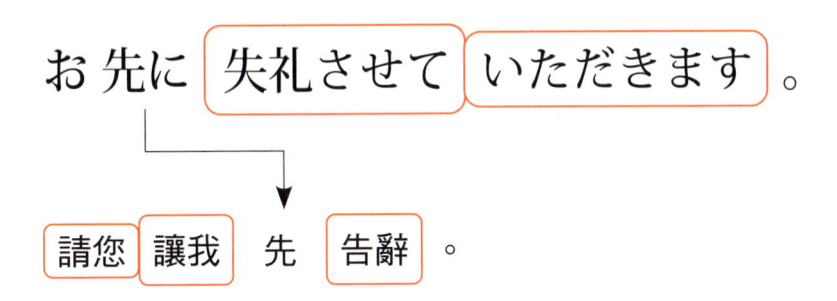

請您　讓我　先　告辭 。

* お…接頭辭：表示美化、鄭重
* 先に…副詞：先
* 失礼させて…動詞：告辭
  （失礼します⇒使役形[失礼させます]的て形）
* いただきます…補助動詞：
  使役て形＋いただきます…謙讓表現：請您讓我[做]～

用法
比同事或上司先下班時，用這句話打聲招呼再離開。

寒暄&打招呼 **2-011 商務會話篇**

好久不見。
ご無沙汰しております。

ご無沙汰して おります 。

處於 久未問候 的狀態 。

* ご無沙汰して…動詞：久未問候
　（ご無沙汰します⇒て形）
* おります…補助動詞：（います的謙譲語）
　動詞て形＋おります：目前狀態（謙譲表現）

用法
「お久（ひさ）しぶりです。」（好久沒看到你）的另一種說法。

2-012 商務會話篇　寒暄&打招呼

今天在您這麼忙碌的時候打擾您了，真不好意思。

本日はお忙しいところをお邪魔いたしました。
(ほんじつ)　(いそが)　　　　　　(じゃま)

本日 は お 忙しい ところ を お 邪魔 いたしました 。

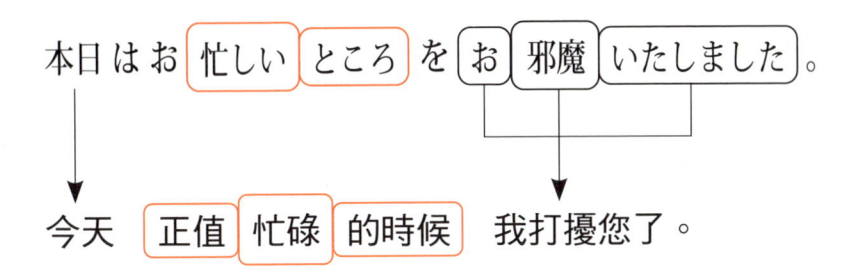

今天　正值　忙碌　的時候　我打擾您了。

* 本日…名詞：今天
* は…助詞：表示對比（區別）
* お…接頭辭：表示美化、鄭重
* 忙しい…い形容詞：忙碌
* ところ…形式名詞：表示狀況
* を…助詞：表示動作作用對象
* お…接頭辭：表示美化、鄭重
* 邪魔…動作性名詞：打擾
* いたしました…動詞：做
  （いたします⇒過去肯定形）（します的謙讓語）

用法

因為業務或會議需到對方公司拜訪後，離開時的寒暄用語。

寒暄&打招呼　**2-013 商務會話篇**

承蒙您的照顧。
お世話(せわ)になっております。

お｜世話になって｜おります｜。

｜處於｜受您照顧｜的狀態｜。

* お…接頭辭：表示美化、鄭重
* 世話になって…連語：受照顧
  （世話になります⇒て形）
* おります…補助動詞：（います的謙讓語）
  動詞て形＋おります：目前狀態（謙讓表現）

|用法|
與業務往來的對象，寒暄招呼的一句話。

2-014 商務會話篇　寒暄&打招呼

承蒙您的關照，我是島津產業的李某某。

いつもお世話になっております。島津産業の李です。
（せわ）（しまづさんぎょう　り）

いつも お 世話になって おります 。島津産業 の 李 です。
　↓　　　　↓　　　　　　↓　　　　　↓↓↓↓
總是　處於 受您照顧 的狀態　我 是 島津產業 的 李某某。

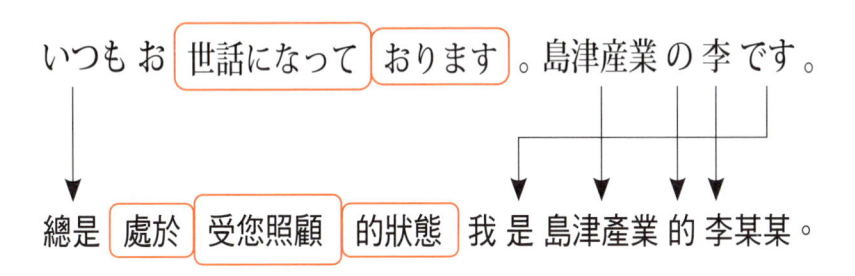

* いつも…副詞：總是
* お…接頭辭：表示美化、鄭重
* 世話になって…連語：受照顧
  （世話になります⇒て形）
* おります…補助動詞：（います的謙讓語）
  動詞て形＋おります：目前狀態（謙讓表現）
* 島津産業…島津產業（使用時可替換為其他公司）
* の…助詞：表示所屬
* 李…李某某（使用時可替換為其他姓氏）
* です…助動詞：表示斷定（現在肯定形）

用法
之前已和對方初次聯絡，第二次開始的聯絡，可以用這句話作為開頭的寒暄語。

寒暄&打招呼　2-015 商務會話篇

祝您新年快樂。

よいお年(とし)をお迎(むか)えください。

よいお年を [お] [迎え] [ください] 。
　　　　　　[請您迎接]　好的　一年。

* よい…い形容詞：好
* お…接頭辭：表示美化、鄭重
* 年…名詞：一年、年
* を…助詞：表示動作作用對象
* お…接頭辭：表示美化、鄭重
* 迎え…動詞：迎接（迎えます⇒ます形除去[ます]）
* ください…補助動詞：請
  （くださいます⇒命令形[くださいませ]除去[ませ]）
  お＋動詞ます形除去[ます]＋ください…尊敬表現：請您[做]～

用法
在年末的十二月底左右，互相道別時的寒暄用語。

2-016 商務會話篇　寒暄&打招呼

（客人來店時）歡迎光臨。
（客人離店時）謝謝惠顧。

（客が来店した時）いらっしゃいませ。
（客が出て行く時）ありがとうございました。

いらっしゃいませ。ありがとうございました。
　　　↓　　　　　　　　　↓
　　歡迎光臨　　　　　　謝謝惠顧

＊ いらっしゃいませ…招呼用語：歡迎光臨
　（客人來店時商家的招呼語）
＊ ありがとうございました…招呼用語：謝謝惠顧
　（客人離店時商家的招呼語）

用法
便利商店或一般商店招呼客人的基本用語。

和主管互動　**2-017 商務會話篇**

課長，企劃書做好了，請您過目。

課長、企画書ができましたので、
目を通していただけますか。

課長、企画書が できました ので 、 目を通して いただけます か。

課長， 因為 企劃書 做好了， 可以請您為我 過目 嗎？

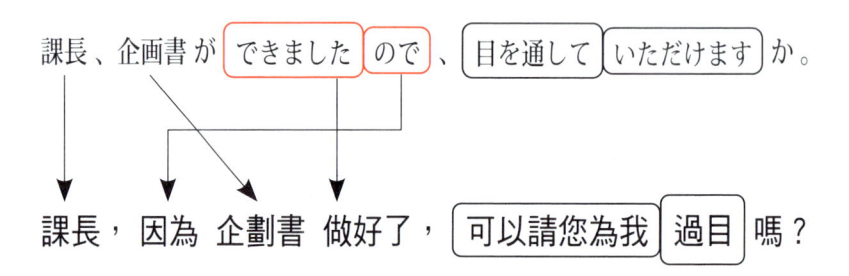

* 課長…名詞：課長（使用時可替換為其他職稱）
* 企画書…名詞：企劃書
* が…助詞：表示焦點
* できました…動詞：完成（できます⇒過去肯定形）
* ので…助詞：表示原因理由
* 目を通して…動詞：看一看、過目
  （目を通します⇒て形）
* いただけます…補助動詞：（いただきます⇒可能形）
  動詞て形+いただきます…謙讓表現：請您（為我）[做]～
* か…助詞：表示疑問

用法

請上司確認自己完成的文件所說的話。

2-018 商務會話篇 — 和主管互動

能不能請您有空時，幫我過目一下？

お手（て）すきの時（とき）に、お目通（めどお）しいただけますか。

お [手すき] [の] [時] に、 [お] [目通し] [いただけます] か。

↓　　↓　　↓　　　　　　　　　　　↓
在　有空的　時候　　能請您為我　過目　　嗎？

* お…接頭辭：表示美化、鄭重
* 手すき…名詞：有空
* の…助詞：表示所屬
* 時…名詞：時候
* に…助詞：表示動作進行時點
* お…接頭辭：表示美化、鄭重
* 目通し…名詞：看一看、過目
* いただけます…補助動詞：（いただきます⇒可能形）
    動詞て形＋いただきます…謙讓表現：請您（為我）[做]～
* か…助詞：表示疑問

用法
拜託對方有空時幫忙過目一下的說法。

2-019 商務會話篇

和主管互動

其實，是有事要和您商量…。

実(じつ)は折(お)り入(い)ってご相(そう)談(だん)したいことがあるのですが。

実は折り入って　ご 相談 し　たい　ことが　ある　のです　が。

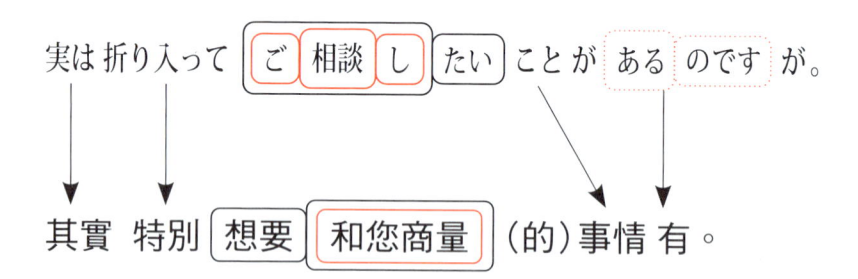

其實 特別 想要 和您商量 (的) 事情 有。

* **実は**…副詞：其實
* **折り入って**…副詞：特別
* **ご**…接頭辭：表示美化、鄭重
* **相談**…名詞：商量
* **し**…動詞：做（します⇒ます形除去[ます]）
* **たい**…助動詞：表示希望
* **こと**…名詞：事情
* **が**…助詞：表示焦點
* **ある**…動詞：有（あります⇒辭書形）
* **のです**…連語：の＋です＝んです：表示強調
　の…形式名詞
　す…助動詞：表示斷定（現在肯定形）
* **が**…助詞：表示前言

用法

想要和對方商量重要事情的說法。

筆記頁

空白一頁,讓你記錄學習心得,
也讓下一個單元能以跨頁呈現,方便於對照閱讀。

和主管互動　2-020 商務會話篇

我想您還是稍微休息一下比較好。

少(すこ)しお休(やす)みになられたほうがいいかと思(おも)います。

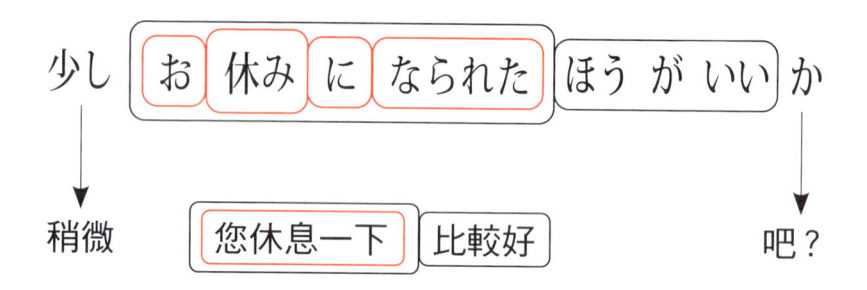

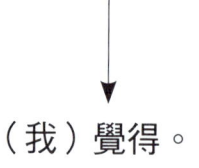

少し → 稍微

お休みに なられた → 您休息一下

ほう が いい → 比較好

か → 吧？

と 思います。 → （我）覺得。

＊說明：
（1）此文型屬於「二重敬語」（同時使用了兩種敬語）：
【敬語1】尊敬表現：お[ます形除去ます]になります
【敬語2】尊敬形：なられます
有些人主張「敬語表現不應該重複使用」，但事實上日本人在生活中還是會使用某些「二重敬語」。所以學習時還是有必要了解「二重敬語」的用法。
（2）當然，使用「少しお休みになったほうがいいか」或「少し休まれたほうがいいか」也可以表現出敬意。

* **少し**…副詞：一點點
* **お**…接頭辭：表示美化、鄭重
* **休み**…動詞：休息（休みます⇒ます形除去[ます]）
* **に**…助詞：表示變化結果（屬於文型上的用法）
* **なられた**…動詞：尊敬表現

 （なります⇒尊敬形[なられます]的た形）
* **ほう**…名詞：～那一方
* **が**…助詞：表示焦點
* **いい**…い形容詞：好、良好
* **か**…助詞：表示疑問
* **と**…助詞：表示提示內容
* **思います**…動詞：覺得

用法
建議上司或長輩稍作休息的說法。

|和主管互動| **2-021 商務會話篇**

為了滿足課長的期待，我會努力工作。
課長のご期待に添えるよう頑張ります。
（かちょう・きたい・そ・がんば）

課長 の ご 期待 に 添える よう[に] 頑張ります。

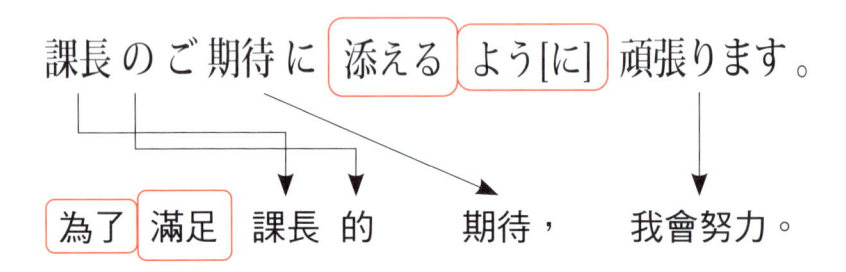

為了 滿足 課長 的 期待， 我會努力。

* 課長…名詞：課長（使用時可替換為其他職稱）
* の…助詞：表示所屬
* ご…接頭辭：表示美化、鄭重
* 期待…名詞：期待
* に…助詞：表示方面
* 添える…動詞：滿足
  （添います⇒可能形[添えます]的辭書形）
* よう[に]…連語：為了～、希望～而～（可省略に）
* 頑張ります…動詞：加油

|用法|
表示自己會好好努力，不會辜負對方期待的說法。

2-022 商務會話篇 — 和主管互動

我會盡全力完成的。

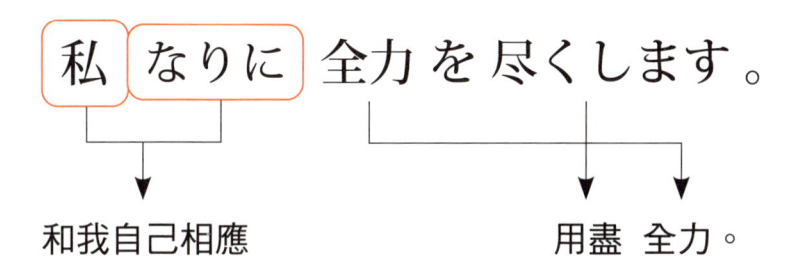

私なりに全力を尽くします。

```
 私 | なりに     全力 を 尽くします。
  ↓              ↓      ↓
和我自己相應      用盡   全力。
```

* 私…名詞：我
* なりに…連語：〜相應的
* 全力…名詞：全力、全部力量
* を…助詞：表示動作作用對象
* 尽くします…動詞：盡力

用法
宣示自己會拼命努力的說法。

和主管互動　2-023 商務會話篇

這次的工作請務必讓我來負責，好嗎？

今回の仕事ですが、ぜひ、私に担当させていただけませんか。

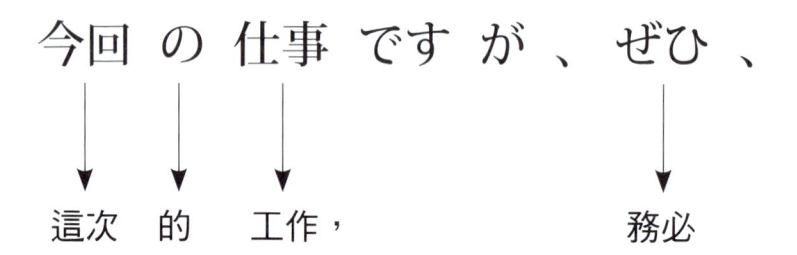

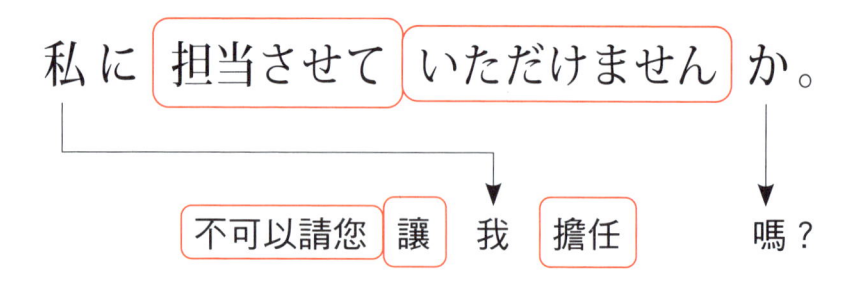

今回 → 這次
の → 的
仕事 → 工作，
ぜひ → 務必

私に担当させていただけませんか。
不可以請您 讓 我 擔任 嗎？

* **今回**…名詞：這次
* **の**…助詞：表示所屬
* **仕事**…名詞：工作
* **です**…助動詞：表示斷定（現在肯定形）
* **が**…助詞：表示前言
* **ぜひ**…副詞：務必
* **私**…名詞：我
* **に**…助詞：表示動作的對方
* **担当させて**…動詞：擔任
  （担当します⇒使役形[担当させます]的て形）
* **いただけません**…補助動詞：
  （いただきます⇒可能形[いただけます]的現在否定形）
  使役て形＋いただきます…謙讓表現：請您讓我[做]～
* **か**…助詞：表示疑問

用法
向對方提出，希望把工作交給自己負責的說法。

和主管互動 **2-024 商務會話篇**

那麼重要的工作，我能勝任嗎？

そんな大役(たいやく)、私(わたし)に務(つと)まるでしょうか…。

そんな 大役 [が] 私 に 務まる でしょう か …。
　↓　　↓　　　↓　　↓　　　↓
那樣的 重要工作 我 能擔任 嗎？

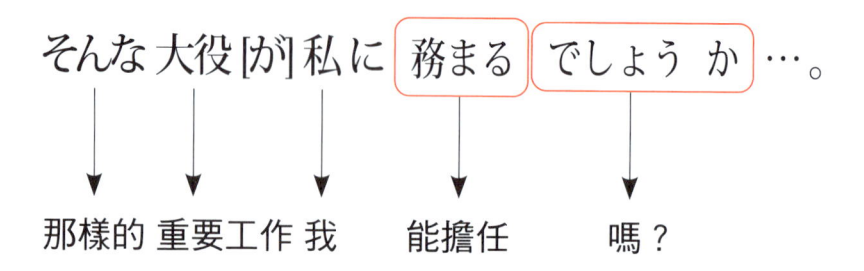

* そんな…連體詞：那樣的
* 大役…名詞：重要工作
* [が]…助詞：表示焦點（可省略）
* 私…名詞：我
* に…助詞：表示方面
* 務まる…動詞：能擔任（務まります⇒辭書形）
* でしょう…助動詞：表示斷定（です⇒意向形）
* か…助詞：表示疑問
　～でしょうか…表示鄭重問法

用法
擔心自己能否勝任時，可以用這句話坦率地表達不安。

筆記頁

空白一頁,讓你記錄學習心得,
也讓下一個單元能以跨頁呈現,方便於對照閱讀。

....

....

....

....

....

....

....

電話對應　2-025 商務會話篇

不好意思，請問人事部的田中先生在嗎？

恐（おそ）れ入（い）りますが、人事部（じんじぶ）の田中様（たなかさま）はいらっしゃいますか。

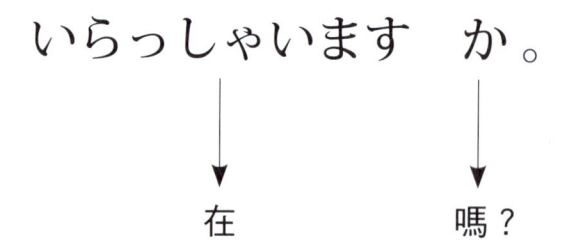

恐れ入りますが、人事部 の 田中 様 は
↓　　　　　　　　↓　↓　↓　↓
不好意思，　　　人事部 的 田中 先生

いらっしゃいます　か。
↓　　　　　　　↓
在　　　　　　　嗎？

* **恐れ入ります**…動詞：不好意思
* **が**…助詞：表示前言
* **人事部**…名詞：人事部（使用時可替換為其他部門）
* **の**…助詞：表示所屬
* **田中**…（姓氏）田中（使用時可替換為其他姓氏）
* **様**…接尾辭：先生、女士
* **は**…助詞：表示主題
* **いらっしゃいます**…動詞：在（います的尊敬語）
* **か**…助詞：表示疑問

用法
打電話到對方公司，表達要找某人的說法。

電話對應 　**2-026 商務會話篇**

能不能請您稍等一下,不要掛斷電話。

電話(でんわ)を切(き)らずにお待(ま)ちいただけますか。

電話を 切ら ず に お 待ち いただけます か。

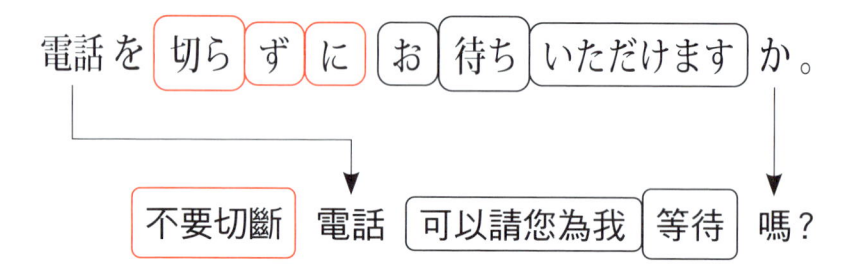

不要切斷 電話 可以請您為我 等待 嗎?

* 電話…名詞：電話
* を…助詞：表示動作作用對象
* 切ら…動詞：掛斷（切ります⇒ない形除去[ない]）
* ず…助詞：文語否定形
* に…助詞：表示動作方式
* お…接頭辭：表示美化、鄭重
* 待ち…動詞：等待（待ちます⇒ます形除去[ます]）
* いただけます…補助動詞：（いただきます⇒可能形）
  お＋動詞ます形除去[ます]＋いただきます…
  謙讓表現：請您（為我）[做]～
* か…助詞：表示疑問

用法
希望對方保持通話狀態不要掛斷的說法。

電話對應　**2-027 商務會話篇**

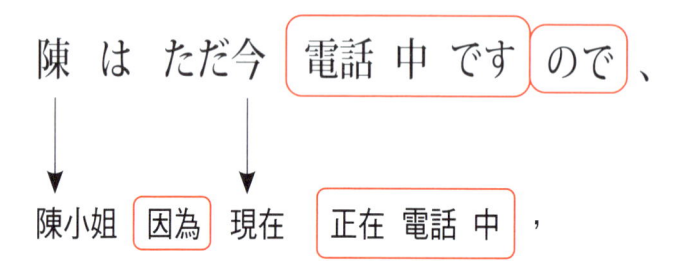

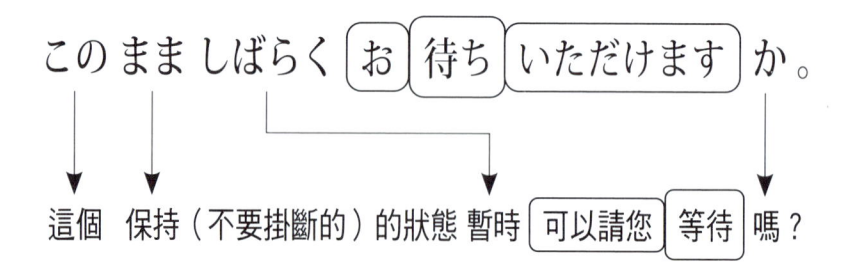

陳小姐現在電話中,請您不要掛斷稍等一下。

陳（ちん）はただ今（いま）電話中（でんわちゅう）ですので、このまましばらくお待（ま）ちいただけますか。

陳　は　ただ今　[電話 中 です] [ので] 、
↓　　　　↓
陳小姐 [因為] 現在 [正在 電話 中] ,

このまましばらく [お] [待ち] [いただけます] か。
↓　　　↓　　　　　　　↓　　　　　　　↓
這個　保持（不要掛斷的）的狀態 暫時 [可以請您] [等待] 嗎？

* 陳…（姓氏）陳（使用時可替換為其他姓氏）
* は…助詞：表示主題
* ただ今…名詞：現在
* 電話…名詞：電話
* 中…接頭辭：正在～中
* です…助動詞：表示斷定（現在肯定形）
* ので…助詞：表示原因理由
* この…連體詞：這個
* まま…名詞（特殊）：保持某種狀態
* しばらく…副詞：暫時
* お…接頭辭：表示美化、鄭重
* 待ち…動詞：等待（待ちます⇒ます形除去[ます]）
* いただけます…補助動詞：（いただきます⇒可能形）
  お＋動詞ます形除去[ます]＋いただきます…
  謙讓表現：請您（為我）[做]～
* か…助詞：表示疑問

用法
對方要找的人電話中，希望對方不要掛斷電話，稍等一下的說法。

電話對應　　2-028 商務會話篇

請稍等，我現在幫您轉接。

少々(しょうしょう)お待(ま)ちください。
ただいま電話(でんわ)をお繋(つな)ぎします。

少々　お　待ち　ください。
　↓　　　　↓
　稍微　　請您等候，

ただいま　電話　を　お　繋ぎ　します。
　↓　　　　　　　　　↓　　　　↓
　現在　　　　　　　我為您轉接　電話。

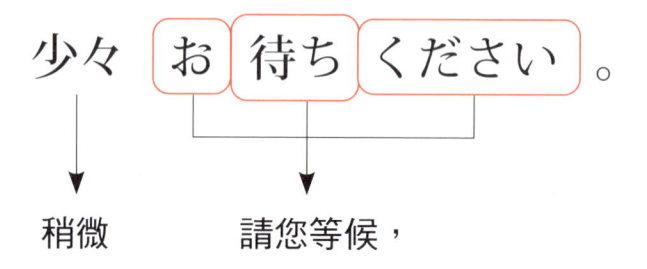

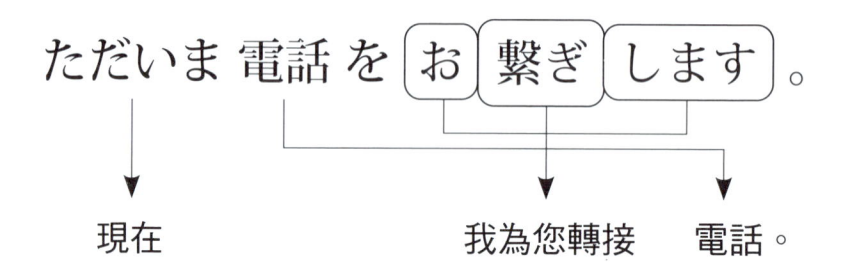

* 少々…副詞：稍微
* お…接頭辭：表示美化、鄭重
* 待ち…動詞：等待（待ちます⇒ます形除去[ます]）
* ください…補助動詞：請
  （くださいます⇒命令形[くださいませ]除去[ませ]）
  お＋動詞ます形除去[ます]＋ください…
  尊敬表現：請您[做]〜
* ただいま…名詞：現在
* 電話…名詞：電話
* を…助詞：表示動作作用對象
* お…接頭辭：表示美化、鄭重
* 繋ぎ…動詞：連接、轉接
  （繋ぎます⇒ます形除去[ます]）
* します…動詞：做
  お＋動詞ます形除去[ます]＋します…
  謙讓表現：（動作涉及對方的）[做]〜

|用法|

要將電話轉接給對方要找的人，告知並請對方稍候的說法。

電話對應　**2-029 商務會話篇**

（接起轉接過來的電話時）
電話換人接聽了，我是半澤…。

（他人の取った電話に出る）
お電話かわりました。半沢です。

お 電話	かわりました。	半沢 です。
電話	換人了，	（我）是 半澤。

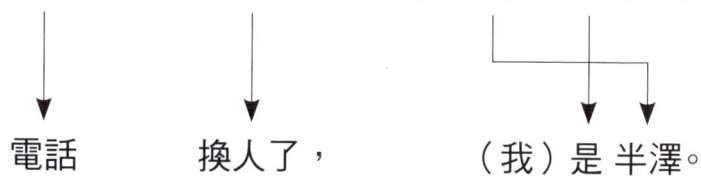

* お…接頭辭：表示美化、鄭重
* 電話…名詞：電話
* かわりました…動詞：換
　（かわります⇒過去肯定形）
* 半沢…（姓氏）半澤（使用時可替換為其他姓氏）
* です…助動詞：表示斷定（現在肯定形）

用法
接起轉接過來的電話時先說這句話，讓對方知道電話已經換人接聽。

2-030 商務會話篇　電話對應

鈴木今天請假。

鈴木(すずき)は本日(ほんじつ)休(やす)みを取(と)っております。

鈴木 は 本日 休みを 取って おります 。
↓　　↓　　　　　　↓
鈴木　今天　處於 取得 休假 的狀態 。

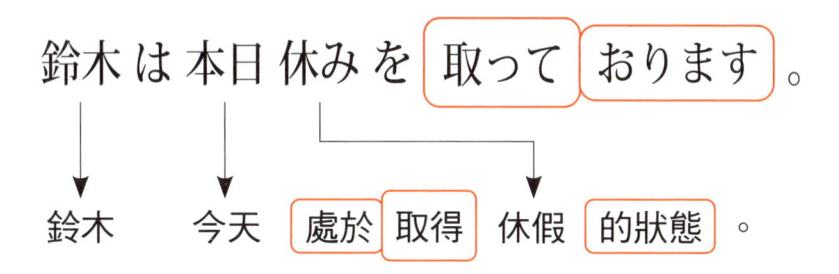

* **鈴木**…（姓氏）鈴木（使用時可替換為其他姓氏）
* **は**…助詞：表示動作主
* **本日**…名詞：今天
* **休み**…名詞：請假、放假（動詞[休みます]的名詞化）
* **を**…助詞：表示動作作用對象
* **取って**…動詞：取得（取ります⇒て形）
* **おります**…補助動詞：（います的謙讓語）
　動詞て形＋おります：目前狀態（謙讓表現）

用法
告訴對方自己的某位同事今天請假的說法。

電話對應　**2-031 商務會話篇**

等東田回來之後，我會立刻請他回電給您。

東田（ひがしだ）が戻（もど）りましたら、折（お）り返（かえ）し電話（でんわ）するように伝（つた）えておきます。

東田 が 戻りました ら 、
↓
東田　如果　回來　的話

折り返し 電話するように 伝えて おきます。
↓　　　　　　　↓　　　　　↓　　　↓
我會採取　轉達　的措施，要求（他）立刻 打電話。

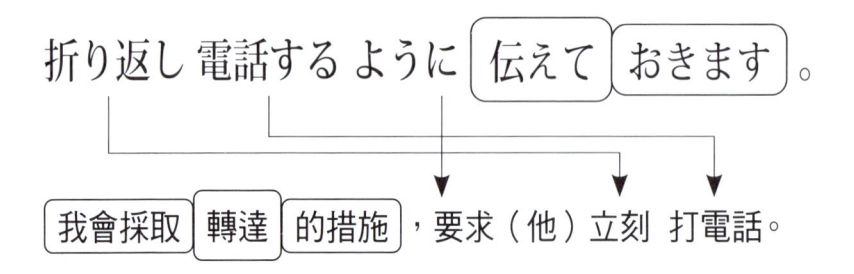

* 東田…（姓氏）東田（使用時可替換為其他姓氏）
* が…助詞：表示主格
* 戻りましたら…動詞：回來
   （戻ります⇒過去肯定形＋ら）
* 折り返し…副詞：立刻
* 電話する…動詞：打電話（電話します⇒辭書形）
* ように…連語：表示吩咐、要求內容
* 伝えて…動詞：轉達（伝えます⇒て形）
* おきます…補助動詞
   動詞て形＋おきます：善後措施（為了以後方便）

用法

對方要找的人外出，向對方表示本人回來後會轉達回電的說法。

電話對應　**2-032 商務會話篇**

好的，我一定如實轉達。

はい、確(たし)かにその旨(むねつた)伝えておきます。

はい、確かに その 旨 伝えて おきます 。

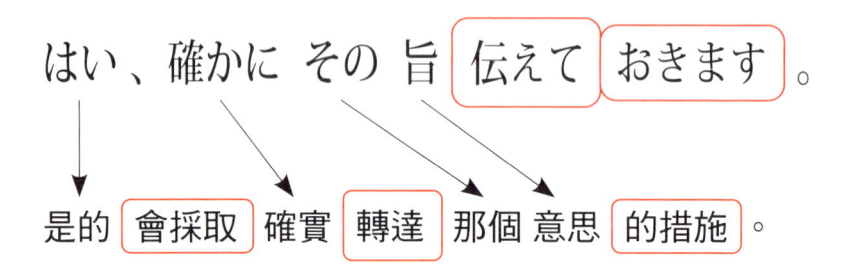

是的 會採取 確實 轉達 那個 意思 的措施 。

* **はい**…感嘆詞：是的
* **確かに**…副詞：確實、的確
* **その**…連體詞：那個
* **旨**…名詞：意思
* **伝えて**…動詞：轉達（伝えます⇒て形）
* **おきます**…補助動詞
　動詞て形＋おきます：善後措施（為了以後方便）

用法
聽取需傳達的內容後，可以這樣回應傳話者。

2-033 商務會話篇 — 電話對應

如果您願意的話,我願意先聽您的問題。

よろしければご用件（ようけん）を伺（うかが）いますが。

よろしければ ご用件 を 伺います が。

　↓　　　　　　↓　　　　↓
可以的話,　　　　我聽您說 您的事情。

* **よろしければ**…い形容詞：好（よろしい⇒條件形）
* **ご**…接頭辭：表示美化、鄭重
* **用件**…名詞：事情
* **を**…助詞：表示動作作用對象
* **伺います**…動詞：詢問、聽（聞きます的尊敬語）
* **が**…助詞：表示前言

用法
表示願意代替別人,先了解對方想說的事情。

電話對應　2-034 商務會話篇

如果是我可以理解的事，我願意洗耳恭聽。

もし、私(わたし)でわかることでしたら、
承(うけたまわ)りますが。

もし、私で わかる こと でした ら 、
↓　　　　↓　　　　　　　　　
如果　　　是　我　可以理解的事情　的話，

承ります　が。
↓
（我）會洗耳恭聽。

* もし…副詞：如果
* 私…名詞：我
* で…助詞：表示言及範圍
* わかる…動詞：懂（わかります⇒辭書形）
* こと…名詞：事情
* でしたら…助動詞：表示斷定（です⇒た形＋ら）
* 承ります…動詞：恭聽（聞きます的謙讓語）
* が…助詞：表示前言

用法

電話中或其他場合，表示自己如果可以的話，願意聽取對方要說的事情。

電話對應　**2-035 商務會話篇**

如果他回來的話，能不能請他立刻回電話給我？

お戻りになりましたら、折り返しお電話をいただけますでしょうか。

お 戻り に なりました ら 、

如果 （他）回來 的話

折り返し お 電話 を いただけます でしょうか 。

我可以 立刻 得到（他的）電話 嗎？

* **お**…接頭辭：表示美化、鄭重
* **戻り**…動詞：返回（戻ります⇒ます形除去[ます]）
* **に**…助詞：表示變化結果（屬於文型上的用法）
* **なりましたら**…動詞：尊敬表現
  （なります⇒過去肯定形＋ら）
* **折り返し**…副詞：立刻
* **お**…接頭辭：表示美化、鄭重
* **電話**…名詞：電話
* **を**…助詞：表示動作作用對象
* **いただけます**…動詞：得到、收到
  （いただきます⇒可能形）
* **でしょう**…助詞：表示斷定（です⇒意向形）
* **か**…助詞：表示疑問
  ～でしょうか…表示鄭重問法

用法
打電話要找的人、或是要拜訪的對象不在，麻煩接洽人員轉達對方，回來後回覆電話的說法。

電話對應

2-036 商務會話篇

能不能請您幫我轉達留言？
伝言（でんごん）をお伝（つた）えいただけますか。

伝言を [お] [伝え] [いただけます] か。
　　　　可以請您為我　轉達　　留言　　　　嗎？

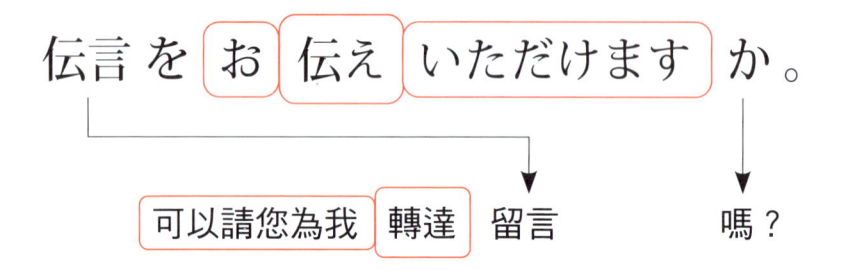

* 伝言…名詞：留言
* を…助詞：表示動作作用對象
* お…接頭辭：表示美化、鄭重
* 伝え…動詞：轉達（伝えます⇒ます形除去[ます]）
* いただけます…補助動詞：（いただきます⇒可能形）
  お＋動詞ます形除去[ます]＋いただきます…
  謙讓表現：請您（為我）[做]〜
* か…助詞：表示疑問

[用法]
麻煩對方替自己轉達留言的說法。

筆記頁

空白一頁,讓你記錄學習心得,
也讓下一個單元能以跨頁呈現,方便於對照閱讀。

電話對應　**2-037 商務會話篇**

請幫我向東田先生轉達「想要在明天下午四點舉行會議」。

東田様に明日の16時にテレビ会議を行いたいとお伝えください。

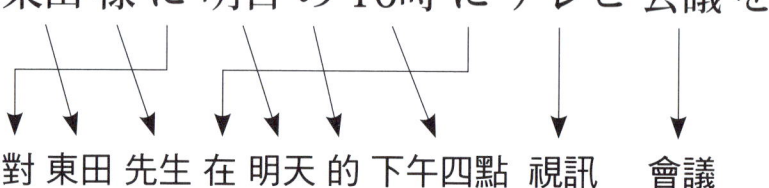

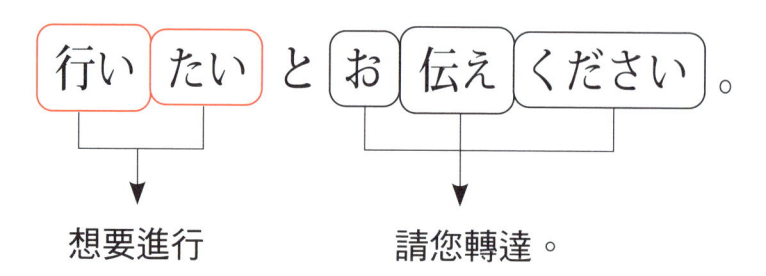

東田 様 に 明日 の 16時 に テレビ 会議 を
對 東田 先生 在 明天 的 下午四點 視訊 會議

行い たい と お 伝え ください。
想要進行　　　　請您轉達。

* 東田…（姓氏）東田（使用時可替換為其他姓氏）
* 樣…接尾辭：先生、女士
* に…助詞：表示動作的對方
* 明日…名詞：明天
* の…助詞：表示所屬
* 16時…下午四點，寫成「16時」，但唸法為「よじ」
* に…助詞：表示動作進行時點
* テレビ会議…名詞：視訊會議
* を…助詞：表示動作作用對象
* 行い…動詞：舉行（行います⇒ます形除去[ます]）
* たい…助詞：表示希望
* と…助詞：表示提示內容
* お…接頭辭：表示美化、鄭重
* 伝え…動詞：轉達（伝えます⇒ます形除去[ます]）
* ください…補助動詞：請
   （くださいます⇒命令形[くださいませ]除去[ませ]）
   お＋動詞ます形除去[ます]＋ください…
   尊敬表現：請您[做]～

用法
麻煩對方轉達某人某件事情的說法。

電話對應　**2-038 商務會話篇**

為了保險起見，我還是留下我的電話好了。

念のため電話番号を申し上げます。

念のため　電話番号　を　申し上げます。

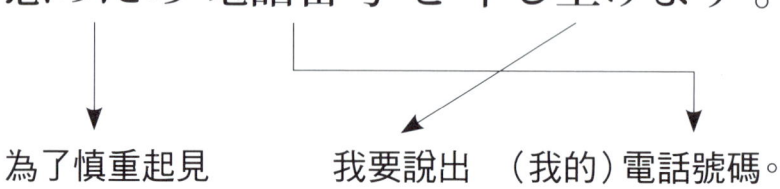

為了慎重起見　　我要說出　（我的）電話號碼。

* 念のため…連語：為了慎重起見
* 電話番号…名詞：電話號碼
* を…助詞：表示動作作用對象
* 申し上げます…動詞：說（言います的謙讓語）

用法
為了日後方便，再留一次電話號碼給對方的說法。

筆記頁

空白一頁,讓你記錄學習心得,
也讓下一個單元能以跨頁呈現,方便於對照閱讀。

電話對應 ## 2-039 商務會話篇

剛才東田先生打電話來,他說「會比預定的會議時間晚30分鐘到」。

先ほど 東田様からお電話がございまして、
「会議の時間に３０分遅れる」とのことでした。

先ほど 東田様 から お電話 が ございまして、

剛才 從 東田 先生（那邊）有（打來） 電話，

会議 の 時間 に 30分 遅れる とのことでした。

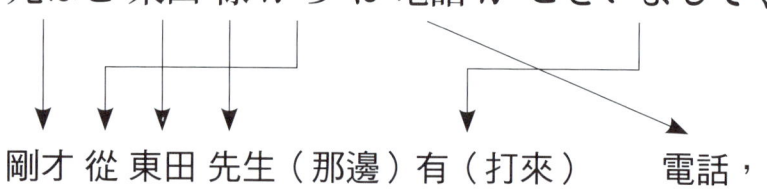

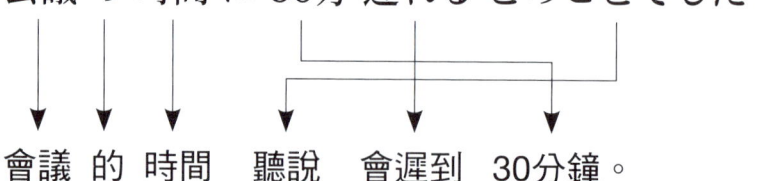

會議 的 時間 聽說 會遲到 30分鐘。

* 先ほど…副詞：剛才
* 東田…（姓氏）東田（使用時可替換為其他姓氏）
* 様…接尾辭：先生、女士
* から…助詞：表示起點
* お…接頭辭：表示美化、鄭重
* 電話…名詞：電話
* が…助詞：表示焦點
* ございまして…動詞：有（ございます⇒て形）
 （〜まして屬於鄭重的表現方式）
* 会議…名詞：會議
* の…助詞：表示所屬
* 時間…名詞：時間
* に…助詞：表示方面
* 30分…名詞：30分鐘
* 遅れる…動詞：晚到（遅れます⇒辭書形）
* とのことでした…連語：聽說〜

用法
轉達某人的來電留言內容的說法。

約定見面　　**2-040 商務會話篇**

為了到台灣出差的事,想跟您馬上見個面。

台湾（たいわん）出張（しゅっちょう）の件（けん）で、至急（しきゅう）お目（め）にかかりたいのですが。

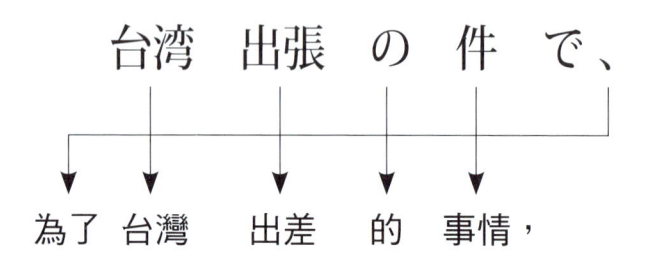

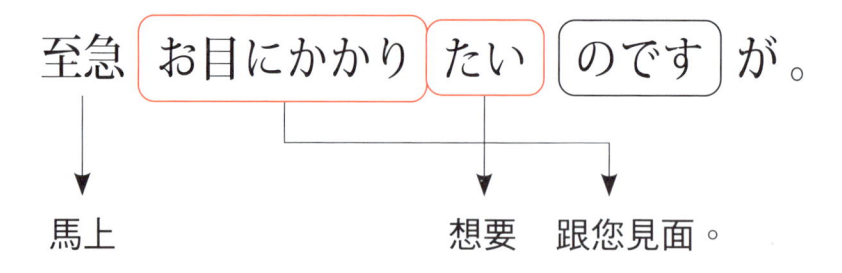

台湾　出張　の　件　で、
↓　↓　　↓　　↓　↓
為了 台灣　出差　的　事情,

至急　お目にかかり　たい　のです　が。
↓　　　　　　　　↓　　　↓
馬上　　　　　　想要　跟您見面。

* **台湾**…名詞：台灣
* **出張**…名詞：出差
* **の**…助詞：表示所屬
* **件**…名詞：事情
* **で**…助詞：表示名目
* **至急**…副詞：立刻、馬上
* **お目にかかり**…動詞：見面

　（お目にかかります⇒ます形除去［ます］）

　（会います的謙譲語）
* **たい**…助動詞：表示希望
* **のです**…連語：の＋です＝んです：表示強調

　の…形式名詞

　　です…助動詞：表示斷定（現在肯定形）
* **が**…助詞：表示前言

用法
因為某件事情，想要和對方當面討論的說法。

約定見面　2-041 商務會話篇

那麼，我近期再來拜訪。

では、近日中にまたお伺いいたします。

では、近日中にまた お 伺い いたします 。

那麼， 近期 之內 再　　拜訪您 。

* では…接續詞：那麼
* 近日…名詞：近期
* 中…接尾辭：～之內
* に…助詞：表示動作進行時點
* また…副詞：再
* お…接頭辭：表示美化、鄭重
* 伺い…動詞：拜訪（伺います⇒ます形除去[ます]）
* いたします…動詞：做（します的謙讓語）
   お＋動詞ます形除去[ます]＋します…
   謙讓表現：（動作涉及對方的）[做]～

用法
告訴對方近期之內將再來訪的說法。

2-042 商務會話篇 — 約定見面

下午三點之後的話,我會在公司。
１５時以降でしたら、社におりますが。
(さんじいこう)　　　　　　(しゃ)

| １５時 | 以降 | でした | ら | 、社におりますが。 |

| 如果是 | 下午三點以後 | 的話 |，（我）在　公司。

* **15時**…下午三點,寫成「15時」,但唸法為「さんじ」
* **以降**…接尾辭：～以後
* **でしたら**…助動詞：表示斷定（です⇒た形＋ら）
* **社**…名詞：公司
* **に**…助詞：表示存在位置
* **おります**…動詞：在（います的謙讓語）
* **が**…助詞：表示前言

用法
告訴對方自己什麼時候會在公司的說法。

| 約定見面 | 2-043 商務會話篇 |

日期請您決定。

そちらでご都合のよい日をご指定ください。

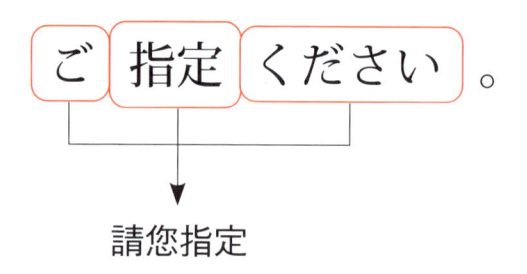

そちら で ご 都合 の よい 日 を

↓　　　　　　　↓　　　　↓　　↓
您那邊　　　　情況　　方便的 日期

ご 指定 ください 。

請您指定

* そちら…名詞：您那一方
* で…助詞：表示動作進行地點
* ご…接頭辭：表示美化、鄭重
* 都合…名詞：情況
* の…助詞：表示焦點（の＝が）
* よい…い形容詞：好
* 日…名詞：日期
* を…助詞：表示動作作用對象
* ご…接頭辭：表示美化、鄭重
* 指定…名詞：指定
* ください…補助動詞：請
　（くださいます⇒命令形[くださいませ]除去[ませ]）
　ご＋動作性名詞＋ください…尊敬表現：請您[做]～

用法
請對方決定時間日期的說法。

商務拜訪　　2-044 商務會話篇

百忙之中打擾您。我是島津產業的李某某。

お忙（いそが）しいところ、失礼（しつれい）いたします。
私（わたくし）、島津産業（しまづさんぎょう）の李（り）と申（もう）します。

お　忙しい　ところ、失礼いたします。

正値　忙碌　的時候　　　　我打擾您。

私、島津産業 の 李 と 申します。

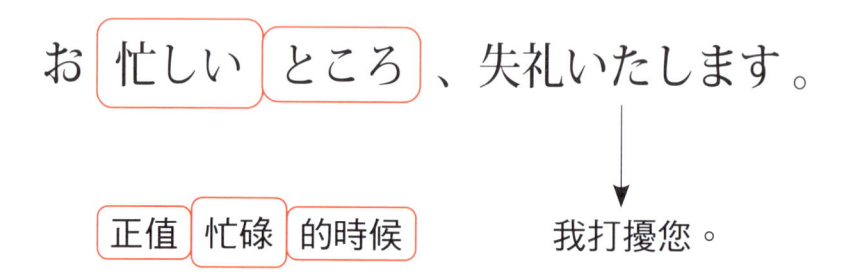

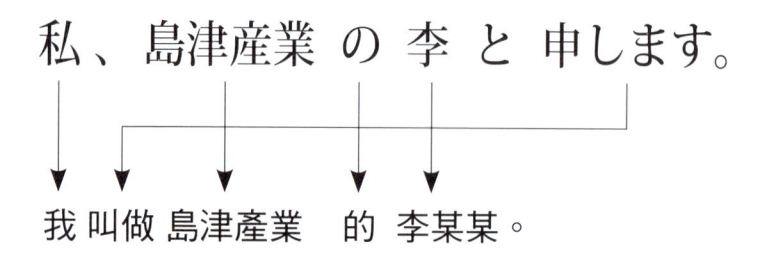

我 叫做 島津產業　的 李某某。

* **お**…接頭辭：表示美化、鄭重
* **忙しい**…い形容詞：忙碌
* **ところ**…形式名詞：表示狀況
* **失礼いたします**…動詞：打擾
  （失礼します的謙讓語）
* **私**…名詞：我
* **島津産業**…（公司名）島津產業
  （使用時可替換為其他公司）
* **の**…助詞：表示所屬
* **李**…（姓氏）李（使用時可替換為其他姓氏）
* **と**…助詞：表示提示內容
* **申します**…動詞：說、叫做（言います的謙讓語）

用法

工作中對方特別撥空和自己碰面時，禮貌性的回應說法。

商務拜訪

2-045 商務會話篇

如果中西先生在的話，我想要拜見一下…。

中西さんがおいででしたら、お目にかかりたいのですが…。

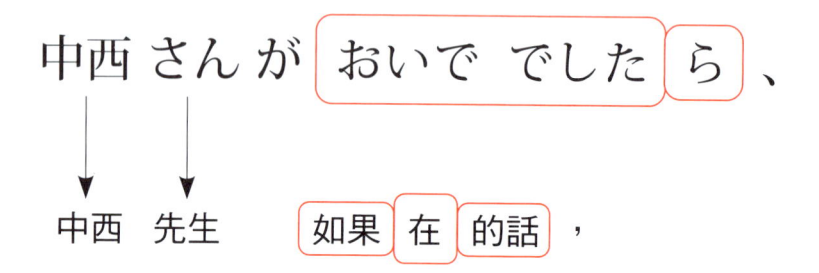

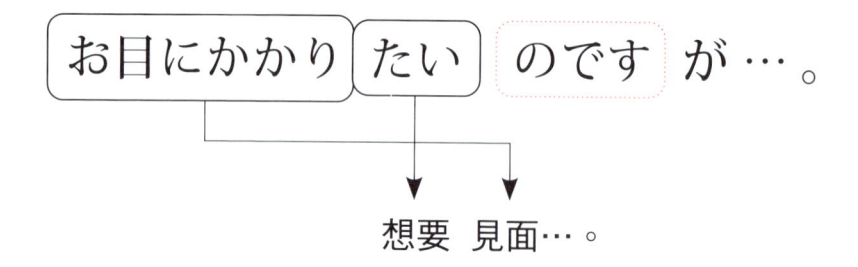

中西 さん が おいで でした ら、
↓ ↓
中西 先生　如果 在 的話，

お目にかかり たい のです が…。
　　　　　　↓　　↓
　　　　　想要　見面…。

* 中西…（姓氏）中西（使用時可替換為其他姓氏）
* さん…接尾辭：～先生、～小姐
* が…助詞：表示焦點
* おいで…お＋いで：在
  お…接頭辭：表示美化、鄭重
  いで…動詞：いでます：名詞化⇒ます形除去[ます]
* でしたら…助動詞：表示斷定（です⇒た形＋ら）
* お目にかかり…動詞：見面
  （お目にかかります⇒ます形除去[ます]）
  （会います的謙讓語）
* たい…助動詞：表示希望
* のです…連語：の＋です＝んです：表示強調
  の…形式名詞
  です…助動詞：表示斷定（現在肯定形）
* が…助詞：表示前言

用法
前往其他企業拜訪時，表達自己希望拜會某人的說法。

商務拜訪　**2-046 商務會話篇**

您不用特別張羅了。

どうぞお気遣(きづか)いなく。

```
どうぞ    お  気遣い  なく。
  ↓              ↓     ↓
  請           不要 費心。
```

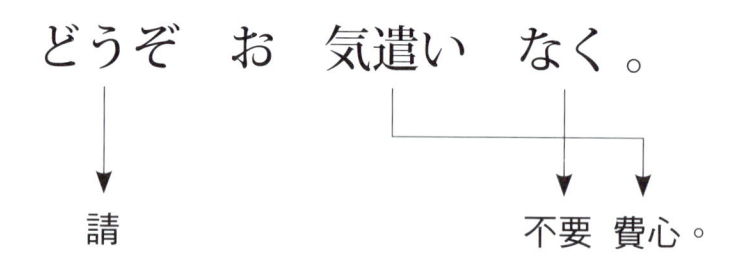

* **どうぞ**…副詞：請
* **お**…接頭辭：表示美化、鄭重
* **気遣い**…名詞：費心
* **なく**…い形容詞：沒有（ない⇒副詞用法）

用法
拜訪他人時眼看對方用心張羅，告訴對方不用如此費心的說法。

2-047 商務會話篇　商務拜訪

今天有勞您特別撥出時間，非常感謝。

本日はお時間を割いていただいて、
ありがとうございます。

本日 は お時間 を 割いて いただいて 、ありがとうございます。

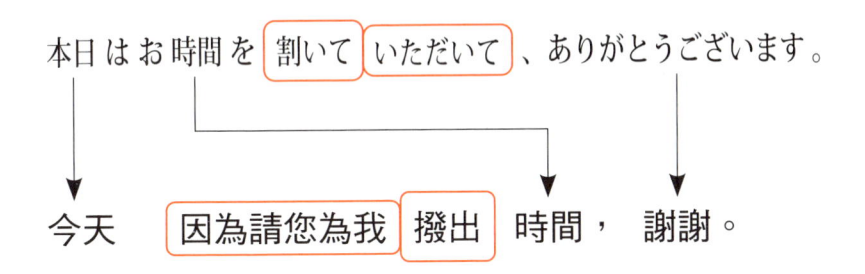

今天　因為請您為我　撥出　時間，　謝謝。

* **本日**…名詞：今天
* **は**…助詞：表示主題
* **お**…接頭辭：表示美化、鄭重
* **時間**…名詞：時間
* **を**…助詞：表示動作作用對象
* **割いて**…動詞：撥出（時間）（割きます⇒て形）
* **いただいて**…補助動詞：（いただきます⇒て形）
  （て形表示原因）
  動詞て形+いただきます：謙讓表現：請您（為我）[做]～
* **ありがとうございます**…招呼用語：謝謝

用法
對方特別為自己撥出時間見面時，表達感謝的一句話。

285

商務拜訪　2-048 商務會話篇

讓您跑這一趟，非常不好意思。

お呼び立てして申し訳ありません。

| お | 呼びたて | して | 申し訳ありません。 |

因為特地叫您出來　　　　不好意思。

* お…接頭辭：表示美化、鄭重
* 呼び立て…動詞：特地叫出來
  （呼びたてます⇒ます形除去[ます]）
* して…動詞：做（します⇒て形）（て形表示原因）
* 申し訳ありません…招呼用語：對不起、不好意思

用法

對方特地過來，增添對方的麻煩時，表達歉意的話。

2-049 商務會話篇 — 接待訪客

您是哪一位？

どちら様（さま）でしょうか。

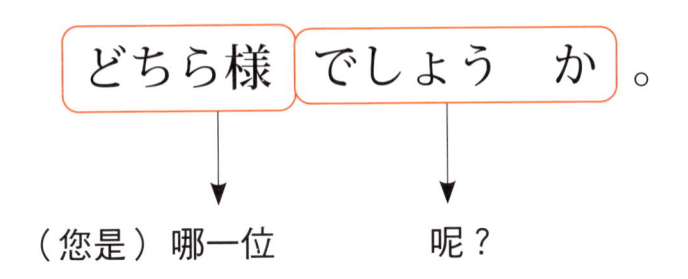

```
[どちら様] [でしょう か] 。
    ↓            ↓
 （您是）哪一位   呢？
```

* どちら様…名詞（疑問詞）：哪一位
* でしょう…助動詞：表示斷定（です⇒意向形）
* か…助詞：表示疑問
　〜でしょうか…表示鄭重問法

用法
確認對方是誰的說法。

接待訪客　**2-050 商務會話篇**

請問您有預約嗎？

お約束(やくそく)はいただいておりますでしょうか。

お約束は｜いただいて｜おります｜でしょうか｜。

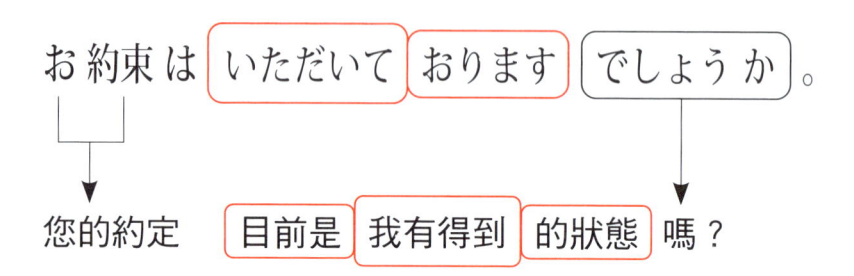

您的約定　｜目前是｜我有得到｜的狀態｜嗎？

* **お**…接頭辭：表示美化、鄭重
* **約束**…名詞：約定
* **は**…助詞：表示對比（區別）
* **いただいて**…動詞：得到、收到
  （いただきます⇒て形）
* **おります**…補助動詞：（います的謙讓語）
  動詞て形＋おります：目前狀態（謙讓表現）
* **でしょう**…助動詞：表示斷定（です⇒意向形）
* **か**…助詞：表示疑問
  ～でしょうか…表示鄭重問法

用法
主要用於確認是否已經事先約定碰面。

2-051 商務會話篇　接待訪客

是半澤先生吧？我恭候大駕已久。

半沢(はんざわ)様(さま)ですね。お待(ま)ち申(もう)し上(あ)げておりました。

半沢様ですね。| お | 待ち | 申し上げて | おりました |。

是 半澤 先生 對吧？| 目前是 | 我等待您 | 的狀態 |。

* 半沢…（姓氏）半澤（使用時可替換為其他姓氏）
* 様…接尾辭：先生、女士
* です…助動詞：表示斷定（現在肯定形）
* ね…助詞：表示再確認
* お…接頭辭：表示美化、鄭重
* 待ち…動詞：等待（待ちます⇒ます形除去[ます]）
* 申し上げて…動詞：做（申し上げます⇒て形）
  （します的謙讓語）
  お＋動詞ます形除去[ます]＋申し上げます…
  謙讓表現：（動作涉及對方的）[做]～
* おりました…補助動詞：（おります⇒過去肯定形）
  （います的謙讓語）
  動詞て形＋おります：目前狀態（謙讓表現）

用法

約好要見面的人已經來到時，可以這樣說。

| 接待訪客 | **2-052 商務會話篇** |

請用茶。

粗茶(そちゃ)ですが、どうぞ。

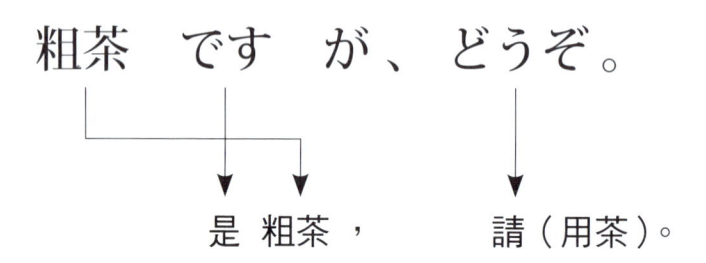

```
粗茶     です     が、     どうぞ。
  └──────┬──────┘              │
         ↓                      ↓
     是 粗茶，               請（用茶）。
```

* **粗茶**…名詞：粗茶
* **です**…助動詞：表示斷定（現在肯定形）
* **が**…助詞：表示前言
* **どうぞ**…副詞：請

用法

招待前來拜訪的客人用茶的說法。

2-053 商務會話篇 — 接待訪客

那麼，我帶您到總經理室。

それでは、社長室（しゃちょうしつ）にご案内（あんない）いたします。

それでは、社長室に ご 案内 いたします 。

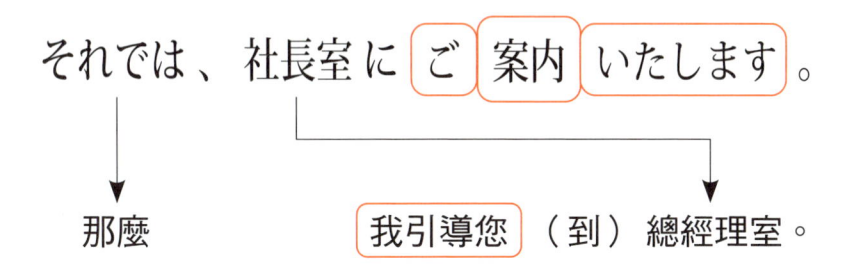

↓　　　　　　　　　　　　↓
那麼　　　　　我引導您　（到）總經理室。

* **それでは**…接續詞：那麼
* **社長室**…名詞：總經理室
* **に**…助詞：表示到達點
* **ご**…接頭辭：表示美化、鄭重
* **案内**…名詞：引導、導覽
* **いたします**…動詞：做（します的謙讓語）

用法
要引導客人前往總經理辦公室的說法。

接待訪客　2-054 商務會話篇

波野正在開會，大概下午四點左右就會結束…。

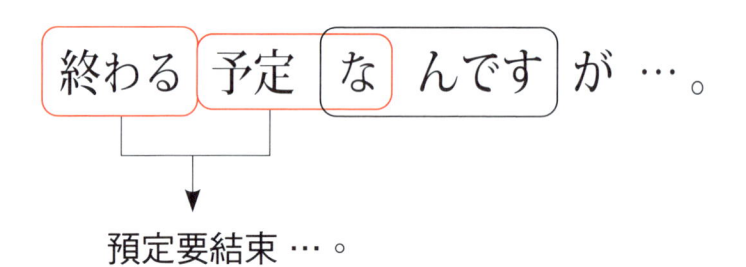

波野は会議中でして、16時ごろには
終わる予定なんですが…。

波野 は 会議中 でして、 16時 ごろ には
↓　　　　↓　　　　　↓　　↓　　　↓
波野　　開會中，　　在　下午四點　左右

終わる 予定 な んです が …。
↓
預定要結束…。

* 波野…（姓氏）波野（使用時可替換為其他姓氏）
* は…助詞：表示主題
* 会議…名詞：會議
* 中…接尾辭：正在～當中
* でして…助動詞：表示斷定（です⇒て形）
  （て形表示原因）
* 16時…下午四點，寫成「16時」，但唸法為「よじ」
* ごろ…接尾辭：～左右
* に…助詞：表示動作進行時點
* は…助詞：表示對比（區別）
* 終わる…動詞：結束（終わります⇒辭書形）
* 予定な…名詞：預定（予定⇒名詞接續用法）
* んです…連語：ん＋です：表示強調
  ん…形式名詞（の⇒縮約表現）
  です…助動詞：表示斷定（現在肯定形）
* が…助詞：表示前言

用法
告訴對方社內同事的預定行程的說法。

接待訪客　2-055 商務會話篇

半澤現在不在座位上，請您稍等一下。

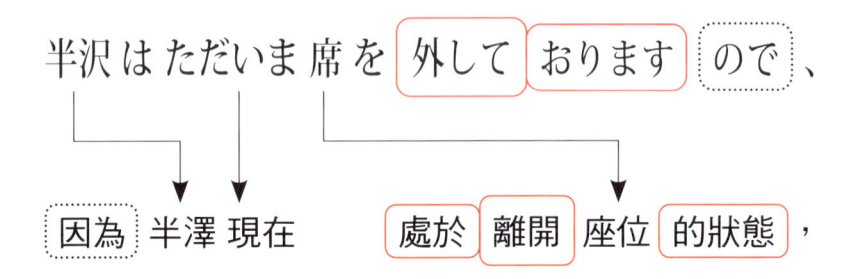

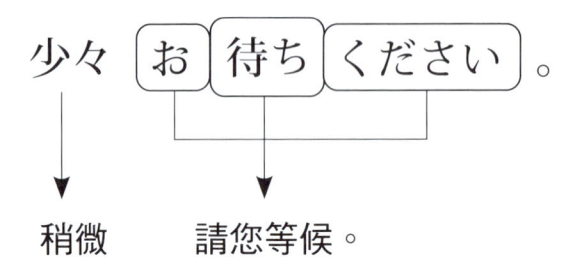

半沢(はんざわ)はただいま席(せき)を外(はず)しておりますので、少々(しょうしょう)お待(ま)ちください。

半沢 は ただいま 席 を [外して] [おります] [ので]、

[因為] 半澤 現在　[處於] [離開] 座位 [的狀態]，

少々 [お] [待ち] [ください]。

稍微　　請您等候。

* 半沢…（姓氏）半澤（使用時可替換為其他姓氏）
* は…助詞：表示主題
* ただいま…名詞：現在
* 席…名詞：座位
* を…助詞：表示動作作用對象
* 外して…動詞：離開（外します⇒て形）
* おります…補助動詞：（います的謙讓語）
  動詞て形＋おります：目前狀態（謙讓表現）
* ので…助詞：表示原因理由
* 少々…副詞：稍微
* お…接頭辭：表示美化、鄭重
* 待ち…動詞：等待（待ちます⇒ます形除去[ます]）
* ください…補助動詞：請
  （くださいます⇒命令形[くださいませ]除去[ませ]）
  ご＋動詞ます形除去[ます]＋ください…
  尊敬表現：請您[做]～

用法
對方要找的人目前不在現場的應對說法。

| 接待訪客 | **2-056 商務會話篇** |

謝謝您今天特地過來。

本日(ほんじつ)はご足労(そくろう)いただきありがとうございました。

本日 は ご 足労 いただき ありがとうございました。

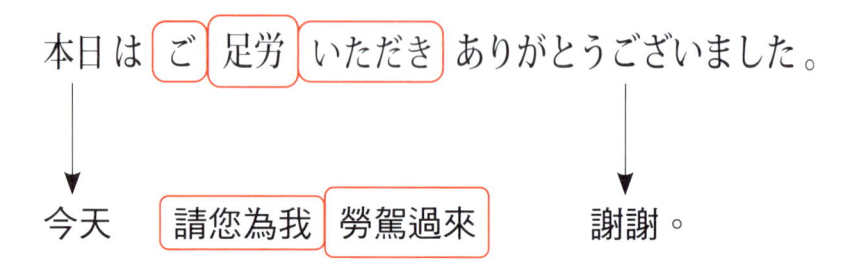

今天　　請您為我　勞駕過來　　　謝謝。

* **本日**…名詞：今天
* **は**…助詞：表示主題
* **ご**…接頭辭：表示美化、鄭重
* **足労**…名詞：勞駕前來
* **いただき**…補助動詞：
  （いただきます⇒ます形除去[ます]）
  （屬於句中的中止形用法）
  お／ご＋動作性名詞＋いただきます…
  謙讓表現：請您（為我）[做]〜
* **ありがとうございました**…招呼用語：謝謝

用法
對前來拜訪或參加會議的人表達感謝的說法。

筆記頁

空白一頁,讓你記錄學習心得,
也讓下一個單元能以跨頁呈現,方便於對照閱讀。

....

....

....

....

....

....

....

2-057 商務會話篇

會議

讓各位久等了。那麼緊接著就開始我們的會議吧。

長(なが)らくお待(ま)たせいたしました。
それでは会議(かいぎ)を始(はじ)めさせていただきます。

長らく　お　待たせ　いたしました　。
　　　　　↓
　　　讓您　　長久　　等待了　。

それでは 会議を　始めさせて　いただきます　。
　　↓　　　　　　　　　　　　　　↓
　那麼　　　　　請您　讓我開始　會議。

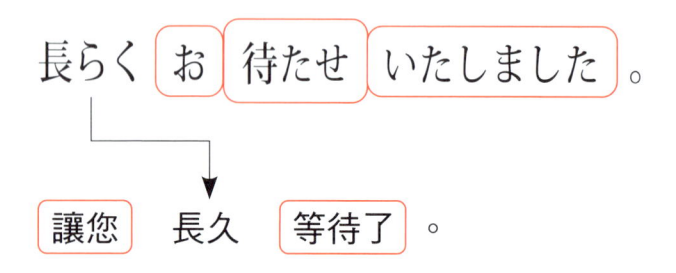

* 長らく…副詞：長久
* お…接頭辭：表示美化、鄭重
* 待たせ…動詞：等待

  （待ちます⇒使役形[待たせます]除去[ます]）
* いたしました…動詞：做（いたします⇒過去肯定形）

  （します的謙讓語）
* それでは…接續詞：那麼
* 会議…名詞：會議
* を…助詞：表示動作作用對象
* 始めさせて…動詞：開始

  （始めます⇒使役形[始めさせます]的て形）
* いただきます…補助動詞：

  使役て形＋いただきます…

  謙讓表現：請您讓我[做]～

用法
經過漫長等待，會議終於要開始時，對與會者說的話。

會議　2-058 商務會話篇

我對淺野分店長的意見沒有異議。

浅野支店長のご意見に異存はございません。
（あさのしてんちょう・いけん・いぞん）

浅野　支店長　の　ご　意見　に　異存　は　ございません。
↓　　↓　　　↓　↓　↓　　　　　↓　　↓
對　淺野　分店長　的　意見　　　　沒有　異議。

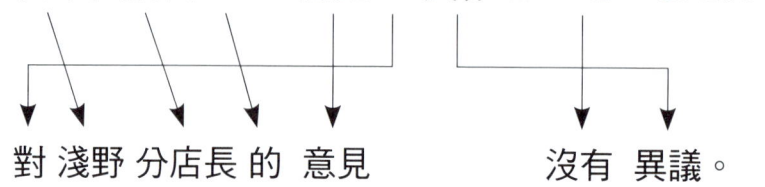

* **浅野**…（姓氏）淺野（使用時可替換為其他姓氏）
* **支店長**…名詞：分店長
* **の**…助詞：表示所屬
* **ご**…接頭辭：表示美化、鄭重
* **意見**…名詞：意見
* **に**…助詞：表示方面
* **異存**…名詞：異議
* **は**…助詞：表示主題
* **ございません**…動詞：有（ございます⇒現在否定形）

用法
會議中對他人的發言內容沒有異議的說法。

2-059 商務會話篇　　請求

能不能請您稍等一下呢？

しょうしょう　ま
少々お待ちいただけますでしょうか。

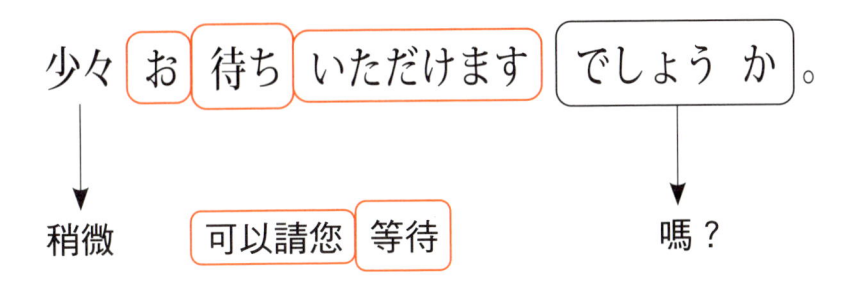

少々 / お / 待ち / いただけます / でしょう か 。

稍微　　可以請您　等待　　　　　　　嗎？

* **少々**…副詞：稍微
* **お**…接頭辭：表示美化、鄭重
* **待ち**…動詞：等待（待ちます⇒ます形除去[ます]）
* **いただけます**…補助動詞：（いただきます⇒可能形）
   お＋動詞ます形除去[ます]＋いただきます…
   謙讓表現：請您（為我）[做]～
* **でしょう**…助動詞：表示斷定（です⇒意向形）
* **か**…助詞：表示疑問
   ～でしょうか…表示鄭重問法

用法
希望對方稍候時的說法。

請求

2-060 商務會話篇

我馬上調查看看,請您稍等一下好嗎?

さっそく調(しら)べてみますので、しばらくお時間(じかん)をいただけますか。

さっそく 調べて みます ので、
　↓　　　　　　　↓
因為 馬上　　　　調查看看,

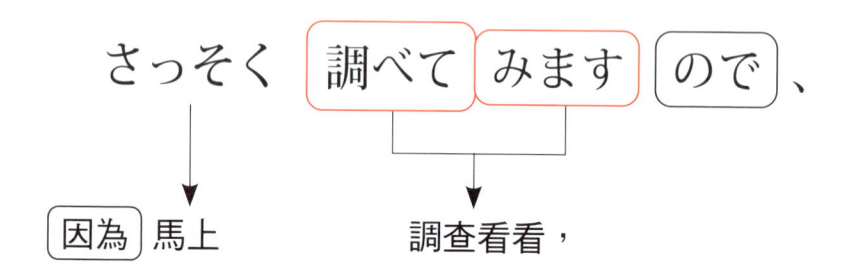

しばらく お 時間 を いただけます か。
　↓　　　　　↓　　　　　↓
暫時　　 我可以得到　時間　　　　　嗎?

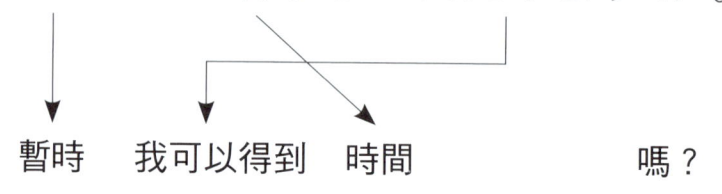

* さっそく…副詞：立刻、馬上
* 調べて…動詞：調査（調べます⇒て形）
* みます…補助動詞
  動詞て形＋みます：[做]〜看看
* ので…助詞：表示原因理由
* しばらく…副詞：暫時
* お…接頭辭：表示美化、鄭重
* 時間…名詞：時間
* を…助詞：表示動作作用對象
* いただけます…動詞：得到、收到
  （いただきます⇒可能形）
* か…助詞：表示疑問

用法
告訴對方現在立刻展開調查，希望對方能夠稍候的說法。

請求

2-061 商務會話篇

（處理上）需要花一點時間，您可以等嗎？

少々（しょうしょう）お時間（じかん）をいただきますがよろしいでしょうか。

少々 お時間 を いただきます が よろしい でしょう か 。
　↓　　　　　　　↓　　　↓　　　↓　　　　↓
稍微　　　　　　得到　時間　　可以　　　嗎？

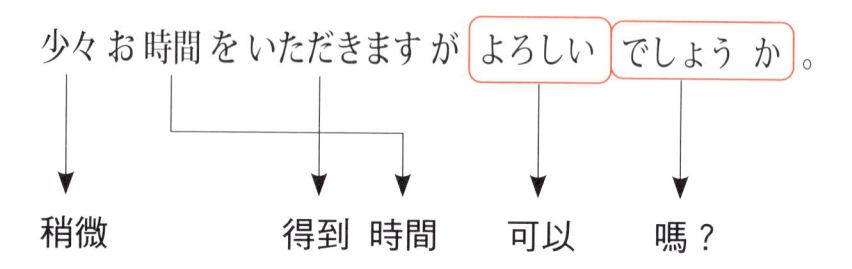

* **少々**…副詞：稍微
* **お**…接頭辭：表示美化、鄭重
* **時間**…名詞：時間
* **を**…助詞：表示動作作用對象
* **いただきます**…動詞：得到、收到
* **が**…助詞：表示前言
* **よろしい**…い形容詞：好
* **でしょう**…助動詞：表示斷定（です⇒意向形）
* **か**…助詞：表示疑問
　～でしょうか…表示鄭重問法

用法
需要花時間處理，請對方稍候的說法。

304

2-062 商務會話篇　請求

請您坐在那邊稍候。

あちらにお掛けになってお待ちください。

あちらに｜お｜掛け｜に｜なって｜お｜待ち｜ください｜。

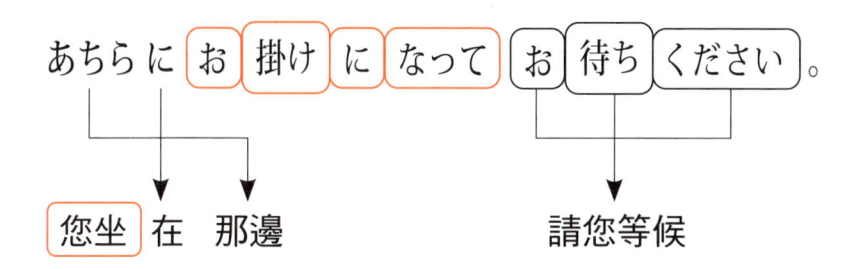

您坐　在　那邊　　　　　請您等候

* あちら…名詞：那邊
* に…助詞：表示動作歸著點
* お…接頭辭：表示美化、鄭重
* 掛け…動詞：坐（掛けます⇒ます形除去[ます]）
* に…助詞：表示變化結果（屬於文型上的用法）
* なって…動詞：尊敬表現（なります⇒て形）
  （て形表示附帶狀況）
  お+動詞ます形除去[ます]+に+なります…尊敬表現：[做]～
* お…接頭辭：表示美化、鄭重
* 待ち…動詞：等待（待ちます⇒ます形除去[ます]）
* ください…補助動詞：請
  （くださいます⇒命令形[くださいませ]除去[ませ]）
  お+動詞ます形除去[ます]+ください…尊敬表現：請您[做]～

用法

請對方坐下來等候的禮貌說法。

請求

2-063 商務會話篇

能不能請您再說一次？

もう一度(いちど)おっしゃっていただけますか。

もう 一度 [おっしゃって] [いただけます] か。
　　　　　[可以請您] 再 [說] 一次　　　　嗎？

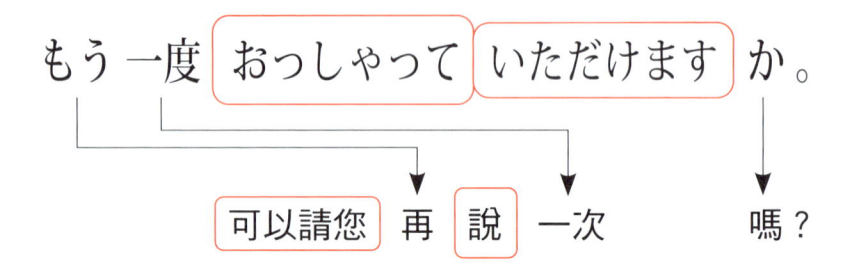

* **もう**…副詞：再
* **一度**…數量詞：一次
* **おっしゃって**…動詞：說（おっしゃいます⇒て形）（言います的尊敬語）
* **いただけます**…補助動詞：（いただきます⇒可能形）
　動詞て形＋いただきます…謙讓表現：請您（為我）[做]～
* **か**…助詞：表示疑問

用法

請對方再說一次的說法。語氣比「もう一度（いちど）言（い）ってください。」（請再說一次）更慎重。

2-064 商務會話篇　請求

能否請您再重新考慮一下？

もう一度(いちどかんが)考え直(なお)していただくわけにはいかないでしょうか。

もう 一度 ｜考え直して｜ ｜いただく｜ ｜わけにはいかない｜ ｜でしょうか｜。
↓　↓　　　　　　　　　　　　　　　　↓　　　　　　　↓
再　一次　｜請您為我｜ ｜重新考慮｜ ， 不能　　　　嗎？

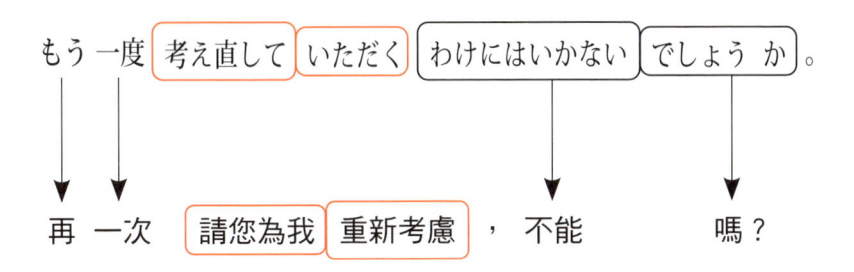

* **もう**…副詞：再
* **一度**…數量詞：一次
* **考え直して**…動詞：重新考慮（考え直します⇒て形）
* **いただく**…補助動詞：（いただきます⇒辭書形）
  動詞て形+いただきます…謙讓表現：請您（為我）[做]～
* **わけにはいかない**…連語：不能～
* **でしょう**…助動詞：表示斷定（です⇒意向形）
* **か**…助詞：表示疑問
  ～でしょうか…表示鄭重問法

用法
拜託對方再重新考慮的說法。

請求　**2-065 商務會話篇**

不好意思，有點事想請教您。

しょうしょう　うかがい
少々お伺いしたいことがあるのですが。

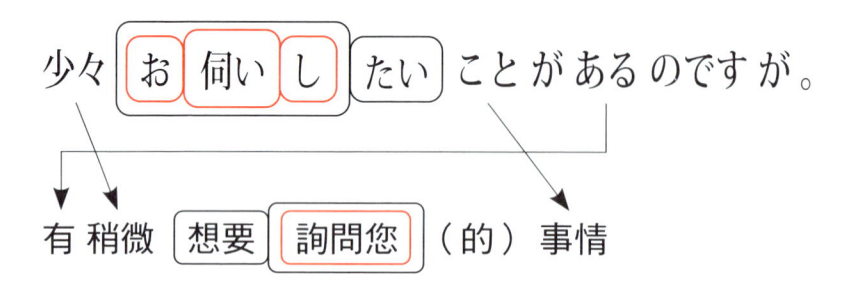

少々 [お][伺い][し][たい] こと が ある のですが。

有 稍微 [想要] [詢問您] （的） 事情

* **少々**…副詞：稍微
* **お**…接頭辭：表示美化、鄭重
* **伺い**…動詞：詢問（伺います⇒ます形除去[ます]）
* **し**…動詞：做（します⇒ます形除去[ます]）
* **たい**…助動詞：表示希望
  お＋動詞ます形除去[ます]＋します…
  謙讓表現：（動作涉及對方的）[做]～
* **こと**…名詞：事情
* **が**…助詞：表示焦點
* **ある**…動詞：有（あります⇒辭書形）
* **のです**…連語：の＋です＝んです：表示強調
  の…形式名詞
  です…助動詞：表示斷定(現在肯定形)
* **が**…助詞：表示前言

用法

有事要向對方提問或打聽時的說法。

2-066 商務會話篇 — 請求

不好意思，能不能請您過來一趟？

恐れ入りますが、ご足労願えませんでしょうか。
（おそれいりますが、ごそくろうねがえませんでしょうか）

恐れ入りますが、｜ご 足労 願えません｜でしょう か｜。

不好意思，　不可以拜託您勞駕前來　嗎？

* **恐れ入ります**…動詞：不好意思
* **が**…助詞：表示前言
* **ご**…接頭辭：表示美化、鄭重
* **足労**…名詞：勞駕
* **願えません**…動詞：拜託
  （願います⇒可能形[願えます]的現在否定形）
* **でしょう**…助動詞：表示斷定（です⇒意向形）
* **か**…助詞：表示疑問
  〜でしょうか…表示鄭重問法

用法
希望對方過來一趟的說法

請求 — 2-067 商務會話篇

不好意思，能不能請您幫我影印？

申（もう）し訳（わけ）ありませんが、コピーをお願（ねが）いできますか。

申し訳ありませんが、コピーを お 願い できます か。

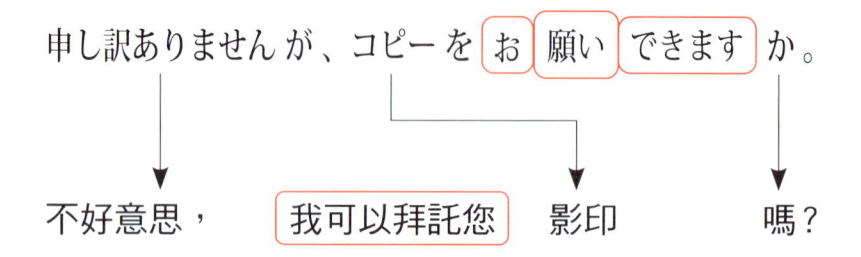

不好意思，　我可以拜託您　影印　　嗎？

* 申し訳ありません…招呼用語：對不起、不好意思
* が…助詞：表示前言
* コピー…名詞：影印
* を…助詞：表示動作作用對象
* お…接頭辭：表示美化、鄭重
* 願い…動詞：拜託、祈願
  （願います⇒ます形除去[ます]）
* できます…動詞：可以、能夠、會（します⇒可能形）
  お＋動詞ます形除去[ます]＋します…
  謙讓表現：（動作涉及對方的）[做]～
* か…助詞：表示疑問

用法

有事拜託別人的說法。另外有「悪（わる）いけど、○○をお願（ねが）いできる？」（不好意思，可以幫我做○○嗎？），屬於生活中較不鄭重的坦白語氣。

2-068 商務會話篇　　請求

那麼，就拜託您了。

それでは、よろしくお願（ねが）いします。

それでは、よろしく お 願い します。

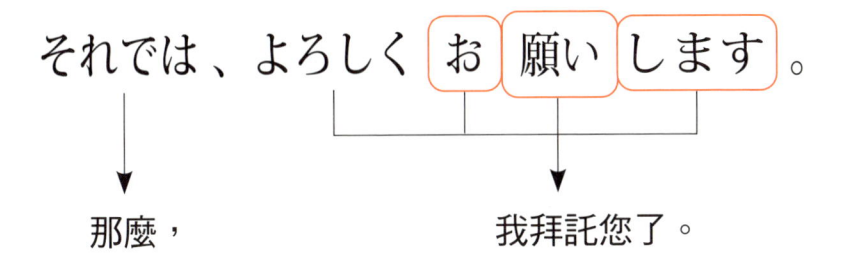

　↓　　　　　　　　　　　　　↓
那麼，　　　　　　　　　　我拜託您了。

* それでは…接續詞：那麼
* よろしく…い形容詞：好（よろしい⇒副詞用法）
* お…接頭辭：表示美化、鄭重
* 願い…動詞：拜託、祈願
  （願います⇒ます形除去[ます]）
* します…動詞：做
  お＋動詞ます形除去[ます]＋します…
  謙讓表現：（動作涉及對方的）[做]～

用法
拜託或吩咐別人做事的說法。語氣較「じゃ、よろしく」（那麼，拜託你了）鄭重。

請求

2-069 商務會話篇

方便的話,能不能告訴我呢?

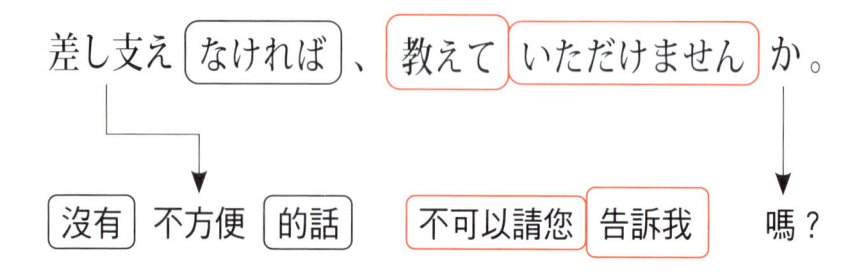

差(さ)し支(つか)えなければ、教(おし)えていただけませんか。

差し支え [なければ] 、[教えて] [いただけません] か。

[沒有] 不方便 [的話]　[不可以請您] [告訴我]　嗎?

* **差し支え**…名詞:障礙、不方便
* **なければ**…い形容詞:沒有(ない⇒條件形)
* **教えて**…動詞:告訴、教(教えます⇒て形)
* **いただけません**…補助動詞:
  (いただきます⇒可能形[いただけます]的現在否定形)
  動詞て形+いただきます…謙讓表現:請您(為我)[做]~
* **か**…助詞:表示疑問

用法
想問卻又不知道是否方便詢問時,可以這樣說。

2-070 商務會話篇　　請求

能不能再寬限一點時間？

もう少(すこ)しお時間(じかん)をいただけないでしょうか。

もう 少し お時間 を いただけない でしょう か 。

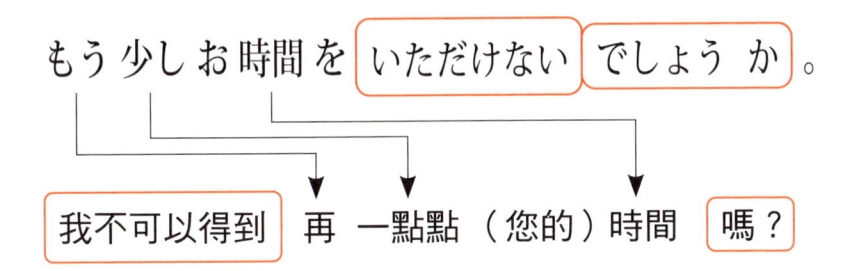

我不可以得到　再　一點點（您的）時間　嗎？

* もう…副詞：再～一些
* 少し…副詞：一點點
* お…接頭辭：表示美化、鄭重
* 時間…名詞：時間
* を…助詞：表示動作作用對象
* いただけない…動詞：得到、收到
  （いただきます⇒可能形[いただけます]的ない形）
* でしょう…助動詞：表示斷定（です⇒意向形）
* か…助詞：表示疑問
  　～でしょうか…表示鄭重問法

用法
希望對方能夠再稍等一段時間的說法。

請求　　　**2-071 商務會話篇**

不好意思，您現在時間方便嗎？

恐（おそ）れ入（い）りますが、今（いま）、お時間（じかん）よろしいでしょうか。

恐れ入りますが、今、お時間 よろしい でしょう か。
　↓　　　　　↓　　↓　　↓　　　　↓　　　↓
不好意思 ， 現在 您的時間（是）可以的 嗎？

* **恐れ入ります**…動詞：不好意思
* **が**…助詞：表示前言
* **今**…名詞：現在
* **お**…接頭辭：表示美化、鄭重
* **時間**…名詞：時間
* **よろしい**…い形容詞：好
* **でしょう**…助動詞：表示斷定（です⇒意向形）
* **か**…助詞：表示疑問
　〜でしょうか…表示鄭重問法

用法
有事要跟對方說，詢問對方現在是否方便的說法。

2-072 商務會話篇　　請求

麻煩您，可以請您填寫聯絡方式嗎？

お手数(てすう)ですが、連絡先(れんらくさき)を記入(きにゅう)していただけますか。

お手数ですが、連絡先を 記入して いただけます か。

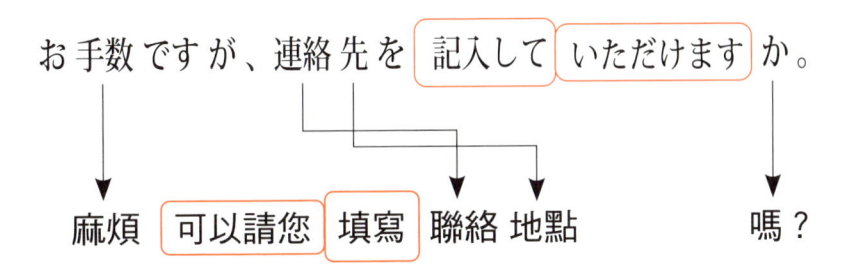

↓　　可以請您　填寫　　　　　　　　　↓
麻煩　　　　　　　　聯絡 地點　　　　　嗎？

* お…接頭辭：表示美化、鄭重
* 手数…名詞：麻煩
* です…助動詞：表示斷定（現在肯定形）
* が…助詞：表示前言
* 連絡…名詞：聯絡
* 先…接尾辭：去處
* を…助詞：表示動作作用對象
* 記入して…動詞：填寫（記入します⇒て形）
* いただけます…補助動詞：（いただきます⇒可能形）
  動詞て形+いただきます…謙讓表現：請您（為我）[做]～
* か…助詞：表示疑問

用法
請對方寫下地址或聯絡電話的說法。

請求

2-073 商務會話篇

可以請您填寫在這張表格上嗎？

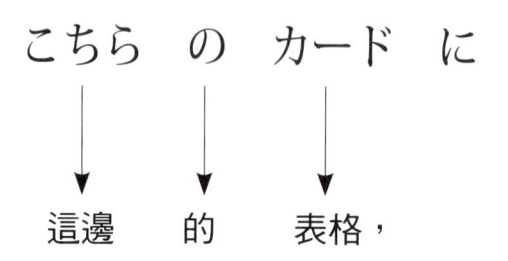

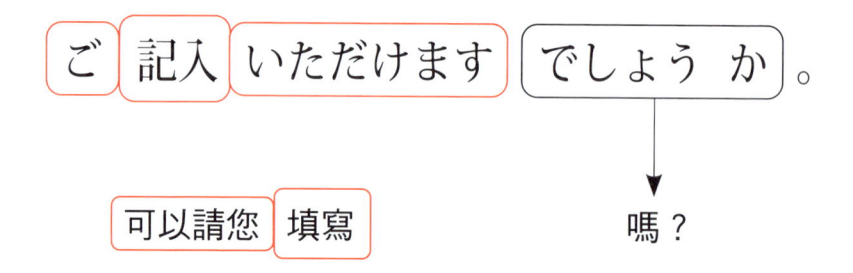

こちらのカードにご記入(きにゅう)いただけますでしょうか。

こちら の カード に
↓ ↓ ↓
這邊　的　表格，

ご 記入 いただけます でしょう か 。
　　　　　　　　　　　　　↓
可以請您 填寫　　　　　　嗎？

＊ **こちら**…名詞：這邊
＊ **の**…助詞：表示所在
＊ **カード**…名詞：表格
＊ **に**…助詞：表示動作歸著點
＊ **ご**…接頭辭：表示美化、鄭重
＊ **記入**…名詞：填寫
＊ **いただけます**…補助動詞：（いただきます⇒可能形）
　お／ご＋動作性名詞＋いただきます…
　謙讓表現：請您（為我）[做]～
＊ **でしょう**…助動詞：表示斷定（です⇒意向形）
＊ **か**…助詞：表示疑問
　～でしょうか…表示鄭重問法

用法
請對方在表單上填寫個人資料之類時的說法。

請求

2-074 商務會話篇

請在閱讀這份契約後簽名。

こちらの契約書(けいやくしょ)をお読(よ)みのうえ、サインをしていただけますか。

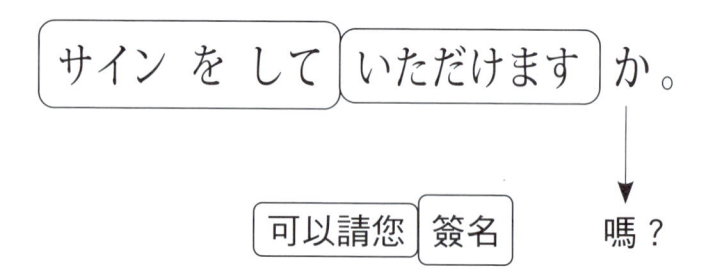

こちらの契約書を お読み の うえ[で] 、
把 這邊 的 契約書　　　　閱讀之後，

サイン を して いただけます か。
　　　　可以請您　簽名　　　　　嗎？

* こちら…名詞：這邊
* の…助詞：表示所屬
* 契約書…名詞：契約書
* を…助詞：表示動作作用對象
* お…接頭辭：表示美化、鄭重
* 読み…名詞：閱讀

　（読みます：名詞化⇒ます形除去[ます]）
* の…助詞：表示所在（屬於文型上的用法）
* うえ[で]…連語：～之後，再～（可省略で）
* サイン…名詞：簽名
* を…助詞：表示動作作用對象
* して…動詞：做（します⇒て形）
* いただけます…補助動詞：（いただきます⇒可能形）

　動詞て形＋いただきます…

　謙讓表現：請您（為我）[做]～
* か…助詞：表示疑問

用法

雙方簽訂合約時所使用的話。

表示意見　**2-075 商務會話篇**

我覺得那樣有點問題。

それはどうかと思（おも）います。

それは [どう か] [と] [思います] 。

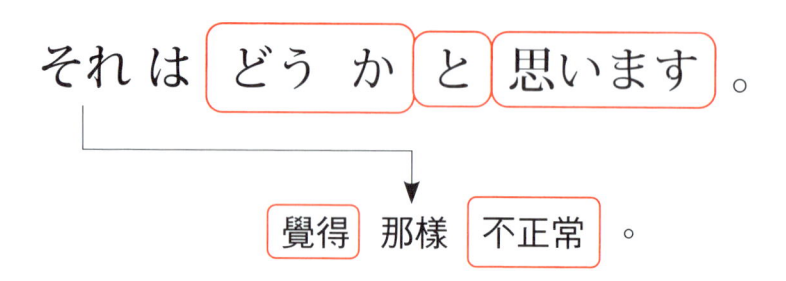

[覺得] 那樣 [不正常] 。

* それ…名詞：那樣
* は…助詞：表示主題
* どうか…有點問題、不正常
  どう…副詞（疑問詞）：怎麼樣、如何
  か…助詞：表示疑問
  使用「疑問詞」的表現方式，具有暗示「不好的、負面的」意思的涵意。
* と…助詞：表示提示內容
* 思います…動詞：覺得

用法
無法認同對方的想法或意見時的說法。

2-076 商務會話篇　表示意見

有關這個部分，可以請您（內部）再商討一下嗎？
そこを何とかご検討いただけないでしょうか。

そこ を 何とか ご 検討 いただけない でしょう か 。

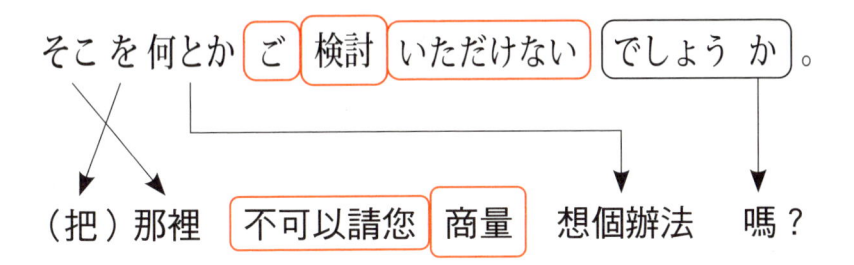

（把）那裡　不可以請您　商量　想個辦法　嗎？

* **そこ**…名詞：那裡
* **を**…助詞：表示動作作用對象
* **何とか**…副詞：想辦法
* **ご**…接頭辭：表示美化、鄭重
* **検討**…名詞：商量、討論
* **いただけない**…補助動詞：
  （いただきます⇒可能形[いただけます]的ない形）
  お／ご＋動作性名詞＋いただきます：
  謙讓表現：請您（為我）[做]～
* **でしょう**…助動詞：表示斷定（です⇒意向形）
* **か**…助詞：表示疑問
  ～でしょうか…表示鄭重問法

用法
強烈希望對方對於自己所提的條件等仔細考慮的說法。

> 表示意見　**2-077 商務會話篇**

（對上司或客人反駁、抱持不同意見時）
恕我冒昧，…

お言葉（ことば）を返（かえ）すようですが、…

お　言葉　を　返す　よう　です　が、…

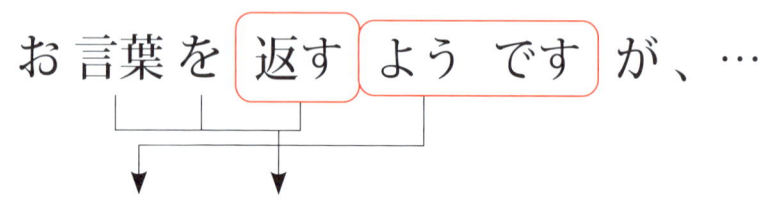

（我）好像是　要還嘴…

* お…接頭辭：表示美化、鄭重
* 言葉…名詞：話語、言詞
* を…助詞：表示動作作用對象
* 返す…動詞：還嘴（返します⇒辭書形）
* よう…形式名詞：好像
* です…助動詞：表示斷定（現在肯定形）
* が…助詞：表示前言

用法
要反駁對方的想法或意見時，可以先說這句話緩頰氣氛。

2-078 商務會話篇　　表示意見

我明白您的意思，但是…。

おっしゃることはわかりますが、しかし…。

おっしゃる こと は わかります が、しかし …。
　↓　　　↓　　↓　　　↓　　　　　↓
您說（的）事情　（我）知道，　　但是…。

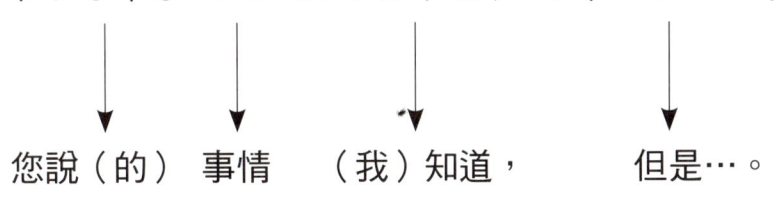

* おっしゃる…動詞：說（おっしゃいます⇒辭書形）（言います的尊敬語）
* こと…名詞：事情
* は…助詞：表示對比（區別）
* わかります…動詞：懂
* が…助詞：表示前言
* しかし…接續詞：可是

用法
表示理解對方的想法或意見，但還是要提出自己的看法或問題點的說法。

表示意見 ## 2-079 商務會話篇

這個條件的話,我們公司在成本上根本划不來。

この条件（じょうけん）では当社（とうしゃ）としては、とても採算（さいさん）がとれません。

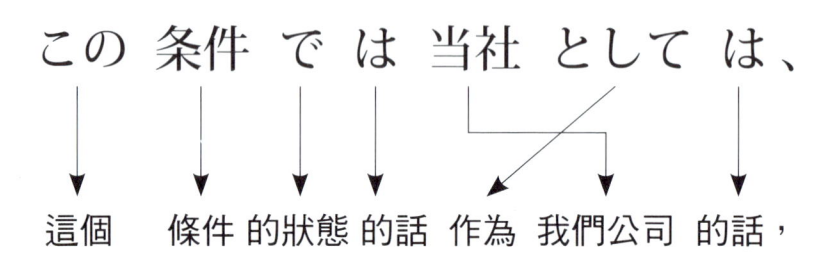

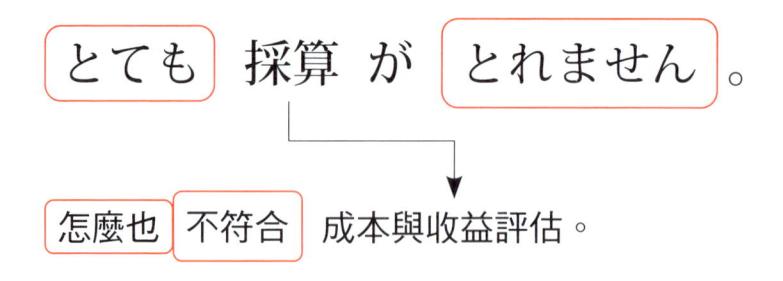

この	条件	では	当社	としては、
這個	條件	的狀態的話	作為 我們公司	的話,

とても 採算 が とれません。

怎麼也 不符合 成本與收益評估。

* **この**…連體詞：這個
* **条件**…名詞：條件
* **で**…助詞：表示樣態
* **は**…助詞：表示對比（區別）
* **当社**…名詞：我方公司
* **として**…連體詞：作為〜
* **は**…助詞：表示對比（區別）
* **とても**…副詞：怎麼也不〜（後接否定形）
* **採算**…名詞：核算
* **が**…助詞：表示焦點
* **とれません**…動詞：合（算）
  （とります⇒可能形[とれます]的現在否定形）

用法
表示條件不佳，公司沒有利潤可言的說法。

表示意見　　**2-080 商務會話篇**

就是您說的那樣。

おっしゃる通(とお)りでございます。

```
    おっしゃる  通り   でございます。
         │
         ↓
         是    按照  您所說(的)  。
```

* おっしゃる…動詞：說（おっしゃいます⇒辭書形）
  （言います的尊敬語）
* 通り…名詞：照樣
* でございます…連語：是（です的禮貌說法）

用法
同意、贊成對方意見的回應方式。

2-081 商務會話篇 — 表示意見

關於這件事，我改天再跟您談。
この件(けん)については後日(ごじつ)改(あらた)めてお話(はな)しします。

この件 については 後日 改めて お 話し します。

關於 這個事情， 改天 重新 我和您說 。

* この…連體詞：這個
* 件…名詞：事情
* について…連語：關於～
* は…助詞：表示主題
* 後日…名詞：改天
* 改めて…副詞：重新
* お…接頭辭：表示美化、鄭重
* 話し…動詞：說(話します⇒ます形除去[ます])
* します…動詞：做
  お＋動詞ます形除去[ます]＋します…
  謙讓表現：（動作涉及對方的）[做]～

用法
現在不方便、或是沒有時間，希望下次再討論的說法。

| 表示意見 | **2-082 商務會話篇** |

我看一下。
ちょっと拝見(はいけん)します。

ちょっと　拝見します。
　　　↓　　　↓
　　　（我）看　一下。

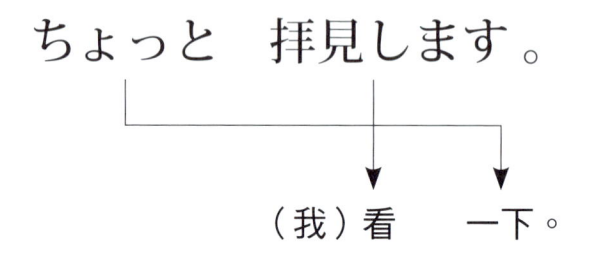

* ちょっと…副詞：一下、有點、稍微
* 拝見します…動詞：看（見ます的謙讓語）

用法
希望對方把東西給你看一下的說法。

2-083 商務會話篇　　表示意見

我馬上過去拿。

さっそくいただきに上(あ)がります。

さっそく [いただき] [に] [上がります] 。

[我] 馬上 [去] [得到] 。

* さっそく…副詞：立刻、馬上
* いただき…動詞：得到、收到
  （いただきます⇒ます形除去[ます]）
* に…助詞：表示目的
* 上がります…動詞：去、來
  （行きます、来ます的謙讓語）

用法
要前往對方那邊拿取東西的說法。

表示意見　　**2-084 商務會話篇**

承辦人員非常了解,所以請您放心。
担当者(たんとうしゃ)が心得(こころえ)ておりますので、ご安心(あんしん)ください。

担当者 が 心得て おります ので 。

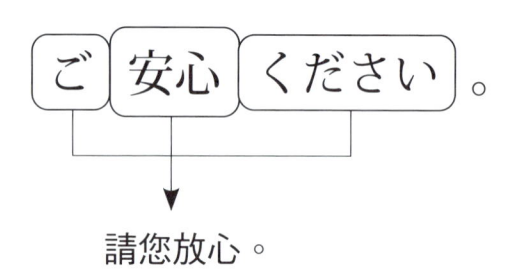

因為 承辦人員 目前是 理解 的狀態 。

ご 安心 ください 。

請您放心。

* **担当者**…名詞：承辦人員
* **が**…助詞：表示主格
* **心得て**…動詞：理解、領會（心得ます⇒て形）
* **おります**…補助動詞：（います的謙讓語）
  動詞て形＋おります：目前狀態（謙讓表現）
* **ので**…助詞：表示原因理由
* **ご**…接頭辭：表示美化、鄭重
* **安心**…名詞：放心
* **ください**…補助動詞：請
  （くださいます⇒命令形[くださいませ] 除去[ませ]）
  ご＋動作性名詞＋ください…
  尊敬表現：請您[做]～

用法
對方對我方的處理有所擔心時，說這句話讓對方放心。

提出疑問　**2-085 商務會話篇**

不好意思，請問您是高橋先生嗎？

恐れ入りますが、高橋様でいらっしゃいますか。

恐れ入りますが、高橋様でいらっしゃいますか。
↓　　　　　↓　↓　↓　　　　　　　↓
不好意思，　是　高橋 先生　　　　　嗎？

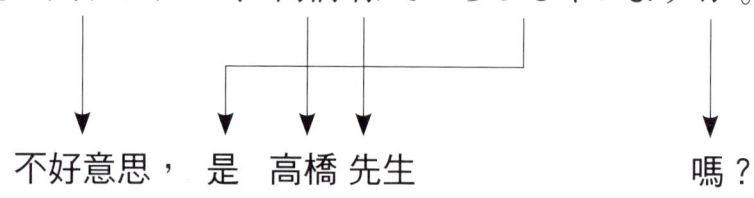

* **恐れ入ります**…動詞：不好意思
* **が**…助詞：表示前言
* **高橋**…（姓氏）高橋（使用時可替換為其他姓氏）
* **様**…接尾辭：先生、女士
* **でいらっしゃいます**…連語：是（です的禮貌說法）
* **か**…助詞：表示疑問

用法
確認是否為某人的詢問說法。

2-086 商務會話篇　提出疑問

對不起，請問是您本人嗎？

失礼(しつれい)ですが、ご本人様(ほんにんさま)でいらっしゃいますか。

失礼ですが、　ご 本人 様　でいらっしゃいますか。
　↓　　　　　　↓　↓　　　　　　　　　↓
不好意思，　　是 您本人　　　　　　　嗎？

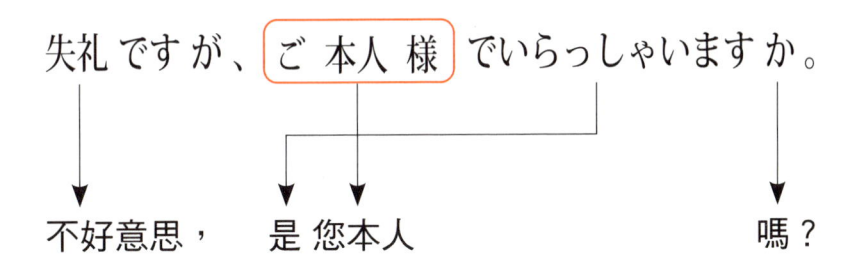

* 失礼…な形容詞：失禮
* です…助動詞：表示斷定（現在肯定形）
* が…助詞：表示前言
* ご…接頭辭：表示美化、鄭重
* 本人…名詞：本人
* 様…接尾辭：先生、女士
* でいらっしゃいます…連語：是（です的禮貌說法）
* か…助詞：表示疑問

用法
確認是否為本人的詢問說法。

提出疑問　　**2-087 商務會話篇**

您有什麼事嗎？

どのようなご用件(ようけん)でしょうか。

どのような｜ご 用件｜でしょう か｜。

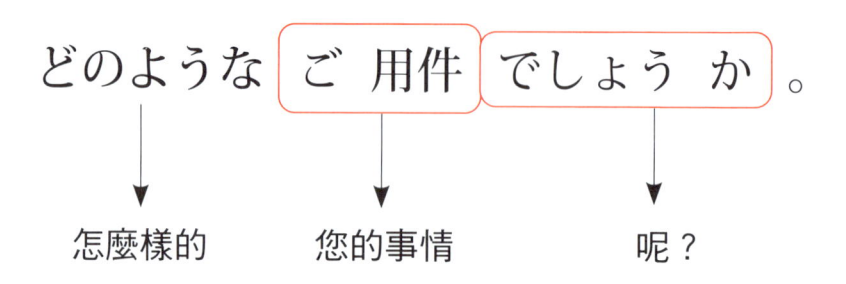

- どのような → 怎麼樣的
- ご用件 → 您的事情
- でしょうか → 呢？

* どのような…連體詞（疑問詞）：怎麼樣的
* ご…接頭辭：表示美化、鄭重
* 用件…名詞：事情
* でしょう…助動詞：表示斷定（です⇒意向形）
* か…助詞：表示疑問
   〜でしょうか…表示鄭重問法

用法
詢問對方有什麼需求的說法。

2-088 商務會話篇 　提出疑問

您所說的意思是…？

と、おっしゃいますと…？

と、おっしゃいます　と　…？
　　　　　↓
　　　　您所說的

* と…助詞：表示提示內容
* おっしゃいます…動詞：說（言います的尊敬語）
* と…助詞：條件表現
  とおっしゃいますと…「というと」的尊敬表現
  というと…連語：就是說～

用法
確認對方話中真意的說法。

提出疑問　　**2-089 商務會話篇**

這樣子可以嗎？

これでよろしいでしょうか。

これ で よろしい でしょう か 。
這樣(的)狀態　可以　　　　嗎？

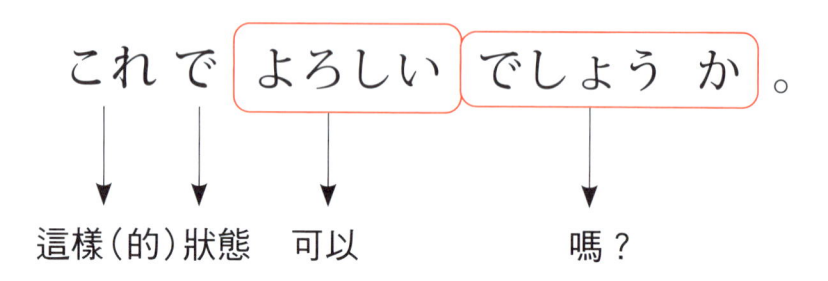

* これ…名詞：這樣
* で…助詞：表示樣態
* よろしい…い形容詞：好
* でしょう…助動詞：表示斷定（です⇒意向形）
* か…助詞：表示疑問
　〜でしょうか…表示鄭重問法

用法
詢問「這樣子是否可以」的說法。口語說法是「これでいい？」。

2-090 商務會話篇　需要考慮

我和上司商量之後,再給您答覆。

上司（じょうし）と相談（そうだん）したうえで改（あらた）めてお返事（へんじ）します。

上司と [相談した] [うえ[で]] 改めて [お] [返事] [します] 。
　↓　　↓　　　↓　　　　　↓　　　　　↓
和 上司　商量之後　　　　重新　 [給您回覆] 。

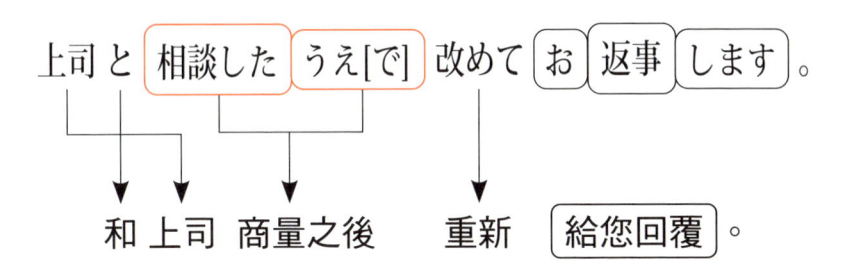

* **上司**…名詞:上司
* **と**…助詞:表示動作夥伴
* **相談した**…動詞:商量(相談します⇒た形)
* **うえ[で]**…連語:〜之後,再〜(可省略で)
* **改めて**…副詞:重新
* **お**…接頭辭:表示美化、鄭重
* **返事**…名詞:回覆
* **します**…動詞:做
　お／ご＋動作性名詞＋します…
　謙讓表現:(動作涉及對方的)[做]〜

用法
告知對方會和上司討論後再回覆的說法。

需要考慮　**2-091 商務會話篇**

關於這件事，請讓我跟上司討論一下。
この件(けん)に関(かん)しましては、上司(じょうし)と相談(そうだん)させていただきます。

この件に関しまして は、
　　　關於　這個事情，

上司と 相談させて いただきます 。
　　請您 讓我　和上司 商量 。

* この…連體詞：這個
* 件…名詞：事情
* に関しまして…連語：關於～（ます形的て形）

　（～まして屬於鄭重的表現方式）
* は…助詞：表示主題
* 上司…名詞：上司
* と…助詞：表示動作夥伴
* 相談させて…動詞：商量

　（相談します⇒使役形[相談させます]的て形）
* いただきます…補助動詞

　使役て形＋いただきます…

　謙讓表現：請您讓我[做]～

> **用法**
> 對於自己無法獨立決定的業務內容，可以這樣回應對方。

需要考慮　　**2-092 商務會話篇**

關於融資的事情，因為不是我單方面就可以決定的…。

融資(ゆうし)の件(けん)については、私(わたし)の一存(いちぞん)では
決(き)めかねますので…。

融資 の 件 について は、
關於 融資 的 事情，

私 の 一存 では 決め かねます ので …。
因為 我 的 個人意見　　　難以 決定…。

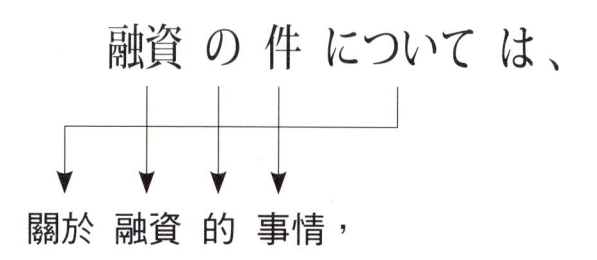

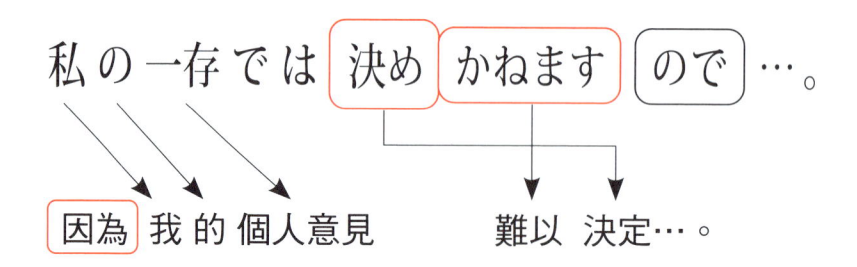

* **融資**…名詞：融資
* **の**…助詞：表示所屬
* **件**…名詞：事情
* **について**…連語：關於～
* **は**…助詞：表示主題
* **私**…名詞：我
* **の**…助詞：表示所屬
* **一存**…名詞：個人意見
* **で**…助詞：表示手段、方法
* **は**…助詞：表示（對比）區別
* **決めかねます**：複合型態（＝決め＋かねます）
  決め…動詞：決定（決めます⇒ます形除去[ます]）
  かねます…後項動詞：不能～、難以
* **ので**…助詞：表示原因理由

用法
讓對方知道，事情並非自己的權限所能決定的。

期待後續發展　**2-093 商務會話篇**

前幾天拜託您的產品設計的事，後來怎麼樣了？

先日お願いしました製品のデザインの件ですが、その後どうなっておりますでしょうか。

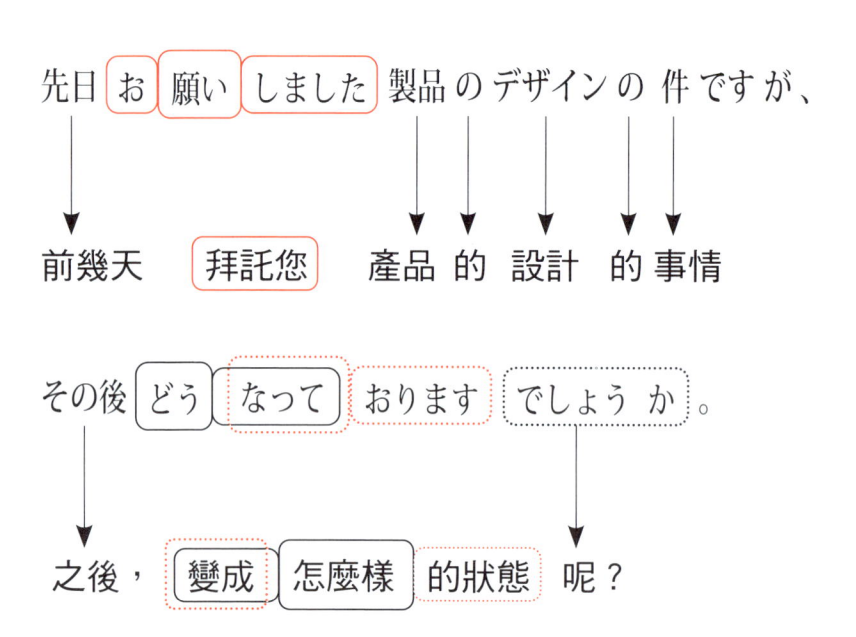

先日 お 願い しました 製品 の デザイン の 件 ですが、
↓　　　　　↓　　　　　↓　　↓　　↓　　↓
前幾天　　拜託您　　　產品 的 設計 的 事情

その後 どう なって おります でしょう か。
↓　　　　　↓　　　↓　　　　　　↓
之後，　變成 怎麼樣 的狀態　　呢？

* 先日…名詞：前幾天
* お…接頭辭：表示美化、鄭重
* 願い…動詞：拜託、祈願
  （願います⇒ます形除去[ます]）
* しました…動詞：做（します⇒過去肯定形）
  お＋動詞ます形除去[ます]＋します…
  謙讓表現：（動作涉及對方的）[做]〜
* 製品…名詞：產品
* の…助詞：表示所屬
* デザイン…名詞：設計
* の…助詞：表示所屬
* 件…名詞：事情
* です…助動詞：表示斷定（現在肯定形）
* が…助詞：表示前言
* その後…名詞：之後
* どう…副詞（疑問詞）：怎麼樣、如何
* なって…動詞：變成（なります⇒て形）
* おります…補助動詞：（います的謙讓語）
  動詞て形＋おります：目前狀態（謙讓表現）
* でしょう…助動詞：表示斷定（です⇒意向形）
* か…助詞：表示疑問
  〜でしょうか…表示鄭重問法

用法
確認之前請託的事情目前進展如何的說法。

| 期待後續發展 | **2-094 商務會話篇** |

我等待您的好消息。

良いお返事をお待ちしております。

良いお返事を お待ちして おります。

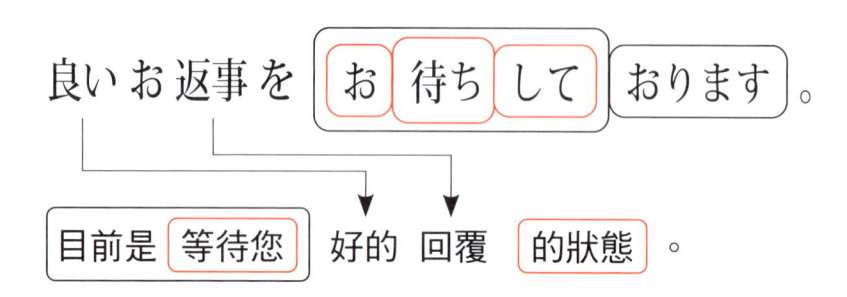

目前是 等待您 好的 回覆 的狀態。

* よい…い形容詞：好
* お…接頭辭：表示美化、鄭重
* 返事…名詞：回覆
* を…助詞：表示動作作用對象
* お…接頭辭：表示美化、鄭重
* 待ち…動詞：等待（待ちます⇒ます形除去[ます]）
* して…動詞：做（します⇒て形）
* おります…補助動詞：（います的謙讓語）
  お＋動詞ます形除去[ます]＋します…
  謙讓表現：（動作涉及對方的）[做]～
  動詞て形＋おります：目前狀態（謙讓表現）

用法
期待洽談後可以獲得滿意回覆的說法。

筆記頁

空白一頁，讓你記錄學習心得，
也讓下一個單元能以跨頁呈現，方便於對照閱讀。

期待後續發展　**2-095 商務會話篇**

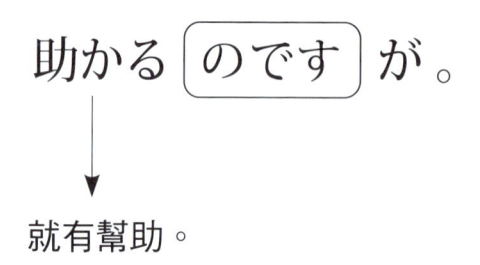

如果這星期之內可以得到您的回覆，那就太好了。

今週中（こんしゅうちゅう）にお返事（へんじ）いただけると助（たす）かるのですが。

今週中に [お] [返事] [いただける] [と]
↓　　↓　　　　　　　　　　　　　　↓
這星期 之內　[可以請您為我] [回覆]　的話，

助かる [のです] が。
↓
就有幫助。

* **今週**…名詞：這星期
* **中**…接尾辭：～之內
* **に**…助詞：表示動作進行時點
* **お**…接頭辭：表示美化、鄭重
* **返事**…名詞：回覆
* **いただける**…動詞：得到、收到
　（いただきます⇒可能形［いただけます］的辭書形）
　お／ご＋動作性名詞＋いただきます…
　謙讓表現：請您（為我）［做］～
* **と**…助詞：條件表現
* **助かる**…動詞：有幫助（助かります⇒辭書形）
* **のです**…連語：の＋です＝んです：表示強調
　の…形式名詞
　です…助動詞：表示斷定（現在肯定形）
* **が**…助詞：表示前言

|用法|
希望對方能夠在某個期限內回覆的說法。

接受提議　　**2-096 商務會話篇**

我很樂意奉陪。

喜(よろこ)んでご一緒(いっしょ)させていただきます。

喜んで ご一緒させて いただきます 。

↓

樂意的狀態下　請您　讓我奉陪 。

* 喜んで…動詞：樂意、高興
  （喜びます⇒て形）（て形表示附帶狀況）
* ご一緒させて…動詞：奉陪
  （ご一緒します⇒使役形[ご一緒させます]的て形）
* いただきます…補助動詞
  使役て形＋いただきます…
  謙讓表現：請您讓我[做]～

用法
表示自己樂意同行的說法。受邀參加下班後的喝酒聚會時，也適合使用。

2-097 商務會話篇　接受提議

我很樂意去做。

喜(よろこ)んでやらせていただきます。

喜んで ｜やらせて｜ ｜いただきます｜ 。

↓
樂意的狀態下　｜請您｜｜讓我做｜ 。

* 喜んで…動詞：樂意、高興
  （喜びます⇒て形）（て形表示附帶狀況）
* やらせて…動詞：做
  （やります⇒使役形[やらせます]的て形）
* いただきます…補助動詞
  使役て形＋いただきます…
  謙讓表現：請您讓我[做]～

用法
表示自己樂意做某事的說法。

接受提議　**2-098 商務會話篇**

那可是求之不得的好事。

それはもう、願(ねが)ってもないことでございます。

それはもう、願っても ない こと でございます。

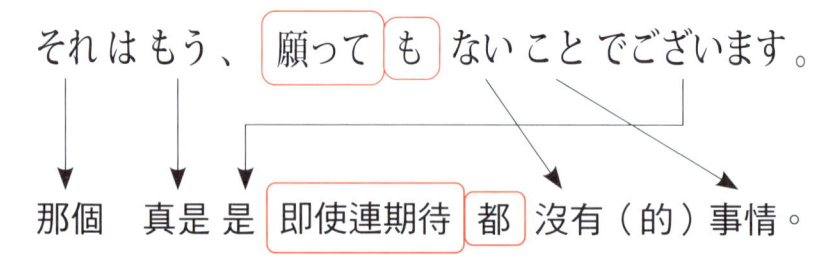

那個　真是　是　即使連期待　都　沒有（的）事情。

* それ…名詞：那個
* は…助詞：表示主題
* もう…感嘆詞：真是
* 願ってもない…連語：求之不得
* こと…名詞：事情
* でございます…連語：是（です的禮貌說法）

用法
很滿意對方所提的方案或條件時，可以這樣回應。

2-099 商務會話篇 　接受提議

那樣的話很好。

それで結構(けっこう)でございます。

それ　　で　　結構　　でございます。
　↓　　　↓　　　↓
那樣（的）狀態　很好。

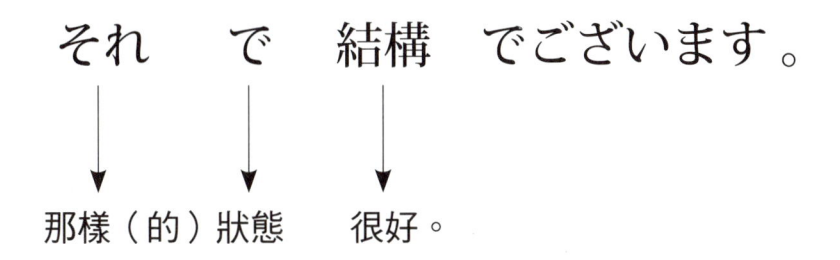

* それ…名詞：那樣
* で…助詞：表示樣態
* 結構…な形容詞：很好
* でございます…連語：是（です的禮貌說法）

用法
接受對方所提的方法、條件、或方案時，可以這樣回應。

接受提議　　**2-100 商務會話篇**

如果真是這樣的話，我們也只好接受了。

そういうわけでしたら、いたしかたございません。

そういう わけ でしたら 、いたしかた ございません。

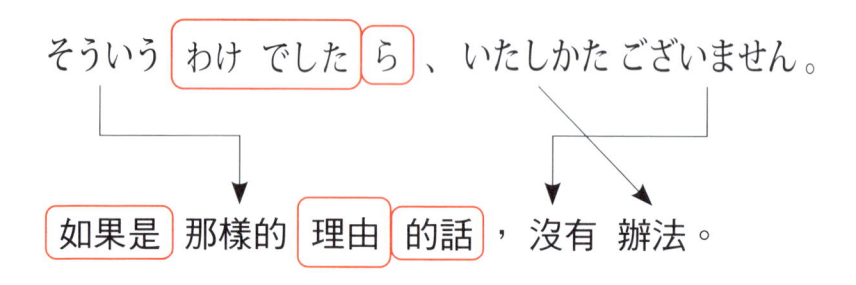

如果是 那樣的 理由 的話，沒有 辦法。

* そういう…連體詞：那樣的
* わけ…名詞：理由
* でしたら…助動詞：表示斷定（です⇒た形＋ら）
* いたしかた…名詞：方法、辦法
* ございません…動詞：有（ございます⇒現在否定形）

用法

發生麻煩或負面事件時，了解緣由後不得不接受的說法。

2-101 商務會話篇　　婉拒

對不起，我們無法滿足您的要求。

申(もう)し訳(わけ)ございませんが、ご希望(きぼう)には添(そ)いかねます。

申し訳ございませんが、ご希望には 添い かねます。

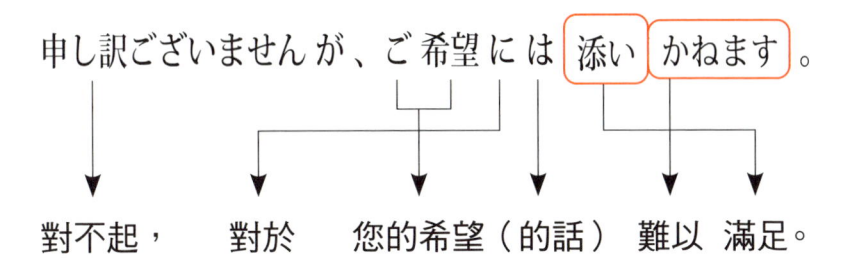

對不起，　　對於　您的希望（的話）　難以　滿足。

* **申し訳ございません**…招呼用語：對不起、不好意思
* **が**…助詞：表示前言
* **ご**…接頭辭：表示美化、鄭重
* **希望**…名詞：希望
* **に**…助詞：表示方面
* **は**…助詞：表示對比（區別）
* **添いかねます**…複合型態（＝添い＋かねます）
  添い…動詞：滿足（添います⇒ます形除去[ます]）
  かねます…後項動詞：不能～、難以

用法
表示無法達成對方要求的說法。

婉拒

2-102 商務會話篇

對我來說責任太重。

私（わたし）には荷（に）が重（おも）すぎます。

私には 荷が [重][すぎます] 。

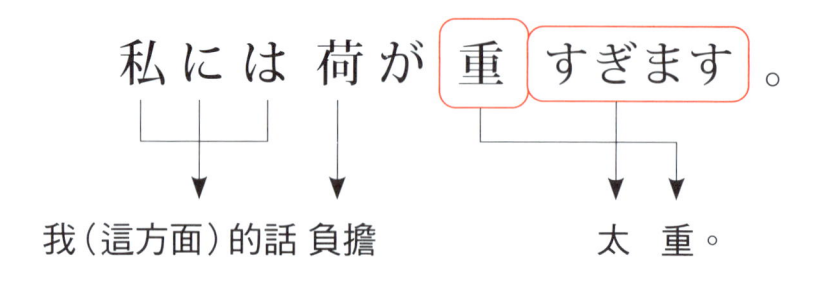

我（這方面）的話　負擔　　　　太　重。

* 私…名詞：我
* に…助詞：表示方面
* は…助詞：表示對比（區別）
* 荷…名詞：負擔
* が…助詞：表示焦點
* 重すぎます…複合型態（＝重＋すぎます）
  重…い形容詞：重（重い⇒重い除去[い]）
  すぎます…後項動詞：過於、太～

用法

表示「受託的工作超過自己的能力範圍」，或是「覺得責任過重」的說法。要注意，如果過於頻繁使用，容易被認為是個「沒有挑戰意志的人」。

2-103 商務會話篇　　婉拒

關於這次的事，請容許我謝絕。

今回の件につきましては、ご辞退させてください。

今回の件につきましては、ご　辞退　させて　ください。

關於　這次的事，　請　您讓我拒絕　。

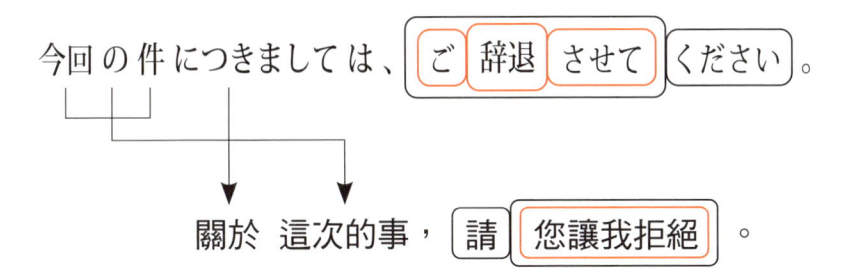

* 今回…名詞：這次
* の…助詞：表示所屬
* 件…名詞：事件
* につきまして…連語：關於～（ます形的て形）
  （～まして屬於鄭重的表現方式）
* は…助詞：表示主題
* ご…接頭辭：表示美化、鄭重
* 辞退…名詞：拒絕
* させて…動詞：做（します⇒使役形[させます]的て形）
  お／ご＋動作性名詞＋します…
  謙讓表現：（動作涉及對方的）[做]～
* ください…補助動詞：請
  （くださいます⇒命令形[くださいませ]除去[ませ]）
  動詞て形＋ください：請[做]～

用法
慎重、委婉拒絕的表達方法。

355

婉拒

2-104 商務會話篇

今天的話，還是請您先回去吧。

今日のところはどうぞ、お引き取りください。

今日 の ところ は どうぞ、お 引き取り ください。

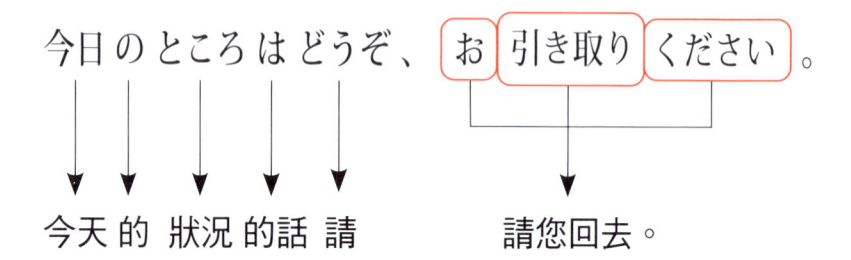

今天 的 狀況 的話 請　　　請您回去。

* **今日**…名詞：今天
* **の**…助詞：表示所屬
* **ところ**…形式名詞：表示狀況
* **は**…助詞：表示對比（區別）
* **どうぞ**…副詞：請
* **お**…接頭辭：表示美化、鄭重
* **引き取り**…動詞：回去
  （引き取ります⇒ます形除去[ます]）
* **ください**…補助動詞：請
  （くださいます⇒命令形[くださいませ]除去[ませ]）
  お＋動詞ます形除去[ます]＋ください…
  尊敬表現：請您[做]～

用法

希望對方離開先回去的說法。

2-105 商務會話篇 　銷售行為

您有中意嗎？

お気(き)に召(め)していただけたでしょうか。

お ｜ 気に召して ｜ いただけた ｜ でしょう か ｜ 。

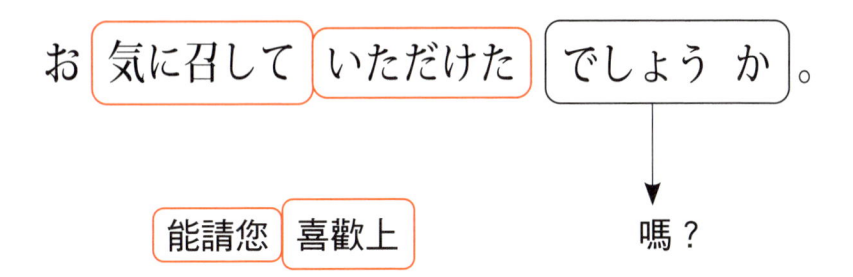

　　　能請您 ｜ 喜歡上　　　　　　　　嗎？

* お…接頭辭：表示美化、鄭重
* 気に召して…動詞：中意、喜歡上
  （気に召します⇒て形）（気に入ります的尊敬語）
* いただけた…補助動詞：
  （いただきます⇒可能形[いただけます]的た形）
  動詞て形＋いただきます…
  謙讓表現：請您（為我）[做]～
* でしょう…助動詞：表示斷定（です⇒意向形）
* か…助詞：表示疑問
  ～でしょうか…表示鄭重問法

用法
確認對方是否喜歡或滿意的說法。

銷售行為 **2-106 商務會話篇**

因為這個是限量商品,所以是很難買到的。

こちらは限定品（げんていひん）で、なかなか手（て）に入（はい）らないものです。

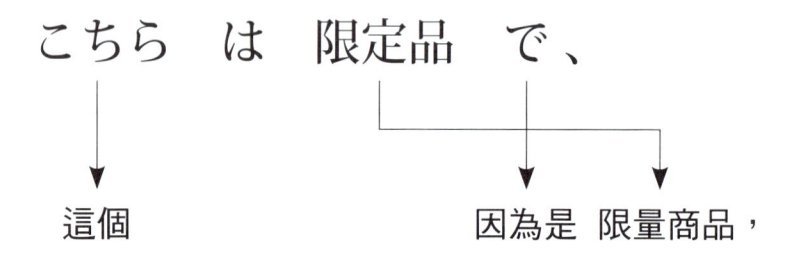

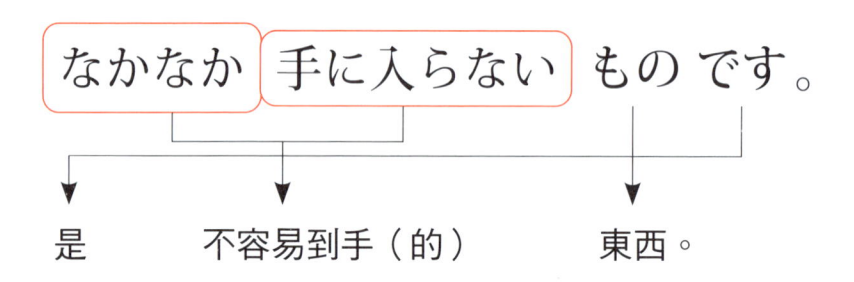

こちら　は　限定品　で、

↓　　　　　　　↓　　　↓
這個　　　　　因為是 限量商品,

なかなか 手に入らない もの です。

↓　　　　↓　　　　　　↓
是　　　不容易到手（的）　東西。

* **こちら**…名詞：這個
* **は**…助詞：表示主題
* **限定品**…名詞：限量商品
* **で**…助詞：表示原因
* **なかなか**…副詞：不容易～（後接否定形）
* **手に入らない**…連語：得到、到手
  （手に入ります⇒ない形）
* **もの**…名詞：東西
* **です**…助動詞：表示斷定（現在肯定形）

用法
表示因為是限量商品，所以非常有價值的說法。

| 銷售行為 | **2-107 商務會話篇** |

要不要包裝成禮物的樣子呢？

プレゼント用(よう)にお包(つつ)みしましょうか。

プレゼント用に お 包み しましょう か 。
　　　　　　　　　　　　↓　　↓
要不要為您 包裝成 禮物 用 ？

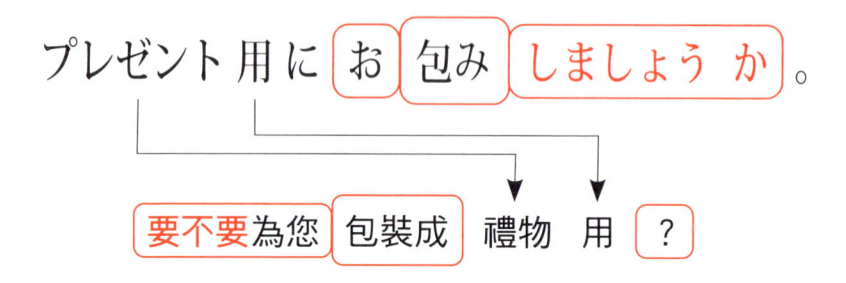

* **プレゼント**…名詞：禮物
* **用**…接尾辭：～用、供～使用
* **に**…助詞：表示目的
* **お**…接頭辭：表示美化、鄭重
* **包み**…動詞：包裝（包みます⇒ます形除去[ます]）
* **しましょう**…動詞：做（します⇒ます形的意向形）
  お＋動詞ます形除去[ます]＋します…
  謙讓表現：（動作涉及對方的）[做]～
* **か**…助詞：表示疑問

用法
結帳櫃檯的服務員詢問顧客是否要包裝成禮物的說法。

2-108 商務會話篇　　銷售行為

這是免費贈送給您的。

こちらはサービスでお付けします。

こちら は サービス で お 付け します 。
　↓　　　　　　↓　　　　↓
　這個　　　　免費　　的名義　附加給您　。

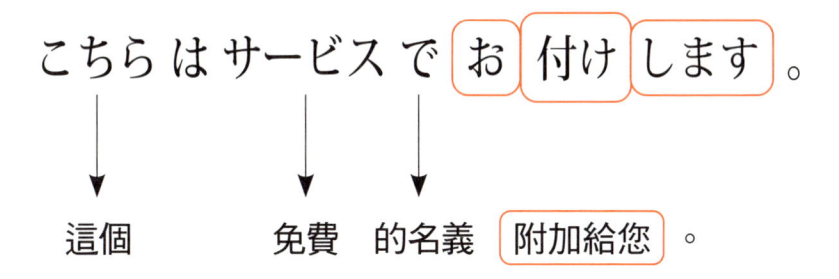

* **こちら**…名詞：這個
* **は**…助詞：表示對比（區別）
* **サービス**…名詞：免費招待
* **で**…助詞：表示名目
* **お**…接頭辭：表示美化、鄭重
* **付け**…動詞：附加（付けます⇒ます形除去[ます]）
* **します**…動詞：做

【用法】
對於購買商品的顧客另外提供免費贈品的說法。

銷售行為　　**2-109 商務會話篇**

這是免費招待的。

こちらはサービスでございます。

こちら は サービス でございます。
　↓　　　　　　　↓　　　↓
　這個　　　　　　是　免費招待。

* こちら…名詞：這個
* は…助詞：表示主題
* サービス…名詞：免費招待
* でございます…連語：是（です的禮貌說法）

用法
表示「這是免費的」。

2-110 商務會話篇　　付款

不好意思，請先付款。

恐(おそ)れ入(い)りますが、前払(まえばら)いでお願(ねが)いいた
します。

恐れ入りますが、前払いで お 願い いたします 。

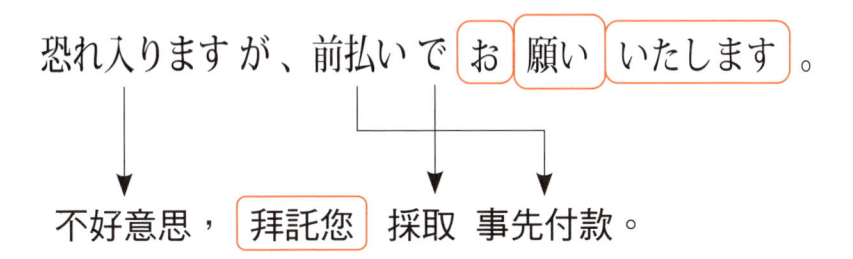

不好意思， 拜託您 採取 事先付款。

* 恐れ入ります…動詞：不好意思
* が…助詞：表示前言
* 前払い…名詞：事先付款
* で…助詞：表示手段、方法
* お…接頭辭：表示美化、鄭重
* 願い…動詞：拜託、祈願
  （願います⇒ます形除去[ます]）
* いたします…動詞：做（します的謙讓語）
  お＋動詞ます形除去[ます]＋します…
  謙讓表現：(動作涉及對方的)[做]～

用法
請對方事先付款的說法。

付款

2-111 商務會話篇

您要怎麼付款呢？

お支払(しはら)いはどうなさいますか。

お 支払い は どう なさいます か。
　↓　　　　↓　　　↓　　　↓
　付款　　怎麼　　做　　呢？

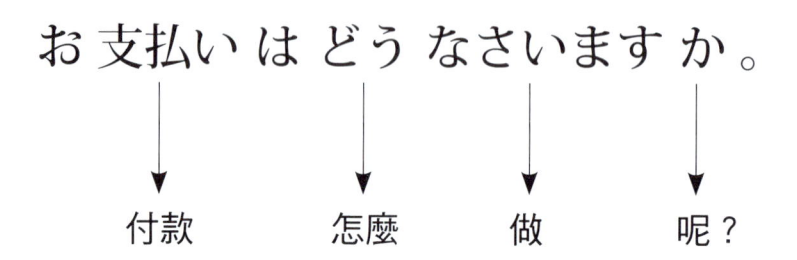

* **お**…接頭辭：表示美化、鄭重
* **支払い**…名詞：付款
* **は**…助詞：表示主題
* **どう**…副詞（疑問詞）：怎麼樣、如何
* **なさいます**…動詞：做（します的尊敬語）
* **か**…助詞：表示疑問

用法
向對方確認付款方式的說法。

2-112 商務會話篇　付款

匯款手續費由客戶負擔。

振り込み手数料はお客様のご負担となります。

振り込み 手数料 はお客様の ご負担 と なります 。

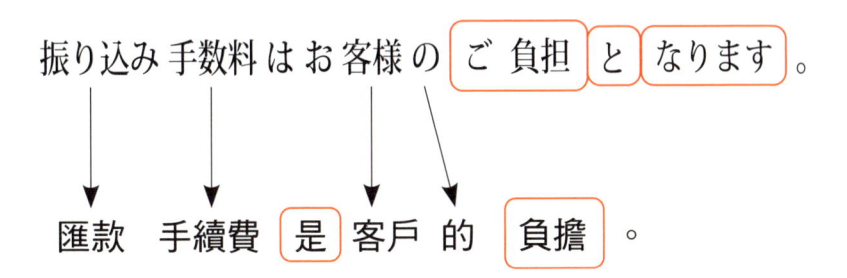

匯款　手續費　是　客戶　的　負擔　。

* **振り込み**…名詞：匯入（動詞[振り込みます]的名詞化）
* **手数料**…名詞：手續費
* **は**…助詞：表示主題
* **お**…接頭辭：表示美化、鄭重
* **客様**…名詞：客戶
* **の**…助詞：表示所屬
* **ご**…接頭辭：表示美化、鄭重
* **負担**…名詞：負擔
* **と**…助詞：變化結果
* **なります**…動詞：變成
　　名詞＋と／に＋なります：鄭重的斷定表現

用法
告知對方手續費由哪一方支付的說法。

出貨　　　**2-113 商務會話篇**

今天已將您訂購的物品寄出了。

本日（ほんじつ）ご注文（ちゅうもん）の品（しな）を発送（はっそう）いたしました。

本日 ご注文 の 品 を 発送いたしました。
↓　　　　↓
今天　我已經寄出了　您訂購的物品 。

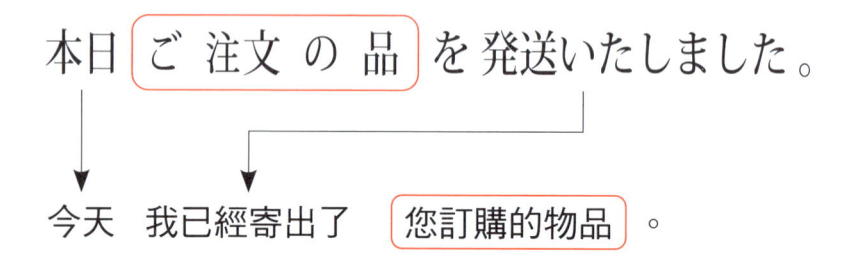

* 本日…名詞：今天
* ご…接頭辭：表示美化、鄭重
* 注文…名詞：訂購
* の…助詞：表示所屬
* 品…名詞：物品
* を…助詞：表示動作作用對象
* 発送いたしました…動詞：發送、寄送
  （発送いたします⇒過去肯定形）
  （発送します的謙讓語）

用法
通知對方貨品已經出貨的說法。

2-114 商務會話篇　出貨

您所訂購的商品，我已經送達了。

ご注文(ちゅうもん)の品(しな)をお届(とど)けに上(あ)がりました。

ご注文の品を お 届け に 上がりました 。

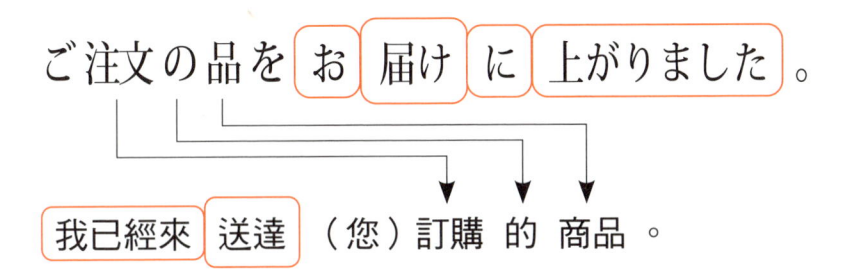

我已經來　送達　（您）訂購 的 商品。

* ご…接頭辭：表示美化、鄭重
* 注文…名詞：訂購
* の…助詞：表示所屬
* 品…名詞：商品
* を…助詞：表示動作作用對象
* お…接頭辭：表示美化、鄭重
* 届け…動詞：送達（届けます⇒ます形除去[ます]）
* に…助詞：表示目的
* 上がりました…動詞：去、來
  （上がります⇒過去肯定形）
  （行きます、来ます的謙讓語）

用法
宅急便等專人將物品送達客戶手中時所說的話。

出貨 **2-115 商務會話篇**

交貨日期能否順延一周？

納期（のうき）を1週間（いっしゅうかん）遅（おく）らせていただけないでしょうか。

納期を1週間 遅らせて いただけない でしょうか 。
↓   ↓   ↓
交貨日期 不能請您為我 延後 一周的時間 嗎？

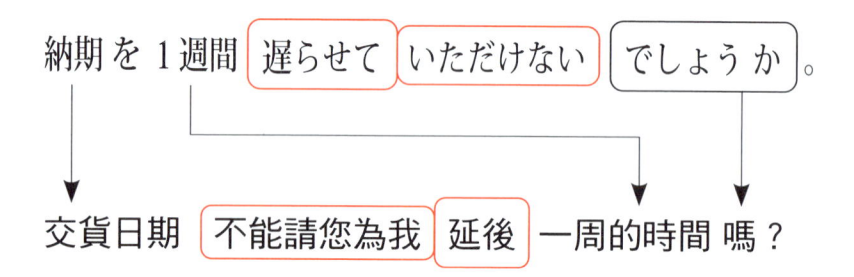

* **納期**…名詞：交貨日期
* **を**…助詞：表示動作作用對象
* **一週間**…名詞：一周的時間
* **遅らせて**…動詞：延後（遅らせます⇒て形）
* **いただけない**…補助動詞：
  （いただきます⇒可能形[いただけます]的ない形）
  動詞て形＋いただきます…
  謙讓表現：請您（為我）[做]～
* **でしょう**…助動詞：表示斷定（です⇒意向形）
* **か**…助詞：表示疑問
  ～でしょうか…表示鄭重問法

用法
希望對方同意延後交貨時間的說法。

筆記頁

空白一頁,讓你記錄學習心得,
也讓下一個單元能以跨頁呈現,方便於對照閱讀。

客服&客訴 ## 2-116 商務會話篇

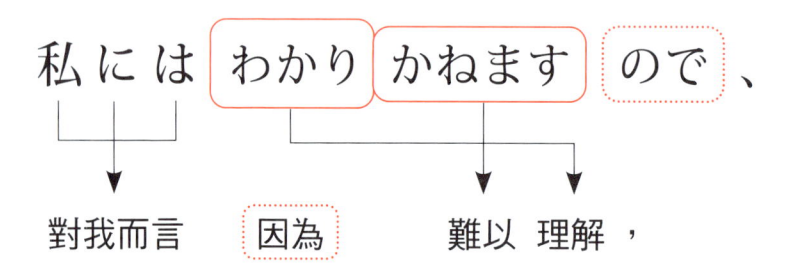

這件事我不清楚,要麻煩您詢問相關的業務人員。

私(わたし)にはわかりかねますので、担当(たんとう)の者(もの)にお尋(たず)ねください。

私には → 對我而言

わかり / かねます → 難以 理解

ので → 因為

担当の者 → 承辦的人

に / お / 尋ね / ください → 請您 向 ～ 詢問

* 私…名詞：我
* に…助詞：表示方面
* は…助詞：表示對比（區別）
* わかりかねます…複合型態（＝わかり＋かねます）
  わかり…動詞：懂（わかります⇒ます形除去[ます]）
  かねます…後項動詞：不能～、難以
* ので…助詞：表示原因理由
* 担当…名詞：承辦
* の…助詞：表示所屬
* 者…名詞：人
* に…助詞：表示動作的對方
* お…接頭辭：表示美化、鄭重
* 尋ね…動詞：詢問（尋ねます⇒ます形除去[ます]）
* ください…補助動詞：請
  （くださいます⇒命令形[くださいませ]除去[ませ]）
  お＋動詞ます形除去[ます]＋ください…
  尊敬表現：請您[做]～

用法
被問及非自己工作範圍的事，請對方去詢問相關人員的說法。

客服&客訴　**2-117 商務會話篇**

關於這件事，我們會在一兩天內查明，並給您答覆。

この件（けん）につきましては、一両日中（いちりょうじつちゅう）に調査（ちょうさ）のうえ、お返事（へんじ）いたします。

この件につきましては、一両日中に
　　↓　　　　↓　　　　　　↓　　↓
　關於　這個事情，　　一兩天　之內

調査 の うえ[で] 、 お 返事 いたします 。
　↓
調查之後，　　　　　　我會回覆您　　。

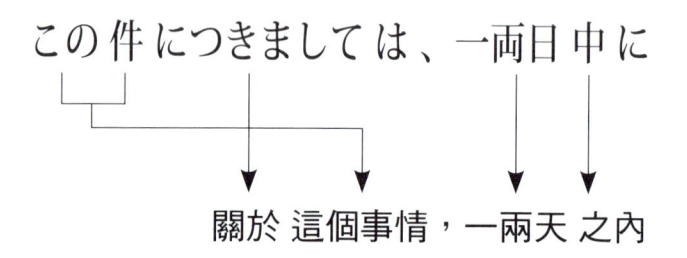

* この…連體詞：這個
* 件…名詞：事情
* につきまして…連語：關於～（ます形的て形）
  （～まして屬於鄭重的表現方式）
* は…助詞：表示主題
* 一両日…名詞：一兩天
* 中…接尾辭：～之內
* に…助詞：表示動作進行時點
* 調査…名詞：調查
* の…助詞：表示所在（屬於文型上的用法）
* うえ[で]…連語：～之後，再～（可省略で）
* お…接頭辭：表示美化、鄭重
* 返事…名詞：回覆
* いたします…動詞：做（します的謙讓語）
  お／ご＋動作性名詞＋します…
  謙讓表現：（動作涉及對方的）[做]～

用法

發生狀況時，讓對方明瞭自己這邊會先查明，並進一步回報對方的說法。

客服&客訴　**2-118 商務會話篇**

真是對不起，我馬上就為您更換。

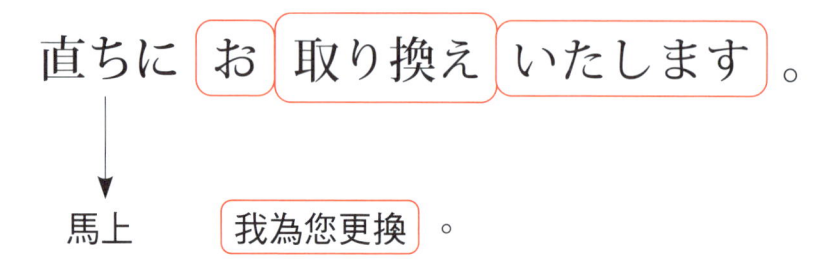

誠(まこと)に申(もう)し訳(わけ)ございません。直(ただ)ちにお取(と)り換(か)えいたします。

誠に　申し訳ございません。
　↓　　　↓
　實在　　對不起，

直ちに お 取り換え いたします 。
　↓　　　　　　　　
　馬上　　　我為您更換　。

＊ 誠に…副詞：實在
＊ 申し訳ございません…招呼用語：對不起、不好意思
＊ 直ちに…副詞：立刻、馬上
＊ お…接頭辭：表示美化、鄭重
＊ 取り換え…動詞：交換
　（取り換えます⇒ます形除去[ます]）
＊ いたします…動詞：做（します的謙讓語）
　お＋動詞ます形除去[ます]＋します…
　謙讓表現：（動作涉及對方的）[做]～

用法
提供的物品出了狀況，讓對方明瞭會立即更換的說法。

客服&客訴　**2-119 商務會話篇**

我想是有些誤會,所以請讓我解釋一下。

誤解(ごかい)があるように思(おも)いますので、説明(せつめい)させてください。

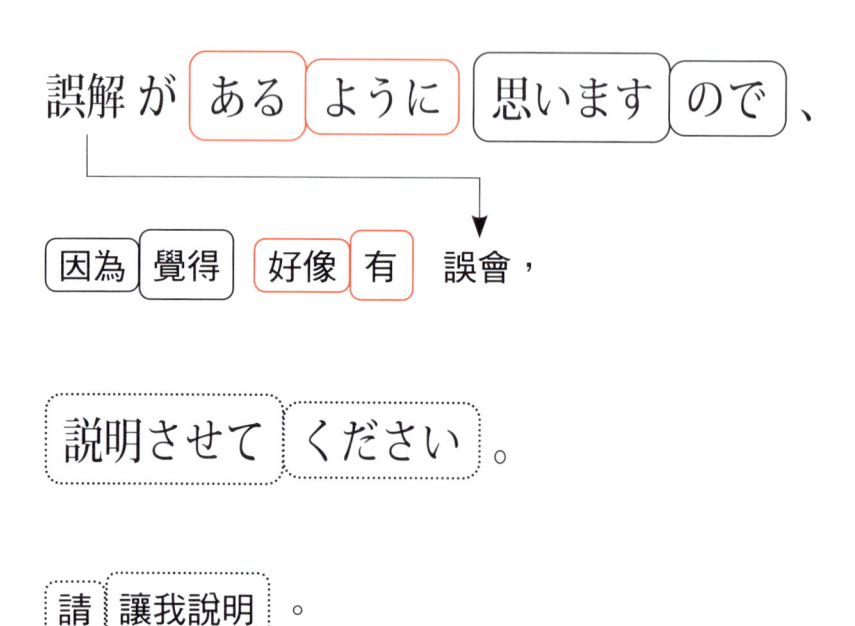

誤解 が ある ように 思います ので 、
因為 覺得 好像 有 誤會,

説明させて ください 。
請 讓我說明 。

* **誤解**…名詞：誤會
* **が**…助詞：表示焦點
* **ある**…動詞：有（あります⇒辭書形）
* **ように**…連語：好像～（よう⇒副詞用法）
* **思います**…動詞：覺得
* **ので**…助詞：表示原因理由
* **説明させて**…動詞：說明
  （説明します⇒使役形[説明させます]的て形）
* **ください**…補助動詞：請
  （くださいます⇒命令形[くださいませ]除去[ませ]）
  動詞て形＋ください…請[做]～

用法
為了消除誤會，希望對方能讓自己解釋清楚的說法。

接送

2-120 商務會話篇

我會到機場接您。

空港(くうこう)までお迎(むか)えに上(あ)がります。

空港 まで お 迎え に 上がります 。

我　　　到　機場　去　迎接您　。

* **空港**…名詞：機場
* **まで**…助詞：表示界線
* **お**…接頭辭：表示美化、鄭重
* **迎え**…動詞：迎接（迎えます⇒ます形除去[ます]）
* **に**…助詞：表示目的
* **上がります**…動詞：去、來
　（行きます、来ます的謙讓語）

用法
告訴對方會前往機場迎接的說法。

2-121 商務會話篇　　接送

我來迎接您了。
お迎(むか)えに上(あ)がりました。

お | 迎え | に | 上がりました 。

我來 | 迎接您 | 了 。

* **お**…接頭辭：表示美化、鄭重
* **迎え**…動詞：迎接（迎えます⇒ます形除去[ます]）
* **に**…助詞：表示目的
* **上がりました**…動詞：去、來
  （上がります⇒過去肯定形）
  （行きます、来ます的謙讓語）

用法
前去迎接時，對正等候著的對方這樣說。

接送

2-122 商務會話篇

我現在就幫您安排計程車。

ただいま、タクシーを手配(てはい)しております。

ただいま、タクシー を 手配して おります 。
　↓　　　　　　　　　　　↓
　現在　　　　　　　正在 安排 計程車。

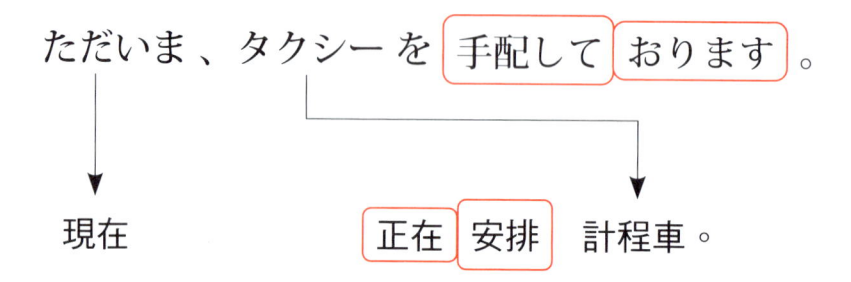

* **ただいま**…名詞：現在
* **タクシー**…名詞：計程車
* **を**…助詞：表示動作作用對象
* **手配して**…動詞：安排（手配します⇒て形）
* **おります**…補助動詞：（います的謙讓語）
　動詞て形＋おります：目前狀態（謙讓表現）

用法
告訴對方正在安排計程車的說法。

筆記頁

空白一頁,讓你記錄學習心得,
也讓下一個單元能以跨頁呈現,方便於對照閱讀。

....

....

....

....

....

....

....

接送

2-123 商務會話篇

請稍等一下,我馬上幫您叫計程車。

今(いま)、タクシーをお呼(よ)びしますので少々(しょうしょう)お待(ま)ちください。

今、タクシーを [お] [呼び] [します] [ので]

現在 [因為] [要為您呼叫] 計程車

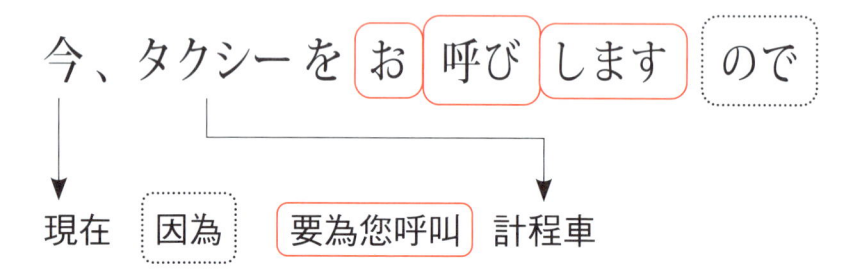

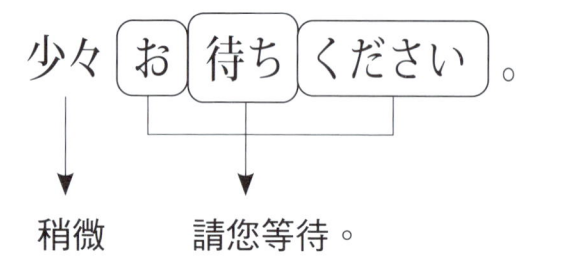

少々 [お] [待ち] [ください]。

稍微　請您等待。

* 今…名詞：現在
* タクシー…名詞：計程車
* を…助詞：表示動作作用對象
* お…接頭辭：表示美化、鄭重
* 呼び…動詞：叫、呼喚
  （呼びます⇒ます形除去[ます]）
* します…動詞：做
  お＋動詞ます形除去[ます]＋します…
  謙讓表現：（動作涉及對方的）[做]～
* ので…助詞：表示原因理由
* 少々…副詞：稍微
* お…接頭辭：表示美化、鄭重
* 待ち…動詞：等待（待ちます⇒ます形除去[ます]）
* ください…補助動詞：請
  （くださいます⇒命令形[くださいませ]除去[ませ]）
  お＋動詞ます形除去[ます]＋ください…
  尊敬表現：請您[做]～

[用法]
要替對方安排計程車的說法。

表達謝意   **2-124 商務會話篇**

我代表全體同仁，向您表示誠摯的謝意。

いちどう だいひょう こころ おんれいもう あ
一同を代表して心より御礼申し上げます。

一同を / 代表して / 心より / 御礼 / 申し上げます。
↓ ↓ ↓ ↓ ↓ ↓
代表 全體　從 內心　　說 感謝。

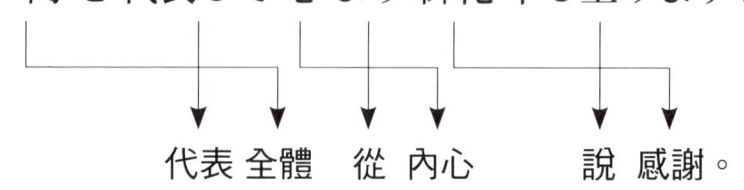

* **一同**…名詞：全體
* **を**…助詞：表示動作作用對象
* **代表して**…動詞：代表（代表します⇒て形）
* **心**…名詞：內心
* **より**…助詞：表示起點
* **御礼**…名詞：感謝
* **申し上げます**…動詞：說（言います的謙讓語）

用法

代表全體人員表達謝意的說法。

2-125 商務會話篇 — 表達謝意

這次得到您許多幫忙，非常感謝。

この度（たび）は、ご尽力（じんりょく）いただきありがとうございました。

この度 は、[ご] [尽力] [いただき] ありがとうございました。

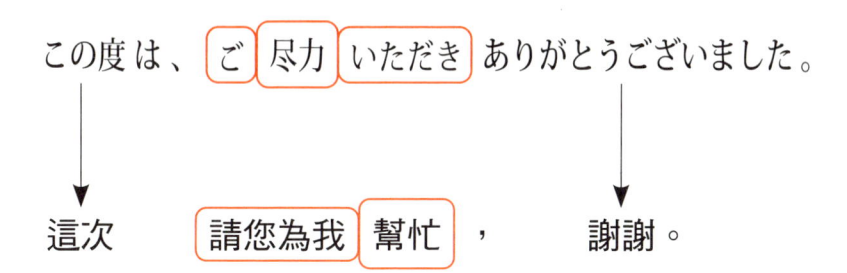

這次　　[請您為我] [幫忙] ，　　謝謝。

* **この度**…名詞：這次
* **は**…助詞：表示主題
* **ご**…接頭辭：表示美化、鄭重
* **尽力**…名詞：幫忙、盡力
* **いただき**…補助動詞：
  （いただきます⇒ます形除去[ます]）
  （屬於句中的中止形用法）
  お／ご＋動作性名詞＋いただきます…
  謙讓表現：請您（為我）[做]～
* **ありがとうございました**…招呼用語：謝謝

用法

對於對方的協助表達感謝的說法。

表達謝意　**2-126 商務會話篇**

前些日子您那麼忙（還幫我這麼多），謝謝您。

先日（せんじつ）はお忙（いそが）しいところをありがとうございました。

先日 は お忙しい ところ を ありがとうございました。
　↓　　　　↓　　　↓　　　　　　↓
前陣子（您）忙碌的 時候　　　　　謝謝。

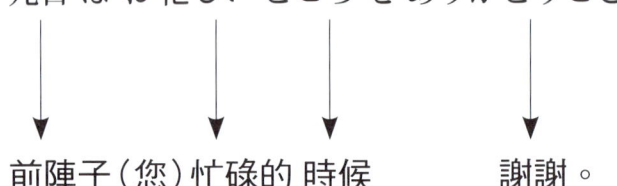

* 先日…名詞：前陣子
* は…助詞：表示主題
* お…接頭辭：表示美化、鄭重
* 忙しい…い形容詞：忙碌
* ところ…形式名詞：表示狀況
* を…助詞：表示動作作用對象
* ありがとうございました…招呼用語：謝謝

用法
對百忙之中仍撥空提供協助的人表達謝意的說法。

2-127 商務會話篇　表達謝意

實在是不好意思，那我收下了。
恐れ入ります。頂戴いたします。

恐れ入ります。　　頂戴いたします。
　　↓　　　　　　　　↓
　不好意思，　　　　我收下了。

* **恐れ入ります**…動詞：不好意思
* **頂戴いたします**…動詞：領受
　（頂戴します的謙讓語）
　（「頂戴」也可以視為動作性名詞）
　動作性名詞＋いたします…
　「動作性名詞＋します」的謙讓表現

用法
收下對方的東西時，非常有禮貌的道謝說法。

表達謝意　**2-128 商務會話篇**

我很高興,但是我不能收下。

お気持ちは嬉しいのですが、これは受け取るわけにはいきません。

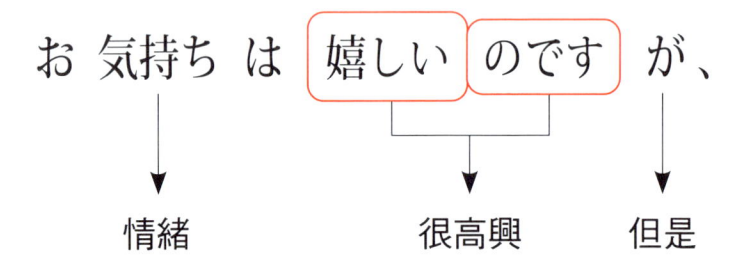

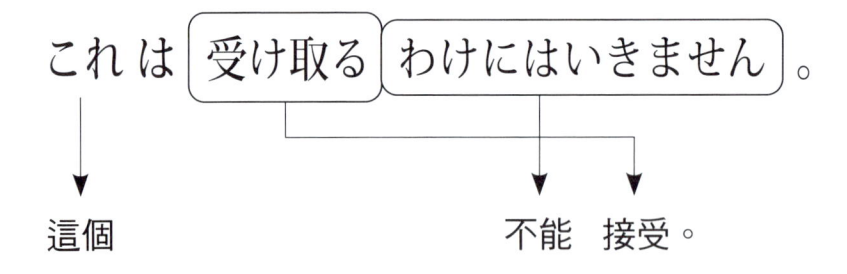

お気持ち は 　嬉しい　 のです 　が、
　↓　　　　　　↓　　　　↓
　情緒　　　　很高興　　但是

これ は 受け取る わけにはいきません 。
　↓　　　　　　　　↓　　　↓
　這個　　　　　　不能　接受。

* **お**…接頭辭：表示美化、鄭重
* **気持ち**…名詞：情緒
* **は**…助詞：表示對比（區別）
* **嬉しい**…い形容詞：高興
* **のです**…連語：の＋です＝んです：表示強調

    の…形式名詞

    です…助動詞：表示斷定(現在肯定形)
* **が**…助詞：表示逆接
* **これ**…名詞：這個
* **は**…助詞：表示對比（區別）
* **受け取る**…動詞：接收、領取

    （受け取ります⇒辭書形）
* **わけにはいきません**…連語：不能～

用法
因為身為利害關係人，所以無法收受禮物的說法。

表達謝意　**2-129 商務會話篇**

非常謝謝您的關心。

お気遣(きづか)いいただきまして、ありがとうございます。

お │ 気遣い │ いただきまして │、ありがとうございます。

請您為我 │ 掛念 ，　　　　謝謝。

* お…接頭辭：表示美化、鄭重
* 気遣い…動詞：掛念、關心
  （気遣います⇒ます形除去[ます]）
* いただきまして…補助動詞：
  （いただきます⇒ます形的て形）
  （て形表示原因）（～まして屬於鄭重的表現方式）
  お＋動詞ます形除去[ます]＋いただきます…
  謙讓表現：請您（為我）[做]～
* ありがとうございます…招呼用語

用法
對關心自己、替自己擔心的人表達謝意的說法。

筆記頁

空白一頁,讓你記錄學習心得,
也讓下一個單元能以跨頁呈現,方便於對照閱讀。

表達謝意 **2-130 商務會話篇**

非常感謝大家今天百忙之中來到這裡。

本日(ほんじつ)はお忙(いそが)しいなか、お集(あつ)まりいただき誠(まこと)にありがとうございます。

本日 は お忙しい なか、 お 集まり いただき
↓　　　　　↓　　　　　↓
今天　　　忙碌 的時候，請大家為我 集合

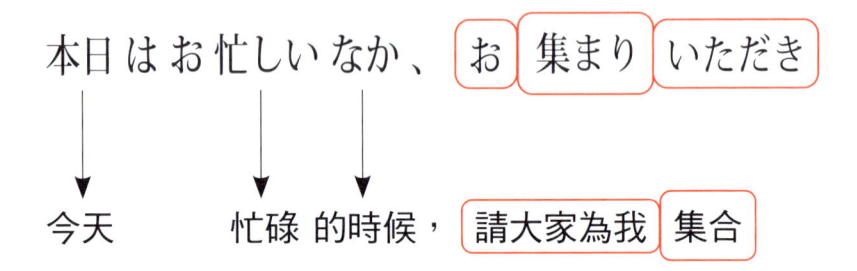

誠に ありがとうございます。
↓　　　↓
實在　　感謝。

* **本日**…名詞：今天
* **は**…助詞：表示主題
* **お**…接頭辭：表示美化、鄭重
* **忙しい**…い形容詞：忙碌
* **なか**…名詞：～的時候
* **お**…接頭辭：表示美化、鄭重
* **集まり**…動詞：集合
  （集まります⇒ます形除去[ます]）
* **いただき**…補助動詞：
  （いただきます⇒ます形除去[ます]）
  （屬於句中的中止形用法）
  お＋動詞ます形除去[ます]＋いただきます…
  謙讓表現：請您（為我）[做]～
* **誠に**…副詞：實在
* **ありがとうございます**…招呼用語：謝謝

用法
感謝大家抽空前來參加派對等活動的說法。

表達謝意　**2-131 商務會話篇**

我沒想到那麼多。又學了一招。

そこまでは 考(かんが)えが 回(まわ)りませんでした。
いい 勉強(べんきょう)になりました。

そこ までは 考え が 回りませんでした。
　　　　　　　↓　　　↓　　　↓
　　　　　　 想法　沒有轉到 那裡（的）程度。

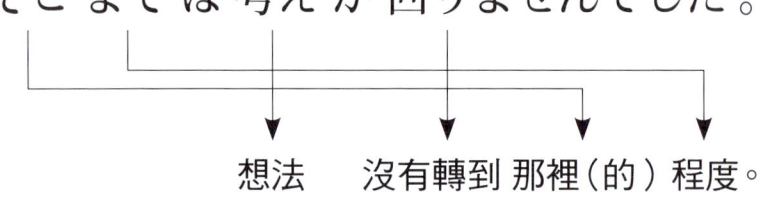

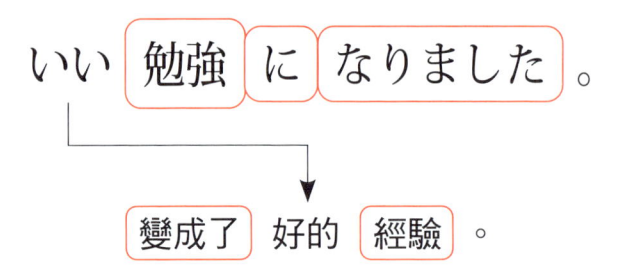

いい 勉強 に なりました 。
　　　　↓
　　　變成了　好的　經驗。

* そこ…名詞：那裡
* まで…助詞：表示程度
* は…表示對比（區別）
* 考え…名詞：考慮
  （考えます：名詞化⇒ます形除去[ます]）
* が…助詞：表示主格
* 回りませんでした…動詞：（想）到
  （回ります⇒過去否定形）
* いい…い形容詞：好、良好
* 勉強になりました…連語：見識、經驗
  （勉強になります⇒過去肯定形）

用法
承認自己的學識不足，直率地表達謝意的說法。

表達歉意 　　**2-132 商務會話篇**

這次給您添這麼多麻煩，實在不好意思。

この度(たび)は、たいへんご迷惑(めいわく)をおかけしました。

この度　は、たいへん
　↓　　　　　↓
　這次　　　非常

ご迷惑を おかけ しました 。
　↓
給您添了　麻煩。

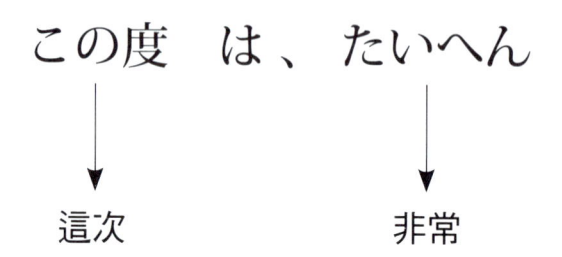

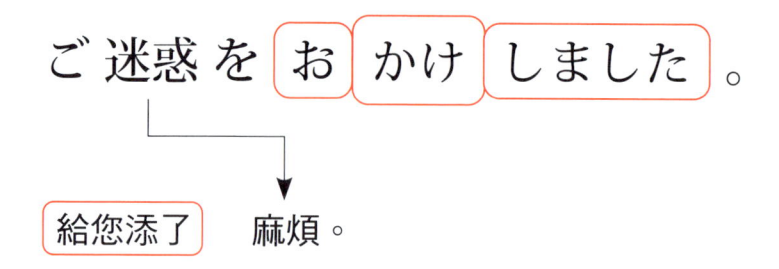

* **この度**…名詞：這次
* **は**…助詞：表示對比（區別）
* **たいへん**…副詞：非常
* **ご**…接頭辭：表示美化、鄭重
* **迷惑**…名詞：麻煩
* **を**…助詞：表示動作作用對象
* **お**…接頭辭：表示美化、鄭重
* **かけ**…動詞：添（麻煩）
 （かけます⇒ます形除去[ます]）
* **しました**…動詞：做（します⇒過去肯定形）
 お＋動詞ます形除去[ます]＋します…
 謙讓表現：（動作涉及對方的）[做]～

用法
因為疏失或差錯造成對方公司困擾時，表達歉意的說法。

表達歉意　　2-133 商務會話篇

我會嚴厲地訓誡他，還請您多多包涵。

本人(ほんにん)にも厳(きび)しく言(い)っておきますので、
ここはどうかお許(ゆる)しください。

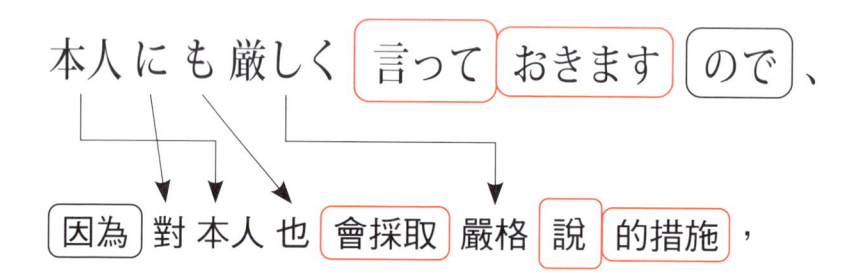

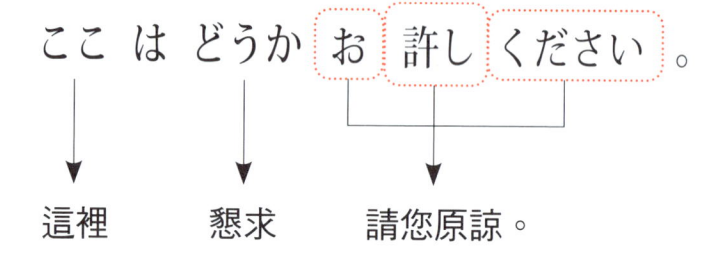

本人にも厳しく 言って おきます ので 、

因為　對 本人 也 會採取 嚴格 說 的措施，

ここ は どうか お 許し ください 。

這裡　　懇求　　請您原諒。

* 本人…名詞：本人
* に…助詞：表示動作的對方
* も…助詞：表示並列
* 厳しく…い形容詞：嚴厲（厳しい⇒副詞用法）
* 言って…動詞：說（言います⇒て形）
* おきます…補助動詞：善後措施

  動詞て形＋おきます：善後措施（為了以後方便）
* ので…助詞：表示原因理由
* ここ…名詞：這裡
* は…助詞：表示對比（區別）
* どうか…副詞：請
* お…接頭辭：表示美化、鄭重
* 許し…動詞：原諒（許します⇒ます形除去[ます]）
* ください…補助動詞：請

  （くださいます⇒命令形[くださいませ]除去[ませ]）

  お＋動詞ます形除去[ます]＋ください…

  尊敬表現：請您[做]～

用法

自己的部屬犯錯，先代替部屬向對方道歉的說法。

表達歉意　　**2-134 商務會話篇**

我已經盡力了，不過…。
私（わたし）としてはできる限（かぎ）りのことはしたつもりなんですが…。

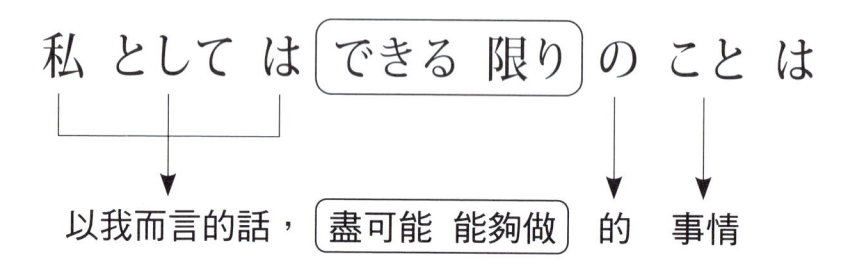

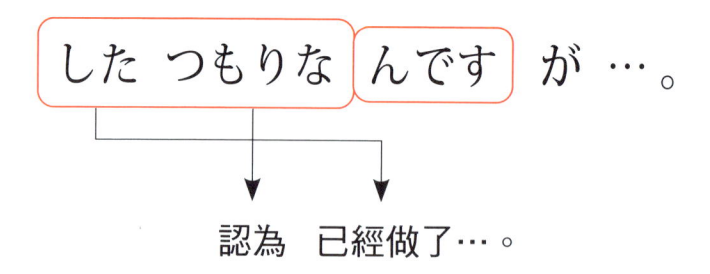

私 としては　　できる 限り　の こと は
　↓　　　　　　　　　　　　　　↓　　↓
以我而言的話，　盡可能 能夠做　的　事情

した つもりな　んです　が …。
　　↓　　　　↓
　認為　已經做了…。

* **私**…名詞：我
* **として**…連語：作為～
* **は**…助詞：表示主題
* **できる**…動詞：做（します⇒可能形）
* **限り**…接尾辭：盡可能～
* **の**…助詞：表示所屬
* **こと**…名詞：事情
* **は**…助詞：表示對比（區別）
* **した**…動詞：做（します⇒た形）
* **つもりな**…形式名詞：認為（つもり⇒名詞接續用法）
* **んです**…連語：ん＋です：表示強調
  ん…形式名詞（の⇒縮約表現）
  です…助動詞：表示斷定(現在肯定形)
* **が**…助詞：表示前言

用法
雖然很努力，卻沒有出現期待中的結果時，表示歉意。

表達歉意　**2-135 商務會話篇**

我下次不會再犯同樣的錯誤。
今後二度とこのような失敗はいたしません。

今後　二度と　このような　失敗　は　いたしません。

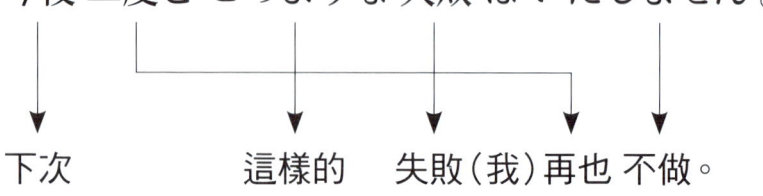

下次　　　　這樣的　失敗（我）再也　不做。

* 今後…名詞：下次
* 二度と…副詞：再也不～
* このような…連體詞：這樣的
* 失敗…名詞：失敗
* は…助詞：表示對比（區別）
* いたしません…動詞：做（いたします⇒現在否定形）
  （します的謙讓語）

|用法|
堅定宣告自己不會再犯同樣錯誤的說法。

2-136 商務會話篇　表達歉意

不好意思，我有個不情之請。

勝手（かって）なことを言（い）って申（もう）し訳（わけ）ないのですが。

勝手なことを 言って 申し訳ない のです が。

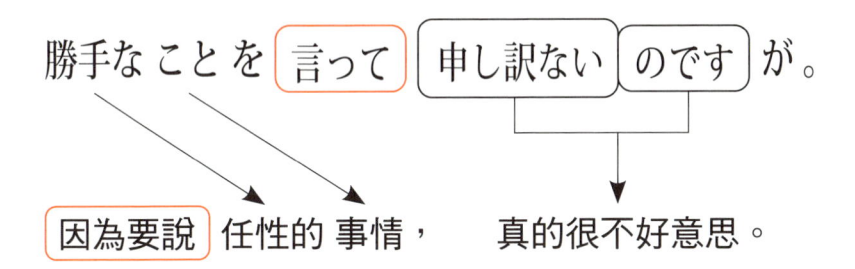

因為要說 任性 事情， 真的很不好意思。

* 勝手な…な形容詞：任性(勝手⇒名詞接續用法)
* こと…名詞：事情
* を…助詞：表示動作作用對象
* 言って…動詞：說(言います⇒て形)
  （て形表示原因）
* 申し訳ない…い形容詞：不好意思
* のです…連語：の＋です＝んです：表示強調
  の…形式名詞
  です…助動詞：表示斷定(現在肯定形)
* が…助詞：表示前言

用法

謙虛地表達自己的狀況和希望，或者可能給對方帶來麻煩時的說法。

表達歉意 **2-137 商務會話篇**

很抱歉，讓您久等了。
お待(ま)たせしてどうも申(もう)し訳(わけ)ありません。

お 待たせ して どうも申し訳ありません。

因為我 讓您等待， 很抱歉。

* お…接頭辭：表示美化、鄭重
* 待たせ…動詞：等
  （待ちます⇒使役形[待たせます]的ます形除去[ます]）
* して…動詞：做（します⇒て形）（て形表示原因）
  お＋動詞ます形除去[ます]＋します…
  謙讓表現：（動作涉及對方的）[做]～
* どうも申し訳ありません…
  招呼用語：對不起、不好意思

用法
讓對方久候時，表達歉意的說法。

2-138 商務會話篇 — 表達歉意

您特意來一趟，真是對不起。

せっかくおいでくださったのに、申(もう)し訳(わけ)ございません。

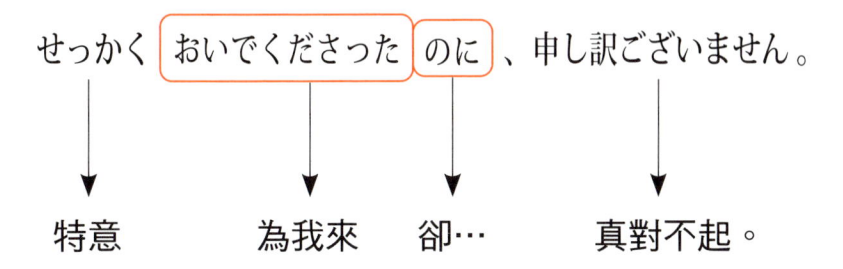

せっかく → 特意
おいでくださった → 為我來
のに → 卻…
申し訳ございません。 → 真對不起。

* **せっかく**…副詞：特意
* **おいでくださった**…動詞：(為我)來
  （おいでくださいます⇒た形）
* **のに**…助詞：表示逆接
* **申し訳ございません**…招呼用語：對不起、不好意思

用法

對方特地前來，卻無法滿足他的期待時，表達歉意的說法。

表達歉意　2-139 商務會話篇

真不好意思，我馬上幫您拿來。

申（もう）し訳（わけ）ございません。すぐにお持（も）ちいたします。

申し訳ございません。すぐに お 持ち いたします 。

不好意思。　我　馬上　幫您 拿來 。

* **申し訳ございません**…招呼用語：對不起、不好意思
* **すぐに**…副詞：立刻、馬上
* **お**…接頭辭：表示美化、鄭重
* **持ち**…動詞：拿（持ちます⇒ます形除去[ます]）
* **いたします**…動詞：做（します的謙讓語）
　お＋動詞ます形除去[ます]＋します…
　謙讓表現：（動作涉及對方的）[做]～

用法
已經讓對方久候，表示會立刻拿過去給他的說法。

筆記頁

空白一頁,讓你記錄學習心得,
也讓下一個單元能以跨頁呈現,方便於對照閱讀。

2-140 商務會話篇

如果有不清楚的地方，不必客氣，請您提出來。

もしご不明な点がございましたら、遠慮なくご質問ください。

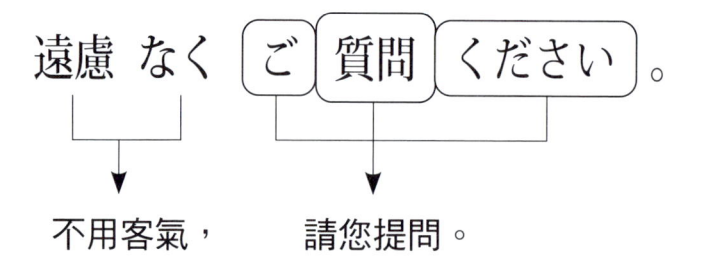

もしご不明な点が ございました ら、
　↓　　　　↓　　↓
如果 有 不清楚的 地方 的話 ，

遠慮なく ご 質問 ください 。
　　↓　　　　　　↓
不用客氣，　　請您提問。

* **もし**…副詞：如果
* **ご**…接頭辭：表示美化、鄭重
* **不明な**…な形容詞：不明（不明⇒名詞接續用法）
* **点**…名詞：地方
* **が**…助詞：表示焦點
* **ございましたら**…動詞：有
  （ございます⇒過去肯定形＋ら）
* **遠慮**…名詞：客氣
* **なく**…い形容詞：沒有（ない⇒副詞用法）
* **ご**…接頭辭：表示美化、鄭重
* **質問**…名詞：提問
* **ください**…補助動詞：請
  （くださいます⇒命令形[くださいませ]除去[ませ]）
  ご＋動作性名詞＋ください…
  尊敬表現：請您[做]～

用法
表示如果有不明白的地方，請對方儘量提出的說法。

提醒

2-141 商務會話篇

請留意不要遺忘東西。

お忘(わす)れ物(もの)をなさいませんようお気(き)をつけください。

お忘れ物を [なさいません] [よう] [お] [気をつけ] [ください]。

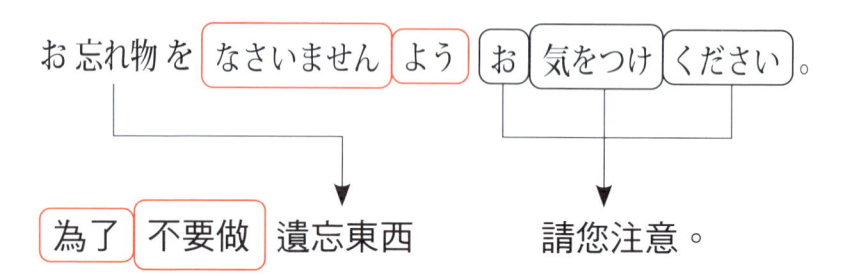

[為了] [不要做] 遺忘東西　　　請您注意。

* お…接頭辭：表示美化、鄭重
* 忘れ物…名詞：遺忘東西
* を…助詞：表示動作作用對象
* なさいません…動詞：做（なさいます⇒現在否定形）
　（なさいます⇒します的尊敬語）
* よう…形式名詞：為了～、希望～而～
* お…接頭辭：表示美化、鄭重
* 気をつけ…連語：小心、注意
　（気をつけます⇒ます形除去[ます]）
* ください…補助動詞：請
　（くださいます⇒命令形[くださいませ]除去[ませ]）
　お+動詞ます形除去[ます]+ください…
　尊敬表現：請您[做]～

用法

提醒對方不要遺忘東西的說法。

3-001 旅行會話篇　　交通

請出示您的護照和機票。

パスポートとチケットを拝見(はいけん)します。

　パスポートとチケット を 拝見します。

　　　　　　　　　我要看　護照和機票 。

* パスポート…名詞：護照
* と…助詞：表示並列
* チケット…名詞：機票
* を…助詞：表示動作作用對象
* 拝見します…動詞：看（見ます的謙讓語）

用法
機場櫃檯人員替乘客辦理登機報到手續時說的話。

交通

3-002 旅行會話篇

請給我靠走道的座位。
つうろがわ　せき　　ねが
通路側の席をお願いします。

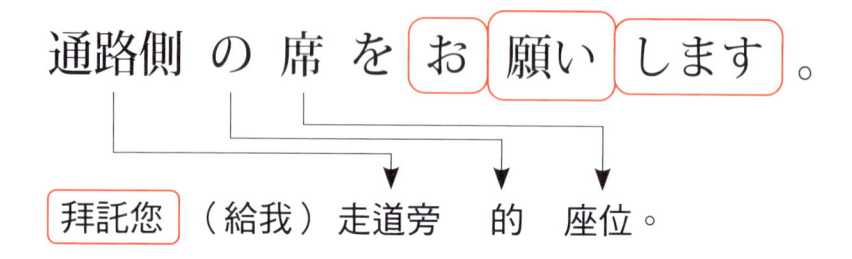

通路側　の　席　を　お　願い　します。

拜託您　（給我）走道旁　的　座位。

* **通路側**…名詞：走道旁
* **の**…助詞：表示所屬
* **席**…名詞：座位
* **を**…助詞：表示動作作用對象
* **お**…接頭辭：表示美化、鄭重
* **願い**…動詞：拜託、祈願
  （願います⇒ます形除去[ます]）
  お＋動詞ます形除去[ます]＋します…
  謙讓表現：（動作涉及對方的）[做]〜
* **します**…動詞：做

用法

搭乘飛機或其他交通工具時，說明自己希望的座位區。

3-003 旅行會話篇　　交通

我可以排候補嗎？

キャンセル待ち(ま)はできますか。

キャンセル　待ち　は　できます　か。
　↓　　　　↓　　　　↓　　　　　↓
　可以　　候補　取消（訂位）　嗎？

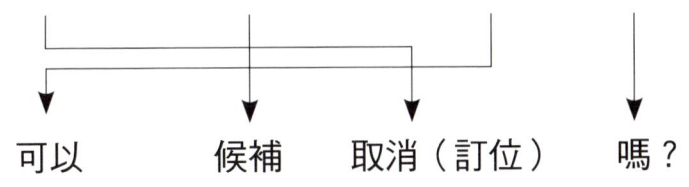

* キャンセル…名詞：取消
* 待ち…名詞：候補（動詞[待ちます]的名詞化）
* は…助詞：表示主題
* できます…動詞：可以、能夠、會（します⇒可能形）
* か…助詞：表示疑問

用法
想要排候補，想要等待看看是否有人取消訂位時，可以這樣說。

交通　　**3-004 旅行會話篇**

這個可以隨身登機嗎？

これは機内(きない)に持(も)ち込(こ)めますか。

これ は 機内 に 持ち込めます か。
↓　　　↓　　　↓　　↓
這個　　可以帶進　飛機內　嗎？

* これ…名詞：這個
* は…助詞：表示主題
* 機内…名詞：飛機內
* に…助詞：表示進入點
* 持ち込めます…動詞：帶進去
　（持ち込みます⇒可能形）
* か…助詞：表示疑問

用法
確認行李的大小是否可以作為手提行李隨身登機的說法。

3-005 旅行會話篇 　交通

我可以把椅子稍微往後倒嗎？

ちょっと席(せき)を倒(たお)してもいいですか。

ちょっと 席 を 倒して も いい ですか。

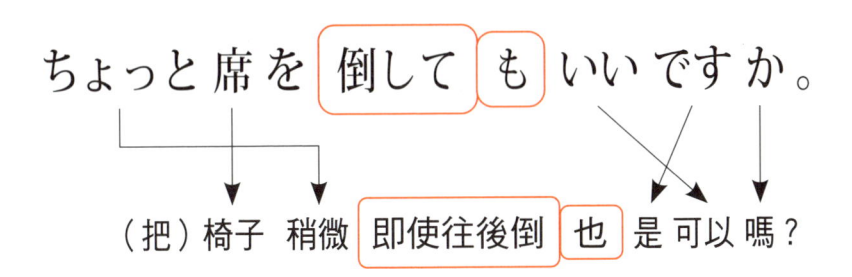

（把）椅子 稍微 即使往後倒 也 是 可以 嗎？

* ちょっと…副詞：一下、有點、稍微
* 席…名詞：座椅
* を…助詞：表示動作作用對象
* 倒して…動詞：弄倒（倒します⇒て形）
* も…助詞：表示逆接
* いい…い形容詞：好、良好
* です…助動詞：表示斷定（現在肯定形）
* か…助詞：表示疑問

用法
搭乘巴士或飛機要將座椅往後倒時，可以跟後面的人這樣說。

交通

3-006 旅行會話篇

這班公車有到新宿嗎？

このバスは新宿(しんじゅくゆ)行きですか。

このバス は 新宿 行き ですか。
↓ ↓ ↓ ↓ ↓
這個 公車 是 往 新宿 嗎？

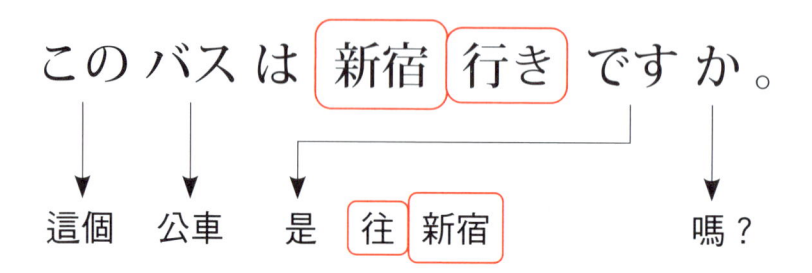

* この…連體詞：這個
* バス…名詞：公車
* は…助詞：表示主題
* 新宿…（地名）新宿（使用時可替換為其他地名）
* 行き…接尾辭：往
* です…助動詞：表示斷定（現在肯定形）
* か…助詞：表示疑問

用法

確認自己打算搭乘的公車或電車，是否有開往想去的目的地的說法。

筆記頁

空白一頁,讓你記錄學習心得,
也讓下一個單元能以跨頁呈現,方便於對照閱讀。

交通

3-007 旅行會話篇

往東京鐵塔的公車,間隔多久一班?

とうきょう　　　　　　 ゆ
東京タワー行きのバスはどのくらいの
かんかく　はし
間隔で走っていますか。

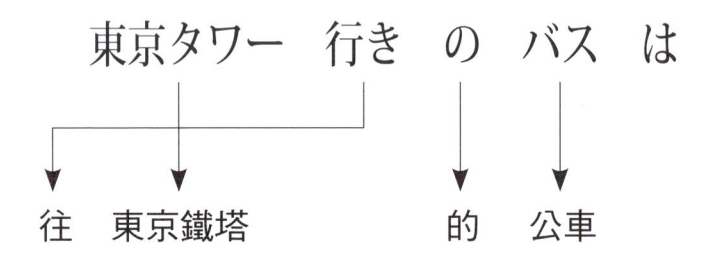

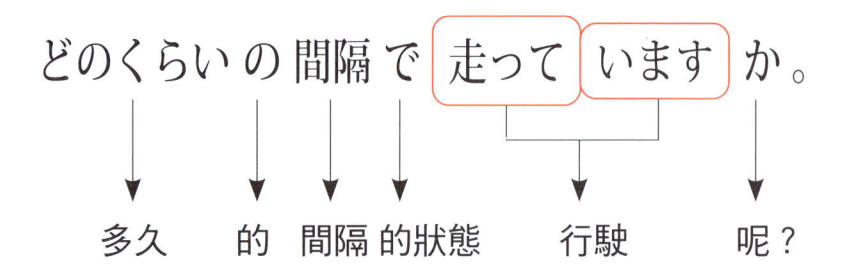

東京タワー　行き　の　バス　は
　↓　　　↓　　　　　↓　　↓
　往　東京鐵塔　　　的　公車

どのくらい の 間隔 で 走って います か。
　↓　　　　　↓　　↓　　↓　　　↓　　　　↓
　多久　　　的　間隔　的狀態　行駛　　　呢?

* 東京タワー…（地名）東京鐵塔
  （使用時可替換為其他地名）
* 行き…接尾辭：往
* の…助詞：表示所屬
* バス…名詞：公車
* は…助詞：表示動作主
* どのくらい…名詞（疑問詞）：多久、多少
* の…助詞：表示所屬
* 間隔…名詞：間隔
* で…助詞：表示樣態
* 走って…動詞：跑、行駛（走ります⇒て形）
* います…補助動詞
  動詞て形＋います：目前狀態
* か…助詞：表示疑問

用法
詢問公車的發車班距的說法。

交通　**3-008 旅行會話篇**

這班公車到了東京鐵塔時，可以告訴我一聲嗎？

このバスが東京(とうきょう)タワーに着(つ)いたら教(おし)えていただけますか。

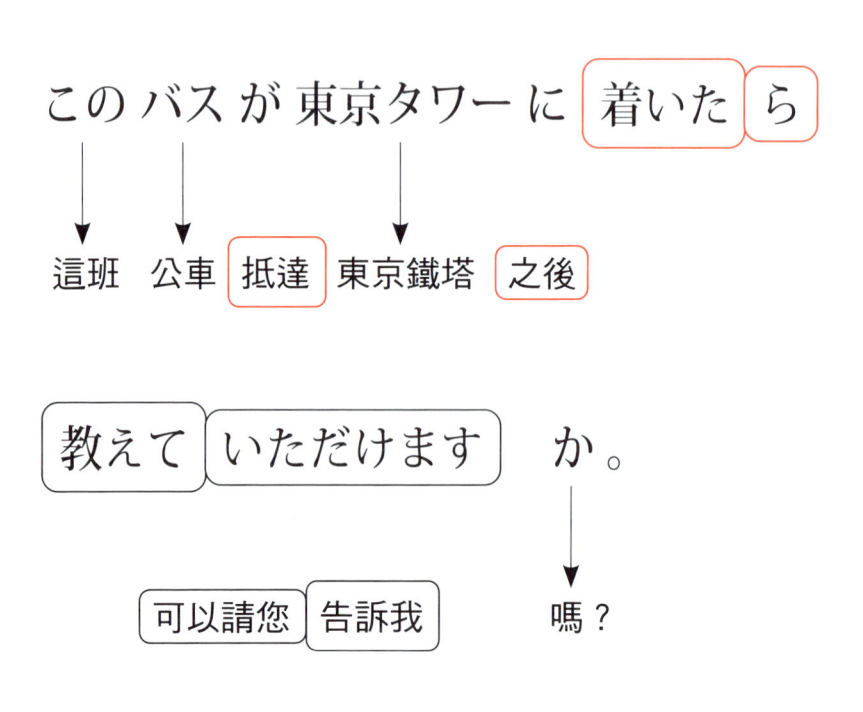

この　バス　が　東京タワー　に　着いた　ら
　↓　　↓　　　　　　↓
　這班　公車　抵達　東京鐵塔　之後

教えて　いただけます　か。
　　　　　　　　　　　　↓
　可以請您　告訴我　　嗎？

* この…連體詞：這個
* バス…名詞：公車
* が…助詞：表示主格
* 東京タワー…（地名）東京鐵塔

　（使用時可替換為其他地名）
* に…助詞：表示到達點
* 着いたら…動詞：到達（着きます⇒た形＋ら）

　動詞た形＋ら：[做]〜之後，〜（順接確定條件）
* 教えて…動詞：告訴、教（教えます⇒て形）
* いただけます…補助動詞：（いただきます⇒可能形）

　動詞て形＋いただきます…

　謙讓表現：請您（為我）[做]〜
* か…助詞：表示疑問

用法

麻煩司機在抵達目的地時通知自己的說法。

421

交通　　3-009 旅行會話篇

車資是多少錢？
うんちん
運賃はいくらですか。

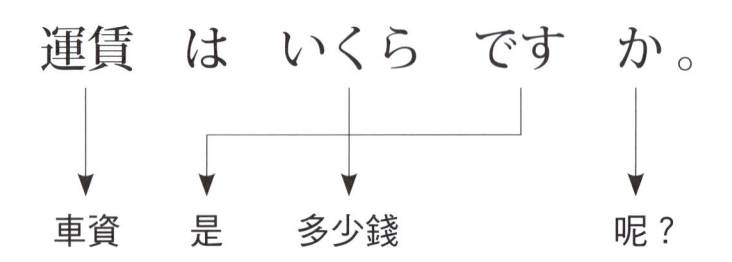

運賃　は　いくら　です　か。
　↓　　　　　↓　　　↓　　　　　↓
　車資　是　多少錢　　　呢？

* 運賃…名詞：車資
* は…助詞：表示主題
* いくら…名詞（疑問詞）：多少錢
* です…助動詞：表示斷定（現在肯定形）
* か…助詞：表示疑問

用法
詢問公車、電車、計程車等交通工具車資的說法。

3-010 旅行會話篇　　交通

只販售當日券。
当日券（とうじつけん）のみの販売（はんばい）となっております。

当日券 のみ の 販売 と なって おります。

目前 是 只有當日券販賣 的狀態 。

* **当日券**…名詞：當日券
* **のみ**…助詞：表示限定
* **の**…助詞：表示所屬
* **販売**…名詞：販賣
* **と**…助詞：表示變化結果
* **なって**…動詞：變成（なります⇒て形）
  名詞＋と／に＋なります：鄭重的斷定表現
* **おります**…補助動詞：（います的謙讓語）
  動詞て形＋おります：目前狀態（謙讓表現）

用法
車站的站務人員說明只有販售某種票券的說法。

交通

3-011 旅行會話篇

我想要買來回票。
往復(おうふく)切符(きっぷ)を買(か)いたいのですが。

往復 切符 を 買い たい のですが が。

（我）想要 買 來回票 。

* **往復**…名詞：來回
* **切符**…名詞：票
* **を**…助詞：表示動作作用對象
* **買い**…動詞：購買（買います⇒ます形除去[ます]）
* **たい**…助動詞：表示希望
  動詞ます形除去[ます]＋たい…想要[做]～
* **のです**…連語：の＋です＝んです：表示強調
  の…形式名詞
  です…助動詞：表示斷定(現在肯定形)
* **が**…助詞：表示前言

用法

想要買「來回車票」的說法。單程車票：片道切符（かたみちきっぷ）。

3-012 旅行會話篇　　交通

這班電車會停『秋津站』嗎？

この電車（でんしゃ）は秋津駅（あきつえき）に止（と）まりますか。

この 電車 は 秋津駅 に 止まります か。
↓　　↓　　　↓　　↓　　　　　↓
這個 電車 會停靠 秋津站　　　　嗎？

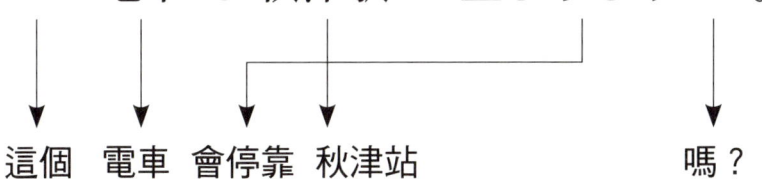

* この…連體詞：這個
* 電車…名詞：電車
* は…助詞：表示動作主
* 秋津駅…（車站名）秋津站
  （使用時可替換為其他車站）
* に…助詞：表示動作歸著點
* 止まります…動詞：停
* か…助詞：表示疑問

用法
確認電車是否停靠自己想去的車站的說法。

交通

3-013 旅行會話篇

這個車廂是對號入座的嗎？

この車両（しゃりょう）は指定席（していせき）ですか。

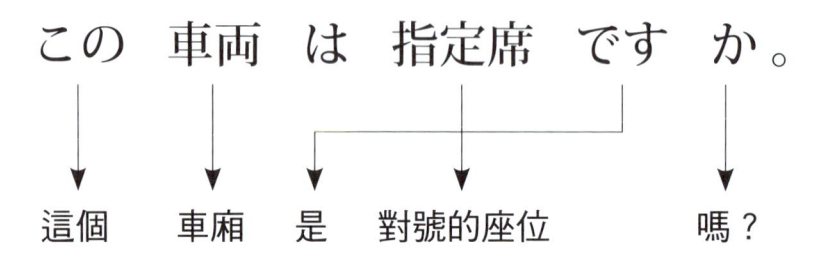

この	車両	は	指定席	です	か。
這個	車廂	是	對號的座位		嗎？

* この…連體詞：這個
* 車両…名詞：車廂
* は…助詞：表示主題
* 指定席…名詞：對號的座位
* です…助動詞：表示斷定（現在肯定形）
* か…助詞：表示疑問

用法

搭乘新幹線等交通工具時，確認自己所在的車廂是否為對號座車廂的說法。

3-014 旅行會話篇　　交通

這個可以使用JR周遊券搭乘嗎？

これはＪＲパスで乗(の)れますか。

これ	は	ＪＲパス	で	乗れます	か。
這個		用	JR周遊券	可以搭乗	嗎？

* これ…名詞：這個
* は…助詞：表示主題
* ＪＲパス…名詞：JR周遊券
* で…助詞：表示手段、方法
* 乗れます…動詞：搭乘（乗ります⇒可能形）
* か…助詞：表示疑問

用法
確認電車或公車是否可以使用JR周遊券的說法。

交通　**3-015 旅行會話篇**

計程車招呼站在哪裡？

タクシー乗り場はどこですか。

タクシー	乗り場	は	どこ	です	か。
計程車	乘車處	在	哪裡		呢？

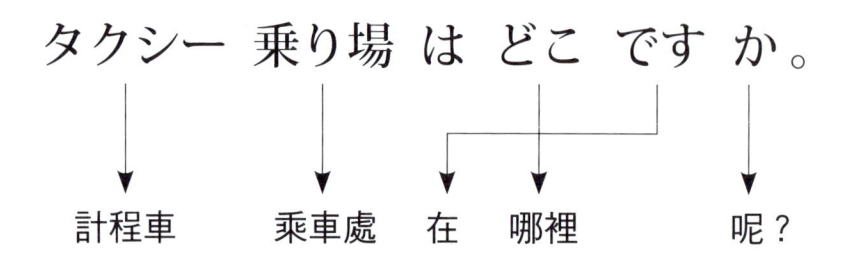

* **タクシー**…名詞：計程車
* **乗り場**…名詞：乘車處
* **は**…助詞：表示主題
* **どこ**…名詞（疑問詞）：哪裡
* **です**…助動詞：表示斷定（現在肯定形）
* **か**…助詞：表示疑問

用法
詢問計程車招呼站地點的說法。

3-016 旅行會話篇　　交通

坐計程車去的話，大概要多少錢？

タクシーで行(い)ったらどのくらいの金額(きんがく)になりますか。

タクシーで 行った ら どのくらいの 金額 に なります か。
↓　　　　　↓　　↓　　　　　　　　↓　　　↓　　　　　↓
如果　搭 計程車 去 的話　會變成 多少 的 金額　呢？

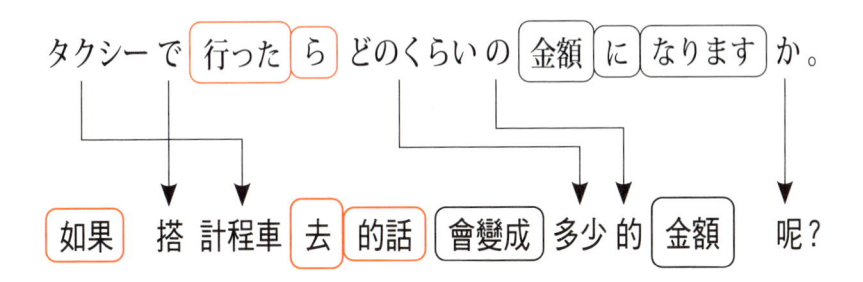

* **タクシー**…名詞：計程車
* **で**…助詞：表示手段、方法
* **行ったら**…動詞：去（行きます⇒た形＋ら）
* **どのくらい**…名詞（疑問詞）：多久、多少
* **の**…助詞：表示所屬
* **金額**…名詞：金額
* **に**…助詞：表示變化結果
* **なります**…動詞：變成
* **か**…助詞：表示疑問

用法
事先了解計程車車資大約多少錢的說法。

交通　3-017 旅行會話篇

（上計程車前）
我只有一萬日圓紙鈔，找零沒有問題嗎？

（タクシー乗車前）
1万円札しかないんですけど、お釣り、だいじょうぶですか。

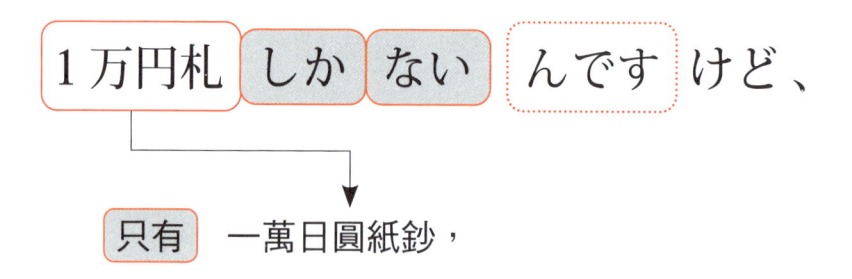

1万円札　しか　ない　んです　けど、
　↓
只有　一萬日圓紙鈔，

お　釣り、だいじょうぶ　です　か。
　↓　　　↓　　　　↓　　　　　↓
找零　　是　沒問題的　　　　　嗎？

* 一万円札…名詞：一萬日圓紙鈔
* しか…助詞：表示限定
* ない…い形容詞：沒有（ない⇒普通形-現在肯定形）
　　　　動詞：有（あります⇒ない形）
* んです…連語：ん＋です：表示強調
　　ん…形式名詞（の⇒縮約表現）
　　です…助動詞：表示斷定（現在肯定形）
* けど…助詞：表示前言
* お…接頭辭：表示美化、鄭重
* 釣り…名詞：找零
* だいじょうぶ…な形容詞：沒問題、沒事
* です…助動詞：表示斷定（現在肯定形）
* か…助詞：表示疑問

用法
搭乘計程車前先向司機確認能否找零的說法。

交通   **3-018 旅行會話篇**

因為依規定，後座的人也必須繫安全帶，所以請您繫上。

後部座席(こうぶざせき)でもシートベルトが義務付(ぎむづ)けられていますので、着用(ちゃくよう)お願(ねが)いします。

後部座席　で　も　シートベルト　が
　　↓　　　　↓　　↓　　　↓　　　　↓
　因為　　　在　後座　也(是)　安全帶

義務付けられて　います　ので、
　　　↓　　　　　　↓　　　　↓
　處於　被規定必須　的狀態

着用 [を] お 願い します 。
　　　　　　　↓
　　　　我拜託您　佩帶。

432

* **後部座席**…名詞：後座
* **で**…助詞：表示動作進行地點
* **も**…助詞：表示並列
* **シートベルト**…名詞：安全帶
* **が**…助詞：表示焦點
* **義務付けられて**…動詞：規定必須
  （義務付けます⇒受身形[義務付けられます]的て形）
* **います**…補助動詞（動詞て形＋います：目前狀態）
* **ので**…助詞：表示原因理由
* **着用**…名詞：佩帶
* **[を]**…助詞：表示動作作用對象（口語時可省略）
* **お**…接頭辭：表示美化、鄭重
* **願い**…動詞：拜託、祈願
  （願います⇒ます形除去[ます]）
* **します**…動詞：做
  お＋動詞ます形除去[ます]＋します…
  謙讓表現：（動作涉及對方的）[做]～

用法
計程車司機要求乘客繫上安全帶的說法。

交通　　**3-019 旅行會話篇**

請問有租車服務嗎？

レンタカーサービスはありますか。

レンタカー　サービス　は　あります　か。
　↓　　　　　↓　　　　　↓　　　↓
　租車　　　服務　　　　有　　嗎？

* レンタカー…名詞：租車
* サービス…名詞：服務
* は…助詞：表示主題
* あります…動詞：有、在
* か…助詞：表示疑問

用法
在日本打算開車時，詢問是否有租車服務的說法。

3-020 旅行會話篇　交通

我需要提出什麼證明身分的東西嗎？

何か身分を証明するものが必要ですか。
　なに　みぶん　しょうめい　　　　　　　ひつよう

何か　身分を　証明する　ものが　必要　ですか。

↓　　　↓　　↓　　　↓　　　↓　　↓　↓　　↓
什麼　證明　身分（的）東西　是　需要的　嗎？

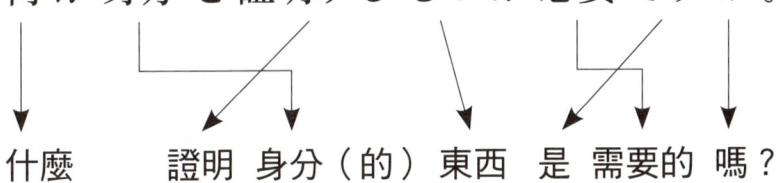

* 何…名詞（疑問詞）：什麼、任何
* か…助詞：表示不特定
* 身分…名詞：身分
* を…助詞：表示動作作用對象
* 証明する…動詞：證明（証明します⇒辭書形）
* もの…名詞：東西
* が…助詞：表示焦點
* 必要…な形容詞：必要、需要
* です…助動詞：表示斷定（現在肯定形）
* か…助詞：表示疑問

用法
辦理租借服務時，詢問是否需要身分證明文件的說法。

交通

3-021 旅行會話篇

從這裡到東京鐵塔需要多久的時間？

ここから東(とう)京(きょう)タワーまでどのくらい時(じ)間(かん)がかかりますか。

ここ から 東京タワー まで どのくらい 時間 が かかります か。

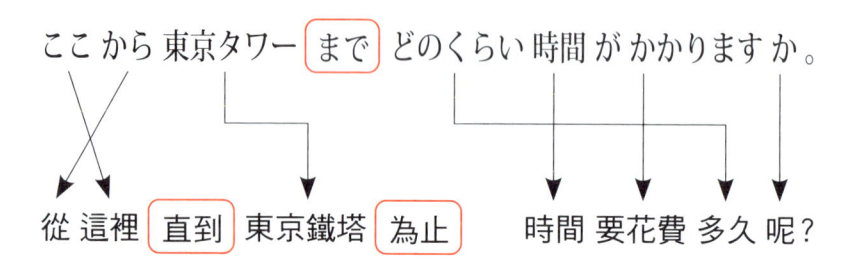

從 這裡 直到 東京鐵塔 為止　時間 要花費 多久 呢？

* **ここ**…名詞：這裡
* **から**…助詞：表示起點
* **東京タワー**…（地名）東京鐵塔
  （使用時可替換為其他地名）
* **まで**…助詞：表示界限
* **どのくらい**…名詞（疑問詞）：多久、多少
* **時間**…名詞：時間
* **が**…助詞：表示焦點
* **かかります**…動詞：花費
* **か**…助詞：表示疑問

用法

詢問到某處的所需時間的說法。

3-022 旅行會話篇　　交通

走路可以到嗎？

歩(ある)いて行(い)ける距離(きょり)ですか。

　歩いて　行ける　距離　です　か。
　　↓　　　↓　　　　↓　　　　↓
　是　走路　可以到（的）距離　　嗎？

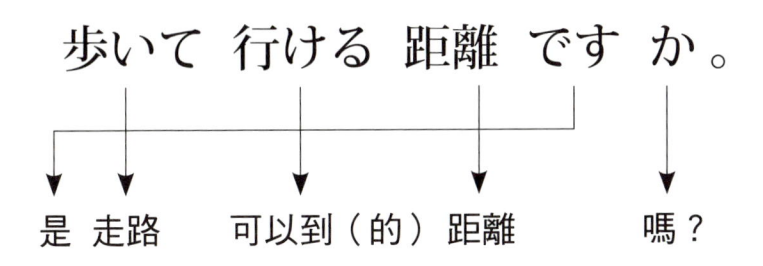

* 歩いて…動詞：走路（歩きます⇒て形）
* 行ける…動詞：去
　（行きます⇒可能形[行けます]的辭書形）
* 距離…名詞：距離
* です…助動詞：表示斷定（現在肯定形）
* か…助詞：表示疑問

用法
詢問目的地距離這裡，是否可以不依賴交通工具，步行即能抵達的說法。

交通

3-023 旅行會話篇

98高級汽油，請加滿。

ハイオク満（まん）タンでお願（ねが）いします。

ハイオク 満タン で お 願い します 。
　↓　　　↓　　　↓
高級汽油　加滿　的狀態　拜託您 。

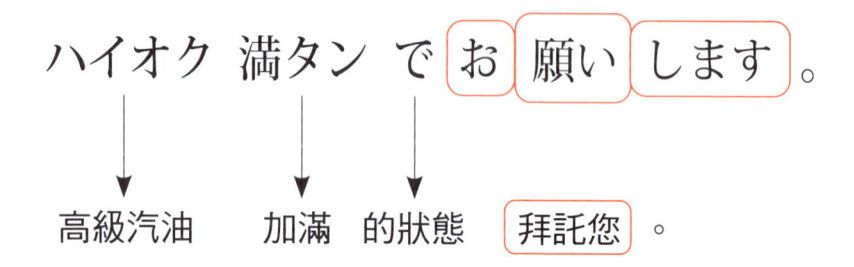

* ハイオク…名詞：高級汽油
* 満タン…名詞：加滿
* で…助詞：表示樣態
* お…接頭辭：表示美化、鄭重
* 願い…動詞：拜託、祈願
　（願います⇒ます形除去[ます]）
* します…動詞：做
　お＋動詞ます形除去[ます]＋します…
　謙讓表現：（動作涉及對方的）[做]～

用法
到加油站加油時的表達方式之一。

3-024 旅行會話篇　　住宿

今天晚上還有空房嗎？

今晩(こんばん)、空(あ)いている部屋(へや)はありますか。

今晩、 空いて いる 部屋 は あります か。

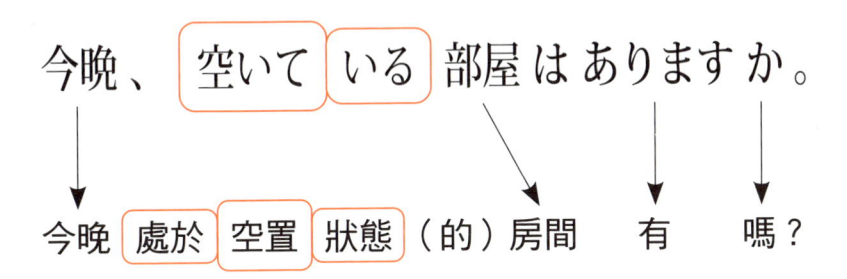

今晩 處於 空置 狀態 （的）房間 　有 　嗎？

* 今晩…名詞：今晚
* 空いて…動詞：空（空きます⇒て形）
* いる…補助動詞：（います⇒辭書形）
  動詞て形＋います：目前狀態
* 部屋…名詞：房間
* は…助詞：表示對比（區別）
* あります…動詞：有、在
* か…助詞：表示疑問

用法
沒有事先預約，詢問是否有空房住宿的說法。

住宿   **3-025 旅行會話篇**

我想要住可以看到海的房間。
海が見える部屋に泊まりたいんですが。

海 が 見える 部屋 に 泊まり たい んです が。

看得見　海（的）房間　（我）想要　住。

* 海…名詞：海
* が…助詞：表示焦點
* 見える…動詞：看得見（見えます⇒辭書形）
* 部屋…名詞：房間
* に…助詞：表示動作歸著點
* 泊まり…動詞：住宿（泊まります⇒ます形除去[ます]）
* たい…助動詞：表示希望
  動詞ます形除去[ます]＋たい…想要[做]～
* んです…連語：ん＋です：表示強調
  ん…形式名詞（の⇒縮約表現）
  です…助動詞：表示斷定(現在肯定形)
* が…助詞：表示前言

用法
具體說明想住宿的房型的說法。

3-026 旅行會話篇　住宿

從那個房間能看到東京鐵塔嗎？

その部屋（へや）からは東京（とうきょう）タワーが見（み）えますか。

その 部屋 からは 東京タワー が 見えますか。
↓　↓　↓　　↓　　　↓　↓　　　　↓
從 那個 房間 的話 看得見 東京鐵塔　　嗎？

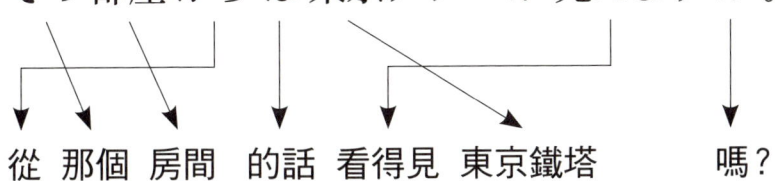

* その…連體詞：那個
* 部屋…名詞：房間
* から…助詞：表示起點
* は…助詞：表示對比（區別）
* 東京タワー…（地名）東京鐵塔
  （使用時可替換為其他地名）
* が…助詞：表示焦點
* 見えます…動詞：看得見
* か…助詞：表示疑問

用法
住宿飯店時，想了解從房間可以看到什麼風景的說法。

住宿 3-027 旅行會話篇

可以換到別的房間嗎？

別の部屋に換わることはできますか。

| 別の部屋 | に | 換わる | こと | は | できます | か。 |

可以 更換 成為 另外的房間　　　　　　　　嗎？

* **別**…名詞：別的、另外
* **の**…助詞：表示所屬
* **部屋**…名詞：房間
* **に**…助詞：表示變化結果
* **換わる**…動詞：更換（換わります⇒辭書形）
* **こと**…形式名詞
* **は**…助詞：表示對比（區別）
* **できます**…動詞：可以、能夠、會（します⇒可能形）
* **か**…助詞：表示疑問

用法
住宿飯店或旅館時，想要更換房間的說法。

3-028 旅行會話篇　　住宿

我想要多住一晚。

一泊延長（いっぱくえんちょう）したいんですが。

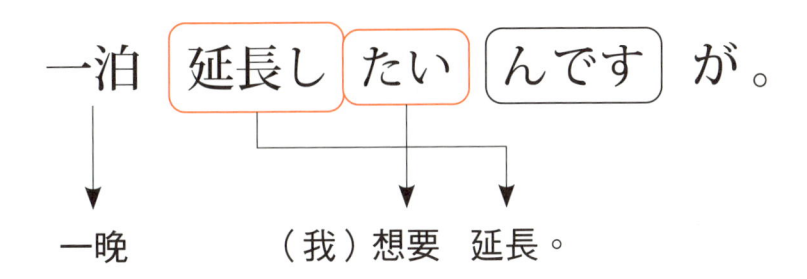

一泊 → 一晚
延長し → （我）想要 延長
たい
んです

* 一泊…名詞：一晚
* 延長し…動詞：延長
  （延長します⇒ます形除去[ます]）
* たい…助動詞：表示希望
  動詞ます形除去[ます]＋たい…想要[做]～
* んです…連語：ん＋です：表示強調
  ん…形式名詞（の⇒縮約表現）
  です…助動詞：表示斷定(現在肯定形)
* が…助詞：表示前言

用法
想要延長住宿天數的說法。

住宿

3-029 旅行會話篇

我要再住一天，可以嗎？

もう一泊(いっぱく)したいんですが、できますか。

もう ─ 一泊し ─ たい ─ んです ─ が、できますか。

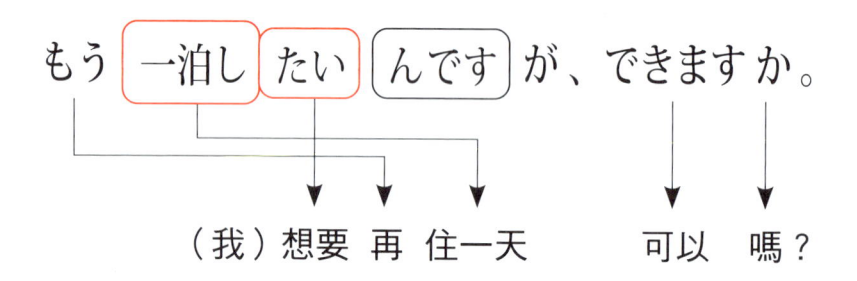

（我）想要　再　住一天　　可以　嗎？

* もう…副詞：再
* 一泊し…動詞：住一天（一泊します⇒ます形除去[ます]）
* たい…助動詞：表示希望
* んです…連語：ん＋です：表示強調
  ん…形式名詞（の⇒縮約表現）
  です…助動詞：表示斷定(現在肯定形)
* が…助詞：表示前言
* できます…動詞：可以、能夠、會（します⇒可能形）
* か…助詞：表示疑問

用法

想要延長住宿天數的說法。意思同單元028的「一泊延長したいんですが。」（我想要多住一晚）。

3-030 旅行會話篇　　住宿

我可以延長居住天數到後天嗎？

明後日(あさって)まで滞在(たいざい)を延長(えんちょう)することができますか。

明後日 まで 滞在 を 延長する こと が できます か。
↓　　↓　　↓　　　　↓　　　　　　↓　　　　　↓
直到 後天　　可以 延長 停留　　　　　　　　嗎？

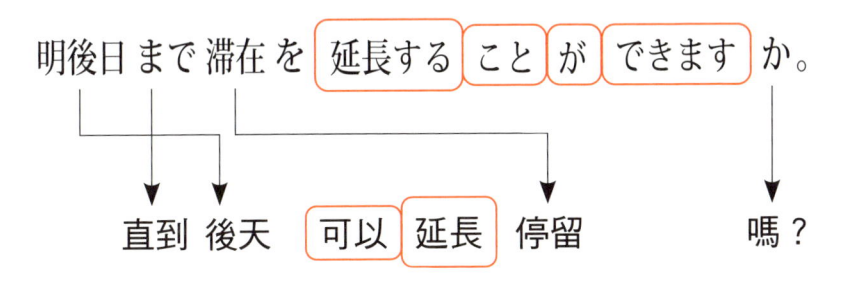

* **明後日**⋯名詞：後天
* **まで**⋯助詞：表示界限
* **滞在**⋯名詞：停留
* **を**⋯助詞：表示動作作用對象
* **延長する**⋯動詞：延長（延長します⇒辭書形）
* **こと**⋯形式名詞
* **が**⋯助詞：表示焦點
* **できます**⋯動詞：可以、能夠、會（します⇒可能形）
* **か**⋯助詞：表示疑問

用法
變更行程，想在同一家飯店多住宿幾天的說法。

客房服務　3-031 旅行會話篇

我想借熨斗和燙衣板。

アイロンとアイロン台(だい)を借(か)りられますか。

アイロン と アイロン台 を 借りられます か。
　↓　　　↓　　↓　　　↓　　　　　　　　　↓
可以借入 熨斗 和 燙衣板　　　　　　　　　嗎？

* アイロン…名詞：熨斗
* と…助詞：表示並列
* アイロン台…名詞：燙衣板
* を…助詞：表示動作作用對象
* 借りられます…動詞：借入（借ります⇒可能形）
* か…助詞：表示疑問

用法
住宿飯店或旅館時，想要借用物品的說法。

3-032 旅行會話篇　客房服務

我想要使用保險箱。

セーフティーボックスを使(つか)いたいんですが。

セーフティーボックス を 使い たい んです が。
　　　　　　　　　　　　想要 使用 保險箱。

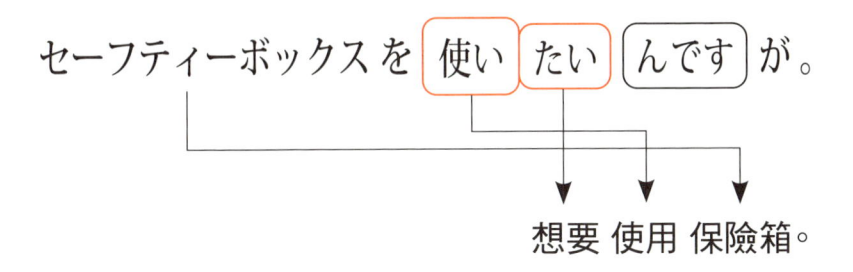

* セーフティーボックス…名詞：保險箱
* を…助詞：表示動作作用對象
* 使い…動詞：使用（使います⇒ます形除去[ます]）
* たい…助動詞：表示希望
　動詞ます形除去[ます]＋たい…想要[做]～
* んです…連語：ん＋です：表示強調
　ん…形式名詞（の⇒縮約表現）
　です…助動詞：表示斷定(現在肯定形)
* が…助詞：表示前言

用法
表示想要使用保險箱保管貴重物品的說法。

客房服務　**3-033 旅行會話篇**

有送洗的服務嗎？

クリーニングのサービスがありますか。

クリーニング	の	サービス	が	あります	か。
洗衣服	的	服務		有	嗎？

* **クリーニング**…名詞：洗衣服
* **の**…助詞：表示所屬
* **サービス**…名詞：服務
* **が**…助詞：表示焦點
* **あります**…動詞：有、在
* **か**…助詞：表示疑問

用法
確認飯店是否有衣物送洗服務的說法。

3-034 旅行會話篇　　客房服務

麻煩明天早上八點叫我起床好嗎？

明日（あした）8時（はちじ）にモーニングコールをお願（ねが）いできますか。

明日　8時　に　モーニングコール　を　お　願い　できます　か。

明天　八點　　叫我起床　　　　可以拜託您　　　嗎？

* **明日**…名詞：明天
* **8時**…名詞：八點
* **に**…助詞：表示動作進行時點
* **モーニングコール**…名詞：叫我起床
* **を**…助詞：表示動作作用對象
* **お**…接頭辭：表示美化、鄭重
* **願い**…動詞：拜託、祈願（願います⇒ます形除去[ます]）
* **できます**…動詞：可以、能夠、會（します⇒可能形）
  お＋動詞ます形除去[ます]＋します…
  謙讓表現：（動作涉及對方的）[做]～
* **か**…助詞：表示疑問

用法
希望飯店明天早晨提供喚醒服務的說法。

客房服務 **3-035 旅行會話篇**

可以請你幫我保管行李到七點嗎？

7時（しちじ）まで荷物（にもつ）を預（あず）かってもらえますか。

7時 まで 荷物 を │預かって│ │もらえます│ か。
　│　　│　　│　　　↓　　　↓　　↓　↓
│可以請你為我│ │保管│ 行李 直到 七點 嗎？

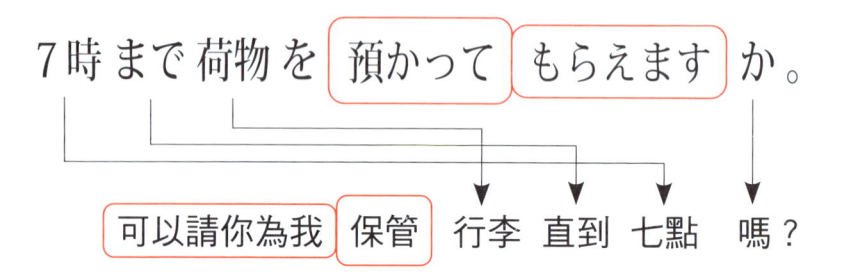

* **7時**…名詞：七點
* **まで**…助詞：表示界限
* **荷物**…助詞：表示動作進行時點
* **を**…助詞：表示動作作用對象
* **預かって**…動詞：替別人保管（預かります⇒て形）
* **もらえます**…補助動詞：（もらいます⇒可能形）
　動詞て形＋もらいます：請您（為我）[做]～
* **か**…助詞：表示疑問

用法
麻煩飯店人員暫時幫忙保管行李的說法。

3-036 旅行會話篇　　客房服務

我把鑰匙忘在房間了…。

部屋(へや)にかぎを忘(わす)れて出(で)てしまったんですが…。

| 部屋 に | かぎを忘れて | 出て | しまった | んです | が…。 |

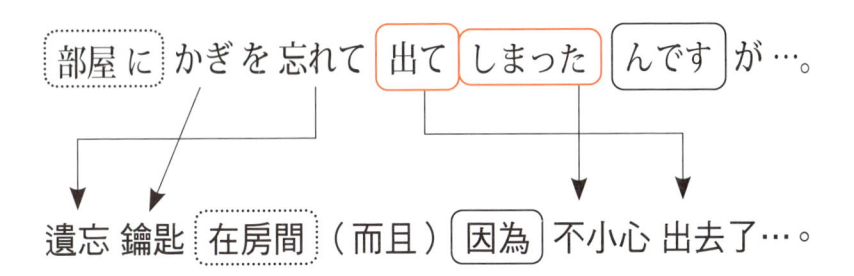

遺忘 鑰匙 在房間 （而且） 因為 不小心 出去了…。

* **部屋**…名詞：房間
* **に**…助詞：表示歸著點
* **かぎ**…名詞：鑰匙
* **を**…助詞：表示動作作用對象
* **忘れて**…動詞：忘記（忘れます⇒て形）
  （て形表示附帶狀況）
* **出て**…動詞：出去（出ます⇒て形）
* **しまった**…補助動詞（しまいます⇒た形）
  動詞て形＋しまいます：（無法挽回的）遺憾
* **んです**…連語：ん＋です：表示理由
  ん…形式名詞（の⇒縮約表現）
  です…助動詞：表示斷定（現在肯定形）
* **が**…助詞：表示前言

用法
離開時將鑰匙遺留在房內，導致無法進入時的說法。

451

客房服務 　　3-037 **旅行會話篇**

空調沒有運轉…。
エアコンが動(うご)かないんですが。

エアコン が 動かない んです が。
　　↓
空調　　因為 沒有運轉 。

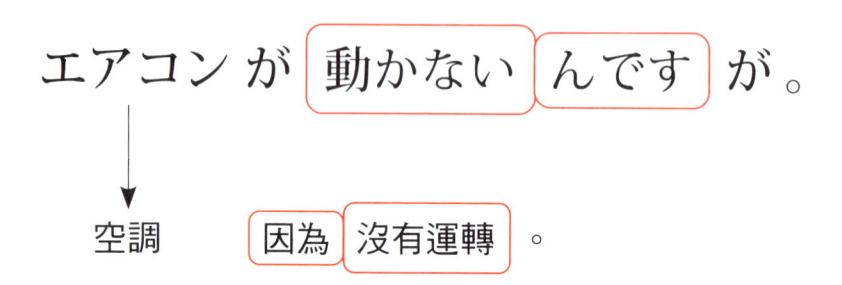

* エアコン…名詞：空調
* が…助詞：表示主格
* 動かない…動詞：動、運轉（動きます⇒ない形）
* んです…連語：ん＋です：表示理由
  ん…形式名詞（の⇒縮約表現）
  です…助動詞：表示斷定(現在肯定形)
* が…助詞：表示前言

用法
向飯店人員反應空調出狀況，沒有運轉。

3-038 旅行會話篇　客房服務

蓮蓬頭的熱水都不熱…。

シャワーのお湯（ゆ）が熱（あつ）くならないんですが…。

シャワー の お湯 が 熱く ならない んです が…。

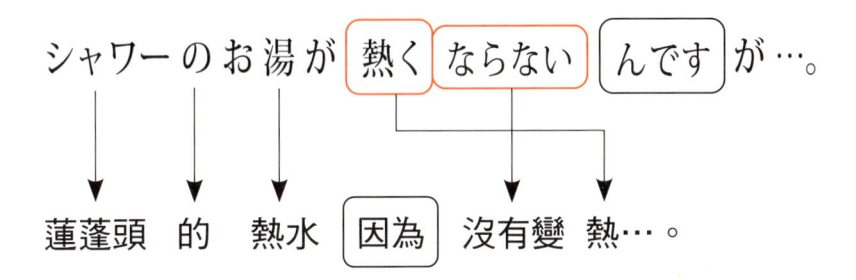

蓮蓬頭　的　熱水　因為　沒有變　熱…。

* シャワー…名詞：蓮蓬頭
* の…助詞：表示所屬
* お…接頭辭：表示美化、鄭重
* 湯…名詞：熱水
* が…助詞：表示主格
* 熱く…い形容詞：燙、熱（熱い⇒副詞用法）
* ならない…動詞：變（なります⇒ない形）
* んです…連語：ん＋です：表示理由
  ん…形式名詞（の⇒縮約表現）
  です…助動詞：表示斷定(現在肯定形)
* が…助詞：表示前言

用法
向飯店人員反應房內設備出狀況的說法。

預約

3-039 旅行會話篇

我要預約明天晚上六點半兩位。

明日の晩、6時半に2名の予約をしたいんですが。
（あした の ばん、ろくじはん に にめい の よやく）

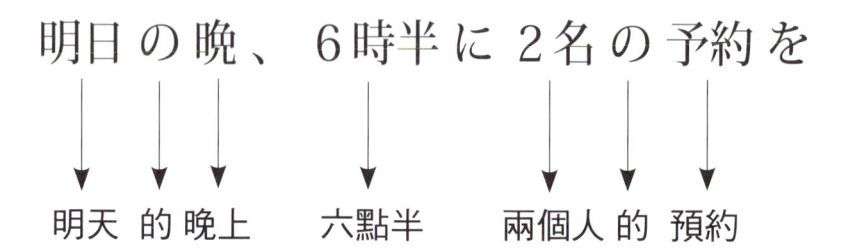

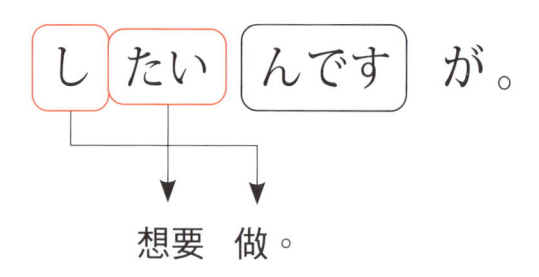

明日の晩 → 明天 的 晚上
6時半 → 六點半
2名の予約を → 兩個人 的 預約

し／たい／んです が。
→ 想要 做。

＊明日⋯名詞：明天
＊の⋯助詞：表示所屬
＊晩⋯名詞：晚上
＊６時半⋯名詞：六點半
＊に⋯助詞：表示動作進行時點
＊２名⋯名詞：兩個人
＊の⋯助詞：表示所屬
＊予約⋯名詞：預約
＊を⋯助詞：表示動作作用對象
＊し⋯動詞：做（します⇒ます形除去[ます]）
＊たい⋯助動詞：表示希望
　　動詞ます形除去[ます]＋たい⋯想要[做]〜
＊んです⋯連語：ん＋です：表示強調
　　ん⋯形式名詞（の⇒縮約表現）
　　です⋯助動詞：表示斷定(現在肯定形)
＊が⋯助詞：表示前言

用法
想要預約餐廳座位的說法。

預約　　**3-040 旅行會話篇**

我想要相連的位子。

並_{なら}んだ席_{せき}を取_とりたいのですが。

並んだ　席　を　取り　たい　のです　が。
↓　　　↓　　　　↓　　　↓
並排的　位子　　（我）想要　取得。

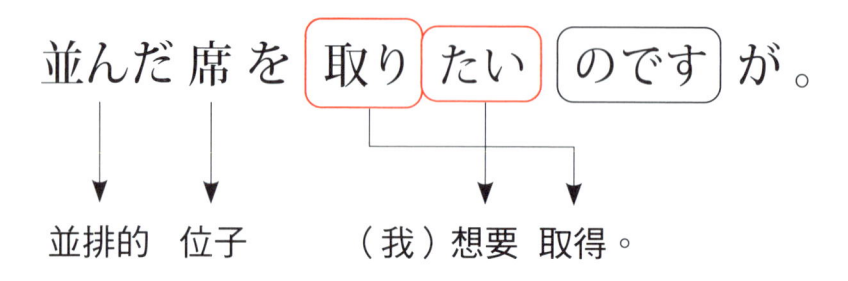

* **並んだ**…動詞：排列（並びます⇒た形）
* **席**…名詞：位子
* **を**…助詞：表示動作作用對象
* **取り**…動詞：取得（取ります⇒ます形除去[ます]）
* **たい**…助動詞：表示希望
  動詞ます形除去[ます]＋たい…想要[做]～
* **のです**…連語：の＋です＝んです：表示強調
  の…形式名詞
  です…助動詞：表示斷定（現在肯定形）
* **が**…助詞：表示前言

用法
預約座位時，希望安排相連座位的說法。

3-041 旅行會話篇

預約

我是已經有預約的王某某。

予約（よやく）した王（おう）ですが。

```
予約した    王    です    が。
   ↓        ↓     ↓
   是  已經預約的   王。
```

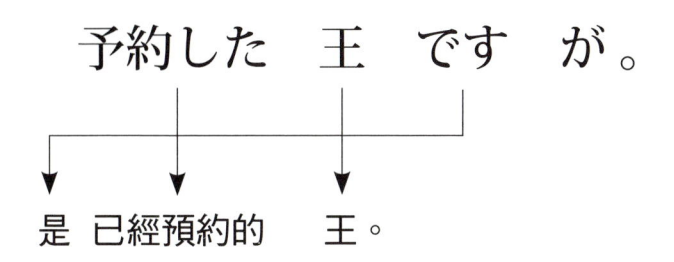

* 予約した…動詞：預約（予約します⇒た形）
* 王…（姓氏）王（使用時可替換為其他姓氏）
* です…助動詞：表示斷定（現在肯定形）
* が…助詞：表示前言

用法

來到事前預約好的商家時這樣說，對方就會為你服務。

預約

3-042 旅行會話篇

我可以取消預約嗎？

予約をキャンセルしたいんですが、できますか。

予約を | キャンセルし | たい | んです | が、できますか。

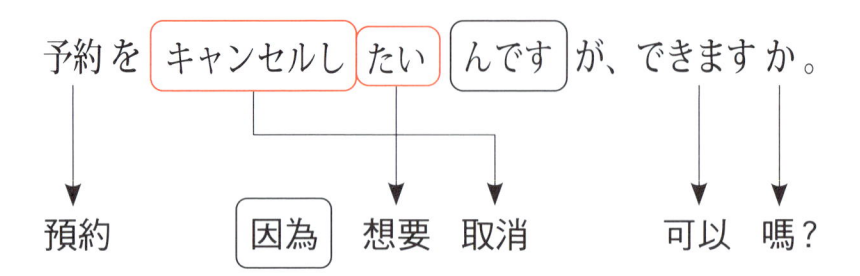

↓　　　　↓　　　　↓　　↓　　　　↓　　　↓
預約　　因為　　想要　取消　　　可以　嗎？

* 予約…名詞：預約
* を…助詞：表示動作作用對象
* キャンセルし…動詞：取消
  （キャンセルします⇒ます形除去[ます]）
* たい…助動詞：表示希望
  動詞ます形除去[ます]+たい：想要[做]～
* んです…連語：ん+です：表示理由
  ん…形式名詞（の⇒縮約表現）
  です…助動詞：表示斷定(現在肯定形)
* が…助詞：表示前言
* できます…動詞：可以、能夠、會（します⇒可能形）
* か…助詞：表示疑問

用法

情況有變想要取消預約的說法。預約後如果無法如期前往，一定要事先聯絡商家，才不會造成對方的困擾。

3-043 旅行會話篇　　飲食

哪一帶的餐廳比較多呢？

レストランが多いのはどの辺ですか。

レストラン が 多い の は どの辺 です か。
　↓　　　　　↓　　↓　↓　　↓　　　↓
　餐廳　　　多的 地方 是 哪一帶　　呢？

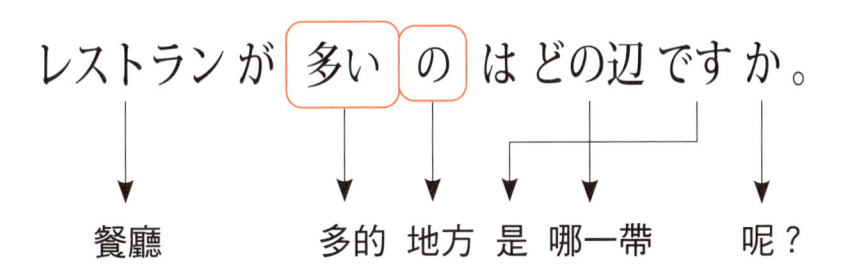

* レストラン…名詞：餐廳
* が…助詞：表示焦點
* 多い…い形容詞：很多
* の…形式名詞：代替名詞
* は…助詞：表示主題
* どの辺…名詞（疑問詞）：哪邊、哪一帶
* です…助動詞：表示斷定（現在肯定形）
* か…助詞：表示疑問

用法
詢問哪一帶餐廳比較多的說法。

飲食　　**3-044 旅行會話篇**

這附近有沒有平價一點的餐廳？

近(ちか)くにそれほど高(たか)くないレストランがありますか。

近くに それ ほど 高くない レストランが ありますか。

附近 沒有 像 那個 那麼 貴的 餐廳 有 嗎？

* **近く**…名詞：附近
* **に**…助詞：表示存在位置
* **それ**…名詞：那個
* **ほど**…助詞：表示程度
* **高くない**…い形容詞：貴、高（高い⇒現在否定形-くない）
* **レストラン**…名詞：餐廳
* **が**…助詞：表示焦點
* **あります**…動詞：有、在
* **か**…助詞：表示疑問

用法
來到陌生的景點，詢問附近是否有平價餐廳的說法。

3-045 旅行會話篇　　飲食

這附近有中式餐廳嗎？

この辺(へん)に中華料理(ちゅうかりょうり)のレストランはありませんか。

この辺に 中華料理 の レストラン は ありません か。
↓   ↓   ↓   ↓   ↓   ↓   ↓
在 這附近 中華料理 的 餐廳   沒有   嗎？

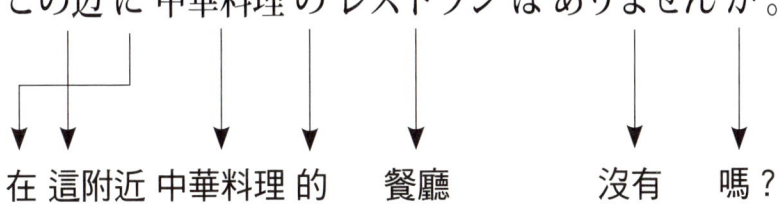

* **この辺**…名詞：這附近
* **に**…助詞：表示存在位置
* **中華料理**…名詞：中華料理（使用時可替換為其他料理）
* **の**…助詞：表示所屬
* **レストラン**…名詞：餐廳
* **は**…助詞：表示對比（區別）
* **ありません**…動詞：有、在（あります⇒現在否定形）
* **か**…助詞：表示疑問

用法

鎖定料理的種類，詢問附近是否有該類餐廳的說法。

飲食　　　**3-046 旅行會話篇**

在哪裡可以吃到平價的日本料理呢？

手ごろな値段で食べられる日本食の
お店がありますか。

手ごろな　値段　で　食べられる　日本食　の
↓　　　　↓　　　　　↓　　　　　↓　　↓
公道的　　價錢　　可以吃到（的）日本料理　的

お店　が　あります　か。
↓　　　　↓　　　　↓
店　　　　有　　　　嗎？

* 手ごろな…な形容詞：公道、合適（名詞接續用法）
* 値段…名詞：價錢
* で…助詞：表示言及範圍
* 食べられる…動詞：吃

  （食べます⇒可能形[食べられます]的辭書形）
* 日本食…名詞：日本料理
* の…助詞：表示所屬
* お…接頭辭：表示美化、鄭重
* 店…名詞：店
* が…助詞：表示焦點
* あります…動詞：有、在
* か…助詞：表示疑問

用法

詢問平價的日本料理餐廳地點的說法。

飲食　　**3-047 旅行會話篇**

請問您要內用還是外帶？

こちらでお召し上がりですか。それともお持ち帰りですか。

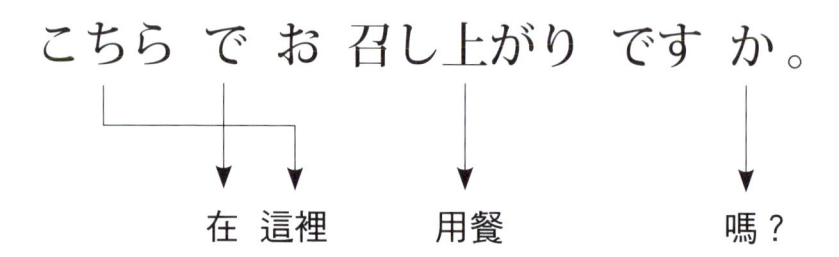

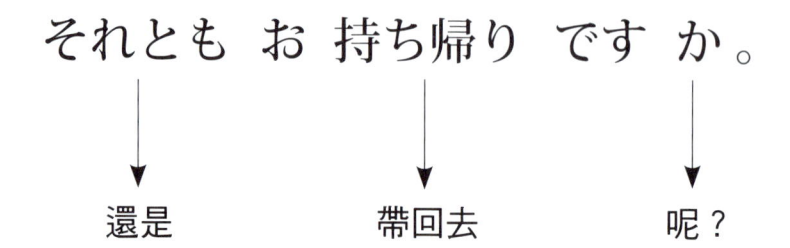

こちら で お 召し上がり です か。
　↓　　↓　　　↓　　　　　↓
　在 這裡　　用餐　　　　嗎？

それとも お 持ち帰り です か。
　↓　　　　　↓　　　　↓
　還是　　　帶回去　　　呢？

* こちら…名詞：這裡
* で…助詞：表示動作進行地點
* お…接頭辭：表示美化、鄭重
* 召し上がり…動詞：吃、喝

    （召し上がります⇒ます形除去[ます]）
* です…助動詞：表示斷定（現在肯定形）
* か…助詞：表示疑問

    お＋動詞ます形除去[ます]＋ですか…
    尊敬表現：現在的狀態
* それとも…接續詞：還是（二選一）
* お…接頭辭：表示美化、鄭重
* 持ち帰り…動詞：帶回

    （持ち帰ります⇒ます形除去[ます]）
* です…助動詞：表示斷定（現在肯定形）
* か…助詞：表示疑問

用法

點餐時，服務生確認要「店內用餐」或「外帶」的說法。

飲食　　　　**3-048 旅行會話篇**

要等多久呢？

どのくらい待ちますか。

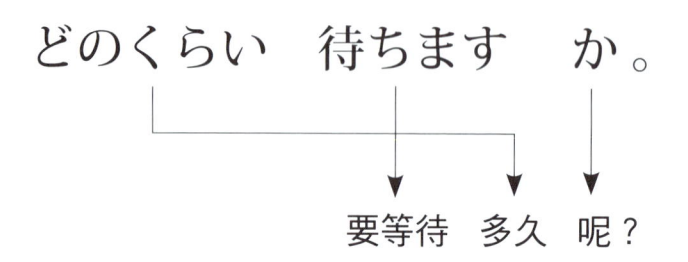

```
どのくらい　　待ちます　　か。
     ↓            ↓        ↓
   要等待        多久      呢？
```

* **どのくらい**…名詞（疑問詞）：多久、多少
* **待ちます**…動詞：等待
* **か**…助詞：表示疑問

用法

用餐或其他場合因為客滿而需要等候時，詢問要等多久才會輪到自己的說法。

3-049 旅行會話篇　　飲食

我要非吸菸區的座位。

禁煙席（きんえんせき）をお願（ねが）いします。

禁煙席 を [お] [願い] [します]。

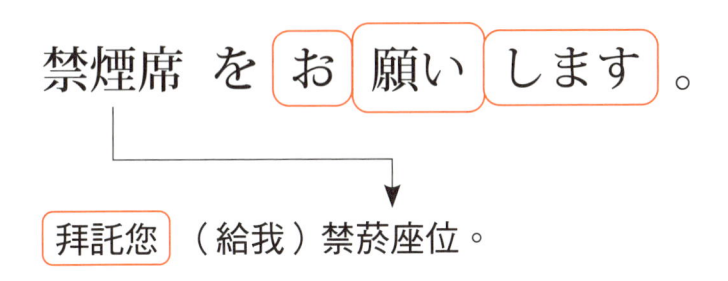

[拜託您]（給我）禁菸座位。

* **禁煙席**…名詞：禁菸座位
* **を**…助詞：表示動作作用對象
* **お**…接頭辭：表示美化、鄭重
* **願い**…動詞：拜託、祈願（願います⇒ます形除去[ます]）
* **します**…動詞：做
　お＋動詞ます形除去[ます]＋します…
　謙讓表現：（動作涉及對方的）[做]～

用法
希望使用非吸菸區座位的說法。

467

飲食　**3-050 旅行會話篇**

人數是兩大一小。

おとなふたり こ どもひとり
大人二人子供一人です。

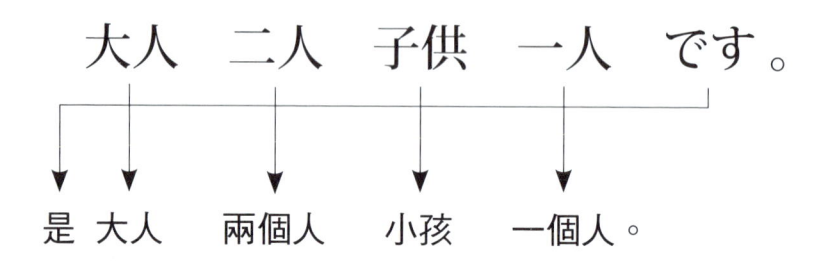

大人　二人　子供　一人　です。

是　大人　兩個人　小孩　一個人。

* **大人**…名詞：大人
* **二人**…名詞：兩個人
* **子供**…名詞：小孩
* **一人**…名詞：一個人
* **です**…助動詞：表示斷定（現在肯定形）

用法

在餐廳、電影院等表示自己的同行人數的說法。

3-051 旅行會話篇　　飲食

今天的推薦菜單是什麼？
今日(きょう)のおすすめメニューは何(なん)ですか。

今日	の	おすすめ	メニュー	は	何	ですか。
今天	的	推薦	菜單	是	什麼	呢？

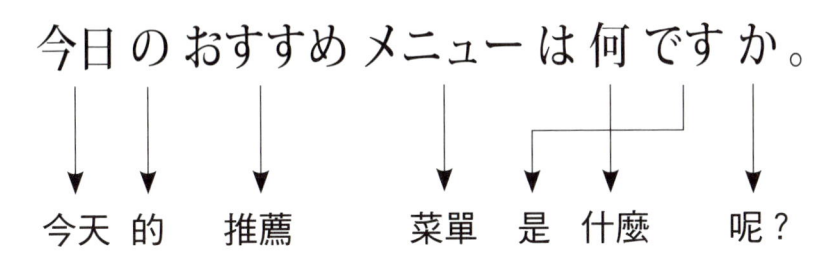

* 今日…名詞：今天
* の…助詞：表示所屬
* おすすめ…名詞：推薦
* メニュー…名詞：菜單
* は…助詞：表示主題
* 何…名詞（疑問詞）：什麼、任何
* です…助動詞：表示斷定（現在肯定形）
* か…助詞：表示疑問

用法
請服務生推薦好吃的餐點的說法。

飲食　　　**3-052 旅行會話篇**

有沒有什麼本地菜呢？

何(なに)か 郷土料理(きょうどりょうり)はありますか。

何	か	郷土料理	は	あります	か。
什麼	不特定（的）	本地菜		有	嗎？

* 何…名詞（疑問詞）：什麼、任何
* か…助詞：表示不特定
* 郷土料理…名詞：本地菜
* は…助詞：表示對比（區別）
* あります…動詞：有、在
* か…助詞：表示疑問

用法
詢問是否有當地限定的特殊食材料理的說法。

3-053 旅行會話篇　　飲食

有沒有比較推薦的輕食類的東西？

軽(かる)いものでおすすめはありませんか。

軽い	もの	で	おすすめ	は	ありません	か。
↓	↓	↓	↓	↓	↓	↓
份量不多的	東西		推薦食物		沒有	嗎？

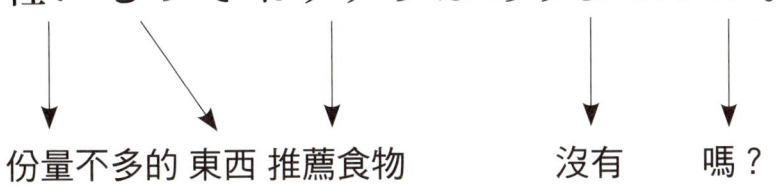

* **軽い**…い形容詞：份量不多
* **もの**…名詞：東西
* **で**…助詞：表示言及範圍
* **おすすめ**…名詞：推薦
* **は**…助詞：表示對比（區別）
* **ありません**…動詞：有、在（あります⇒現在否定形）
* **か**…助詞：表示疑問

【用法】

肚子不是很餓，但是想點些東西來吃時，可以這樣詢問服務生。

飲食　　　**3-054 旅行會話篇**

有兒童菜單嗎？

子供(こども)向(む)けのメニューはありますか。

子供 向け の　メニュー　は　ありますか。
　↓　↓　↓　　　↓　　　　　↓　　↓
針對 兒童　的　　菜單　　　　有　　嗎？

* 子供…名詞：小孩
* 向け…接尾辭：針對
* の…助詞：表示所屬
* メニュー…名詞：菜單
* は…助詞：表示對比（區別）
* あります…動詞：有、在
* か…助詞：表示疑問

用法
詢問是否有專門為兒童準備的餐點的說法。

筆記頁

空白一頁,讓你記錄學習心得,
也讓下一個單元能以跨頁呈現,方便於對照閱讀。

....

....

....

....

....

....

....

飲食

3-055 旅行會話篇

這道菜裡面，有什麼東西呢？

この料理(りょうり)の中(なか)には何(なに)が入(はい)っていますか。

この	料理	の	中	に	は
在 這個	料理		的	裡面	

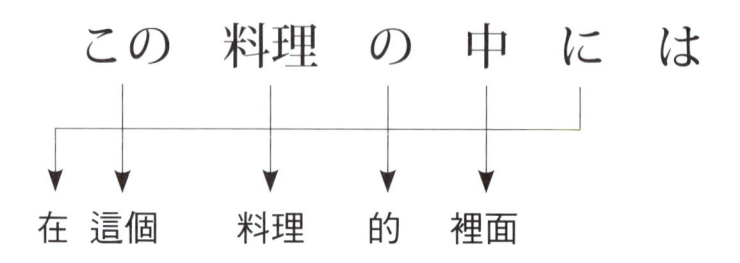

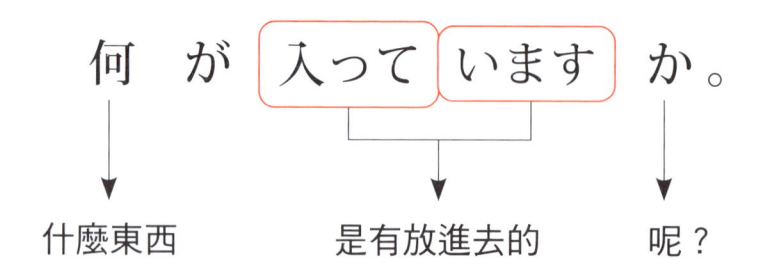

何	が	入って	います	か。
什麼東西		是有放進去的		呢？

* この…連體詞：這個
* 料理…名詞：料理
* の…助詞：表示所在
* 中…名詞：裡面
* に…助詞：表示存在位置
* は…助詞：表示主題
* 何…名詞（疑問詞）：什麼、任何
* が…助詞：表示主格
* 入って…動詞：進入、進去（入ります⇒て形）
* います…補助動詞

　動詞て形＋います：目前狀態
* か…助詞：表示疑問

用法
確認料理所使用的食材的說法。

飲食

3-056 旅行會話篇

這道菜有使用牛肉嗎？

この料理(りょうり)には牛肉(ぎゅうにく)が使(つか)われていますか。

この 料理 には 牛肉 が 使われて います か。

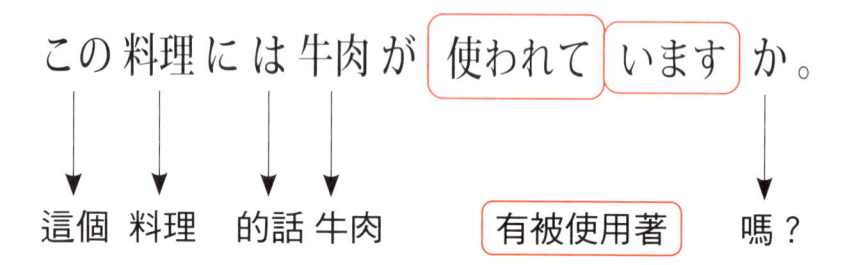

這個 料理 的話 牛肉 　有被使用著　 嗎？

* **この**…連體詞：這個
* **料理**…名詞：料理
* **に**…助詞：表示存在位置
* **は**…助詞：表示對比（區別）
* **牛肉**…名詞：牛肉
* **が**…助詞：表示焦點
* **使われて**…動詞：使用
  （使います⇒受身形[使われます]的て形）
* **います**…補助動詞
  動詞て形＋います：目前狀態
* **か**…助詞：表示疑問

用法
事先確認是否有自己不能吃的食材的說法。

3-057 旅行會話篇　飲食

總共點餐以上這些東西。

注文(ちゅうもん)は以上(いじょう)です。

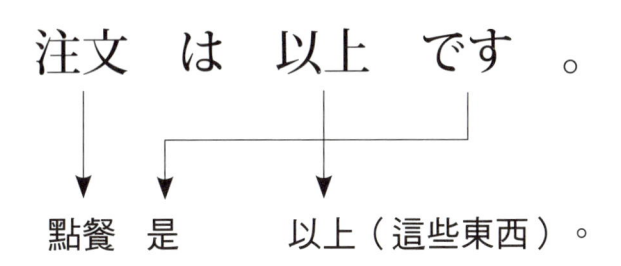

注文　は　以上　です　。
　↓　　↓　　↓
點餐　是　　以上（這些東西）。

* **注文**…名詞：點餐
* **は**…助詞：表示主題
* **以上**…名詞：以上、完畢
* **です**…助動詞：表示斷定（現在肯定形）

用法
點完所有想點的餐點後的總結說法。

飲食　　**3-058 旅行會話篇**

那，就先給我啤酒好了。

とりあえずビールください。

とりあえず ビール [を] ください。

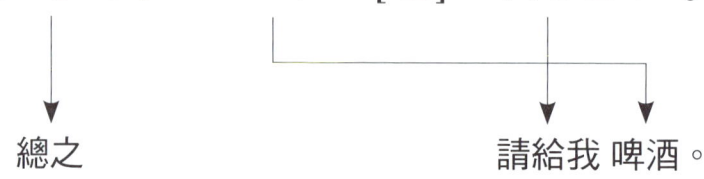

總之　　　　　　　　　請給我 啤酒。

* **とりあえず**…副詞：姑且、總之
* **ビール**…名詞：啤酒
* **[を]**…助詞：表示動作作用對象（口語時可省略）
* **ください**…補助動詞：請
  （くださいます⇒命令形[くださいませ] 除去[ませ]）
  名詞＋を＋ください：請給我～

用法
在居酒屋等場所要先點啤酒的說法。

3-059 旅行會話篇　　　飲食

麻煩你，我要去冰。

氷(こおり)抜(ぬ)きでお願(ねが)いします。

氷抜き　で　お　願い　します　。
　↓　　　↓　　　　拜託您
　去冰　狀態

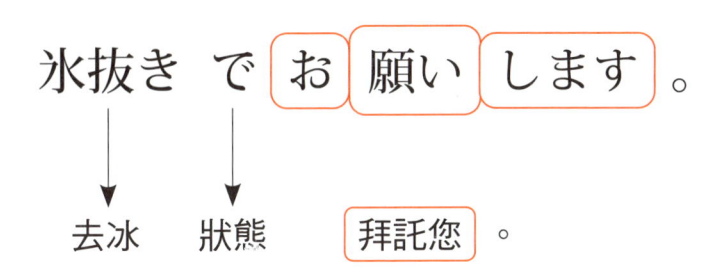

* **氷抜き**…名詞：去冰
* **で**…助詞：表示樣態
* **お**…接頭辭：表示美化、鄭重
* **願い**…動詞：拜託、祈願
  （願います⇒ます形除去[ます]）
* **します**…動詞：做
  お＋動詞ます形除去[ます]＋します…
  謙讓表現：（動作涉及對方的）[做]～

用法
點冷飲時，不想要加冰塊的說法。

飲食　　**3-060 旅行會話篇**

份量可以少一點嗎？

すく
少なめにしてもらえますか。

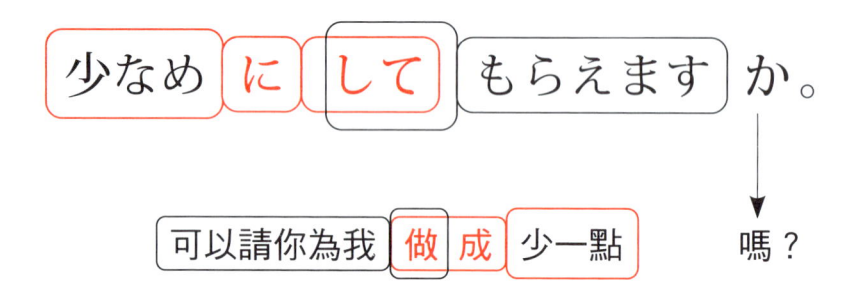

| 少なめ | に | して | もらえます | か。|

可以請你為我 做 成 少一點　　嗎？

* 少なめ…名詞：少一些
  （い形容詞[少ない]的名詞化）
* に…助詞：表示決定結果
* して…動詞：做（します⇒て形）
* もらえます…補助動詞：（もらいます⇒可能形）
  動詞て形＋もらいます：請您（為我）[做]～
* か…助詞：表示疑問

用法

希望餐點減少份量的說法。「份量可以多一點嗎？」是「多（おお）めにしてもらえますか。」。「份量可以減半嗎？」是「半分（はんぶん）にしてもらえますか。」。

3-061 旅行會話篇　　飲食

這不是我點的東西。

これ、私(わたし)の注文(ちゅうもん)したものではありません。

これ、私の注文したものではありません。
　↓　　↓　↓　　↓　　　↓
這個 不是 我　 點購的　東西。

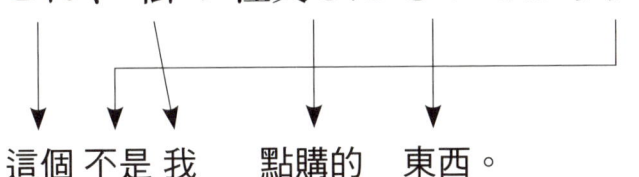

* これ…名詞：這個
* 私…名詞：我
* の…助詞：表示主格（の＝が）
* 注文した…動詞：訂、點（菜）（注文します⇒た形）
* もの…名詞：東西
* ではありません…連語：表示否定（現在否定形）

用法
服務生送上來的餐點跟自己所點的不一樣時的說法。

| 飲食 | **3-062 旅行會話篇** |

我點的菜還沒有來耶。

注文した料理がまだ来ないんですが…。
（ちゅうもん）（りょうり）（こ）

注文した 料理 が まだ 来ない んです が…。
　↓　　　↓　　　　↓　　↓
點購的　料理　　還　沒來。

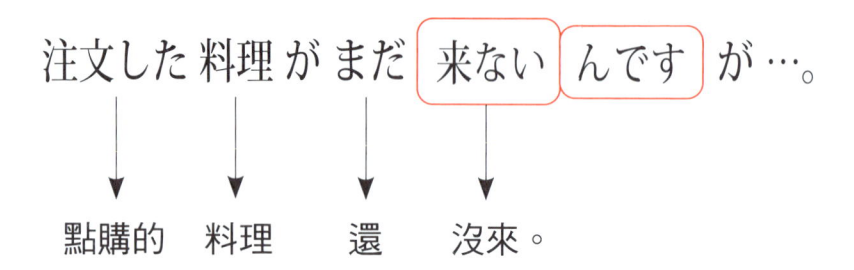

* **注文した**…動詞：訂、點（菜）（注文します⇒た形）
* **料理**…名詞：料理
* **が**…助詞：表示主格
* **まだ**…副詞：還、尚未
* **来ない**…動詞：來（来ます⇒ない形）
* **んです**…連語：ん＋です：表示強調
　ん…形式名詞（の⇒縮約表現）
　です…助動詞：表示斷定（現在肯定形）
* **が**…助詞：表示前言

用法
所點的餐點遲遲沒有送來時，可以向服務生這樣反應。

3-063 旅行會話篇　飲食

這道菜好像有點不熟的樣子…。

この料理、生焼けっぽいんですが…。

この　料理、　生焼け　っぽい　んです　が…。

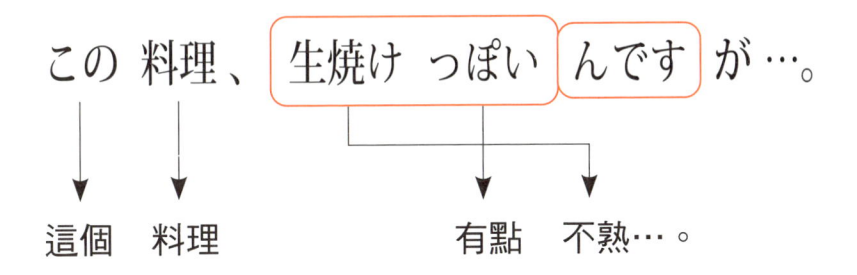

↓　　↓　　　　　　　↓　　↓
這個　料理　　　　　有點　不熟…。

* **この**…連體詞：這個
* **料理**…名詞：料理
* **生焼け**…名詞：未烤熟（的食品）
* **っぽい**…接尾辭：好像、有點、容易～
* **んです**…連語：ん＋です：表示強調
    ん…形式名詞（の⇒縮約表現）
    です…助動詞：表示斷定（現在肯定形）
* **が**…助詞：表示前言

用法
送來的餐點沒有完全煮熟時，可以向服務生這樣反應。

飲食

3-064 旅行會話篇

可以稍微再煮熟一點嗎？

もうちょっと火(ひ)を通(とお)してください。

もう ちょっと 火 を 通して ください 。
　　　　　　　請　再　　煮熟　　一點。

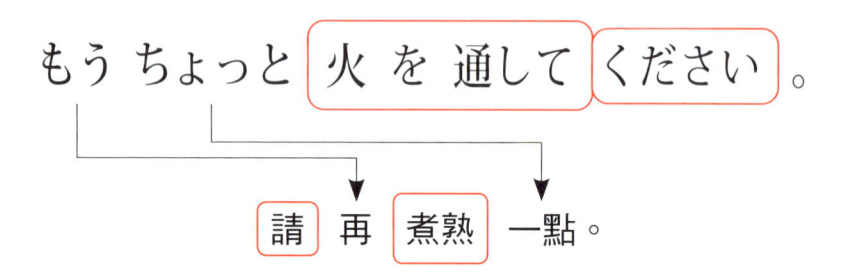

* もう…副詞：再～一些
* ちょっと…副詞：一下、有點、稍微
* 火を通して…連語：弄熟、烤熟、煮熟
  （火を通します⇒て形）
* ください…補助動詞：請
  （くださいます⇒命令形[くださいませ]除去[ませ]）
  動詞て形＋ください：請[做]～

用法
請餐廳將餐點再煮熟一點的說法。

3-065 旅行會話篇　飲食

不好意思，可以幫我換盤子嗎？

すみません、お皿（さら）を取（と）り換（か）えてもらえますか。

すみません、お皿を 取り換えて もらえます か。

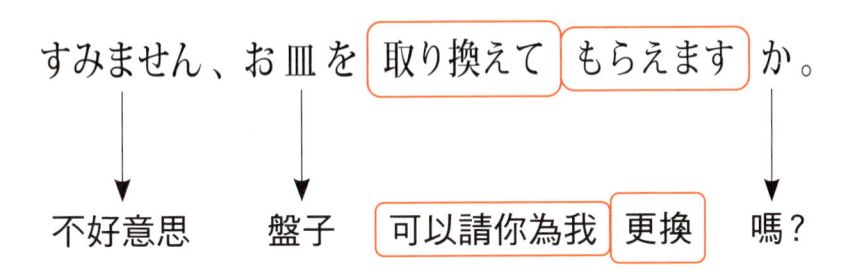

↓　　　　↓　　　　　　　　　　　　　↓
不好意思　盤子　　可以請你為我　更換　　嗎？

* **すみません**…招呼用語：對不起、不好意思
* **お**…接頭辭：表示美化、鄭重
* **皿**…名詞：盤子
* **を**…助詞：表示動作作用對象
* **取り換えて**…動詞：更換（取り換えます⇒て形）
* **もらえます**…補助動詞：（もらいます⇒可能形）
* **か**…助詞：表示疑問

　動詞て形＋もらいます：請您（為我）[做]～

用法
希望服務生更換為乾淨的餐盤的說法。

飲食　　**3-066 旅行會話篇**

能不能幫我把盤子收走？

お皿（さら）を下（さ）げていただけませんか。

お皿を｜下げて｜いただけません｜か。

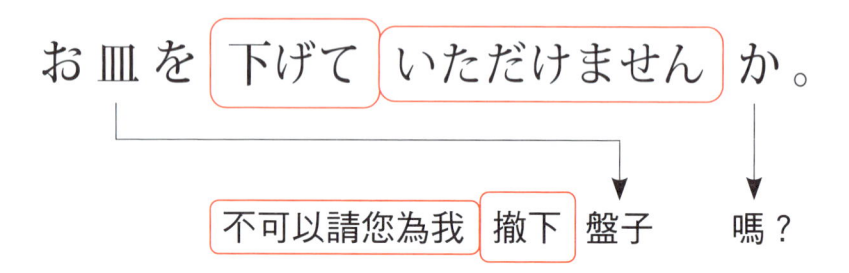

不可以請您為我｜撤下｜盤子　嗎？

* お…接頭辭：表示美化、鄭重
* 皿…名詞：盤子
* を…助詞：表示動作作用對象
* 下げて…動詞：撤下（下げます⇒て形）
* いただけません…補助動詞：
  （いただきます⇒可能形[いただけます]的現在否定形）
  動詞て形＋いただきます…
  謙讓表現：請您（為我）[做]～）
* か…助詞：表示疑問

用法
用餐時，請服務生收走不需要的餐盤的說法。

3-067 旅行會話篇　飲食

咖啡可以續杯嗎？

コーヒーのおかわりをいただけますか。

コーヒー の おかわり を いただけます か。
↓　　　↓　　　↓　　　　　　　↓
可以得到 咖啡 再來一份　　　　嗎？

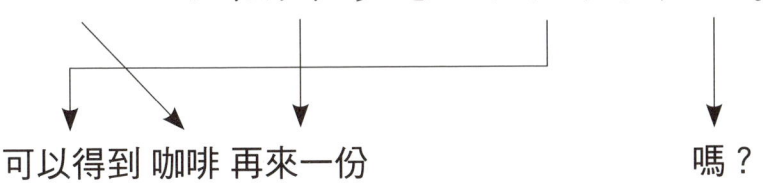

* コーヒー…名詞：咖啡
* の…助詞：表示所屬
* おかわり…名詞：再來一份
* を…助詞：表示動作作用對象
* いただけます…動詞：得到、收到
　（いただきます⇒可能形）（もらいます的謙讓語）
* か…助詞：表示疑問

用法
咖啡等飲料想要續杯的說法。

飲食　　　3-068 旅行會話篇

可以給我一個外帶的袋子嗎？

持ち帰り袋をいただけますか。
（も　かえ　ぶくろ）

持ち帰り袋　を　いただけます　か。
　　↓　　　↓　　　　　　　　　↓
可以得到　外帶的袋子　　　　　嗎？

* **持ち帰り袋**…名詞：外帶的袋子
* **を**…助詞：表示動作作用對象
* **いただけます**…動詞：得到、收到
　（いただきます⇒可能形）（もらいます的謙讓語）
* **か**…助詞：表示疑問

用法
在餐廳或速食店用餐，想要打包吃不完的食物的說法。

3-069 旅行會話篇　　　飲食

不好意思，能不能請你再快一點？

すみませんが、急(いそ)いでもらえますか。

すみませんが、|急いで| |もらえます| か。

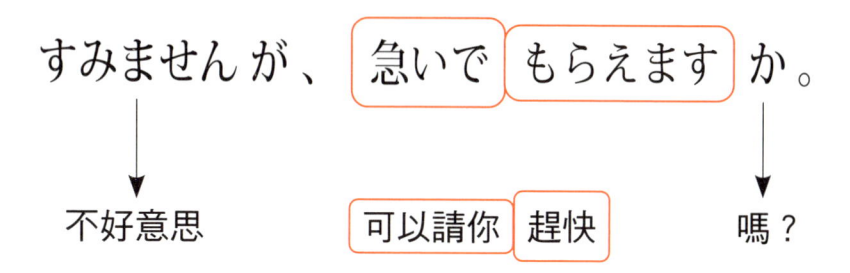

↓　　　　　　　　↓　　　　　↓
不好意思　　　|可以請你| |趕快|　　嗎？

* **すみません**…招呼用語：對不起、不好意思
* **が**…助詞：表示前言
* **急いで**…動詞：急、趕快（急ぎます⇒て形）
* **もらえます**…補助動詞：（もらいます⇒可能形）
  動詞て形＋もらいます：請您（為我）[做]～
* **か**…助詞：表示疑問

用法
已經沒有時間了，希望對方能夠快一點的說法。

| 購物 | **3-070 旅行會話篇** |

我只是看看而已，謝謝。

見(み)てるだけです。ありがとう。

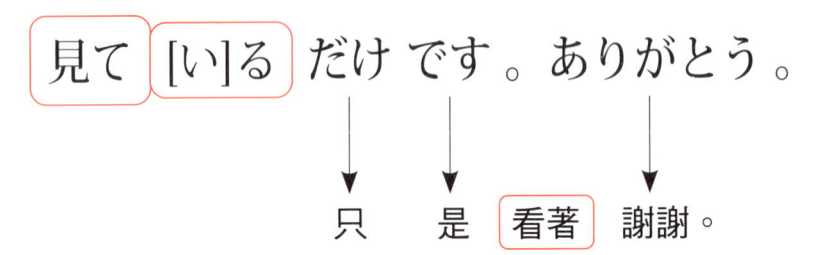

見て [い]る だけ です。ありがとう。
　↓　　↓　　　　　　　↓
　只　　是　看著　　　謝謝。

* 見て…動詞：看（見ます⇒て形）
* [い]る…補助動詞：（います⇒辭書形）
  （口語時可省略い）
  動詞て形＋います：目前狀態
* だけ…助詞：只是～而已、只有
* です…助動詞：表示斷定（現在肯定形）
* ありがとう…招呼用語：謝謝

用法
在百貨公司等賣場，遇到店員前來招呼時，回應「只是看看而已」的說法。

3-071 旅行會話篇　　購物

我的預算是兩萬日圓。

予算は２万円なんですが…。

予算 は ２万円な んです が…。

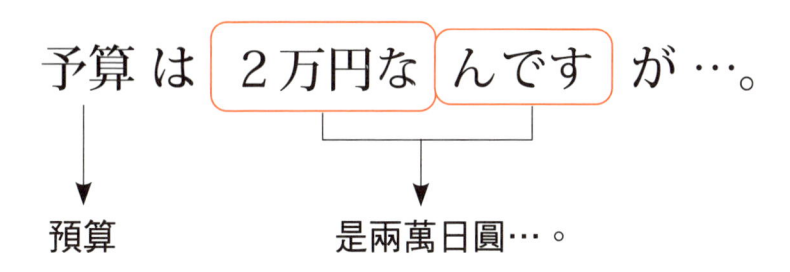

↓　　　　　↓
預算　　　是兩萬日圓…。

* 予算…名詞：預算
* は…助詞：表示主題
* ２万円な…２万円＋な
　２万円…名詞：兩萬日圓
　な…助動詞「だ」（表示斷定）⇒名詞接續用法
* んです…連語：ん＋です：表示強調
　ん…形式名詞（の⇒縮約表現）
　です…助動詞：表示斷定（現在肯定形）
* が…助詞：表示前言

用法
店員協助介紹商品前，事先說明自己的預算的說法。

購物

3-072 旅行會話篇

我想要買暈車藥。

酔（よ）い止（ど）めの薬（くすり）を買（か）いたいんですが。

酔い止め の 薬 を 買い たい んです が。

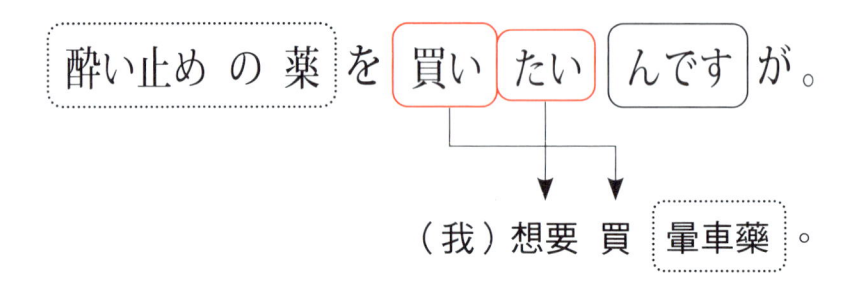

（我）想要 買 暈車藥。

* 酔い止め…名詞：暈車藥
* の…助詞：表示所屬
* 薬…名詞：藥
* を…助詞：表示動作作用對象
* 買い…動詞：購買（買います⇒ます形除去[ます]）
* たい…助動詞：表示希望
  動詞ます形除去[ます]＋たい：想要[做]～
* んです…連語：ん＋です：表示強調
  ん…形式名詞（の⇒縮約表現）
  です…助動詞：表示斷定（現在肯定形）
* が…助詞：表示前言

用法
為了避免暈車，到藥局買暈車藥時的說法。

3-073 旅行會話篇　　購物

我正在找要送給朋友的紀念品（名產）。

友達へのお土産を探しています。

友達への お土産を 探して います 。

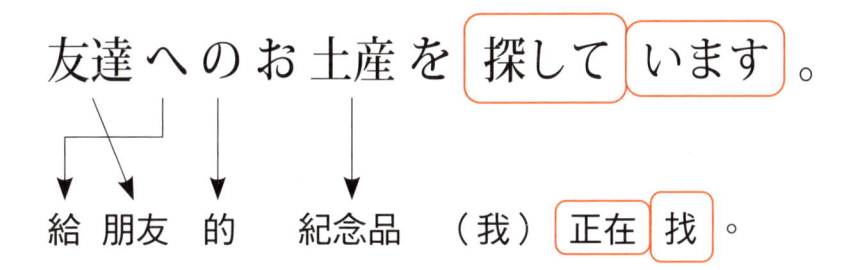

給 朋友 的　紀念品 （我） 正在 找 。

* 友達…名詞：朋友
* へ…助詞：表示移動方向
* の…助詞：表示所屬
* お…接頭辭：表示美化、鄭重
* 土産…名詞：紀念品
* を…助詞：表示動作作用對象
* 探して…動詞：找（探します⇒て形）
* います…補助動詞
　動詞て形＋います：正在[做]～

用法
向店家說明自己想要買什麼東西的說法。

493

購物　　　**3-074 旅行會話篇**

有沒有當地才有的名產呢？
地域限定のお土産はありませんか。
ちいきげんてい　　みやげ

地域　限定　の　お　土産　は　ありません　か。
↓　　↓　　↓　　　↓　　　　↓　　　↓
地區　限定　的　　名產　　　沒有　　嗎？

* **地域**…名詞：地區
* **限定**…名詞：限定
* **の**…助詞：表示所屬
* **お**…接頭辭：表示美化、鄭重
* **土産**…名詞：紀念品
* **は**…助詞：表示對比（區別）
* **ありません**…動詞：有、在（あります⇒現在否定形）
* **か**…助詞：表示疑問

用法
詢問是否有當地限定的特產的說法。

3-075 旅行會話篇　購物

這是哪一國製的？

これはどこ製(せい)ですか。

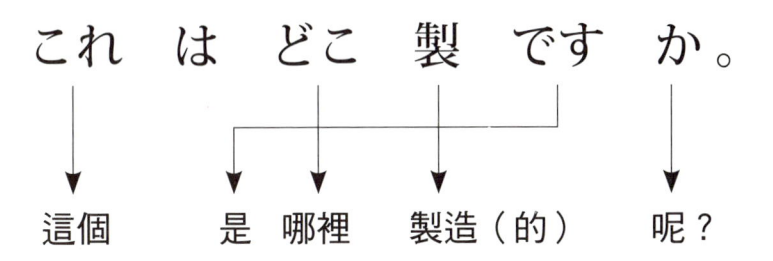

これ	は	どこ	製	です	か。
這個	是	哪裡	製造（的）		呢？

* これ…名詞：這個
* は…助詞：表示主題
* どこ…名詞（疑問詞）：哪裡
* 製…接尾辭：～製造
* です…助動詞：表示斷定（現在肯定形）
* か…助詞：表示疑問

用法
詢問產品的原產國的說法。

購物   **3-076 旅行會話篇**

有沒有別的顏色？
他(ほか)の色(いろ)はありませんか。

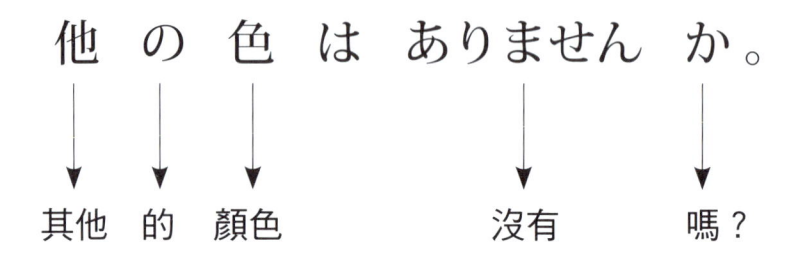

他	の	色	は	ありません	か。
↓	↓	↓		↓	↓
其他	的	顏色		沒有	嗎？

* 他…名詞：其他
* の…助詞：表示所屬
* 色…名詞：顏色
* は…助詞：表示對比（區別）
* ありません…動詞：有、在（あります⇒現在否定形）
* か…助詞：表示疑問

用法
購買電器產品或衣服時，詢問是否有其他顏色的說法。

3-077 旅行會話篇　　購物

這個可以試穿嗎？

これ試着(しちゃく)してもいいですか。

これ [を] 試着して も いい です か。

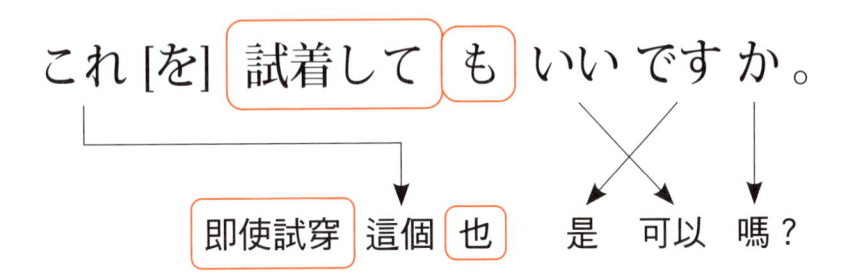

即使試穿　這個　也　　是　可以　嗎？

* これ…名詞：這個
* [を]…助詞：表示動作作用對象（口語時可省略）
* 試着して…動詞：試穿（試着します⇒て形）
* も…助詞：表示逆接
  動詞て形＋も：即使～，也～
* いい…い形容詞：好、良好
* です…助動詞：表示斷定（現在肯定形）
* か…助詞：表示疑問

用法
想要試穿確認尺寸是否適合的說法。

購物

3-078 旅行會話篇

尺寸有點不合，太大了。

ちょっとサイズが合いません。大きすぎます。

ちょっと サイズ が 合いません。 大き すぎます 。
↓ ↓ ↓ ↓ ↓
尺寸 有點 不合適。 太 大。

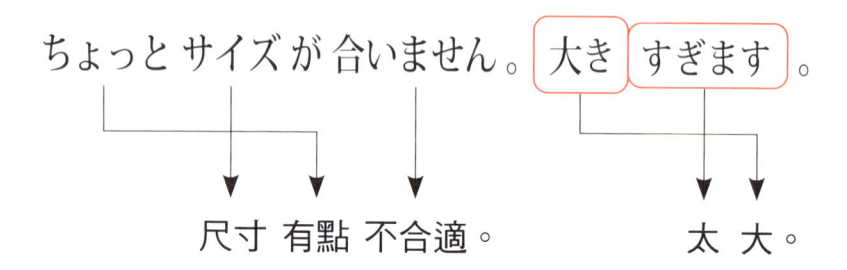

* **ちょっと**…副詞：一下、有點、稍微
* **サイズ**…名詞：尺寸
* **が**…助詞：表示焦點
* **合いません**…動詞：合適（合います⇒現在否定形）
* **大き**…い形容詞：大（大きい除去[い]）
* **すぎます**…後項動詞：太～、過於～

用法
試穿後告訴店員尺寸太大的說法。

3-079 旅行會話篇　　購物

褲腳可以幫我弄短一點嗎？

裾（すそ）を詰（つ）めてもらえますか。

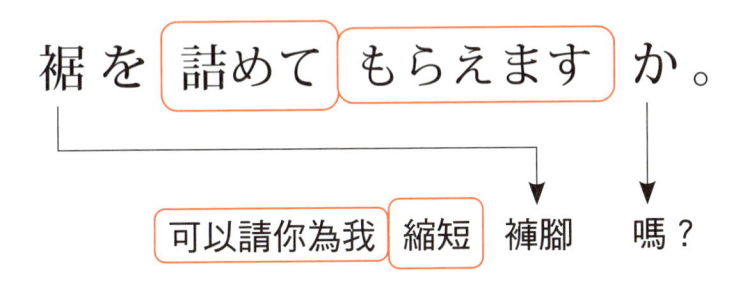

裾 を [詰めて] [もらえます] か。
[可以請你為我] [縮短] 褲腳 嗎？

* 裾…名詞：褲腳
* を…助詞：表示動作作用對象
* 詰めて…動詞：縮短（詰めます⇒て形）
* もらえます…補助動詞：（もらいます⇒可能形）
* か…助詞：表示疑問

　動詞て形＋もらいます：請您（為我）[做]～

用法
購買長褲或裙子後，請店家將長度改短的說法。

購物 **3-080 旅行會話篇**

這兩個價格為什麼差這麼多？

これとこれは何でこんなに値段が違うんですか。

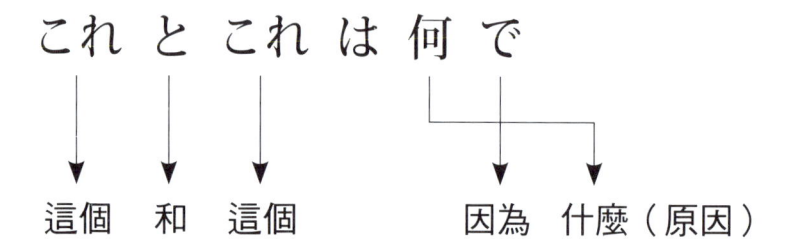

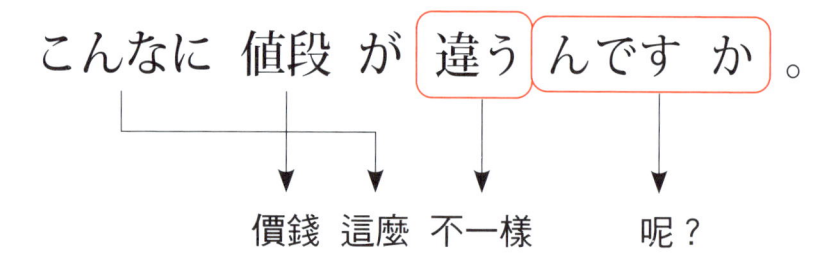

これ	と	これ	は	何	で
這個	和	這個		因為	什麼（原因）

こんなに	値段	が	違う	んですか	。
價錢	這麼		不一樣	呢？	

* **これ**…名詞：這個
* **と**…助詞：表示並列
* **これ**…名詞：這個
* **は**…助詞：表示主題
* **何**…名詞（疑問詞）：什麼、任何
* **で**…助詞：表示原因
* **こんなに**…副詞：這麼
* **値段**…名詞：價錢
* **が**…助詞：表示焦點
* **違う**…動詞：不一樣、不對（違います⇒辭書形）
* **んです**…連語：ん＋です
　ん…形式名詞（の⇒縮約表現）
　です…助動詞：表示斷定（現在肯定形）
* **か**…助詞：表示疑問
　～んですか：關心好奇、期待回答

|用法|

兩個商品明明外觀類似，但價格卻差異極大時提出疑問的說法。

購物

3-081 旅行會話篇

我要買這個。

これください。

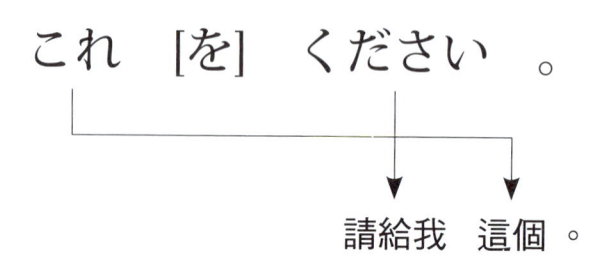

これ　[を]　ください　。

　　　　　　　↓　　　↓
　　　　　　請給我　這個。

＊ これ…名詞：這個
＊ [を]…助詞：表示動作作用對象（口語時可省略）
＊ ください…補助動詞：請
　（くださいます⇒命令形[くださいませ]除去[ませ]）
　名詞＋を＋ください：請給我～

用法
逛街時說「これください」就等於「これを買（か）います」（我要買這個）的意思。

筆記頁

空白一頁,讓你記錄學習心得,
也讓下一個單元能以跨頁呈現,方便於對照閱讀。

購物　　**3-082 旅行會話篇**

觀光客購買可以免稅嗎？

観光客（かんこうきゃく）なんですけど、これは免税（めんぜい）で買（か）えますか。

観光客な｜んです｜けど、
　　　　↓　　↓
　　　因為是 觀光客，

これ　は　免税　で　買えます　か。
↓　　　↓　　↓　　　　　↓　　　↓
這個　用　免税　　　可以購買　嗎？

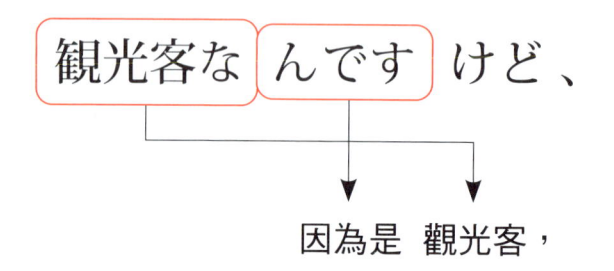

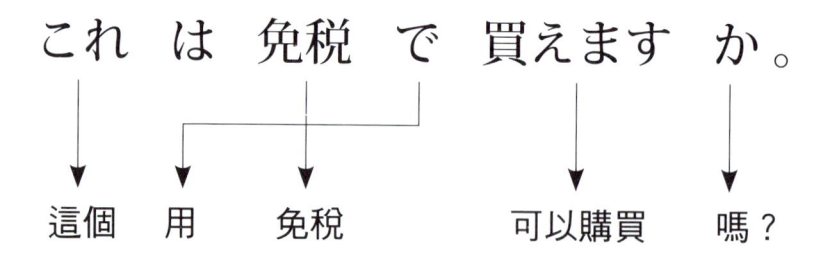

* **観光客な**…観光客＋な
  観光客…名詞：觀光客
  な…助動詞「だ」（表示斷定）⇒名詞接續用法
* **んです**…連語：ん＋です：表示理由
  ん…形式名詞（の⇒縮約表現）
  です…助動詞：表示斷定（現在肯定形）
* **けど**…助詞：表示前言
* **これ**…名詞：這個
* **は**…助詞：表示主題
* **免税**…名詞：免税
* **で**…助詞：表示手段、方法
* **買えます**…動詞：買（買います⇒可能形）
* **か**…助詞：表示疑問

用法

在日本購物時，外國觀光客有時候享有免税服務，可以用這句話詢問店員。

購物　　　**3-083 旅行會話篇**

能不能再便宜一點？

もう少(すこ)し安(やす)くなりませんか。

もう　少し　安く　なりません　か。

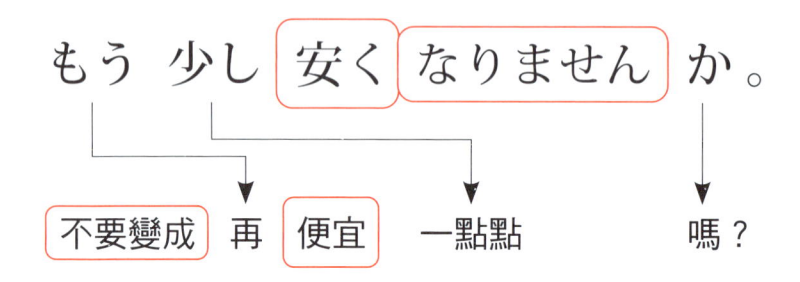

不要變成　再　便宜　一點點　　嗎？

* もう…副詞：再～一些
* 少し…副詞：一點點
* 安く…い形容詞：便宜（安い⇒副詞用法）
* なりません…動詞：變成（なります⇒現在否定形）
* か…助詞：表示疑問

用法

希望價格能便宜一些的交涉說法。

3-084 旅行會話篇　　　購物

我想要辦一張集點卡。

ポイントカードを作りたいんですが。

ポイントカード を 作り たい んです が。

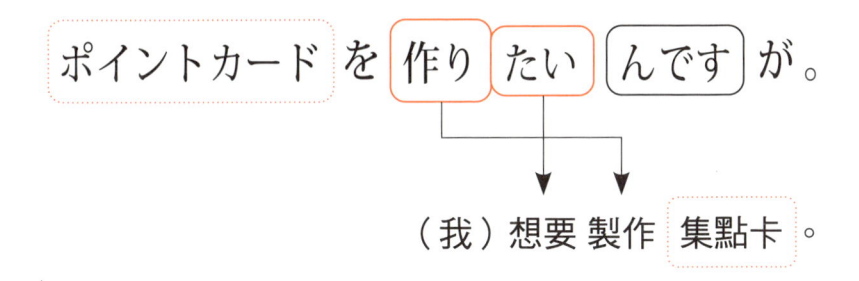

（我）想要 製作 集點卡。

* **ポイントカード**…名詞：集點卡
* **を**…助詞：表示動作作用對象
* **作り**…動詞：製作（作ります⇒ます形除去[ます]）
* **たい**…助動詞：表示希望
  動詞ます形除去[ます]＋たい：想要[做]～
* **んです**…連語：ん＋です：表示強調
  ん…形式名詞（の⇒縮約表現）
  です…助動詞：表示斷定（現在肯定形）
* **が**…助詞：表示前言

用法
想要申辦商店各別發行的集點卡的說法。

購物

3-085 旅行會話篇

可以寄送到海外嗎？

海外へ発送できますか。
(かいがい　はっそう)

海外	へ	発送できます	か。
海外	到	可以寄送	嗎？

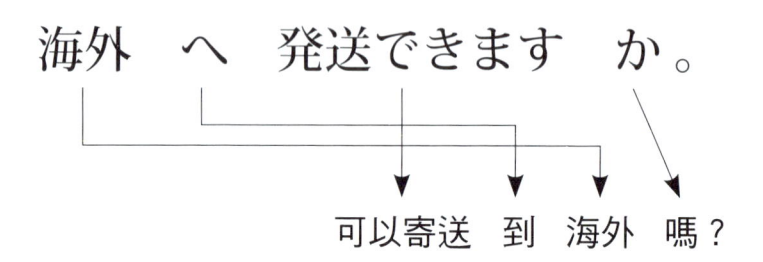

* **海外**…名詞：海外
* **へ**…助詞：表示移動方向
* **発送できます**…動詞：寄送（発送します⇒可能形）
* **か**…助詞：表示疑問

用法

確認商品是否可以寄送到海外的說法。

3-086 旅行會話篇 　購物

可以用貨到付款寄送嗎？

着払いで送れますか。

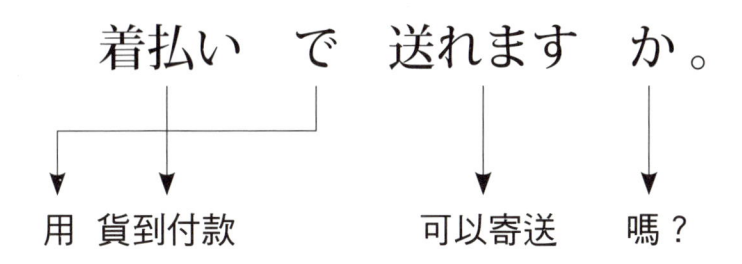

着払い	で	送れます	か。
用 貨到付款		可以寄送	嗎？

* **着払い**…名詞：貨到付款
* **で**…助詞：表示手段、方法
* **送れます**…動詞：寄送（送ります⇒可能形）
* **か**…助詞：表示疑問

用法
確認是否可以採取「收到商品再付款」的貨到付款方式寄送的說法。

購物   **3-087 旅行會話篇**

可以幫我包裝成送禮用的嗎？

プレゼント用(よう)にラッピングしてもらえますか。

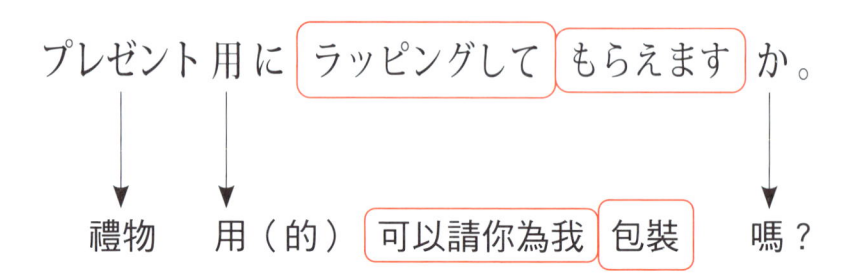

プレゼント → 禮物
用 → 用（的）
に
ラッピングして → 可以請你為我 包裝
もらえます
か → 嗎？

* プレゼント…名詞：禮物
* 用…接尾辭：〜用、供〜使用
* に…助詞：表示目的
* ラッピングして…動詞：包裝
  （ラッピングします⇒て形）
* もらえます…補助動詞：（もらいます⇒可能形）
  動詞て形＋もらいます：請您（為我）[做]〜
* か…助詞：表示疑問

用法
麻煩店員將購買的商品包裝成禮物的說法。

510

3-088 旅行會話篇　購物

再給我一個袋子好嗎？

もう一つ(ひと)袋(ふくろ)もらえますか。

もう 一つ 袋 [を] もらえます か。

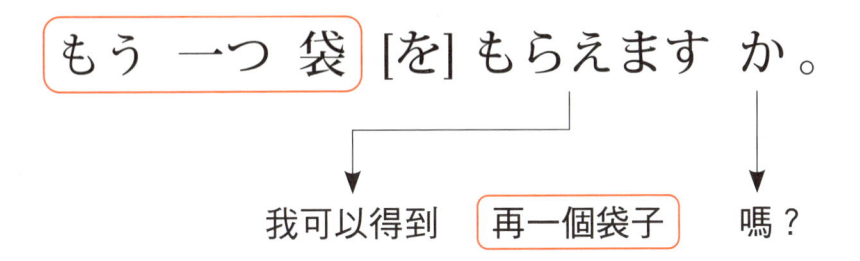

我可以得到　再一個袋子　嗎？

* もう…副詞：再
* 一つ…名詞（數量詞）：一個
* 袋…名詞：袋子
* [を]…助詞：表示動作作用對象（口語時可省略）
* もらえます…動詞：得到、收到（もらいます⇒可能形）
* か…助詞：表示疑問

用法

購物時請店員多提供一個袋子的說法。另一種說法是「余分（よぶん）に紙袋（かみぶくろ）をもらえますか。」（可以多給我一個紙袋嗎？）。

購物

3-089 旅行會話篇

這個東西我想退貨，可以嗎？

これ、返品(へんぴん)したいんですけど、できますか。

これ、 返品し たい んです けど、

↓　　　↓　　　　　↓　↓
這個　因為　　　　想要 退貨

できます か。

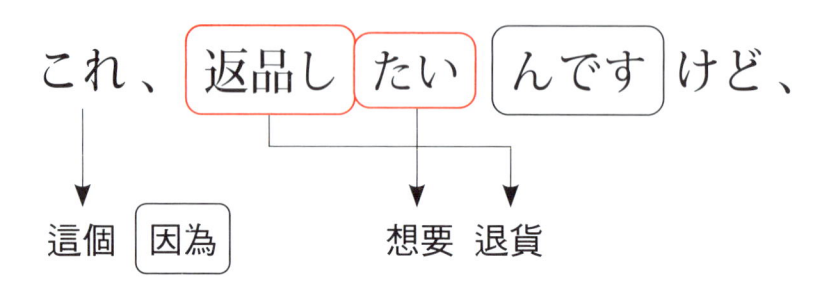

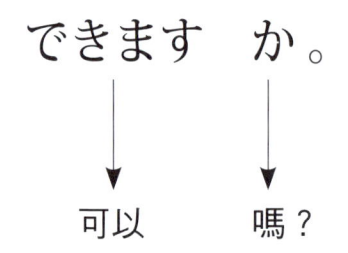

↓　　↓
可以　嗎？

* **これ**…名詞：這個
* **返品し**…動詞：退貨
　（返品します⇒ます形除去[ます]）
* **たい**…助動詞：表示希望
　動詞ます形除去[ます]＋たい：想要[做]～
* **んです**…連語：ん＋です：表示理由
　ん…形式名詞（の⇒縮約表現）
　です…助動詞：表示斷定（現在肯定形）
* **けど**…助詞：表示前言
* **できます**…動詞：可以、能夠、會（します⇒可能形）
* **か**…助詞：表示疑問

▎用法
打算退回購買的商品並退款的說法。

購物　　**3-090 旅行會話篇**

因為尺寸不合，可以換貨嗎？

サイズが合わないので、交換してもらえませんか。

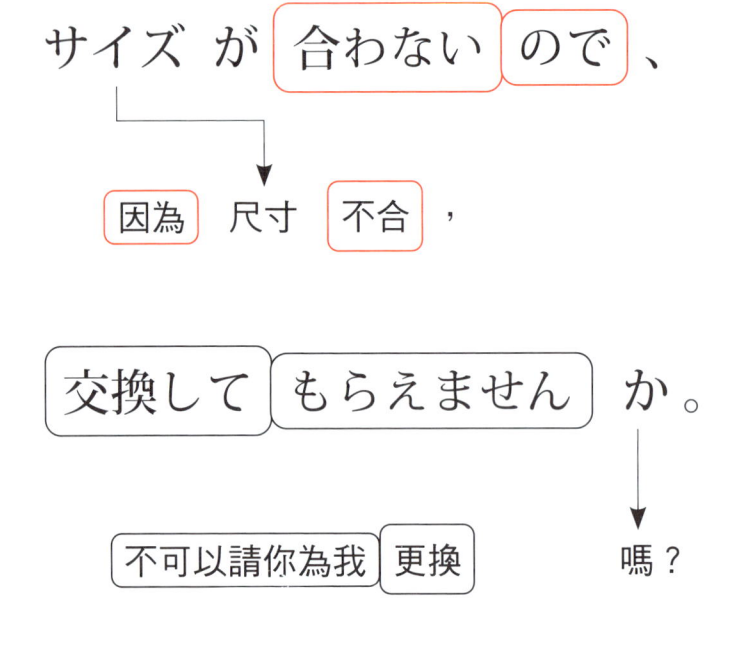

サイズ が [合わない] [ので] 、

　　　[因為] 尺寸 [不合] ，

[交換して] [もらえません] か。

[不可以請你為我] [更換] 　嗎？

＊サイズ…名詞：尺寸
＊が…助詞：表示焦點
＊合わない…動詞：合適（合います⇒ない形）
＊ので…助詞：表示原因理由
＊交換して…動詞：交換（交換します⇒て形）
＊もらえません…補助動詞：
　（もらいます⇒可能形[もらえます]的現在否定形）
　動詞て形＋もらいます：請您（為我）[做]〜
＊か…助詞：表示疑問

用法
打算更換所購買的商品的說法。

購物

3-091 旅行會話篇

退換貨時，請在一週內攜帶發票和商品過來。

返品や交換の際は、一週間以内に商品とこのレシートを持ってお越しください。
(へんぴん／こうかん／さい／いっしゅうかんいない／しょうひん／も／こ)

返品 や 交換 の 際 は、
↓　　　↓　　↓　　↓
退貨 或 換貨 的 時候

一週間 以内 に 商品 と この レシート を
↓　　　↓　　　↓　　↓　　↓　　↓
一周　 內　 商品 和 這個　發票

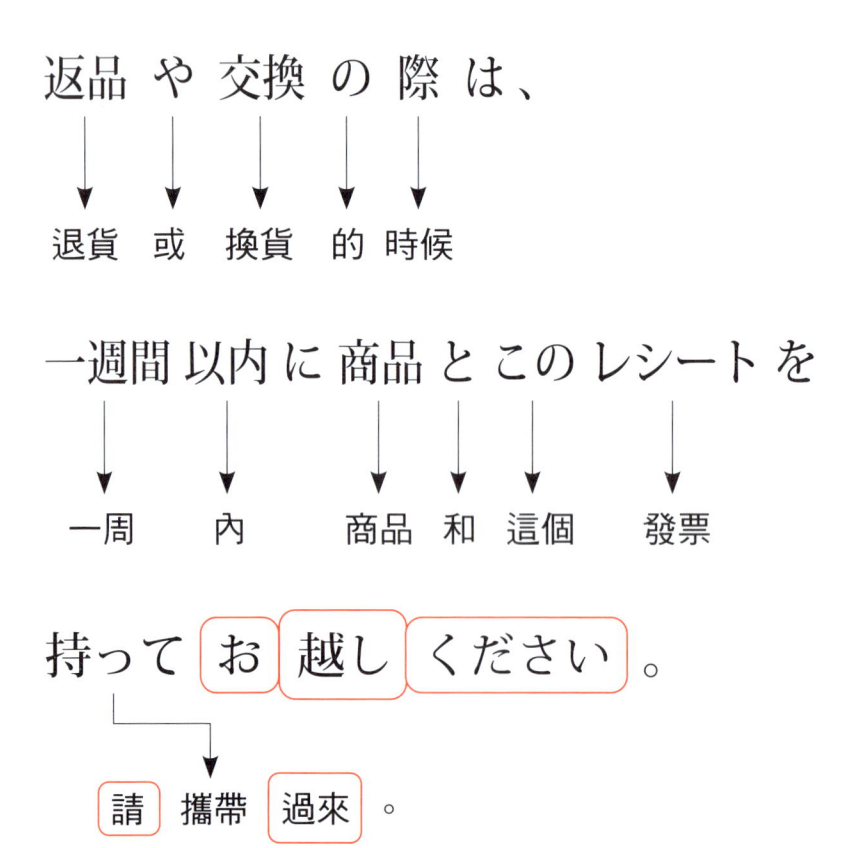

持って お 越し ください。
　　　　↓
　　　請 攜帶 過來。

* **返品**…名詞：退貨
* **や**…助詞：列舉（一部分）
* **交換**…名詞：換貨
* **の**…助詞：表示所屬
* **際**…名詞：時候
* **は**…助詞：表示對比（區別）
* **一週間**…名詞：一周
* **以内**…名詞：以內
* **に**…助詞：表示動作進行時點
* **商品**…名詞：商品
* **と**…助詞：表示並列
* **この**…連體詞：這個
* **レシート**…名詞：發票
* **を**…助詞：表示動作作用對象
* **持って**…動詞：拿、帶（持ちます⇒て形）
* **お**…接頭辭：表示美化、鄭重
* **越し**…動詞：來、過去（越します⇒ます形除去[ます形]）
* **ください**…補助動詞：請
  （くださいます⇒命令形[くださいませ] 除去[ませ]）
  お＋動詞ます形除去[ます]＋ください…
  尊敬表現：請您[做]～

用法
店員說明退換貨注意事項的說法。

結帳 — 3-092 旅行會話篇

請幫我分開結帳。

勘定（かんじょう）を別々（べつべつ）にしてください。

勘定 を [別々] [に] [して] [ください]。

（把）帳單　[請] [做] [成] [分開]。

* 勘定…名詞：帳單
* を…助詞：表示動作作用對象
* 別々…名詞：分開
* に…助詞：表示決定結果
* して…動詞：做（します⇒て形）
* ください…補助動詞：請
  （くださいます⇒命令形[くださいませ]除去[ませ]）
  動詞て形＋ください：請[做]～

用法
多人一起用餐，結帳時希望分開各自結帳的說法。

3-093 旅行會話篇　　結帳

可以使用這個折價券嗎？

この割引券(わりびきけん)、使(つか)えますか。

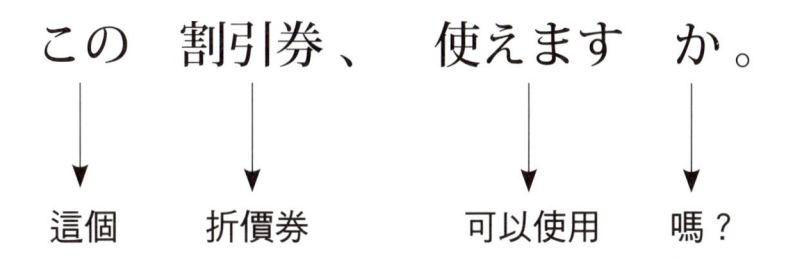

この	割引券、	使えます	か。
↓	↓	↓	↓
這個	折價券	可以使用	嗎？

* この…連體詞：這個
* 割引券…名詞：折價券
* 使えます…動詞：使用（使います⇒可能形）
* か…助詞：表示疑問

用法

用餐或購物時，確認是否可以使用折價券的說法。

結帳

3-094 旅行會話篇

請問您要付現還是刷卡？

お支払いは現金でなさいますか。カードでなさいますか。
（しはら）（げんきん）

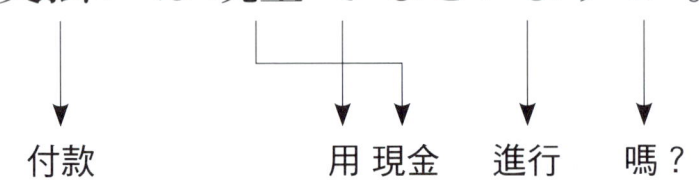

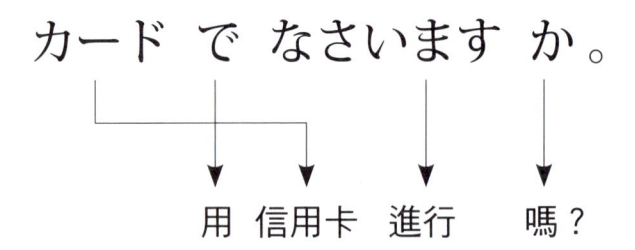

お支払い は 現金 で なさいます か。
　↓　　　　　↓　↓　　↓　　　↓
　付款　　　 用 現金　進行　　嗎？

カード で なさいます か。
　↓　　↓　　↓　　　↓
　用 信用卡 進行　　嗎？

* お…接頭辭：表示美化、鄭重
* 支払い…名詞：付款
* は…助詞：表示對比（區別）
* 現金…名詞：現金
* で…助詞：表示手段、方法
* なさいます…動詞：做（します的尊敬語）
* か…助詞：表示疑問
* カード…名詞：信用卡
* で…助詞：表示手段、方法
* なさいます…動詞：做（します的尊敬語）
* か…助詞：表示疑問

用法
店員進行結帳時，確認顧客要如何付款的說法。

結帳　　**3-095 旅行會話篇**

可以用信用卡付款嗎？

カードで支払(しはら)いができますか。

| カード で | 支払い | が | できます | か。 |

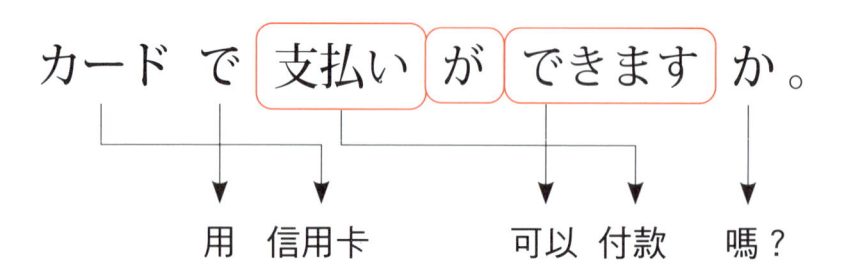

　　↓　　↓　　　　　↓　　↓　　　↓
　　用　信用卡　　　可以　付款　　嗎？

* **カード**…名詞：信用卡
* **で**…助詞：表示手段、方法
* **支払い**…名詞：付款
* **が**…助詞：表示焦點
* **できます**…動詞：可以、能夠、會（します⇒可能形）
* **か**…助詞：表示疑問

用法

不使用現金，想使用信用卡付款的說法。

3-096 旅行會話篇　　結帳

能不能給我收據？

りょうしゅうしょ
領収書をもらえますか。

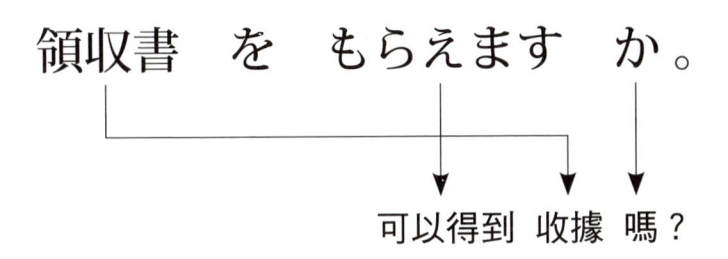

領収書　を　もらえます　か。

可以得到　收據　嗎？

* 領収書…名詞：收據
* を…助詞：表示動作作用對象
* もらえます…動詞：得到、收到（もらいます⇒可能形）
* か…助詞：表示疑問

用法
想要索取收據的說法。

結帳

3-097 旅行會話篇

請幫我找開，我需要紙鈔和零錢。
小銭(こぜに)もまぜてください。

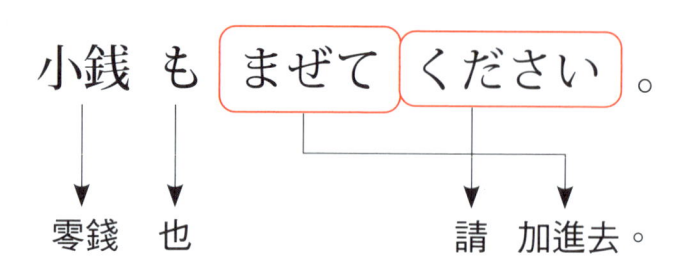

小銭 → 零錢
も → 也
まぜて → 請
ください → 加進去。

* 小銭…名詞：零錢
* も…助詞：表示並列
* まぜて…動詞：加進去（まぜます⇒て形）
* ください…補助動詞：請
  （くださいます⇒命令形[くださいませ]除去[ませ]）
  動詞て形＋ください：請[做]〜

用法
希望店員找錢時能夠包含一些硬幣的說法。

3-098 旅行會話篇

結帳

欸？是不是找錯錢了？

あれ？　お釣（つ）り間違（まちが）っていませんか。

あれ？ お 釣り [を] 間違って いません か。

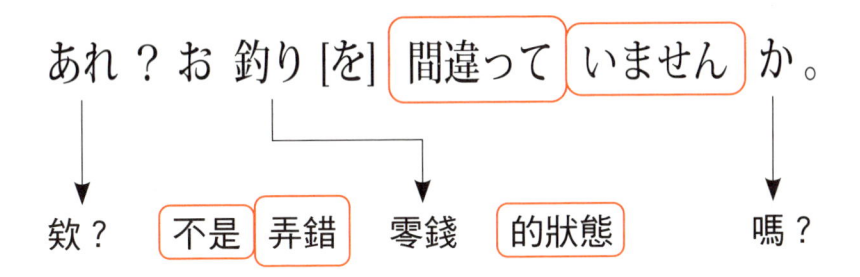

欸？　不是 弄錯　零錢　的狀態　嗎？

* **あれ**…感嘆詞：呀、哎呀
* **お**…接頭辭：表示美化、鄭重
* **釣り**…名詞：零錢
* **[を]**…助詞：表示動作作用對象（口語時可省略）
* **間違って**…動詞：弄錯（間違います⇒て形）
* **いません**…補助動詞：（います⇒現在否定形）
  動詞て形＋います：目前狀態
* **か**…助詞：表示疑問

用法

店家找回的金額太多或太少時，使用這句話做確認。

結帳　　**3-099 旅行會話篇**

這是什麼的費用？
この 料金(りょうきん)は 何(なん)ですか。

この	料金	は	何	です	か。
↓	↓	↓	↓		↓
這個	收費	是	什麼		呢？

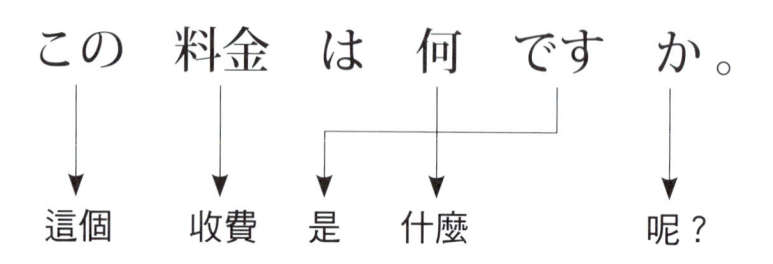

* **この**…連體詞：這個
* **料金**…名詞：收費、費用
* **は**…助詞：表示主題
* **何**…名詞（疑問詞）：什麼、任何
* **です**…助動詞：表示斷定（現在肯定形）
* **か**…助詞：表示疑問

用法
結帳時確認不明瞭的款項的說法

3-100 旅行會話篇　　觀光&拍照

有沒有旅遊服務中心？
かんこうあんないじょ
観光案内所がありますか。

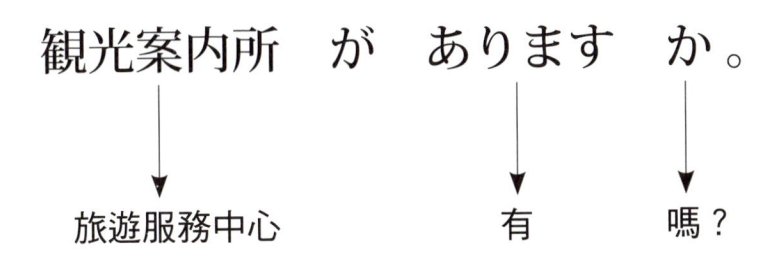

観光案内所　が　あります　か。
　↓　　　　　　↓　　　　↓
旅遊服務中心　　有　　　嗎？

* 観光案内所…名詞：旅遊服務中心
* が…助詞：表示焦點
* あります…動詞：有、在
* か…助詞：表示疑問

用法
詢問是否有介紹該地觀光景點的機構的說法。

| 觀光&拍照 | **3-101 旅行會話篇**

有這個城市的觀光導覽手冊嗎？

この街（まち）の観光案内（かんこうあんない）パンフレットはありますか。

この街 の 観光 案内 パンフレット は あります か。
↓　 ↓　↓　↓　　 ↓　　　　　　↓　　↓　　↓
這個 城市 的 觀光 導覽　 手冊　　　　有　 嗎？

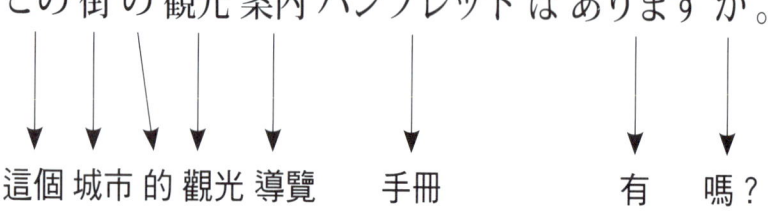

* この…連體詞：這個
* 街…名詞：城市
* の…助詞：表示所屬
* 観光…名詞：觀光
* 案内…名詞：導覽
* パンフレット…名詞：手冊
* は…助詞：表示對比（區別）
* あります…動詞：有、在
* か…助詞：表示疑問

用法
詢問是否有介紹該城市的觀光導覽手冊的說法。

3-102 旅行會話篇　　觀光＆拍照

這附近有什麼知名景點嗎？

この近(ちか)くに有名(ゆうめい)な観光地(かんこうち)はありませんか。

この　近くに　有名な　観光地　は　ありませんか。
　↓　　↓　　　↓　　　↓　　　　↓　　　↓
這個　附近　　有名的　觀光景點　　沒有　　嗎？

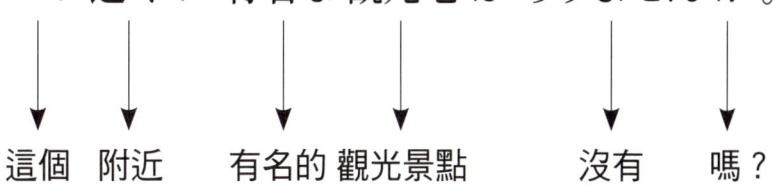

* この…連體詞：這個
* 近く…名詞：附近
* に…助詞：表示存在位置
* 有名な…な形容詞：有名（有名⇒名詞接續用法）
* 観光地…名詞：觀光景點
* は…助詞：表示對比（區別）
* ありません…動詞：有、在（あります⇒現在否定形）
* か…助詞：表示疑問

用法
詢問目前所在地附近是否有觀光景點的說法。

觀光＆拍照　3-103 旅行會話篇

這裡可以拍照嗎？

ここでは写真を撮ってもだいじょうぶですか。

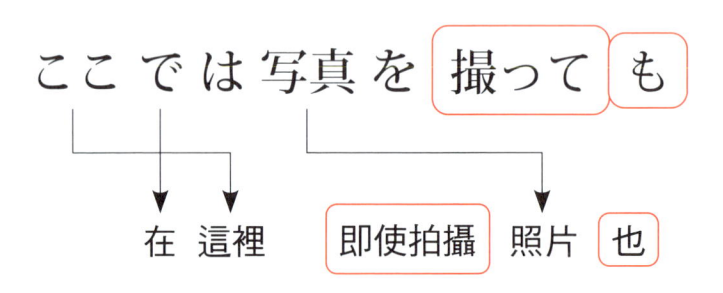

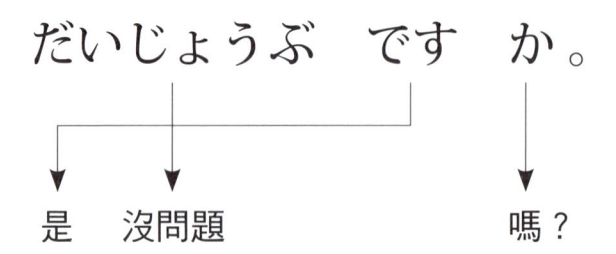

ここで は 写真 を 撮って も
　↓　　↓　　　　　　↓　　↓
　在　這裡　即使拍攝　照片　也

だいじょうぶ　です　か。
　↓　　　↓　　　　　↓
　是　沒問題　　　　嗎？

＊ここ…名詞：這裡
＊で…助詞：表示動作進行地點
＊は…助詞：表示對比（區別）
＊写真…名詞：照片
＊を…助詞：表示動作作用對象
＊撮って…動詞：拍攝（撮ります⇒て形）
＊も…助詞：表示逆接
　動詞て形＋も：即使～，也～
＊だいじょうぶ…な形容詞：沒問題、沒事
＊です…助動詞：表示斷定（現在肯定形）
＊か…助詞：表示疑問

用法
確認在美術館等公共場所是否可以拍照的說法。

觀光＆拍照　3-104 旅行會話篇

這裡可以使用閃光燈嗎？

ここでフラッシュを使ってもいいですか。

ここで　フラッシュ　を　使って　も　いい　です　か。
在　這裡　即使使用　閃光燈　也　是　可以　嗎？

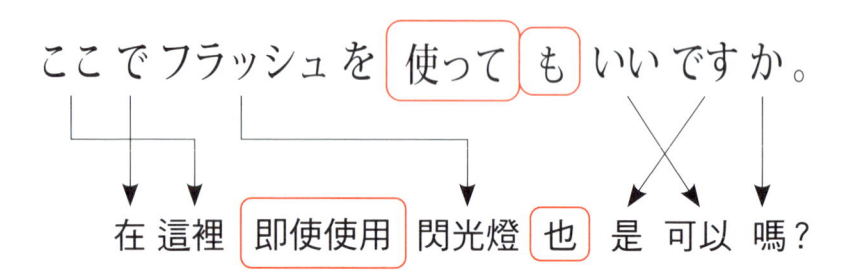

* ここ…名詞：這裡
* で…助詞：表示動作進行地點
* フラッシュ…名詞：閃光燈
* を…助詞：表示動作作用對象
* 使って…動詞：使用（使います⇒て形）
* も…助詞：表示逆接
  動詞て形＋も：即使～，也～
* いい…い形容詞：好、良好
* です…助動詞：表示斷定（現在肯定形）
* か…助詞：表示疑問

用法
要拍照時，確認是否可以使用閃光燈的說法。

3-105 旅行會話篇　　觀光&拍照

不好意思，可以麻煩你幫我拍照嗎？

すみませんが、写真(しゃしん)を撮(と)ってもらえませんか。

すみませんが、写真を │撮って│ │もらえません│ か。

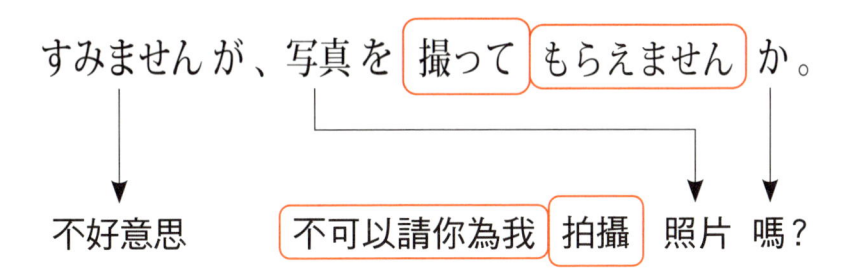

不好意思　　　│不可以請你為我│ │拍攝│ 照片 嗎？

* **すみません**…招呼用語：對不起、不好意思
* **が**…助詞：表示前言
* **写真**…名詞：照片
* **を**…助詞：表示動作作用對象
* **撮って**…動詞：拍攝（撮ります⇒て形）
* **もらえません**…補助動詞：
  （もらいます⇒可能形[もらえます]的現在否定形）
  動詞て形＋もらいます：請您（為我）[做]～
* **か**…助詞：表示疑問

用法
請別人幫自己拍照的說法。

觀光&拍照　3-106 旅行會話篇

只要按一下這個快門鍵就好。

このシャッターボタンを押すだけです。

このシャッターボタン を 押す だけ です。

只是 按壓 這個 快門按鈕 而已。

* この…連體詞：這個
* シャッターボタン…名詞：快門按鈕
* を…助詞：表示動作作用對象
* 押す…動詞：按、推（押します⇒辭書形）
* だけ…助詞：只是～而已、只有
* です…助動詞：表示斷定（現在肯定形）

用法

請別人幫忙拍照時，說明如何操作相機。

3-107 旅行會話篇　觀光&拍照

可以把東京鐵塔也一起拍進去嗎？

東京タワーもバックに入れて写してもらえますか。

東京タワー　も　バックに　入れて　写して　もらえます　か。
　↓　　　　 ↓　　↓　　　 ↓　　　　　　　　　　　　 ↓
東京鐵塔　　也　放入背後　 可以請你為我　拍攝　　　 嗎？

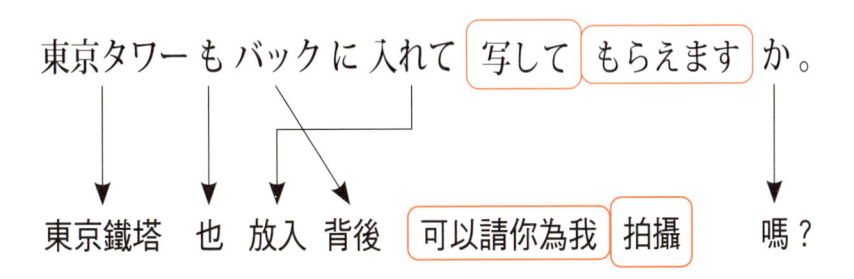

* **東京タワー**…（地名）東京鐵塔
　（使用時可替換為其他地名）
* **も**…助詞：表示並列
* **バック**…名詞：背後、背景
* **に**…助詞：表示動作歸著點
* **入れて**…動詞：放入（入れます⇒て形）
* **写して**…動詞：拍攝（写します⇒て形）
* **もらえます**…補助動詞：（もらいます⇒可能形）
　動詞て形＋もらいます：請您（為我）[做]～
* **か**…助詞：表示疑問

> 用法

請別人幫自己拍照時，希望將建築物等當作相片背景一起拍進去的說法。

| 觀光&拍照 | **3-108 旅行會話篇** |

我想要體驗一下茶道。
茶道（さどう）を体験（たいけん）してみたいんですが。

茶道を [体験して][み][たい][んです]が。
　　　　想要　體驗看看　茶道。

* **茶道**…名詞：茶道
* **を**…助詞：表示動作作用對象
* **体験して**…動詞：體驗（体験します⇒て形）
* **み**…補助動詞：（みます⇒ます形除去[ます]）
　動詞て形＋みます：[做]～看看
* **たい**…助動詞：表示希望
　動詞ます形除去[ます]＋たい：想要[做]～
* **んです**…連語：ん＋です：表示強調
　ん…形式名詞（の⇒縮約表現）
　です…助動詞：表示斷定（現在肯定形）
* **が**…助詞：表示前言

用法
表示想要體驗日本的特有文化的說法。

筆記頁

空白一頁,讓你記錄學習心得,
也讓下一個單元能以跨頁呈現,方便於對照閱讀。

觀光&拍照　3-109 旅行會話篇

如果你要來台灣玩，請務必和我聯絡。

台湾（たいわん）に遊（あそ）びに来（く）るならぜひ連絡（れんらく）してくださいね。

台湾	に	遊び	に	来る	なら
來		到 台灣	玩		的話

ぜひ	連絡して	ください	ね。
務必	請	聯絡（我）	喔。

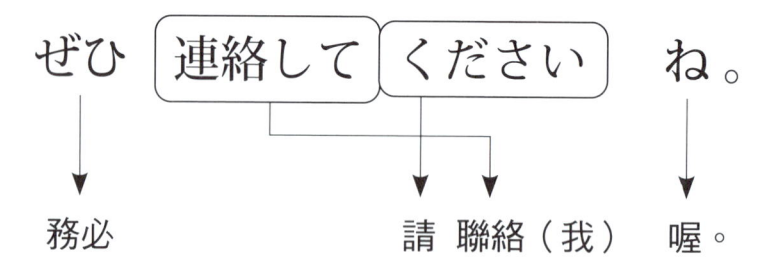

* 台湾…名詞：台灣
* に…助詞：表示到達點
* 遊び…動詞：玩（遊びます⇒ます形除去[ます]）
* に…助詞：表示目的
* 来る…動詞：來（来ます⇒辭書形）
* なら…助動詞：表示斷定（だ⇒條件形）
* ぜひ…副詞：務必
* 連絡して…動詞：連絡（連絡します⇒て形）
* ください…補助動詞：請

 　（くださいます⇒命令形[くださいませ]除去[ませ]）

 　動詞て形＋ください：請[做]～
* ね…助詞：表示留住注意

用法

希望外國朋友來台灣時能和自己聯絡的說法。

活動&購票　**3-110 旅行會話篇**

開演時間是幾點？

開場(かいじょう)は何時(なんじ)ですか。

開場	は	何時	です	か。
↓		↓	↓	↓
開場	是	幾點		呢？

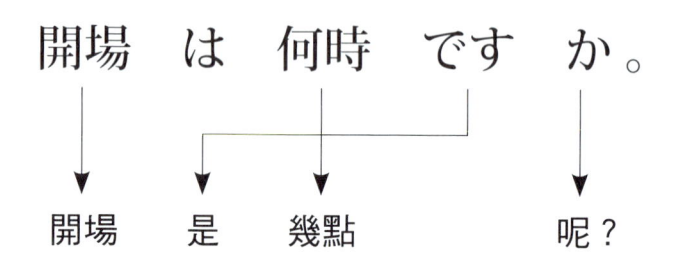

＊ 開場…名詞：開場
＊ は…助詞：表示主題
＊ 何時…名詞（疑問詞）：幾點
＊ です…助動詞：表示斷定（現在肯定形）
＊ か…助詞：表示疑問

用法
確認開場時間的說法。

3-111 旅行會話篇　　活動&購票

可以買今天晚上的票嗎？
今晩(こんばん)のチケットを購入(こうにゅう)できますか。

今晩 の チケット を 購入 できますか。

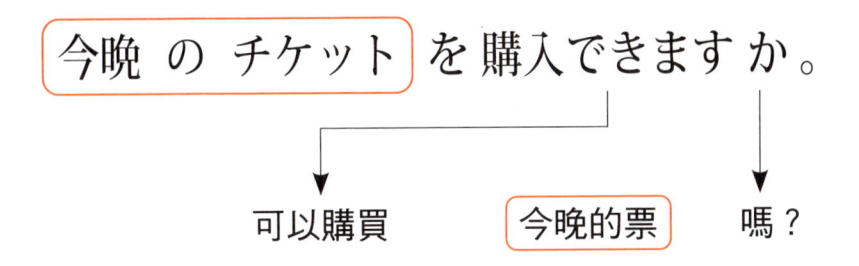

可以購買　　今晩的票　　嗎？

* **今晩**…名詞：今晩
* **の**…助詞：表示所屬
* **チケット**…名詞：票
* **を**…助詞：表示動作作用對象
* **購入できます**…動詞：購買（購入します⇒可能形）
* **か**…助詞：表示疑問

用法
要購買票券時的說法。

活動&購票　3-112 旅行會話篇

可以的話,我想要最前排的座位。
できれば最前列(さいぜんれつ)のチケットが欲(ほ)しいのですが。

できれば　最前列　の　チケット　が　欲しい　のです　が。
↓　　　↓　　↓　　↓　　↓　　　↓
可以的話　最前排　的　　票　　　　想要。

* できれば…動詞:可以、能夠、會
  (します⇒可能形[できます]的條件形)
* 最前列…名詞:最前排
* の…助詞:表示所屬
* チケット…名詞:票
* が…助詞:表示焦點
* 欲しい…い形容詞:想要
* のです…連語:の+です=んです:表示強調
  の…形式名詞
  です…助動詞:表示斷定(現在肯定形)
* が…助詞:表示前言

用法
想要購買最前排座位的說法。

3-113 旅行會話篇　　活動&購票

這個座位是在哪裡呢？

この座席(ざせき)はどの辺(へん)の席(せき)ですか。

この	座席	は	どの辺	の	席	ですか。
這個	座位	是	哪一帶	的	位子	呢？

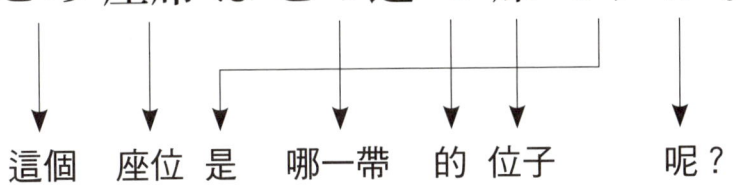

* この…連體詞：這個
* 座席…名詞：座位
* は…助詞：表示主題
* どの辺…名詞（疑問詞）：哪邊、哪一帶
* の…助詞：表示所屬
* 席…名詞：位子
* です…助動詞：表示斷定（現在肯定形）
* か…助詞：表示疑問

用法
取得票券後，如果不知道座位在哪裡，可以這樣詢問工作人員。

| 活動&購票 | **3-114 旅行會話篇** |

可以整個承租包下來嗎？

貸（か）し切（き）りができますか。

貸し切り　が　できます　か。
　↓　　　　　　　↓　　　　↓
　包場　　　　　可以　　嗎？

* **貸し切り**…名詞：包場
* **が**…助詞：表示焦點
* **できます**…動詞：可以、能夠、會
  （します⇒可能形）
* **か**…助詞：表示疑問

用法
希望只有自己的人能夠使用某個場所或交通工具時的詢問說法。

3-115 旅行會話篇　活動&購票

跨年晚會的會場在哪裡？
年越しカウントダウン会場はどこですか。

年越し　カウントダウン　会場　は　どこ　です　か。
↓　　　　↓　　　　　　↓　　　↓　　↓　　↓
跨年　　倒數　　　　　會場　在　哪裡　　呢？

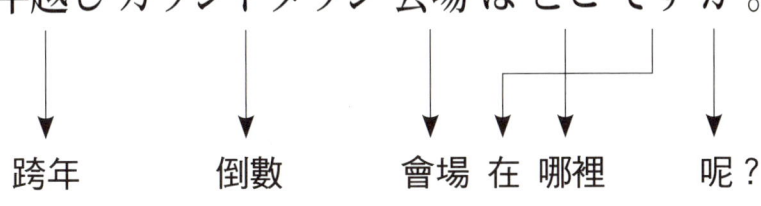

* **年越し**…名詞：跨年
* **カウントダウン**…名詞：倒數
* **会場**…名詞：會場
* **は**…助詞：表示主題
* **どこ**…名詞（疑問詞）：哪裡
* **です**…助動詞：表示斷定（現在肯定形）
* **か**…助詞：表示疑問

用法
詢問特定場所地點的說法。

詢問　3-116 旅行會話篇

這個位子沒人坐嗎？

この席(せき)、空(あ)いていますか。

この	席	空いて	います	か。
這個	位子	目前是 空著 的狀態		嗎？

* この…連體詞：這個
* 席…名詞：位子
* 空いて…動詞：空（空きます⇒て形）
* います…補助動詞
  動詞て形＋います：目前狀態
* か…助詞：表示疑問

用法
向旁人確認眼前的座位是否有人坐的說法。

3-117 旅行會話篇　　詢問

這附近有吸菸區嗎？

この近(ちか)くに喫煙所(きつえんじょ)はありますか。

この 近く に 喫煙所 は あります か。
　↓　　↓　　↓　　↓　　　　↓
這個　附近　有　吸菸區　　　　嗎？

* **この**…連體詞：這個
* **近く**…名詞：附近
* **に**…助詞：表示存在位置
* **喫煙所**…名詞：吸菸區
* **は**…助詞：表示對比（區別）
* **あります**…動詞：有、在
* **か**…助詞：表示疑問

用法
詢問附近是否有可以抽菸的場所的說法。

詢問　　　**3-118 旅行會話篇**

附近有網咖嗎？

近(ちか)くにネットカフェはありませんか。

近く に ネットカフェ は ありません か。
　↓　　↓　　　↓　　　　　　↓　　　↓
　附近　網咖　　　　　　　　沒有　嗎？

* 近く…名詞：附近
* に…助詞：表示存在位置
* ネットカフェ…名詞：網咖
* は…助詞：表示對比（區別）
* ありません…動詞：有、在（あります⇒現在否定形）
* か…助詞：表示疑問

用法
詢問附近是否有網咖的說法。

3-119 旅行會話篇　　詢問

有可以上網的電腦嗎？

インターネットにアクセスできるパソコンはありませんか。

インターネット に アクセスできる　パソコン は ありません か。
　　↓　　　　　　↓　　　　　　　　↓　　　　↓　　　↓
　可以連結　　網路（的）　　　　　電腦　　沒有　　嗎？

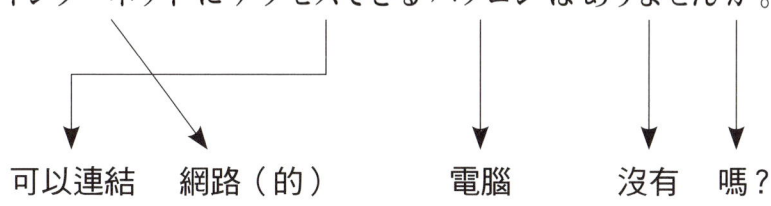

* **インターネット**…名詞：網路
* **に**…助詞：表示到達點
* **アクセスできる**…動詞：連結（アクセスします⇒可能形）
* **パソコン**…名詞：電腦
* **は**…助詞：表示對比（區別）
* **ありません**…動詞：有、在（あります⇒現在否定形）
* **か**…助詞：表示疑問

用法
想要使用網路時，可以這樣詢問。

詢問　　　　**3-120 旅行會話篇**

什麼時候可以取件？
仕上がりはいつになりますか。

仕上がり は いつ に なります か。
　↓　　　　　　↓　　　↓　　↓
　完成　　　　會變成 什麼時候 呢？

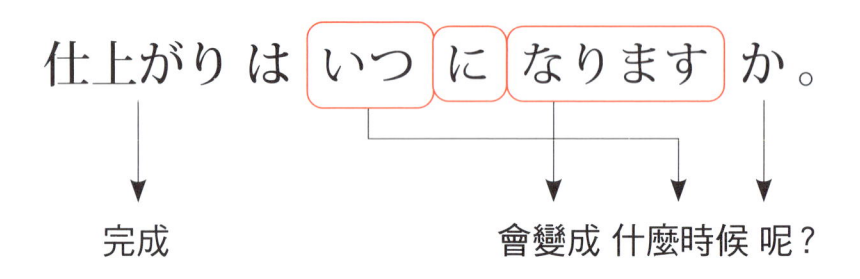

* 仕上がり…名詞：完成
* は…助詞：表示主題
* いつ…名詞（疑問詞）：什麼時候
* に…助詞：表示變化結果
* なります…動詞：變成
* か…助詞：表示疑問

用法
在相館或是洗衣店詢問何時可以取件的說法。

3-121 旅行會話篇　　詢問

現在還在營業嗎？

まだやってますか。

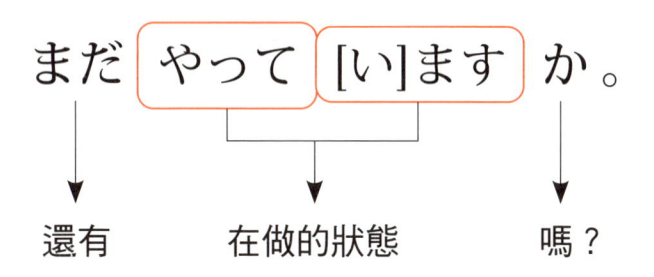

まだ やって [い]ます か。
　↓　　↓　　　↓
　還有　在做的狀態　嗎？

* まだ…副詞：還、尚未
* やって…動詞：做（やります⇒て形）
* [い]ます…補助動詞：（口語時可省略い）
  動詞て形＋います：目前狀態
* か…助詞：表示疑問

▍用法
確認店家目前是否仍在營業中的說法。

詢問

3-122 旅行會話篇

營業時間是幾點到幾點呢？

営業時間は何時から何時までですか。
(えいぎょうじかん　なんじ　なんじ)

営業時間は 何時 から 何時 まで ですか。

營業時間　是 從 幾點　到 幾點　　　呢？

* **営業時間**…名詞：營業時間
* **は**…助詞：表示主題
* **何時**…名詞（疑問詞）：幾點
* **から**…助詞：表示起點
* **何時**…名詞（疑問詞）：幾點
* **まで**…助詞：表示界限
* **です**…助動詞：表示斷定（現在肯定形）
* **か**…助詞：表示疑問

用法
詢問店家的營業時間的說法。

3-123 旅行會話篇   詢問

公休日是哪一天？

ていきゅうび
定休日はいつですか。

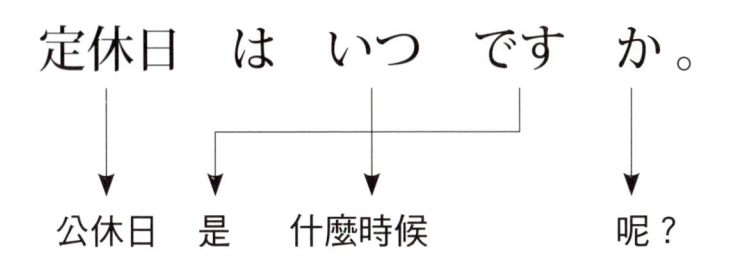

定休日	は	いつ	です	か。
↓	↓	↓		↓
公休日	是	什麼時候		呢？

* **定休日**…名詞：公休日
* **は**…助詞：表示主題
* **いつ**…名詞（疑問詞）：什麼時候
* **です**…助動詞：表示斷定（現在肯定形）
* **か**…助詞：表示疑問

用法
詢問不營業的休假日是哪一天的說法。

詢問

3-124 旅行會話篇

這附近晚上的治安沒問題嗎？

この辺（あた）りの夜（よる）の治安（ちあん）はだいじょうぶですか。

この	辺り	の	夜	の	治安	は	だいじょうぶです	か。
這個	附近	的	晚上	的	治安	是	沒問題的	嗎？

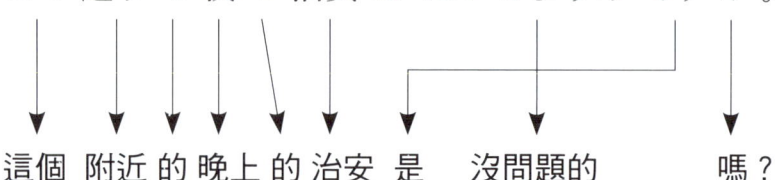

* この…連體詞：這個
* 辺り…名詞：附近
* の…助詞：表示所屬
* 夜…名詞：晚上
* の…助詞：表示所屬
* 治安…名詞：治安
* は…助詞：表示主題
* だいじょうぶ…な形容詞：沒問題、沒事
* です…助動詞：表示斷定（現在肯定形）
* か…助詞：表示疑問

用法

確認治安狀況是否良好的說法。

3-125 旅行會話篇　詢問

方便的話，能不能告訴我你的 e-mail 呢？

よかったら、メールアドレスを教えて
くれませんか。

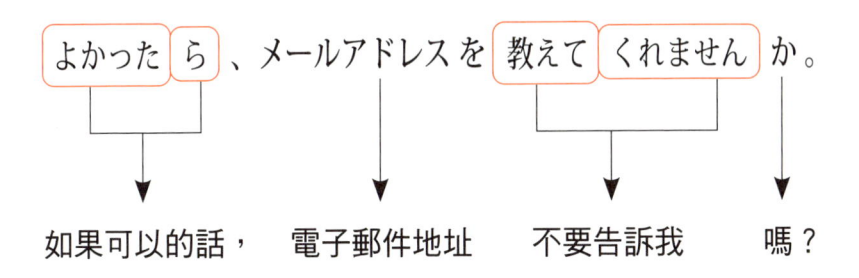

| よかった | ら | 、メールアドレスを | 教えて | くれません | か。 |

- よかったら → 如果可以的話，
- メールアドレスを → 電子郵件地址
- 教えて → 不要告訴我
- か → 嗎？

* **よかったら**…い形容詞：好（よい⇒た形＋ら）
* **メールアドレス**…名詞：電子郵件地址
* **を**…助詞：表示動作作用對象
* **教えて**…動詞：告訴、教（教えます⇒て形）
* **くれません**…補助動詞：（くれます⇒現在否定形）
　動詞て形＋くれます：別人為我[做]～
* **か**…助詞：表示疑問

用法
認識新朋友時，詢問對方的聯絡方式的說法。

換錢

3-126 旅行會話篇

（拿出一千日圓鈔票）
可以請你幫我換成500日圓銅板一個、100日圓的銅板五個嗎？

<ruby>５００円玉</ruby>(ごひゃくえんだま)<ruby>１枚</ruby>(いちまい)と<ruby>１００円玉</ruby>(ひゃくえんだま)<ruby>５枚</ruby>(ごまい)にくずしてもらえますか。

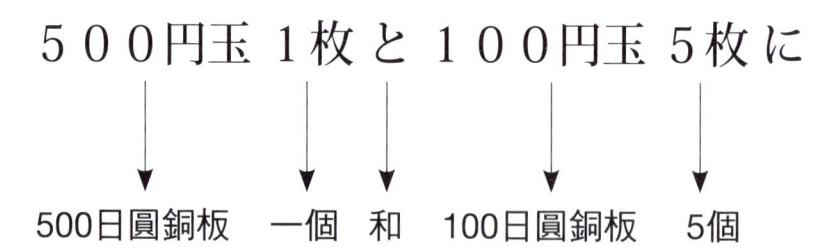

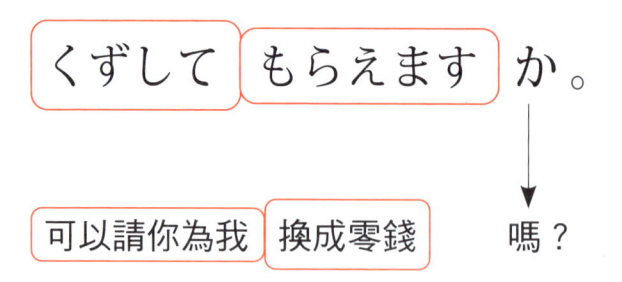

５００円玉 → 500日圓銅板
１枚 → 一個
と → 和
１００円玉 → 100日圓銅板
５枚 → 5個

くずして｜もらえます｜か。

可以請你為我｜換成零錢｜嗎？

* ５００円玉…名詞：500日圓銅板
* １枚…名詞：1個
* と…助詞：表示並列
* １００円玉…名詞：100日圓銅板
* ５枚…名詞：5個
* に…助詞：表示變化結果
* くずして…動詞：換成零錢（くずします⇒て形）
* もらえます…補助動詞：（もらいます⇒可能形）
  動詞て形＋もらいます：請您（為我）[做]～
* か…助詞：表示疑問

用法
想把大鈔換成零錢的說法。

換錢

3-127 旅行會話篇

這附近有沒有可以換外幣的地方？

この辺(へん)で外貨(がいか)を両替(りょうがえ)できるところはどこでしょうか。

この辺で 外貨を 両替できる ところは どこ でしょうか 。

在 這附近 可以兌換 外幣(的)地方(是)哪裡 呢？

* この辺…名詞：這附近
* で…助詞：表示動作進行地點
* 外貨…名詞：外幣
* を…助詞：表示動作作用對象
* 両替できる…動詞：換（錢）
  （両替します⇒可能形[両替できます]的辭書形）
* ところ…名詞：地方
* は…助詞：表示主題
* どこ…名詞（疑問詞）：哪裡
* でしょう…助動詞：表示斷定（です⇒意向形）
* か…助詞：表示疑問
  ～でしょうか：表示鄭重問法

用法
詢問兌換外幣的場所的說法。

3-128 旅行會話篇　　換錢

今天台幣對日幣的匯率是多少？

今日の台湾ドル対円の為替レートはいくらですか。
（きょう／たいわん／たいえん／かわせ）

今日 の 台湾ドル 対 円 の 為替レート は いくら ですか。
↓　↓　↓　　↓　↓　↓　　↓　　↓　　↓
今天 的 台幣 對 日幣 的 匯率 是 多少錢 呢？

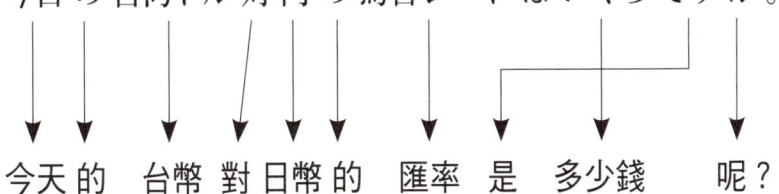

* 今日…名詞：今天
* の…助詞：表示所屬
* 台湾ドル…名詞：台幣
* 対…名詞：相對、對於
* 円…名詞：日幣
* の…助詞：表示所屬
* 為替レート…名詞：匯率
* は…助詞：表示主題
* いくら…名詞（疑問詞）：多少錢
* です…助動詞：表示斷定（現在肯定形）
* か…助詞：表示疑問

用法

詢問外幣兌換匯率的說法。

換錢

3-129 旅行會話篇

我想把台幣換成日幣。

台湾元(たいわんげん)を日本円(にほんえん)に両替(りょうがえ)したいんですが。

台湾元 を　日本円 に　両替し　たい　んです　が。

（把）台幣　　　（我）想要 兌換 成為 日幣。

* **台湾元**…名詞：台幣
* **を**…助詞：表示動作作用對象
* **日本円**…名詞：日幣
* **に**…助詞：表示變化結果
* **両替し**…動詞：換（錢）（両替します⇒ます形除去[ます]）
* **たい**…助動詞：表示希望
  動詞ます形除去[ます]＋たい：想要[做]〜
* **んです**…連語：ん＋です：表示強調
  ん…形式名詞（の⇒縮約表現）
  です…助動詞：表示斷定（現在肯定形）
* **が**…助詞：表示前言

用法

想把外幣兌換成日幣的說法。

3-130 旅行會話篇　意外&求助

我把東西遺忘在電車裡了。

電車の中に忘れ物をしてしまったんですが。

電車の中に忘れ物を [して] [しまった] [んです] が。

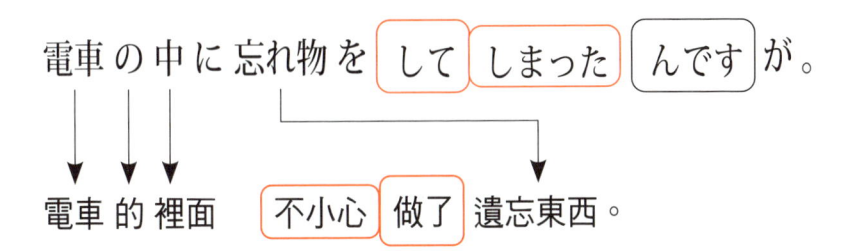

電車　的　裡面　[不小心] [做了] 遺忘東西。

* 電車…名詞：電車
* の…助詞：表示所在
* 中…名詞：裡面
* に…助詞：表示動作歸著點
* 忘れ物…名詞：遺失物品
* を…助詞：表示動作作用對象
* して…動詞：做（します⇒て形）
* しまった…補助動詞（しまいます⇒た形）
  動詞て形＋しまいます：（無法挽回的）遺憾
* んです…連語：ん＋です：表示強調
  ん…形式名詞（の⇒縮約表現）
  です…助動詞：表示斷定（現在肯定形）
* が…助詞：表示前言

用法
東西遺忘在電車上時，向車站人員尋求協助的說法。

意外&求助　3-131 旅行會話篇

我掉了東西，請問有被送到這裡來嗎？

落し物したんですが、こちらに届いていませんか。

落し物した	んです	が、こちらに	届いて	いません	か。
↓			↓	↓	↓
遺失東西	目前沒有（東西）送達		到	這裡	嗎？

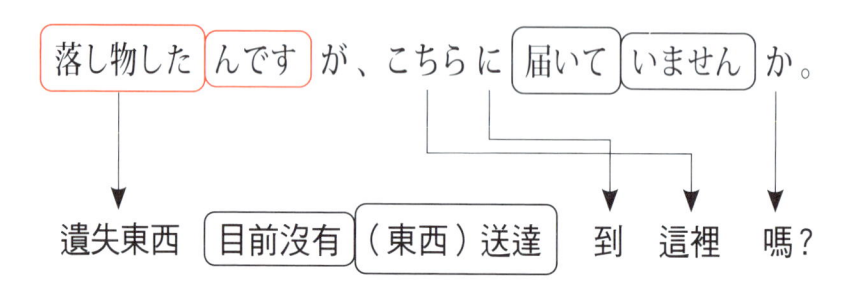

* **落し物した**…動詞：遺失東西（落し物します⇒た形）
* **んです**…連語：ん＋です：表示強調
  ん…形式名詞（の⇒縮約表現）
  です…助動詞：表示斷定（現在肯定形）
* **が**…助詞：表示前言
* **こちら**…名詞：這裡
* **に**…助詞：表示到達點
* **届いて**…動詞：送到（届きます⇒て形）
* **いません**…補助動詞：（います⇒現在否定形）
  動詞て形＋います：目前狀態
* **か**…助詞：表示疑問

用法

遺失東西時，到失物招領處或管理處詢問的說法。

3-132 旅行會話篇　　意外&求助

請幫我叫救護車。

きゅうきゅうしゃ　　よ
救　急　車を呼んでください。

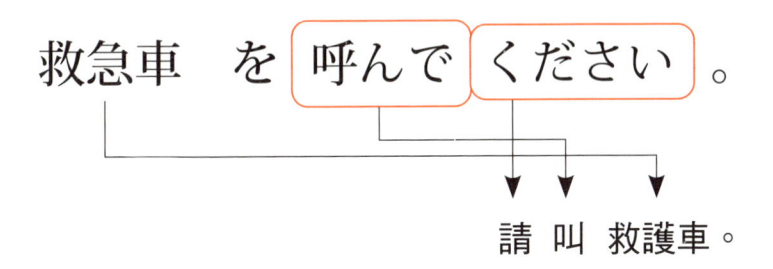

救急車　を　呼んで　ください。
　　　　　　　　　　　↓　↓　↓
　　　　　　　　　請　叫　救護車。

* **救急車**…名詞：救護車
* **を**…助詞：表示動作作用對象
* **呼んで**…動詞：呼喚、叫來（呼びます⇒て形）
* **ください**…補助動詞：請
　（くださいます⇒命令形[くださいませ]除去[ませ]）
　動詞て形＋ください：請[做]～

用法
受傷或突發疾病等危急狀況，尋求協助的呼救方法。

意外&求助　3-133 旅行會話篇

不好意思，能不能拜託你帶我到附近的醫院。

すみませんが、私(わたし)を近(ちか)くの病院(びょういん)まで連(つ)れて行(い)ってくれませんか。

すみませんが、私を近くの病院まで
↓　　　　　↓　↓　↓　↓　↓
不好意思　（帶）我　到　附近　的　醫院

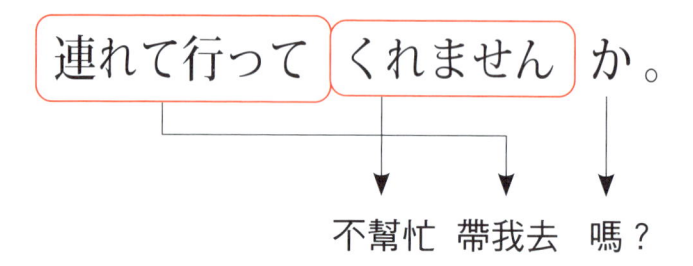

連れて行って　くれません　か。
　　↓　　　　　↓　　　↓
　不幫忙　　帶我去　　嗎？

* **すみません**…招呼用語：對不起、不好意思
* **が**…助詞：表示前言
* **私**…名詞：我
* **を**…助詞：表示動作作用對象
* **近く**…名詞：附近
* **の**…助詞：表示所屬
* **病院**…名詞：醫院
* **まで**…助詞：表示界限
* **連れて行って**…動詞：帶去
  （連れて行きます⇒て形）
* **くれません**…補助動詞：（くれます⇒現在否定形）
  動詞て形＋くれます：別人為我[做]～
* **か**…助詞：表示疑問

用法
因疾病或受傷，拜託別人帶自己去醫院就診的說法。

| 意外&求助 | **3-134 旅行會話篇** |

可以開立診斷書嗎？

しんだんしょ　か
診断書を書いてもらえますか。

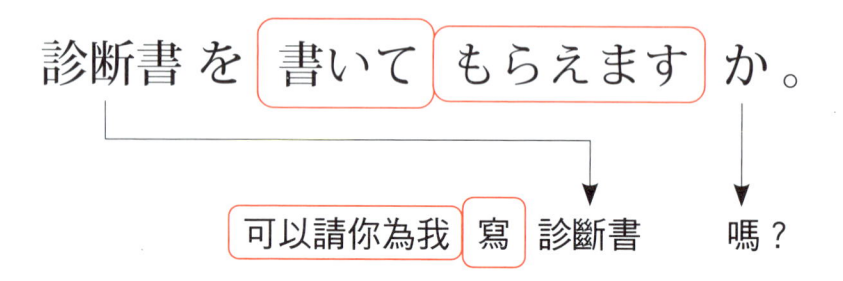

診断書 を ｜書いて｜ ｜もらえます｜ か 。
　　　　　　　　↓　　　　　　↓　　　↓
　　　　｜可以請你為我｜ ｜寫｜ 診斷書　　嗎？

* **診断書**…名詞：診斷書
* **を**…助詞：表示動作作用對象
* **書いて**…動詞：寫（書きます⇒て形）
* **もらえます**…補助動詞：（もらいます⇒可能形）
  動詞て形＋もらいます：請您（為我）[做]〜
* **か**…助詞：表示疑問

用法
在日本就診時，請醫師開立診斷書的說法。

筆記頁

空白一頁,讓你記錄學習心得,
也讓下一個單元能以跨頁呈現,方便於對照閱讀。

意外&求助　　**3-135 旅行會話篇**

我現在在地圖上的什麼位置,可以請你告訴我嗎?

今(いま)、私(わたし)はこの地図(ちず)のどこにいるのか教(おし)えてもらえますか。

今、私 は この 地図 の どこに いる の か
↓　　↓　↓　↓　　↓　↓　↓　　　　　　↓
現在 我 在 這個 地圖 的 哪裡　　　　　呢?

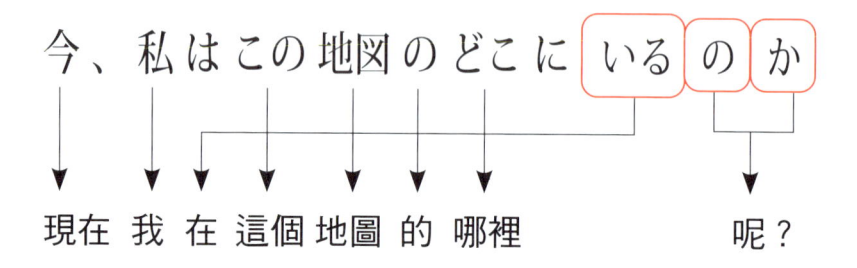

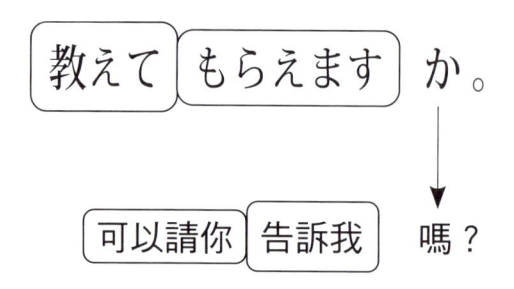

教えて もらえます か。
↓
可以請你 告訴我　嗎?

* **今**…名詞：現在
* **私**…名詞：我
* **は**…助詞：表示主題
* **この**…連體詞：這個
* **地図**…名詞：地圖
* **の**…助詞：表示所在
* **どこ**…名詞（疑問詞）：哪裡
* **に**…助詞：表示存在位置
* **いる**…動詞：有、在（います⇒辭書形）
* **の**…形式名詞：＝んです
* **か**…助詞：表示疑問
　〜んですか：關心好奇、期待回答
* **教えて**…動詞：告訴、教（教えます⇒て形）
* **もらえます**…補助動詞：（もらいます⇒可能形）
　動詞て形＋もらいます：請您（為我）[做]〜
* **か**…助詞：表示疑問

用法
詢問周遭的人自己目前在地圖上的什麼地方的說法。

意外&求助　3-136 旅行會話篇

我跟朋友走散了。

友達（ともだち）と離れ離れ（はなばな）になってしまったんですが…。

友達 と 離れ離れ に [なって] [しまった] [んです] が …。
→ 和 朋友 [不小心] [變成] 走散。

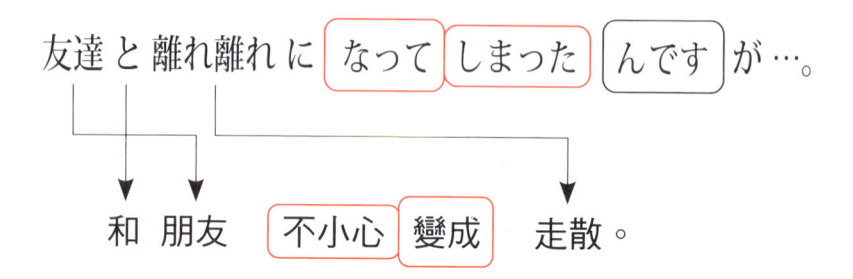

* **友達**…名詞：朋友
* **と**…助詞：表示動作夥伴
* **離れ離れ**…名詞：走散
* **に**…助詞：表示變化結果
* **なって**…動詞：變成（なります⇒て形）
* **しまった**…補助動詞（しまいます⇒た形）
  動詞て形＋しまいます：（無法挽回的）遺憾
* **んです**…連語：ん＋です：表示強調
  ん…形式名詞（の⇒縮約表現）
  です…助動詞：表示斷定（現在肯定形）
* **が**…助詞：表示前言

用法
和同行的友人走散時的求助說法。

3-137 旅行會話篇　意外&求助

要怎麼撥打國際電話呢？

こくさいでん わ
国際電話はどうやってかけますか。

国際電話　は　どうやって　かけます　か。
　↓　　　　　　↓　　　　　↓　　　↓
國際電話　　　怎麼　　　撥打　　呢？

* 国際電話…名詞：國際電話
* は…助詞：表示對比（區別）
* どうやって…連語（疑問詞）：怎麼
* かけます…動詞：打（電話）
* か…助詞：表示疑問

用法
詢問如何撥打國際電話的說法。

意外&求助　　**3-138 旅行會話篇**

可以借個廁所嗎？

トイレをお借（か）りできますか。

トイレを　お　借り　できます　か。
　　　　　可以跟您　借用　廁所　　嗎？

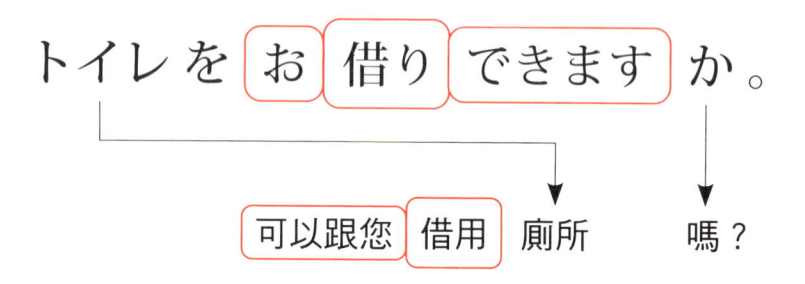

* **トイレ**…名詞：廁所
* **を**…助詞：表示動作作用對象
* **お**…接頭辭：表示美化、鄭重
* **借り**…動詞：借入（借ります⇒ます形除去[ます]）
* **できます**…動詞：可以、能夠、會（します⇒可能形）
* **か**…助詞：表示疑問
　お＋動詞ます形除去[ます]＋できますか…
　謙讓表現：（動作涉及對方的）可以[做]〜嗎？

用法
希望借用廁所的說法。

3-139 旅行會話篇　意外&求助

我有麻煩，你能幫我嗎？

困<small>こま</small>っています。助<small>たす</small>けてもらえませんか。

| 困って | います | 。 | 助けて | もらえません | か 。 |

| 目前處於 | 困擾 | 的狀態 | 不可以請你 | 幫助我 | 嗎？ |

* 困って…動詞：困擾（困ります⇒て形）
* います…補助動詞
　動詞て形＋います：目前狀態
* 助けて…動詞：幫助、救（助けます⇒て形）
* もらえません…補助動詞：
　（もらいます⇒可能形[もらえます]的現在否定形）
　動詞て形＋もらいます：請您（為我）[做]～
* か…助詞：表示疑問

用法
遭遇麻煩時請求別人協助的說法。

意外&求助　3-140 旅行會話篇

不好意思，請再稍等一下。

すみません、もうちょっと待ってください。

すみません、もう ちょっと 待って ください 。
　↓　　　　↓　　　↓
不好意思　請　再　稍微　　等待　。

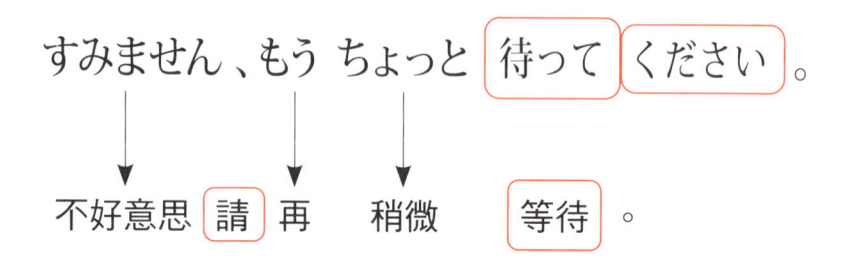

* すみません…招呼用語：對不起、不好意思
* もう…副詞：再～一些
* ちょっと…副詞：一下、有點、稍微
* 待って…動詞：等待（待ちます⇒て形）
* ください…補助動詞：請
* 動詞て形＋ください：請[做]～
　（くださいます⇒命令形[くださいませ] 除去[ませ]）

用法
旅行中的團體活動行程，麻煩其他人稍等一下的說法。

3-141 旅行會話篇 　意外&求助

這個人就是嫌犯。

この人（ひと）が犯人（はんにん）です。

```
この    人    が   犯人   です。
 ↓      ↓         ↓     ↓
這個    人    是   嫌犯。
```

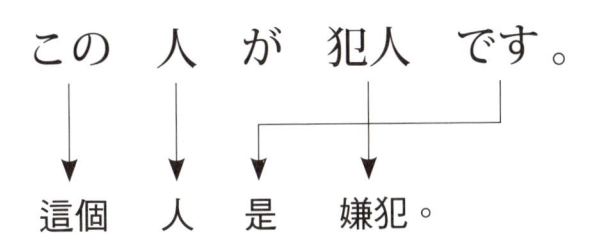

* この…連體詞：這個
* 人…名詞：人
* が…助詞：表示主格
* 犯人…名詞：嫌犯
* です…助動詞：表示斷定（現在肯定形）

用法
如果目擊犯罪現場知道嫌犯身份時，可以這樣告知警方。

好想談戀愛　4-001 談情說愛篇

我2年沒有交女朋友了。
彼女（かのじょ）いない歴（れきに）2年（ねん）です。

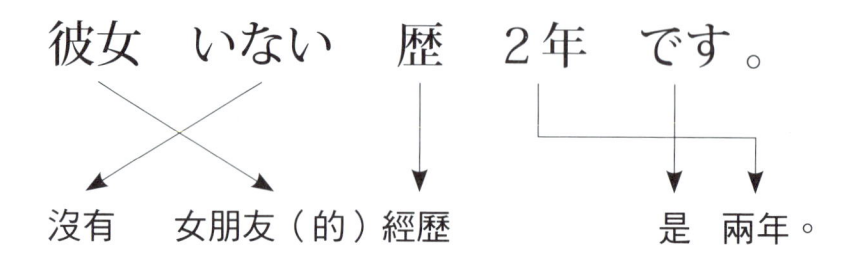

彼女　いない　　歴　2年　です。
　↓　　　↓　　　 ↓　　 ↓　 ↓
沒有　女朋友（的）經歷　　　是　兩年。

* **彼女**…名詞：女朋友
* **いない**…動詞：有、在（います⇒ない形）
* **歴**…接尾辭：～經歷
* **2年**…名詞：兩年
* **です**…助動詞：表示斷定（現在肯定形）

用法
說明自己已經多久沒有女朋友了。

4-002 談情說愛篇　　好想談戀愛

好想有人陪我一起過聖誕節啊。
誰かと一緒にクリスマスを過ごしたいなあ。

誰か　と　一緒に　クリスマス　を　過ごし　たい　なあ。
和　某人　一起　　　　　　想要　度過　聖誕節　　　　啊。

* 誰…名詞（疑問詞）：誰
* か…助詞：表示不特定
* と…助詞：表示動作夥伴
* 一緒に…副詞：一起
* クリスマス…名詞：聖誕節
* を…助詞：表示經過點
* 過ごし…動詞：度過
  （過ごします⇒ます形除去[ます]）
* たい…助動詞：表示希望
  動詞ます形除去[ます]＋たい…想要[做]〜
* なあ…助詞：表示感嘆

用法
表明自己沒有人陪伴過聖誕節。

好想談戀愛　4-003 談情說愛篇

有沒有好對象可以介紹給我呢？

誰(だれ)かいい人(ひと)紹介(しょうかい)してくれない？

誰 か いい 人 [を] 紹介して くれない ？
↓　 ↓　 ↓　↓　　　↓　　　　↓　　　　　　↓
某位　好的　人　　不為我　介紹　　　　　　嗎？

* 誰…名詞（疑問詞）：誰
* か…助詞：表示不特定
* いい…い形容詞：好、良好
* 人…名詞：人
* [を]…助詞：表示動作作用對象（口語時可省略）
* 紹介して…動詞：介紹（紹介します⇒て形）
* くれない…補助動詞：（くれます⇒ない形）
  動詞て形＋くれます：別人為我[做]～

用法
請別人替自己介紹男女朋友的說法。

4-004 談情說愛篇　　告白

其實我很在乎你。

あなたのことがいつも気になってたんだ。

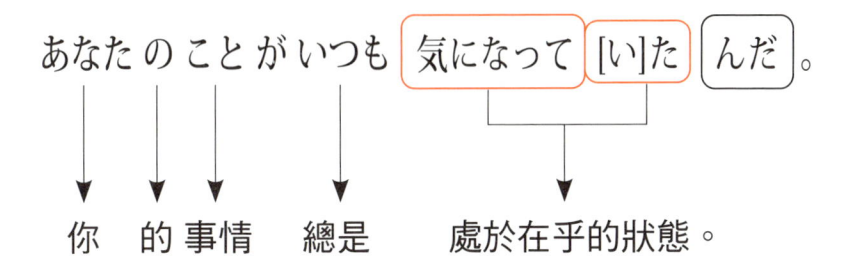

あなた の こと が いつも 気になって [い]た んだ。
↓　　↓　↓　　↓　　↓　　　　　　↓
你　　的　事情　總是　　　　處於在乎的狀態。

* あなた…名詞：你
* の…助詞：表示所屬
* こと…名詞：事情
* が…助詞：表示焦點
* いつも…副詞：總是
* 気になって…慣用語：在乎（気になります⇒て形）
* [い]た…補助動詞：(います⇒た形)（口語時可省略い）
  動詞て形＋います：目前狀態
* んだ…連語：ん＋だ＝んです的普通體：表示強調
  ん…形式名詞（の⇒縮約表現）
  だ…助動詞：表示斷定（です⇒普通形-現在肯定形）

用法

對在意的人告白的說法（此為女性用語，只有女性會稱呼情人「あなた」）。

告白

4-005 談情說愛篇

請你以結婚為前提跟我交往。
結婚（けっこん）を前提（ぜんてい）に付（つ）き合（あ）ってください。

結婚 を 前提 に │付き合って│ │ください│。
　↓　↓　　↓　↓
把 結婚 當作 前提　│請│和我交往│。

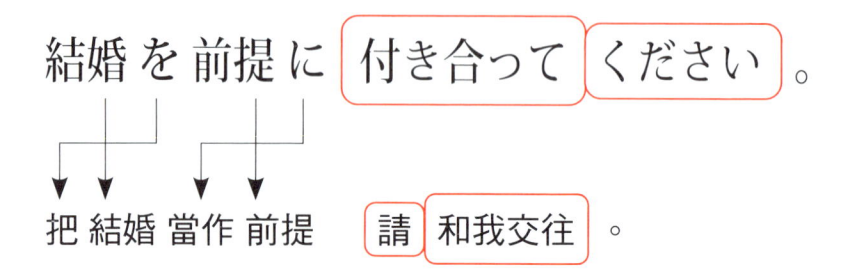

* 結婚…名詞：結婚
* を…助詞：表示動作作用對象
* 前提…名詞：前提
* に…動詞：表示決定結果
* 付き合って…助詞：交往（付き合います⇒て形）
* ください…補助動詞：請
　（くださいます⇒命令形[くださいませ] 除去[ませ]）
　動詞て形＋ください：請[做]〜

用法
把結婚考慮在內，希望跟對方認真交往的說法。

4-006 談情說愛篇　　告白

我對你是一見鍾情。
あなたに一目惚(ひとめぼ)れしちゃった。

あなた に 一目惚れ して しまった 。

　　　對　　你　無法抵抗地　一見鍾情。

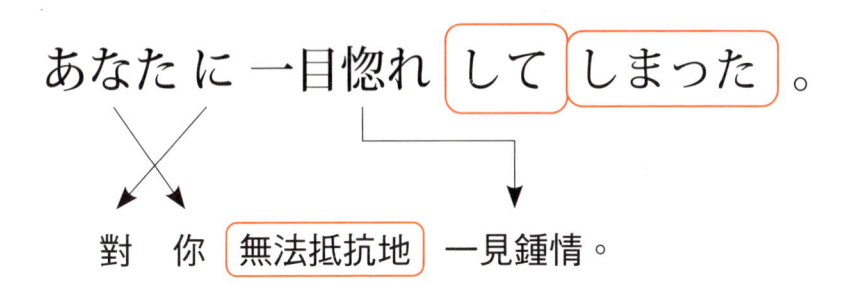

* **あなた**…名詞：你
* **に**…助詞：表示動作的對方
* **一目惚れ**…名詞：一見鍾情
* **して**…動詞：做（します⇒て形）
* **しまった**…補助動詞：（しまいます⇒た形）
　動詞て形＋しまいます：無法抵抗、無法控制
　一目惚れしちゃった…縮約表現：無法抵抗地一見鍾情
　（一目惚れしてしまった⇒縮約表現）

用法
初次見面就愛上對方的告白宣言（此為女性用語，只有女性會稱呼情人「あなた」）。

告白

4-007 談情說愛篇

是我很喜歡的類型。

すごくタイプです。

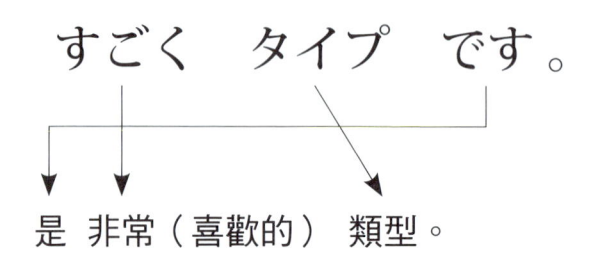

すごく　タイプ　です。

是　非常（喜歡的）　類型。

* すごく…い形容詞：非常（すごい⇒副詞用法）
  （後面省略了「好きな」）
* タイプ…名詞：類型
* です…助動詞：表示斷定（現在肯定形）

用法
直接告白對方是自己喜歡的類型的說法。

4-008 談情說愛篇　　告白

非妳不可了。

君(きみ)じゃなきゃ、だめなんだ。

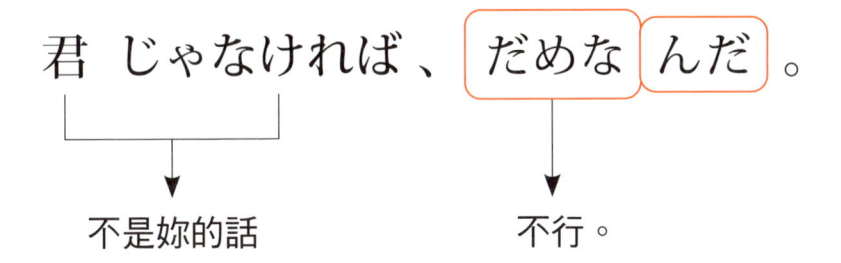

君 じゃなければ、 だめな んだ 。
　↓　　　　　　　　　　↓
不是妳的話　　　　　　不行。

* 君…名詞：妳
  戀愛關係中，通常是男生稱呼女生「君」，女生不會稱呼男生「君」。在職場上，男性可能稱呼晚輩的男性或女性為「君」，但此用法較不常見。
* じゃなければ…連語：表示斷定
  （だ⇒現在否定形[じゃない]的條件形）
  君じゃなきゃ…縮約表現：不是妳的話
  （君じゃなければ⇒縮約表現）
  （口語時常使用「縮約表現」）
* だめな…な形容詞：不行（だめ⇒名詞接續用法）
* んだ…連語：ん＋だ＝んです的普通體：表示強調
  ん…形式名詞（の⇒縮約表現）
  だ…助動詞：表示斷定（です⇒普通形-現在肯定形）

用法
表示「除了妳，沒有人比你重要」的告白說法。

告白　4-009 談情說愛篇

沒辦法，我就是喜歡上了嘛。
好きになっちゃったんだから、しょうがないでしょ。

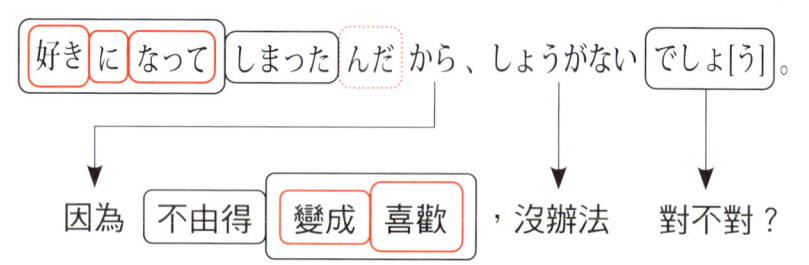

好き に なって しまった んだ から、しょうがない でしょ[う]。

因為　不由得　變成　喜歡　，沒辦法　對不對？

* **好き**…な形容詞：喜歡
* **に**…助詞：表示變化結果
* **なって**…動詞：變成（なります⇒て形）
* **しまった**…補助動詞：（しまいます⇒た形）
  動詞て形＋しまいます：無法抵抗、無法控制
  好きになっちゃった…縮約表現：無法抵抗地喜歡上
  （好きになってしまった⇒縮約表現）
  （口語時常使用「縮約表現」）
* **んだ**…連語：ん＋だ＝んです的普通體：表示強調
  ん…形式名詞（の⇒縮約表現）
  だ…助動詞：表示斷定（です⇒普通形-現在肯定形）
* **から**…助詞：表示原因理由
* **しょうがない**…慣用語：沒辦法
* **でしょ[う]**…助動詞：表示斷定（です⇒意向形）
  （口語時可省略う）

用法
喜歡的感覺已經超越一切，理智無法左右的說法。

4-010 談情說愛篇　　告白

感覺我們是比朋友還要好了…。

友達以上恋人未満って感じかな…。
（ともだち いじょう こいびと みまん かん）

友達　以上　恋人　未満　って　感じ　かな…。
↓　　↓　　↓　　↓　　　　↓　　↓
朋友　以上　戀人　未滿（這樣的）感覺　是不是這樣呢…

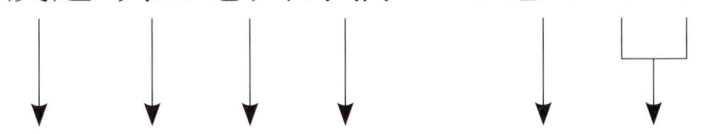

* 友達…名詞：朋友
* 以上…名詞：以上
* 恋人…名詞：戀人
* 未満…名詞：未滿
* って…助詞：表示提示內容（＝という）
* 感じ…名詞：感覺（動詞[感じます]的名詞化）
* か…助詞：表示不確定
* な…助詞：表示感嘆（自言自語）

用法
表示目前兩人處於曖昧關係的說法。

表達愛意　4-011 談情說愛篇

能夠遇見你真是太好了。
あなたに会(あ)えてよかった。

あなた　に	会えて	よかった。
因為可以遇見 你	所以	很好。

* あなた…名詞：你
* に…助詞：表示接觸點
* 会えて…動詞：見面（て形表示原因）
  （会います⇒可能形[会えます]的て形）
* よかった…い形容詞：好、良好（よい⇒過去肯定形）

用法
很高興能夠認識對方的說法（此為女性用語，只有女性會稱呼情人「あなた」）。

4-012 談情說愛篇　　表達愛意

能夠遇見你真的很幸福。

あなたと出会(であ)えて幸(しあわ)せ。

あなた　と　出会えて　幸せ。

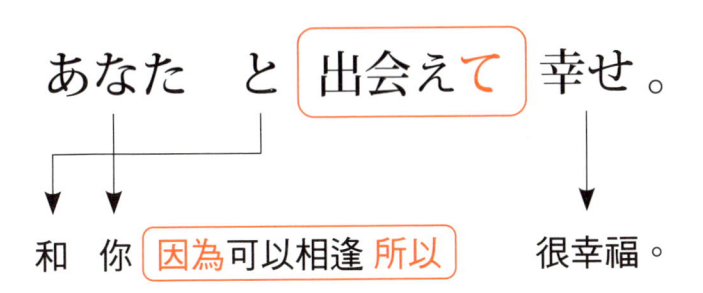

和　你　因為可以相逢 所以　　很幸福。

* あなた…名詞：你
* と…助詞：表示動作夥伴
* 出会えて…動詞：相逢（て形表示原因）
  （出会います⇒可能形[出会えます]的て形）
* 幸せ…な形容詞：幸福

用法
表示遇見對方是件幸福的事（此為女性用語）。

表達愛意　**4-013 談情說愛篇**

能夠和你交往真的很好，謝謝你。
付(つ)き合(あ)えてよかった。感謝(かんしゃ)してる。

付き合えて よかった。 感謝して [い]る。
↓
因為可以交往所以 很好， 目前是 感謝 的狀態。

* **付き合えて**…動詞：交往
  （付き合います⇒可能形[付き合えます]的て形）
  （て形表示原因）
* **よかった**…助詞：好、良好（よい⇒過去肯定形）
* **感謝して**…動詞：感謝（感謝します⇒て形）
* **[い]る**…補助動詞：（います⇒辭書形）
  （口語時可省略い）
  動詞て形+います：目前狀態

用法
對於能夠和對方交往表達感謝。交往中、或是即將分手時都適用。

4-014 談情說愛篇　表達愛意

與其說是喜歡，應該說是愛吧。
好(す)きっていうか愛(あい)してる。

好き | っていうか | 愛して | [い]る 。

與其說　喜歡　不如說　　目前是　愛　的狀態。

* 好き…な形容詞：喜歡
* っていうか…連語：與其說～不如～
* 愛して…動詞：愛（愛します⇒て形）
* [い]る…補助動詞：（います⇒辭書形）
　（口語時可省略い）
　動詞て形＋いいます：目前狀態

用法
已經超越喜歡，到達愛的程度時所做的濃烈告白。

| 表達愛意 | 4-015 談情說愛篇 |

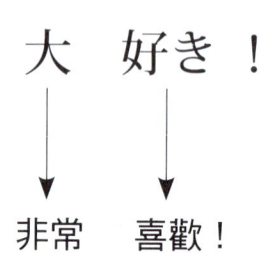

超愛你的！
だいす
大好き！

大　好き！
↓　　↓
非常　喜歡！

＊ 大…接頭辭：非常、極度
＊ 好き…な形容詞：喜歡

|用法|
直率表達好感的說法。對喜歡的人大聲說出來吧。

4-016 談情說愛篇　　表達愛意

我眼裡只有你。

もうあなたしか見えない。

もう　あなた　しか　見えない　。
↓　　　　　　↓
已經　　　只有看見　你。

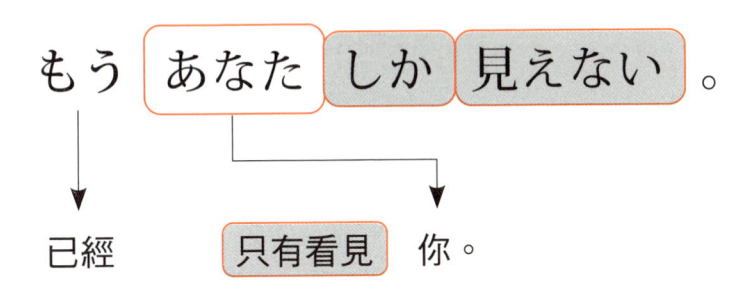

* もう…副詞：已經
* あなた…名詞：你
* しか…助詞：表示限定
* 見えない…動詞：看得見（見えます⇒ない形）

用法
只喜歡你，對其他人事物都興趣缺缺的說法（此為女性用語，只有女性會稱呼情人「あなた」）。

表達愛意　4-017 談情說愛篇

如果沒有你，我會寂寞死。

あなたがいなかったら、寂しくて死んじゃう。

あなたが [いなかった] [ら] 、[寂しくて] [死んで] [しまう] 。

[如果] [沒有] [你] [的話] ，(我) [因為寂寞] [會不由得死掉] 。

* **あなた**…名詞：你
* **が**…助詞：表示焦點
* **いなかったら**…動詞：有、在（います⇒なかった形＋ら）
* **寂しくて**…い形容詞：寂寞（寂しい⇒て形）
  （て形表示原因）
* **死んで**…動詞：死（死にます⇒て形）
* **しまう**…補助動詞：（しまいます⇒辭書形）
  動詞て形＋しまいます：無法抵抗、無法控制
  死んじゃう…縮約表現：不由得死掉
  （死んでしまう⇒縮約表現）
  （口語時常使用「縮約表現」）

用法
表示「對我而言，你是不可或缺的存在」的說法。

4-018 談情說愛篇　表達愛意

死而無憾。

ああ、もう死んでもいい。

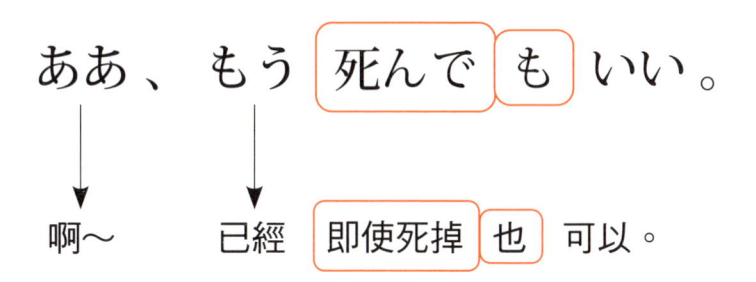

ああ、もう 死んで も いい。
啊〜　已經　即使死掉　也　可以。

* ああ…感嘆詞：啊〜
* もう…副詞：已經
* 死んで…動詞：死（死にます⇒て形）
* も…助詞：表示逆接
  動詞て形＋も：即使〜，也〜
* いい…い形容詞：好、良好

用法

表達「死而無憾的幸福感」的說法。

表達愛意　4-019 談情說愛篇

謝謝你總是陪著我。

いつも一緒(いっしょ)にいてくれてありがとう。

いつも　一緒に　いて　くれて　ありがとう。

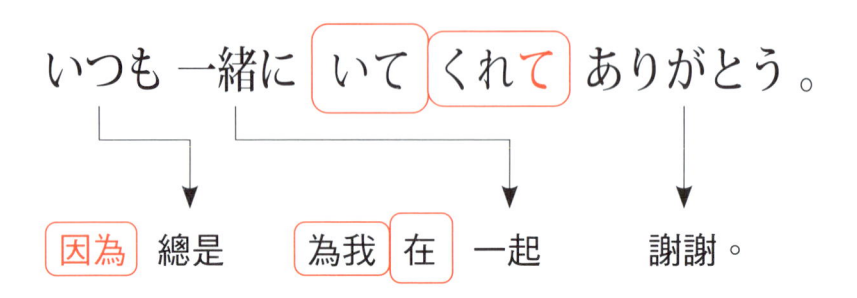

因為　總是　　為我　在　一起　　謝謝。

* いつも…副詞：總是
* 一緒に…副詞：一起
* いて…動詞：有、在（います⇒て形）
* くれて…補助動詞：（くれます⇒て形）
  （て形表示原因）
  動詞て形＋くれます：別人為我[做]〜
* ありがとう…招呼用語：謝謝

用法
感謝對方在感情路上一路陪伴的說法。

4-020 談情說愛篇　表達愛意

我不想離開（你）…。

離(はな)れたくない…。

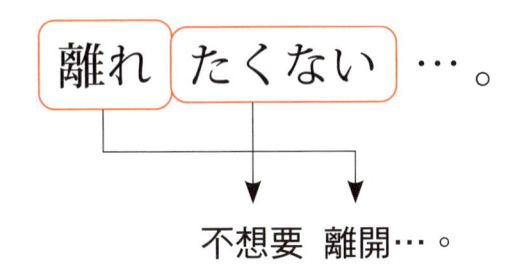

```
［離れ］［たくない］…。
   ↓       ↓
  不想要  離開…。
```

＊ 離れ…動詞：離開（離れます⇒ます形除去[ます]）
＊ たくない…助動詞：表示希望
　（たい⇒現在否定形-くない）
　動詞ます形除去[ます]＋たい：想要[做]～

用法
想要一直待在對方身邊或一直靠得很近的說法。

表達愛意　4-021 談情說愛篇

你問我喜歡你什麼？當然是你的全部囉。

どこが好きって？　全部に決まってるじゃん。

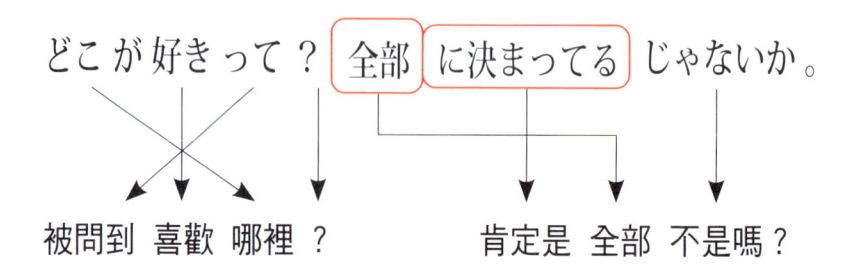

どこが好きって？　全部 に決まってる じゃないか。

被問到 喜歡 哪裡？　　　肯定是 全部 不是嗎？

---

* **どこ**…名詞（疑問詞）：哪裡
* **が**…助詞：表示焦點
* **好き**…な形容詞：喜歡
* **って**…助詞：提示內容（＝と言われても）
* **全部**…名詞：全部
* **に決まってる**…連語：肯定是～
* **じゃないか**…連語：不是～嗎（反問表現）
   じゃん…「じゃないか」的「縮約表現」。
   （口語時常使用「縮約表現」）

用法
被問到喜歡對方哪一點時，最安全的回答方法。

4-022 談情說愛篇　表達愛意

短時間不能見面，我們就每天講電話吧。

しばらく会(あ)えないけど毎日(まいにちでん)電話(わ)しようね。

しばらく 会えない けど 毎日 電話しようね。

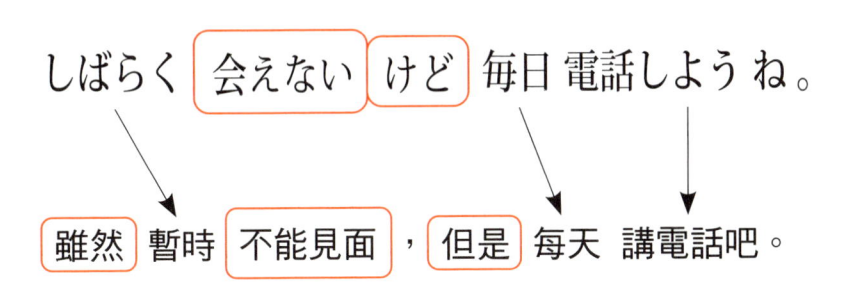

雖然 暫時 不能見面， 但是 每天 講電話吧。

* **しばらく**…副詞：暫時
* **会えない**…動詞：見面
  （会います⇒可能形[会えます]的ない形）
* **けど**…助詞：表示逆接
* **毎日**…名詞：每天
* **電話しよう**…動詞：打電話（電話します⇒意向形）
* **ね**…助詞：表示期待同意

用法
暫時無法見面時，雙方約定用電話時常連絡的說法。

約會　4-023 談情說愛篇

下次什麼時候可以見面？
今度いつ会えるの？

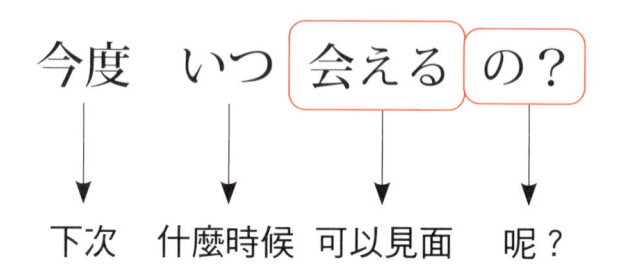

今度	いつ	会える	の？
↓	↓	↓	↓
下次	什麼時候	可以見面	呢？

＊ 今度…名詞：下次
＊ いつ…名詞（疑問詞）：什麼時候
＊ 会える…動詞：見面
　（会います⇒可能形[会えます]的辭書形）
＊ の…形式名詞：（～んですか的口語說法）
　～んですか：關心好奇、期待回答

用法
道別時約定下次見面時間的說法。

4-024 談情說愛篇　　約會

下次我們一起去賞櫻吧。

今度 桜の花を見に行こうよ。
（こんど さくら の はな を み に い こうよ）

今度 [桜の花] を [見] に [行こう] よ。
　↓
下次　　　　　　　 [去][看][櫻花][吧]。

* **今度**…名詞：下次
* **桜**…名詞：櫻花
* **の**…助詞：表示所屬
* **花**…名詞：花
* **を**…助詞：表示動作作用對象
* **見**…動詞：看（見ます⇒ます形除去[ます]）
* **に**…助詞：表示目的
* **行こう**…動詞：去（行きます⇒意向形）
* **よ**…助詞：表示勸誘

用法
邀約對方去賞花的說法。

約會

4-025 談情說愛篇

下次可以去你家玩嗎？

今度（こんど）、うちへ遊（あそ）びに行（い）ってもいい？

今度、うち へ 遊び に 行って も いい？
↓　　　　　　↓　　　　　↓　↓
下次　即使 去　你家 玩　也　　可以 嗎？

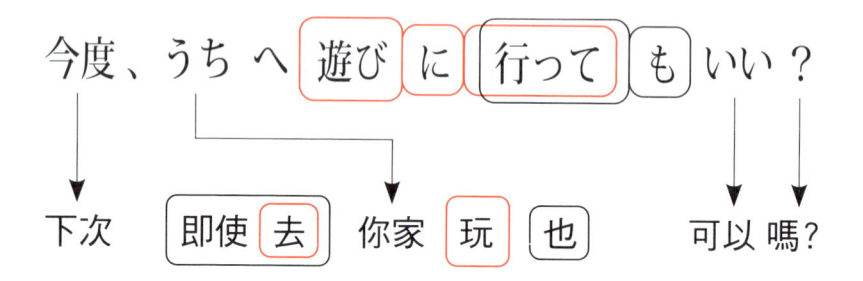

* **今度**…名詞：下次
* **うち**…名詞：你家
* **へ**…助詞：表示移動方向
* **遊び**…動詞：玩（遊びます⇒ます形除去[ます]）
* **に**…助詞：表示目的
* **行って**…動詞：去（行きます⇒て形）
* **も**…助詞：表示逆接
　動詞て形＋も：即使〜，也〜
* **いい**…い形容詞：好、良好

用法

想去對方家裡玩的說法。適用於關係親密的狀態。

4-026 談情說愛篇　約會

有煙火大會，要不要一起去看？
花火大会があるから見に行かない？

花火 大会 が ある [から] [見] [に] [行かない] ？
　　↓　　↓　　　↓　　　　↓
[因為] 有 煙火 大會　　[不去] [看]　　　嗎？

* 花火…名詞：煙火
* 大会…名詞：大會
* が…助詞：表示焦點
* ある…動詞：有、在（あります⇒辭書形）
* から…助詞：表示原因理由
* 見…動詞：看（見ます⇒ます形除去[ます]）
* に…助詞：表示目的
* 行かない…動詞：去（行きます⇒ない形）

用法
邀約對方「要不要一起去看…」的說法。

約會

4-027 談情說愛篇

欸，你帶人家去吃好吃的東西嘛。

ねえ、どこかおいしいもの食べに連れてってよ。

ねえ、どこか おいしい もの [を] 食べ に 連れて [行]って [ください] よ。
↓　　↓　　　↓　　　↓　　　　　　　　　　　　　　　　　　　　　↓
欸　哪裡　　好吃的　東西　　[請]　帶我去　　吃　　　　　　　　嘛。

* ねえ…感嘆詞：喂
* どこ…名詞（疑問詞）：哪裡
* か…助詞：表示不特定
* おいしい…い形容詞：好吃
* もの…名詞：東西
* [を]…助詞：表示動作作用對象（口語時可省略）
* 食べ…動詞：吃（食べます⇒ます形除去[ます]）
* に…助詞：表示目的
* 連れて[行]って…動詞：帶去
  （連れて行きます⇒て形）（口語時可省略[行]）
* [ください]…補助動詞：請（口語時可省略）
  （くださいます⇒命令形[くださいませ]除去[ませ]）
  動詞て形＋ください：請[做]～
* よ…助詞：表示感嘆

用法

希望對方帶自己去吃美食的說法。

4-028 談情說愛篇　　約會

欸，帶人家去什麼好玩的地方嘛。

ねえ、どこか面(おもしろ)白い所(ところ)へ連(つ)れて行(い)ってよ。

ねえ、どこか 面白い 所 へ 連れて行って [ください] よ。
↓　　↓　　　↓　　↓　　　　　　　　　　　　　　↓
欸　哪裡　有趣的 地方　[請]　帶我去　　　　　　嘛。

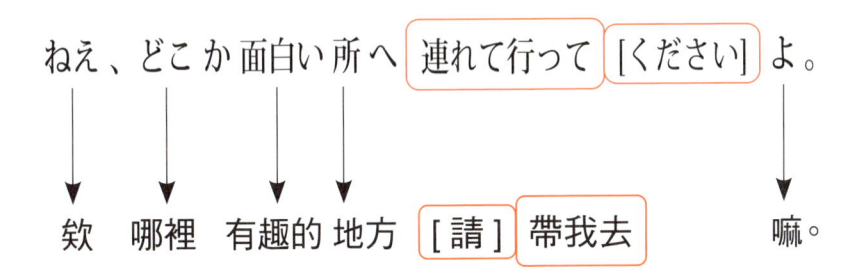

* ねえ…感嘆詞：喂
* どこ…名詞（疑問詞）：哪裡
* か…助詞：表示不特定
* 面白い…い形容詞：有趣
* 所…名詞：地方
* へ…助詞：表示移動方向
* 連れて行って…動詞：帶去（連れて行きます⇒て形）
* [ください]…補助動詞：請（口語時可省略）
　（くださいます⇒命令形[くださいませ]除去[ませ]）
* よ…助詞：表示感嘆

用法
希望對方帶自己出去玩的說法。

約會

4-029 談情說愛篇

帶我去兜風嘛。

ドライブに連れてってよ。

[ドライブ] [に] [連れて[行]って] [くださいください] よ。

↓

[請] [帶我去] [兜風] 嘛。

* ドライブ…名詞：兜風
* に…助詞：表示目的
* 連れて[行]って…動詞：帶去
  （連れて行きます⇒て形）（口語時可省略[行]）
* [ください]…補助動詞：請（口語時可省略）
  （くださいます⇒命令形[くださいませ]除去[ませ]）
  動詞て形＋ください：請[做]～
* よ…助詞：表示感嘆

用法

希望對方帶自己去兜風的說法。

4-030 談情說愛篇 　約會

今天晚上有空嗎？

今晩(こんばん)空(あ)いてる？

今晩 ｜ 空いて ｜ [い]る ？

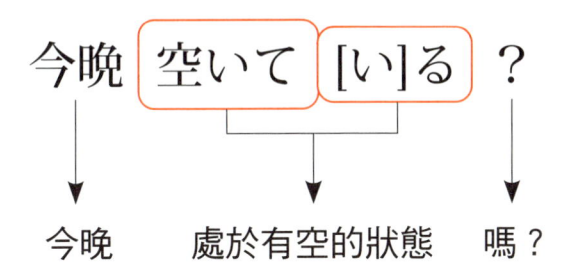

- 今晩 → 今晚
- 空いて → 處於有空的狀態
- [い]る → 嗎？

* **今晩**…名詞：今晚
* **空いて**…動詞：有空（空きます⇒て形）
* **[い]る**…補助動詞：（います⇒辭書形）
  （口語時可省略い）
  動詞て形＋います：目前狀態

用法
想和對方約會，詢問對方有沒有空的說法。

約會

4-031 談情說愛篇

突然好想見你喔，現在可以見面嗎？

急(きゅう)に会(あ)いたくなっちゃったんだけど、今(いま)会(あ)える？

急に ─ 会い ─ たく ─ なって ─ しまった ─ んだ ─ けど、今 会える？

突然 ─ 不由得 ─ 變成 ─ 想要 ─ 見面 ─ 現在 可以見面 嗎

* 急に…副詞：突然、忽然
* 会い…動詞：見面（会います⇒ます形除去[ます]）
* たく…助動詞：表示希望（たい⇒副詞用法）
  動詞ます形除去[ます]＋たい：想要[做]～
* なって…動詞：變成（なります⇒て形）
* しまった…補助動詞：（しまいます⇒た形）
  動詞て形＋しまいます：無法抵抗、無法控制
  会いたくなっちゃった…縮約表現：不由得變成想要見面
  （会いたくなってしまった⇒縮約表現）
  （口語時常使用「縮約表現」）
* んだ…連語：ん＋だ＝んです的普通體：表示強調
  ん…形式名詞（の⇒縮約表現）
  だ…助動詞：表示斷定（です⇒普通形-現在肯定形）
* けど…助詞：表示前言
* 今…名詞：現在
* 会える…動詞：見面（会います⇒可能形[会えます]的辭書形）

用法

突然想見對方的說法。

4-032 談情說愛篇　　約會

我很想見到你，所以來了…。

どうしても会(あ)いたかったから来(き)ちゃった…。

どうしても [会い] [たかった] [から] [来て] [しまった] …。

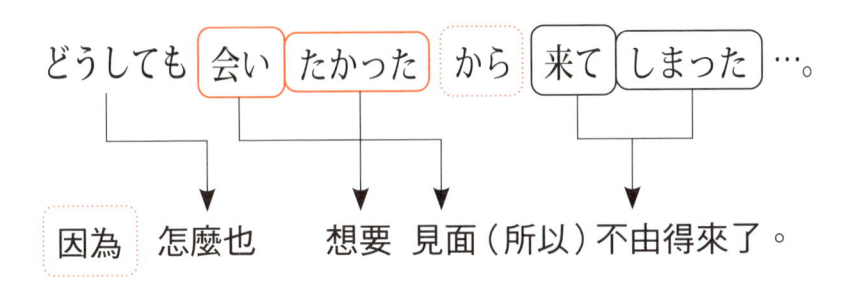

[因為] 怎麼也　想要　見面（所以）不由得來了。

* どうしても…副詞：怎麼也
* 会い…動詞：見面（会います⇒ます形除去[ます]）
* たかった…助動詞：表示希望（たい⇒た形）
  動詞ます形除去[ます]+たい：想要[做]〜
* から…助詞：表示原因理由
* 来て…動詞：來（来ます⇒て形）
* しまった…補助動詞：（しまいます⇒た形）
  動詞て形＋しまいます：無法抵抗、無法控制
  来ちゃった…縮約表現：不由得來了
  （来てしまった⇒縮約表現）
  （口語時常使用「縮約表現」）

用法
沒有事先聯絡就直接去找對方，見到對方時的說法。

約會

4-033 談情說愛篇

今天可以跟你見面,真的很高興。
今日(きょう)は会(あ)えてうれしかった。

今日　は　会えて　うれしかった。
↓　　　　↓　　　　　↓
今天　因為可以見面　很高興。

* 今日…名詞:今天
* は…助詞:表示主題
* 会えて…動詞:見面
  （会います⇒可能形[会えます]的て形）
  （て形表示原因）
* うれしかった…い形容詞:高興（うれしい⇒た形）

用法
道別時,告訴對方很高興見到他的說法。

4-034 談情說愛篇　　約會

和你在一起的時間，總覺得過得特別快。

一緒(いっしょ)にいると時間(じかん)があっという間(ま)に
感(かん)じるね。

一緒に いる と 時間が あっという間に 感じるね。
（和你） 在 一起 的話 時間 感覺（是）一下子。

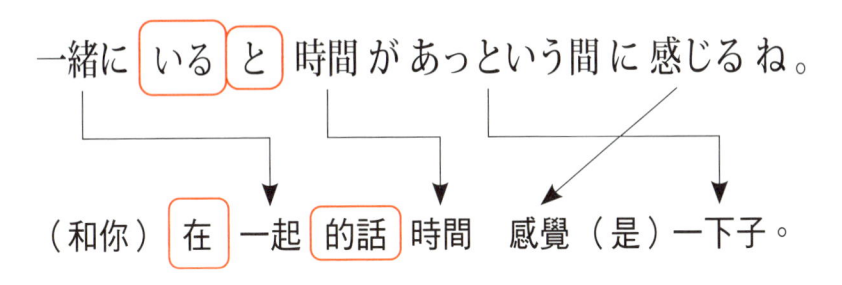

* **一緒に**…副詞：一起
* **いる**…動詞：有、在（います⇒辭書形）
* **と**…助詞：表示條件表現
* **時間**…名詞：時間
* **が**…助詞：表示焦點
* **あっという間**…連語：一下子、一眨眼
* **に**…助詞：表示結果（在這裡表示「感受到的內容」）
* **感じる**…動詞：感覺（感じます⇒辭書形）
* **ね**…助詞：表示期待同意

用法
在一起時很開心，覺得時間過得特別快的說法。

約會

4-035 談情說愛篇

跟你在一起真的感覺很輕鬆。
一緒(いっしょ)にいるとホッとするよ。

一緒に [いる] [と] ホッとする よ 。
　　　　 ↓　　　　↓　　　 ↓　　　↓
　　　　 在　一起　的話　就會放心　耶。

* 一緒に…副詞：一起
* いる…動詞：有、在（います⇒辭書形）
* と…助詞：表示條件表現
* ホッとする…動詞：放心（ホッとします⇒辭書形）
* よ…助詞：表示感嘆

用法
表示「跟你在一起覺得很安心」的說法。對方聽了一定很開心。

4-036 談情說愛篇　　要求

我希望你一直在我身邊。

いつも 私(わたし) のそばにいてほしいの。

いつも 私 の そば に いて ほしい の 。

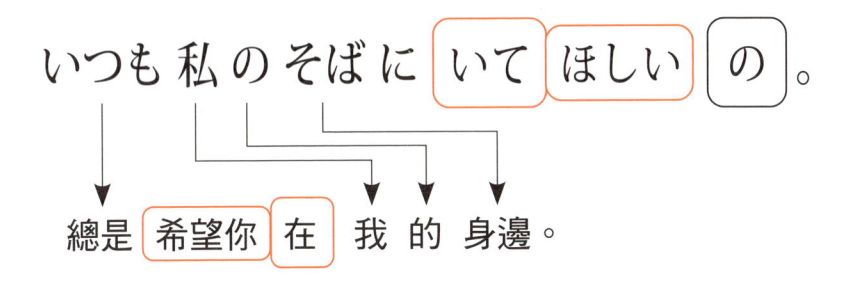

總是 希望你 在 我 的 身邊。

* いつも…副詞：總是
* 私…名詞：我
* の…助詞：表示所在
* そば…名詞：身邊
* に…助詞：表示存在位置
* いて…動詞：有、在（います⇒て形）
* ほしい…補助い形容詞：希望～
* の…形式名詞：（～んです的口語說法）：表示強調

用法
希望能和對方隨時都在一起的說法。

要求

4-037 談情說愛篇

你要一直陪在我旁邊喔。

ずっとそばにいてね。

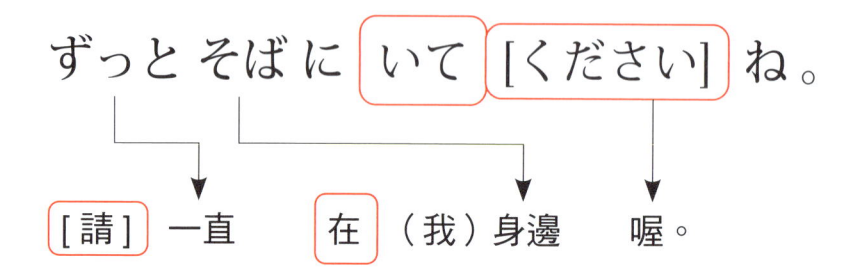

ずっと そばに いて [ください] ね。
　↓　　　↓　　　　　　　↓　　↓
[請]　一直　　在　（我）身邊　　喔。

* **ずっと**…副詞：一直
* **そば**…名詞：身邊
* **に**…助詞：表示存在位置
* **いて**…動詞：有、在（います⇒て形）
* **[ください]**…補助動詞：請
  （くださいます⇒命令形[くださいませ]除去[ませ]）
  （口語時可省略）
  動詞て形＋ください：請[做]〜
* **ね**…助詞：表示期待同意

用法
希望對方今後都能陪伴在自己身邊的說法。

4-038 談情說愛篇　　要求

看著我的眼睛對我說。

目(め)を見(み)て話(はな)してよ。

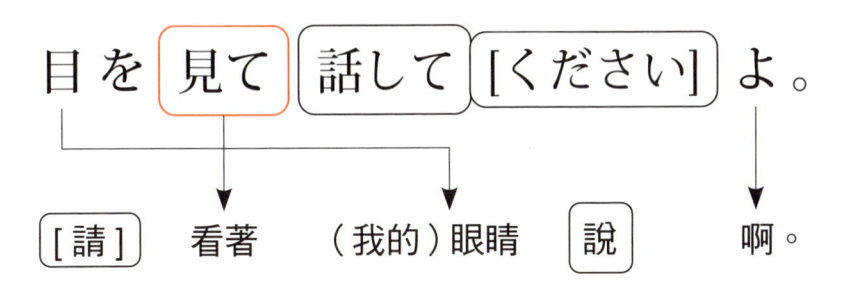

目 を [見て] [話して] [ください] よ。
　　　　↓　　　↓　　　　↓　　　　　↓
　　　[請]　看著　（我的）眼睛　[說]　　啊。

* 目…名詞：眼睛
* を…助詞：表示動作作用對象
* 見て…動詞：看（見ます⇒て形）
　（て形表示附帶狀況）
* 話して…助詞：說（話します⇒て形）
* [ください]…補助動詞：請
　（くださいます⇒命令形[くださいませ]除去[ませ]）
　（口語時可省略）
　動詞て形＋ください：請[做]～
* よ…助詞：表示感嘆

用法
要求對方看著自己的眼睛說話的說法。

要求

4-039 談情說愛篇

不要對我有所隱瞞喔。

私には隠し事しないで。

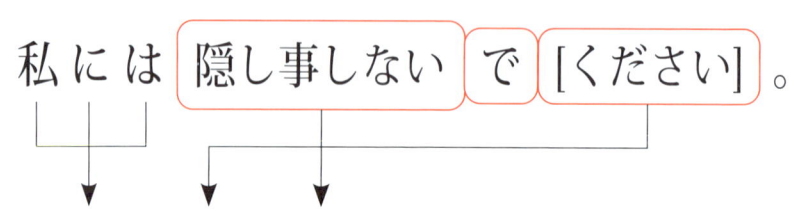

私には 隠し事しない で [ください] 。

對我的話 [請] 不要隱瞞。

* 私…名詞：我
* に…助詞：表示動作的對方
* は…助詞：表示對比（區別）
* 隠し事しない…動詞：隱瞞（隠し事[を]します⇒ない形）
* で…助詞：表示樣態
* [ください]…補助動詞：請
  （くださいます⇒命令形[くださいませ]除去[ませ]）
  （口語時可省略）
  動詞ない形＋で＋ください：請不要[做]～

用法
希望對方把所有事情都老實說出來的說法。

4-040 談情說愛篇　　要求

你老實說，我不會生氣。
怒（おこ）らないから正直（しょうじき）に言（い）って。

怒らないから正直に 言って [ください] 。

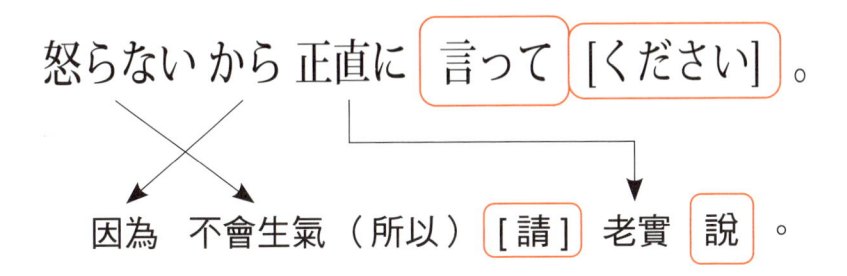

因為　不會生氣（所以）[請] 老實 說 。

* 怒らない…動詞：生氣（怒ります⇒ない形）
* から…助詞：表示原因理由
* 正直に…な形容詞：老實（正直⇒副詞用法）
* 言って…動詞：說（言います⇒て形）
* [ください]…補助動詞：請
  （くださいます⇒命令形[くださいませ]除去[ませ]）
  （口語時可省略）
  動詞て形＋ください：請[做]～

用法
知道對方有所隱瞞，要求全盤托出的說法。

要求

4-041 談情說愛篇

你直接叫我的名字就好了。

名前で呼んでよ。

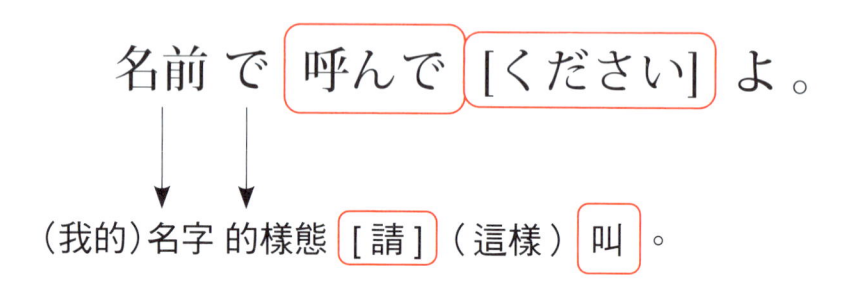

名前 で [呼んで] [ください] よ。

(我的)名字 的樣態 [請] (這樣) 叫。

* 名前…名詞：名字
* で…助詞：表示樣態
* 呼んで…動詞：呼喚、叫（呼びます⇒て形）
* [ください]…補助動詞：請
  （くださいます⇒命令形[くださいませ]除去[ませ]）
  （口語時可省略）
  動詞て形＋ください：請[做]～
* よ…助詞：表示勸誘

用法
希望和對方進入直接稱呼名字的親密關係的說法。

4-042 談情說愛篇 要求

親我一下。

ねえ、チューして。

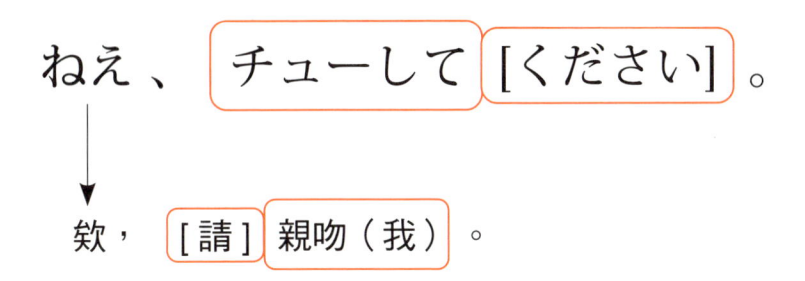

ねえ、 チューして [ください] 。
　　　　　↓
　　欸， [請] 親吻（我）。

* ねえ…感嘆詞：喂
* チューして…動詞：親吻（チューします⇒て形）
* [ください]…補助動詞：請（口語時可省略）
  （くださいます⇒命令形[くださいませ]除去[ませ]）
  動詞て形＋ください：請[做]～

用法
索吻的說法。如果不是情侶，可能變成性騷擾喔。

要求

4-043 談情說愛篇

你背我好嗎？

ねえ、おんぶして。

ねえ、 おんぶして [ください] 。
　　　　↓
　　欸， [請] 背（我）。

* ねえ…感嘆詞：喂
* おんぶして…動詞：背（おんぶします⇒て形）
* [ください]…補助動詞：請
   （くださいます⇒命令形[くださいませ]除去[ませ]）
   （口語時可省略）
   動詞て形＋ください：請[做]～

用法
希望對方背的說法。

4-044 談情說愛篇　　要求

嘴巴張開「阿～」。

はい、「あ～ん」して。

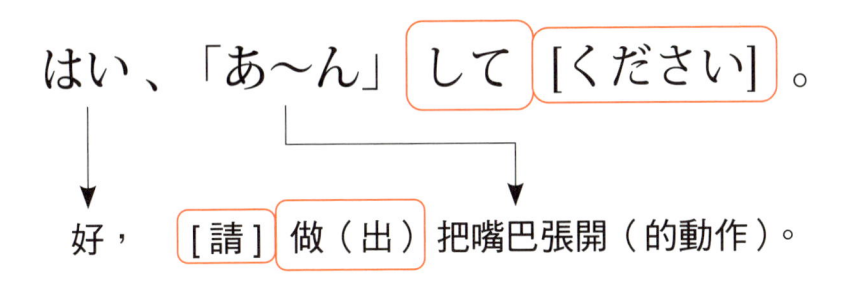

はい、「あ～ん」 して [ください] 。
　　　　　↓　　　　↓
　　　　好，[請] 做（出）把嘴巴張開（的動作）。

＊ はい…感嘆詞：好
＊ あ～ん…副詞（特殊）：把嘴張開
＊ して…動詞：做（します⇒て形）
＊ [ください]…補助動詞：請
　　（くださいます⇒命令形[くださいませ]除去[ませ]）
　　（口語時可省略）
　　動詞て形＋ください：請[做]～

用法
要餵對方吃東西時的說法。

要求

4-045 談情說愛篇

你要握緊我的手喔。

ねえ、手をギュッて握(にぎ)って。

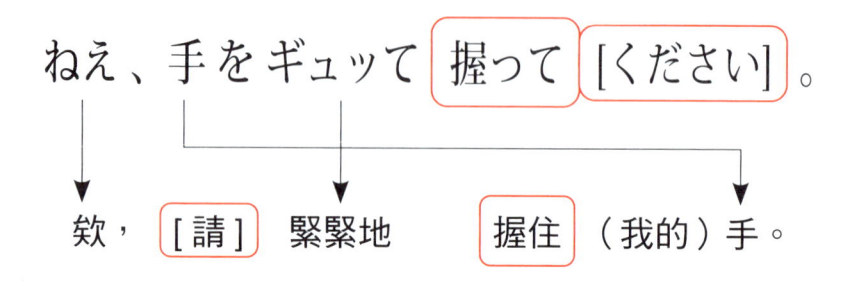

ねえ、手をギュッて 握って [ください]。
　↓　　　　　　　↓　　　　　↓
欸，[請] 緊緊地 握住 （我的）手。

* ねえ…感嘆詞：喂
* 手…名詞：手
* を…助詞：表示動作作用對象
* ギュッて…副詞：緊緊地（＝ギュッと）
* 握って…動詞：握（握ります⇒て形）
* [ください]…補助動詞：請
  （くださいます⇒命令形[くださいませ]除去[ませ]）
  （口語時可省略）
  動詞て形＋ください：請[做]～

|用法|

希望對方緊握自己的手的說法。

4-046 談情說愛篇　　要求

走路的時候你要牽我啊。

一緒(いっしょ)に歩(ある)く時(とき)は手(て)をつないでよ。

一緒に ┃ 歩く ┃ 時 は 手を ┃ つないで ┃ [ください] よ。
↓　　　↓　　　↓　　　　　↓　　　　　　↓　　　↓
一起　走路的時候　[請]　牽　（我的）手　　　　　啊。

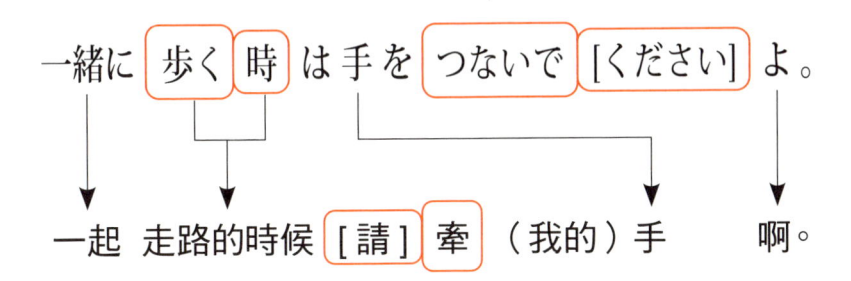

* **一緒に**…副詞：一起
* **歩く**…動詞：走路（歩きます⇒辭書形）
* **時**…名詞：〜的時候
* **は**…助詞：表示對比（區別）
* **手**…名詞：手
* **を**…助詞：表示動作作用對象
* **つないで**…動詞：牽（手）（つなぎます⇒て形）
* **[ください]**…補助動詞：請（口語時可省略）
  （くださいます⇒命令形[くださいませ]除去[ませ]）
  動詞て形＋ください：請[做]〜
* **よ**…助詞：表示感嘆

用法
希望和對方手牽手走著的說法。

要求　　4-047 談情說愛篇

你要負責任喔。

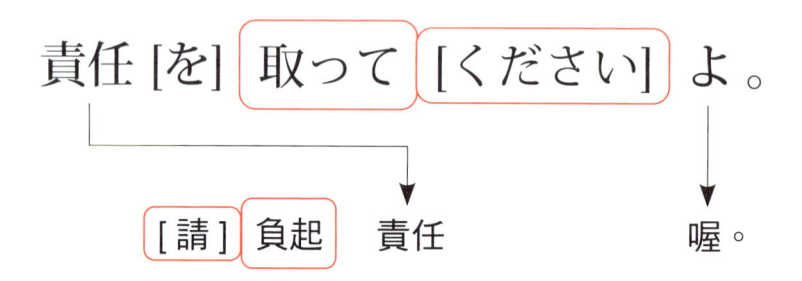

責任(せきにん)取(と)ってよ。

責任 [を] 取って [ください] よ。

[請] 負起　責任　　　　　　喔。

* 責任…名詞：責任
* [を]…助詞：表示動作作用對象（口語時可省略）
* 取って…動詞：負（責任）（取ります⇒て形）
* [ください]…補助動詞：請（口語時可省略）
  （くださいます⇒命令形[くださいませ]除去[ませ]）
  動詞て形＋ください：請[做]～
* よ…助詞：表示感嘆

用法
因為懷孕等原因，要求對方要負責任的說法。

4-048 談情說愛篇　　　要求

下次能不能只有我們兩個談一談呢？

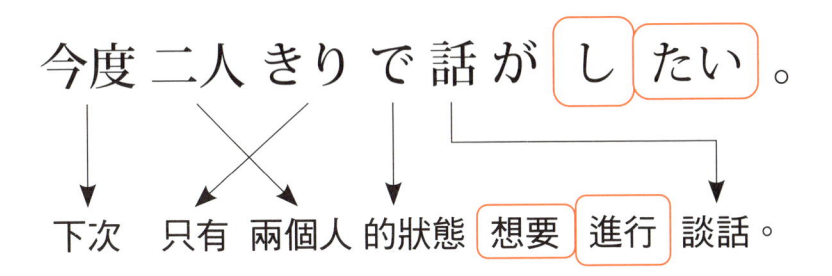

今度二人きりで話がしたい。
（こんどふたり　　　はなし）

今度 二人 きり で 話 が [し] [たい]。

↓　↓　↓　↓　↓　[想要] [進行] ↓
下次　只有　兩個人　的狀態　　　　　　談話。

* **今度**…名詞：下次
* **二人**…名詞：兩個人
* **きり**…助詞：表示限定
* **で**…助詞：表示樣態
* **話**…名詞：談話
* **が**…助詞：表示焦點
* **し**…動詞：做（します⇒ます形除去[ます]）
* **たい**…助動詞：表示希望
  動詞ます形除去[ます]＋たい：想要[做]～

用法
想要兩個人單獨談重要的事或是親密說話的說法。

要求

4-049 談情說愛篇

待會我有件事想要跟你說…。

ちょっとあとで話したいことがあるんだけど…。

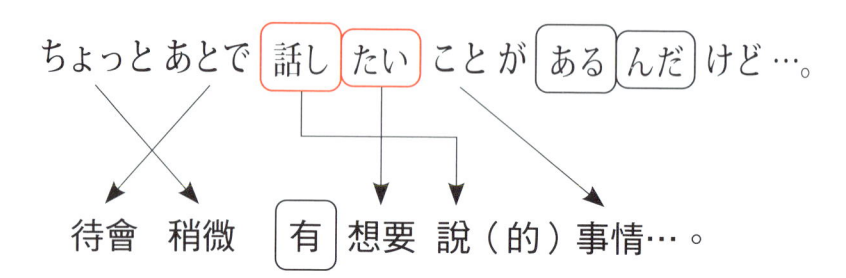

ちょっとあとで 話 たい ことが ある んだ けど…。

待會　稍微　有　想要　說（的）事情…。

* ちょっと…副詞：一下、有點、稍微
* あとで…副詞：待會、等一下
* 話し…動詞：說（話します⇒ます形除去[ます]）
* たい…助動詞：表示希望
　動詞ます形除去[ます]＋たい：想要[做]〜
* こと…名詞：事情
* が…助詞：表示焦點
* ある…動詞：有、在（あります⇒辭書形）
* んだ…連語：ん＋だ＝んです的普通體：表示強調
　ん…形式名詞（の⇒縮約表現）
　だ…助動詞：表示斷定（です⇒普通形-現在肯定形）
* けど…助動詞：表示前言

用法

想跟對方說什麼重要事情的說法。

4-050 談情說愛篇　　要求

我今天有很重要的事情要說。
今日(きょう)は大事(だいじ)な話(はなし)があるの。

今日　は　大事な　話　が　ある　の　。
　↓　　　　　↓　　　↓　　↓
今天　　有　重要的　事情（要說）。

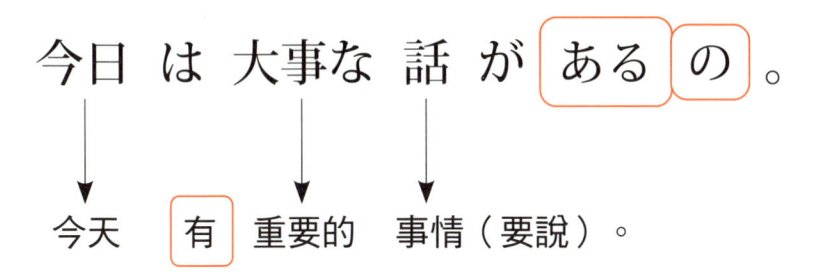

* 今日…名詞：今天
* は…助詞：表示主題
* 大事な…な形容詞：重要（大事⇒名詞接續用法）
* 話…名詞：事情
* が…助詞：表示焦點
* ある…動詞：有、在（あります⇒辭書形）
* の…形式名詞：（〜んです的口語說法）表示強調

用法
表示「我有重要事情要跟你說」的說法。

625

要求

4-051 談情說愛篇

你還年輕，多談點戀愛嘛。
若(わか)いんだからもっと恋愛(れんあい)すればいいのに。

| 若い | んだ | から | もっと | 恋愛すれば | いい のに |

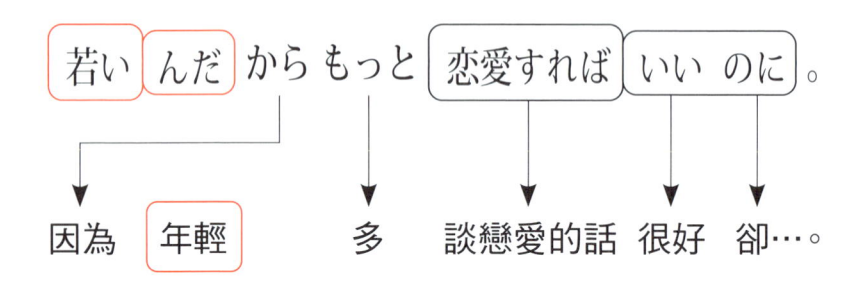

↓　　↓　　　　↓　　　↓　　　↓　　↓
因為　年輕　　　多　　談戀愛的話　很好　卻…。

* 若い…い形容詞：年輕
* んだ…連語：ん＋だ＝んです的普通體：表示強調
  ん…形式名詞（の⇒縮約表現）
  だ…助動詞：表示斷定（です⇒普通形-現在肯定形）
* から…助詞：表示原因理由
* もっと…副詞：更
* 恋愛すれば…動詞：談戀愛（恋愛します⇒條件形）
* いい…い形容詞：好、良好
* のに…助詞：表示逆接

用法
對不打算談戀愛的年輕人說的話。

4-052 談情說愛篇　　期盼

我想早點見到你…。

早く会いたい…。
（はや　あ）

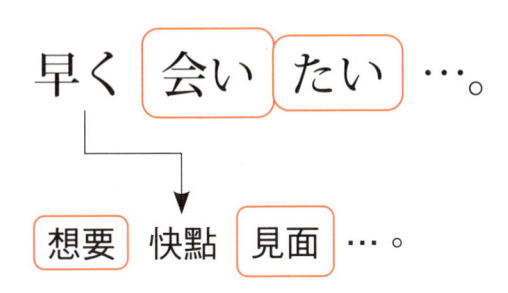

早く [会い] [たい] …。
　↓
[想要] 快點 [見面] …。

* 早く…い形容詞：早（早い⇒副詞用法）
* 会い…動詞：見面（会います⇒ます形除去[ます]）
* たい…助動詞：表示希望
　　動詞ます形除去[ます]＋たい：想要[做]～

用法
告訴對方「想早點見到他」的說法。

627

期盼

4-053 談情說愛篇

我好希望明年的聖誕節還能和你一起度過。

来年(らいねん)のクリスマスもあなたと一緒(いっしょ)に過(す)ごしたい。

来年 の クリスマス も あなた と 一緒に 過ごし たい 。
↓　↓　↓　　　↓　　↓　↓　　↓　　　↓
明年 的 聖誕節 也 想要 和 你 一起 度過 。

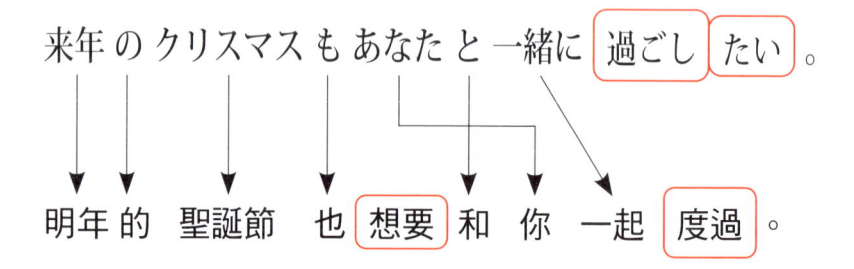

* **来年**…名詞：明年
* **の**…助詞：表示所屬
* **クリスマス**…名詞：聖誕節
* **も**…助詞：表示同列
* **あなた**…名詞：你
* **と**…助詞：表示動作夥伴
* **一緒に**…副詞：一起
* **過ごし**…動詞：度過（過ごします⇒ます形除去[ます]）
* **たい**…助動詞：表示希望
  動詞ます形除去[ます]＋たい：想要[做]〜

用法

希望明年依然是男女朋友關係的說法（此為女性用語，只有女性會稱呼情人「あなた」）。

4-054 談情說愛篇　期盼

希望時間永遠停留在這一刻。
時間(じかん)が今(いま)のまま止(と)まったらいいのに…。

時間 が 今 の まま 止まった ら いい のに …。
　↓　　↓　↓　↓　　　↓　　　↓　↓
時間　現在 的 狀態 如果 停止 的話 很好，卻…。

* **時間**…名詞：時間
* **が**…助詞：表示主格
* **今**…名詞：現在
* **の**…助詞：表示所屬
* **まま**…名詞（特殊）：保持某種狀態
* **止まったら**…動詞：停止（止まります⇒た形＋ら）
* **いい**…い形容詞：好、良好
* **のに**…助詞：表示逆接

用法
喜歡的人在身旁，希望能夠一直享受當下幸福的說法。

期盼　**4-055 談情說愛篇**

好想跟你一直這樣下去。

いつまでもこうしていたいなあ。

いつまでも こう して い たい なあ。
永遠　想要　目前　這麼　做　的狀態　啊。

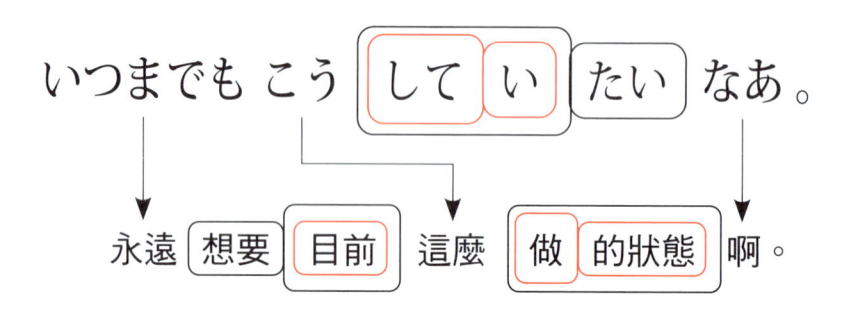

* いつまでも…副詞：永遠
* こう…副詞：這麼
* して…動詞：做（します⇒て形）
* い…補助動詞：（います⇒ます形除去[ます]）
  動詞て形＋います：目前狀態
* たい…助動詞：表示希望
  動詞ます形除去[ます]＋たい：想要[做]〜
* なあ…助詞：表示感嘆

用法
很珍惜兩個人在一起的當下時光的說法。

4-056 談情說愛篇　　期盼

多麼希望一輩子都能牽著妳的手。

一生（いっしょう）君（きみ）と手（て）をつないでいたい。

一生　君と手を [つないで] [い] [たい] 。

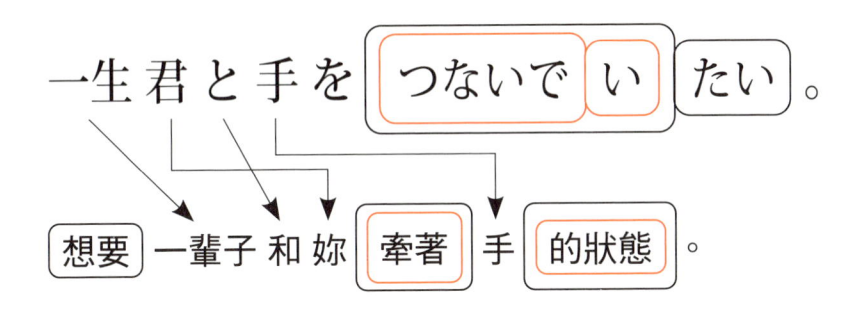

[想要] 一輩子 和 妳 [牽著] 手 [的狀態] 。

* 一生…副詞：一輩子
* 君…名詞：妳（請參考「談情說愛篇」單元008）
* と…助詞：表示動作夥伴
* 手…名詞：手
* を…助詞：表示動作作用對象
* つないで…動詞：牽（手）（つなぎます⇒て形）
* い…補助動詞：（います⇒ます形除去[ます]）
  動詞て形＋います：目前狀態
* たい…助動詞：表示希望
  動詞ます形除去[ます]＋たい：想要[做]～

用法
覺得「牽著對方的手，感覺很幸福」的說法。

期盼

4-057 談情說愛篇

下輩子還想跟你在一起。
生まれ変わってもまた一緒になりたい。

| 生まれ変わって | も | また | 一緒 | に | なり | たい |。
| 即使投胎轉世 | 也 | 再（度） | 想要 | 變成 | 結果是 | 在一起 |。

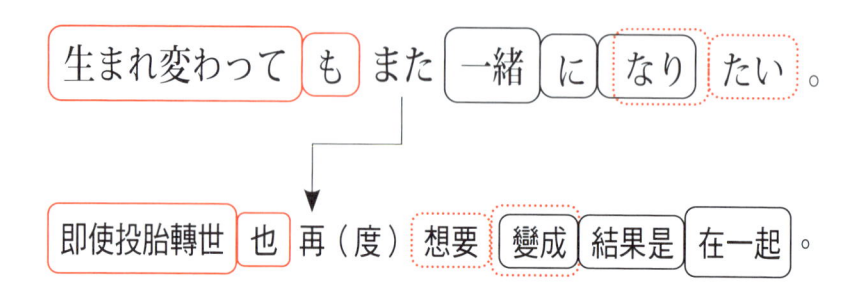

* **生まれ変わって**…動詞：投胎轉世
  （生まれ変わります⇒て形）
* **も**…助詞：表示逆接
  動詞て形＋も：即使～，也～
* **また**…副詞：再
* **一緒**…名詞：一起
* **に**…助詞：表示變化結果
* **なり**…動詞：變成（なります⇒ます形除去[ます]）
* **たい**…助動詞：表示希望
  動詞ます形除去[ます]＋たい：想要[做]～

用法
表示非常喜歡對方，甚至希望下輩子也要在一起。

4-058 談情說愛篇　　期盼

只要你在我身邊，我什麼都不需要。

あなたさえそばにいてくれれば、他(ほか)には何(なに)も要(い)らない。

あなた さえ そばに [いて] [くれれば] 、他には [何] [も] [要らない] 。

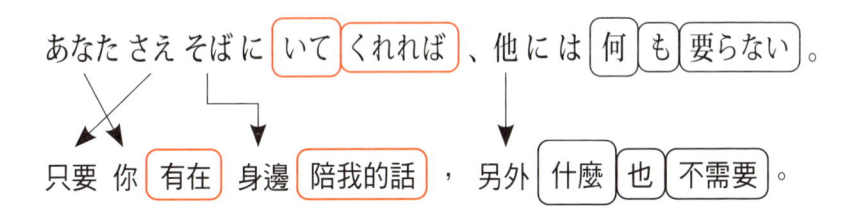

只要 你 [有在] 身邊 [陪我的話] ， 另外 [什麼] [也] [不需要] 。

* **あなた**…名詞：你
* **さえ**…助詞：表示限定
* **そば**…名詞：身邊
* **に**…助詞：表示存在位置
* **いて**…動詞：有、在（います⇒て形）
  動詞て形＋くれます：別人為我[做]～
* **他**…名詞：另外
* **に**…助詞：表示累加
* **は**…助詞：表示對比（區別）
* **何**…名詞（疑問詞）：什麼、任何
* **も**…助詞：表示全否定
* **要らない**…動詞：需要（要ります⇒ない形）

用法
表達「我只要你」的強烈情感（此為女性用語，只有女性會稱呼情人「あなた」）。

期盼　　　4-059 談情說愛篇

結婚後我最少想要三個小孩耶。
結婚（けっこん）したら子供（こども）は三人（さんにん）は欲（ほ）しいなあ。

結婚したら｜ら　子供 は 三人 は 欲しい なあ。

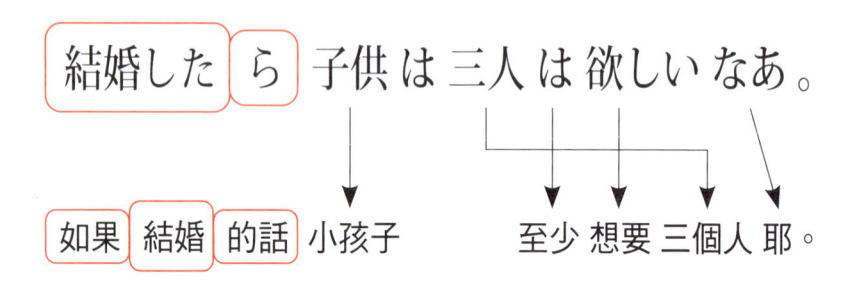

如果｜結婚｜的話　小孩子　　至少 想要 三個人 耶。

* **結婚したら**…動詞：結婚（結婚します⇒た形＋ら）
* **子供**…名詞：小孩子
* **は**…助詞：表示對比（區別）
* **三人**…名詞：三個人
* **は**…助詞：表示區別（至少）
* **欲しい**…い形容詞：想要
* **なあ**…助詞：表示感嘆

用法
表達婚後的願望之一。希望大家也多多增產報國喔。

4-060 談情說愛篇　　體貼

如果妳會冷的話，要不要穿上我的外套？
寒かったら、僕のコート着る？

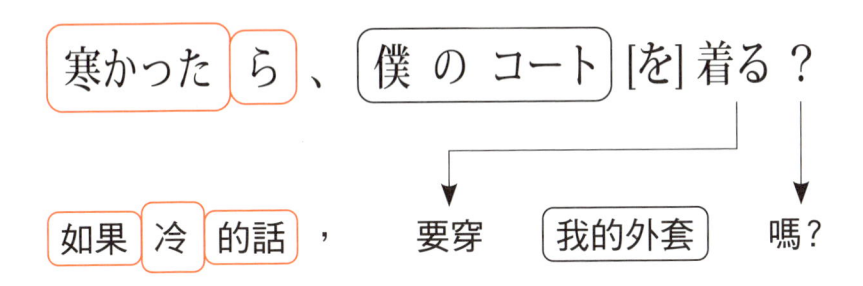

寒かったら、僕のコート[を]着る？
如果　冷　的話，　　要穿　我的外套　嗎？

* 寒かったら…い形容詞：寒冷（寒い⇒た形＋ら）
* 僕…名詞：我
* の…助詞：表示所屬
* コート…名詞：外套
* [を]…助詞：表示動作作用對象（口語時可省略）
* 着る…動詞：穿（着ます⇒辭書形）

用法
對方好像很冷，打算把自己的外套借給對方穿的說法。

體貼　　**4-061 談情說愛篇**

我送你回家好了。

家(いえ)まで送(おく)るよ。

家 | まで | 送る　よ。
↓
送 | 到 | 家裡。

* 家…名詞：家裡
* まで…助詞：表示界限
* 送る…動詞：送行（送ります⇒辭書形）
* よ…助詞：表示提醒

用法
打算送對方回家的說法。

4-062 談情說愛篇 體貼

你等我，工作結束後我會去接你。

仕事終わったら迎えに行くから待ってて。

仕事[が] 終わった ら 迎え に 行く から 待って [い]て [ください]。

[因為] 工作 結束之後 會去 迎接（你） [請] 等著。

* **仕事**…名詞：工作
* **[が]**…助詞：表示焦點（口語時可省略）
* **終わったら**…動詞：結束（終わります⇒た形＋ら）
  動詞た形＋ら：[做]～之後，～（順接確定條件）
* **迎え**…動詞：迎接（迎えます⇒ます形除去[ます]）
* **に**…助詞：表示目的
* **行く**…動詞：去（行きます⇒辭書形）
* **から**…助詞：表示宣言
* **待って**…動詞：等待（待ちます⇒て形）
* **[い]て**…動詞：（います⇒て形）（口語時可省略い）
* **[ください]**…補助動詞：請（口語時可省略）
  （くださいます⇒命令形[くださいませ]除去[ませ]）
  動詞て形＋います：目前狀態

用法

要去接送男女朋友的說法。

體貼　**4-063 談情說愛篇**

我煮好飯等你喔。

ご飯(はん)作(つく)って待(ま)ってるからね。

ご飯 [を] 作って　待って　[い]る　からね。

煮飯的狀態下　等著（你）　　　　喔。

* ご飯…名詞：飯
* [を]…助詞：表示動作作用對象（口語時可省略）
* 作って…動詞：煮（作ります⇒て形）
  （て形表示附帶狀況）
* 待って…動詞：等待（待ちます⇒て形）
* [い]る…補助動詞：（います⇒辭書形）
  （口語時可省略い）
  動詞て形＋います：正在[做]～
* から…助詞：表示宣言
* ね…助詞：表示留住注意

用法
要為對方做飯的說法。

4-064 談情說愛篇　體貼

（送禮物時）
因為我覺得這個很適合妳…。

（プレゼントを贈る時）
これ、君に似合うと思って…。

これ、君に 似合う と 思って …。
↓　　　　　　　　　　　　　↓
這個　　因為覺得 適合　　妳…。

* これ…名詞：這個
* 君…名詞：妳（請參考「談情說愛篇」單元008）
* に…助詞：表示方面
* 似合う…動詞：適合（似合います⇒辭書形）
* と…助詞：表示提示內容
* 思って…動詞：覺得（思います⇒て形）
　（て形表示原因）

用法
送禮物給對方時的說法。

關心　　　**4-065 談情說愛篇**

有我在，妳不用擔心。
僕(ぼく)が付(つ)いているからだいじょうぶだよ。

僕が [付いて] [いる] [から] だいじょうぶだよ。

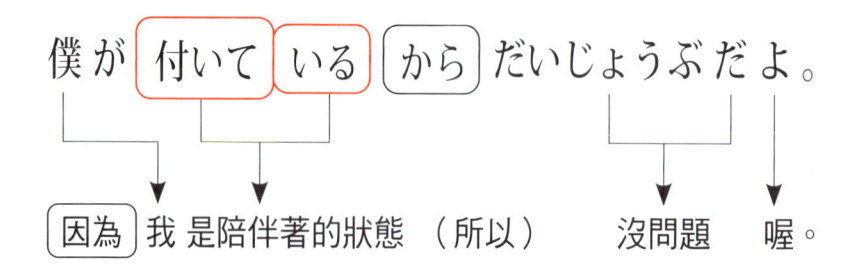

[因為] 我 是陪伴著的狀態　（所以）　沒問題　喔。

* **僕**…名詞：我
* **が**…助詞：表示主格
* **付いて**…動詞：陪伴（付きます⇒て形）
* **いる**…補助動詞：（います⇒辭書形）
  動詞て形＋います：目前狀態
* **から**…助詞：表示原因理由
* **だいじょうぶ**…な形容詞：沒問題、沒事
* **だ**…な形容詞語尾：表示斷定（現在肯定形）
* **よ**…助詞：表示提醒

用法
發生了令人害怕的事情，可以這樣說讓對方安心。

4-066 談情說愛篇　　關心

妳不要哭，不然我也會跟著妳難過。

泣（な）かないで、僕（ぼく）も悲（かな）しくなっちゃうよ。

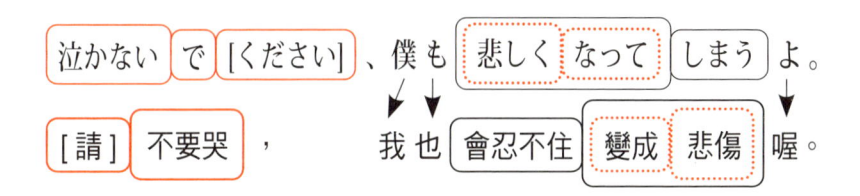

| 泣かない | で | [ください] | 、僕 も | 悲しく | なって | しまう | よ。 |
| [請] | 不要哭 | , | 我 也 | 會忍不住 | 變成 | 悲傷 | 喔。 |

* **泣かない**…動詞：哭泣（泣きます⇒ない形）
* **で**…助詞：表示樣態
* **[ください]**…補助動詞：請（口語時可省略）
  （くださいます⇒命令形[くださいませ]除去[ませ]）
  動詞ない形＋で＋ください：請不要[做]～
* **僕**…名詞：我
* **も**…助詞：表示並列
* **悲しく**…い形容詞：悲傷（悲しい⇒副詞用法）
* **なって**…動詞：變成（なります⇒て形）
* **しまう**…補助動詞：（しまいます⇒辭書形）
  動詞て形＋しまいます：無法抵抗、無法控制
  悲しくなっちゃう…縮約表現：忍不住變悲傷
  （悲しくなってしまう⇒縮約表現）
  （口語時常使用「縮約表現」）
* **よ**…助詞：感嘆

用法
安慰哭泣中的對方，表示自己也感同身受覺得難過。

關心　**4-067 談情說愛篇**

怎麼了？有什麼不高興的事嗎？

どうしたの？　何(なに)か嫌(いや)なことでもあったの？

どう	した	の？	何	か	嫌な	こと	でも	あった	の？
怎麼了		嗎？	什麼		討厭的	事情	之類的	有	嗎？

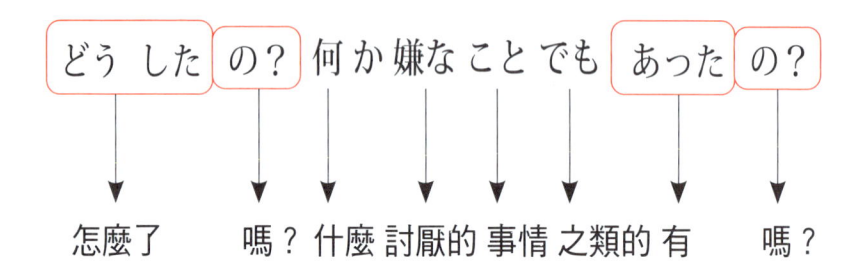

* どう…副詞（疑問詞）：怎麼樣、如何
* した…動詞：做（します⇒た形）
* の…形式名詞：（～んですか的口語說法）
* 何…名詞（疑問詞）：什麼、任何
* か…助詞：表示不特定
* 嫌な…な形容詞：討厭（嫌⇒名詞接續用法）
* こと…名詞：事情
* でも…助詞：表示舉例
* あった…動詞：有、在（あります⇒た形）
* の…形式名詞：（～んですか的口語說法）
　～んですか：關心好奇、期待回答

用法
感覺對方似乎心情不好，可以用這句話表示關心。

4-068 談情說愛篇   關心

昨天晚上你的手機打不通，怎麼了？
昨日（きのう）の夜（よる）、携帯（けいたい）つながらなかったけど、
何（なに）かあったの？

昨日の夜、携帯 [が] つながらなかったけど、何か あった の？
↓　 ↓　↓　↓　　　　　↓　　　　　　　↓　　↓　　↓
昨天 的 晚上 手機　　沒有接通，　　　什麼事 發生了 嗎？

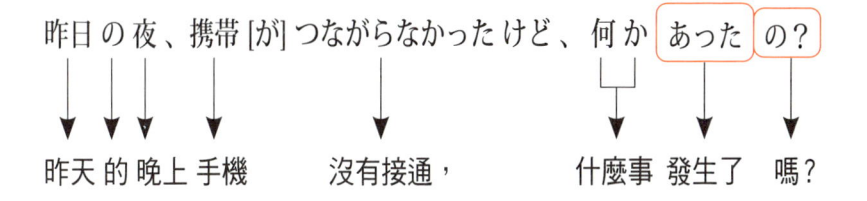

* 昨日…名詞：昨天
* の…助詞：表示所屬
* 夜…名詞：晚上
* 携帯…名詞：手機
* [が]…助詞：表示主格（口語時可省略）
* つながらなかった…動詞：連接
  （つながります⇒なかった形）
* けど…助詞：表示前言
* 何…名詞（疑問詞）：什麼、任何
* か…助詞：表示不特定
* あった…動詞：有、在（あります⇒た形）
* の…形式名詞：（～んですか的口語說法）
  ～んですか：關心好奇、期待回答

用法
無法取得聯絡，關心對方是否發生什麼事的說法。

關心　**4-069 談情說愛篇**

到家的話，要打電話給我喔。
家(いえ)に着(つ)いたら電話(でんわ)してよ。

家に ［着いたら］ ［電話して］ ［ください］ よ。
　　　到達　家裡　之後　　　［請］打電話　　　　喔。

* 家…名詞：家裡
* に…助詞：表示到達點
* 着いたら…動詞：到達（着きます⇒た形＋ら）
  動詞た形＋ら：[做]～之後，～（順接確定條件）
* 電話して…動詞：打電話（電話します⇒て形）
* [ください]…補助動詞：請（口語時可省略）
  （くださいます⇒命令形[くださいませ]除去[ませ]）
  動詞て形＋ください：請[做]～
* よ…助詞：表示提醒

用法
道別時，希望對方到家後打電話報平安的說法。

4-070 談情說愛篇　　關心

下班之後，早點回家喔。
仕事終わったら、早く帰ってきてね。

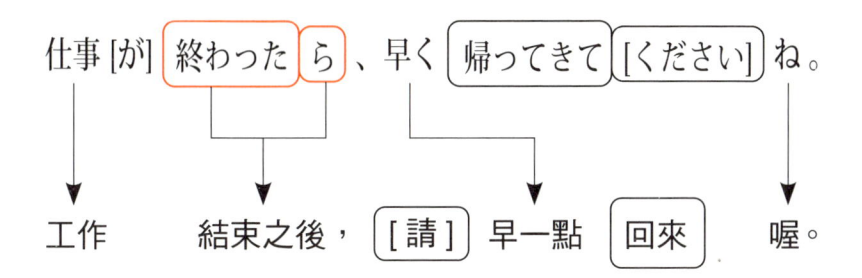

仕事[が] 終わった ら、早く 帰ってきて [ください] ね。
工作　　結束之後，[請] 早一點 回來　喔。

* **仕事**…名詞：工作
* **[が]**…助詞：表示焦點（口語時可省略）
* **終わったら**…動詞：結束（終わります⇒た形＋ら）
　動詞た形＋ら：[做]〜之後，〜（順接確定條件）
* **早く**…い形容詞：早（早い⇒副詞用法）
* **帰ってきて**…動詞：回來（帰ってきます⇒て形）
* **[ください]**…補助動詞：請（口語時可省略）
　（くださいます⇒命令形[くださいませ]除去[ませ]）
　動詞て形＋ください：請[做]〜
* **ね**…助詞：表示留住注意

用法
希望對方下班後不要到處溜達，要早點回家的說法。

4-071 談情說愛篇

關心

今天很晚了，要不要留在我這裡過夜？
今日(きょう)はもう遅(おそ)いから泊(と)まっていけば？

今日 は もう 遅い から 泊まって いけば ？
↓   ↓ ↓   ↓   ↓   ↓
因為 今天 已經 很晚   住一晚再走的話（怎麼樣）？

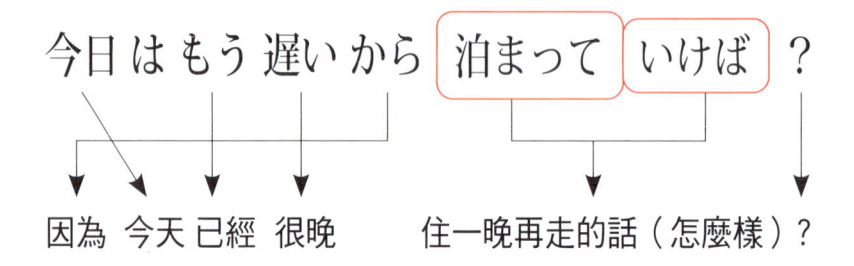

* 今日…名詞：今天
* は…助詞：表示主題
* もう…副詞：已經
* 遅い…い形容詞：晚
* から…助詞：表示原因理由
* 泊まって…動詞：住宿（泊まります⇒て形）
* いけば…補助動詞：（いきます⇒條件形）
　動詞て形＋いきます：動作和移動（做〜，再去）

用法
建議對方留在自己家過夜的說法。適用於關係親密的狀態。

4-072 談情說愛篇　關心

你要先吃飯？還是先洗澡？

ご飯にする？　それともお風呂？

ご飯	に	する	？	それとも	お	風呂	？
	決定成	吃飯	？	還是		洗澡	？

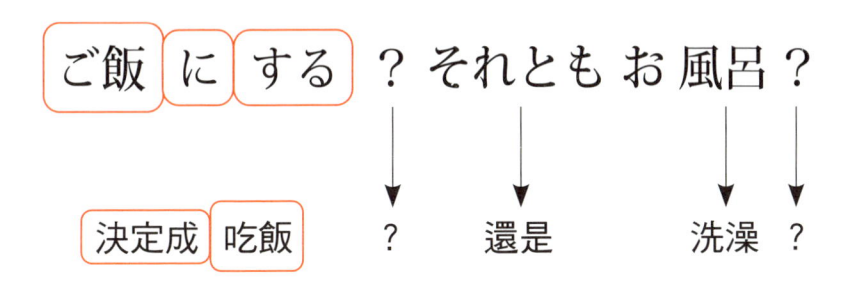

* **ご飯**…名詞：飯
* **に**…助詞：表示決定結果
* **する**…動詞：做（します⇒辭書形）
* **それとも**…接續詞：還是（二選一）
* **お**…接頭辭：表示美化、鄭重
* **風呂**…名詞：洗澡

用法

晚餐和熱水都準備好了，詢問回到家的人要先做什麼的說法。是宛如夫妻一般的對話。

讚美

4-073 談情說愛篇

你的笑容真的是很棒。

あなたの笑顔(えがお)って素敵(すてき)だね。

あなた	の	笑顔	って	素敵	だ	ね。
你	的	笑容		很棒		耶。

* **あなた**…名詞：你
* **の**…助詞：表示所屬
* **笑顔**…名詞：笑容
* **って**…助詞：表示主題（＝は）
* **素敵**…な形容詞：很棒
* **だ**…な形容詞語尾：表示斷定（現在肯定形）
* **ね**…助詞：表示感嘆

用法

讚美對方笑容的說法。笑容受到誇讚，一定讓人很開心（此為女性用語，只有女性會稱呼情人「あなた」）。

4-074 談情說愛篇　　讚美

看到你的笑容，我就覺得很療癒。
笑顔を見てると癒されるなあ。

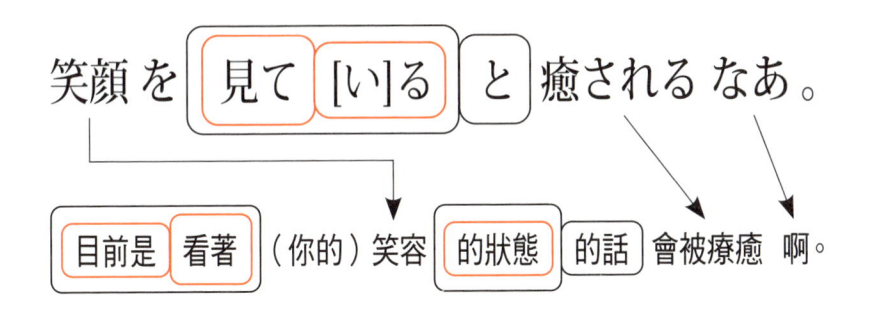

笑顔を ［見て ［い］る］ と 癒される なあ。
目前是 看著　（你的）笑容 的狀態 的話　會被療癒　啊。

* 笑顔…名詞：笑容
* を…助詞：表示動作作用對象
* 見て…動詞：看（見ます⇒て形）
* [い]る…補助動詞：（います⇒辭書形）
  （口語時可省略い）
  動詞て形＋います：目前狀態
* と…助詞：表示條件表現
* 癒される…動詞：療癒
  （癒します⇒受身形[癒されます]的辭書形）
* なあ…助詞：表示感嘆

用法
讚美對方笑容的說法之一。

讚美　4-075 談情說愛篇

你穿什麼都很好看。

どんな服を着ても似合うね。

どんな　服　を　|着て|　|も|　似合う　ね。

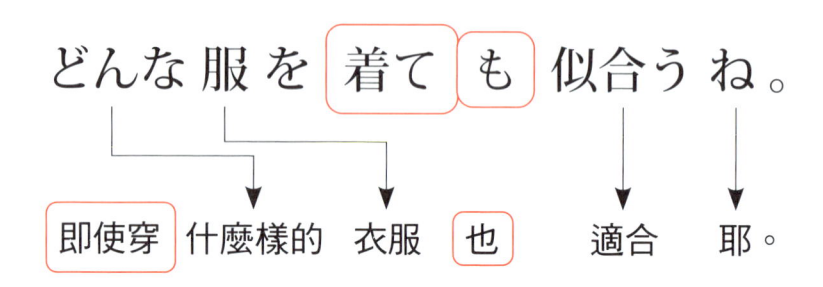

|即使穿| 什麼樣的　衣服　|也|　　適合　　耶。

* どんな…連體詞（疑問詞）：什麼樣的
* 服…名詞：衣服
* を…助詞：表示動作作用對象
* 着て…動詞：穿（着ます⇒て形）
* も…助詞：表示逆接
  　動詞て形＋も：即使～，也～
* 似合う…動詞：適合（似合います⇒辭書形）
* ね…助詞：表示主張

用法
稱讚對方所穿的衣服很適合他的說法。

4-076 談情說愛篇　　承諾

我會保護妳的。

僕が守ってあげる。
（ぼく　まも）

僕　が　守って　あげる　。
↓　　　　　↓
我　　（會）給予保護。

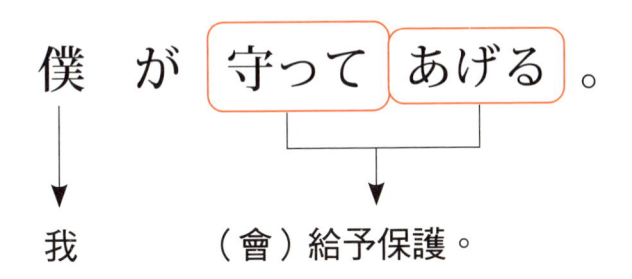

* 僕…名詞：我
* が…助詞：表示主格
* 守って…動詞：保護（守ります⇒て形）
* あげる…補助動詞：（あげます⇒辭書形）
　動詞て形＋あげます：為別人[做]〜

用法
這是男生對女生說的話。女生聽了一定很有安全感。

承諾　**4-077 談情說愛篇**

我一定會讓妳幸福。
僕はきっとあなたを幸せにします。

僕 は きっと あなた を 幸せ に します 。
↓　　↓　　　　　　　　　　　↓
我　一定　　　　　　　　會讓 妳 幸福 。

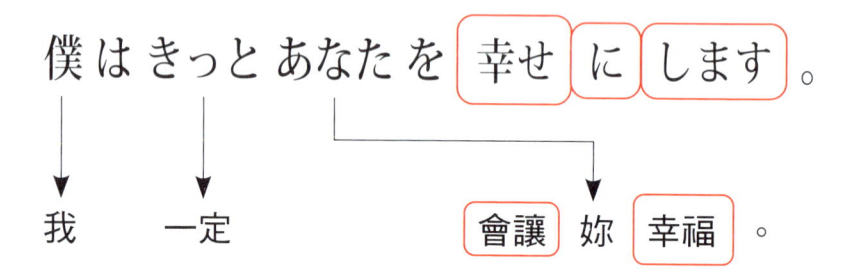

* 僕…名詞：我
* は…助詞：表示動作主
* きっと…副詞：一定
* あなた…名詞：你
  原本只有女性會稱呼情人「あなた」，但此句是發誓的感覺，用「あなた」比較正式。
* を…助詞：表示動作作用對象
* 幸せ…な形容詞：幸福
* に…助詞：表示決定結果
* します…動詞：做

用法
求婚用語之一。

4-078 談情說愛篇　　承諾

我一有時間，就馬上去看你。
時間(じかん)ができたら、すぐ会(あ)いに行(い)くから。

時間 が できた ら 、すぐ 会い に 行く から。
　↓
時間　如果 有了 的話 ，馬上 去 見(你)。

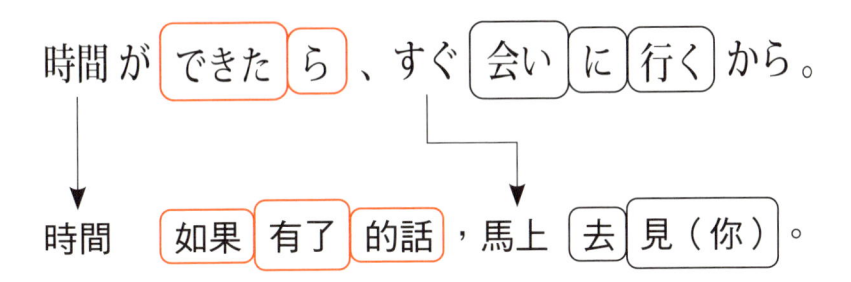

* **時間**…名詞：時間
* **が**…助詞：表示焦點
* **できたら**…動詞：有、出現（できます⇒た形＋ら）
* **すぐ**…副詞：馬上
* **会い**…動詞：見面（会います⇒ます形除去[ます]）
* **に**…助詞：表示目的
* **行く**…動詞：去（行きます⇒辭書形）
* **から**…助詞：表示宣言

用法
表示「現在雖然沒有時間，但一有空會立刻去看你」的說法。

承諾

4-079 談情說愛篇

（對花子說）我願意為你做任何事。

花子のためなら、何でもするよ。
(はなこ)　　　　　　(なん)

| 花子 | の | ため | なら | 、| 何 | でも | する | よ。

| 要是 | 為了 | 花子 | 的話 |，| 什麼 | 都 | 做 | 喔。

* 花子…（人名）花子
* の…助詞：表示所屬（屬於文型上的用法）
* ため…形式名詞：為了～
* なら…助動詞：表示斷定（だ⇒條件形）
* 何…名詞（疑問詞）：什麼、任何
* でも…助詞：表示全肯定
* する…動詞：做（します⇒辭書形）
* よ…助詞：表示提醒

用法

「你說什麼，我都照辦」的愛的宣言。表示「是那麼地喜歡你」的意思。

4-080 談情說愛篇　承諾

我願意為你付出一切。

あなたに尽くします。

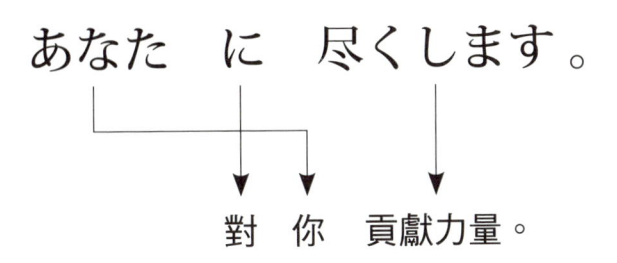

あなた　に　尽くします。
　↓　　↓　　↓
　對　你　貢獻力量。

* あなた…名詞：你
* に…助詞：表示動作的對方
* 尽くします…動詞：貢獻力量

用法

願意為對方做任何事的說法（此為女性用語，只有女性會稱呼情人「あなた」）。

655

承諾

4-081 談情說愛篇

我是相信你的。
信じてるから…。
　　しん

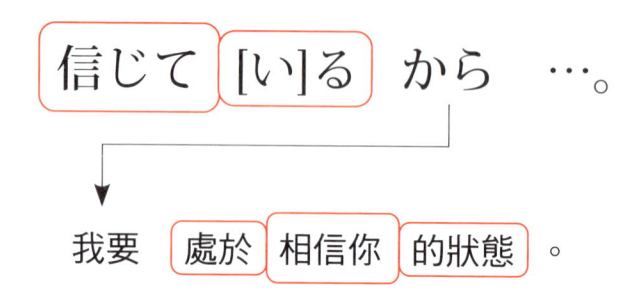

信じて [い]る から …。

　　　↓

我要 處於 相信你 的狀態 。

* 信じて…動詞：相信（信じます⇒て形）
* [い]る…補助動詞：
　（います⇒辭書形）（口語時可省略い）
　動詞て形＋います：目前狀態
* から…助詞：表示宣言

用法

告訴對方「我相信你」。對方聽了，應該更加不會背叛感情吧。

4-082 談情說愛篇　　承諾

這是我們兩個人的祕密喔。

これは二人(ふたり)だけの秘密(ひみつ)ね。

これ	は	二人	だけ	の	秘密	ね。
這個		只有	兩人	的	祕密	喔。

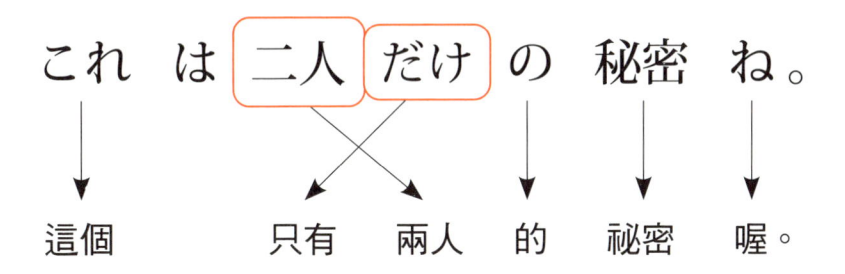

* これ…名詞：這個
* は…助詞：表示主題
* 二人…名詞：兩人
* だけ…助詞：只是〜而已、只有
* の…助詞：表示所屬
* 秘密…名詞：祕密
* ね…助詞：表示期待同意

用法
將事情當作兩人之間的祕密的說法。

承諾

4-083 談情說愛篇

我不可能還有其他喜歡的人吧。
他(ほか)に好(す)きな人(ひと)がいるわけないじゃないか。

他に 好きな 人が いる わけ[が]ない じゃないか。
不可能 有 另外 喜歡的 人 不是嗎？

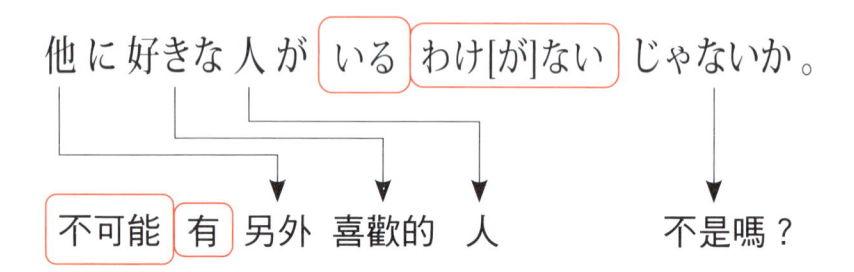

* 他…名詞：另外
* に…助詞：表示累加
* 好きな…な形容詞：喜歡（好き⇒名詞接續用法）
* 人…名詞：人
* が…助詞：表示焦點
* いる…動詞：有、在（います⇒辭書形）
* わけ[が]ない…連語：不可能（口語時可省略が）
* じゃないか…連語：不是～嗎（反問表現）

用法
強烈否認自己還有其他喜歡的人的說法。

4-084 談情說愛篇　認識家人

下次要不要和我父母親一起吃個飯？
今度うちの両親と一緒に食事でもどうかな？

今度 うちの 両親 と 一緒に 食事 でも どうかな？
↓　　↓　↓　↓　　↓　　↓　　↓　　↓　　↓
下次 和 我家的 父母親 一起 用餐 之類的 如何 呢 ？

* **今度**…名詞：下次
* **うち**…名詞：我家
* **の**…助詞：表示所屬
* **両親**…名詞：父母親
* **と**…助詞：表示動作夥伴
* **一緒に**…副詞：一起
* **食事**…名詞：用餐
* **でも**…助詞：表示舉例
* **どう**…副詞（疑問詞）：怎麼樣、如何
* **か**…助詞：表示疑問
* **な**…助詞：表示感嘆（自言自語）

用法
想要把對方介紹給自己的父母親認識的說法。

認識家人　**4-085 談情說愛篇**

下次能不能和我的父母見個面呢？
今度うちの両親と会ってくれないかな？

今度 うちの 両親 と [会って] [くれない] かな ？
↓　↓ ↓　↓　　　↓　　　　↓　↓
下次 和 我家 的 父母親　　不願意為我見面　嗎 ？

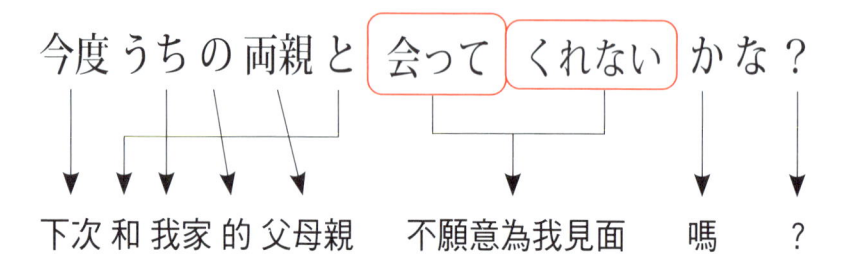

* **今度**…名詞：下次
* **うち**…名詞：我家
* **の**…助詞：表示所屬
* **両親**…名詞：父母親
* **と**…助詞：表示動作夥伴
* **会って**…動詞：見面（会います⇒て形）
* **くれない**…補助動詞：（くれます⇒ない形）
  動詞て形＋くれます：別人為我[做]〜
* **か**…助詞：表示疑問
* **な**…助詞：表示感嘆（自言自語）

用法
希望安排對方和自己的父母親見面的說法。

4-086 談情說愛篇　　認識家人

我希望你差不多該要跟我爸爸見面了。

そろそろ 私(わたし)のお父(とお)さんに会(あ)ってほしいの。

そろそろ 私のお父さん に 会って ほしい の 。

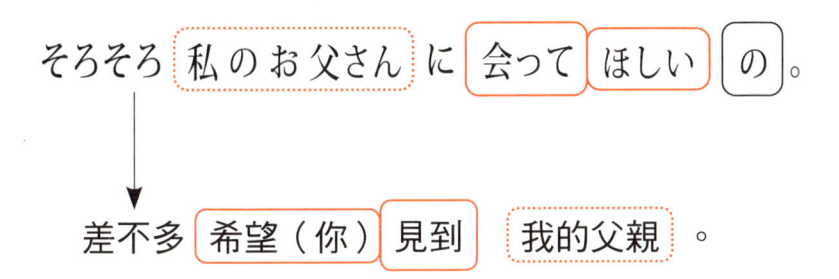

↓

差不多 希望（你） 見到 我的父親 。

* そろそろ…副詞：差不多
* 私…名詞：我
* の…助詞：表示所屬
* お…接頭辭：表示美化、鄭重
* 父さん…名詞：父親
* に…助詞：表示接觸點
* 会って…動詞：見面（会います⇒て形）
* ほしい…補助い形容詞：希望～
  動詞て形＋欲しい：希望[做]～（非自己意志的動作）
* の…形式名詞：（～んです的口語說法）表示強調

用法

女方要求男方跟自己父親見面的說法。男方要求女方則說「そろそろ私のお父さんに会ってほしいんだ。」。

求婚

4-087 談情說愛篇

從現在起，請妳跟我在一起好嗎？

これから先、僕と一緒になってくれませんか。

これから 先、僕と [一緒] [に] [なって] [くれません] か。

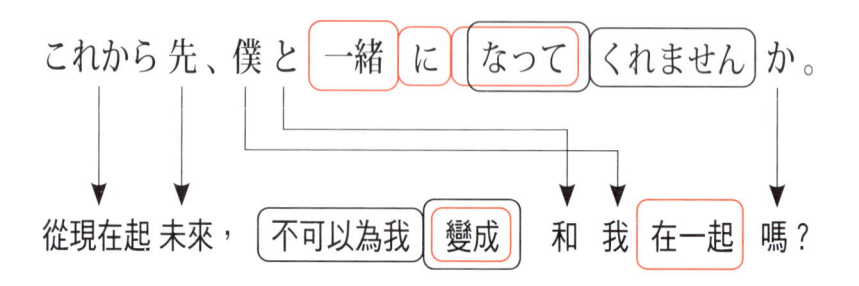

↓　　↓　　　　　　　　　　　　↓　↓　　　　↓
從現在起 未來，[不可以為我] [變成] 和 我 [在一起] 嗎？

* これから…名詞：從現在起
* 先…名詞：未來
* 僕…名詞：我
* と…助詞：表示動作夥伴
* 一緒…名詞：一起
* に…助詞：表示變化結果
* なって…動詞：變成（なります⇒て形）
* くれません…補助動詞：（くれます⇒現在否定形）
  動詞て形＋くれます：別人為我[做]～
* か…助詞：表示疑問

用法

意思等於「結婚（けっこん）してください。」（請和我結婚），是求婚台詞。

4-088 談情說愛篇　　求婚

（對女友的父母）請您把女兒嫁給我好嗎？

娘（むすめ）さんと結婚（けっこん）させてください。

[娘 さん] と [結婚させて] [ください] 。
↓
[請] [讓我] 和 [您的女兒] [結婚] 。

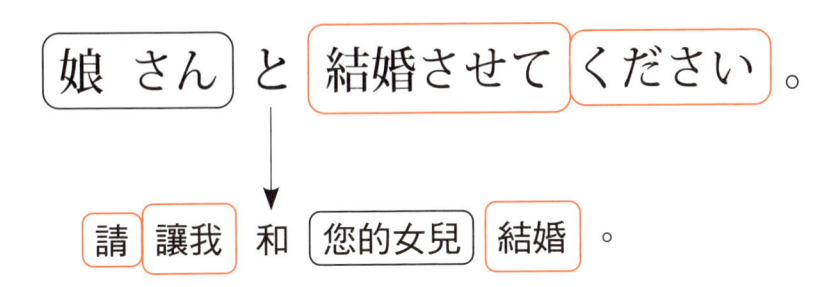

* 娘…名詞：女兒
* さん…接尾辭：敬稱、愛稱
* と…助詞：表示動作夥伴
* 結婚させて…動詞：結婚
  （結婚します⇒使役形[結婚させます]的て形）
* ください…補助動詞：請
  （くださいます⇒命令形[くださいませ]除去[ませ]）
  動詞て形＋ください：請[做]～

用法

對女友的父母親表示「請把女兒嫁給我」的說法。如果考慮清楚了，就大膽提出來吧！另一種說法是「娘（むすめ）さんを僕（ぼく）にください。」（請把您的女兒交給我）。

663

求婚

4-089 談情說愛篇

愛你一生一世。
あなたを一生愛し続けます。
いっしょうあい　つづ

あなた　を　一生　愛し続けます。
　↓　　　　↓　　　↓
　一輩子　　持續愛　你。

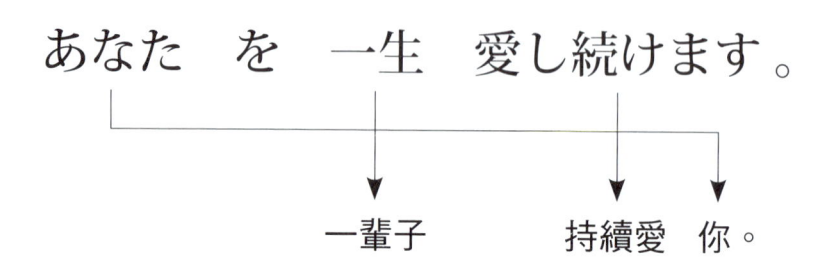

* あなた…名詞：你
  原本只有女性會稱呼情人「あなた」，但此句是發誓的感覺，用「あなた」比較正式。
* を…助詞：表示動作作用對象
* 一生…副詞：一輩子
* 愛し続けます…動詞：愛下去

用法
求婚或婚禮上的誓言之一。

4-090 談情說愛篇　　求婚

我要當你的老婆！

あなたのお嫁(よめ)さんになる！

| あなた | の | お | 嫁 | さん | に | なる | ！ |

（我）要成為 你的太太 ！

* **あなた**…名詞：你
* **の**…助詞：表示所屬
* **お**…接頭辭：表示美化、鄭重
* **嫁**…名詞：太太
* **さん**…接尾辭：敬稱、愛稱
* **に**…助詞：表示變化結果
* **なる**…動詞：變成（なります⇒辭書形）

用法

女生告訴男生想要結婚的可愛說法（此為女性用語，只有女性會稱呼情人「あなた」）。

疑惑&懷疑　　**4-091 談情說愛篇**

你喜歡哪一種類型的呢？

どんなタイプの人(ひと)が好(す)きなの？

どんな	タイプ	の	人	が	好きな	の？
什麼樣的	類型	的	人	(你)喜歡		呢？

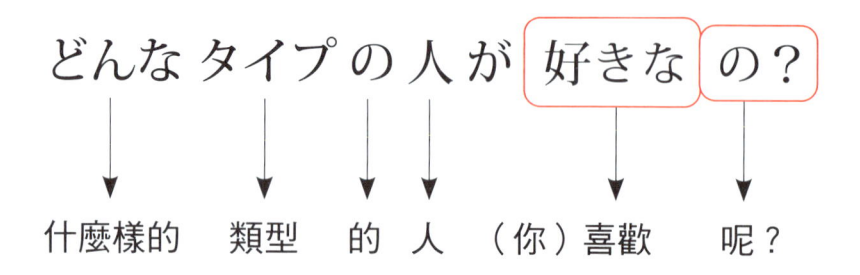

* どんな…連體詞（疑問詞）：什麼樣的
* タイプ…名詞：類型
* の…助詞：表示所屬
* 人…名詞：人
* が…助詞：表示焦點
* 好きな…な形容詞：喜歡（好き⇒名詞接續用法）
* の…形式名詞：（～んですか的口語說法）
  ～んですか：關心好奇、期待回答

用法
直接詢問對方喜歡的類型的說法。

4-092 談情說愛篇　疑惑&懷疑

現在有交往的對象嗎？

今、付き合ってる人いるんですか。

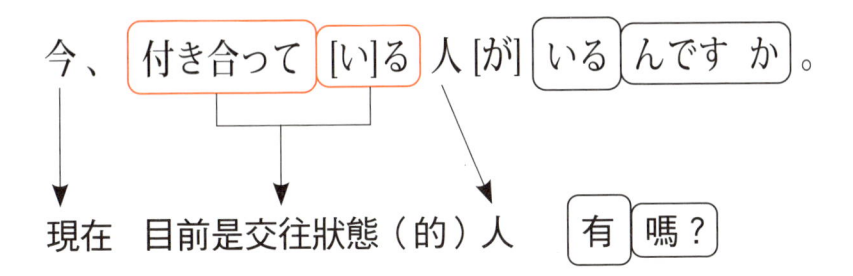

今、 付き合って [い]る 人 [が] いる んです か。

↓　　　↓　　　　　↓　　↓
現在　目前是交往狀態（的）人　有　嗎？

* 今…名詞：現在
* 付き合って…動詞：交往（付き合います⇒て形）
* [い]る…補助動詞：（います⇒辭書形）（口語時可省略い）
  動詞て形＋います：目前狀態
* 人…名詞：人
* [が]…助詞：表示焦點（口語時可省略）
* いる…補助動詞：有、在（います⇒辭書形）
* んです…連語：ん＋です
  ん…形式名詞（の⇒縮約表現）
  です…助動詞：表示斷定(現在肯定形)
* か…助詞：表示疑問
  〜んですか：關心好奇、期待回答

|用法|
直接詢問對方目前是否有交往對象的說法。

| 疑惑&懷疑 | **4-093 談情說愛篇** |

你是不是有其他喜歡的人？
他(ほか)に好(す)きな人(ひと)がいるの？

他 に 好きな 人 が いる の？
↓   ↓   ↓   ↓   ↓   ↓
另外 喜歡的 人   有   嗎？

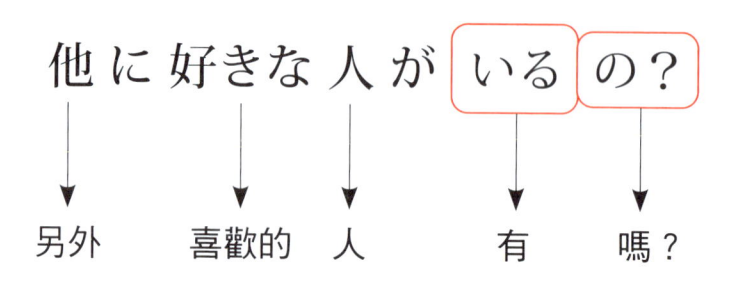

* 他…名詞：另外
* に…助詞：表示累加
* 好きな…な形容詞：喜歡（好き⇒名詞接續用法）
* 人…名詞：人
* が…助詞：表示焦點
* いる…補助動詞：有、在（います⇒辭書形）
* の…形式名詞：（〜んですか的口語說法）
　〜んですか：關心好奇、期待回答

用法
直接詢問對方目前是否有喜歡的人的說法。

4-094 談情說愛篇　疑惑&懷疑

你喜歡我對不對？

私(わたし)のことが好(す)きなんでしょ？

私のことが 好きな んでしょ[う] ？

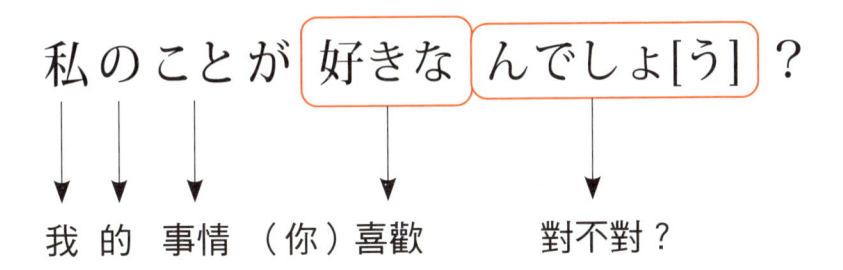

我　的　事情　（你）喜歡　　　對不對？

* 私…名詞：我
* の…助詞：表示所屬
* こと…名詞：事情
* が…助詞：表示焦點
* 好きな…な形容詞：喜歡（好き⇒名詞接續用法）
* んでしょ[う]…連語：ん＋でしょう：～對不對？
  （強調語氣）
  ん…形式名詞（の⇒縮約表現）
  でしょう…助動詞：表示斷定（です⇒意向形）
  （口語時可省略う）

用法

詢問對方是否對自己有好感的說法。萬一是自己會錯意，可是很難為情的。

| 疑惑&懷疑 | 4-095 談情說愛篇 |

你喜歡我什麼？
私のどこが好き？

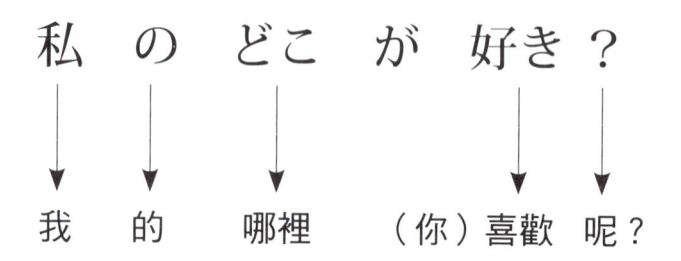

私	の	どこ	が	好き？
↓	↓	↓	↓	↓
我	的	哪裡	（你）喜歡	呢？

* 私…名詞：我
* の…助詞：表示所屬
* どこ…名詞（疑問詞）：哪裡
* が…助詞：表示焦點
* 好き…な形容詞：喜歡

用法
想知道對方喜歡自己什麼的說法。

4-096 談情說愛篇　疑惑&懷疑

你記不記得今天是什麼日子？

ねえ、今日(きょう)は何(なん)の日(ひ)か覚(おぼ)えてる？

ねえ、今日は | 何の日 | か | 覚えて | [い]る ？
- ねえ → 欸
- 今日 → 今天
- 何の日 → 什麼日子
- か → 呢？
- 覚えて[い]る → 目前是記得的狀態 嗎？

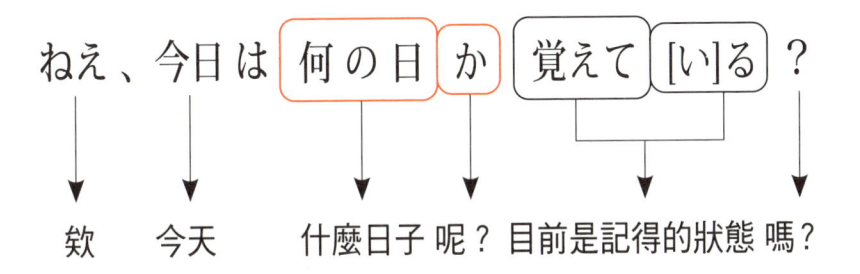

* ねえ…感嘆詞：喂
* 今日…名詞：今天
* は…助詞：表示主題
* 何…名詞（疑問詞）：什麼、任何
* の…助詞：表示所屬
* 日…名詞：日子
* か…助詞：表示疑問
* 覚えて…動詞：記住（覚えます⇒て形）
* [い]る…補助動詞：（います⇒辭書形）
　（口語時可省略い）
　動詞て形＋います：目前狀態

用法
詢問對方是否記得紀念日的說法。

疑惑&懷疑　　**4-097 談情說愛篇**

我真的可以把自己託付給你嗎？
本当(ほんとう)にあなたを信(しん)じてもいいの？

本当に あなたを ｜信じて｜も｜いい｜の？
　↓　　　　　　　　　　↓
真的　　　即使相信　　你　也　可以　　　嗎？

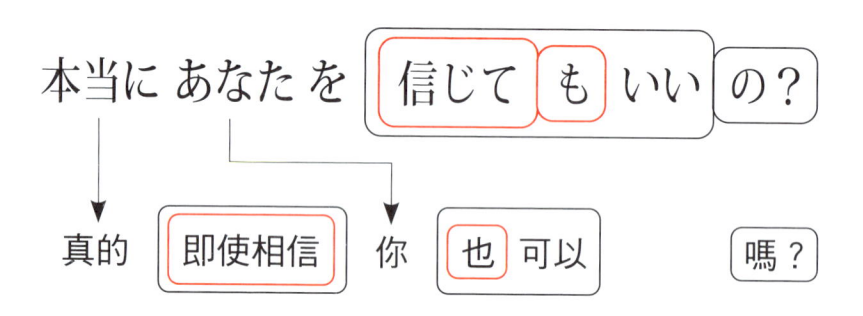

* **本当に**…副詞：真的
* **あなた**…名詞：你
* **を**…助詞：表示動作作用對象
* **信じて**…動詞：相信（信じます⇒て形）
* **も**…助詞：表示逆接
　動詞て形＋も：即使～，也～
* **いい**…い形容詞：好、良好
* **の**…形式名詞：（～んですか的口語說法）
　～んですか：關心好奇、期待回答

用法

相信對方，卻又有點不安時，常會有這樣的疑惑（此為女性用語，只有女性會稱呼情人「あなた」）。

4-098 談情說愛篇　疑惑&懷疑

我只是你的備胎嗎？

私(わたし)は都合(つごう)のいい女(おんな)ってわけ？

私 は [都合 の いい] 女 ってわけ？
↓　　↓　　　　　　　↓　　　↓
就是說　我（是）[方便的]　女人　　　嗎？

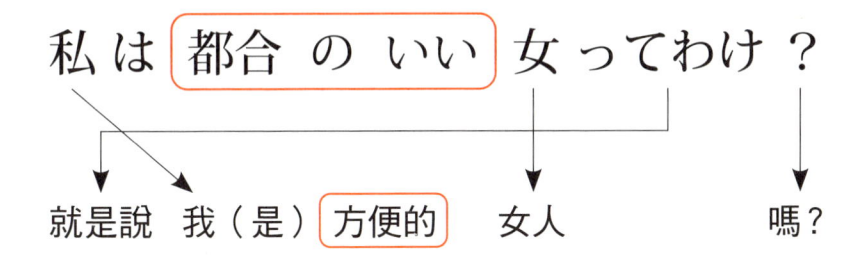

* 私…名詞：我
* は…助詞：表示主題
* 都合…名詞：方便
* の…助詞：表示焦點（の＝が）
* いい…い形容詞：好、良好
* 女…名詞：女人
* ってわけ…連語：就是說（＝というわけ）

用法
埋怨對方只是抱著玩玩的心態和自己交往的說法。如果是男生問女生「我只是妳的備胎嗎？」則說「僕（ぼく）は都合（つごう）のいい男（おとこ）ってわけ？」

疑惑&懷疑

4-099 談情說愛篇

如果我跟你媽媽一起掉到水裡，你先救哪一個？

もし私(わたし)とあなたのお母(かあ)さんが溺(おぼ)れてたら、どっちを先(さき)に助(たす)けるの？

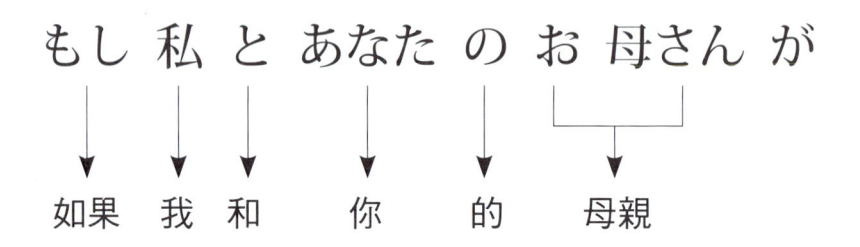

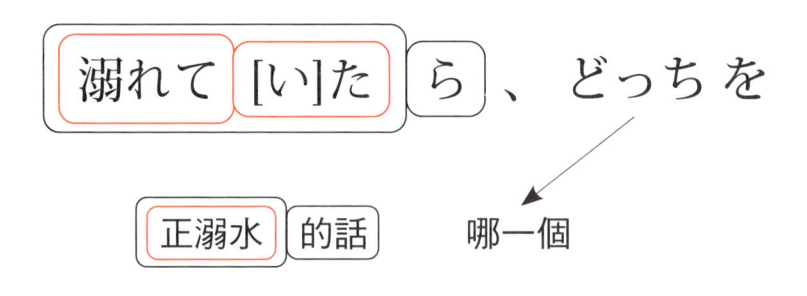

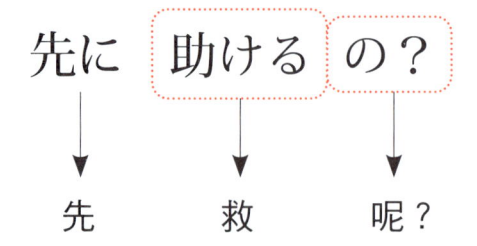

もし	私	と	あなた	の	お母さん	が
↓	↓	↓	↓	↓	↓	
如果	我	和	你	的	母親	

溺れて[い]たら、どっちを
正溺水　的話　　　　哪一個

先に　助ける　の？
↓　　　↓　　　↓
先　　　救　　　呢？

* もし…副詞：如果
* 私…名詞：我
* と…助詞：表示並列
* あなた…名詞：你
* の…助詞：表示所屬
* お…接頭辭：表示美化、鄭重
* 母さん…名詞：母親
* が…助詞：表示主格
* 溺れて…動詞：溺水（溺れます⇒て形）
* [い]たら…補助動詞：（います⇒た形＋ら）

（口語時可省略い）

動詞て形＋います：正在[做]～
* どっち…名詞（疑問詞）：哪一個
* を…助詞：表示動作作用對象
* 先に…副詞：先
* 助ける…動詞：救（助けます⇒辭書形）
* の…形式名詞：（～んですか的口語說法）

～んですか：關心好奇、期待回答

用法

這是男生們不知如何回答的問題之一。不妨問一問，測試他的反應。

疑惑&懷疑　4-100 談情說愛篇

啊～，為什麼我會喜歡上你（妳／他／她）啊…。
ああ、どうして好きになっちゃったんだろう…。

ああ、どうして 好き に なって しまった んだろう…。

啊～，為什麼 不由得 變成 喜歡 。

* **ああ**…感嘆詞：啊～
* **どうして**…副詞（疑問詞）：為什麼
* **好き**…な形容詞：喜歡
* **に**…助詞：表示變化結果
* **なって**…動詞：變成（なります⇒て形）
* **しまった**…補助動詞：（しまいます⇒た形）
  動詞て形＋しまいます：無法抵抗、無法控制
  好きになっちゃったんだろう…縮約表現：
  不由得變成喜歡（口語時常使用「縮約表現」）
  （好きになってしまったんだろう⇒縮約表現）
* **んだろう**…連語：ん＋だろう：到底為什麼～呢？
  （此處＝んでしょうか，因為有「どうして」，
  所以不用加「か」即能表示疑問）
  ん…形式名詞（の⇒縮約表現）
  だろう…助動詞：表示斷定（だ⇒意向形）

用法
自己也不明白為什麼會喜歡上對方的說法。

4-101 談情說愛篇　　寂寞&煩惱

就因為人家很寂寞啊。

だって、寂(さび)しかったんだもん。

だって、│寂しかった│んだ　もん│。
　　↓　　　　↓　　　　　↓
　因為　　　寂寞　　　　的原因。

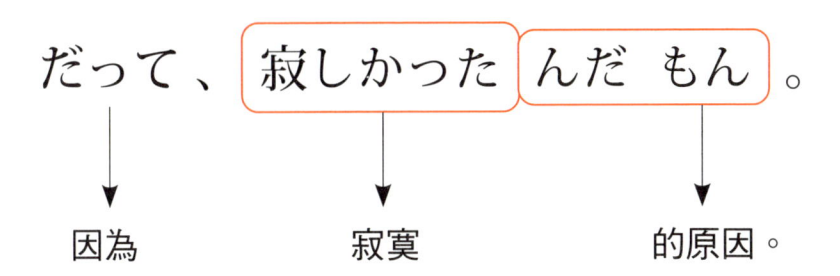

* だって…接續詞：因為
* 寂しかった…い形容詞：寂寞（寂しい⇒た形）
* んだ…連語：ん＋だ＝んです的普通體
　ん…形式名詞（の⇒縮約表現）
　だ…助動詞：表示斷定（です⇒普通形-現在肯定形）
* もん…形式名詞：表示原因（＝もの）
　〜んだもん：表示因為＋強調
　（此文型具有「因為〜，所以不得不〜」的語感。
　適用於親密關係。）

用法
表示是因為寂寞才會做了某件事的說法。

寂寞&煩惱　　**4-102 談情說愛篇**

因為寂寞所以我打了這個電話…。
寂(さび)しくて電話(でんわ)しちゃった…。

寂しくて ［電話して］［しまった］…。

因為寂寞 所以　　不由得打了電話…。

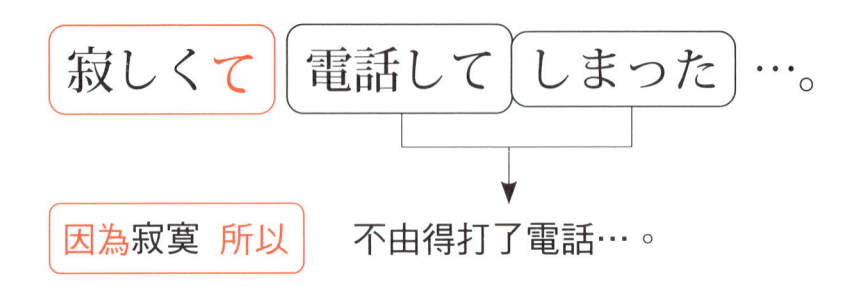

* 寂しくて…い形容詞：寂寞（寂しい⇒て形）
  （て形表示原因）
* 電話して…動詞：打電話（電話します⇒て形）
* しまった…補助動詞：（しまいます⇒た形）
  動詞て形＋しまいます：無法抵抗、無法控制
  電話しちゃった…縮約表現：不由得打了電話
  （電話してしまった⇒縮約表現）
  （口語時常使用「縮約表現」）

用法
沒有重要的事，只是因為寂寞而打電話過來的說法。

4-103 談情說愛篇　寂寞&煩惱

我只是想聽聽你的聲音而已。
こえ　き
声が聞きたかっただけなの。

声 が 聞き たかった だけ な の 。

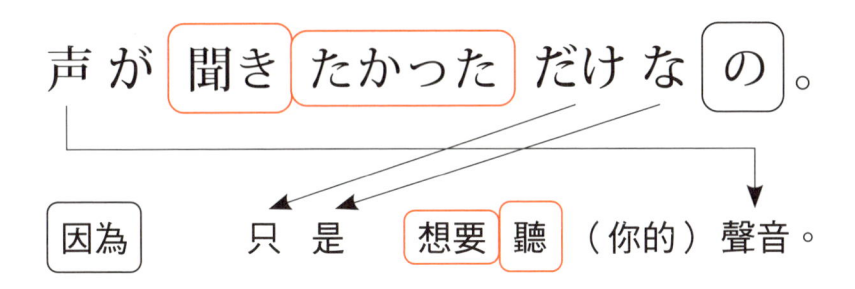

因為　　　只　是　想要 聽 （你的）聲音。

* 声…名詞：聲音
* が…助詞：表示焦點
* 聞き…動詞：聽、問（聞きます⇒ます形除去[ます]）
* たかった…助動詞：表示希望（たい⇒た形）
  動詞ます形除去[ます]＋たい：想要[做]〜
* だけ…助詞：只是〜而已、只有
* な…助動詞：表示斷定（だ⇒名詞接續用法）
* の…形式名詞：（〜んです的口語說法）表示理由

用法
打電話或是其他方法，只是為了聽聽對方聲音的說法。

寂寞&煩惱　4-104 談情說愛篇

不要放我一個人好嗎？

私を一人にしないで。

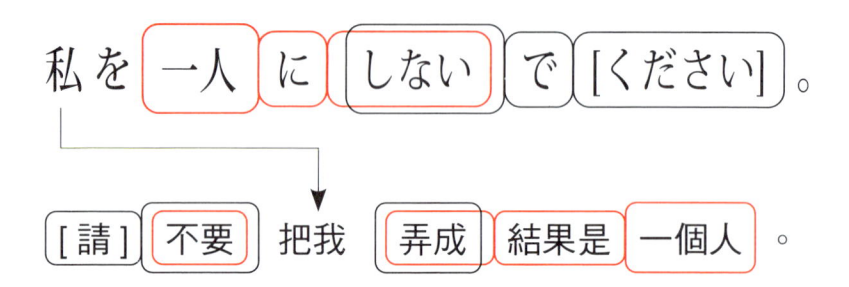

私を [一人] [に] [しない] [で] [[ください]]。

[[請]] [不要] 把我 [弄成] 結果是 [一個人]。

* 私…名詞：我
* を…助詞：表示動作作用對象
* 一人…名詞：一個人
* に…助詞：表示決定結果
* しない…動詞：做（します⇒ない形）
* で…助詞：表示樣態
* [ください]…補助動詞：請（口語時可省略）
  （くださいます⇒命令形[くださいませ]除去[ませ]）
  動詞ない形＋で＋ください：請不要[做]～

用法
因為寂寞或害怕，希望對方陪在自己身邊的說法。

4-105 談情說愛篇　寂寞&煩惱

那個還沒有來…。

あれがまだ来ないの…。

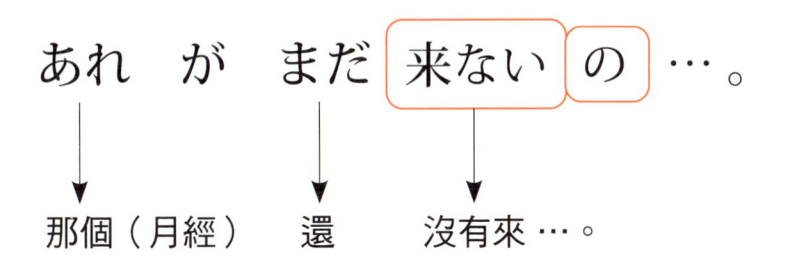

あれ　が　まだ　来ない　の　…。

↓　　　　↓　　　↓
那個（月經）　還　沒有來…。

* あれ…名詞：那個
* が…助詞：表示主格
* まだ…副詞：還、尚未
* 来ない…動詞：來（来ます⇒ない形）
* の…形式名詞：（～んです的口語說法）表示強調

用法
表示生理期還沒來。如果還沒結婚，就令人煩惱了。

| 吵架&抱怨 | **4-106 談情說愛篇** |

你最近對我比較冷淡哦？

最近(さいきん)なんか冷(つめ)たくない？

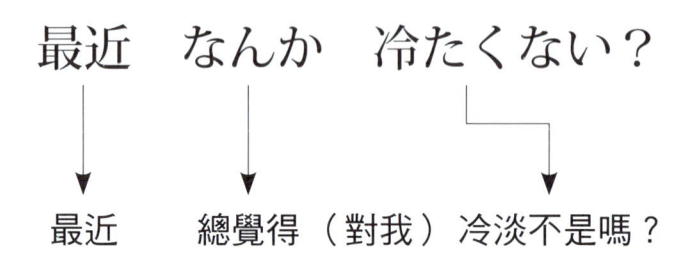

最近　　なんか　　冷たくない？
　↓　　　　↓　　　　　↓
最近　　總覺得（對我）冷淡不是嗎？

* **最近**…名詞：最近
* **なんか**…副詞：總覺得、好像
* **冷たくない**…い形容詞：冷淡
  （冷たい⇒現在否定形-くない）

用法
抱怨對方最近對自己比較冷淡的說法。

4-107 談情說愛篇　　吵架&抱怨

感覺你最近都不打電話給我…。
なんだか最近（さいきんでんわ）電話してくれないね…。

なんだか　最近　電話して　くれない　ね…。
　↓　　　　↓　　　　　　↓　　　　↓
總覺得　　最近　　　　你沒有給我 打電話…。

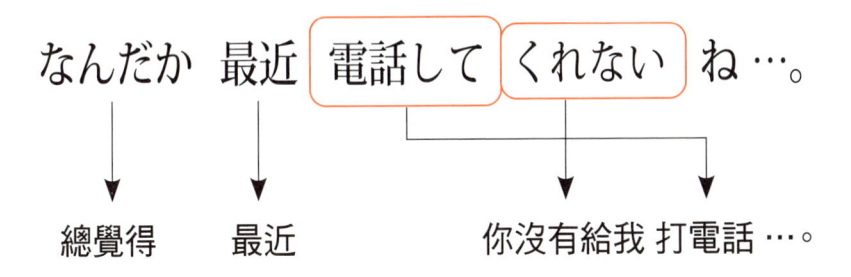

* **なんだか**…副詞：總覺得、不知道為什麼
* **最近**…名詞：最近
* **電話して**…動詞：打電話（電話します⇒て形）
* **くれない**…補助動詞：（くれます⇒ない形）
  動詞て形＋くれます：別人為我[做]～
* **ね**…助詞：表示留住注意

用法
對方很少來電，表達希望對方經常聯絡的心情。

吵架&抱怨　**4-108 談情說愛篇**

你為什麼都不接我的電話？
何で電話に出てくれないの？

何 で 電話 に 出て くれない の？

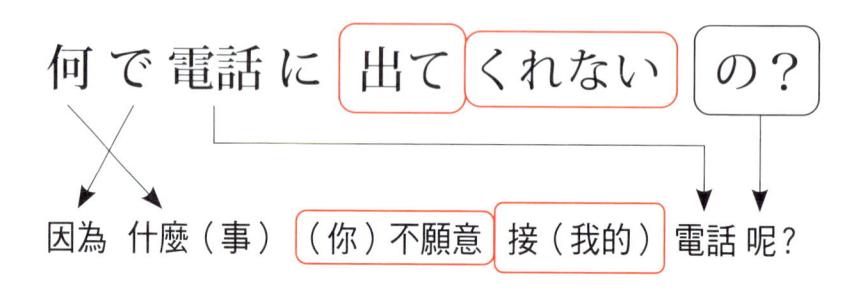

↓　↓　　　　　　　　　↓　↓
因為 什麼（事）（你）不願意 接（我的）電話 呢？

* 何…名詞（疑問詞）：什麼、任何
* で…助詞：表示原因理由
* 電話…名詞：電話
* に…助詞：表示出現點
* 出て…動詞：接（出ます⇒て形）
* くれない…補助動詞：（くれます⇒ない形）
　動詞て形＋くれます：別人為我[做]～
* の…形式名詞：（～んですか的口語說法）
　～んですか：關心好奇、期待回答

用法
抱怨對方不接自己電話的不滿情緒。

4-109 談情說愛篇　吵架&抱怨

你為什麼都不老實說？

どうして本当(ほんとう)のことを言(い)ってくれなかったの？

どうして	本当	の	こと	を	言って	くれなかった	の？
為什麼	真正	的	事情		不說給我聽		呢？

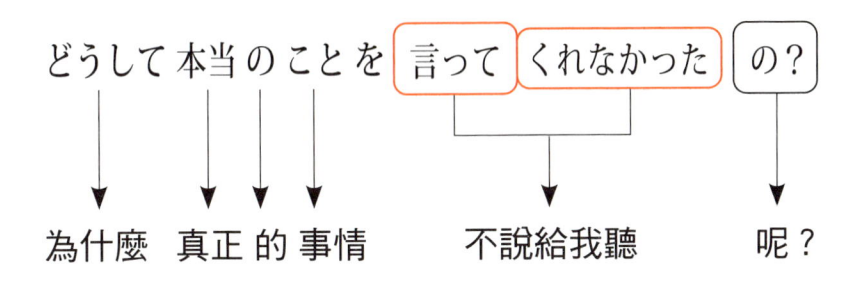

* どうして…副詞（疑問詞）：為什麼
* 本当…名詞：真正
* の…助詞：表示所屬
* こと…名詞：事情
* を…助詞：表示動作作用對象
* 言って…動詞：說（言います⇒て形）
* くれなかった…補助動詞：（くれます⇒なかった形）
　動詞て形＋くれます：別人為我[做]〜
* の…形式名詞：（〜んですか的口語說法）
　〜んですか：關心好奇、期待回答

用法
生氣對方不為自己著想的說法。

吵架&抱怨　**4-110 談情說愛篇**

為什麼你都不了解我啊？

どうしてわかってくれないんだ。

どうして　わかって　くれない　んだ。
　↓　　　　↓　　　　　↓
為什麼　　不懂我　　　　呢？

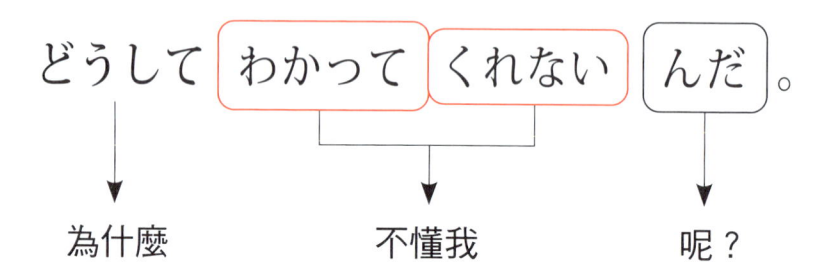

* どうして…副詞（疑問詞）：為什麼
* わかって…動詞：懂（わかります⇒て形）
* くれない…補助動詞：（くれます⇒ない形）
  動詞て形＋くれます：別人為我[做]～
* んだ…連語：ん＋だ
  （此處＝んですか，因為有「どうして」，
  所以不用加「か」即能表示疑問）
  ん…形式名詞（の⇒縮約表現）
  だ…助動詞：表示斷定（です⇒普通形-現在肯定形）
  ～んですか：關心好奇、期待回答

用法
抱怨對方不了解自己的說法。

4-111 談情說愛篇　吵架&抱怨

你不要找藉口了。

言い訳（いわけ）しないでよ。

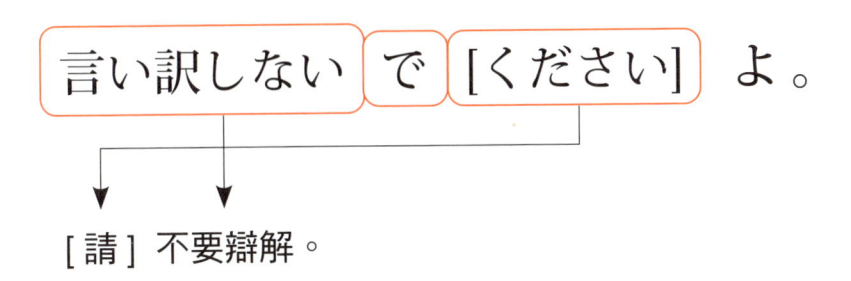

言い訳しない　で　[ください]　よ。

[請] 不要辯解。

* 言い訳しない…動詞：辯解
　（言い訳します⇒ない形）
* で…助詞：表示樣態
* [ください]…補助動詞：請
　（くださいます⇒命令形[くださいませ]除去[ませ]）
　（口語時可省略）
　動詞ない形＋で＋ください：請不要[做]～
* よ…助詞：表示感嘆

用法
對老愛找理由辯解的人說的話。

687

吵架&抱怨　**4-112 談情說愛篇**

你不要那麼任性嘛。

そんなわがまま言(い)わないでよ。

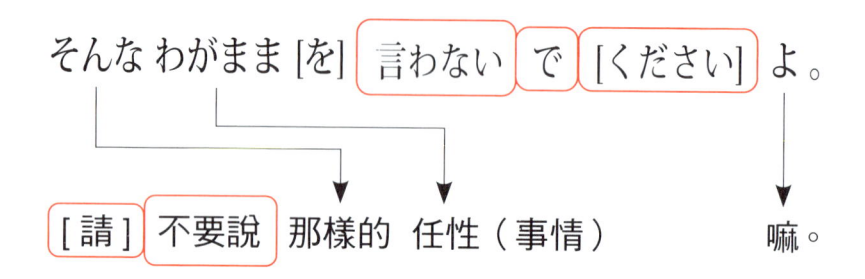

そんな わがまま [を] 言わない で [ください] よ。

[請] 不要說　那樣的　任性（事情）　　　嘛。

* **そんな**…連體詞：那樣的
* **わがまま**…名詞：任性
* **[を]**…助詞：表示動作作用對象（口語時可省略）
* **言わない**…動詞：說（言います⇒ない形）
* **で**…助詞：表示樣態
* **[ください]**…補助動詞：請
  （くださいます⇒命令形[くださいませ]除去[ませ]）
  （口語時可省略）
  動詞ない形＋で＋ください：請不要[做]〜
* **よ**…助詞：表示感嘆

用法
抱怨對方言行舉止任性的說法。

688

4-113 談情說愛篇 — 吵架&抱怨

工作跟我，哪一個重要？
仕事と私とどっちが大事なの？

仕事	と	私	と	どっち	が	大事な	の？
工作	和	我		哪一個		重要	呢？

* **仕事**…名詞：工作
* **と**…助詞：表示並列
* **私**…名詞：我
* **と**…助詞：表示並列
* **どっち**…名詞（疑問詞）：哪一個
* **が**…助詞：表示焦點
* **大事な**…な形容詞：重要（大事⇒名詞接續用法）
* **の**…形式名詞：（〜んですか的口語說法）
　　〜んですか：關心好奇、期待回答

用法
對總是工作優先的情人表達抗議的說法。

吵架&抱怨　4-114 談情說愛篇

真不想看到你的臉。

あなたなんか顔(かお)も見(み)たくないわ。

あなた	なんか	顔	も	見	たくない	わ。
↓		↓	↓	↓	↓	
你		臉	都	不想要	看見。	

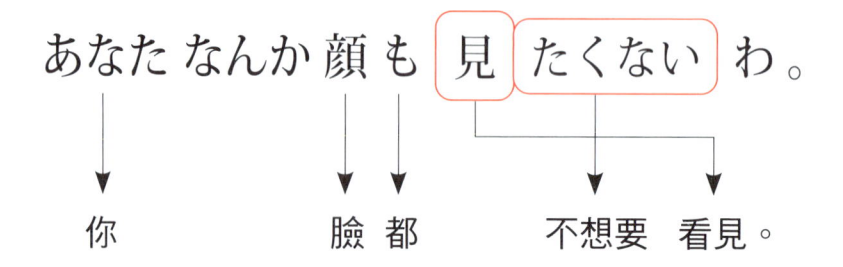

* **あなた**…名詞：你
* **なんか**…助詞：表示輕視、輕蔑
* **顔**…名詞：臉
* **も**…助詞：表示全否定
* **見**…動詞：看（見ます⇒ます形除去[ます]）
* **たくない**…助動詞：表示希望
  （たい⇒現在否定形-くない）
  動詞ます形除去[ます]＋たい：想要[做]～
* **わ**…助詞：表示感嘆（女性語氣）

用法
吵架等時候所說的話，是非常嚴厲的說法。

4-115 談情說愛篇　　吵架&抱怨

我是不是哪裡讓你不高興了？

何か怒らせちゃったかな？

何　か　怒らせて　しまった　か　な？

↓　　　↓　　　　　↓
什麼　（很遺憾）讓你生氣　了　　　嗎？

* 何…名詞（疑問詞）：什麼、任何
* か…助詞：表示不特定
* 怒らせて…動詞：生氣
  （怒ります⇒使役形[怒らせます]的て形）
* しまった…補助動詞：（しまいます⇒た形）
  動詞て形＋しまいます：（無法挽回的）遺憾
  怒らせちゃった…縮約表現：很遺憾讓你生氣了
  （怒らせてしまった⇒縮約表現）
  （口語時常使用「縮約表現」）
* か…助詞：表示疑問
* な…助詞：表示感嘆（自言自語）

用法
察覺自己的言行似乎引起對方不悅的說法。

| 道歉 | **4-116 談情說愛篇** |

很抱歉,讓你感到寂寞了。
寂(さび)しい思(おも)いをさせてごめんね。

寂しい 思い を [させて] ごめん ね。

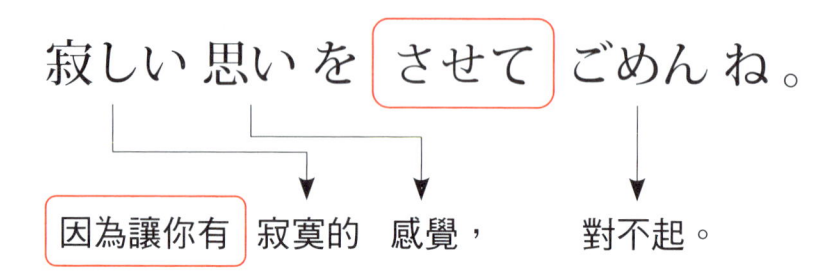

[因為讓你有] 寂寞的 感覺, 對不起。

* 寂しい…い形容詞:寂寞
* 思い…名詞:感覺、感受(動詞[思います]的名詞化)
* を…助詞:表示動作作用對象
* させて…動詞:做
  (します的⇒使役形[させます]的て形)
  (て形表示原因)
* ごめん…招呼用語:對不起、不好意思
* ね…助詞:表示留住注意

用法
對於「無法一直陪伴而讓對方感到寂寞」表示歉意。

4-117 談情說愛篇　　道歉

是我的錯，不要再生氣了嘛。

僕が悪かったから、機嫌を直してくれよ。

僕 が 悪かった から 、機嫌 を 直して くれ よ。

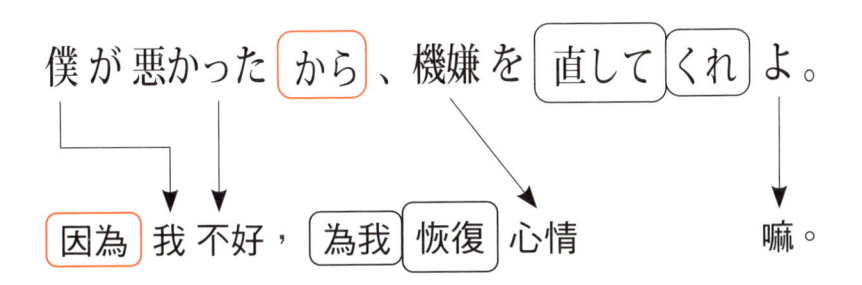

因為 我 不好，為我 恢復 心情　　　嘛。

* **僕**…名詞：我
* **が**…助詞：表示焦點
* **悪かった**…い形容詞：不好（悪い⇒た形）
* **から**…助詞：表示原因理由
* **機嫌**…名詞：心情
* **を**…助詞：表示動作作用對象
* **直して**…動詞：恢復、復原（直します⇒て形）
* **くれ**…補助動詞：（くれます⇒命令形）
  動詞て形＋くれ：（命令別人）[做]〜
  （男性對同輩或晚輩所使用的）
* **よ**…助詞：表示感嘆

用法

吵架時主動向生氣中的對方道歉的說法。

道歉

4-118 談情說愛篇

我再也不敢外遇了。求求你原諒我。

もう二度（にど）と浮気（うわき）しませんから、許（ゆる）してください。

[もう 二度と] 浮気しません [から]、[許して][ください]。

↓

[因為][再也]不會外遇，[請]原諒（我）。

* もう…副詞：再
* 二度と…副詞：再也（不）〜
* 浮気しません…動詞：花心、外遇
  （浮気します⇒現在否定形）
* から…助詞：表示原因理由
* 許して…動詞：原諒（許します⇒て形）
* ください…補助動詞：請（口語時可省略）
  （くださいます⇒命令形[くださいませ]除去[ませ]）
  動詞て形＋ください：請[做]〜

用法
劈腿時向對方道歉，並發誓不會再犯的說法。

4-119 談情說愛篇　　劈腿

你如果有小三的話，我會殺了你。

浮気（うわき）したら殺（ころ）すからね。

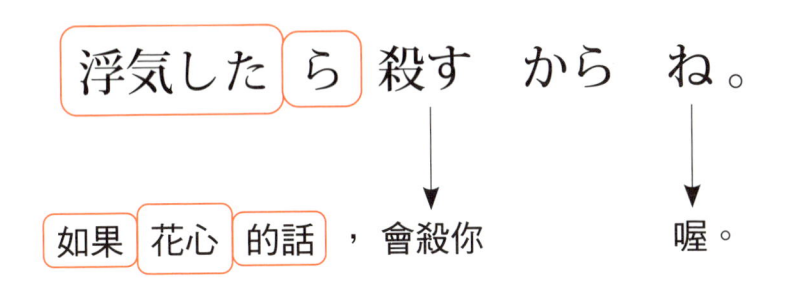

浮気した ら 殺す から ね。
　↓　　　　↓　　　↓
如果 花心 的話 ， 會殺你　　　喔。

* 浮気したら…動詞：花心、外遇
　（浮気します⇒た形＋ら）
* 殺す…動詞：殺（殺します⇒辭書形）
* から…助詞：表示宣言
* ね…助詞：表示留住注意

用法
強烈表達絕不容許對方劈腿的說法。

劈腿

4-120 談情說愛篇

我怎麼可能會有小三。

浮気(うわき)？ するわけないじゃん。

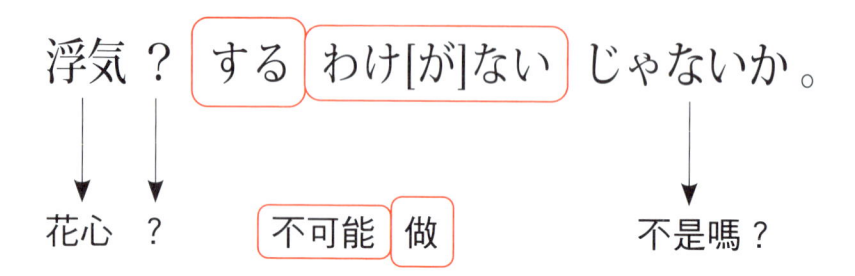

浮気？ |する| |わけ[が]ない| じゃないか。
　↓　　　↓　　　　↓　　　　　　　↓
花心？　|不可能| |做|　　　　　　不是嗎？

* **浮気**…名詞：花心
* **する**…動詞：做（します⇒辭書形）
* **わけ[が]ない**…連語：不可能（口語時可省略が）
* **じゃないか**…連語：不是～嗎（反問表現）
　じゃん…「じゃないか」的「縮約表現」
　（口語時常使用「縮約表現」）

用法
表示「不可能有那種事，自己絕不可能劈腿」的說法。

4-121 談情說愛篇   劈腿

那，就是說你腳踏兩條船？

じゃあ、二股(ふたまた)をかけてたってわけ？

じゃあ、二股 を かけて [い]た ってわけ？
　↓　　　↓　　　　　　　　　　　　　　　　↓
那麼　就是說 到目前是 腳踏兩條船 的狀態　　嗎？

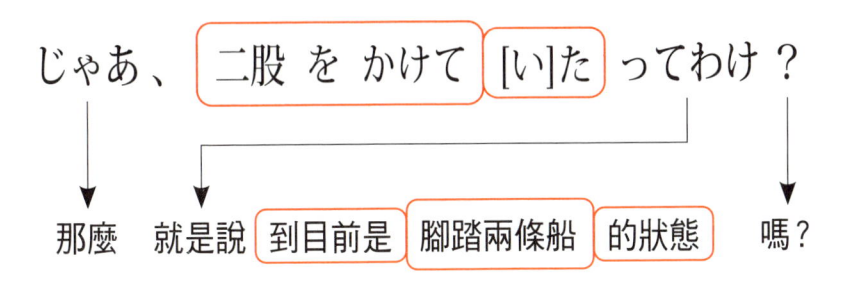

* じゃあ…接續詞：那麼
* 二股をかけて…慣用語：腳踏兩條船
　（二股をかけます⇒て形）
* [い]た…補助動詞：（います⇒た形）
　（口語時可省略い）
　動詞て形＋います：目前狀態
* ってわけ…連語：就是說（＝というわけ）

用法
質問對方是否腳踏兩條船的說法。

分手&挽回　**4-122 談情說愛篇**

（我們）還是回到朋友的關係好了…。

やっぱり友達(ともだち)に戻(もど)ろうよ…。

やっぱり　友達　に　戻ろう　よ…。

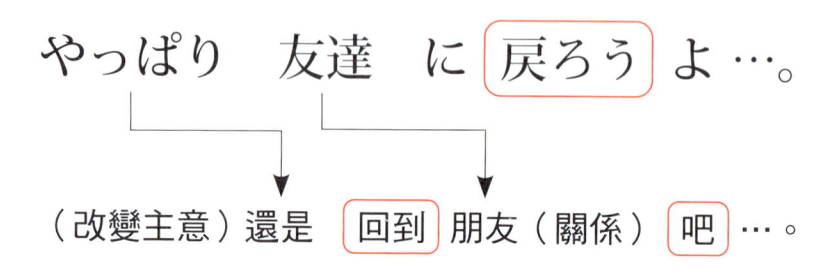

（改變主意）還是　回到　朋友（關係）　吧　…。

* やっぱり…副詞：還是（＝やはり）
* 友達…名詞：朋友
* に…助詞：表示變化結果
* 戻ろう…動詞：返回（戻ります⇒意向形）
* よ…助詞：表示感嘆

用法
想要結束感情，回到普通朋友關係的說法。對方聽了也許會深受打擊。

4-123 談情說愛篇　分手&挽回

我們還是分手比較好吧。
別(わか)れたほうが二人(ふたり)のためだよ。

別れた ほう が 二人 の ため だよ。

分手（的那一個選擇）比較　為了兩個人好。

* 別れた…動詞：分手（別れます⇒た形）
* ほう…名詞：〜的那一個
* が…助詞：表示焦點
* 二人…名詞：兩人
* の…助詞：表示所屬（屬於文型上的用法）
* ため…形式名詞：為了〜
* だ…助動詞：表示斷定（です⇒普通形-現在肯定形）
* よ…助詞：表示感嘆

用法
告訴對方，分手對雙方都好的說法。

分手&挽回　**4-124 談情說愛篇**

突然說要分手，你要不要再重新考慮一下？

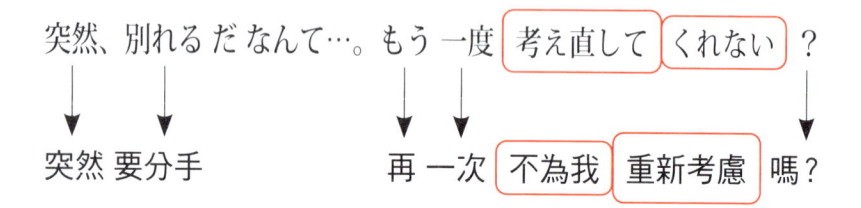

突然(とつぜん)、別(わか)れるだなんて…。もう一度(いちど)考(かんが)え直(なお)してくれない？

突然、別れる だなんて…。もう 一度 考え直して くれない ？
↓　　↓　　　　　　　　↓　↓　　　↓　　　　↓
突然 要分手　　　　　再 一次 不為我 重新考慮 嗎？

* **突然**…副詞：突然
* **別れる**…動詞：分手（別れます⇒辭書形）
* **だ**…助動詞：表示斷定（です⇒普通形-現在肯定形）
  （前面的「突然、別れる」可視為「名詞節」的內容，所以後面可接「だ」）
* **なんて**…助詞：表示驚訝
* **もう**…副詞：再
* **一度**…數量詞：一次
* **考え直して**…動詞：重新考慮（考え直します⇒て形）
* **くれない**…補助動詞：（くれます⇒ない形）
  動詞て形＋くれます：別人為我[做]～

用法

對方提出要分手，希望對方再考慮一下的說法。

4-125 談情說愛篇　分手&挽回

能不能跟我復合呢…？

なんとか、よりを戻(もど)せないかなあ…。

なんとか　、　よりを戻せない　か　なあ…。
　↓　　　　　↓　　　　　↓
想想辦法　　不可以和好　　嗎？

* **なんとか**…副詞：設法～、想辦法～
* **よりを戻せない**…慣用語：和好
　（よりを戻します⇒可能形[よりを戻せます]的ない形）
* **か**…助詞：表示疑問
* **なあ**…助詞：表示感嘆（自言自語）

[用法]
希望回復到原本的戀人關係的說法。

| 分手&挽回 | **4-126 談情說愛篇** |

下次還能見面吧…。

またいつか会(あ)えるよね…。

| また | いつか | 会える | よ | ね | …。 |

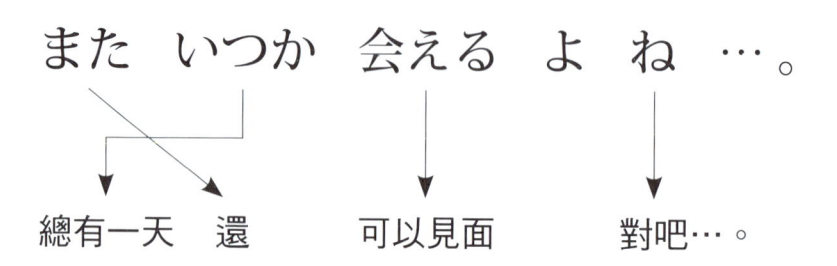

また → 還
いつか → 總有一天
会える → 可以見面
ね → 對吧…。

* **また**…副詞：再
* **いつか**…副詞：總有一天
* **会える**…動詞：見面
  （会います⇒可能形[会えます]的辭書形）
* **よ**…助詞：表示提醒
* **ね**…助詞：表示再確認

用法

對於可能無法再見面的人，表達期望再見的說法。

4-127 談情說愛篇　分手&挽回

我永遠都不會把你忘記。

あなたのこと、いつまでも忘れないよ。

あなた	の	こと	、	いつまでも	忘れない	よ。
你	的	事情		永遠	不會忘記	喔。

* **あなた**…名詞：你
* **の**…助詞：表示所屬
* **こと**…名詞：事情
* **いつまでも**…副詞：永遠
* **忘れない**…動詞：忘記（忘れます⇒ない形）
* **よ**…助詞：表示提醒

用法

情侶分手時的台詞之一。通常出現於好聚好散時。

拒絕&傷心　　**4-128 談情說愛篇**

對不起，我已經有對象了。

ごめんなさい、他(ほか)に付(つ)き合(あ)ってる人(ひと)が いるんです。

ごめんなさい、他に 付き合って [い]る 人が いる んです。

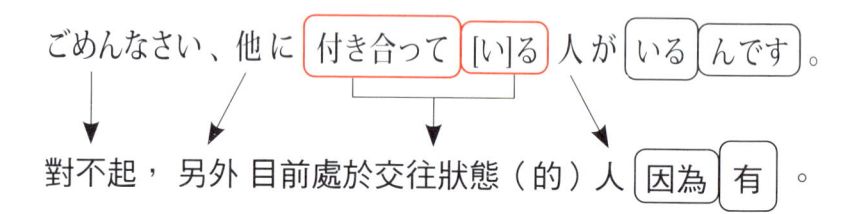

對不起，　另外　目前處於交往狀態（的）人　因為　有　。

* **ごめんなさい**…招呼用語：對不起、不好意思
* **他**…名詞：另外
* **に**…助詞：表示存在位置
* **付き合って**…動詞：交往（付き合います⇒て形）
* **[い]る**…補助動詞：（います⇒辭書形）（口語時可省略い）
　動詞て形＋います：目前狀態
* **人**…名詞：人
* **が**…助詞：表示焦點
* **いる**…動詞：有、在（います⇒辭書形）
* **んです**…連語：ん＋です的普通體：表示理由
　ん…形式名詞（の⇒縮約表現）
　です…助動詞：表示斷定（現在肯定形）

用法
被某人告白，表示自己已有對象無法和對方交往。

4-129 談情說愛篇　拒絕&傷心

我那麼的喜歡你（妳／他／她），卻…。
こんなに好(す)きなのに…。

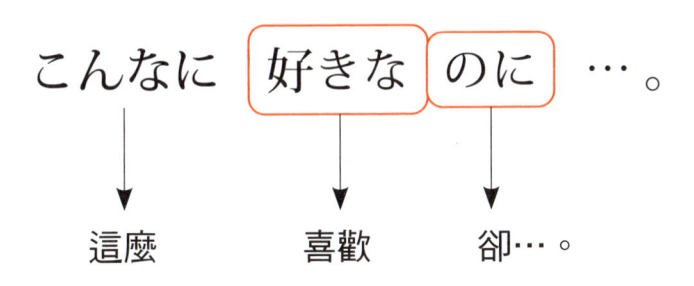

こんな　→　這麼
好きな　→　喜歡
のに　→　卻…。

* **こんなに**…副詞：這麼
* **好きな**…な形容詞：喜歡
* **のに**…助詞：表示逆接

用法
喜歡對方的心情，無法獲得對方同等回應的說法。

> 表明立場

4-130 談情說愛篇

因為如果不早點回家，會被爸媽罵。
早く帰らないと親に怒られちゃうから。

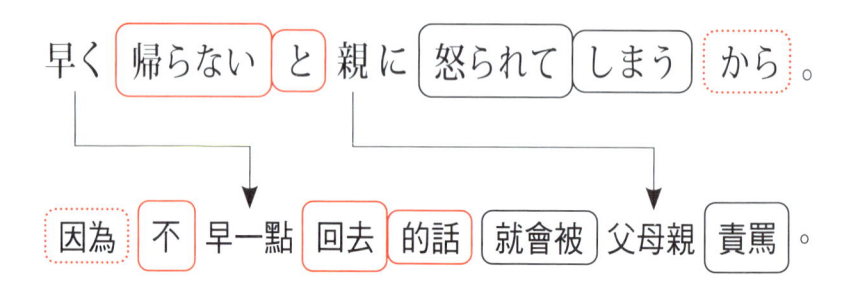

早く [帰らない] [と] 親に [怒られて] [しまう] [から]。

[因為] [不] 早一點 [回去] [的話] [就會被] 父母親 [責罵]。

* 早く…い形容詞：早（早い⇒副詞用法）
* 帰らない…動詞：回去（帰ります⇒ない形）
* と…助詞：表示條件表現
* 親…名詞：父母親
* に…助詞：表示動作的對方
* 怒られて…動詞：責罵（怒ります⇒受身形[怒られます]的て形）
* しまう…補助動詞：（しまいます⇒辭書形）
  動詞て形＋しまいます：（無法挽回的）遺憾
  怒られちゃう…縮約表現：很遺憾會被責罵
  （怒られてしまう⇒縮約表現）（口語時常使用「縮約表現」）
* から…助詞：表示原因理由

> 用法

因為擔心父母親生氣，所以今天要早點回家的說法。也可以作為藉口使用。

4-131 談情說愛篇 — 表明立場

請給我一點時間冷靜想一想。

ちょっと冷静(れいせい)になって考(かんが)える時間(じかん)をちょうだい。

ちょっと｜冷静｜に｜なって｜考える｜時間｜を｜ちょうだい｜。

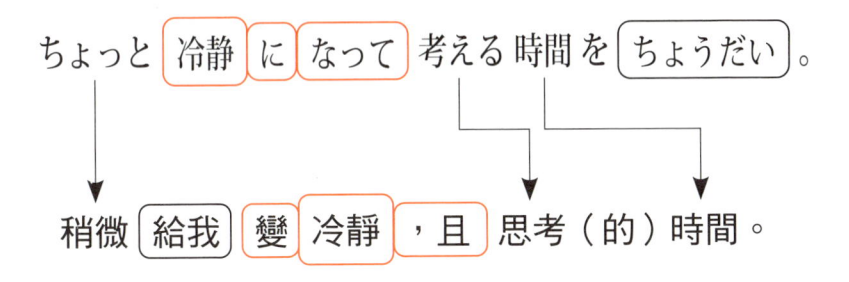

稍微｜給我｜變｜冷靜｜，且｜思考（的）時間。

* ちょっと…副詞：一下、有點、稍微
* 冷静…な形容詞：冷靜
* に…助詞：表示變化結果
* なって…動詞：變成（なります⇒て形）
  （て形表示附帶狀況）
* 考える…動詞：考慮、思考（考えます⇒辭書形）
* 時間…名詞：時間
* を…助詞：表示動作作用對象
* ちょうだい…動作性名詞：領受、給我

用法
發現對方的背叛行為，希望彼此暫時保持距離的說法。

表明立場　**4-132 談情說愛篇**

如果你對我沒有感覺的話，就不要對我那麼好。

好(す)きじゃないなら、そんな優(やさ)しくしないで。

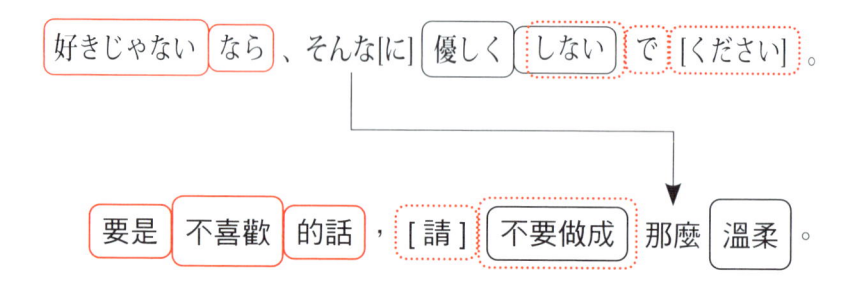

　好きじゃない｜なら｜、そんな[に]｜優しく｜しない｜で｜[ください]｜。

　要是｜不喜歡｜的話，｜[請]｜不要做成｜那麼｜溫柔｜。

* **好きじゃない**…な形容詞：喜歡
  （好き⇒普通形-現在否定形）
* **なら**…助動詞：表示斷定（だ⇒條件形）
* **そんな[に]**…副詞：那麼（口語時可省略に）
* **優しく**…い形容詞：溫柔（優しい⇒副詞用法）
* **しない**…動詞：做（します⇒ない形）
* **で**…助詞：表示樣態
* **[ください]**…補助動詞：請（口語時可省略）
  （くださいます⇒命令形[くださいませ]除去[ませ]）
  動詞て形＋ください：請[做]～

|用法|

對方表現關心呵護，卻不願明白表示「喜歡」時，可以這樣回應。

4-133 談情說愛篇　　表明立場

我啊～，現在還不想談戀愛啦。

俺、今恋愛とかに興味ないから…。

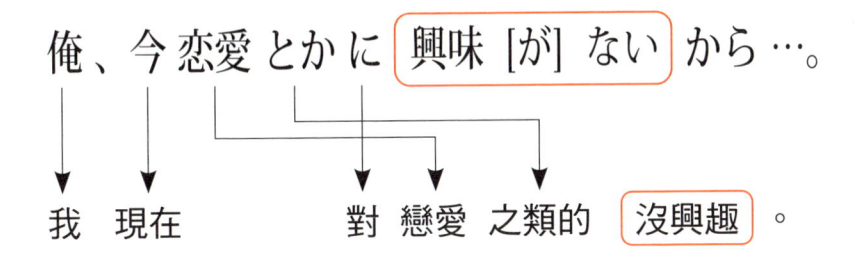

俺、今 恋愛 とかに 興味 [が] ない から…。
↓　↓　　　　↓　↓　　↓　　↓
我　現在　　　對　戀愛　之類的　沒興趣　。

* **俺**…名詞：我
* **今**…名詞：現在
* **恋愛**…名詞：戀愛
* **とか**…助詞：表示舉例
* **に**…助詞：表示方面
* **興味**…名詞：興趣
* **[が]**…助詞：表示焦點（口語時可省略）
* **ない**…い形容詞：沒有（ない⇒普通形-現在肯定形）
　　　　　動詞：有（あります⇒ない形）
* **から**…助詞：表示宣言

用法

表示現階段沒興趣談戀愛。聽起來會讓人覺得冷漠。

表明立場　**4-134 談情說愛篇**

結婚？還早吧～。

結婚（けっこん）？　まだ早（はや）いよ～。

結婚？	まだ	早い	よ～。
結婚？	還	早	吧～。

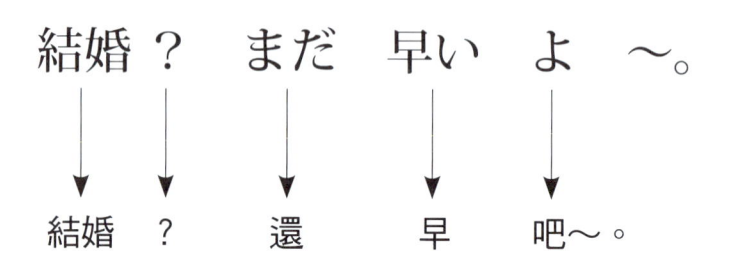

* 結婚…名詞：結婚
* まだ…副詞：還、尚未
* 早い…い形容詞：早
* よ…助詞：表示看淡

用法

被詢問婚姻大事，表示還沒想過的說法。

4-135 談情說愛篇　　表明立場

你不要口是心非了啦。

素directly(すなお)になりなよ。

```
[素直] [に] [なり] [な[さい]] よ 。
                           ↓
 [你給我] [變成] [結果是] [坦率]    嘛。
```

* 素直…な形容詞：坦率
* に…助詞：表示變化結果
* なり…動詞：變成（なります⇒ます形除去[ます]）
* な[さい] …補助動詞「なさい」（表示命令）省略[さい]
　動詞ます形除去[ます]＋なさい…命令表現
　（命令、輔導晚輩的語氣）
* よ…助詞：表示看淡

用法
對鬧彆扭，不願意真實表達心情的人說的話。

711

不耐煩

5-001 生氣吐槽篇

真是的！要說幾次你才懂啊！？

まったくもう！　何度(なんど)言(い)ったらわかるの!?

まったくもう！何度 言ったら わかる の!？。

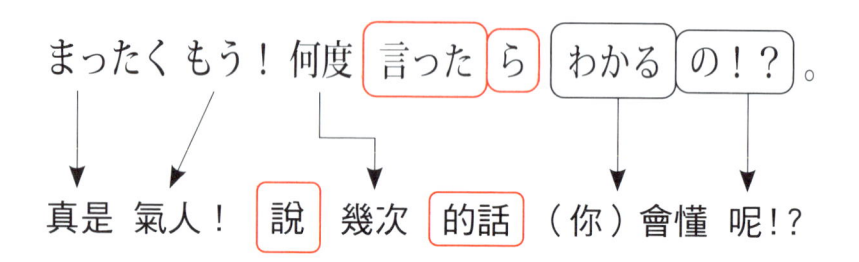

↓　　↓　　　　↓　　　↓　　　↓　↓
真是 氣人！ 說 幾次 的話 （你）會懂 呢!？

* **まったく**…副詞：真是
* **もう**…感嘆詞：真是的、真氣人
* **何度**…名詞（疑問詞）：幾次
* **言ったら**…動詞：說（言います⇒た形＋ら）
* **わかる**…動詞：懂（わかります⇒辭書形）
* **の**…形式名詞：（〜んですか的口語說法）
　〜んですか：關心好奇、期待回答

用法

同一件事明明說了好幾次，對方卻都沒聽進去，所以氣呼呼的這樣說。

5-002 生氣吐槽篇 — 不耐煩

不要再提那件事了。

もうその事はいいって。

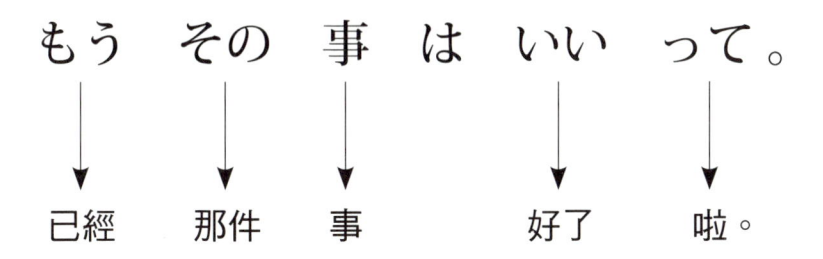

もう	その	事	は	いい	って。
已經	那件	事		好了	啦。

* もう…副詞：已經
* その…連體詞：那個
* 事…名詞：事情
* は…助詞：表示主題
* いい…い形容詞：好、良好
* って…助詞：表示不耐煩
   ＝と言っているでしょう？（我有說吧）

用法
不想被提及的往事，卻被拿來當作話題時，可以這樣回應。

不耐煩

5-003 生氣吐槽篇

啊～，你很煩耶！

ああ、うっとうしい！

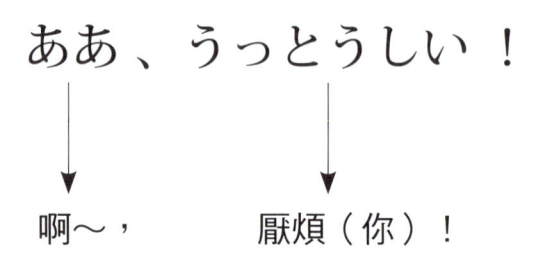

$$ああ、うっとうしい！$$

啊～，　　　厭煩（你）！

* ああ…感嘆詞：啊～
* うっとうしい…い形容詞：厭煩

用法

想要專心做事時，對造成干擾的人事物表達憤怒。

5-004 生氣吐槽篇　　不耐煩

你又來了。

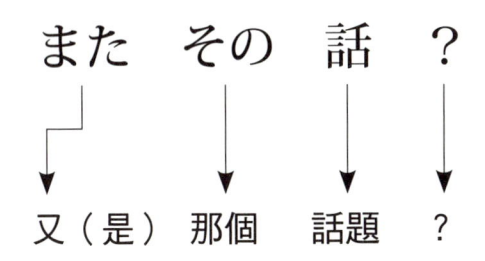

またその話(はなし)？

また	その	話	？
↓	↓	↓	↓
又（是）	那個	話題	？

* また…副詞：又、再
* その…連體詞：那個
* 話…名詞：話題

用法
表示對方又在舊事重提的說法。

不耐煩   **5-005 生氣吐槽篇**

你到底想怎麼樣呢！？

いったい
一体どういうつもりだ！？

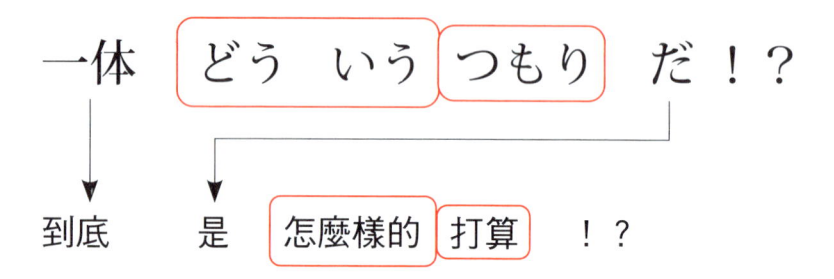

一体　[どう　いう] [つもり]　だ！？
　↓　　　↓
到底　　是　[怎麼樣的] [打算]　！？

* **一体**…副詞：到底
* **どう**…副詞（疑問詞）：怎麼樣、如何
* **いう**…動詞：為了接名詞放的（いいます⇒辭書形）
* **つもり**…形式名詞：心思、打算
* **だ**…助動詞：表示斷定（です⇒普通形-現在肯定形）

用法
不知道對方到底想怎麼樣、作何打算，提出質問。

5-006 生氣吐槽篇　　不耐煩

別慢吞吞的！

ぐずぐずすんな！

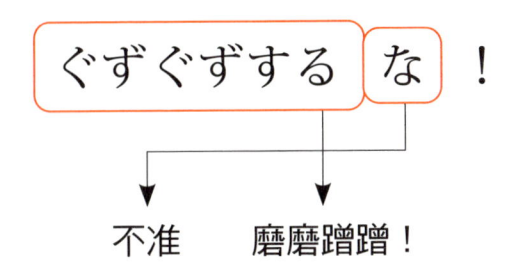

　　　ぐずぐずする　な　！
　　　　　↓　　　　　↓
　　　　不准　　　磨磨蹭蹭！

* ぐずぐずする…動詞：磨磨蹭蹭
　（ぐずぐずします⇒辭書形）
　ぐずぐずすんな…縮約表現：不要磨磨蹭蹭
　（ぐずぐずするな⇒縮約表現）
　（口語時常使用「縮約表現」）
* な…辭書形＋な⇒禁止形

用法
眼看某人在前置作業之類的事情上實在耗費太多時間，催促他加快動作趕緊著手的說法。

不爽

5-007 生氣吐槽篇

關我屁事！

知(し)ったこっちゃないよ。

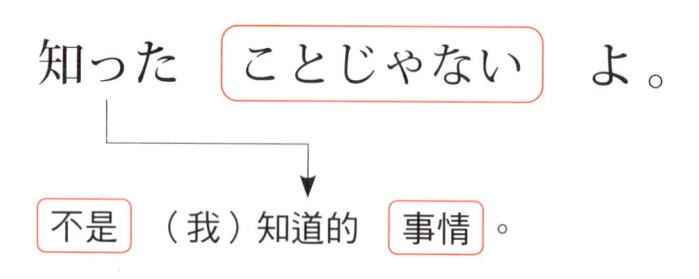

知った [ことじゃない] よ。

[不是]（我）知道的 [事情]。

* **知った**…動詞：知道（知ります⇒た形）
* **ことじゃない**…名詞：事情
  （こと⇒普通形-現在否定形）
  こっちゃない…縮約表現：不是事情
  （ことじゃない⇒縮約表現）
  （此屬於過度的「縮約表現」，不是經常使用）
* **よ**…助詞：表示看淡

用法
事情明明和自己無關，卻無端被扯入時，用這句話來表達怒氣。

5-008 生氣吐槽篇　　不爽

不要把我當成跟那種人一樣。

あんな奴と一緒にしないでよ。

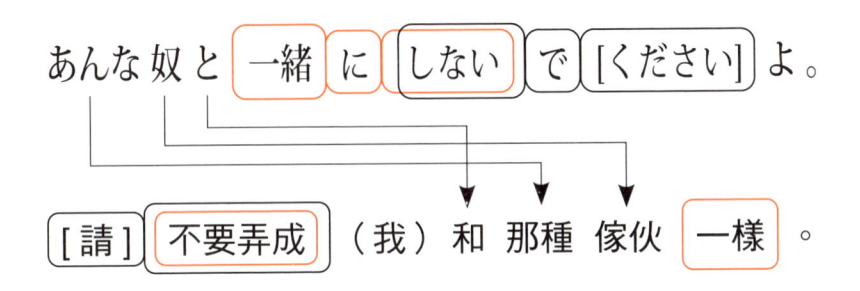

あんな 奴 と [一緒] [に] [しない] で [ください] よ。

[請] 不要弄成 （我）和 那種 傢伙 [一樣]。

* あんな…連體詞：那樣的
* 奴…名詞：傢伙
* と…助詞：表示比較基準
* 一緒…名詞：混同
* に…助詞：表示決定結果
* しない…動詞：做（します⇒ない形）
* で…助詞：表示樣態
* [ください]…補助動詞：請（口語時可省略）
  （くださいます⇒命令形[くださいませ]除去[ませ]）
  動詞ない形＋で＋ください：請不要[做]～
* よ…助詞：表示看淡

[用法]
表示無視對方的存在，不想與對方為伍的說法。

不爽　S-009 生氣吐槽篇

你可不可以給我安靜一點？

ちょっと黙（だま）っててくれる？

ちょっと｜黙って｜[い]て｜くれる｜？

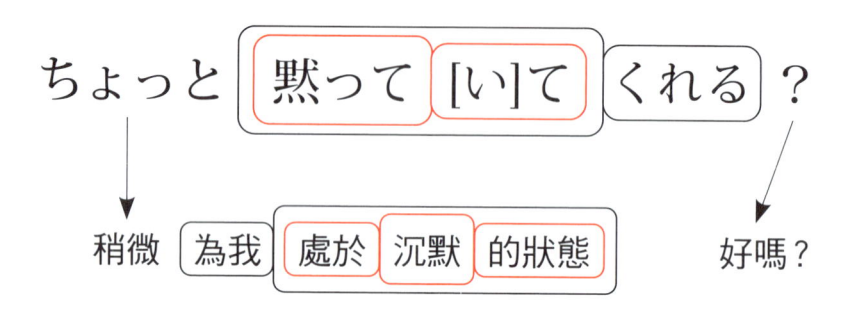

↓　　　　　　　　　　　　　　↓
稍微　｜為我｜處於｜沉默｜的狀態｜　好嗎？

* **ちょっと**…副詞：一下、有點、稍微
* **黙って**…動詞：沉默、不說話（黙ります⇒て形）
* **[い]て**…補助動詞：（います⇒て形）（口語時可省略い）
  動詞て形＋います：目前狀態
* **くれる**…補助動詞：（くれます⇒辭書形）
  動詞て形＋くれます：別人為我[做]～

用法

（此句語氣尖銳，要謹慎使用！）嫌對方太吵，讓人無法專心的說法。「動詞て形＋くれます」原為「別人為我付出恩惠」，但此句的「恩惠」卻是「希望對方不要講話」，會讓聽的人覺得尖銳無禮，可能破壞彼此感情，要特別注意謹慎使用。

5-010 生氣吐槽篇　　不爽

拜託，現在幾點了。
何時(なんじ)だと思(おも)ってんだ！

| 何時 | だ | と | 思って | いる | んだ | ！ |

| 目前 | 以為 | 是幾點 | ！ |

* **何時**…名詞（疑問詞）：幾點
* **だ**…助動詞：表示斷定（です⇒普通形-現在肯定形）
* **と**…助詞：表示提示內容
* **思って**…動詞：以為（思います⇒て形）
* **いる**…補助動詞：（います⇒辭書形）
  口語時，「ている」的後面如果是「んだ」，可以省略「いる」。
  動詞て形＋います：目前狀態
* **んだ**…連語：ん＋だ
  （此處＝んですか，因為有「何時」，所以不用加「か」即能表示「疑問」）
  ん…形式名詞（の⇒縮約表現）
  だ…助動詞：表示斷定（です⇒普通形-現在肯定形）
  〜んですか：關心好奇、期待回答

用法
對深夜仍在喧鬧，造成別人困擾的人表達不滿。

不爽

5-011 生氣吐槽篇

你以為你是誰啊。
何様(なにさま)のつもり？

何様　の　つもり？
↓　　↓　　↓
什麼大人物　的　　心思　？

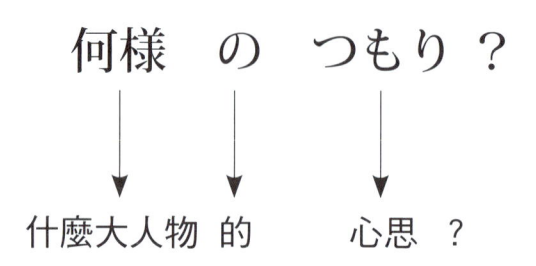

* 何様…名詞：什麼大人物
* の…助詞：表示所屬
* つもり…形式名詞：心思、打算

用法
（此句語氣尖銳，要謹慎使用！）對自我中心的人表達不滿。

5-012 生氣吐槽篇　　不爽

超火大的。

超(ちょう) むかつくー。

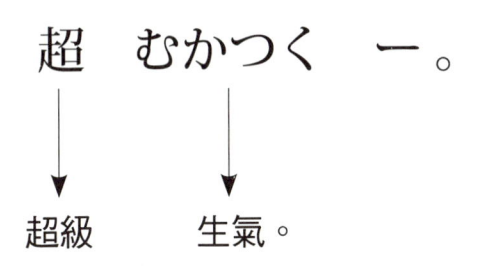

　　　超　むかつく　ー。
　　　↓　　↓
　　　超級　生氣。

* **超**…副詞：超級、非常
* **むかつく**…動詞：發怒（むかつきます⇒辭書形）
* **ー**…句尾長音沒有特別意思，只是表達厭煩情緒

用法
年輕人表示「我很生氣」的說法。

不爽

5-013 生氣吐槽篇

幹嘛啦！

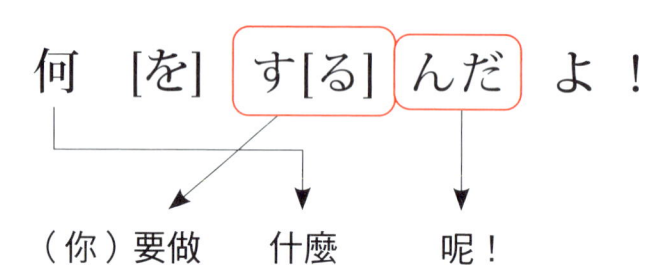

何^{なに}すんだよ！

何　[を]　す[る]　んだ　よ！
（你）要做　什麼　呢！

* 何…名詞（疑問詞）：什麼、任何
* [を]…助詞：表示動作作用對象（口語時可省略）
* す[る]…動詞：做（します⇒辭書形）（口語時可省略る）
* んだ…連語：ん＋だ
  （此處＝んですか，因為有「何」，所以不用加「か」即能表示「疑問」）
  ん…形式名詞（の⇒縮約表現）
  だ…助動詞：表示斷定（です⇒普通形-現在肯定形）
  ～んですか：關心好奇、期待回答
* よ…助詞：表示感嘆
  すんだよ…「するんだよ」的「縮約表現」。
  （口語時常使用「縮約表現」）

用法
對方突然對自己做出讓人不高興的事情時的反應。

5-014 生氣吐槽篇　　無法認同

沒這種事。

んなこたあないよ。

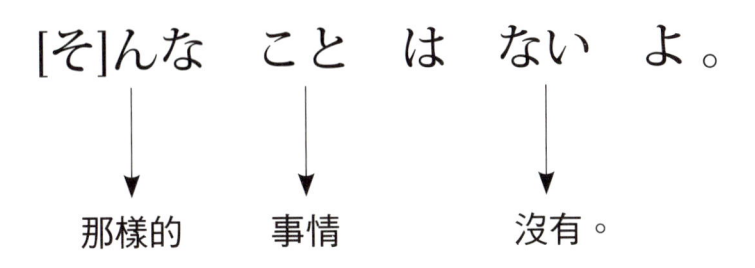

[そ]んな　こと　は　ない　よ。
　↓　　　　↓　　　　　↓
　那樣的　　事情　　　　沒有。

* [そ]んな…連體詞：那樣的（口語時可省略そ）
* こと…名詞：事情
* は…助詞：表示主題
* ない…い形容詞：沒有（ない⇒普通形-現在肯定形）
　　　　動詞：有（あります⇒ない形）
　んなこたあない…「そんなことはない」的「縮約表現」。屬於過度的「縮約表現」，不是經常使用。
* よ…助詞：表示看淡

用法
強烈否認對方說法的用語。

無法認同

5-015 生氣吐槽篇

無所謂啦，又沒什麼。

どうでもいいよ、そんなこと。

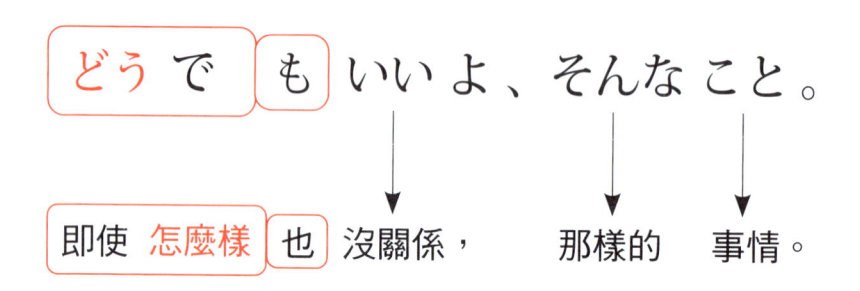

どうで	も	いいよ、	そんな	こと。
即使 怎麼樣	也	沒關係，	那樣的	事情。

* どう…副詞（疑問詞）：怎麼樣、如何
* で…助動詞：表示斷定（だ⇒て形）
* も…助詞：表示逆接
* いい…い形容詞：好、良好
* よ…助詞：表示看淡
* そんな…連體詞：那樣的
* こと…名詞：事情

用法

表示對某事完全沒興趣，也不覺得重要。此為倒裝句，原本的語順是「そんなことはどうでもいいよ。」。

5-016 生氣吐槽篇　無法認同

真不像話。

話(はなし)にならないよ。

話 に ならない よ。

沒有變成（像樣的）話。

* **話**…名詞：話語
* **に**…助詞：表示變化結果
* **ならない**…動詞：變成（なります⇒ない形）
* **よ**…助詞：表示看淡

用法
完全無法贊同或接受對方言論的說法。

無法認同　　**5-017 生氣吐槽篇**

真是太誇張（離譜）了吧！

どうかしてるよ！

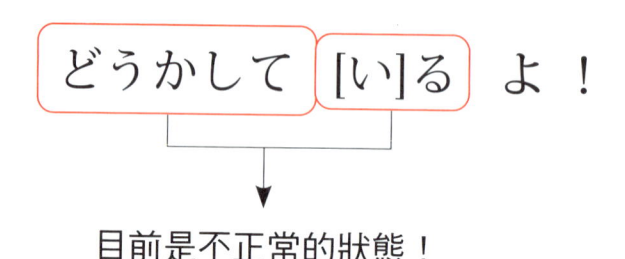

　　　　どうかして [い]る　よ！
　　　　　　　↓
　　　　目前是不正常的狀態！

* どうかして…動詞（連語）：不正常
　（どうかします⇒て形）
* [い]る…補助動詞：(います⇒辭書形)
　（口語時可省略い）
　動詞て形＋います：目前狀態
* よ…助詞：表示感嘆

用法
表示行為超出容許與理解範圍的說法。

5-018 生氣吐槽篇　　無法認同

太扯了吧！

冗談(じょうだん)じゃない！

冗談じゃない　！
↓
太扯了吧　！

＊ **冗談じゃない**…慣用語：即使開玩笑也不應該講那樣

用法
聽到、看到莫名其妙的事情時的反應。

| 無法認同 | **5-019 生氣吐槽篇** |

這個太離譜了…。

これはひどい…。

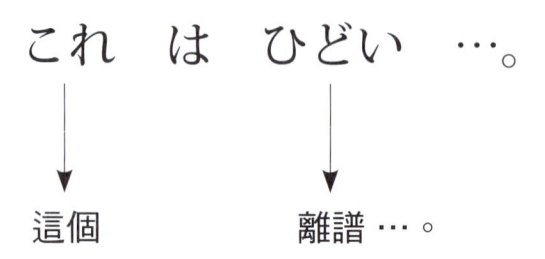

これ　は　ひどい　…。
　↓　　　　↓
　這個　　　離譜…。

* **これ**…名詞：這個
* **は**…助詞：表示主題
* **ひどい**…い形容詞：太過份、離譜

用法
看到離譜狀況時的反應。

5-020 生氣吐槽篇　無法認同

你剛剛講的話，我沒辦法聽聽就算了。
今の言葉は聞き捨てならないな。

今 の 言葉 は 聞き捨て ならない な。
↓　↓　↓　　↓　↓　　　　　　↓
現在 的 話 不能 聽完不理會　　　啊。

* 今…名詞：現在
* の…助詞：表示所屬
* 言葉…名詞：話
* は…助詞：表示主題
* 聞き捨て…名詞：聽完不理會
* ならない…連語：不能
* な…助詞：表示感嘆

用法
聽到自己無法接受的言論時的反應。

無法認同　**5-021 生氣吐槽篇**

跟你無關吧。
かんけい
関係ないでしょ。

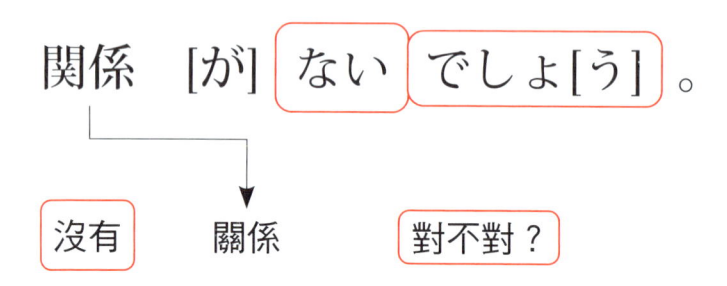

関係　[が]　ない　でしょ[う]　。

沒有　關係　對不對？

* 関係…名詞：關係
* [が]…助詞：表示焦點（口語時可省略）
* ない…い形容詞：沒有（ない⇒普通形-現在肯定形）
　　　　動詞：有（あります⇒ない形）
* でしょ[う]…助動詞：表示斷定（です⇒意向形）
　（口語時可省略う）
　～でしょう：～對不對？

用法
無法認同某人「總愛干涉別人作為」，或是「打探別人隱私」的說法。

5-022 生氣吐槽篇　無法認同

怎麼可以這樣？

そんなのあり？

そんな	の	あり	？
↓	↓	↓	↓
那樣的	狀況	有	嗎？

* そんな…連體詞：那樣的
* の…形式名詞：代替名詞（＝出来事（できごと））
* あり…名詞：有（動詞[あります]的名詞化）

用法
發生意想不到的事，或是遭受某人惡意陷害的說法。

| 無法認同 | **5-023 生氣吐槽篇** |

有什麼屁用。

そんなの糞の役にも立たないよ。

そんな の [は] 糞 の 役にも立たない よ。

那樣的　事情　　也沒什麼屁用　。

* そんな…連體詞：那樣的
* の…形式名詞：代替名詞
* [は]…助詞：表示主題（口語時可省略）
* 糞…名詞：糞便
* の…助詞：表示所屬
* 役にも立たない…連語：有幫助（役に立ちます⇒ない形）
  も…助詞：表示全否定
* よ…助詞：表示看淡

|用法|
斷言「毫無益處」。「糞の役にも立たない」屬於粗魯的說法，要小心使用。較一般的說法是「何（なん）の役（やく）にも立（た）たない。」（沒什麼用）。

5-024 生氣吐槽篇　　無法認同

無法信任。

信用(しんよう)できないね。

信用できない　ね。
　　↓
不能信任。

＊ 信用できない…動詞：信任
　（信用します⇒可能形［信用できます］的ない形）
＊ ね…助詞：表示主張

用法
表示不相信對方所說的。

厭惡

5-025 生氣吐槽篇

我已經不想再看到你（他）的臉了。

もう顔（かお）も見（み）たくない！

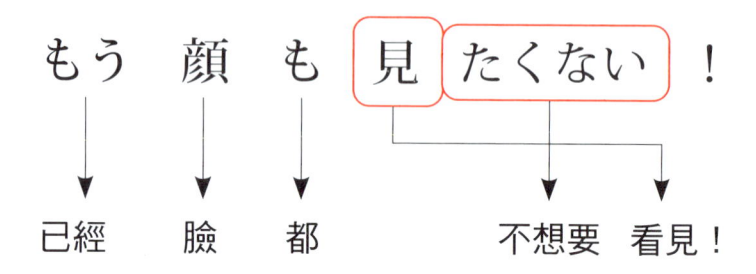

もう	顔	も	見	たくない	！
↓	↓	↓		↓	↓
已經	臉	都		不想要	看見！

* もう…副詞：已經
* 顔…名詞：臉
* も…助詞：表示全否定
* 見…動詞：看（見ます⇒ます形除去[ます]）
* たくない…助動詞：表示希望

　（たい⇒現在否定形-くない）

　動詞ます形除去[ます]＋たい：想要[做]～

用法

（此句語氣尖銳，要謹慎使用！）表示「連看都不想看到對方」的討厭程度。有完全拒絕對方的語感，可能破壞彼此感情，要特別注意謹慎使用。

5-026 生氣吐槽篇　　　厭惡

我再也不去了。
二度(にど)と行(い)くもんか。

二度と　行く　ものか 。
　　　　　↓
再也不　　去！

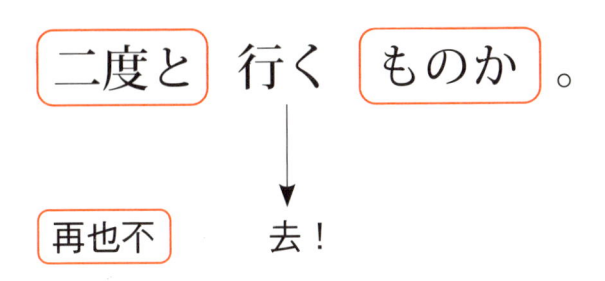

* **二度と**…副詞：（後面接否定或「ものか」）再也不～
* **行く**…動詞：去（行きます⇒辭書形）
* **ものか**…連語：表示強烈否定（反問表現：怎麼會）
　もんか…「ものか」的「縮約表現」
　（口語時常使用「縮約表現」）

用法
下定決心不再前往某個地方的說法。

厭惡

5-027 生氣吐槽篇

我真的受夠了。

もう、うんざりだよ。

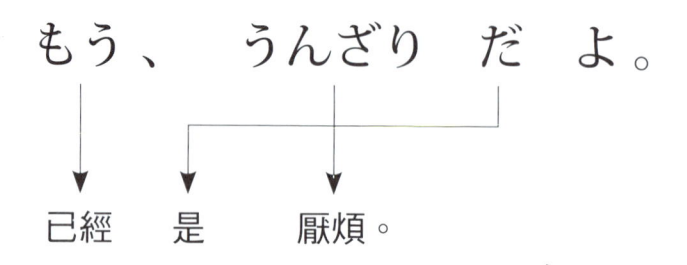

もう、　うんざり　だ　よ。
　↓　　　　↓　　　↓
已經　　是　　厭煩。

* もう…副詞：已經
* うんざり…副詞：厭煩
* だ…助動詞：表示斷定（です⇒普通形-現在肯定形）
* よ…助詞：表示看淡

用法

對某些活動、環境、狀況、對方的言行舉止等深感厭煩的說法。

5-028 生氣吐槽篇　　瞧不起

你真的很丟人現眼！

この恥さらし！
　　はじ

```
この     恥さらし！
 ↓         ↓
這個    丟臉的人！
```

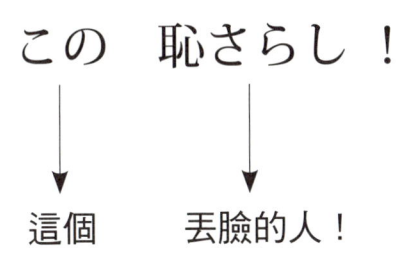

* この…連體詞：這個
* 恥さらし…名詞、な形容詞：丟臉的人、活活丟死人

用法

（此句語氣尖銳，要謹慎使用！）家人、同校或同國籍的人犯下重大罪行或過失時深感憤怒的說法。「恥さらし」（丟臉的人）是很強烈的罵人詞彙，可能破壞彼此感情，要特別注意謹慎使用。

瞧不起　　　**5-029 生氣吐槽篇**

哼，好無聊。

ふん、馬鹿馬鹿しい。
（ばかばか）

　　ふん、　　馬鹿馬鹿しい。
　　　↓　　　　　↓
　　　哼，　　　好無聊。

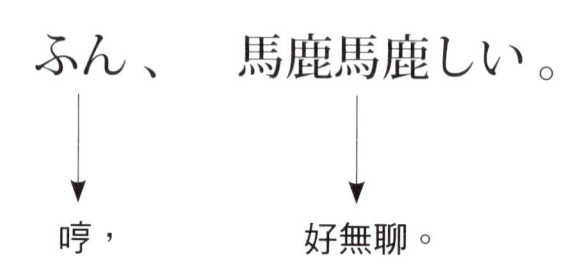

* ふん…感嘆詞：哼！
* 馬鹿馬鹿しい…い形容詞：無聊、愚蠢

用法
對於對方的作為或言論表示輕蔑。

740

5-030 生氣吐槽篇 　　　瞧不起

膽小鬼！
意気地無<ruby>い</ruby>し！

意気地無し！
↓
膽小鬼！

＊ **意気地無し**…名詞：沒志氣、膽小鬼

用法
批評別人沒有勇氣。

| 瞧不起 | **5-031 生氣吐槽篇** |

你很菜耶。

下手(へた)くそ。

下手くそ。
↓
非常拙劣。

＊ 下手くそ…な形容詞：非常拙劣

用法
表示對方做事技巧貧乏、笨拙。

S-032 生氣吐槽篇　　拒絕

我才不要。

やなこった。

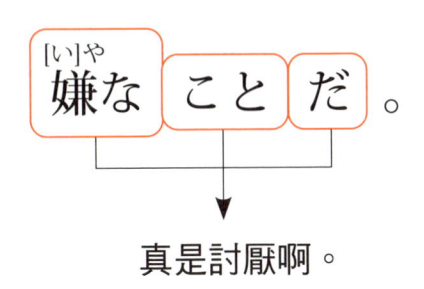

嫌な こと だ。
↓
真是討厭啊。

* 嫌な…な形容詞：討厭（嫌⇒名詞接續用法）
* こと…形式名詞：表示感嘆
* だ…助動詞：表示斷定（です⇒普通形-現在肯定形）
　やなこった…「嫌なことだ」的「縮約表現」
　（「嫌」的發音為[いや]，縮約表現時常省略[い]）
　（屬於過度的「縮約表現」，不是經常使用）

用法
被有所要求或拜託時，冷淡且斷然拒絕的說法。

拒絕

S-033 生氣吐槽篇

我死也不想。

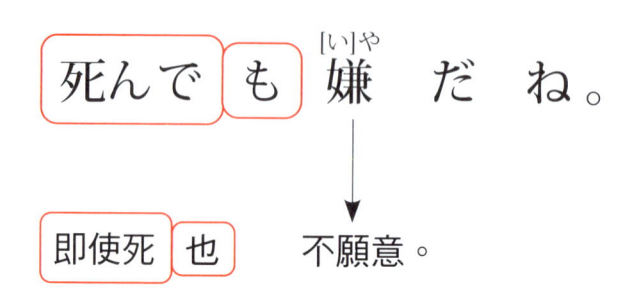

死(し)んでもやだね。

```
[死んで] [も]  嫌[いや] だ ね。
                ↓
[即使死] [也]   不願意。
```

* 死んで…動詞：死亡（死にます⇒て形）
* も…助詞：表示逆接
  動詞て形＋も：即使〜，也〜
* 嫌…な形容詞：不願意
* だ…な形容詞語尾：表示斷定（現在肯定形）
* ね…助詞：表示主張
  やだね…「嫌だね」的「縮約表現」
  （「嫌」的發音為[いや]，縮約表現時常省略[い]）
  （口語時常使用「縮約表現」）

用法

「如果要做那種事，寧願死掉」的強烈拒絕說法。

S-034 生氣吐槽篇　　拒絕

我現在沒空理你。（現在很忙或心情不好）

今（いま）、ちょっとそれどころじゃないんだよ。

今、ちょっと それ どころじゃない んだ よ。

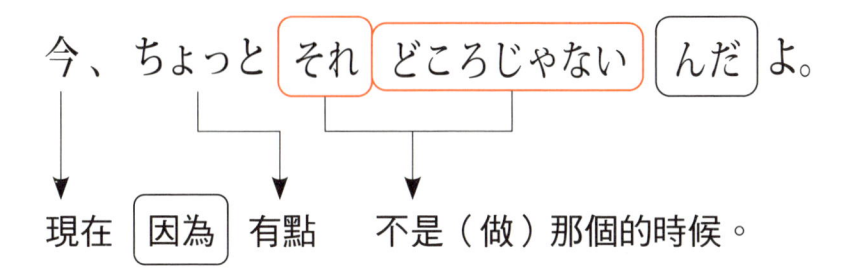

現在　因為　有點　不是（做）那個的時候。

* 今…名詞：現在
* ちょっと…副詞：一下、有點、稍微
* それ…名詞：那個
* どころじゃない…形式名詞：不是～的時候
  （どころ⇒普通形-現在否定形）
* んだ…連語：ん＋だ＝んです的普通體：表示理由
  ん…形式名詞（の⇒縮約表現）
  だ…助動詞：表示斷定（です⇒普通形-現在肯定形）
* よ…助詞：表示感嘆

用法
表示「目前忙碌中，沒空理其他事」的說法。

拒絕

5-035 生氣吐槽篇

不要那麼煩！（死纏爛打）

しつこい！

しつこい！
↓
糾纏不休！

＊ しつこい…い形容詞：執拗、糾纏不休

用法
回絕「一再被拒絕卻仍不放棄的人」。

S-036 生氣吐槽篇　　無奈

那種人，不要理他就好了。

あんな奴(やつ)、ほっとけばいいんだよ。

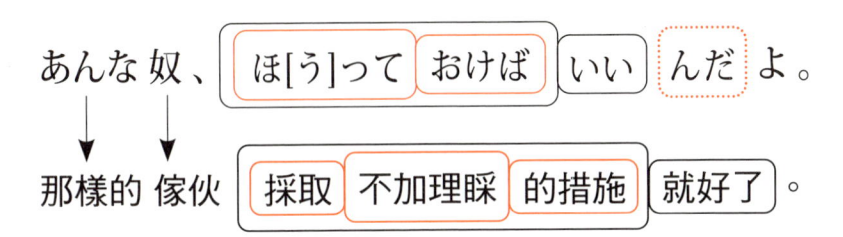

あんな 奴、 ほ[う]って おけば いい んだ よ。
↓　　↓
那樣的 傢伙 採取 不加理睬 的措施 就好了。

* あんな…連體詞：那樣的
* 奴…名詞：傢伙
* ほ[う]って…動詞：不加理睬（放ります⇒て形）
  （口語時可省略う）
* おけば…補助動詞：（おきます⇒條件形）
  動詞て形＋おきます：善後措施（為了以後方便）
  ほっとけば…縮約表現：採取不加理睬的措施的話
  （ほうっておけば⇒縮約表現）（口語時常使用「縮約表現」）
* いい…い形容詞：好、良好
* んだ…連語：ん＋だ＝んです的普通體：表示強調
  ん…形式名詞（の⇒縮約表現）
  だ…助動詞：表示斷定（です⇒普通形-現在肯定形）
* よ…助詞：表示看淡

用法
表示不需要理會、無視對方的存在就好的說法。

| 無奈 | **S-037 生氣吐槽篇** |

對對對，都是我的錯。

はいはい、私(わたし)が悪(わる)うございました。

はいはい 、 私 が 悪うございました 。
　　↓　　　　↓　　　↓
　是是，　　 我　　　不好。

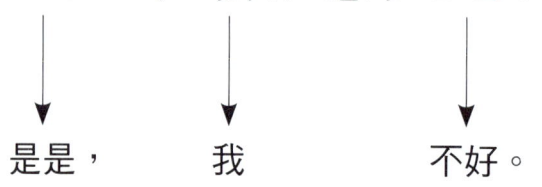

* はいはい…感嘆詞：是是（表示不耐煩）
* 私…名詞：我
* が…助詞：表示焦點
* 悪うございました…い形容詞：不好
  （悪い⇒過去肯定形[悪うございました]）
  （此為「悪かったです」的古早說法，具有鄭重語氣，日語有時候會故意用鄭重語氣來諷刺對方。）

用法
回應對方的不斷抱怨的說法。

5-038 生氣吐槽篇　　無奈

所以我要你聽我說嘛。

だから、話(はなし)を聞(き)けって。

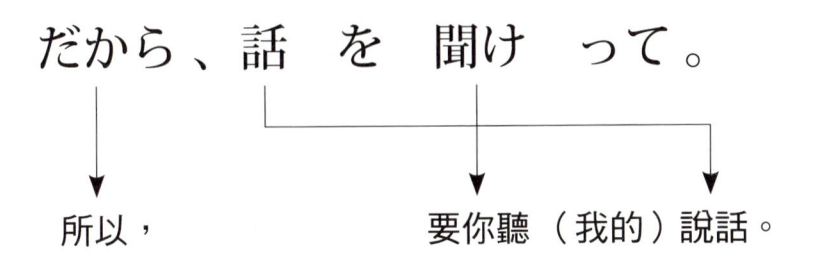

だから、話　を　聞け　って。
↓　　　　↓　　　↓
所以，　　　要你聽（我的）說話。

* だから…接續詞：所以
* 話…名詞：說話
* を…助詞：表示動作作用對象
* 聞け…動詞：聽、問（聞きます⇒命令形）
* って…助詞：表示不耐煩
　＝と言っているでしょう？（我有說吧）

用法
對方完全不想聽，強烈要求對方好好聽自己說的說法。

無奈

5-039 生氣吐槽篇

你聽我講完好嗎?

ちょっと最後（さいご）まで話（はなし）を聞（き）いてよ。

ちょっと 最後 まで 話 を 聞いて [ください] よ。
　↓　　↓　↓　　　↓　　　　↓　　　　↓
稍微　到 最後　[請] 聽　（我的）說話　　嘛。

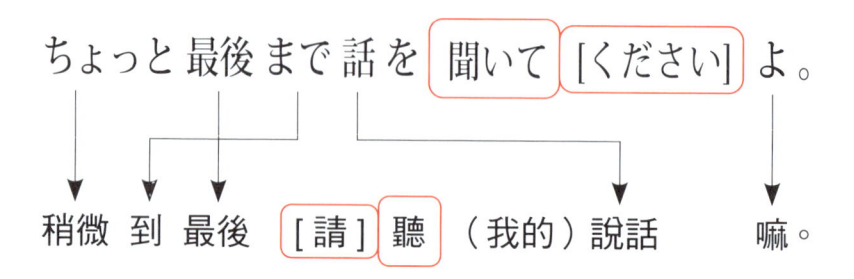

* **ちょっと**…副詞：一下、有點、稍微
* **最後**…名詞：最後
* **まで**…助詞：表示界限
* **話**…名詞：說話
* **を**…助詞：表示動作作用對象
* **聞いて**…動詞：聽、問（聞きます⇒て形）
* **[ください]**…補助動詞：請（口語時可省略）
  （くださいます⇒命令形[くださいませ]除去[ませ]）
  動詞て形＋ください：請[做]～
* **よ**…助詞：表示感嘆

用法
要求對方好好把話聽完的說法。

5-040 生氣吐槽篇　　抱怨

欸？之前都沒聽說耶。

ええー、聞(き)いてないよ。

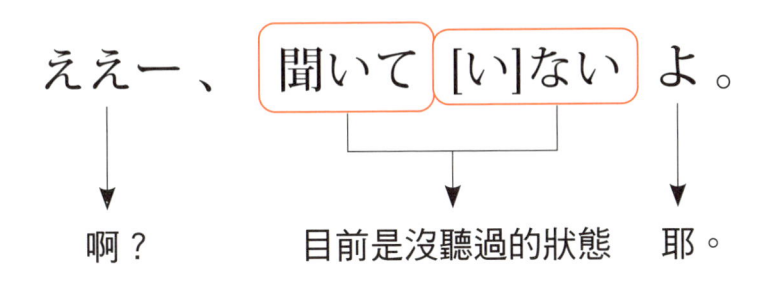

```
ええー、│聞いて│[い]ない│よ。
  ↓        ↓           ↓
  啊？   目前是沒聽過的狀態   耶。
```

* ええー…感嘆詞：啊（表示驚訝）
* 聞いて…動詞：聽、問（聞きます⇒て形）
* [い]ない…補助動詞：（います⇒ない形）
  （口語時可省略い）
  動詞て形＋います：目前狀態
* よ…助詞：表示感嘆

用法
有一點抱怨對方沒有事先告知的說法。

抱怨　5-041 生氣吐槽篇

你怎麼可以這樣說！？

それを言(い)っちゃあ、おしまいよ！

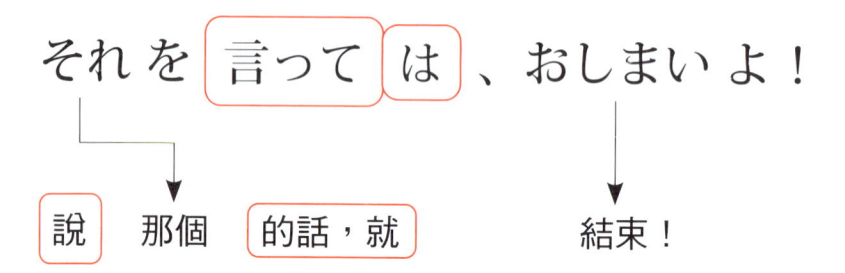

それを [言って] [は] 、おしまいよ！

[說] 那個 [的話，就]　　　結束！

* それ…名詞：那個
* を…助詞：表示動作作用對象
* 言って…動詞：說（言います⇒て形）
* は…助詞：表示對比（區別）
  言っちゃあ…縮約表現：說～的話，就～
  （言っては⇒縮約表現）
  （口語時常使用「縮約表現」）
* おしまい…名詞：結束
* よ…助詞：表示感嘆

用法
聽到對方說出自己完全不想聽到的話的反應。

5-042 生氣吐槽篇 　抱怨

你很雞婆耶。

余計（よけい）なお世話（せわ）だよ。

余計な	お	世話	だ	よ。
↓ ↓		↓		
是 多餘的		關照。		

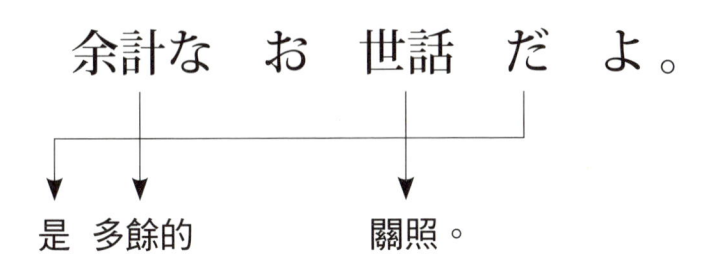

* **余計な**…な形容詞：多餘（余計⇒名詞接續用法）
* **お**…接頭辭：表示美化、鄭重
* **世話**…名詞：關照
* **だ**…助動詞：表示斷定（です⇒普通形-現在肯定形）
* **よ**…助詞：表示看淡

用法
抱怨對方任意干涉的說法。

抱怨　**S-043 生氣吐槽篇**

我已經受不了了。

もうやってらんないよ。

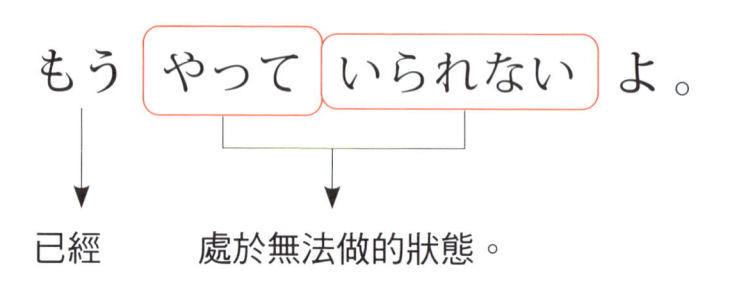

もう　やって　いられない　よ。

↓　　　　↓
已經　　處於無法做的狀態。

* もう…副詞：已經
* やって…動詞：做（やります⇒て形）
* いられない…補助動詞：
  （います⇒可能形[いられます]的ない形）
  動詞て形＋います：目前狀態
  やってらんない…縮約表現：處於無法做的狀態
  （やっていられない⇒縮約表現）
  （口語時常使用「縮約表現」）
* よ…助詞：表示看淡

用法
再也無法忍受某種狀況，或是對方的行為、發言的說法。

S-044 生氣吐槽篇 　抱怨

真不值得。（做得很悶。）

やってらんねー。

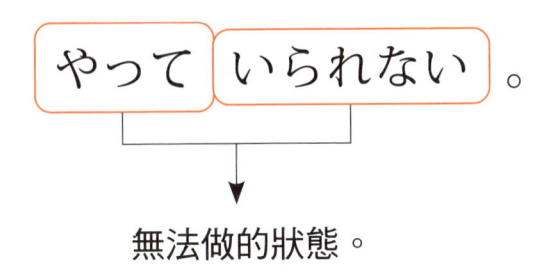

　　　　やって　いられない　。
　　　　　　　↓
　　　　無法做的狀態。

* やって…動詞：做（やります⇒て形）
* いられない…補助動詞：
　（います⇒可能形[いられます]的ない形）
　動詞て形＋います：目前狀態
　やってらんねー…「やってらんない」的另一種
　「縮約表現」，屬於過度的「縮約表現」，不常使用。

用法
覺得正在做愚蠢的事情的說法。

| 抱怨 | **5-045 生氣吐槽篇** |

你也站在我的立場想一想嘛！

こっちの身にもなってみろよ！

| こっち の 身 | に | も | なって | みろ | よ！ |

↓

也 | 變成 | 我這邊的 立場 | 看看吧 | ！

* こっち…名詞：這邊
* の…助詞：表示所屬
* 身…名詞：立場
* に…助詞：表示變化結果
* も…助詞：表示同列
* なって…動詞：變成（なります⇒て形）
* みろ…補助動詞：[做]～看看（みます⇒命令形）
  動詞て形＋みます：[做]～看看
* よ…助詞：表示感嘆

用法

（此句語氣尖銳，要謹慎使用！）抱怨對方只顧自己，不替他人著想。此為尖銳的、可能破壞感情的話，要特別注意謹慎使用。句尾的「なってみろよ」改變成「なってみてよ」口氣較為緩和。

5-046 生氣吐槽篇 〔抱怨〕

為什麼不懂我！？

どうしてわかってくれないの！？

```
どうして   わかって  くれない   の！？
   ↓          ↓                    ↓
 為什麼     不懂（我）            呢！？
```

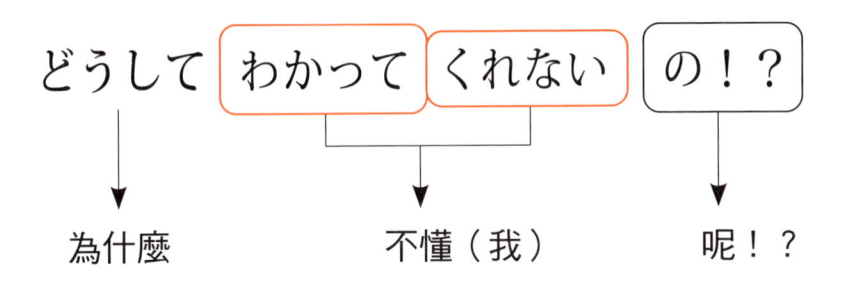

* **どうして**…副詞（疑問詞）：為什麼
* **わかって**…動詞：懂（わかります⇒て形）
* **くれない**…補助動詞：（くれます⇒ない形）
  動詞て形＋くれます：別人為我[做]〜
* **の**…形式名詞：（〜んですか的口語說法）
  〜んですか：關心好奇、期待回答

〔用法〕
抱怨對方不了解自己的說法。

| 抱怨 | **5-047 生氣吐槽篇** |

你都不懂人家的感受…。

人の気も知らないで…。
(ひと)(き)(し)

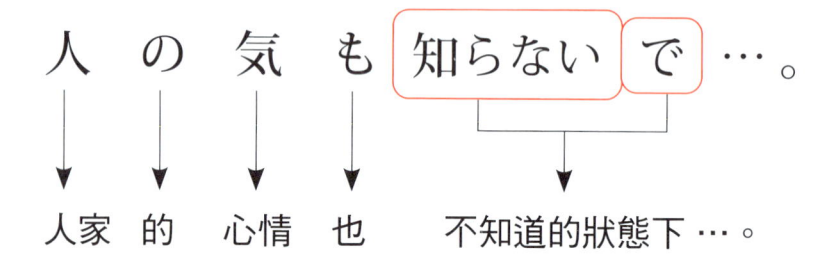

人　の　気　も　知らない　で　…。
↓　↓　↓　↓　　　↓
人家　的　心情　也　不知道的狀態下…。

* 人…名詞：人
* の…助詞：表示所屬
* 気…名詞：心思、心情
* も…助詞：表示同列
* 知らない…動詞：知道（知ります⇒ない形）
* で…助詞：表示樣態

用法
抱怨對方不懂他人感受、任性妄為。

5-048 生氣吐槽篇　　抱怨

到底是怎麼一回事啊！

いったい
一体どうなってんだよ！

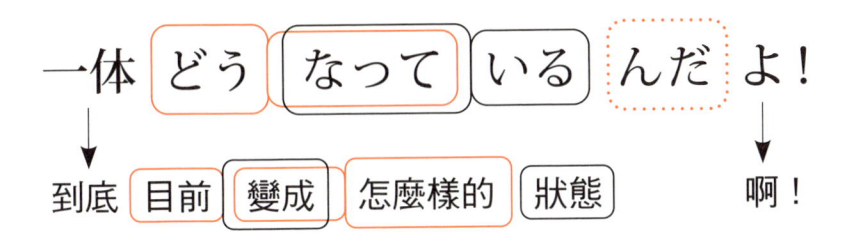

一体 | どう | なって | いる | んだ | よ！
↓　　↓　　↓　　　↓　　　　　　↓
到底　目前　變成　怎麼樣的　狀態　　　啊！

* 一体…副詞：到底
* どう…副詞（疑問詞）：怎麼樣、如何
* なって…動詞：變成（なります⇒て形）
* いる…補助動詞：（います⇒辭書形）
  動詞て形＋います：目前狀態
  口語時，「ている」的後面如果是「んだ」，可以省略「いる」。
* んだ…連語：ん＋だ
  （此處＝んですか，因為有「どう」，所以不用加「か」即能表示「疑問」）
  ん…形式名詞（の⇒縮約表現）
  だ…助動詞：表示斷定（です⇒普通形-現在肯定形）
  ～んですか：關心好奇、期待回答
* よ…助詞：表示感嘆

用法
遭遇無法掌控的嚴重狀況時的說法。

抱怨

5-049 生氣吐槽篇

偶爾我也想要一個人。

たまには一人(ひとり)にさせてよ。

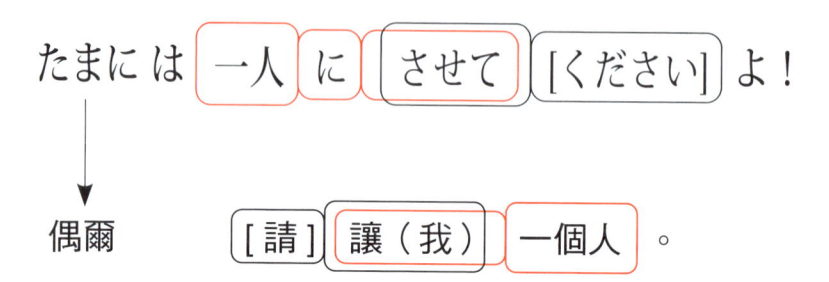

たまには [一人] [に] [させて] [ください] よ！
↓
偶爾　　[請] [讓（我）] [一個人] 。

* **たまに**…副詞：偶爾
* **は**…助詞：表示對比（區別）
* **一人**…名詞：一個人
* **に**…助詞：表示決定結果
* **させて**…動詞：做、弄
  （します⇒使役形[させます]的て形）
* **[ください]**…補助動詞：請（口語時可省略）
  （くださいます⇒命令形[くださいませ]除去[ませ]）
  動詞て形＋ください：請[做]～
* **よ**…助詞：表示看淡

用法
表示不希望別人打擾，想要一個人獨處的說法。

5-050 生氣吐槽篇　　抱怨

沒血沒淚！
血（ち）も 涙（なみだ）もないのか！

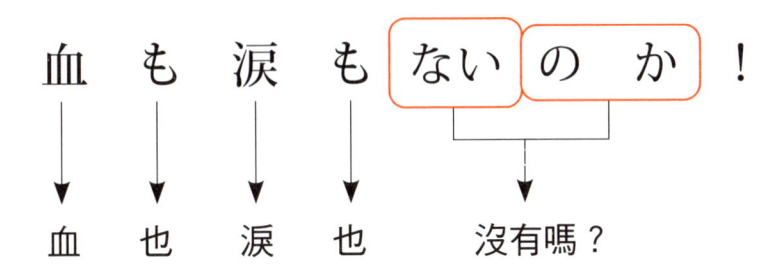

血　も　涙　も　ない　のか　！
↓　↓　↓　↓　　↓
血　也　涙　也　　沒有嗎？

* 血…名詞：血
* も…助詞：表示同列
* 涙…名詞：涙
* も…助詞：表示同列
* ない…い形容詞：沒有（ない⇒普通形-現在肯定形）
　　　　 動詞：有（あります⇒ない形）
* の…形式名詞：（～んです的口語說法）
* か…助詞：表示疑問
　～んですか：關心好奇、期待回答

用法
抱怨對方行為冷酷。

反擊&頂嘴　5-051 生氣吐槽篇

你不用管我！

もう、ほっといてよ！

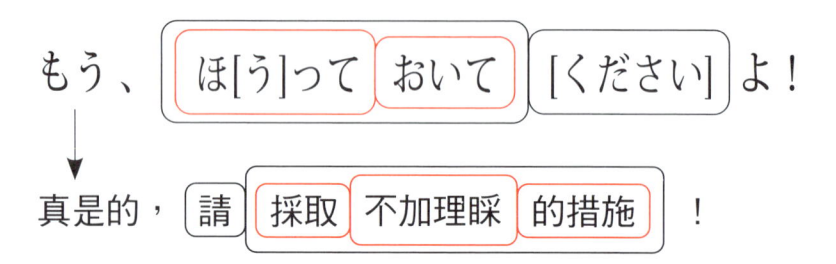

もう、ほ[う]って　おいて　[ください]　よ！

↓

真是的，請　採取　不加理睬　的措施　！

* もう…感嘆詞：真是的、真氣人
* ほ[う]って…動詞：不加理睬（放ります⇒て形）
  （口語時可省略う）
* おいて…補助動詞：（おきます⇒て形）
  動詞て形＋おきます：善後措施（為了以後方便）
  ほっといて…縮約表現：採取不加理睬的措施
  （ほうっておいて⇒縮約表現）（口語時常使用「縮約表現」）
* [ください]…補助動詞：請（口語時可省略）
  （くださいます⇒命令形[くださいませ]除去[ませ]）
  動詞て形＋ください：請[做]～
* よ…助詞：表示看淡

用法
回應對方想要獨處，不希望別人干涉的說法。

5-052 生氣吐槽篇　　反擊&頂嘴

這是人家的自由吧。
人の勝手でしょ。

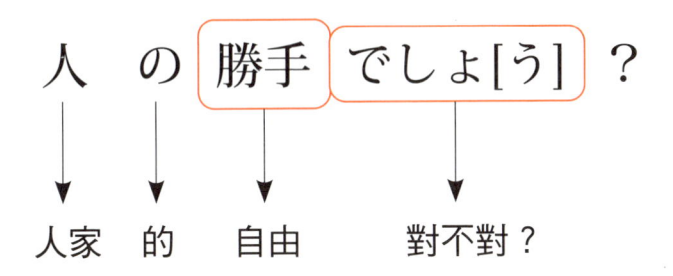

人　　の　　勝手　　でしょ[う]　？
↓　　↓　　↓　　　　↓
人家　的　自由　　對不對？

* 人…名詞：人
* の…助詞：表示所屬
* 勝手…名詞：自由
* でしょ[う]…助動詞：表示斷定（です⇒意向形）
  （口語時可省略う）
  ～でしょう：～對不對？

用法
不希望別人插嘴自己的決定或行為的說法。

反擊&頂嘴　　**5-053 生氣吐槽篇**

有什麼關係。讓我照我自己的想法嘛。

いいじゃん、好(す)きにさせてよ。

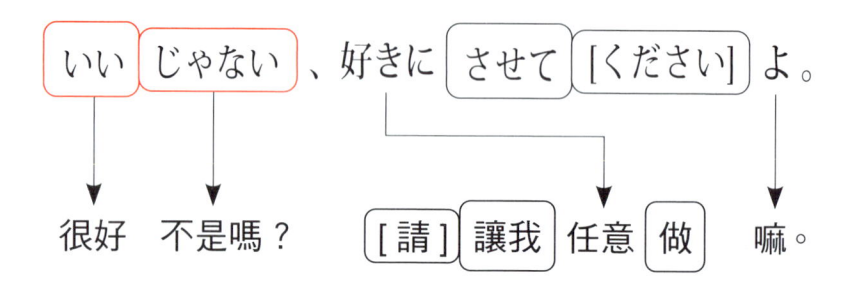

| いい | じゃない | 、好きに | させて | [ください] | よ。 |

很好　不是嗎？　[請] 讓我 任意 做　嘛。

* **いい**…い形容詞：好、良好
* **じゃない**…連語：不是～嗎（反問表現）
  じゃん…「じゃない」的「縮約表現」
  （口語時常使用「縮約表現」）
* **好きに**…な形容詞：任意（好き⇒副詞用法）
* **させて**…動詞：做（します⇒使役形[させます]的て形）
* **[ください]**…補助動詞：請（口語時可省略）
  （くださいます⇒命令形[くださいませ]除去[ませ]）
  動詞て形＋ください：請[做]～
* **よ**…助詞：表示看淡

用法
希望對方不要擅自發號施令、插嘴管事的說法。

5-054 生氣吐槽篇　　反擊&頂嘴

那又怎樣？

だから何(なん)なの？

```
だから    何な    の？
  ↓       ↓      ↓
 所以    什麼    呢？
```

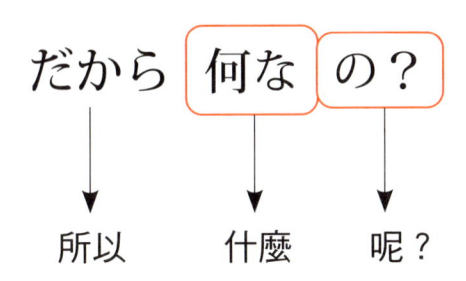

* だから…接續詞：所以
* 何な…名詞（疑問詞）：什麼、任何
　（何⇒名詞接續用法）
* の…形式名詞：（～んですか的口語說法）
　～んですか：關心好奇、期待回答

用法
對方的發言內容讓人感到憤怒，加以反擊的說法。

| 反擊&頂嘴 | **S-055 生氣吐槽篇** |

我要把你講的話通通還給你！

その言葉(ことば)、そっくりあなたに返(かえ)します！

その 言葉、そっくり あなた に 返します！
 ↓   ↓   ↓   ↓   ↓
那個 話   全部   還 你！

* その…連體詞：那個
* 言葉…名詞：話
* そっくり…副詞：全部
* あなた…名詞：你
* に…助詞：表示動作的對方
* 返します…動詞：歸還

用法
利用對方批判自己的話反擊批評對方的說法。

5-056 生氣吐槽篇　　反擊&頂嘴

你根本沒有資格講我。

あんたに言（い）われる筋合（すじあ）いはないよ。

| あんた に 言われる | 筋合い は ない よ。 |

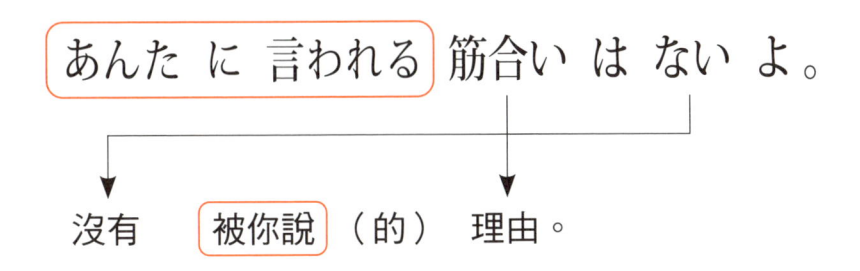

沒有　　被你說　（的）　理由。

* **あんた**…名詞：你（粗魯的說法）
* **に**…助詞：表示動作的對方
* **言われる**…動詞：說
  （言います⇒受身形[言われます]的辭書形）
* **筋合い**…名詞：理由、原因
* **は**…助詞：表示對比（區別）
* **ない**…い形容詞：沒有（ない⇒普通形-現在肯定形）
　　　　　動詞：有（あります⇒ない形）
* **よ**…助詞：表示看淡

用法

「不想被你那樣說」、「你沒有資格那樣說」的說法。

反擊&頂嘴　S-057 生氣吐槽篇

你有什麼資格說我。

とやかく言（い）われる筋合（すじあ）いはないね。

とやかく　言われる　筋合い　は　ない　ね。
↓　　　　↓　　　　↓　　　↓
這個那個地　被（你）說（的）　理由　沒有。

* とやかく…副詞：這個那個地
* 言われる…動詞：說
  （言います⇒受身形[言われます]的辭書形）
* 筋合い…名詞：理由、原因
* は…助詞：表示對比（區別）
* ない…い形容詞：沒有（ない⇒普通形-現在肯定形）
  　　　動詞：有（あります⇒ない形）
* ね…助詞：表示主張

用法
對方對自己的言行舉止表示意見，回應拒絕接受。

5-058 生氣吐槽篇　　反擊&頂嘴

你憑什麼這樣講？
人のこと言えんの？

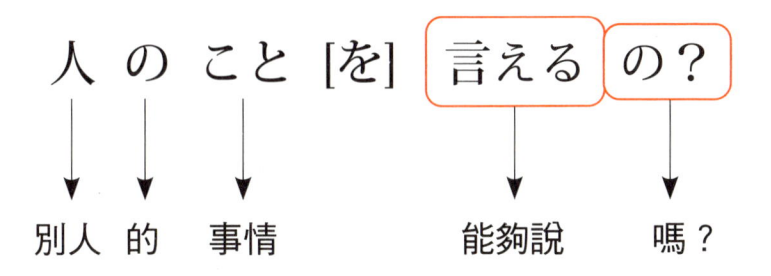

人　の　こと　[を]　言える　の？
↓　↓　　↓　　　　↓　　　↓
別人　的　事情　　　能夠說　嗎？

* 人…名詞：別人
* の…助詞：表示所屬
* こと…名詞：事情
* [を]…助詞：表示動作作用對象（口語時可省略）
* 言える…動詞：說
  （言います⇒可能形[言えます]的辭書形）
* の…形式名詞：（～んですか的口語說法）
  言えんの…縮約表現：能夠說嗎
  （言えるの⇒縮約表現）（口語時常使用「縮約表現」）
  ～んですか：關心好奇、期待回答

用法
反擊對方是否有立場批判別人的說法。

反擊&頂嘴　　**5-059 生氣吐槽篇**

你不是也一樣嗎？

お互_{たが}いさまでしょ！？

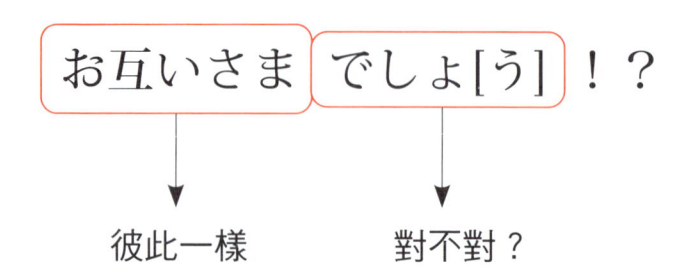

　　お互いさま　でしょ[う]　！？
　　　　↓　　　　　↓
　　彼此一樣　　　對不對？

* お互いさま…名詞：彼此一樣
* でしょ[う]…助動詞：表示斷定（です⇒意向形）
  （口語時可省略う）
  〜でしょう：〜對不對？

|用法|
強烈指責批判自己的人，作為也和自己一樣。

5-060 生氣吐槽篇　反擊&頂嘴

那應該是我要跟你講的話吧。

それはこっちの台詞(せりふ)だ。

それ	は	こっち	の	台詞	だ。
↓	↓	↓	↓	↓	
那個	是	我這邊	的	台詞。	

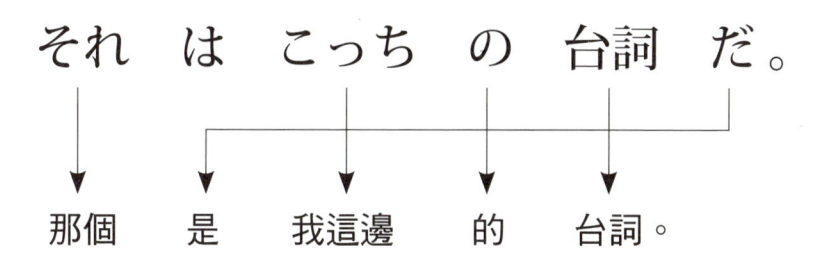

* それ…名詞：那個
* は…助詞：表示主題
* こっち…名詞：這邊
* の…助詞：表示所屬
* 台詞…名詞：台詞
* だ…助動詞：表示斷定（です⇒普通形-現在肯定形）

用法

聽到對方批判自己，反過來指責對方「你所說的正是我要對你說的」。

| 反擊&頂嘴 | **5-061 生氣吐槽篇**

你才是啦！

そっちこそ！

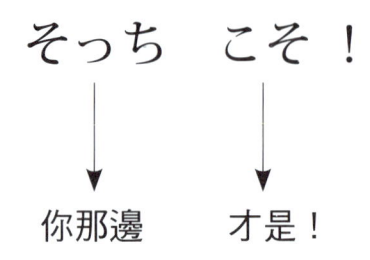

そっち　こそ！
　↓　　　↓
你那邊　才是！

＊ そっち…名詞：那邊
＊ こそ…助詞：表示強調

用法
對於某人的批評，回擊「你也一樣」的說法。

5-062 生氣吐槽篇 ── 反擊＆頂嘴

我才想問耶。

こっちが聞（き）きたいぐらいだ。

こっち が 聞き たい ぐらい だ。
　↓　　　↓　　　　↓
我這邊　是　想要　問　（的）程度。

* **こっち**…名詞：這邊
* **が**…助詞：表示主格
* **聞き**…動詞：聽、問
　（聞きます⇒ます形除去[ます]）
* **たい**…助動詞：表示希望
　動詞ます形除去[ます]＋たい：想要[做]〜
* **ぐらい**…助詞：表示程度
* **だ**…助動詞：表示斷定（です⇒普通形-現在肯定形）

用法
被質問某事，回應自己也想找人問清楚的說法。

反擊&頂嘴　　**5-063 生氣吐槽篇**

你要講成那樣嗎？

そこまで言(い)う？

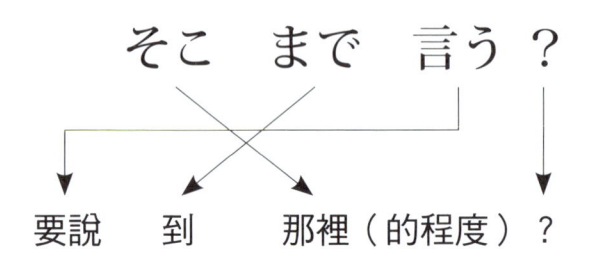

```
そこ　まで　言う？
 ↓    ↓    ↓    ↓
要說　到　那裡（的程度）？
```

* そこ…名詞：那裡
* まで…助詞：表示程度
* 言う…動詞：說（言います⇒辭書形）

用法
質問對方「你難道不會說得太過分了嗎？」。語氣中包含輕微抗議。

5-064 生氣吐槽篇　　反擊&頂嘴

還敢說情人節哦！
何がバレンタインデーだよ！

何が　バレンタインデー　だ　よ！
　↓　　　　　↓　　　　　　　　↓
還（說）什麼　情人節　　　　　啊！

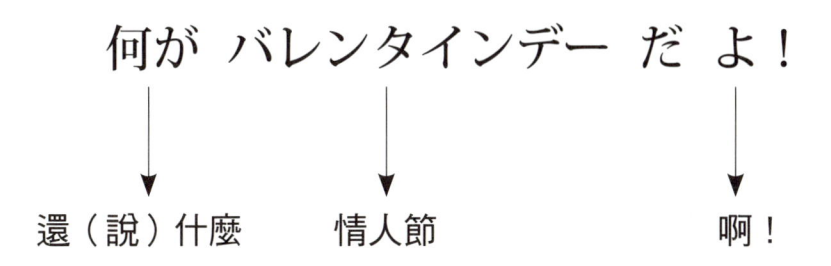

* **何が**…連語：怎麼、還什麼
* **バレンタインデー**…名詞：情人節
* **だ**…助動詞：表示斷定（です⇒普通形-現在肯定形）
* **よ**…助詞：表示看淡

用法
對某事物表達強烈反感的說法。句中的「バレンタインデー」（情人節）可以替換成其他事物。

反擊&頂嘴　**5-065 生氣吐槽篇**

你自己捫心自問吧。
自分（じぶん）の胸（むね）に手（て）を当（あ）てて考（かんが）えてみろ。

自分 の 胸 に 手 を 当てて 考えて みろ 。

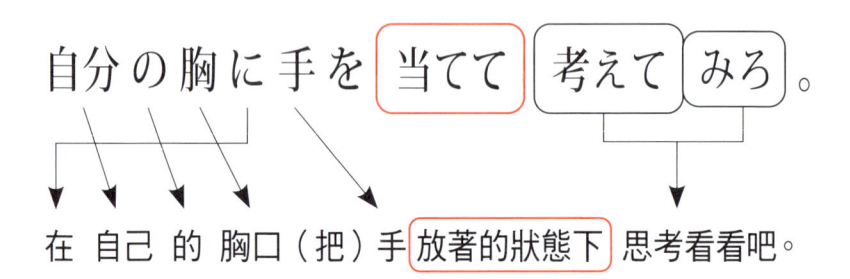

在 自己 的 胸口（把）手 放著的狀態下 思考看看吧。

* 自分…名詞：自己
* の…助詞：表示所屬
* 胸…名詞：胸口
* に…助詞：表示動作歸著點
* 手…名詞：手
* を…助詞：表示動作作用對象
* 当てて…動詞：碰觸（当てる⇒て形）
  （て形表示附帶狀況）
* 考えて…動詞：考慮、思考（考えます⇒て形）
* みろ…補助動詞：[做]〜看看（みます⇒命令形）
  動詞て形＋みます：[做]〜看看

用法
要求對方自己想想看是不是做錯了什麼的說法。

S-066 生氣吐槽篇　　反擊&頂嘴

不要以自我為中心。

あなたを中心に世界が回ってるわけじゃないよ。

あなた を 中心 に 世界 が [回って] [い]る [わけじゃない] よ。
　↓　　　　↓　　　　↓　　　　　　　　　　　　　　　　　↓
把你當作　中心　　世界 [並不是]（這樣）[正在] [轉動著]　啊。

* **あなた**…名詞：你
* **を**…助詞：表示動作作用對象
* **中心**…名詞：中心
* **に**…助詞：表示決定結果
* **世界**…名詞：世界
* **が**…助詞：表示主格
* **回って**…動詞：轉動（回ります⇒て形）
* **[い]る**…補助動詞：(います⇒辭書形)（口語時可省略い）
　動詞て形＋います：正在[做]～
* **わけじゃない**…連語：並不是
* **よ**…助詞：表示感嘆

用法
以「世界不是因為你而轉動」諷刺、挖苦自我中心的人。

| 反擊&頂嘴 | **5-067 生氣吐槽篇** |

既然這樣，我也忍了很多話要說，…
この際(さいい)言わせてもらうけどね、…

この際 │言わせて│ │もらう│ けどね、…
↓
在這種情況下 │請你│ │讓我說│ ，…

* この際…名詞：在這種情況下
* 言わせて…動詞：說
  （言います⇒使役形[言わせます]的て形）
* もらう…補助動詞：（もらいます⇒辭書形）
  動詞使役て形＋もらいます：請你讓我[做]～
* けど…助詞：表示前言
* ね…助詞：表示主張

用法
不甘示弱，表示「之前自己也忍耐很多事不說，現在要全部說出來了」。

5-068 生氣吐槽篇　反擊&頂嘴

道歉就沒事了，那還需要警察幹嘛。

謝(あやま)って済(す)むなら警察(けいさつ)は要(い)らないよ。

謝って │済む│ │なら│ 警察 は 要らない よ。

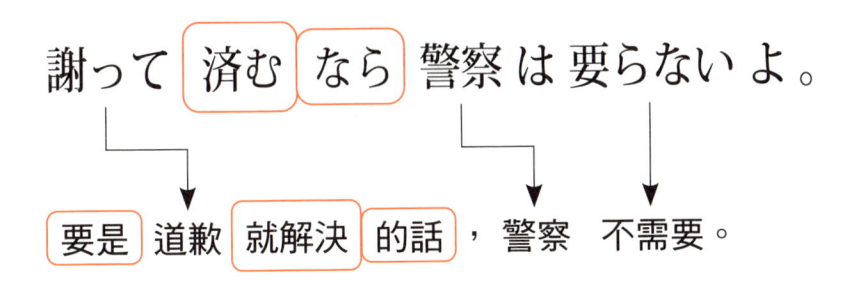

│要是│ 道歉 │就解決│ │的話│ ，警察　不需要。

* **謝って**…動詞：道歉（謝ります⇒て形）
  （て形表示手段、方法）
* **済む**…動詞：解決（済みます⇒辭書形）
* **なら**…助動詞：表示斷定（だ⇒條件形）
* **警察**…名詞：警察
* **は**…助詞：表示對比（區別）
* **要らない**…動詞：需要（要ります⇒ない形）
* **よ**…助詞：表示看淡

用法

（此句語氣尖銳，要謹慎使用！）斥責對方犯下嚴重錯誤，道歉不足以原諒。這句話有「絕對不原諒對方」的語感，屬於尖銳的、可能破壞感情的話，要特別注意謹慎使用。

反擊&頂嘴	**5-069 生氣吐槽篇**

拜託你不要這樣隨便破壞我的名聲。

やめてよ、人聞(ひとぎ)きが悪(わる)い。

やめて [ください] よ、人聞き が 悪い。

[請] 停止 ，　　　　　名聲（會）不好。

* やめて…動詞：停止（やめます⇒て形）
* [ください]…補助動詞：請（口語時可省略）
  （くださいます⇒命令形[くださいませ]除去[ませ]）
  動詞て形＋ください：請[做]〜
* よ…助詞：表示感嘆
* 人聞き…名詞：名聲
* が…助詞：表示焦點
* 悪い…い形容詞：不好、壞

用法
對方的言論讓自己的名譽受損，提出反擊。

5-070 生氣吐槽篇　　反擊&頂嘴

你要怎麼負責！？

どうしてくれるんだ！

　　　どう　して　くれる　んだ　！

　　（你）如何　為我　處理　呢？

* どう…副詞（疑問詞）：怎麼樣、如何
* して…動詞：做（します⇒て形）
* くれる…補助動詞：（くれます⇒辭書形）
  動詞て形＋くれます：別人為我[做]～
* んだ…連語：ん＋だ
  （此處＝んですか，因為有「どう」，所以不用加「か」
  即能表示「疑問」）
  ん…形式名詞（の⇒縮約表現）
  だ…助動詞：表示斷定（です⇒普通形-現在肯定形）
  ～んですか：關心好奇、期待回答

用法
責備造成重大傷害的人要如何負責的說法。

| 反擊&頂嘴 | **S-071 生氣吐槽篇**

不要把我看扁！

なめんな！

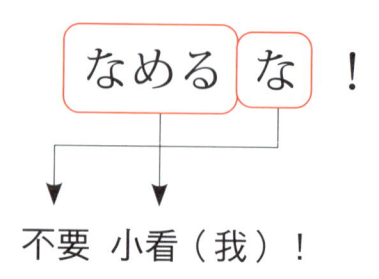

```
なめる な ！
  ↓   ↓
不要 小看（我）！
```

* **なめる**…動詞：小看（なめます⇒辭書形）
* **な**…動詞辭書形＋な⇒禁止形：
  別[做]～、不准[做]～（表示禁止）
  なめんな…「なめるな」的「縮約表現」
  （口語時常使用「縮約表現」）

用法

（此句語氣尖銳，要謹慎使用！）憤怒自己被看扁、被當成傻瓜的說法。「なめます」（小看）接續「禁止形」屬於尖銳的、可能破壞感情的用法，要特別注意謹慎使用。

S-072 生氣吐槽篇　　反擊&頂嘴

我才不稀罕咧！

こっちから願い下げだ！

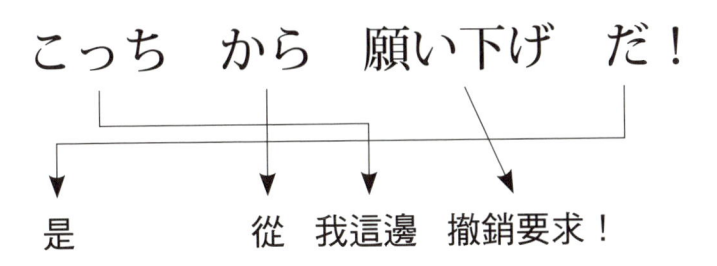

```
こっち　から　願い下げ　だ！
  ↓      ↓      ↓     ↓
  是     從   我這邊  撤銷要求！
```

* **こっち**…名詞：這邊
* **から**…助詞：表示起點
* **願い下げ**…名詞：撤銷要求
* **だ**…助動詞：表示斷定（です⇒普通形-現在肯定形）

用法

在對方拒絕之前，自己先拒絕的強烈說法。

反擊&頂嘴　　**5-073 生氣吐槽篇**

饒了我啦。

もう勘弁（かんべん）してくれよ。

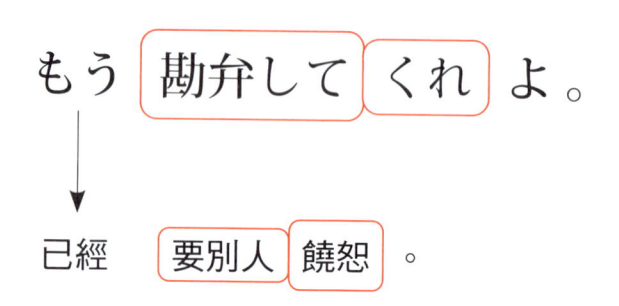

もう ［勘弁して］ ［くれ］ よ。
↓
已經 ［要別人］ ［饒恕］ 。

* **もう**…副詞：已經
* **勘弁して**…動詞：原諒、饒恕（勘弁します⇒て形）
* **くれ**…補助動詞：（くれます⇒命令形）
  動詞て形＋くれます：別人為我[做]～
* **よ**…助詞：表示感嘆

|用法|
一直忍耐各種要求，終於到達忍耐極限的說法。

5-074 生氣吐槽篇　　　斥責

趕快睡覺！

さっさと寝ろ！

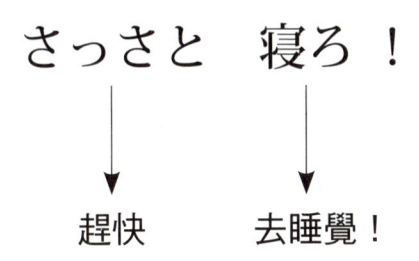

さっさと　　寝ろ！
　↓　　　　　↓
　趕快　　　去睡覺！

* さっさと…副詞：趕快地
* 寝ろ…動詞：睡覺（寝ます⇒命令形）

用法
怒斥對方趕快去睡覺的說法。

斥責

5-075 生氣吐槽篇

不要耍賴了！

甘(あま)ったれんな！

```
[甘ったれる] [な] ！
    ↓      ↓
   不要  過於撒嬌！
```

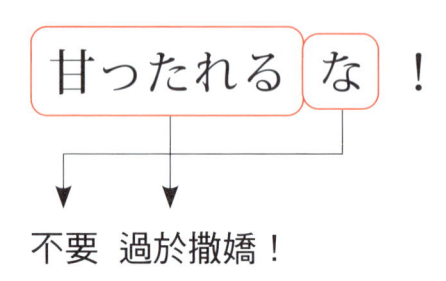

* 甘ったれる…動詞：過於撒嬌
  （甘ったれます⇒辭書形）
* な…動詞辭書形＋な⇒禁止形：
  別[做]～、不准[做]～（表示禁止）
  甘ったれんな…「甘ったれるな」的「縮約表現」
  （口語時常使用「縮約表現」）

用法

（此句語氣尖銳，要謹慎使用！）斥責愛撒嬌、習慣依賴的人。「甘（あま）ったれます」（過於撒嬌）接續「禁止形」屬於尖銳的、可能破壞感情的用法，要特別注意謹慎使用。

S-076 生氣吐槽篇　　　斥責

不要那麼白目！

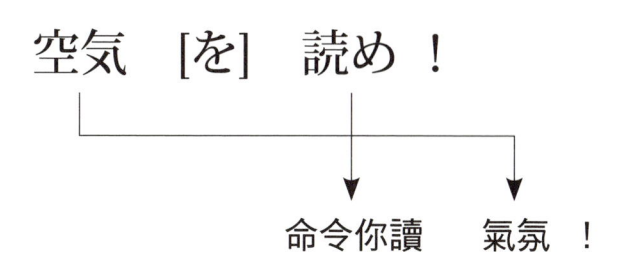

空気(くうき)読(よ)め！

```
空気　[を]　読め！
 │          │
 ↓          ↓
命令你讀    氣氛　！
```

* **空気**…名詞：空氣
* **[を]**…助詞：表示動作作用對象（口語時可省略）
* **読め**…動詞：讀（読みます⇒命令形）

用法
斥責無視現場氣氛，言行舉止失當的人。

斥責

5-077 生氣吐槽篇

不要偷懶，認真一點！

怠(なま)けないで、まじめにやってよ！

怠けない + で 、まじめに やって [ください] よ！

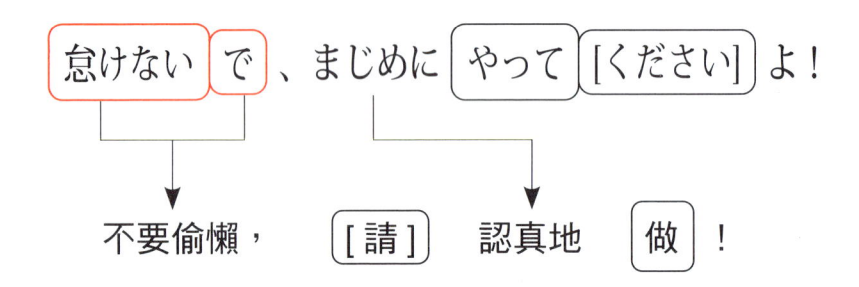

↓ ↓
不要偷懶， [請] 認真地 做 ！

* **怠けない**…動詞：偷懶（怠けます⇒ない形）
* **で**…助詞：表示樣態
* **まじめに**…な形容詞：認真（まじめ⇒副詞用法）
* **やって**…動詞：做（やります⇒て形）
* **[ください]**…補助動詞：請（口語時可省略）
  （くださいます⇒命令形[くださいませ]除去[ませ]）
  動詞て形＋ください：請[做]～
* **よ**…助詞：表示感嘆

用法
斥責不肯努力做事的人。

5-078 生氣吐槽篇　　斥責

廢話少說！
よけい こと い
余計な事言うな！

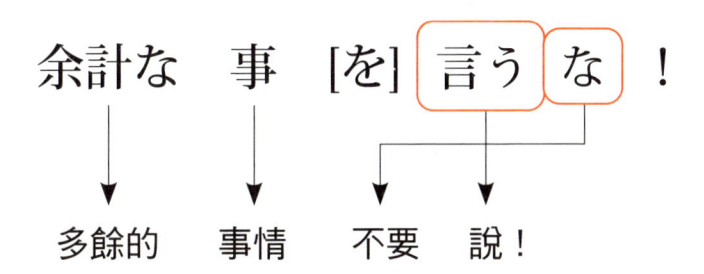

余計な　事　[を]　言う　な　！
　↓　　　↓　　　　↓　　↓
多餘的　事情　　不要　說！

* **余計な**…な形容詞：多餘（余計⇒名詞接續用法）
* **事**…名詞：事情
* **[を]**…助詞：表示動作作用對象（口語時可省略）
* **言う**…動詞：說（言います⇒辭書形）
* **な**…動詞辭書形＋な⇒禁止形：
  別[做]～、不准[做]～（表示禁止）

用法
不想讓人知道的事卻被對方不小心說出來了，怒斥對方不要再多嘴。

5-079 生氣吐槽篇

斥責

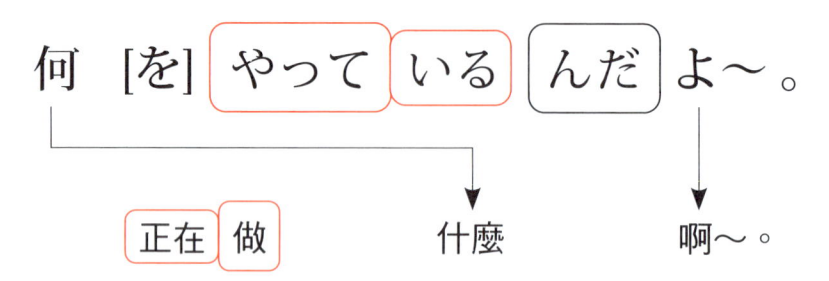

搞什麼啊～。

何(なに)やってんだよ～。

何 [を] やって いる んだ よ～。
　↓　　　　↓　　　　↓
　正在 做　　什麼　　啊～。

* 何…名詞（疑問詞）：什麼、任何
* [を]…助詞：表示動作作用對象（口語時可省略）
* やって…動詞：做（やります⇒て形）
* いる…補助動詞：（います⇒辭書形）
  動詞て形＋います：正在[做]～
  口語時，「ている」的後面如果是「んだ」，可以省略「いる」
* んだ…連語：ん＋だ
  （此處＝んですか，因為有「何」，所以不用加「か」即能表示「疑問」）
  ん…形式名詞（の⇒縮約表現）
  だ…助動詞：表示斷定（です⇒普通形-現在肯定形）
  ～んですか：關心好奇、期待回答
* よ…助詞：表示感嘆

用法
對方犯錯或搞砸某件事，發飆怒斥的說法。

5-080 生氣吐槽篇　　斥責

欸欸欸！（制止）

ちょっちょっちょっちょ！

ちょっと　ちょっと　ちょっと　ちょっと！
　↓　　　　↓　　　　↓　　　　↓
　稍微　　　稍微　　　稍微　　　稍微！

＊ **ちょっと**…副詞：一下、有點、稍微
　ちょっ…「ちょっと」的「縮約表現」
　（口語時常使用「縮約表現」）

用法
發覺對方正要做什麼，焦急地出言制止。是「ちょっと待（ま）ってください。」（請等等）在急促情況下的省略說法。

斥責

5-081 生氣吐槽篇

走開走開！

邪魔邪魔、どいてどいて！
（じゃまじゃま）

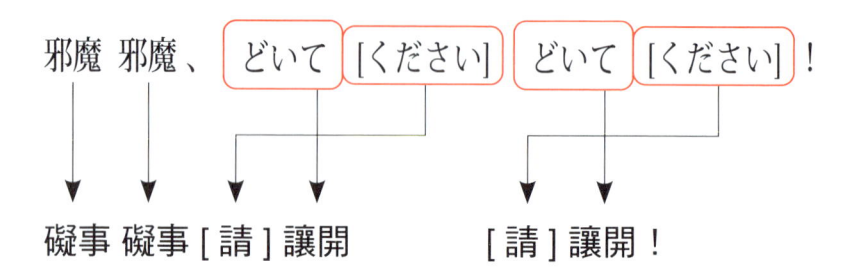

邪魔 邪魔、 [どいて] [ください] [どいて] [ください]！
　↓　　↓　　　↓　　　　↓　　　　↓　　　　↓
礙事 礙事 [請] 讓開　　　　[請] 讓開！

* 邪魔…な形容詞：障礙、礙事
* どいて…動詞：讓開（どきます⇒て形）
* [ください]…補助動詞：請（口語時可省略）
　（くださいます⇒命令形[くださいませ]除去[ませ]）
　動詞て形＋ください：請[做]～

用法
行進間或做事時，要驅離擋路或造成妨礙的人的說法。

5-082 生氣吐槽篇　　　斥責

吵死了！給我閉嘴！

うるさい！　黙(だま)れ！

うるさい！　　黙れ！
　↓　　　　　↓
很吵！　　命令你閉嘴！

* **うるさい**…い形容詞：吵
* **黙れ**…動詞：沉默、不說話（黙ります⇒命令形）

用法

（此句語氣尖銳，要謹慎使用！）強烈要求不斷批評、或是吵鬧不休的人安靜的說法。「黙ります」（不說話）的「命令形」屬於尖銳的、可能破壞感情的用法，要特別注意謹慎使用。

斥責

5-083 生氣吐槽篇

你真的是講不聽！

わからず屋(や)！

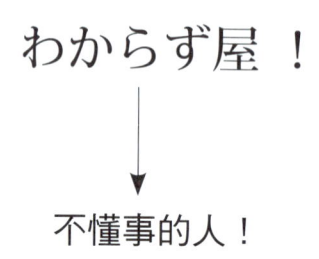

わからず屋！
↓
不懂事的人！

＊ **わからず屋**…名詞：不懂事的人

用法
斥責講了好幾次卻都沒把話聽進去的人。

5-084 生氣吐槽篇 　　斥責

我看錯人了！
見損（みそこ）なったよ！

見損なった　よ！
　　↓
看錯了人！

* **見損なった**…動詞：看錯人了、估計錯誤
　（見損ないます⇒た形）
* **よ**…助詞：表示感嘆

用法
憤怒表示識人不清，視對方為善類，對方竟做出惡事。

斥責

5-085 生氣吐槽篇

騙子！

嘘_{うそ}つき！

嘘つき！
↓
騙子！

＊ 嘘つき…名詞：騙子

用法
斥責說謊的人。

5-086 生氣吐槽篇　　斥責

你這個傢伙！

こんにゃろう！

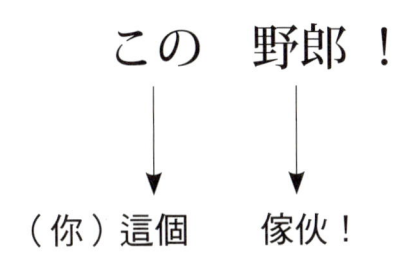

　　　　　この　　野郎！
　　　　　　↓　　　↓
　　　　　（你）這個　傢伙！

* **この**…連體詞：這個
* **野郎**…名詞：傢伙
　　こんにゃろう…「この野郎（やろう）」的「縮約表現」，屬於過度的「縮約表現」，不是經常使用。

用法
憎惡對方時不自覺說出的話。

斥責

S-087 生氣吐槽篇

你這個忘恩負義的人！
この恩知らず！

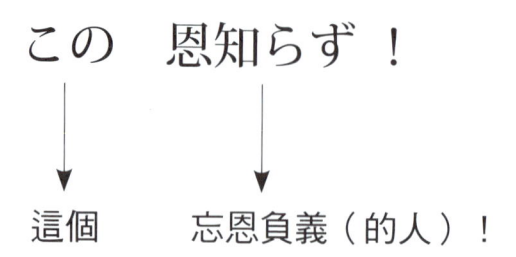

この　恩知らず！
↓　　　↓
這個　忘恩負義（的人）！

* この…連體詞：這個
* 恩知らず…名詞：忘恩負義（的人）

用法
數落接受恩惠卻不知感謝或報恩的人。

5-088 生氣吐槽篇　　斥責

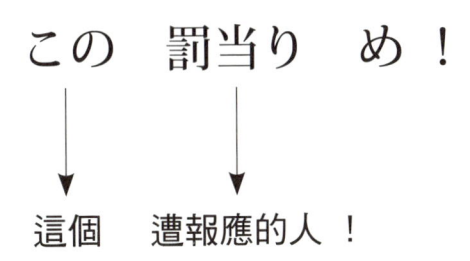

你這個孽障！
この罰当(ばちあた)りめ！

　　　この　　罰当り　　め！
　　　　↓　　　　↓
　　　這個　　遭報應的人！

* この…連體詞：這個
* 罰当り…名詞：遭報應的人
* め…接尾辭：表示輕蔑

用法
譴責對神佛做出不尊重行為的人。

斥責

5-089 生氣吐槽篇

呸呸呸！烏鴉嘴。

やめてよ、縁起(えんぎ)でもない。

やめて [ください] よ、縁起でもない。

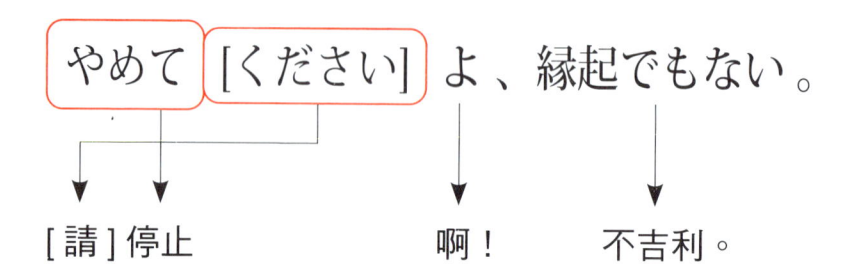

[請]停止　　　　啊！　　不吉利。

* やめて…動詞：停止（やめます⇒て形）
* [ください]…補助動詞：請（口語時可省略）
  （くださいます⇒命令形[くださいませ]除去[ませ]）
  動詞て形＋ください：請[做]〜
* よ…助詞：表示感嘆
* 縁起でもない…連語：不吉利

用法
斥責對方不該說出不吉利的話。

5-090 生氣吐槽篇　　斥責

不管怎麼樣，你都說的太超過了。

いくらなんでもそれは言いすぎでしょ。

いくら [なんで][も] それは [言い][すぎ][でしょ[う]]。

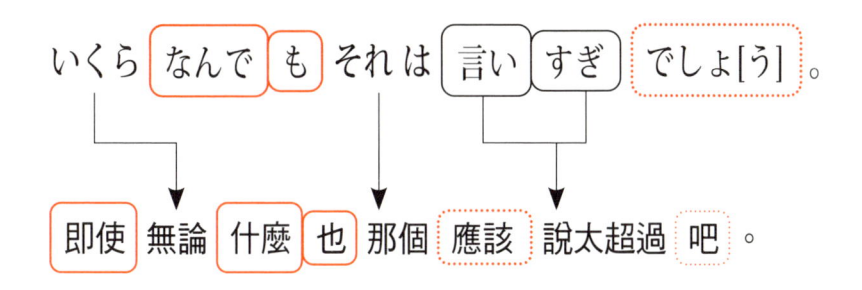

即使 無論 什麼 也 那個 應該 說太超過 吧。

* **いくら**…副詞：無論
* **なん**…名詞（疑問詞）：什麼、任何
* **で**…助動詞：表示斷定（だ⇒て形）
* **も**…助詞：表示逆接
* **それ**…名詞：那個
* **は**…助詞：表示對比（強調）
* **言い**…動詞：說（言います⇒ます形除去[ます]）
* **すぎ**…後項動詞：太～、過於～
  （すぎます⇒名詞化：すぎ）
* **でしょ[う]**…助動詞：表示斷定（です⇒意向形）
  （口語時可省略う）
  ～でしょう：應該～吧（推斷）

用法
譴責對方的批評太過分的說法。

斥責　5-091 生氣吐槽篇

都是你的錯！

お前のせいだ！

```
お前 の せい だ！
   ↓
是  你 的 緣故！
```

* お前…名詞：你（屬於粗魯的說法）
* の…助詞：表示所屬
* せい…名詞：表示原因
* だ…助動詞：表示斷定（です⇒普通形-現在肯定形）

用法

（此句語氣尖銳，要謹慎使用！）追究責任歸屬的說法。女性用語是「あなたのせいよ！」（都是你的錯啦！）。「お前」是非常粗魯的話，親密的人之間才會使用，否則可能破壞感情，要特別注意。

5-092 生氣吐槽篇 　　斥責

你要殺我啊！？

殺す気か！？
(ころ)(き)

殺す	気	か！？
↓	↓	↓
要殺我（的）	念頭	嗎！？

* 殺す…動詞：殺（殺します⇒辭書形）
* 気…名詞：心思、念頭
* か…助詞：表示疑問

用法
斥責做出危險行為，或威脅到自己生命安全的人。

吐槽

5-093 生氣吐槽篇

我早就跟你說了啊。

だから言(い)わんこっちゃない。

だから　言わない　ことじゃない　。
　↓　　　　　↓
所以　　不是　不說（的）　事情　。

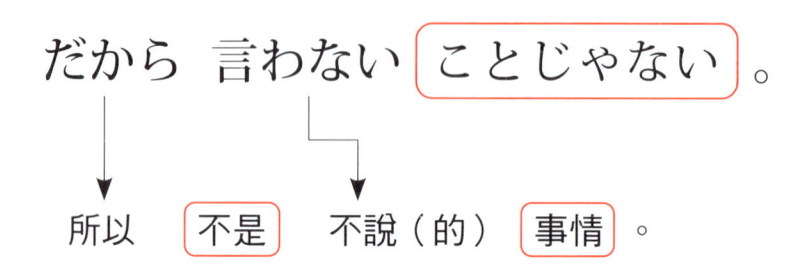

* **だから**…接續詞：所以
* **言わない**…動詞：說（言います⇒ない形）
* **ことじゃない**…名詞：事情
  （こと⇒普通形-現在否定形）
  言わんこっちゃない…「言わないことじゃない」的「縮約表現」，屬於過度的「縮約表現」，不常使用。

用法

表示「誰叫你之前不聽我的勸告」的說法。

5-094 生氣吐槽篇

吐槽

那你說要怎麼辦呢！？

じゃ、どうすればいいわけ！？

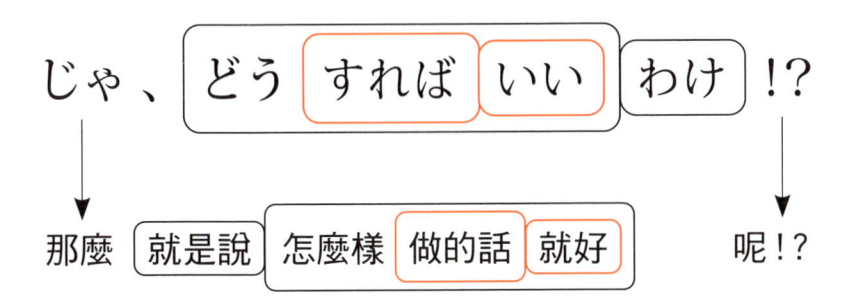

じゃ、 どう すれば いい わけ ！？
　↓　　　　　　　　　　　　　　　　　↓
那麼　就是說　怎麼樣　做的話　就好　　　呢！？

* **じゃ**…接續詞：那麼
* **どう**…副詞（疑問詞）：怎麼樣、如何
* **すれば**…動詞：做（します⇒條件形）
* **いい**…い形容詞：好、良好
* **わけ**…形式名詞：就是說

用法
對方說了一堆，卻完全不知道該怎麼做才好，讓人一肚子火時的回應。

吐槽

5-095 生氣吐槽篇

事到如今你才這麼說，都太遲了。
今更そんなこと言ったって、もう遅いよ。

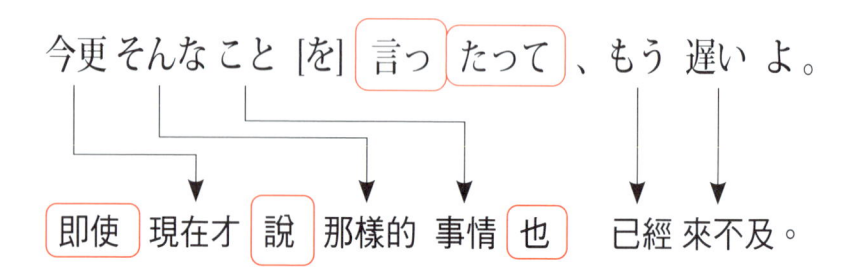

今更 そんな こと [を] 言っ たって、もう 遅い よ。

即使 現在才 說 那樣的 事情 也 已經 來不及。

* 今更…副詞：現在才
* そんな…連體詞：那樣的
* こと…名詞：事情
* [を]…助詞：表示動作作用對象（口語時可省略）
* 言っ…動詞：說（言います⇒た形除去[た]）
* たって…助詞：表示逆接假定條件
* もう…副詞：已經
* 遅い…い形容詞：晚、來不及
* よ…助詞：表示看淡

用法
表示「在目前的狀況下說什麼都來不及了」。

5-096 生氣吐槽篇 　　吐槽

你很敢說耶。

よく言（い）うよ。

　　　　よく　言う　よ。
　　　　　↓　　↓
　　　（你）很敢　說。

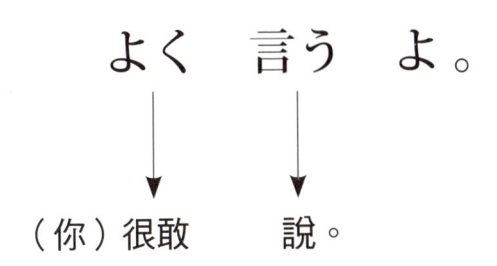

* よく…副詞：～得好、很敢～
* 言う…動詞：說（言います⇒辭書形）
* よ…助詞：表示看淡

用法
批評對方明明不該說、或沒有資格說，卻講得光明正大。

吐槽

5-097 生氣吐槽篇

不要一直吹牛（說些無中生有、無聊的話、夢話）！

バカも休(やす)み休(やす)み言(い)え！

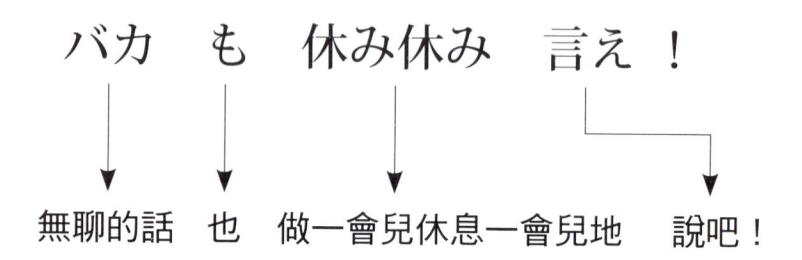

バカ	も	休み休み	言え！
↓	↓	↓	↓
無聊的話	也	做一會兒休息一會兒地	說吧！

* バカ…名詞：無聊的話
* も…助詞：表示並列
* 休み休み…副詞：做一會兒休息一會兒
* 言え…動詞：說（言います⇒命令形）

用法

（此句語氣尖銳，要謹慎使用！）斥責對方盡說些隨便、荒唐無稽的事。「バカ」（無聊的話）原本就是罵人的詞彙，後面又使用了「言います」（說）的「命令形」，屬於尖銳的、可能破壞感情的用法，要特別注意謹慎使用。

5-098 生氣吐槽篇　　吐槽

痴人說夢話！
寝言(ねごと)は寝(ね)て言(い)え！

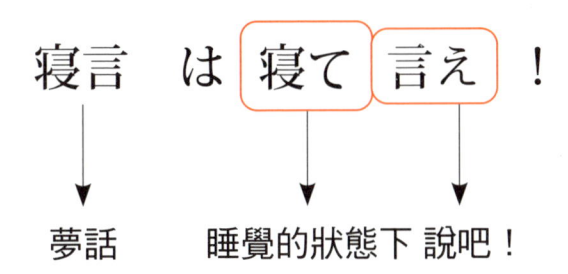

寝言　は　寝て　言え！
　↓　　　　↓　　↓
　夢話　　睡覺的狀態下 說吧！

* **寝言**…名詞：夢話
* **は**…助詞：表示對比（區別）
* **寝て**…動詞：睡覺（寝ます⇒て形）
　（て形表示附帶狀況）
* **言え**…動詞：說（言います⇒命令形）

用法

（此句語氣尖銳，要謹慎使用！）批評對方所說的根本不自量力。對方實際上說的並不是夢話，卻用這種說法批評對方，而且後面又使用了「言います」（說）的「命令形」，屬於尖銳的、可能破壞感情的用法，要特別注意謹慎使用。

5-099 生氣吐槽篇

你在痴人說夢話。

何(なに)寝(ね)ぼけたこと言(い)ってんだ。

何 寝ぼけた こと [を] 言って いる んだ。

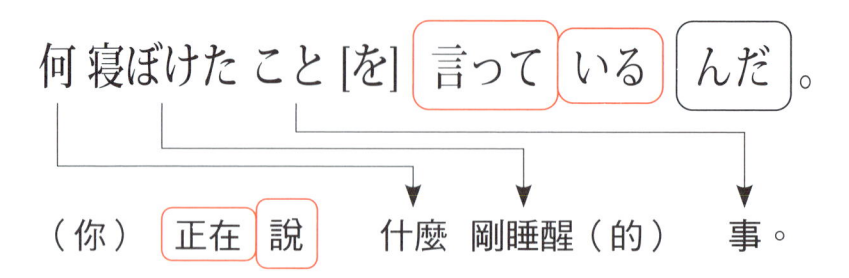

（你） 正在 說 什麼 剛睡醒（的） 事。

* **何**…名詞（疑問詞）：什麼、任何
* **寝ぼけた**…動詞：剛睡醒頭腦不清楚（寝ぼけます⇒た形）
* **こと**…名詞：事情
* **[を]**…助詞：表示動作作用對象（口語時可省略）
* **言って**…動詞：說（言います⇒て形）
* **いる**…補助動詞：（います⇒辭書形）
  動詞て形＋います：正在[做]〜
  口語時，「ている」後面如果是「んだ」，可以省略「いる」。
* **んだ**…連語：ん＋だ（此處＝んですか，因為有「何」，所以不用加「か」即能表示「疑問」）
  ん…形式名詞（の⇒縮約表現）
  だ…助動詞：表示斷定（です⇒普通形-現在肯定形）
  〜んですか：關心好奇、期待回答

用法
吐槽對方說些不可能實現、誇張、想法錯誤的事。

5-100 生氣吐槽篇 　　　　吐槽

不要廢話一堆，做你該做的！

つべこべ言(い)わずにやることやれ！

つべこべ ｜言わ｜ず｜に｜ やること [を] やれ！

不要說　說三道四（的狀態下）　去做　要做（的）事情！

* つべこべ…副詞：說三道四
* 言わ…動詞：說（言います⇒ない形除去[ない]）
* ず…助詞：文語否定形
* に…助詞：表示動作方式
  動詞ない形除去[ない]+ずに、～：附帶狀況（＝ないで）
* やる…動詞：做（やります⇒辭書形）
* こと…名詞：事情
* [を]…助詞：表示動作作用對象（口語時可省略）
* やれ…動詞：做（やります⇒命令形）

用法

（此句語氣尖銳，要謹慎使用！）吐槽對方藉口一堆卻沒有行動。「つべこべ」（說三道四）是負面詞彙，後面又使用「やります」（做）的「命令形」，屬於尖銳的、可能破壞感情的用法，要特別注意謹慎使用。

吐槽

5-101 生氣吐槽篇

又在說些有的沒的了。

また口（くち）から出（で）まかせを…。

また	口	から	出まかせ	を	…。
↓	↓	↓	↓		
又	從	嘴巴	隨便胡說…。		

* **また**…副詞：又、再
* **口**…名詞：嘴巴
* **から**…助詞：表示起點
* **出まかせ**…名詞：隨便胡說
* **を**…助詞：表示動作作用對象

用法
吐槽對方滿口謊言、胡說八道。

5-102 生氣吐槽篇　　　吐槽

不要牽拖啦！
言（い）い訳（わけ）すんな！

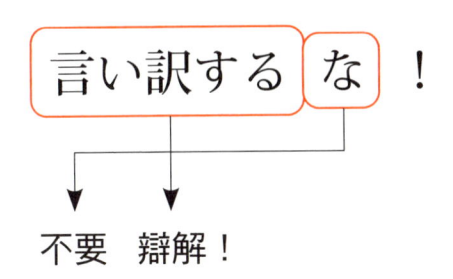

言い訳する な ！
　　↓　　↓
　不要　辯解！

* 言い訳する…動詞：辯解（言い訳します⇒辭書形）
* な…動詞辭書形＋な⇒禁止形：
　別[做]〜、不准[做]〜（表示禁止）
　言い訳すんな…「言い訳するな」的「縮約表現」
　（口語時常使用「縮約表現」）

用法
吐槽對方找藉口辯解企圖規避責任。

| 吐槽 | # 5-103 生氣吐槽篇 |

你不要裝傻！

しらばっくれんな！

```
［しらばっくれる］［な］！
    ↓         ↓
   不要    假裝不知道！
```

* **しらばっくれる**…動詞：假裝不知道
  （しらばっくれます⇒辭書形）
* **な**…動詞辭書形＋な⇒禁止形：
  別[做]～、不准[做]～（表示禁止）
  しらばっくれんな…
  「しらばっくれるな」的「縮約表現」
  （口語時常使用「縮約表現」）

用法

（此句語氣尖銳，要謹慎使用！）指責對方佯裝不知情，企圖矇混。「しらばっくれます」（假裝不知道）接續「禁止形」屬於尖銳的、可能破壞感情的用法，要特別注意謹慎使用。

5-104 生氣吐槽篇　　吐槽

你的表情好像在說謊。
顔（かお）に嘘（うそ）って書（か）いてあるよ。

顔　に　嘘　って　書いて　ある　よ。
在　臉上　　　　有寫著　說謊　喔。

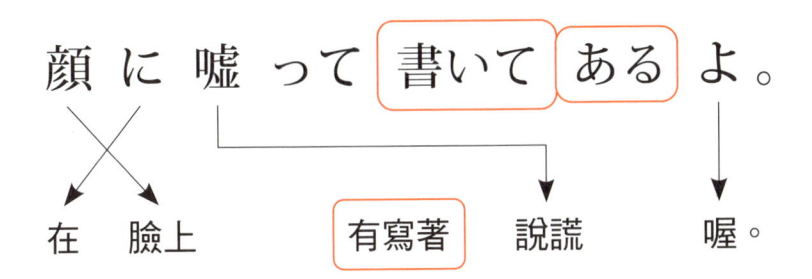

* **顔**…名詞：臉
* **に**…助詞：表示動作歸著點
* **嘘**…名詞：說謊
* **って**…助詞：提示內容
* **書いて**…動詞：寫（書きます⇒て形）
* **ある**…補助動詞：（あります⇒辭書形）
   動詞て形＋あります：目前狀態（有目的・強調意圖的）
* **よ**…助詞：表示提醒

用法
指責對方說謊的說法。

吐槽

S-105 生氣吐槽篇

我才不會上你的當。

その手(て)には乗(の)らないよ。

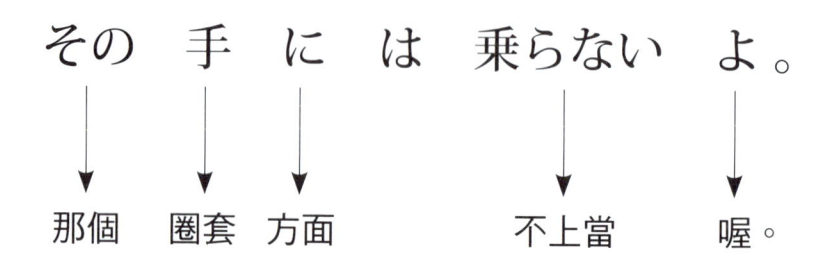

その	手	に	は	乗らない	よ。
↓	↓	↓		↓	↓
那個	圈套	方面		不上當	喔。

* **その**…連體詞：那個
* **手**…名詞：圈套
* **に**…助詞：表示方面
* **は**…助詞：表示對比（區別）
* **乗らない**…動詞：上當（乗ります⇒ない形）
* **よ**…助詞：表示感嘆

用法

吐槽對方別想用巧妙話術騙人。

5-106 生氣吐槽篇   吐槽

你很優柔寡斷耶！
煮(に)え切(き)らないなあ、もう！

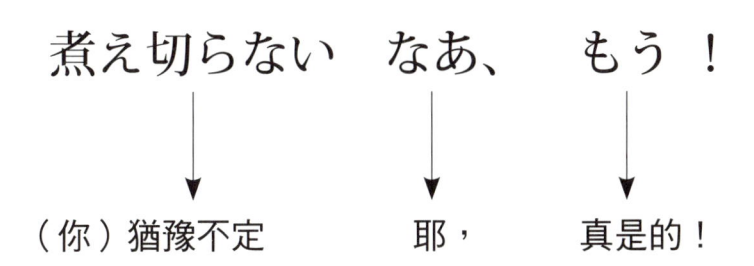

煮え切らない	なあ、	もう！
↓	↓	↓
（你）猶豫不定	耶，	真是的！

* **煮え切らない**…慣用語：曖昧不明、猶豫不定
* **なあ**…助詞：表示感嘆
* **もう**…感嘆詞：真是的、真氣人

用法
指責對方優柔寡斷，遲遲無法做決定。

吐槽

5-107 生氣吐槽篇

你很會差遣人耶。

人(ひと)づかい荒(あら)いなあ。

人づかい　[が]　荒い　なあ。
↓　　　　　　↓　　↓
差遣人的方法　　很粗暴　耶。

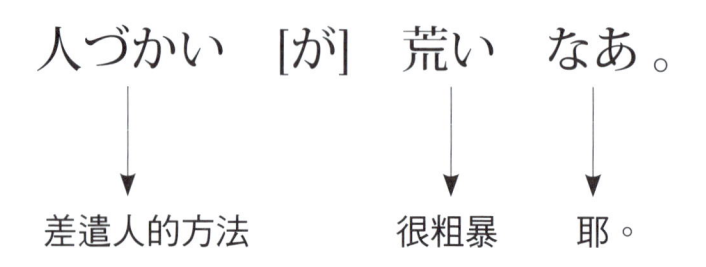

* 人づかい…名詞：差遣人的方法
* [が]…助詞：表示焦點（口語時可省略）
* 荒い…い形容詞：粗暴
* なあ…助詞：表示感嘆

用法

指責對方將人當成牛馬般使喚。

818

5-108 生氣吐槽篇

幫倒忙。（倒添麻煩）
ありがた迷惑だ。
　　　　めいわく

　　　ありがた迷惑　だ。
　　　　　　↓　　　↓
　　　　　　是　倒添麻煩。

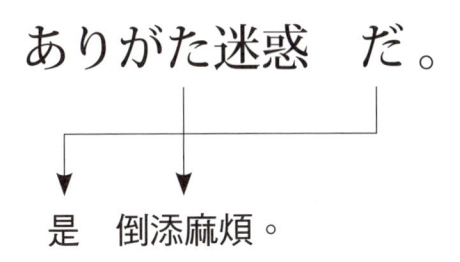

* **ありがた迷惑**…な形容詞：倒添麻煩的好意
* **だ**…な形容詞語尾：表示斷定（現在肯定形）

用法
表示對方的好意反而造成自己的麻煩。

5-109 生氣吐槽篇

只顧自己享受，好自私哦。
自分（じぶん）だけずるいよ。

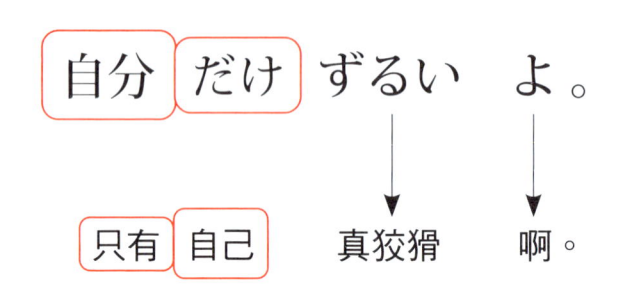

自分	だけ	ずるい	よ。
只有	自己	真狡猾	啊。

* **自分**…名詞：自己
* **だけ**…助詞：只是～而已、只有

  「だけ」的後面省略了自己獨享的好事，例如：
  「いい思（おも）いをして」（享受）
  「おいしい物（もの）を食（た）べて」（吃好吃的東西）

* **ずるい**…い形容詞：狡猾、不公平
* **よ**…助詞：表示感嘆

用法
抗議好事被對方獨佔的說法。

5-110 生氣吐槽篇　　諷刺

有嘴說別人，沒嘴說自己，你很敢講喔。
自分(じぶん)のことは棚(たな)に上(あ)げて、よく言(い)うよ。

自分 の こと は │棚に上げて│、よく 言う よ。
 ↓   ↓   ↓   ↓   ↓
自己 的 事情 │置之不理的狀態下│，很敢 說。

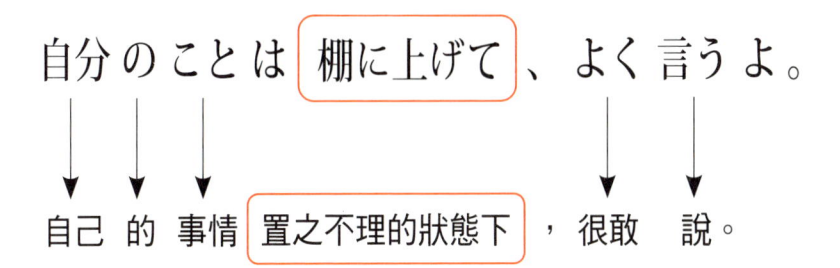

* **自分**…名詞：自己
* **の**…助詞：表示所屬
* **こと**…名詞：事情
* **は**…助詞：表示對比（區別）
* **棚に上げて**…連語：置之不理
  （棚に上げます的て形）（て形表示附帶狀況）
* **よく**…副詞：～得好、很敢～
* **言う**…動詞：說（言います⇒辭書形）
* **よ**…助詞：表示看淡

用法
諷刺對方寬待自己，卻嚴格要求別人。

諷刺

5-111 生氣吐槽篇

想看一看你的爸媽。（＝真不知道你爸媽怎麼教的。）
親の顔が見てみたい。

| 親の顔 | が | 見て | み | たい | 。|

　　　想要　看見　看看　（你）父母親 的臉 。

* 親…名詞：父母親
* の…助詞：表示所屬
* 顔…名詞：臉
* が…助詞：表示焦點
* 見て…動詞：看（見ます⇒て形）
* み…補助動詞：（みます⇒ます形除去[ます]）
  動詞て形＋みます：[做]～看看
* たい…助動詞：表示希望
  動詞ます形除去[ます]＋たい：想要[做]～

用法

（此句語氣尖銳，要謹慎使用！）諷刺的說法，表示「怎麼樣才能教育出這麼過分的人」。意指對方的父母親沒有好好教導，屬於尖銳的、可能破壞感情的話，要特別注意謹慎使用。

5-112 生氣吐槽篇　　咒罵

色狼！

スケベ！

スケベ！
↓
色狼！

＊ スケベ…名詞：色狼

用法
怒斥任意碰觸自己身體的男性。

咒罵　5-113 生氣吐槽篇

叛徒！

裏切り者！
うらぎ　　もの

裏切り者！
　　↓
　　叛徒！

＊ 裏切り者…名詞：叛徒

用法

（此句語氣尖銳，要謹慎使用！）怒斥背叛約定者的說法。「裏切り者」（叛徒）是很強烈的罵人詞彙，可能破壞彼此感情，要特別注意謹慎使用。

5-114 生氣吐槽篇　　咒罵

可惡！

チクショー！

チクショー！
↓
畜生！

＊ **チクショー**⋯名詞：畜生

用法
生氣時咒罵的話。也常用於自言自語。

> 咒罵

5-115 生氣吐槽篇

滾出去！

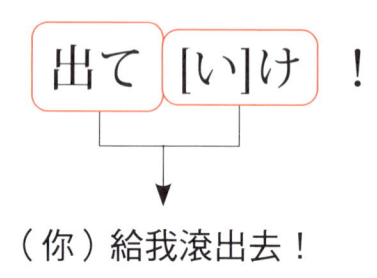

出(で)てけ！

出て [い]け ！
↓
（你）給我滾出去！

* 出て…動詞：出去（出ます⇒て形）
* [い]け…補助動詞：（行きます⇒命令形）
  （口語時可省略い）
  動詞て形＋いきます：動作和移動（做～，再去）

用法
（此句語氣尖銳，要謹慎使用！）希望對方離開、出去的說法。使用「出ていきます」（出去）的「命令形」屬於尖銳的、可能破壞感情的用法，要特別注意謹慎使用。

5-116 生氣吐槽篇　　咒罵

活該。

ざまあみろ。

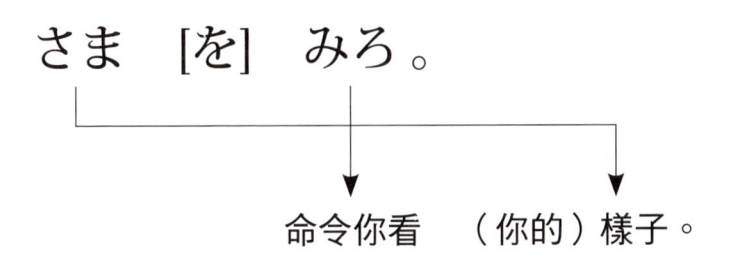

さま　[を]　みろ。
　　　　　↓　　　↓
　　　　命令你看　（你的）樣子。

* さま…名詞：樣子
* [を]…助詞：表示動作作用對象（此句通常省略を）
* みろ…動詞：看（見ます⇒命令形）
  ざまみろ…「さまをみろ」的「縮約表現」
  （口語時常使用「縮約表現」）
  「ざま」變成長音「ざまあ」是「加強語氣」用法

用法
討厭的人遭遇不幸事件時，幸災樂禍的說法。

5-117 生氣吐槽篇

咒罵

現世報了，活該。

罰(ばち)が当(あ)たったんだよ。ざまあ見(み)ろ。

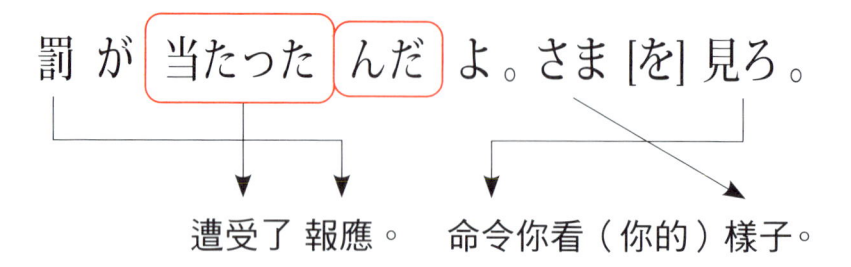

罰 が |当たった| |んだ| よ。さま [を] 見ろ。
　　　　↓　　　　↓　　　　　↓　　　　↓
　　　遭受了 報應。　　命令你看（你的）樣子。

* 罰…名詞：報應
* が…助詞：表示焦點
* 当たった…動詞：遭受（当たります⇒た形）
* んだ…連語：ん＋だ＝んです的普通體：表示強調
  ん…形式名詞（の⇒縮約表現）
  だ…助動詞：表示斷定（です⇒普通形-現在肯定形）
* よ…助詞：表示感嘆
* さま…名詞：樣子
* [を]…助詞：表示動作作用對象（此句通常省略を）
* みろ…動詞：看（見ます⇒命令形）
  ざまみろ…「さまをみろ」的「縮約表現」
  （口語時常使用「縮約表現」）
  「ざま」變成長音「ざまあ」是「加強語氣」用法

用法
表示是對方以往所做壞事的報應。

5-118 生氣吐槽篇　　咒罵

你真的是泯滅人性！

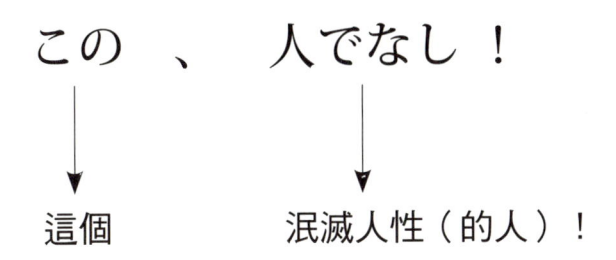

この、人(ひと)でなし！

```
   この    、    人でなし！
    ↓              ↓
   這個         泯滅人性（的人）！
```

* この…連體詞：這個
* 人でなし…名詞：泯滅人性（的人）

用法

（此句語氣尖銳，要謹慎使用！）斥責對方做出身為人最下流可惡的行為。句中的「人でなし」（泯滅人性）是很強烈的罵人詞彙，可能破壞彼此感情，要特別注意謹慎使用。

咒罵

5-119 生氣吐槽篇

你會不得好死。

畳（たたみ）の上（うえ）で死（し）ねると思（おも）うなよ！

畳 の 上 で 死ねる と 思う な よ！

不要 以為 可以死 在 榻榻米 的上面 ！

* 畳…名詞：榻榻米
* の…助詞：表示所在
* 上…名詞：上面
* で…助詞：表示動作進行地點
* 死ねる…動詞：死
  （死にます⇒可能形[死ねます]的辭書形）
* と…助詞：表示提示內容
* 思う…動詞：以為（思います⇒辭書形）
* な…動詞辭書形＋な⇒禁止形：
  別[做]～、不准[做]～（表示禁止）
* よ…助詞：表示提醒

用法

（此句語氣尖銳，要謹慎使用！）咒罵對方不會壽終正寢。是強烈詛咒對方的用語，要特別注意謹慎使用。

S-120 生氣吐槽篇　　　咒罵

你活著不覺得可恥嗎？

生(い)きてて恥(は)ずかしくないの？

| 生きて | [い]て | 恥ずかしくない | の？ |

| 目前是 | 存活 | 的狀態 |　不害臊　　嗎？

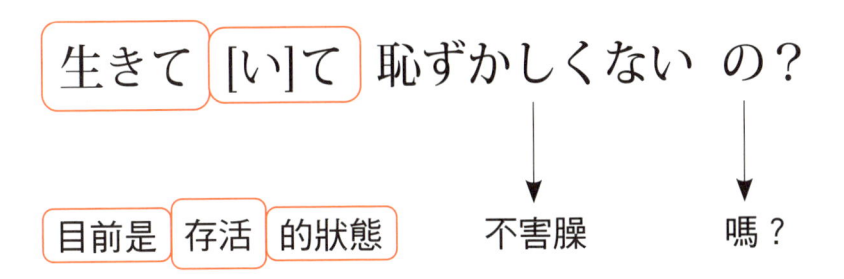

* 生きて…動詞：活（生きます⇒て形）
* [い]て…補助動詞：（います⇒て形）
　（口語時可省略い）
　動詞て形＋います：目前狀態
* 恥ずかしくない…い形容詞：害臊
　（恥ずかしい⇒現在否定形-くない）
* の…形式名詞：（〜んですか的口語說法）
　〜んですか：關心好奇、期待回答

用法

（此句語氣尖銳，要謹慎使用！）怒斥別人要懂得羞恥的說法。這句話甚至連對方活著這件事都加以批評，可能破壞感情，要特別注意謹慎使用。

挑釁&警告　**5-121 生氣吐槽篇**

你給我差不多一點！
いい加減(かげん)にしろ！

```
　いい加減に ｜ しろ ｜ ！
　　　↓　　　　↓
　禁止弄成　馬馬虎虎！
```

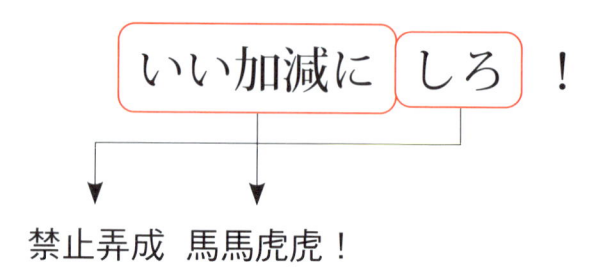

* **いい加減に**…な形容詞：馬馬虎虎
　（いい加減⇒副詞用法）
* **しろ**…動詞：做（します⇒命令形）
　（此處為「命令形」，但表示「禁止」）
　「命令形」除了要求對方做某個動作，有時候也可以用來表示「禁止」。

用法
再也無法忍受對方的言行舉止時的說法。

5-122 生氣吐槽篇　挑釁&警告

你給我記住！

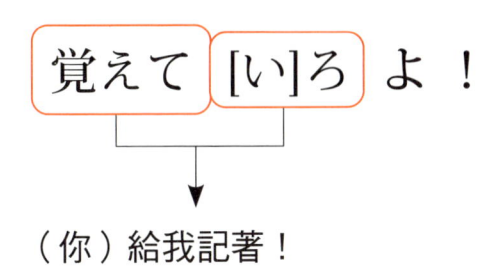

覚（おぼ）えてろよ！

覚えて [い]ろ よ！
↓
（你）給我記著！

* 覚えて…動詞：記住（覚えます⇒て形）
* [い]ろ…補助動詞：（います⇒命令形）
  （口語時可省略い）
  動詞て形＋います：目前狀態
* よ…助詞：表示提醒

用法
出現讓自己不開心、不滿意的結果，向對方發飆挑釁的說法。

挑釁&警告　　**5-123 生氣吐槽篇**

你剛剛講的話，再給我說一次試試看！
今(いま)の言葉(ことば)、もういっぺん言(い)ってみろ！

今の言葉、もういっぺん 言って みろ ！
　↓　　↓　↓　　　↓　　　　　↓
現在 的 話，　再　 給我 說 一次 看看 ！

* **今**…名詞：現在
* **の**…助詞：表示所屬
* **言葉**…名詞：話
* **もう**…副詞：再
* **いっぺん**…名詞（數量詞）：一次
* **言って**…動詞：說（言います⇒て形）
* **みろ**…補助動詞：（みます⇒命令形）
  （此處為「命令形」，但表示「禁止」）
  「命令形」除了要求對方做某個動作，有時候也可以用來表示「禁止」。
  動詞て形＋みます：[做]～看看

> 用法

（此句語氣尖銳，要謹慎使用！）表示對方的發言讓人無法忍受，非常憤怒。此為吵架時的最後通牒，講完這句之後大概就是打架，要特別注意謹慎使用。

5-124 生氣吐槽篇 　挑釁&警告

有種你試試看啊！

やれるもんならやってみろ！

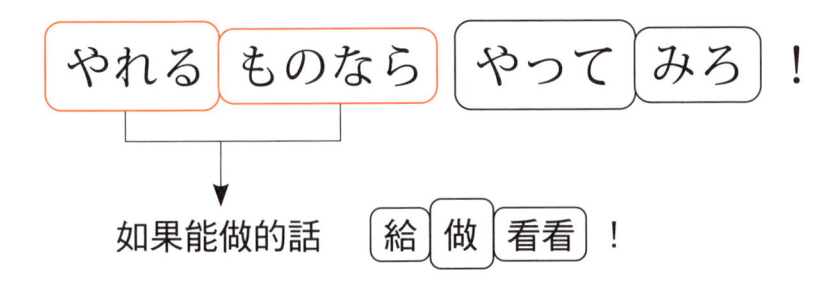

やれる ものなら やって みろ ！

　　↓
如果能做的話　給 做 看看 ！

* やれる…動詞：做
  （やります⇒可能形[やれます]的辭書形）
* ものなら…連語：若能～的話
  動詞辭書形＋ものなら：如果能[做]～的話
  （「ものなら」前面大多接續「動詞可能形的辭書形」）
  もん…「もの」的「縮約表現」
  （口語時常使用「縮約表現」）
* やって…動詞：做（やります⇒て形）
* みろ…補助動詞：（みます⇒命令形）
  動詞て形＋みます：[做]～看看

用法
挑釁說大話、虛張聲勢的人的說法。

挑釁&警告　5-125 生氣吐槽篇

你要跟我打架嗎？

やんのか？コラァ。

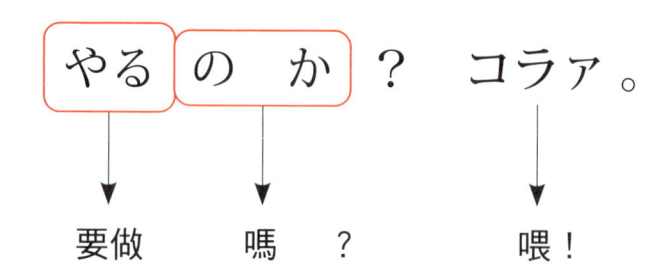

やる	の	か	？	コラァ。
↓	↓	↓		↓
要做	嗎	？		喂！

* やる…動詞：做（やります⇒辭書形）
* の…形式名詞：（～んです的口語說法）
* か…助詞：表示疑問
　～んですか：關心好奇、期待回答
　やんのか…「やるのか」的「縮約表現」
　（口語時常使用「縮約表現」）
* コラァ…感嘆詞：喂！

用法

（此句語氣尖銳，要謹慎使用！）這是雙方從口角爭執即將拳腳相向時經常出現的一句話。句中的「コラァ」較為粗魯。當然，最好沒有機會使用這句話。

5-126 生氣吐槽篇　　挑釁&警告

這世上可沒那麼容易。

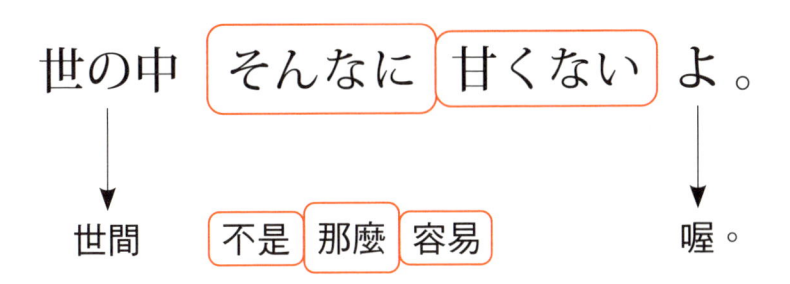

世(よ)の中(なか)そんなに甘(あま)くないよ。

世の中 → 世間
そんなに → 不是 那麼 容易
甘くない
よ → 喔。

* **世の中**…名詞：世間
* **そんなに**…副詞：那麼
* **甘くない**…い形容詞：容易、簡單
  （甘い⇒現在否定形-くない）
* **よ**…助詞：表示提醒

用法
警告對方別以為事情會簡單地依照自身的想法運作。

挑釁&警告　　**5-127 生氣吐槽篇**

到時候你可不要哭。

あとで吠え面(ほづら)かくなよ。

あとで | 吠え面 [を] かく | な | よ。
待會　　不要　哭喪臉　　　　喔。

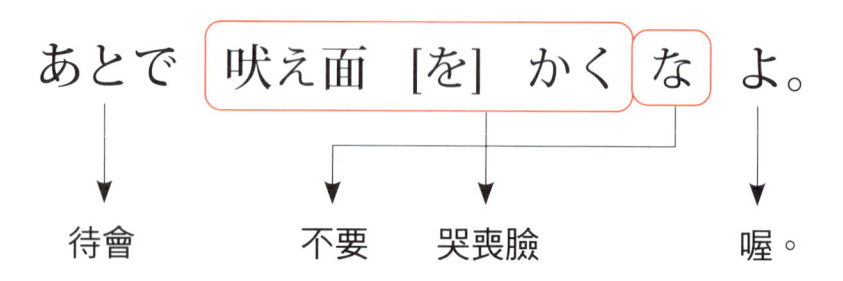

* あとで…副詞：待會、等一下
* 吠え面[を] かく…慣用語：哭喪臉
　（吠え面をかきます⇒辭書形）
　（口語時可省略を）
* な…動詞辭書形＋な⇒禁止形：
　別[做]～、不准[做]～（表示禁止）
* よ…助詞：表示提醒

用法
挑釁對方「到時候可不要流淚後悔」的說法。常用於競賽前的挑釁。

5-128 生氣吐槽篇　　挑釁&警告

你一定會後悔！

後悔_{こうかい}するよ！　絶対_{ぜったい}に。

　　　　後悔する　よ！　絶対に。
　　　　　↓　　　　　　　↓
　　　　會後悔！　　　　絶對。

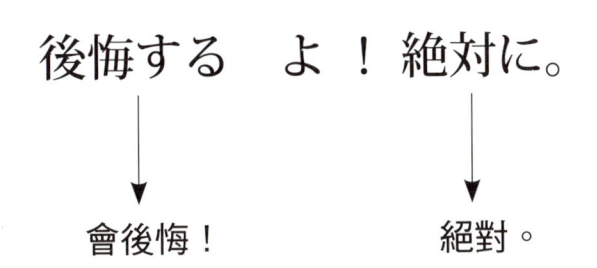

* 後悔する…動詞：後悔（後悔します⇒辭書形）
* よ…助詞：表示提醒
* 絶対に…な形容詞：絕對（絶対⇒副詞用法）
　此為「倒裝句」，原本為「絶対に後悔するよ」。

用法
警告對方「你一定會後悔」的說法。

挑釁&警告　**5-129 生氣吐槽篇**

我要告你！

訴えてやる！
　うった

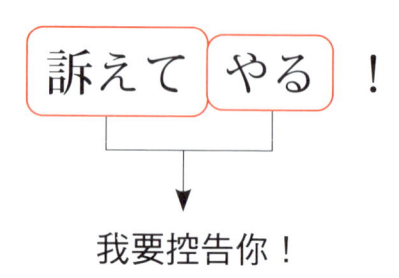

訴えて やる ！
↓
我要控告你！

* 訴えて…動詞：控告（訴えます⇒て形）
* やる…補助動詞：（やります⇒辭書形）
　動詞て形＋やります：為輩分較低的人[做]～

用法
表示要訴諸法律訴訟的說法。

5-130 生氣吐槽篇　　撂狠話

隨你便！
勝手(かって)にすれば！

勝手に　[すれば]　[どうですか]
　↓　　　　↓　　　　　↓
　隨便　（你）做的話　[如何？]

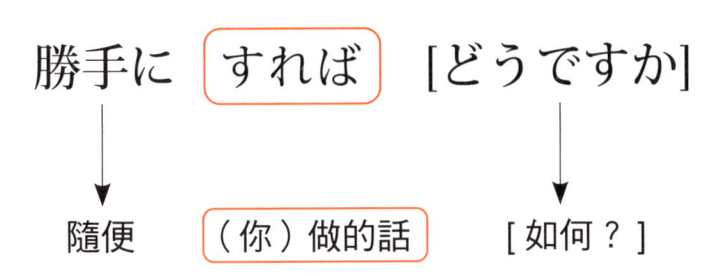

* **勝手に**…な形容詞：隨便（勝手⇒副詞用法）
* **すれば**…動詞：做（します⇒條件形）
* **[どうですか]**…名詞：如何（口語時可省略）
  動詞條件形（〜ば）＋どうですか：
  [做]〜的話，如何？

用法
對於對方已經不抱任何期待，或是對方根本不聽自己的話，最終向對方撂狠話的說法。

撂狠話

5-131 生氣吐槽篇

絕交好了！

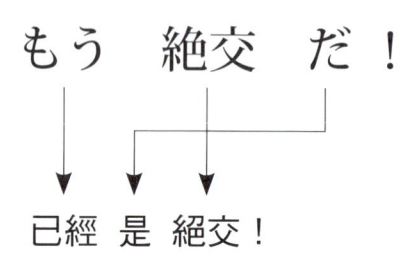

もう絶交だ！
　　ぜっこう

もう　絶交　だ！
　↓　　↓　↓
已經　是　絕交！

* もう…副詞：已經
* 絶交…名詞：絕交
* だ…助動詞：表示斷定（です⇒普通形-現在肯定形）

用法
要和對方完全斷絕朋友關係的強烈說法。

S-132 生氣吐槽篇 — 撂狠話

好！出去打架啊！

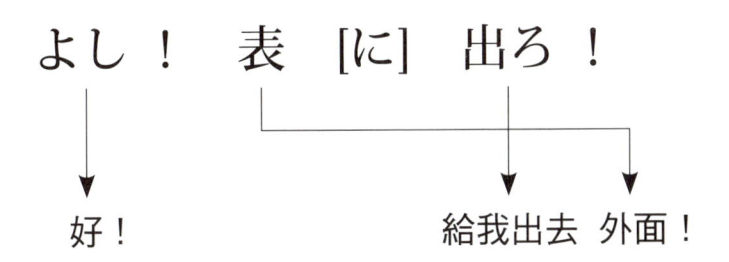

よし！ 表(おもて)出ろ！

よし！ 表 [に] 出ろ！
　↓　　　　　　　　↓　　↓
　好！　　　　　給我出去　外面！

* よし…感嘆詞：好！
* 表…名詞：外面
* [に]…助詞：表示出現點（口語時可省略）
* 出ろ…動詞：出去（出ます⇒命令形）

用法

（此句語氣尖銳，要謹慎使用！）氣憤難耐，撂狠話叫對方到屋外，打算用武力解決的說法。具有挑釁的語感，可能破壞彼此感情，要特別注意謹慎使用。

撂狠話

5-133 生氣吐槽篇

會變成怎樣，我可不知道喔。

もう、どうなっても知（し）らないよ。

もう、 どう なって も 知らない よ。
↓　　　　　　　　　　　　　　↓　　　↓
真是的　即使 變成 怎麼樣 也　不知道　喔。

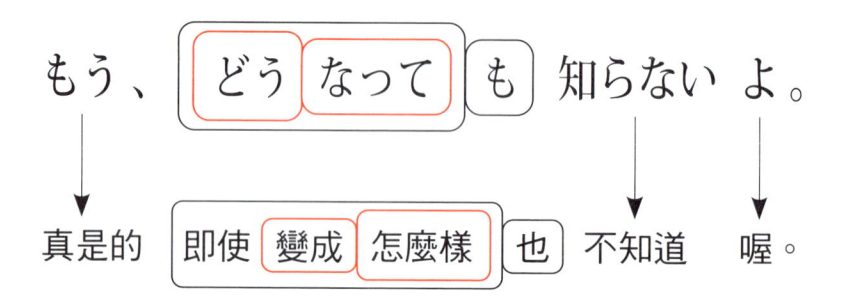

* もう…感嘆詞：真是的、真氣人
* どう…副詞（疑問詞）：怎麼樣、如何
* なって…動詞：變成（なります⇒て形）
* も…助詞：表示逆接
  動詞て形＋も：即使～，也～
* 知らない…動詞：知道（知ります⇒ない形）
* よ…助詞：表示提醒

用法
眼見對方漠視自己的關心或勸告，丟下這句話給對方。

5-134 生氣吐槽篇　　　　　　撂狠話

你前天再來。（＝你不要再來了）

おとといき来やがれ。

おとといい 来 やがれ 。
　↓　　　　↓
　前天　　來吧。

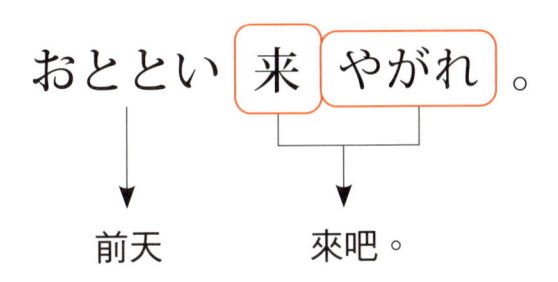

* **おととい**…名詞：前天
* **来**…動詞：來（来ます⇒ます形除去[ます]）
* **やがれ**…助動詞：表示輕蔑（やがります⇒命令形）
　動詞ます形除去[ます]＋やがります：
　輕卑表現（表示輕蔑對方、或對方的動作）

用法

（此句語氣尖銳，要謹慎使用！）「二度（にど）と来（く）るな！」（你不要再來了！）的特殊說法。句中的「やがります」帶有輕蔑的語感，而且又使用「命令形」，屬於可能破壞感情的用法，要特別注意謹慎使用。

撂狠話

5-135 生氣吐槽篇

你乾脆去死算了。

いっぺん死んでみる？

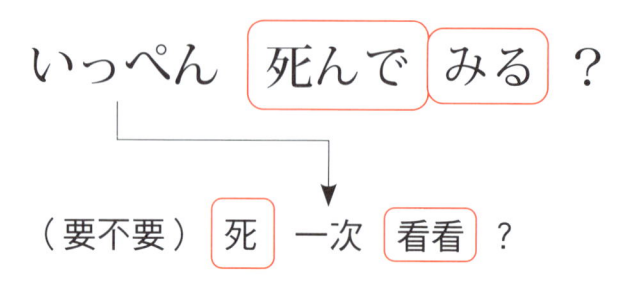

いっぺん 死んで みる ？

（要不要） 死 一次 看看 ？

* いっぺん…名詞（數量詞）：一次
* 死んで…動詞：死亡（死にます⇒て形）
* みる…補助動詞：（みます⇒辭書形）
  動詞て形＋みます：[做]～看看

用法

（此句語氣尖銳，要謹慎使用！）對方的言行舉止讓人感到憤怒，毫不留情地回應對方的話。雖然有時候可以拿來開玩笑，但是此為尖銳的、可能破壞感情的話，要特別注意謹慎使用。

5-136 生氣吐槽篇

撂狠話

去死算了…。

死(し)ねばいいのに…。

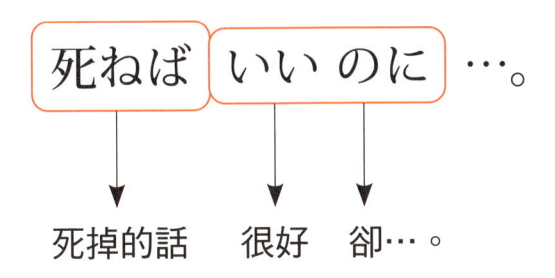

死ねば	いい のに	…。
↓	↓ ↓	
死掉的話	很好 卻	…。

* **死ねば**…動詞：死亡（死にます⇒條件形）
* **いい**…い形容詞：好、良好
* **のに**…助詞：表示逆接

用法

（此句語氣尖銳，要謹慎使用！）厭惡某人的存在，希望對方消失的說法。此為尖銳的、可能破壞感情的話，要特別注意謹慎使用。除了開玩笑，還是避免使用比較好。

檸檬樹

大家學日語系列 19

大家學標準日本語【每日一句全集】全新修訂版：
全方位日語即時應答＆發話表現，適用日檢 N1～N5、生活、商務、旅行、交友、聊天（附出口仁老師親錄 QR 碼音檔）

初版　　1 刷　2016 年 8 月 19 日
修訂一版 1 刷　2025 年 6 月 12 日

作者	出口仁
封面設計・版型設計	陳文德・洪素貞
責任主編	黃冠禎
社長・總編輯	何聖心

發行人	江媛珍
出版發行	檸檬樹國際書版有限公司
	lemontree@treebooks.com.tw
	電話：02-29271121　傳真：02-29272336
	地址：新北市235中和區中安街80號3樓
法律顧問	第一國際法律事務所 余淑杏律師
	北辰著作權事務所 蕭雄淋律師

全球總經銷	知遠文化事業有限公司
	電話：02-26648800　傳真：02-26648801
	地址：新北市222深坑區北深路三段155巷25號5樓

港澳地區經銷	和平圖書有限公司
	電話：852-28046687　傳真：850-28046409
	地址：香港柴灣嘉業街12號百樂門大廈17樓

定價	台幣620元／港幣207元
劃撥帳號	戶名：19726702・檸檬樹國際書版有限公司
	・單次購書金額未達400元，請另付60元郵資
	・ATM・劃撥購書需7-10個工作天

版權所有・侵害必究　本書如有缺頁、破損，請寄回本社更換

> 大家學標準日本語【每日一句全集】/ 出口仁著. -- 修訂一版. -- 新北市：檸檬樹國際書版有限公司, 2025.06
> 面；　公分. -- (大家學日語系列；19)
> ISBN 978-626-98008-3-4（平裝）
>
> 1.CST：日語　2.CST：會話
>
> 803.188　　　　　　　　　　　114003007